成语诗歌全集

CHENGYUSHIGEQUANJI

（上）

李子丹◎著

黑龙江人民出版社

图书在版编目(CIP)数据

成语诗歌全集 / 李子丹著. — 哈尔滨 ：黑龙江人民出版社，2017.8
ISBN 978 - 7 - 207 - 11106 - 7

Ⅰ. ①成… Ⅱ. ①李… Ⅲ. ①诗集—中国—当代②汉语—成语—通俗读物 Ⅳ. ①I227②H136.31 - 49

中国版本图书馆 CIP 数据核字(2017)第 201916 号

责任编辑：朱佳新
封面设计：鲲　鹏

成语诗歌全集
李子丹　著

出版发行　黑龙江人民出版社
地　　址　哈尔滨市南岗区宣庆小区 1 号楼
邮　　编　150008
网　　址　www. longpress. com
电子邮箱　hljrmcbs@ yeah. net
印　　刷　永清县晔盛亚胶印有限公司
开　　本　880 × 1230　1/32
印　　张　81
字　　数　950 千字
版　　次　2017 年 11 月第 1 版　2020 年 7 月第 2 次印刷
书　　号　ISBN 978 - 7 - 207 - 11106 - 7
定　　价　240.00 元(上中下)

序　言

《成语诗歌全集》是一部具有辅助工具书性质的著作，对学习成语有一定的帮助和借鉴作用。并且，尚可增加学习成语的趣味性。成语是汉语特殊的语言形式，言简意赅，精练准确；诗歌乃是中华汉语之精华，是中华传统文化百花园中的奇葩。两者皆为中华传统文化的重要组成部分，长期以来这两种语言形式各行其道，未能获得相互“联姻”的机会。将诗歌与成语进行相互嫁接使其成为全新的表现形式，以构成新颖别致的表现手段是我多年的夙愿，将这两种不同风格的汉语形式加以融会贯通，从而求得相得益彰的全新效果。在各自保留原有特征的基础上促成成语与诗歌的有机融合，进而完成了这部《成语诗歌全集》的创作。如此，既保留诗歌之韵味，又加深和强化了对成语的理解和有效的使用，促使这两种不同形式的文化载体焕发出新的生命力。成语诗歌化可以促使成语借助于诗歌的翅膀翱翔在更加广阔、更加实用、更加优美的语言天地之间，以形成中华传统文化另辟蹊境的表现形式，从而更加丰富和发展了传统文化的深刻内涵以及表现手段。

纵观中国诗歌发展史，则会发现诗歌始终遵循着时代脉搏而跳动。自《诗经》至唐诗宋词，诗歌的发展脉络清晰可鉴，每个阶段无不具有其时代性，现代诗歌亦具有与时俱进的特征。今人的人生观及核心价值观与旧时代不可同日而语，因此，势必影响着诗歌的发展走向。古体诗歌已经成为历史的辉煌，随着时代的进步和发展，当今的诗歌不可能因泥古而丧失其时代精神。所以，将现代诗歌与古体诗歌融会贯通，所形成的“古体白话诗”不失为两全其美的权宜之计。这种形式既具有古体诗的韵味，又具有白话诗通俗易懂的特点，如此，不但适合当代人的审美需求，而且体现着古为今用的时代精神。成语绝大部分来自于古代经典著作，成语有其固定性，诗歌的自由性可以促使成语活泼起来，二者结合以便适应当今人们的阅读习惯，为进一步理解和运用成语提供一种全新的方式，这也是本著作的目的之一。鉴于这部著作的宗旨而拟用古体诗歌的表现形式为成语服务，其诗歌方式力求直白、流利、易懂和易记。又由于成语的语意多有近似之处，因此，诗歌亦难免有字句近似或重复，这也是由于诗歌必须紧贴成语的缘故。

《成语诗歌全集》的问世，是中国文学形式的一项创造发明，开创了成语诗歌的先河。全集体现出

“古体白话诗”的特点，本着看得懂、体会深、易上口的通俗原则，并紧贴成语而成诗。当然，凡是首创的事物都会不可避免地存在一些不足之处，这就需要有识之士，通过共同的努力加以完善，以期臻于完美。

由于才疏学浅，难免有不当甚至谬误之处，敬请予以指正。

作者
丁酉年秋 于哈尔滨

说　明

一、《成语诗歌全集》一套共由上、中、下三册组成。全书总共创作二千四百余首成语诗歌，涵盖了所有常见成语。

二、《成语诗歌全集》中的成语诗歌是按照汉语拼音的字母顺序加以排列。三册之间无间断地相继排列而成，形成一整套完整的著作。

三、成诗本着精练、汇总的原则加以组合。分为：单独的成语为独立的一首；两个成语字头相同的字合二而一；三个成语字头相同的字合三而一；四个成语字头相同的字合四而一；四个以上成语字头相同的字合成“之一”“之二”…… 以此类推。每首诗中的成语其语意不变，各自保留其原意，只是以韵统一在一首诗歌当中。

四、为了醒目起见，凡是组合而成的诗歌，在成语字头的前面都加上一个*号，以便于区分。

五、本书以“花好月圆”作为收尾篇，未按拼音顺序排列，寓意祖国早日统一，完成中华复兴大业。

目　　录

上

中

下

哀兵必胜

兵贵士气愤而战，以一当十皆好汉。
为了求胜如潮洪，其势威猛不可拦。
轻敌乃为兵家忌，麻痹必然酿自乱。
严阵以待做准备，一旦战起操胜算。

【提示】

哀兵：指由于受压迫，进而奋起反抗的军队。由于身受压迫和欺凌而悲愤地奋起自卫反抗，这样的军队一定具有超强的战斗力。因而会成为“以一当十”的威猛之师，这种为正义和自卫而战的军队，一定会无往而不胜。语出《老子》六十九章“祸莫大于轻敌，轻敌几丧吾室。故抗兵相加，哀者胜矣。”

哀而不伤

悲哀失度殃及身，快乐过度亦伤神。
凡事皆应合其度，盈亏之间须谨慎。
欣逢快乐情适当，悲情感伤不至深。
哀而不伤好诗乐，为人处世居中心。

【提示】

哀：悲哀；伤：伤害，妨害。《诗经》中的“《关雎》，乐而不淫，哀而不伤。”此诗，快乐而不至于毫无节制，悲哀而不至于使人伤害身心。亦形容诗歌、音乐优美雅致，情感适度。同时也比喻做事适中，没有过与不及之处。语出《论语·八佾》。

哀感顽艳

原意童歌悲恸人，愚笨慧美皆由情。
情真意切曲由衷，歌者真情发心声。
文艺作品贵传情，矫揉造作情不应。
哀怨古拙与绮丽，笃情源于心发生。

【提示】

原来形容歌童唱的歌悲恻动人，促使愚笨和慧美的人都为其所感动。后来转用以评述某些抒情的文艺作品，意义转为哀怨、感伤、古拙、绮丽者同时具备。语出《文选·繁休伯〈与魏文帝笺〉》：“凄入肝脾，哀感顽艳。”

哀鸿遍野

流离失所灾民苦，呼天号地无依处。
天灾人祸接踵至，民不聊生难求诉。
封建统治家天下，鱼肉百姓无停步。
榨干民脂吸民血，饿殍遍野不忍睹。

【提示】

哀鸿：哀鸣的大雁。悲鸿哀叫，其声悲凉，大雁有情若人，孤雁处境凄凉哀怨，似为人之形影孤单令人恻隐怅然。身处“三座大山”压迫下的旧中国民众，处境艰难，民不聊生，怨声载道。深受天灾人祸的双重贻害，同处水火之中。到处都是呻吟呼号的灾民，深感世道浑浊，悲愤难诉。

哀丝豪竹

管弦齐奏宏乐章，工商角徵羽流畅。
委婉倪裳曲奏罢，昭君出寨恸天伤。
钟磬齐鸣恢大典，十面埋伏惊霸王。
天籁音韵神悠远，人间鼓乐颂天堂。

【提示】

哀丝：指悲哀的弦声；豪竹：巨大的竹管制成的乐器。“酒肉如山又一时，初筵哀丝动豪竹。”“哀丝豪竹”用以形容管弦乐声的气势悲壮动人。工、商、角、徵、羽为中国古代汉族音律。语出唐·杜甫《醉为马坠诸公携酒相看》诗。

哀毁骨立

仁德儒道之核心，忠孝之道以守信。
因亲卒逝痛悲哀，守孝不出将毁身。
三年居孝瘦骨立，将养数载方不昏。
封建礼教倡尽礼，清规戒律贻害人。

【提示】

哀毁：悲痛损坏了身体；骨立：形容瘦到极点，只剩下一副骨头架子在支撑着身子。因丧亲悲哀，再加之守孝三年不得外出活动，更有守孝的清规戒律饮食限制，缺乏足够的营养支持，弄得骨瘦如柴，昏昏然命悬一线。之后，需经多年调养生息方得好转。为了遵礼几近毁命，皆因封建礼教为祸首。孝，乃为人之根本，双亲逝，理当尽忠孝之礼，但是，不应提倡封建式的守孝陋习。语出《后汉书·韦彪传》。

挨门逐户

昔有工部诗“三吏”，酷吏残暴索税值。
挨门逐户行勒索，百姓穷困无以止。
翻箱倒柜半袋谷，尽数掠走绝民食。
牵衣跪哭求其舍，求生不得将饿死。

【提示】

挨、逐：顺次；户：人家。挨门逐户即一家不漏。中国百姓历经两千多年的封建统治，身受残酷的苛捐赋税的盘剥，无穷无尽的天灾与人祸，致使民不聊生，灾难不断，身处皇权压榨下的广大民众，过着牛马不如的生活，更有酷吏重赋压在身上，难以生存。酷吏的暴虐，繁重的徭役和苛捐杂税，置黎民于水火之中。官逼民反，为争得生存权，不得已而奋起反抗。历经岁月沧桑，终将吃人的封建体制彻底埋葬。

爱不释手

如获至宝不撒手，不让别人瞅一瞅。
抱在怀里暖心间，若何爱得如此稠？
一个荷包两颗心，欲垂腰系又怕丢。
远隔千山万水路，一条红线牵两头。

【提示】

释：放下，放开。喜爱到不肯放手的地步。人世间，爱情是人类最重最浓的情感之一。真挚的爱是发乎于心灵深处的呼唤，一个小小的美丽荷包是定情之物，遂将两颗纯洁无瑕年轻的心，紧紧地牵系在一起，即使远隔千山万水而两个真诚相爱的人，仍然寄情物而相互慰藉。因此，荷包集中体现着爱情的衷情与思恋。

爱财如命

贪婪成性不自控，妄义敛财不干净。
为得钱财绞脑汁，贪赃枉法不顾命。
法网恢恢疏不漏，斩断黑手势必行。
“拍蝇打虎”手不软，四方围剿以肃清。

【提示】

爱：吝啬，贪婪。吝惜钱财就家吝惜自己生命的人，为了敛财不顾国法，不择手段地大肆侵吞公款。利用手中的权力大收贿赂，行不义之道者，必受法律的严惩，必身败名裂被世人所唾弃。此成语中“爱”字与常人所说的爱有本质的区别。这个具有贬义的爱不可等同于通常褒义的爱。

爱莫能助

爱莫能助力不足，虽然同情却难助。
昔有子瞻迁黄州，荊奉圣意不可涂。
人际之间互为友，相互支持求坦途。
风雨路上齐携手，同舟共济方可图。

【提示】

爱：隐藏。莫：没有谁，不。原意是因为隐而不见，所以谁也不能帮助他。语本《诗经·大雅·烝民》曰“爱莫助之”。后来用以表示虽然同情，但无力帮助的意思。此成语中的爱应作隐藏意用之，有别于通常爱字的含意。生活中谁都不可避免地遇到些困难，相互之间应该尽力给予帮助，凡是能帮上忙的都不应袖手旁观，这也是人与人之间和谐的积极因素，也是构建和谐社会的重要内容之一。语出《警世通言·王安石三难苏学士》。

爱屋及乌

因爱其屋亦爱乌，乌鸦侥幸受人敬。
因为爱人而及物，物者因此而贵重。
如若人好物平常，物随人贵而受宠。
世间人者各其性，岂可谬类同相称？

【提示】

语出《尚书大传·大战》“爱人者，兼其屋上之乌。”意思是爱那个人而连带地爱护停留在他屋上的乌鸦。后来就用“爱屋及乌”比喻因为爱那个人就连那个人所喜欢的事物都视若其人而爱之。这是一种体现不同性格人的自我行为，也是人之常情。生活中这种现象多存在于对逝者的怀念，以保存逝者生前所有所用过的物品以示怀念之情。这种寄哀思的观念，不但限于民间，还可以扩大到国家或民族。比喻各种纪念馆或博物馆中的馆藏纪念物品。语出唐·杜甫《奉赠射洪李四丈》诗“丈人屋上乌，人好乌亦好”。

爱憎分明

爱憎分明合人道，有爱有恨情周到。
爱得深亦恨得准，合情合理不缥缈。
为人处世知分晓，真诚待人心不躁。
原则之处不让步，敌对之时不屈挠。

【提示】

憎：恨。形容爱什么恨什么界限非常清楚。这是为人精神素养的标致性准绳，无论身处顺境或逆境，都要严守其准则。爱与恨是相对立的两种极端的情感，爱什么或恨什么都是人性的具体体现，这个“什么”关系到人生观和世界观是否正确的重要走向。生活中所产生的爱或恨是关系个人性格的原因，阶级社会中的爱或恨则是大是大非的认识问题，必须牢牢坚守爱憎分明的人生观和世界观，方可成就做人的诉求。

安步当车

不慌不忙慢行走，安步当车可健身。
若求身体得健康，徒步而行健身心。
八抬大轿显威风，肥头大耳枉精神。
四体不勤少锻炼，未老先衰及命根。

【提示】

安：安详，不慌不忙，稳稳当当；步：步行，走路；当：当作。指不乘车而从容不迫地徒步而行。如此之为可谓是一举两得，一是可以锻炼身体；二是不扰乱别人。如果身为官员，可以体察民情，又是清廉的表现。语出《战国策·齐策四》："安步以当车。"

安不忘危

久处兰室不闻香，久在鲍室不觉臭。
嗅觉失灵难辨味，香臭不觉酿后忧。
身处安适当警惕，防患未然避忧愁。
安不忘危防不测，天遂人意心自由。

【提示】

危：危险、灾难。在太平或平安的时候，不忘记灾难或危险发生的可能性。麻痹大意是酿成灾祸的重要原因之一。由于人的天性懒惰，在安适之中常常因司空见惯和安逸因此少有动脑，于是会出现感官失灵甚至丧失应有的警惕性。更甚者总是存在侥幸心理，只顾眼前享受而冲淡了防患意识。当灾难不期降临时即悔之晚矣。生活中这种因麻痹所酿成的灾难，可以说不胜枚举。所以，居安思危是智慧人生的具体体现。语出《周易·系辞下》：“安而不忘危，存而不忘亡，治而不忘乱。”

按部就班

处世当平稳，为事当有序。
动脑常思考，行为守规矩。
稳中求其速，不得乱少许。
按部就班为，确保合大局。

【提示】

部、班：门类，次序；就：归于。原指写文章时结构安排得当，选词、选句合乎规范。后来用“按部就班”形容做事按照一定的条理，遵循一定的顺序。现在有时指按老规矩办事，缺乏闯劲。另有为人处世都要平稳，待人接物都应该以诚相待，处处从大局着眼，以社会利益为己任，办事认真负责，讲究方式和方法，以求得成效。“按部就班”既是稳重处事又有别于拖沓，在稳中求速便可达到这种要求。语出《文选·陆机〈文赋〉》：“然后选义按部，考辞就班。”

安常处顺

安于顺境多闲适，习于平稳心不倾。
心平气和精神爽，生活平淡乃人生。
适来夫子得其时，适去夫子顺其兴。
安时而处顺者昌，哀乐不入乃甚幸。

【提示】

安：习惯于；常：平常，正常；处：居住，居于。习惯于平稳的生活，处在顺利的环境中，过着闲适平淡的田园生活，与世无争，心里清爽，衣食无忧，勤于劳作，在这种环境里生活，虽然平淡无奇却是难得的境域。人生于世，难得平安，平安是福，平安意味着顺利和安康。这种生活远离尘嚣，自由自在，自得其乐。将身心尽量贴近大自然，是养生养心最理想的生活，即使腰缠万贯亦难求心里的平和。使一切身外之物欲不得侵入，哀乐自然无踪，不能扰乱心思。心静笃体即健康，精神矍铄，终享天年，乃神仙是也。语出《庄子·养生主》。

安分守己

安于天命守本分，安于现状无非分。
随意而居不求奢，自食其力在于勤。
为人牢守仁德规，老实厚道得人心。
不求大富与大贵，但求后生招世钦。

【提示】

分：指本分；己：指自己活动的范围。原指安于命定的本分或安于现状的生活。现在一般指规矩老实，守本分。有时也用来指坏人在接受改造后，不敢胡作非为。生活诸事千头万绪，置身于社会应自觉、自爱、自律和自食其力。更要本着为人的仁德标准做人，无论能力的大与小，只要做到忠诚老实并勤勤恳恳地尽到做人的义务，成为一个对家庭对社会做出应有贡献的人，就不失为做人的本分。至于事业成功与否，并不是衡量人的唯一标准，只要能成为有用的人，就会体现自我的价值，也就是成功的人生。

安富尊荣

安身立命人大成，为求安身苦经营。
企盼国家成强盛，国强民富得安生。
人往高处水就低，位尊不在拳头硬。
安富尊荣靠休养，口碑尚好多光荣。

【提示】

安：安稳；富：占有大量财物；尊：地位高；荣：声望大。身安，国富，位尊，名荣。也指安于富裕安乐的寄生生活。统览人生，安身立命乃居人世间的重要位置。可以说，无论何许人，都要找到与自己身份相适应的社会位置。为了实现这一目标，所有人都会穷其所有的力气在苦苦地奋斗着。其中有成功者，有失败者，有能人和贤人，亦有俗人，无论何人都是尽力求得安身立命的可能。所谓尊贵的人及不成器者为少数，而绝大多数都属于介乎两者之间的普通人。由于每种人的地位、水平等高低不同，因此形成各自安身立命的位置不同，从而形成以人群位置为划分条件台阶式的等级。所以才促成人的身安、穷富、位尊和名荣的不同。语出《孟子·尽心上》。

安家立业

安家必须有居处，居处必须靠自助。
安得老宅需修缮，自力更生得居住。
个人奋斗置家产，努力工作积收入。
不等不靠以自强，安家立业两不误。

【提示】

安置家庭，建立事业。指长期在一个地方劳动和生活。人生通常两件事：一是有个可以栖身的住所，以便成其个家室；二是有个相对稳定的事业。两者构成处于社会之中的个人安身立命的起码条件。在此基础上通过孜孜以求地不断奋斗，以获得更加优越的安家立业的条件。如此，不但对家庭尽到了应该尽到的责任，而且对社会也做出了相应的贡献。

安家落户

四海为家多漂泊，终年不得固定处。
天地之间那是家，流离失所苦难诉。
安得一方贫瘠土，安家落户天相助。
勤奋耕作得收获，庆幸终得立门户。

【提示】

落户：指定居。安置家庭，长期住下去。比喻有些生物被引至某地后健壮地生长，旺盛地繁殖。如常见的西红柿、花生以及一些薯类农作物等，其祖先都是原产在其他大洲的作物。曾几何时，中国历史上都详细记载着人口大迁徙的过程。这些被迁徙异地异乡的人，都会融入他乡的人群和生活中，定居后从事各种劳动。旧中国时期，中国沿海各省很多人为了谋生和淘金发财，不惜冒着生命危险漂洋过海到异国，从此落户定居在外国，成为当今的华侨。“安家落户”看似平常，其中却包含着诸多的艰辛和困苦。

安居乐业

古训民以食为天，安居即为有住地。
两者齐备即安家，再求事业有成绩。
中国自古为农耕，衣食全靠地供给。
风调雨顺得丰收，安居乐业乃大喜。

【提示】

安：安稳；居：住的地方；乐：欢喜；业：事业。居住的地方安定，喜爱自己的事业。“安居乐业”一向是中国老百姓所追求的生活目标，并努力为实现它而不辞辛苦地奋斗着。这是广大人民群众最朴实最简单地追求。千百年来，为了获得安居乐业都在竭尽全力地拼搏着。旧社会的黎民百姓，为了生存历尽艰辛挣扎在社会的最底层，穷尽终生之力仍难获得安居之地。在“三座大山”的压迫下，穷困永远是无法摆脱掉的阴影，求生之道何其难也！如今，不但人人达到了安居乐业的目标，而且都在逐渐富足起来。语出《汉书·货殖传》：“各安其居而乐其业，甘其食而美其服。”形容人们安定地生活，愉快地劳动。如果说这句古话只是一种愿望的话，那么，今天终于成为现实了。

安抚民心张布告，目的旨在压阵脚。
若合民心得天下，天时地利显其效。
民心稳则天下安，社会繁荣红日照。
安民告示见分晓，得道失道人自操。

【提示】

原指旧官府在新官上任时或社会发生动乱后，发布安抚民心的布告。现在有时比喻在开会或做某件事情前，通过张贴布告将内容通知大家或社会民众，让群众明白和有所准备。这种以文字形式体现内容的做法自古传至今。即使在当今各种传媒发达的时代，其形式仍然在发挥作用并沿用之。过去因为广大民众文化低、文盲多，布告对文盲者几乎如天书，不知所云，须请教他人方可知晓其内容，有时会闹出笑话。这并非是民众的缺欠，而是旧社会制度所造成的后果。

安贫乐道

此语当分两层意，一为麻痹二为戏。
旧时封建皇权制，为其统治行不义。
骗人妄说安贫乐，接受压迫心守一。
另有穷苦无奈者，所兴不愁乐不疲。

【提示】

这是旧封建时代提出的一种欺骗民众的话。意思是要人们安于贫苦生活，愉快地接受他们的那套说教，并心悦诚服地接受其统治。这无疑是封建统治的麻醉剂，几千年来，中国老百姓都深受其害，过着饥寒交迫的贫困生活。语出《后汉书·杨彪传》："安贫乐道，恬于进趣，三辅诸儒莫不仰慕之。"鲁迅《花边文学·安贫乐道法》："劝人安贫乐道是古今治国平天下的大经络，开过的方子也很多，但都没有十全大补的功效。"先生一语中的地戳穿了旧时代统治者的谎言。至于第二层含意则多体现出无可奈何之意。

安然无恙

平安人者之追求，无灾无祸乃是福。
无论穷富若安康，乃为人生大知足。
老慈少孝家和睦，精神矍铄心舒服。
喜看儿孙能成器，为人处世不踟蹰。

【提示】

无恙：没有灾祸疾病之类烦愁的事情。形容很平安，没有受到什么伤害。“平安是福”是中国人一贯的心理诉求。旧中国广大人民群众，由于长期经受天灾人祸的不断打击，身心倍受伤害，面对灾难束手无策，祈求太平是人们共同的心愿。所以，对平安尤为看重。因为无论穷富，只要家庭和睦，安然无恙便是最大的幸福。所以，千百年来人们都将“平安是福”这句话，作为一条不成文的信条而延续至今。实践证明，这的确是具有哲理性的生活经验。人生在世，总是要被很多灾难和疾病所困扰，这是无法逃避的事情，如何使灾难最小化是所有人的一致诉求，因而安然无恙就愈发显得重要。

安如磐石

磐石稳重难被动，常人无力将其移。
国家安如磐石稳，此乃国人甚幸极。
国家安稳民生乐，国泰民安成现实。
富国兵强保安宁，齐心协力夯基石。

【提示】

磐石：大石头。像磐石那样安然不动。国家兴盛民心稳，无论上下都恪尽职守地努力工作，从而使国力得到空前发展和增强，人民生活水平不断得到提升，国富民强，综合国力提高，逐渐使百姓过上小康生活。这一切都是建立在国家安定的基础之上。所以，国泰民安即是太平盛世的具体体现。语出《荀子·富国》“则国安于磐石”。

安如泰山

泰山五岳首当先，自古皇权尊此山。
封建皇帝信奉天，各个朝代多封禅。
妄称自己为天子，自觉山高近天颜。
孤陋寡闻实可笑，不知珠峰高万端。

【提示】

牢固得就像泰山一样。形容事物的稳固、牢靠、不可动摇。这是这个成语的字面之意。众所周知，自古泰山就被封建帝王所崇奉，他们认为泰山最高就代表距离天最近，登上泰岳即可接近天庭。封建皇帝认为自己是上天之子，理当居万民之上，这个谎言成为封建皇权的统治依据。自秦始皇以来的各个封建帝王中大有登泰山封禅的人在，他们以为登上了泰山可与天庭对话，以此来愚弄人民，借泰山之名以证明皇权统治的合法性，岂不知，如此之行为正印证了封建帝王的心虚和孤陋寡闻。语出《文选·枚乘〈上书谏吴王〉》："变所欲为，易于反掌，安于泰山。"

安身立命

安身者当有个家，立命者当心安定。
生活需要栖息处，生存需要立身命。
两者具备有根据，不备则成流浪人。
养家糊口要勤俭，持家有方得安生。

【提示】

安身：容身，指在某地居住或生活；立命：使精神安定。此语泛指生活有着落，精神有寄托。世间所有的人都应该得到安身立命的起码条件。无论什么人为了求得生存，都要建立家庭，辛勤劳动，生儿育女，还负有相应的社会责任，这是对为人者最根本的要求。无论穷富，安身立命都是为人处世必不可少的生存条件。不懈的奋斗，是获得生存的必经之路。语出宋·释道原《景德传灯录·卷十·湖南长沙景岑禅师》：“僧问：‘学人不据地时如何?’师云：‘汝向什么处安身立命?’”

安土重迁

依恋故土人常情，难舍乡情犹为重。
最甜莫过家乡水，最亲当属乡俚情。
久居老屋不思迁，久处邻里心真诚。
外面世界虽说好，老守故居心安宁。

【提示】

土：乡土；重：难。旧时形容留恋乡土，不愿轻易迁移到外地。留恋故乡是所有人共同的情感，亦是人之本性的心理诉求。一般都不会轻易离开生养自己的这片热土，背井离乡之苦是最让人伤感的事情。为了求生不得已而外迁的人，心里总会有思念家乡的念头，即使外地再好，仍然有强烈的回乡愿望。这是人之常情，也是不忘本的具体体现。长期漂泊异乡的游子们，都会有重归故里的心理要求。语出《汉书·元帝纪》。

安营扎寨

军旅营房谓军营，周围栅栏谓之寨。
部队行军需驻扎，打仗亦需有米柴。
兵书阐释兵家忌，安营扎寨必合脉。
选址用心察地形，确保地利而不败。

【提示】

安、扎：安置，建立；营：营房；寨：军营四周的栅栏。指军队驻扎下来。《孙子兵法》明确指出，军队行军作战时，选择地形尤其重要，指挥官必须遵照兵法行事，如何选择部队的驻扎地，兵法都有严格的规矩，不得有半点马虎。综观历史上很多因为扎寨不当，从而招致失败的战例，不在少数。如三国时期的马谡不顾孔明警示，擅自违反兵法之忌，从而招致兵败；水淹七军以及火烧连营七百里等都是因为犯了兵法中安营扎寨大忌的结果。语出《元曲选·无名氏〈隔江斗智二〉》。

安于现状

别人骑马他骑驴，比上不足比下余。
安于现状不求进，稀里糊涂到秋夕。
得过且过无所事，火烧眉毛不着急。
枉费人间食与禄，如此人生何其愚。

【提示】

老守于目前的状况，不求上进。人活于世，应该具备最起码的上进本分，应该有自己的责任感和使命感，一个没有责任心的人，很难做到为人者理应承担对自己对家庭乃至对社应承担的义务和责任。老守田园、不思进取、得过且过的麻醉人生是最悲哀的人生。由于缺乏自立、自强和自爱，必然导致懒惰和安于现状。如此，不但枉生了自己，亦给社会带来很多不利影响。这种安于现状与豁达面对人生、不为功利所动的人生有其本质的区别。

安之若素

心胸宽广精神爽，遇事不躁如平常。
面对困窘不介意，宠辱不惊无惆怅。
如此性格靠修养，励志高远心不慌。
无论逆顺皆守静，安之若素不渺茫。

【提示】

安：心安；之：文言代词，指代人或事物；素：平常、往常。对困窘的遭遇毫不介意，心里平静得像往常一样。另有指对于错误的言论或事物采取不闻不问、听之任之的不负责任的态度。一语正反双重意思，用时当分清褒贬。安之若素偏于褒意，较贬义用得多些。这要视具体事物和思想而定，不可因为不加考虑而错误用之。

按兵不动

手握兵权自掌控，接到命令不行动。
自有盘算自计议，将在外可不受命。
另意战术遵兵法，保存后备应急用。
两者虽然少区别，其实性质各不同。

【提示】

按兵：也作“案兵”，停兵不进；不动：指不行动或不前进。原指作战时掌握一部分兵力暂不行动。现在也比喻接受任务后不肯行动，以及互相约定后而不践约。历来很多战例都出现过“按兵不动”的事情，更有“将在外，君命有所不受”之说。这种情况的发生：一是战场形势变化引起的结果，使其不能按原计划进军，从而不行动；二是出征在外的将领因有异心所致。无论哪种原因，其结果都是不行动。语出《吕氏春秋·恃君览》：“简子按兵而不动。”

暗度陈仓

楚汉相争打天下，刘邦项羽互争伐。
刘邦汉中养精锐，烧毁栈道施以诈。
听纳谋臣张良计，麻痹霸王伺机发。
暗度陈仓出奇兵，击败项羽立汉驾。

【提示】

渡：越过；陈仓：古县名，位于今陕西省宝鸡市东，是关中、汉中间的交通要道。公元前206年刘邦率领起义军攻下咸阳，秦王朝被推翻，项羽仗着力量强大，自立为西楚霸王，把巴、蜀、汉中四十一县划归刘邦，封他为汉王。刘邦听从谋臣张良的计策，在往南郑的途中把经过的栈道烧毁，以示无再打回关中之意，从而消除了项羽的戒心，并在巴蜀之地养精蓄锐，以图大业。不久刘邦便暗暗地从陈仓绕道从故道出奇兵，一举打败了章邯，又回到了咸阳。以后便用“明烧栈道，暗渡阵仓”的战术迷惑敌人。

暗无天日

封建世道多昏暗，天地不明日无光。
黎民百姓受磨难，被迫奋起以反抗。
朝代更迭不换“药”，旧药再行注新“汤”。
民生疾苦亦不堪，新朝旧朝一个样。

【提示】

形容封建皇权统下的黑暗社会。处在旧中国的劳苦大众，在“三座大山”的长期压迫下，过着饥寒交迫的生活，深受封建皇权的残酷统治，处在暗无天日封建社会的盘剥之中，繁重的苛捐杂税、如狼似虎的酷吏压榨、无穷无尽的天灾人祸等，促使民不聊生，困苦不堪……在官逼民反的形式下，为了求得生存，人民不得已奋起反抗，推翻旧朝再建新朝。但是，封建制度依然存在，人民仍然生活在封建皇权统治下，仍然过着暗无天日的生活。

暗中摸索

着眼心意两不申，暗中摸索难于真。
生活阅历缺主根，得其诗文理不深。
闭门造车妄自作，车不合辙奈何引？
为文模拟可虚构，脱离生活必呻吟。

【提示】

摸索：探索，寻求。原指在黑暗中寻求。后也指背着人独自探求或写作，并无生活感受，只是在暗地里模拟他人之作或凭空虚构造假。生活是创作的源泉，阅历和知识是生活的积累，感受是对现实生活中的人物或事物的真情实感，并上升到理性的认识。为文者必须对生活有一定的观察和思辨能力，促使情感灵动后，才能写出源于生活又高于生活的文艺作品来。任何缺乏实际生活的作品，都是无源之水或无本之木。这种缺乏实践、无病呻吟的作品，犹如儿戏，不会感动人。文艺作品允许虚构，但并不意味可以胡编乱造。看似虚构，但也要求在生活的基础上加以适当地想象，不可胡乱调侃。语出唐·刘竦《隋唐佳话》。

黯然失色

黯然失色面无光，惊恐之下心发慌。
若何心情如此差？源自性格少胆量。
物类相向各有致，对比方可分雌黄。
人者才智有高低，相形之下成状况。

【提示】

黯然：心神沮丧的样子；失色：因惊恐而变了脸色。现多用以表示相形之下暗淡无光。世上一切事物都在相互对比中存在。没有对比便失去参照，因为没有参照的事物是不能成立的。所以，凡事都具有相互参照的意义。人的才智有高低之分，这就是在相互参照中才得以确立的。但是，这种确立并不意味着一成不变，所谓的“人上有人，天外有天”即诠释出对比的哲理含义。

昂首阔步

仰头挺胸大步走，意气风发神抖擞。
无所畏惧乃好汉，伸张正义不回头。
为人性格多刚烈，处世不怕黑逆流。
天下多有不平事，路见不平即出手。

【提示】

昂：扬，仰。形容昂着头、迈着大步、意气风发、无所畏惧地向前进。有时亦形容态度高傲。世间各种性格的人聚集在同一个社会环境中，各自彰显着自己的性格特征，其中之一，便是性格耿直、无所畏惧的人。这种人性格直率、禀性刚强、不畏权势、仗义疏财，受世人尊重。但是，因其好感情用事，缺乏周全，所以往往会导致鲁莽。昔日的梁山好汉多有此性格。所谓文武双全主张正义的人，不但具备为人的智慧而且具备正义感。

嗷嗷待哺

三春鸟儿正孵窠，幼鸟待哺嗷嗷叫。
幼雏须经母供养，生儿育女忒辛劳。
待到羽翼成丰满，远走高飞自立窠。
为父母者心守一，代代相继得天昭。

【提示】

嗷嗷：哀鸣声；待：等待；哺：喂养。形容饥饿时急于求食所发出的叫声；三春：即为春夏之际，此时正值鸟类繁殖期。曾有“劝君莫打三春鸟，窠中幼雏待求食。”如果成鸟一旦被伤害，其窠中幼鸟因得不到喂养势必难以成活。人鸟同理，都是天承物类，都有同等的生存主张和权力，爱护鸟类如同爱护自然，任何伤害鸟兽的行为，都是不仁之举。所谓的仁爱不但施于人类亦要施于其他物类，身为万物之灵首的人类，有责任和义务确保其他动物的生命权。

矮人观场

矮人观戏不够高，眼前尽是后脑勺。
别人叫好他叫好，人云亦云凑热闹。
站得高方看得远，眼界宽广心开窍。
常在低处少世面，井底之蛙见识少。

【提示】

场：广场。矮人挤在人群里看戏。比喻所见不广，随声附和。以此形容自己没有见识或没有主见，随声附和，人云亦云的人。语出《快心篇》：“总之，无识地一味矮人观场，随声附和。”明·胡振亨《唐音癸签·评汇二》引朱晦庵语：“人多说杜子美夔州诗好，此不可晓。夔州却说得郑重烦絮，不如他中前有一节诗好。今人只见‘矮子观场’。”《朱子语类》：“如矮子看戏相似，见人道好，他也道好。”

暗送秋波

秋波犹如秋水清，男女之间目传情。
无端顾盼遭非议，谬将原意作走形。
可怜美辞被曲解，妄称秋波谓菜名。
并非孤陋为搞笑，只为取笑作聪明。

【提示】

秋波：旧时形容女子的眼睛像秋天的水波那样清澈明亮。原指暗中眉目传情。后引申为献媚取宠，暗中勾搭。用做贬义之处。再后来便用做搞笑的材料，谬将“秋波”解释成“秋天的菠菜”。当然这只是为调侃所用而已，并非无知到如此地步。

暗箭伤人

暗箭伤人深刺骨，此乃小人常为武。
乘人不备下毒手，造成伤害不可估。
堂堂正正为君子，鬼鬼祟祟多妄图。
人与人之德不同，无德之辈被唾吐。

【提示】

暗箭：从暗地里放出的箭。比喻暗地里用某种手段伤害别人，其目的是为了打击别人以抬高自己，从中捞取政治资本或其他好处。这种图谋不轨的行为，多出自那些心术不正、善于钻营、不择手段的小人所为。俗话说“明箭易躲，暗箭难防”以此说出暗地里陷害人的伤害力更强。语出宋·刘炎《迩言》卷六：“暗箭中人，其深次骨，人之怨之，亦必次骨，以其掩人所不备也。”

黯然销魂

红楼黛玉主人公，黯然销魂独葬花。
玉体花魂双垂泪，人情物情相互化。
人魂花魂两相依，神魂颠倒情不暇。
多愁善感自伤心，沮丧魄散残年华。

【提示】

黯然：心神沮丧的样子；销魂：灵魂离开了躯壳。形容心神沮丧得好像失去了灵魂。意为极度地悲伤或苦恼。这是人的情感在特定处境中的一种表现，也是由于忧愁或郁闷达到一定程度的心理反应。语出梁·江淹《别赋》：“黯然销魂者，惟别而已矣。”

按图索骥

为事作教条，不思其事理。
枉于为其事，重蹈覆辙迹。
按图寻良马，不晓其之地。
误将蟆当马，实之谬千里。

【提示】

索：寻找；骥：好马。意思是照着图上画的去找好马。明·杨慎《艺林伐山》：“伯乐《相马经》有‘隆颡蚨日，蹄如累曲之语，其子执《马经》以求马，出现大蟾蜍，谓其父曰‘得一马，略与相同；但蹄不如累曲耳。’伯乐知子愚，但转怒为笑曰：‘此马好跳，不堪御也。’”所谓按图索骥也。原来比喻办事拘泥于教条，现在指按照线索去寻找事物。

安如泰山

五岳尊位首，华夏魁星岱。
造化神功斧，阴阳两劈开。
祥云常缭绕，紫气升天外。
身临险峰处，一览天下白。

【提示】

泰山历来尊为五岳之首，多受皇权封禅，祈福江山稳妥兴盛。岱者乃泰山简称。

悲欢离合

人有悲欢和其因，离合从古而至今。
人生所遇事非常，悼怀惜逝赋诗吟。
自古难逾四件事，悲欢离合常于心。
天经不测月圆缺，不谙此道情难申。

【提示】

悲哀，喜悦，分离，团聚。“悲欢离合”四个字，可以涵盖人生的全部内涵。所谓人生，就是在悲哀、欢乐、离别、合美这四种感情的反复交替中度过。因此，具有很强的感情色彩。

悲天悯人

岁至半百知天承，诚畏天命伤人情。
悲心悯人三秋月，时世艰辛如何应。
疾苦人祸与天灾，多秋相接何以从。
封土建国酷吏恶，谁为黎民道不平？

【提示】

天：本指天命或天道；悲天：指哀叹时世；悯：哀怜。形容旧时期黎民百姓生存多苦难。处于天灾人祸苦难中的劳苦大众，在封建统治的残酷压榨下，过着穷困潦倒的生活，处在“叫天不应，叫地不灵”的悲惨境地。后指哀叹时世艰辛，怜悯百姓的疾苦。语出唐·韩愈《争臣论》。

悲喜交集

大喜大悲忒伤情，悲喜交集害人命。
大悲之中伏大喜，大喜之后悲犹生。
天地事物两极端，雷雨过后天即清。
艳阳高照大地暖，天人合一运相通。

【提示】

悲伤和喜悦交织在一起，并相互转变。老子曰：“福伏祸兮祸倚福”，即“物极必反”。悲喜交集是指人的情感瞬间转换的过程，这种情绪在短时间内的转换，有时会令人难以承受。“当大明之盛，而守局遐外，不得奉瞻大礼，闻问之日，悲喜交集。”语出《晋书》。

悖入悖出

君子生财取有道，自食其力得其惠。
坑蒙拐骗乃小人，巧取豪夺触法规。
货悖而入亦悖出，花天酒地银如灰。
悖入悖出两相空，不义之财必遭毁。

【提示】

悖：不合理。利用不正当手段所取得的钱财，滥于挥霍，必遭法律的惩处。“君子生财居有道，凭得自砥获其效。小人谋财凭歪盗，悖入悖出乱花销。君子聚财求发展，元、亨、利、贞皆其晓。盗者得逞不珍惜，花天酒地一团糟。”语出《礼纪·大学》。

背井离乡

人生自古几多愁，乡愁乃为愁之首。
少小离家揣乡土，老大捧土解心忧。
乡井之情难释怀，梦里常回故乡游。
漂泊他乡如秋叶，落入水中搏激流。

【提示】

背：离开；井：指家乡。离开家乡到外地去。形影孤单，举目无亲，思念家乡和亲人。“背其故井离故乡，远走天涯身飘摇。心中怀念我故土，梦魂牵绕家风貌。有朝一日得回乡，饮得井水润心燥。发小相见挚手热，老泪纵横喜眉梢。”语出《元曲·马致远汉宫秋》（三）。

背道而驰

南辕北辙背道驰，各奔他乡求一隅。
相去弥远不相及，天南地北各自居。
事与愿违两不济，人生取向不合局。
道不合而心不通，背道而驰岂可遇。

【提示】

背：背向；道：道路；驰：奔跑。朝着相反的方向奔跑。比喻彼此的方向或目的完全相反。“其余各探一隅，相与背驰于道者，其去弥远。”语出唐·柳宗元《河东先生集杨评事文集后序》。

背信弃义

人讲诚信树有根，诚信笃者其根深。
君子之风取其义，背信弃义乃小人。
人之信义集大成，做人首当重其信。
言而有信受尊敬，仁义有嘉得人心。

【提示】

背：违背。弃：丢掉。即言不守信用和道义。“背其信誉逐其利，忘其恩情乃不耻。人生在世顶天地，守信乃为人格尺。严守规矩自操守，不因利益忘其制。处世当以诚首先，为人处事靠自治。”语出《北史·周本纪》。

本来面目

天性乃为人本心，善恶不分心不衷。
人性善恶皆具备，扬善抑恶须修行。
修行乃是守静笃，心静如水思自清。
炼者并非枉蹉跎，教化促使心清明。

【提示】

原是佛家用语，指人人本有的心性。后来比喻事物原来的模样。人之“本心”为“良知”，致良知而为善去恶。王阳明四句教称：“无善无恶心之体，有善有恶心之动，知善知恶是良知，为善去恶是格物。”“不思善，不思恶，正与么时，那个是明上座本来面目?”语出《六祖坛经·行由品》。

本末倒置

本者万事之根源，事兴事衰皆因缘。
末喻万事之树梢，根不发达梢不繁。
顺理方可成其章，悖理无章酿其烦。
树根树梢岂能倒，本末倒置天地翻。

【提示】

本：树之根，比喻事物的根本；末：树梢，比喻事物的枝节；置：放置。比喻把主次的位置弄颠倒了。“本即事物之理由，末乃事物之现象。事循其理而发生，现象只是理之形。如若问事必求理，理通方可事随清。如若以形代其理，本末倒置奈何成?”

笨鸟先飞

人之能力有大小，无论大小皆需要。
大才自有大才用，小才亦是有成效。
自知之明犹可贵，不甘落后如赛跑。
龟兔赛跑有启示，笨鸟先飞照样高。

【提示】

比喻能力差的人做事时，恐怕落后，比别人先动手。多用作谦虚之辞。“所谓笨鸟实无有，以鸟喻人说分由。人者智慧不相同，有高有低自然成。无论智慧高与低，勤奋好学乃为优。”

比物此志

南国有红豆，此物喻传情。
以物寄心意，比类而相诚。
言臣效取义，为国而尽忠。
此志类此意，圣人有金城。

【提示】

比物：比类，比喻。指用事物行为来寄托、表达自己的心意。“圣人有金城者，比物此志也。”“物，类也。志，意也。圣人有‘金城’之语，正比类比意也。”语出：《汉书·贾谊传》。

鄙吝复萌

鄙吝成庸俗，复而重萌生。
不学而无术，后果乱其宗。
时月不见尔，鄙吝复萌应。
凡夫俗子鉴，修养可弥兴。

【提示】

鄙吝：这里指庸俗；萌：植物萌芽，引申为发生。意思是庸俗的念头又开始萌生。人者皆具良知于心，一念之际善恶即生，智者呼唤致良知邃善意繁生；庸者不自省而致良知不应，其必受制于恶念而行不端也。“时月之间，不见黄生，则鄙吝之萌复存乎心。”语出《后汉书 ·黄宪传》。

闭关却扫

闭关自守井底蛙，自以天下唯自家。
孤傲独尊枉自大，孤芳自赏一枝花。
闭关却扫不为士，敬通见抵不求华。
扫却车辙与世隔，老守田园至白发。

【提示】

关：关门；却扫：扫除。关上大门，扫除车辙。指不与外界往来。“自扫门前雪，不虑他人寒。自求己以暖，不计长与短。老守自家院，不闻邻事端。出门低头走，破帽遮其颜。”语出梁 ·江淹《恨赋》。

闭门思过

天有阴晴人有错，圣人一日三思过。
自思自省心笃诚，凡夫俗子将如何？
省悟倍感心清爽，及时思过勿要拖。
常思常想常自量，轻装上阵更洒脱。

【提示】

过：过失，错误。关起门来，自己反省过错。“闭门独坐自思量，自我检讨望房梁。呆头呆脑仔细想，心里不悟枉秋常。终然智浅悟不深，此举亦为能自亮。不顾深浅敢试探，即使不醒也得半。”语出《汉书 · 韩延寿传》。

闭门造车

单凭臆想事主观，犹如闭目捉滚丸。
思之不明理则谬，似若鸭眼歪望天。
自以为是枉作为，闭门造车轮不圆。
凡事皆要守其制，不得盲目乱根源。

【提示】

原意是按同一规格，关起门来造车子，用起来自然合辙。后人反其意而用之，比喻不问客观实际，不进行调查研究，单凭主观想象处理问题。“关起房门自造车，单凭臆想手必拙。手艺欠佳何可为？车成亦多不合辙。不调查亦不研究，单凭主观妄论说。小则害己亦害人，大则误国亦误民。”

闭月羞花

天下女子千千万，美女如云飘忽间。
绝代佳人美容貌，闭月羞花愧无颜。
沉鱼落雁因其丽，何知美者乃自然。
天然不凡谓大美，不可唯美乱其繁。

【提示】

闭：藏之。使月亮躲藏，使花含羞。形容女子的美丽。“不提防沉鱼落雁鸟惊喧，则怕的羞花闭月花愁颤。”语出元·王实甫《西厢记》。

弊绝风清

一代新人慰国风，体恤民生风气正。
凤凰择栖梧桐树，天地人和促世清。
治理歪风敢担当，双管齐下正气升。
继往开来放眼望，山河壮丽中国梦。

【提示】

贪污舞弊的事情完全没有，风气良好。形容坏风气一扫而光。上安下顺两清风，弊绝风清两相应。“胸怀大志图自强，全面小康即将成。春风化雨风光丽，两个百年和天意。待到中国美梦圆，千秋大业铸辉煌。”语出《宋文鉴·周敦颐〈拙赋〉》。

筚路蓝缕

改革开放三十载，一朝旧貌换新颜。
心怀大志齐天下，日速赛过两三年。
筚路蓝缕倍艰辛，赢得国强民富安。
万众一心再努力，继往开来谱新篇。

【提示】

筚路：柴车；蓝缕：破旧衣服。“筚路蓝缕，以启山林。”意思是驾着柴车，穿着破旧衣裳去开辟山林。后用以形容创业的艰辛。语出《左传·宣公十二年》。

壁垒森严

今观世界风云起，别有用心故做戏。
恶人告状谬法理，南海主权岂可移！
军改体制雷厉行，火箭军威振士气。
防御森严若金汤，确保安宁强国力。

【提示】

壁垒：古代军营周围的防御建筑物；森严：整饬而严肃。形容防守严密，做好战斗准备。富国强军，打造中国强大的国防正显示出威慑力，“进入深蓝”更显现中国军力的强悍。我们热爱和平但也不怕战争，若有人胆敢挑衅，我们将以牙还牙，决不手软！此成语也比喻界限划得很严密。

避实就虚

三话乃为旧痼疾，假话空话客套话。
自欺欺人两不利，没有实际嘴生花。
瞎说似有却是无，无中生有蒙大家。
不尚空谈当求是，实事求是事乃佳。

【提示】

就：接近；走向。在军事上指避开敌人的主力，攻击其薄弱环节。“兵之行，避实而击虚。”现在也指躲开实质性的问题，尽说空话。假话、空话与大话谓之“三话”，其危害之大不可估量。因此，杜绝“三话”是改变作风的重要表现。语出《孙子兵法·虚实》。

避世绝俗

人生一世草木秋，草木荣枯乃一周。
身处现世莫己弃，避世绝俗自找愁。
自寻烦恼成自闭，自甘暴气名将臭。
坏了自身犹可悲，影响社会何其丑！

【提示】

世：指现实社会；俗：指群众。逃避现实，躲开群众。这是一种消极的处世态度。“避世绝俗枉自清，不知春夏与秋冬。孤陋寡闻自以是，不得实际何以生？唯有实践出真知，井底之蛙脑不灵。擅自离群妄于作，最终落得一场空。”

变本加厉

变本加厉原意正，今非昔比相对称。
世态炎凉不炎凉，源自是否有心胸。
变本加厉称贬义，谬将正词妄自庸。
本利周转元利亨，此乃商家买卖经。

【提示】

厉：猛然。原意指比原来更加发展。而今则形容情况比原来更加严重。此乃正词反用之。“盖踵其事而增华，变其本而加厉，物既有之，文亦宜然。”语出南朝·梁·萧统《文选》序。

辩才无碍

辩才全靠三寸舌，实际源自脑灵活。
思维敏捷据理争，心语相通口悬河。
孔明舌战吴群儒，辩得众臣不知所。
一场舌战定高低，驳得群儒嘴出辙。

【提示】

辩才：好口才；碍：阻碍。本佛教用语，形容菩萨说法义理圆通，语言流畅，毫无滞碍。后来泛指能言善辩、口才极佳、思维敏捷、语言犀利的人。

标新立异

标新立异可创新，无端蒙受大委屈。
终然释为显自己，妄将原意谬歪曲。
别出机杼辟蹊径，敢于革新智不愚。
别风淮雨多误笔，文意讹误反其序。

【提示】

标：提出。原意是说开创新意，立论与人不同。后用以表示为了显示自己，故意另搞一套。现在有时表示敢于革新创造精神。语出南朝·宋·刘义庆《世说新语·文学》。

别鹤孤鸾

孤鸾谓之鸾鸟单，别鹤谓之鹤失偶。
二者喻之夫妻散，生离死别与其间。
人生自古伤别离，老守孤寂世多见。
穷富只求共一席，财富不抵合家欢。

【提示】

别：离别。鸾：凤凰一类的鸟。失偶的鹤，孤单的鸾。“王昭、楚妃，千里别鹤。”“上弦惊别鹤，下弦操孤鸾。”语出三国·魏·嵇康《嵇中散集·琴赋》。

别具匠心

创作求新巧构思，别具一格立新意。
昔有诗人杨万里，语出惊人而称奇。
凡事皆需求发展，裹足不前如自弃。
诗文紧跟时代走，承前继后再努力。

【提示】

匠心：巧妙的心思，常指文学艺术方面创造性的构思，具有与众不同的巧妙之处。“别具匠心文不凡，构思巧妙辟新端。不拾牙慧自闯路，耳目一新创新篇。”

表里如一

表即事物之外貌，里则心意之内肖。
表里如一即为诚，为人忠肯则诚昭。
做人要旨笃忠诚，做事踏实风气好。
面与心合行必端，人格端正品位高。

【提示】

表：外表；里：指内心。形容思想和言行完全一致。“行之以真者，是事事要着实，故某集云‘以忠，则表里如一。”语出宋·朱熹《朱子全书·论语》。

别开生面

别有洞天成新风，别开生面事新颖。
举一反三互为参，照猫画虎类其形。
承前启后再创造，根繁叶茂树常青。
新芽必将开新花，促使旧貌换新容。

【提示】

生面：新的面貌。指另有创新的风格面貌。“凌烟功臣少颜色，将军下笔开生面。”“凌烟画像，颜色已暗，而曹将军重为之画，故云开生面。”语出唐·杜甫《丹青引》。

别有天地

智勇双全而自戒，心怀天地人和谐。
人者若具凌云志，文韬武略同相协。
诗文之骨乃意境，辞藻乃为助其解。
意境深邃辞华丽，文心空凌乃境界。

【提示】

天地：指境界。即另有一种新境界，也形容艺术作品或风景引人入胜。“桃花流水远悠闲，别有天地非人间。但求天堂空不得，文中自有琼瑶现。”语出唐·李白《山中问答》。

宾至如归

中国始称礼仪邦，待人接物乐颂扬。
泱泱大国礼为重，各方宾客具礼让。
客处异国如至家，无拘无束心欢畅。
宾至如归似还乡，和平相处睦邻邦。

【提示】

宾：客人。客人到这里如同回到自己的家里一样。“宾至如归，无宁灾患，不畏盗寇，而亦不患燥湿。”现在形容招待周到，起居饮食舒服。语出《左传·襄公三十一年》。

彬彬有礼

人生天地间，自励乃为先。
才高学八斗，言行皆自端。
文采多出众，人品朴实贤。
彬彬而有礼，稳健如泰山。

【提示】

彬彬：既有文采又很朴实的样子。后用以形容文雅而有礼貌。“言谈举止皆不俗，礼仪周全不拘束。修养到位方可及，精神气质皆突出。待人接物多自然，话句不赘恰到处。文采飞扬而自谦，心怀若谷天地间。”

冰清玉洁

天生丽质如冰清，白玉无瑕女儿经。
纯洁犹如花之露，一尘不染自天成。
容颜貌美招雁落，俊俏羞得花不红。
一代玉女好佳人，冰清玉洁倩纯青。

【提示】

像冰那样清明，像玉那样纯洁。形容操行清白。冰清玉洁女儿身，一尘不染守其贞。尘世喧嚣浊气重，自我操守清其心。语出北齐·刘昼《刘子·妄瑕》。

博大精深

虚学之浅无谓精，徒有虚名枉自成。
博大精深寓哲理，博而精者名相称。
通今博古在于求，求之再厉达以宏。
不可博士立驴文，书卷三纸无驴名。

【提示】

博：广大、丰富。形容思想和学识广博而高深。“中华文化传统深，博大精深民族魂。岁月沧桑一再变，积淀遂成乃精神。华夏精神代代传，利在当代传子孙。继往开来再创造，确保传统永求新。”

薄物细故

轻贱之物不足道，细微之事臣计失。
兄弟情深同手足，因权相残乃史实。
唐朝太宗李世民，妄杀兄弟乱心智。
曹丕朝上逼其弟，七步成诗乃曹植。

【提示】

薄物：轻贱的物品；细故：无关紧要的小事情。形容微小的事物。“薄物细故，谋臣计失，皆不足以离昆弟之欢。”语出《汉书·匈奴传》。

跛鳖千里

有道世上千里马，岂知千里行跛鳖。
但凡有志事竟成，心无志向何其劣。
主观进取客观助，两者具备互相协。
心诚自砥动天地，自强自励成人杰。

【提示】

“故跬步而不休，跛鳖千里。”意思是跛脚的鳖不停地走，也能走到千里之外。比喻只要努力不懈，即使条件很差，也能取得成就。语出《荀子·修身》。

卜昼卜夜

纣王昏庸纵酒色，花天酒地无昼夜。
荒淫无耻裸男女，恼怒神灵天诛灭。
享乐无度乱朝纲，君无德才世必邪。
邪而生乱天无光，世乱贻害民遭劫。

【提示】

卜：占卜。齐桓公到敬仲家喝酒，至高兴时说：“点灯再喝。”敬仲曰：“巨卜其昼，未卜其夜，不敢。”意思是说白天喝酒作乐，我占卜过了，夜晚喝酒作乐，我未占卜过，不敢答应。形容不分昼夜地荒淫无度。语出《左传·庄公二十八年》。

补天浴日

人类切莫妄自大，理性对待自然生。
人者只是灵动物，天地赋予人之性。
补天浴日功勋著，神话岂可代天承。
妄称人能胜其天，岂知生命乃天萌。

【提示】

古时神话说，天缺了一大块，女娲炼七彩石修补。又说帝俊妻生了十个太阳，在甘渊里给太阳洗澡。后来就把这两个神话合成“补天浴日”。比喻人有战胜自然的能力，或形容功勋伟大。语出《淮南子·览冥训》及《山海经·大荒南经》。

捕风捉影

言之行之皆无实，听之洋洋贯于聪。
自欺欺人不实际，求之不得如捉影。
风影何以为其实，焉可望风捉其形。
白日做梦无根据，竹篮打水一场空。

【提示】

比喻说话或做事毫无事实根据，又作“系风捕影”。“若悠悠地似做不做，如捕风捉影，有甚长进?”“听其洋洋满耳，若将可遇，求之荡荡，如系风捕影，终不可得。”语出宋·朱熹《朱子全书·学一》及《汉书·郊祀志下》。

不辨菽麦

世上两种人愚拙，一为无知妄自欺。
二为知浅不识礼，不学无术如自弃。
天性愚笨无可非，天性聪敏而不及。
不辨菽麦知识浅，学以致用方可期。

【提示】

菽：豆类。分不清豆子和麦子。形容愚昧无知，又指脱离生产实践，缺乏实际知识。“四体不勤枉做戏，五谷不分充实际。麦豆不分何其愚？只知享受纨绔弟。”语出《左传·成公十八年》。

不丰不杀

丰衣足食应知足，富者丰而亦不杀。
张弛有度气平和，贫者努力治其家。
不丰不杀知多少，不吝不鄙不尴尬。
猪丰必招致屠宰，平常之心乃为佳。

【提示】

丰：满；杀：减少。“礼不同，不丰不杀。”“不丰者，应少不可多，是不丰也；不杀者，应多不可少，是不杀也。”原指不奢侈但也不节省。语出《礼纪·礼器》。

不敢旁骛

做事不可心不焉，专心致志为其间。
心猿意马难守一，见异思迁不成全。
力求全神贯于事，不达目的心不甘。
为人做事守其律，事半功倍称心愿。

【提示】

骛：追求。不敢再求别的。形容注意力集中。“为事心相应，不可两不清。一心为其事，精力要集中。思当求其巧，行则合其情。为求事功倍，必得其更生。”

不稼不穑

不稼不穑不识农，不狩不猎不知戒。
人皆以食奉为天，无食果腹何可解。
四体不勤即为耻，五谷不分尤为劣。
劳作而获得衣食，不劳而获是剥削。

【提示】

稼：播种五谷；穑：收获谷物。指不参加农业生产劳动。“不稼不穑，胡取禾三百囷兮？”意思是说：“你不种田、不收割，为什么要收三百囷的粮食？”语出《诗·魏风·伐檀》。

不教而诛

历来暴君妄杀戮，政令不出何以处。
教不施而冤案生，天地昏暗日不出。
不教而诛谓之虐，暴虐势甚命将诛。
教正令通人心稳，妄杀无辜世浊污。

【提示】

教：施教令，教育；诛：杀戮。事先不加教育，不指明什么是错的，大家一触犯就加以处罚或杀戮。“不教而杀谓之虐。”语出《论语·尧曰》。

不近人情

天之因道而有情，人之遵道近人意。
情者乃是人之脉，通则可使心安逸。
知书达理人心窍，为人处世皆宽怡。
孤芳自赏乃自傲，不近人情悖其礼。

【提示】

指性情或行为怪僻，不合情理。独行独处自觉良好，无视人情，妄自尊大之人。“不知人情是何物，不近人情自为虎。为人处世凭自好，脚踏棒槌忽悠悠。”庄子曰：“大有径庭，不近人情焉。”语出《庄子·逍遥游》。

不拘小节

大节乃志气，小节乃微作。
君子坦荡荡，不以小节锁。
行止多洒脱，不拘成一格。
位卑气节高，勿以妄论说。

【提示】

拘：拘束，限制；小节：指生活琐事。不为小事情限制。多指不注意生活小节。“性淳朴，不拘小节。”“不拘小节双重意，褒贬当有分寸系。无伤大雅方可以，有伤风化亦应忌。”语出《后汉书·虞延传》。

不亢不卑

远虑近忧无所谓，心静如水自安慰。
不亢不卑守中正，从容不迫以相对。
不以人格换利益，不可逞势而妄为。
世间人事多繁杂，恪守规矩诚相会。

【提示】

亢：高傲；卑：低，自卑。既不骄傲，也不自卑。也作“不卑不亢”。“态度适中而自若，不骄不躁不卑懦。人前人后守得住，不因失度而自作。人者以礼为其制，待人接物皆有度。君子本心致良知，言行受于心之托。”

不可向迩

为人不轨如纵火，自惹灾祸殃及邻。
假若灾祸波及市，悔之晚矣枉求神。
做人不可迩邪恶，妄自近火必烧身。
自律自爱求规矩，远离不测防被侵。

【提示】

迩：近。不能靠近。“若火之燎于原，不向迩。”“行为不端殃其身，如同惹火焚于心。自作自受咎由取，以惩为戒当自新。自问自省得其道，一日三省自相问。人致良知需呼唤，良知发现乃正因。”语出《尚书·盘庚》。

不吝金玉

吾人不才妄为诗，渴望他人能惠荐。
为求发展求其助，万望世人赐高见。
不吝金玉得教诲，俯首聆听知深浅。
但愿今生知相遇，以诗会友和其缘。

【提示】

吝：吝惜；金玉：泛指珍宝，比喻宝贵的意见。不吝惜宝贵的意见，指出缺点错误，提出批评。此为请他人指教的客气话。“金玉有价不抵心，良言无价因其真。言简意赅致其理，终身受益乃为钦。”

不露圭角

才高智锐人谦和，心存大智形若愚。
不露锋芒慧根深，不动声色不乱语。
智慧可使眼明亮，洞察秋毫留有余。
栋梁之材得天惠，人尽其才承天宇。

【提示】

圭角：圭的棱角，比喻锋芒。不露圭角，比喻不露锋芒。“如彦高《人月圆》，半是古人句，其思致含蓄甚远，不露圭角，不犹胜于宇文自作者哉?”语出元·刘祁《归潜志》。

不谋而合

昔日三国战赤壁，两军隔江望战船。
曹操拥兵八十万，欲扫东吴江南岸。
诸葛孔明会周瑜，合众御敌箭上弦。
孔明周瑜掌书火，不谋而合破曹蛮。

【提示】

谋：商量，计议；合：符合，一致。没有经过商量而彼此的意见或行动一致。“不谋而合两贤人，心心相通必有因。睿智促成同心语，同道成就合于心。”语出宋·苏轼《朱寿昌梁武忏赞偈》。

不平则鸣

世间多有不平事，人逢不平心难静。
不平则鸣出怨气，烦闷至极发呼声。
马匹可谓人之友，被人役使至终生。
驴子天生性倔强，偶尔大叫鸣不平。

【提示】

鸣：发出声音；指有所抒发或表示。当受到不公平的待遇就要发出不满的呼声。语出唐·韩愈《昌黎先生集·送孟东野序》“大凡物不得其平则鸣”。

不求甚解

不求甚解学之害，学而不精枉费心。
知识贵在博而精，渊博精到惠终身。
求学铁杵磨成针，刻苦自砥振精神。
脚踏实地求甚解，学海无涯不畏深。

【提示】

原指读书时不求深入，只了解一个大概。现在多指学习不认真，不求深入理解，或了解情况不深入。“求学不得有二心，心无旁骛意沉稳。专心致志求真知，恪守自励自发奋。”语出晋·陶潜《陶渊明集·五柳先生传》。

不识一丁

学到用时方知少，酒到醉时方知多。
不识一丁实可怜，无知之始源于惰。
学知从来不厌重，礁石迎浪不退缩。
学海无涯苦作舟，信念执着以为舵。

【提示】

不识字者被称文盲。旧中国人民因贫穷得不到求学的机会，因此多为“不识一丁”的文盲。这是时代的原因所造成的弊端，并非民之过错。“封建体制弄愚民，平民不得求知心。愚民举措保皇权，造就文盲是何人?”语出《新唐书·张宏靖传》。

不痛不痒

语出倘若不中的，收效自然不足道。
轻描淡写一扫过，词不达意惹人笑。
为人处世话中肯，话语虽少却有效。
隔靴搔痒枉操作，不痛不痒扫而过。

【提示】

比喻议论、批评不中肯，没触及要害，也比喻没彻底解决问题。或轻描淡写，一扫而过，或词不达意，不痛不痒地胡侃乱说一通。“不觉痛痒意麻痹，呆头呆脑事无记。不知今日为何所，妄将月亮称作日。佯装痴傻枉自说，言不由衷何其拙。避重就轻不实际，轻描淡写不着意。”

不夷不惠

模棱两可居其间，折中而为自保全。
面对尘事杂无序，中庸之道维系圈。
两端不就取中段，不即不离绕其弯。
不夷不惠而自为，落得清静养天年。

【提示】

夷：指殷末周初时的伯夷，他坚决不作周朝的臣民；惠：指春秋时鲁国的柳下惠，他曾三次被罢官都不肯离去。不像伯夷那样坚决不做官，也不像柳下惠那样留恋官位。比喻做事取折中态度。语出汉·杨雄《法官·渊骞》。

不亦乐乎

事在人为在于行，不亦乐乎而相迎。
诚心对己对他人，两全其美重人情。
朋友不期而自来，促膝相谈乐即生。
问长问短多嘘寒，谈笑风生互对应。

【提示】

亦：也；乎：文言中表示疑问或反问的语气助词，这里相当于“吗”。“朋友相聚心欢喜，谈古论今语随意。志趣相投是为友，老友相见喜于心。举杯齐眉共相祝，意欲难表心相系。但愿天地助人愿，今生今世共一席。”语出《论语·学而》。原意是“不也是很快乐的吗?”

不以人热

身为男儿当自强，不依不靠不仰仗。
自律自爱自修养，不借他人伞乘凉。
古来曾有梁鸿者，不借邻灶余热忙。
回家拾柴自生火，独自为炊于灶房。

【提示】

因：依靠。比喻不仰赖别人，自立自强为人处世。“好男儿，当自强，不倚不靠不仰仗。自律自爱自砥砺，为我人生筑城墙。”语出《末观汉记·梁鸿传》。

不忮不求

嫉妒乃是人天性，贪求亦为人之常。
不忮不求为高尚，忮求必被己所伤。
胸中有志图大业，性情豁达心宽广。
燕雀不知鸿鹄志，鼠目寸光心鸡肠。

【提示】

忮：嫉妒，因别人好而忌恨别人；求：贪求。指不嫉妒，不贪求。“不忮不求好风尚，实为难得人之上。人者天性好忮求，良知为其矫正光。”语出《诗经·邶风·雄雉》。

不主故常

不主故常自发挥，推陈出新与时进。
墨守成规必自封，心胸狭窄成自禁。
事可短而亦可长，承前启后古为今。
千变万化不离宗，不拘守旧而出新。

【提示】

故常：指旧的常规。不拘守旧套或不拘泥于一种方法。庄子曰："其声能短能长，能柔能刚，变化齐一，不主故常。"语出《庄子·天运》。

八拜之交

旧时讲究结义拜，义兄义弟义姐妹。
所谓八拜盟天誓，为求相互心诚垂。
三国时代刘关张，桃园结义心融会。
不求同生求同死，愿得同归无怨怼。

【提示】

八拜原指古代世交子弟谒见长辈的礼节；交：友谊。旧时称结拜的兄弟、姐妹为八拜之交。杀鸡嗜血为酒，携手同跪对天盟誓，再分长幼以定名分，行八拜之大礼，即结为兄弟、姐妹的仪式。通过这种仪式结成的义兄、义弟、义姐、义妹从而相互认定如同亲兄弟姐妹的关系。语出元·王实甫《西厢记》第一本第一折："有一人姓杜，名确，字君实，与小生同郡同学，当初为八拜之交。"

八斗之才

昔有文坛知名士，晋代姓谢名灵运。
说是天下才一石，子健独得八斗尊。
我自一斗居为仲，其余一斗天下匀。
恃才高傲不自谦，祸从口出遭杀身。

【提示】

才：文才，才华。旧时比喻人富有才华，至今仍沿用之。晋代文坛名士谢灵运，才华出众，善诗赋，其诗风清新飘逸，独占鳌头。因才华过人，遂酿成恃才高傲的性格特征。谢灵运说：“天下才共一石（石为量器，一石合十斗），曹植（字子健）独占八斗，我得一斗，天下共分一斗。”后遂用“八斗才、才高八斗、才八斗、八斗陈思（指陈王曹植）、多才子健、才论斗、才当曹斗”等句比喻富有才学的人；用“一斗才、才无一斗”等指才能平庸者。文坛名士的一番话，历经两千多年而沿用至今，可见名家的影响不可小觑也。语出《南史·谢灵运传》。唐·李商隐诗：“宓妃愁坐芝田馆，用尽陈王八斗才。”

八方呼应

相互呼应声，彼此心相通。
呼应相继起，如同鸣山钟。
前后相与系，左右亦呼应。
八方呼应成，齐心协力赢。

【提示】

呼应：一呼一应，彼此声气相通。形容各方面互相呼应，互相配合。四面八方相互联系，相互支持和配合，是成事不可或缺的有利条件之一，配合默契、相互支援更有利于达到所求之目标。无论何事、何人、何地，做事必须团结一致、共同努力方可获得成效。这就是“团结就是力量”的重要意义。单打独斗的成功率远逊于众志成城。所谓的人气，即是“八方呼应”的具体体现。这是一条既简单又深刻的为人处世的道理。

八面见光

为人处世多圆滑，谙于世故多周到。
巧嘴能言亦善辩，左右逢源心术高。
世间人群虽混杂，善和稀泥自有招。
见人卑躬赔笑脸，确保自身不“发烧”。

【提示】

“发烧”：引申意安全。形容为人处世非常圆滑、世故，各方面的人都应付得很周到。这是一个具有贬义的成语。体现为人处世的狡猾和老道。所谓“八面”即是各个方面的意思，所谓“见光”即是光滑圆润得很是得当。这种性格的人，不能称之坏人亦不算完全的好人。其思想行为并没有有意伤害他人，但又让人觉得很不舒服。所谓的“世故”就是这种表现，其目的只是为了确保自己的利益和安全，但用得过分，便会给别人带来麻烦。实践证明，此举处世还真有效果，但终归不是为人处世的正道。所以，我们并不欣赏这种人的思想行为。

八面玲珑

眼观四路无遗漏，耳听八方无不详。
耳鼻眼嘴舌皆灵，听闻视尝都在行。
机灵过人得益多，处世为人自念经。
八面玲珑无死角，八面见光随心应。

【提示】

玲珑：明澈的样子，转指人机灵、灵巧。原指窗户敞亮。后来形容处世为人手腕圆滑，面面俱到。多含贬义。聪明伶俐原本是件难得的性情，可是必须用在正面上方可受到称赞。如若反其道而行之，可能会走入“聪明反被聪明误”的歧途之中。所以，我们喜欢和赞扬聪明人，希望能让他的聪明才智发挥出正能量。如此，不但自己可以获得满意的人生，而且会对他人和社会做出应有的贡献。非若是，必然由于用之不当反而身受其害。由此可见，“八面玲珑”会使人变得狡猾起来，具有反面的坏作用。语出元·马熙《开窗看雨诗。》

八面威风

威风凛凛似英雄，出类超群心忠诚。
沙场拼杀无敌手，有勇有谋百战胜。
爽然自持人稳重，不居功高受人敬。
心怀若谷情放达，青史垂名靓人生。

【提示】

无论从哪一方面看都很威风。形容威风十足的样子。人的性格决定人的素质，人的性格一方面是天生，另一方面要靠后天的自我修养和历练，并要具备心怀志向目标和努力拼搏的奋斗精神。武功高强、深谋远虑两者齐备，便能百战百胜。功成名就后又能自持而不居功，谦虚而谨慎，更是难能可贵。所谓“八面威风”多指精神强悍的外表，而有勇有谋的良将屈指可数。语出《元曲·无名氏〈马陵道〉一》:“可不道大将军八面威风。”

八仙过海，各显神通

蓬莱仙岛有八仙，神通广大法无边。
神妙莫测皆有道，呼风唤雨驾云端。
人间神仙莫须有，各行各业有人贤。
群策群力显本领，各显其能出非凡。

【提示】

八仙：即民间传说中的汉钟离、张果老、韩湘子、铁拐李、吕洞宾、曹国舅、蓝采和、何仙姑八个神仙；神通：古代印度的一些宗教说法，修行有成就的人具备各种神妙莫测的能力，叫作“神通”，后来比喻本领。现多比喻在集体生活或工作中，群策群力、集思广益、恪尽职守，发扬集体的智慧和本领，以求得最佳的成效，尽善尽美地完成共同的事业。

八字打开

八字构架撇与捺，即为各自两分开。
毫不隐藏无遗漏，光明磊落见胸怀。
一个八字虽简单，若想打开却难耐。
人自不求难理会，唯见圣贤得其乖。

【提示】

像“八”字那样，一撇一捺，向两边分开。比喻毫不隐藏，开门见山。八字虽然简单，如果将其上升到哲学层面加以深化理解，却有其哲理性质。对于普通人而言，只顾向外狂走而自己却不领会。所以，无暇顾及修身养性，也就不能领会其中的哲理奥妙。只有圣贤之人才能将八字打开，以求得真谛。一个“八”字，若悟其内涵，可使人茅塞顿开，心静如水，言行真挚，还原于本色。语出宋·朱熹《朱子大全·卷三十五·与刘子澄书》：“圣贤已是八字打开了，但人自不领会，却向外狂走耳。”

拔来报往

跑来跑去急匆匆，不晓为何急于事。
往复劳累多消耗，所为其事并不值。
为其事者要用脑，以免混乱难求是。
善动脑者心灵巧，事半功倍得其实。

【提示】

拔、报（通“赴”）：迅速。匆匆地跑来，又匆匆地跑去。形容不止一次地来来往往。做事要讲究方法，方法来自于动脑想，凡事只要肯于动脑就会得到合理的窍门。这样行事，方可达到既节省时间又卓有成效。不但免除混乱，还会免于无为的劳累并获得事半功倍的好效果。处在杂乱无章的思想之中而为事，势必导致出力不讨好的结果。语出《礼纪·少仪》：“毋拔来，毋报往。”清·蒲松龄《聊斋志异·阿纤》：“拔来报往，蹀躞甚劳。”

拔茅连茹

白茅植物多年生，其根相互纠缠深。
拔其茅而根相牵，盘根错节相互引。
仕途之上多风雨，相互支撑方可进。
封建文人互引荐，成帮结伙为保身。

【提示】

茅：白茅，一种多年生的草；茹：植物根部互相牵连的样子。《周易·泰》："拔茅茹以其汇。"王弼注："茅之为物，拔其根而相牵引者也。茹，相牵引之貌。"后来用"拔茅连茹"比喻封建文人互相引荐。如若选拔或提升一个人就可以引进许多人。封建时代文人为官是最大的人生愿望，科举制度为文人提供升官的途径，一旦得中当上官后，便有机会推荐自己所看中的人，进而形成团伙，团伙中如果有一个人被提升重用，其他人也会沾光。因为仕途多风险，团伙尚可确保各自的安全。

拔苗助长

不谙事物之规矩，如同妄自骑瞎驴。
驴目翳障必跌跤，自作自受何其愚。
天下父母爱子女，寄予希望成金玉。
不思方法乱施教，拔苗助长谬规律。

【提示】

另有“揠苗助长”成语，二者寓意相同。《孟子·公孙丑上》里说，宋国有个人嫌庄稼长得太慢，就把苗一棵棵地往上拔，回来还夸口说：“今天我帮助苗长了！”他儿子听了赶忙去看，苗都枯死了。后来就用“拔苗助长”比喻不顾事物的发展规律，强求速成，反而把事情弄糟。如今很多家长因为望子成龙、望女成凤心切，不考虑自己孩子的具体条件，一味地施以不合实际的教育，致使孩子受苦的同时自己也多遭苦恼。家长们的良苦用心实为可贵，但一定要讲方法和因材施教。

拔山扛鼎

身长八尺彪形汉，力大无比扛鼎转。
世间多有大力士，拔山扛鼎不多见。
昔有项羽楚霸王，神力过人气冲天。
力拔山兮气盖世，一代英豪亦遗憾。

【提示】

扛鼎：把鼎举起来。《史纪·项羽本纪》：“籍长八尺余，力能扛鼎。”又：“项王悲歌慷慨，自为歌曰：‘力拔山兮气盖世……’”后来就用“拔山扛鼎”形容力气大。纵观历史，英雄辈出，或擅长用武，或善于用智，文武双全者占极少数。大凡得天下者，不但懂武亦会用智，所谓文韬武略者皆为人之大才者。以武功而成事者虽然大有人在，但治理天下者则不如智慧的文人。如果力大过人，武艺高强而无智慧者，只是一介武夫而已。楚汉相争时刘邦的谋臣张良其外貌书生气十足，手无缚鸡之力，体貌如女。但心中自有雄兵百万，辅佐刘邦终成天下之大业。所以“山不在高有仙则灵矣”。

拔帜易帜

旗帜标志军权力，各军皆有其旗帜。
战时军旗与号角，凝聚军心鼓斗志。
旗倒兵溃成乱军，丢盔解甲不可止。
胜者拔除败者旗，拔帜易帜完胜之。

【提示】

帜：旗子；易：变换。拔去别人的旗子，换上自己的。《史记·淮阴侯列传》记载，韩信率领汉军去攻打赵国，在作战之前，预先安排了两千人埋伏在赵军营垒附近的山林里，交战以后，汉军假装败退，引得赵军全部出动追击，这时埋伏在赵军营垒附近的汉兵一举占领了赵军的营垒，拔去赵军的旗帜，插上汉军的旗帜。待赵军返回来时，见军旗易成汉军旗，以为汉军占领军营，尽捉赵军将领，顿时全军溃乱，终于败北。后来就用“拔帜易帜”比喻取而代之。

跋前疐后

老狼颌下多赘肉，向前脚踩很难受。
无可奈何欲倒退，狼尾拖地难向后。
进退两难如何是，吊在中间奈何走。
无奈之下遂爬行，日爬半里多苦愁。

【提示】

跋：踩，践踏；疐：被绊倒。比喻进退两难。《诗经·豳风·狼跋》："狼跋其胡，载疐其尾。"（胡，兽类颔下下垂的肉。）意思是老狼前进就会踩着它的胡，后退就被它的尾巴绊倒。这是以老狼走路难，来比喻为事者处在进退两难之中的状态。语出唐·韩愈《昌黎先生集·进学解》："跋前疐后，动辄得咎。"

跋山涉水

山高路远多江河，风餐露宿无奈何。
一路行走忍饥饿，痴心不改求家所。
少小离家闯天涯，千辛万苦难求索。
老来心中无所求，叶落归根再跋涉。

【提示】

跋：翻山越岭；涉：徒步过河。形容走长路的辛苦。少小气壮走天涯，历经人间风霜，耗尽终生精力努力奋斗。岁月沧桑催人老，天涯之路并非易事，经历人生的千辛万苦后，人已垂垂老矣。待到老年，思乡之情愈发强烈，叶落归根是心中最大的诉求。为了实现这个最后的心愿，不畏路途遥远，不怕千难万险，也要回归到生养自己的那方故土。这是人之常情，也是人生最好的归宿。但愿天下有情人，都能如愿以偿地回归到自己的故乡。

白璧微瑕

白璧无瑕如羊脂，价值连城乃至宝。
微瑕之玉虽缺憾，是为稀缺亦很少。
人无完人合其实，但求完美反不着。
评品人格似微玉，基本标准以相考。

【提示】

璧：边缘宽度倍于中心圆孔的扁平玉器，也是玉的通称；微：小；瑕：玉上的斑点。洁白的玉上有些小斑点。比喻很好的人或事物有些小缺点，含有对美中不足表示惋惜的意思。俗话说："人无完人，好事瑕疵。"道出了客观的真实。世上再好的人身上也不可能一点缺点都没有，再好的事情也不可能完美无缺。评价人或事应本着公正的态度，着眼于基本标准加以考核。对人要着眼于"大节"，对事要看是否符合客观的标准来加以考量，只要符合为人的要求或为事的标准，即可给予肯定。对待不足之处，应该像对待有微瑕的玉那样，才算公平。

白面书生

白面书生尚年轻，知识阅历尚不高。
识文断字求其学，虚心求知悉听教。
待到羽翼渐丰满，知书达礼守律条。
继往开来担重任，为国为民不弯腰。

【提示】

旧指年轻识浅，阅历不多的年轻人。所谓的“白面”，并非专指人的面色而言，只是旧时一种对读书人的称谓。因为旧时代的年轻读书人，整日里与书本打交道，深居简出，更缺乏体力劳动的锻炼，少于晒太阳，因此，体貌多呈现柔弱、面色苍白的特征。所以，久而久之就形成“白面书生”的状态。这是旧时代造成的缺点，并非读书人之过。如今，我们提出德、智、体、美全面发展的教育方针，就是基于“全面”这个概念要求。因此杜绝了“白面书生”的称谓，这也是时代进步的具体体现。

白日衣绣

千石之尊过乡里，白日衣绣夸荣耀。
荐祝祖考光耀宗，扬眉吐气挺身腰。
一人得道亮乡村，人杰地灵出美谣。
举樽同声齐祝贺，但愿不负众乡老。

【提示】

衣：穿；绣：五彩刺绣的华贵官服。白天穿着华贵的官服，让人们看见。旧时比喻有了功名富贵，向故乡的人们夸耀。封建时代的文人，皆要穷尽终生考取功名，一旦得中，其身价倍增，声名大振。得中者便意味着升官，升官不但可以光宗耀祖，而且可以荣华富贵，成为人杰。“白日衣绣”这句成语恰如其分地刻画出得中升官的文人，那种夸耀于乡里人前的姿态。语出汉·应劭《风俗通·怪神》。

白手起家

双手空空握空拳，身无分文无支援。
但凭心中有大志，没有基础想法干。
吃苦耐劳智慧高，抓住时机不等闲。
老天不负有心人，终得初惠再历练。

【提示】

白手：空手。现比喻原来没有基础，或条件很差，靠艰苦奋斗创立事业。创业需要条件但更需要智慧、知识和才干。白手起家，谈何容易。但是，只要心怀大志、勇于拼搏、不畏艰险、吃苦耐劳，并依靠智慧和坚定的信念去闯关，就会得到相应的回报。如果再具备及时抓住机会的能力和慧眼识人才的用人技巧，就会使事业朝着利好局势发展，进而将事业做好做大，最终达到自己理想的目标。

白头如新

相识已久仍陌生，交情不振印象轻。
亲朋邻里虽见面，各守心阵不出兵。
人生挚友何其少，志趣不投言不衷。
联亲带故自相守，白头如新却少情。

【提示】

白头：老年，这里形容时间很长；新：新近。意思是虽然相识的时间很长久，但还是如同刚认识时一样生疏。形容交情不深。人生在世离不开群体，但又不可能见面即熟。虽然有“一见钟情”或“相见恨晚”之说，也属于个别现象。大多数人都处在自己的生活圈子里，即使如此，也不可能都成为朋友，而且朋友亦有远近之分。至于挚友更是少之又少的人。亲戚虽然比较容易接近，但仍有远近的区别，大多都各守其居，少有往来。如今，生活富裕后，人际关系相对疏远了很多，住进楼房后，更出现“不相往来”的弊端。这需要人们素质不断提高，才会达到相互拉近距离的愿望。语出《史记·鲁仲连邹阳列传。》

白云苍狗

天有不测之风云，转眼晴空变成阴。
阴云密布似苍狗，风雨大作乱其淫。
世间人事如天情，变化莫测难接近。
世事变化无常态，处世最难解人心。

【提示】

苍：黑；苍狗：黑狗。旧时比喻世事的变化无常。天上浮云像白色的衣裳，顷刻间又变得像黑狗一样阴云密布。人间诸事变化无常，身处于世，必须与不同的人打交道。通过交往的过程去发现与自己志趣相投的人，从而构建人际关系。但是，处在时有沉浮的茫茫人海中，如何能寻觅到朋友着实是件很难把握的事，即使能找到亦会随着时间的改变友情也会随之改变。所以，人们哀叹挚友难求的无奈。亲戚，理当是更为接近的人，但是，由于各种利害原因也常常闹得不可开交。至于邻里关系那就更要另当别论了。所谓“处世难”就难在人际关系变化多端这方面，一旦人际关系比较通畅了，那么问题便会迎刃而解了。语出唐·杜甫《可叹》诗。

白璧无瑕

做人难得无瑕疵，如玉之美纯而洁。
为人为事皆合律，一身正气乃人杰。
凡事皆欲求完美，岂知本身则难解。
人无完者玉无纯，白璧无瑕亦少见。

【提示】

洁白的美玉上面没有一点小斑点。比喻人或事物十全十美，毫无缺点。这是臆想者不现实的愿望。凡事都是相对成立的，比较之下方显优劣。人们追求完美并没错，但要求绝对完美的本身想法，即是不完美的表现。人们常说“人无完人，事无完事”，这就说明真正完美无缺的人或事是不存在的，只是一种愿望而已。“白璧无瑕”也是相对纯洁而已。语出宋·释道原问：“不曾博览空王教略，借玄机试道看。”师曰：“白玉无瑕，卞和刖足。”

白驹过隙

岁月穿梭催人老，白驹过隙一瞬间。
忽然之间白发苍，转瞬之间到老年。
弹指一挥几十载，未待屈指苍生晚。
光阴飞逝不等闲，老之将至奈何圆！

【提示】

白驹：原指骏马，后比做日影；隙：空隙，窄小的缝儿。比喻时间过得很快，就像骏马在细小的缝隙前飞驰地越过一柱。语出《庄子·知北游》：“人生天地之间，若白驹之过隙，忽然而已。”俗说“一寸光阴一寸金，寸金难买寸光阴”道出了时间的可贵之理。

白日升天

白日升天乃成仙，修成得道即升天。
不知升天欲何为，离开人间不复还。
若问如此能如何，只是借此闹人间。
修仙得道去西天，岂知西天亦苦难！

【提示】

原为道教的话，这是信仰心理的意愿。岂不知所谓升天，就是当今的航天员。他们并不信道，也没进入隐居之处修炼，却能“得道升天”。由此可见，若想“白日升天”最好的方法就是学好知识、练好身体，争取做一名优秀的航天员，来实现自己的航天梦。语出五代·王定宝《唐摭言》：“李逢吉等皆自取寒素，时有‘白日上青天’之语。”

百步穿杨

箭法高超心安稳，心静方可瞄精线。
远离百步箭出弦，矢出中的杨叶穿。
射击高手缘苦练，百发百中技精湛。
运动杰人竞赛场，一枪定音荣首冠。

【提示】

能在百步以外射穿选定的某一片杨树叶子。形容射箭或射击的技术很高明。《三国演义》第五十三回："关羽载箭回寨，方知黄忠有百步穿杨之能。"凡射技高超者，首先要具备稳定的心态且小脑的功能超强，再加之后天的刻苦训练以求得最大化地精准发挥。所以，要求现今的射击运动员，不但要刻苦训练，还要具备超强稳定的心理素质。只有这样才能成为一名顶尖的射击运动员。军队中的狙击手，也是具备上述条件的特殊军人。

百尺竿头，更进一步

此语乃是佛教说，道行修养达至极。
百尺竿头不动人，言之修行尚未及。
须当再砥继而进，十方全身方成系。
如今用以再接厉，鼓励人者求自砺。

【提示】

百尺竿头：百尺高的竿子，佛教用以比喻修养到极高境界。后来泛用以勉励人们不要满足于已取得的成就，还要继续努力，不断前进。语出宋·释道原《景德传灯录·卷十·湖南长沙景岑号招贤大师》："师示一偈曰：百尺竿头不动人，虽然得人未为真，百尺竿头须进步，十方世界是全身。"

百读不厌

世上好书千千万，终其一生未读完。
人生时间很有限，若何枉求不着边。
选中经典深探讨，学以致用最关键。
只要用心求真知，一部真经可通天。

【提示】

厌：厌烦，厌倦。形容文章或书籍写得非常好，再读多少遍也不厌倦。世界上的好书、好文可以说数不胜数，读书是为了求得知识，知识为事业服务。不能仅凭兴趣读书，更不可以为了读书而读书。读好书可以在获得知识的同时，体悟人生的哲理和正确的道德观念，从而树立正确的人生观和世界观。人生时间有限，所以如何选择好书非常重要。如果有意识地选取一部经典之作，并“吃透”再融会贯通用于实践，则可受益匪浅，甚至惠及终生。语出宋·苏轼《送安惇秀才失解西归》诗：“旧书不厌百回读，熟读深思子自知。”

百端待举

百废待兴事多繁，百端待举从头干。
千头万绪理得清，抓住要害是关键。
不求神仙靠双手，不等不靠不畏难。
实事求是新思想，科学技术发展观。

【提示】

端：头，头绪；举：兴办，做。形容要办的事情很多。水流千转最终都要归于浩瀚的大海。凡事若求得成功亦同于江河归海之规律可循，事业虽然庞大繁杂，但都有其规律。只要理清其规律并依靠众志成城的信念，以先进的科学技术为依托，以实事求是的态度去运作，最终必然获得成功。凡事开头难，只要坚定信心，苦干加巧干，无往而不胜矣。

百发百中

百发百中无废弹，射技高超居领先。
勤学苦练真本领，汗水浇灌成绩单。
真枪荷弹赛靶场，弹无虚发靶心间。
敢打敢拼好男儿，浑身是胆灭敌顽。

【提示】

形容射箭或射击准确，每一次都命中目标。射击百发百中者被誉为“神枪手”，这种荣誉是平时艰苦训练的结果。俗话说：“平时多流一滴汗，战时少流一滴血。”说明平时练兵的重要性。所谓的神枪手，不仅在于成绩，更在于思想过硬。凡是以为人民服务为宗旨的军人，心中只有一个保家卫国的坚定信念。这是光荣军人所肩负的神圣使命，也是祖国和人民的重托。练就一身超强的本领，是确保完成神圣使命不可或缺的重要条件之一，也是身为军人的崇高天职。语出《战国策 · 西周策》：“谓白起曰：楚有养由基者，善射，去柳叶百步而射之，百发百中。”

百废俱兴

百端待举为开始，百废俱兴得成效。
二语相接成因果，事业蓬勃民欢笑。
建设蓝图即敲定，五年计划步步高。
历经苦干十五计，继往开来更可靠。

【提示】

许多被废置的事情都兴办起来了。形容建设事业蓬勃发展的兴旺景象。祖国建设事业历经十五个“五年计划”的全面完成，各项事业得到蓬勃飞速的发展和进步，特别是近三十年来的改革开放，祖国的面貌焕然一新，人民安居乐业，国际地位日益提高，影响力越来越大。政治稳定，经济飞速发展，一带一路的经济带不但更进一步地促进我国的经济发展，而且惠及了多国的经济繁荣，从而受到世界很多国家的响应和信赖。一个更加美好的明天正在向我们招手。语出宋·范仲淹《范文正公集·岳阳楼记》：“越明年，政通人和，百废俱兴。”

百感交集

人之情感最丰富，互为相承多集中。
情丝如同蜘蛛网，相互交织难理清。
百感交集汇于心，情真意切守中正。
寡情无义枉为人，情大伤身亦不幸。

【提示】

感：感想；交：一齐；集：聚拢。各种感想都交织在一起。也作“百端交集”。人者，感情动物，情是人类及动物的精神诉求。人类的情感世界最为丰富，一个情字可以诠释人类的所有行为。情乃心思的具体表现，人的精神往往借助情的形式达到目的。动物的情感要较人类贫乏得多，所以，动物的情单纯和简单。人则不然，因为人有精神的需求，所以人类必须具备丰富的情感。所谓“百感”，即一语中的道出了人类情感的多重性、多样性。语出南朝·宋·刘义庆《世说新语·言语》。

百花齐放，百家争鸣

百花园里蕙芷多，争芳斗艳齐开放。
姹紫嫣红竞相开，满园呈现尽芬芳。
学术需要齐求索，百家争相权榷商。
战国诸子成百家，各说其道成风尚。

【提示】

百花：指各种花；齐：一起，同时；百花齐放：比喻艺术上不同的形式和风格的自由发展；百家：指学术上的各派别；鸣：比喻发表意见；百家争鸣：原指我国古代战国时期的儒、道、阴阳、法、名、墨、纵横、杂、农等各家在政治上、学术上展开的各种争论。“百花齐放，百家争鸣”的局面反映出一个时代在学术、政治和文艺方面的自由状态，是社会进步的重要标志，同时也体现出社会环境的相对宽松和自由。

百孔千疮

战乱之后多疮痍，满目苍凉多毁迹。
民无安身食无衣，生活悲苦无所依。
百废待兴从头起，其难甚哉无以寄。
咬紧牙关撑得住，点点滴滴以做起。

【提示】

比喻破坏得非常严重，或毛病很多，难以治愈。战争历来是百姓的苦难根源之一，一场战争过后，不但夺走了无数无辜的生命，而且促使田园荒芜、村庄被毁，百姓流离失所无家可归。被战争摧毁的村庄难以得到恢复，百姓沦为难民，生命受到威胁，求生无门，求死不得，其处境何其悲哉！即使努力重建家园，面对百孔千疮的现实又无可奈何。所以，历来战争都是构成百姓悲惨命运的最大灾祸之一。有人曾说："战争是部杀人的机器。"战争不但杀人，其破坏力更是严重。语出唐·韩愈《昌黎先生集·与孟尚书书》："群儒区区修补，百孔千疮，随乱随失，其危如一发引千钧。"

百口莫辩

有口无凭难诉说，是非标准有律科。
并非无理妄自为，亦非因嘴出于拙。
有理若何说不清，源自不懂法规则。
真凭实据拿在手，不说亦能辩清浊。

【提示】

辩：辩白，解释；莫：没有谁，不能。意思是即使有一百张嘴也解释不了。俗话说：“跳进黄河洗不清。”意思是由于别人做事不用心，马马虎虎因而导致事故发生，但是你却遭到诬陷。在辩论中又无真凭实据加以证明自己没错，因而处于有口难辩的地步。之所以如此，皆因事先没有思想准备，没有留下可以证明自己清白的有效法律证据，从而陷入“百口莫辩”的无奈之中。所以，在与人打交道时，最好要稳妥。一旦出现问题，不但要据理力争，而且最重要的是要有佐证的有效法律证据。因为法律只重证据而不是单凭诉说定案。

百炼成钢

优秀人才能垂范，如同好钢经百炼。
坚钢百炼而不耗，源自高温淬火沾。
好钢用在刀刃上，男儿刚强不畏险。
满腔热血为国家，豪气满怀可冲天。

【提示】

比喻经过多次反复锻炼，最终成为优秀人物。无论何时，优秀人才都是最为宝贵的时代骄子，都是国家最需要的有生力量，优秀人才的垂范作用更是难能可贵的精神因素，所以，保卫祖国、建设祖国，优秀人才是保证各项事业成功和发展的中坚力量。各行各业的优秀人才之所以难得，是因为这些人不但具有某些超人的智慧和技能，更具备热爱祖国、热爱人民的无限忠心和热忱。所以，一个国家、一个民族的发展进步，需要广大人民群众和百炼成钢的优秀人才的共同奋斗。

百年不遇

百年不遇大洪水，百年不遇冰川消。
百年不遇旱与涝，百年不遇台风嚣。
若何不遇如此多？源自污染仍居高。
巴黎协议刚出台，但愿各国守律条。

【提示】

上百年也碰不到的事情。形容很少见或很不容易碰到。如今，地球气候变化无常，各种自然灾害频频发生，其原因都是由于人类的行为不当所造成的后果。世界各国由于谋求发展，肆无忌惮地任意而为，造成地表被破坏、空气被污染、沙漠化逐年扩大危及耕田、臭氧层空洞加大、水土流失严重，排放量有增无减等人为因素，使人类面临的天灾愈发难以防范。虽然曾有过保护地球环境的《东京议定书》，但没能有效地得到实施。最近，世界各国首脑齐聚法国巴黎，共同签署了旨在保护地球环境的《巴黎协议》，这是人类的一次觉悟，究竟能否如愿以偿，尚要拭目以待。

百年大计

世纪规划展宏图，着眼未来有卓见。
目标明确心坚定，谋求发展箭上弦。
心怀大志求实际，稳扎稳打攻其坚。
待到圆满共举杯，庆贺复兴中华年。

【提示】

指关系到长远利益的重要计划或措施。改革开放后的中国，发生了翻天覆地的巨大变化，一跃跻身于世界强国之列。国泰民安，政治稳定，经济飞速发展，人民安居乐业。国力空前增强，国防固若金汤，一个充满生机的世界强国正在崛起。在此基础上，又适时地提出着眼于未来二百年的宏伟计划，感人至深，催人奋进，令人欢欣鼓舞！上下一齐努力，发扬艰苦奋斗的精神，我们有理由、有条件，更有信心完成这一宏伟目标！

百年树人

百年树木方成材，百年育人求人才。
发展核心人才旺，德才兼备齐聚来。
同心协力齐奋斗，众望所归金石开。
同舟共济搏风雨，放眼未来二百年。

【提示】

树：培植；木：树木。《管子·权修》：“一年之计，莫如树谷；十年之计，莫如树木；终身之计，莫如树人。”后来就用“百年树人”比喻培养人才是长久之计，也表示培养人才是很不容易的事情。纵观历史，凡是兴国者，必须重视人才的培养；凡是兴邦立国之大业，人才最重要。所以，从古至今，渴求治国兴业者都会不遗余力地网罗人才。实践证明，这是一条治国平天下的重要条件。无论过去、现在或将来，人才永远是最重要、最宝贵的财富。

百身何赎

生时为民躬尽瘁，卒后万民恸号啕。
人生天地各有道，为国为民心昭昭。
万世流芳美名传，海枯石烂不动摇。
若能天意遂人愿，该当百身赎君超。

【提示】

百身：用自己一百个身体，意即自身死一百次；何：怎么；赎：抵。意思是用自己的一百条生命作抵，如何换得过来！《诗经·秦风·黄鸟》："如何赎兮，人百其身。"以后就用"百身何赎"表示对死者极其沉痛的悼念。语出梁·刘令娴《祭夫徐敬业文》："一见无期，百身何赎！"凡是生为百姓造福者，人民将永远怀念他们，他们为人民建立的丰功伟业将令后人永记不忘。

百思不解

事出蹊跷不合律，人之行踪难守迹。
百思不得其作为，莫非心神乱矩系？
好奇近前求其理，百思不解仍怀疑。
时过境迁无踪影，源自风影弄鬼戏。

【提示】

多次地、反复地思考也不能理解。世间事，常常令人琢磨不透，有些超出一般规律的自然现象，往往会使人好奇遐想，好奇心往住促使人对越是不明白的事情就越发感兴趣，力图要弄个水落石出。这种好奇心是人类的重要优点之一。世界上好多科学发现都来源人的好奇心，促使人类去不断探索和发现，最终获得成就。“百思不解”为人类提供求解的愿望，只有孜孜以求地不断思考，才能求得真知，并发现主客观事物存在的规律。

百闻不如一见

多闻不如亲眼见，眼见更需多思想。
耳眼人之信息关，摄取信息脑成像。
综合归纳发指令，进而言行成主张。
大脑即是司令部，判断依靠好眼光。

【提示】

听到一百次不如亲眼看到一次，指多闻不如亲见的可靠。耳闻、目睹、鼻嗅、舌尝、触觉等器官都是大脑的“摄像头”，这些感知器官为大脑提供主观和客观所发生的种种信息，这些信息传到大脑后，大脑会通过筛选、综合、归纳、梳理后得出判断的结果，即时地发出指令促成行为。这一过程谓之思想。语出《汉书·赵充国传》：“百闻不如一见，兵难遥度，臣愿驰至金城，图上方略。”

百无禁忌

心怀志向谋略高，胸有成竹善用招。
智慧过人胆量大，善守善攻策略妙。
有勇有谋底气壮，百无禁忌任其嚣。
纵横驰骋如闲庭，运指如飞即正着。

【提示】

百：指所有的；禁忌：忌讳。什么都不忌讳。俗话说："武艺高强底气壮，胸怀大略心不慌。"凡是有勇有谋有胆量的人，都是无可畏惧的强者，为事时都能安稳机智、胆量过人、思想睿智、语言犀利、态度庄重自然、行止有度。无论面对强敌或社会诸事都会应对自如、心神自若、据理行事。如此，常置对方于惶恐自乱之中，从而无往而不胜之。这种栋梁之材，虽然不多，一旦出现必有其独到的建树。

百无聊赖

情乃无寄托，生活成寂寥。
心中空荡荡，无可依托寄。
无聊心生烦，心无聊赖栖。
情感无着落，自找伤悲凄。

【提示】

聊赖：依赖，指生活或感情上的依托。汉·焦延寿《易林》：“身无寥赖，困穷乏粮。”此成语中的“聊赖”含有两层意思：一为感情空虚，精神不振。二为生活贫困无衣无食之内心状态。一般多用在第一种，表示由于思想感情没有寄托，促使精神空虚而言。多用以表示思想感情没有依托，精神空虚无聊。凡是因思想感情空虚而无聊者，多数都是因为情感世界遭挫折后的心理状态。由于感情寡淡而自悲自叹，进而对生活失去热情，从而导致“百无聊赖”，更有因为生活过于享受，整天无所事事，内心空虚而导致情绪的颓唐。这种人常常会无端地唉声叹气，甚至无病呻吟。如此，不但自己难受亦会影响别人的情绪。因此，凡是因感情而百无聊赖者，都是无病呻吟的“患者”。语出《后汉书·列女传·蔡琰传》。

百无一失

百无一失心有谋，智谋高超想周到。
未得行事计方略，行事处处合其道。
十拿九稳施以做，立于不败再利导。
万无一失算得准，为人处世皆高妙。

【提示】

失：差错。形容绝对不会出差错。无论为人处世首先要做到“知人知己”，要根据客观条件及时调整好自己的心态。更要了解客观条件，做到心中有数，万无一失。生活错综复杂，需要分清轻重缓急，更需要以审时度势的态度面对纷繁的事物。这样不但可以确保不出差错或少出差错，而且有利于事物更进一步的发展。语出汉·王充《论衡·须颂》：“从门应庭，听堂室之言，什而失九；如升堂窥室，百不失一。”

百依百顺

百依百顺无自由，被人驱使似若狗。
心无主张不由衷，人前人后多出丑。
依赖他人求其食，紧跟主子后面走。
为虎作伥害人命，朝中宦官居其首。

【提示】

一切顺从，对方怎说就怎么做。为人者尊严为重，失去尊严的人便不能称其为人。封建社会，造就出一种中性人，这就是宫廷里的宦官，说他们是男人有些不够准确，因为他们虽说是男人却又不完全。他们整天依靠在主子前后被驱使，百依百顺，俯首帖耳地为主子效劳。这些阉人们，虽然低贱，自称为奴才，却可以接近圣上并被圣上所用，其中不乏聪明智慧者，且善于忍耐和蛰伏，一旦时机成熟便会兴风作浪，甚至会干政，进而掌握朝政大权，左右历史。所以，这种人一旦得势便会祸起萧墙，酿成大患。比如，秦朝的大太监赵高、唐代的高力士乃至清代的李莲英等，都是具有翻云覆雨能耐的大宦官。宦官是中国封建社会的特殊“产物”，也是封建社会非人性的结果。随着封建社会的土崩瓦解，这种耻辱也随之消失殆尽。

百战百胜

百战百胜无敌手，常山子龙当居首。
战无不胜智勇全，名垂青史后人授。
赤胆忠心打天下，纵横沙场无敌手。
忠义肝胆昭日月，赫赫战功心方道。

【提示】

打一百次仗，胜一百次，即每战必胜。形容所向无敌。孙子曰："大凡领导战争的法则是：迫使敌人举国完整地降服是上策，而在进行具体战斗之前就能够使敌人屈服，才是最为高明的战术。"所以，《孙子·谋攻》："百战百胜，非善之善者也；不战而屈人之兵，善之善者也。"由此可见，用智慧打仗多胜于武力征伐。"百战百胜"体现的是武将的英勇，"不战而屈人之兵"则是智勇双全的最佳表现，而"有勇无谋"者只是一介武夫而已。

百折不挠

意志坚强不畏挫，泰山压顶不弯腰。
生为人者当精神，不屈不挠乃人骄。
一心一意为大众，痴心未改践誓约。
不惜生命守气节，天地日月亦可昭。

【提示】

折：挫折；挠：弯曲，屈服。形容意志坚强，无论受到多少次挫折，都不会退缩和屈服。人生在世，最为可贵之处在于精神意志坚强，最值得骄傲的是一心为大众着想。不论大事或小事，只要努力拼搏，不畏困难和艰险，为社会做出应有的贡献，都会受到人们的赞扬、感激和尊敬。人的能力有大小之分，但是为人民服务的精神却相同。只要具备一颗善良的忠心，并做到尽职尽责，就是无愧的人生。语出汉·蔡邕《桥太尉碑》：“有百折不挠，临大节而不可夺之风。”

百无一是

人之能力不相同，无论大小志当头。
大者为事可求大，小者为事亦不愁。
切莫小善而不为，更莫小恶而为由。
只要为人守规矩，百无一是不沾手。

【提示】

意思是做一百件事情中没有一件是对的。多用于对人对事的全盘否定。此说未必实际，世上的事都是因人而异，为事者只要光明磊落，可能事事都能做好，即使有差错也不会影响全部。人无完人，犯错误在所难免，即使神仙亦会犯错，又何况人乎？只要不存在有意破坏或原本心术不正、别有用心，从而有意导致人为的差错就该当别论外，只要不是故意弄错都可原谅。若不分青红皂白，一概否定，未免过于极端了。所以，在正常的情况下，“百无一是”的现象是极个别现象，不可一概而论。

败军之将

败军之将无颜面，人前人后皆无光。
与人不言己之败，自觉愧疚难于讲。
胜败当为兵常事，屡战屡败气不伤。
失败之中求教训，终将赢得大战场。

【提示】

吃了败仗的将领。兵法讲：“胜败乃兵家常事。”说明所谓的常胜将军实际是不存在的。善用兵者，除了熟知兵法外，最重要的当以智慧为依托，根据现实灵活用兵，以保证胜算。但是，尚有“智者千虑必有一失”的训语。这就说明，失败也是理所当然的事情。只要在失败当中寻找经验和教训，以利再战，最终还会赢得胜利。楚汉相争时，羽强邦弱，刘邦屡战屡败又屡败屡战，意志坚定，最终赢得天下。由此可见，失败并不可怕，可怕的是缺乏信念。

稗官野史

稗官小吏讲野话，街谈巷议说舍家。
其职专给圣上说，东拉西扯凑笑话。
后称小说为稗官，只因不实多造假。
另有官私编野史，记载轶闻琐事杂。

【提示】

稗官：古代的小官，专给帝王讲述街谈巷议、风俗故事，后来就称“小说”为稗官；野史：古代私家编撰的史书。泛称记载轶闻琐事的作品。小说来自于民间口头说的事儿，多半内容都是街头巷尾议论的逸闻和琐事，不乏失真和夸张杜撰的成分，所以，被等同于稗官。后来逐渐演绎成话本，由说话人讲述故事，取乐于民间百姓，后历经演变更有文人参与遂形成小说这种文体。野史者是古代私家编写的史书，注重正史不写的或正史之外的一些无据可考的奇闻轶事。

班荆道故

伍举奔郑遂奔晋，遇之故人于郊址。
声子伍举乃故交，相遇甚喜共与食。
坐于黄荆叙其旧，商讨如何返楚事。
思乡爱国两相投，朋友交谊心忠实。

【提示】

班：铺开；荆：黄荆，一种落叶灌木；道：谈说；故：过去的事情。用黄荆铺地，坐在上面谈说过去的事情。形容朋友途中相遇，共话旧情。语本《左传·襄二十六年》："伍举奔郑，将遂奔晋。声子将如晋，遇之于郑郊，斑荆相与食，而言复故。"伍举与声子乃有故交，二人皆为楚国人，伍举因事逃郑国再逃晋国时，于郑郊遇上去晋国的好友声子，相与席地而食，叙旧并互说思念楚国的心思，同时探讨能回到楚国的办法，体现出两人的友情真挚和爱国的情怀。

班门弄斧

昔有巧匠名鲁班，心灵手巧称世间。
木匠称其祖师爷，可见技艺不一般。
如若有人不知趣，舞弄斧头于门前。
行家面前妄逞能，招致讥笑丢脸面。

【提示】

班：鲁班，我国古代的巧匠。在鲁班门前舞弄斧头。比喻在行家面前卖弄本领。唐·柳宗元《河东先生集·王氏伯仲唱和诗序》："操斧于班，郢之门。"（班，鲁班。郢，《庄子》中记载的楚国郢都的巧匠。）《元曲选·关汉卿〈金线池·楔子〉》："兄弟对着哥哥跟前，怎收提笔？正是弄斧班门，徒遗笑耳。"我们常说："青出于蓝而胜于蓝。"这句普通的格言，却蕴含着深刻的道理，那就是继承和发扬的问题。旧事物是新事物发展的依托，新事物是旧事物发扬光大的结果，二者的关系密切且具有承前启后的作用。墨守成规不可取，无源之水亦不可取，凡事应本着虚心求教于前辈的思想，在此基础上再求得发展和创新才是合理之举措。单独强调哪一方面都是片面的。

斑驳陆离

斑驳陆离色杂乱，参差不齐缺统一。
乱施色彩不协调，眼花缭乱疲目力。
用于绘画是缺点，用在军中成迷离。
凡事皆具正与反，关键在于其目的。

【提示】

斑驳：颜色杂乱无章；陆离：参差纷繁，不一致。形容色彩杂乱。《离骚》：“纷总总其离合兮，斑陆离其上下。”绘画最讲究色彩的和谐一致，中国画讲究墨分五色和随类敷彩。所谓墨分五色即指用墨的技巧而言。中国画的纸、墨、笔、砚称为文房四宝，墨分五色指用墨的干、湿、浓、淡、焦五种不同的墨色。凡是著名的绘画高手，都有自己用墨和用色的习惯，发挥自身的专长，形成自己的风格。所谓“随类敷彩”亦要求根据不同的物体，使用相应的颜色作画。

阪上走丸

阪上滚动球，迅速亦自由。
转瞬即溜下，眨眼即溜走。
形迹难预料，多方细追求。
事急如其势，料想难以酬。

【提示】

阪：斜坡；走：快跑，指很快地滚动；丸：弹丸。形容形势发展很快，就像斜彼上滚动弹丸一样。语出《汉书·蒯通传》："边城皆将相告曰：'范阳令先下，而身富贵'，必相率而降，犹如阪上走丸也。"

版版六十四

人之性格各不同，性格绝多为天生。
哪种性格最为好，各种性格相呼应。
有刚有柔各不同，刚柔并济最适用。
版版六四喻呆板 ，以物喻人少通融。

【提示】

版：古代铸钱的模子。宋·周遵道《豹隐纪谈》记载，宋代凡鼓铸钱，每版六十四文。后来转用“版版六十四”比喻为人固执呆板，不灵活。清·范寅《越谚·数目之谚》：“版版六十四，铸钱定例也，喻不活。”不同的人各具性格，性格呆板的人多固执己见，难以通融；性格过于爽朗的人又有大大咧咧的毛病，凡此种种都是天生造就，不可谬求一致。至于何种性格好，也是各有长短。所以，求大同存小异最为实际。

半壁江山

日寇侵华呈疯狂，占我国土立伪顽。
践踏蹂躏我百姓，罪恶昭著书难言。
八年抗战风云怒，还我河山杀声喊。
终将倭贼驱出境，重建江山换人间。

【提示】

半壁：半边；江山：国土。指在敌人大举侵略下所残存的国土。自从九一八日本蓄意挑起沈阳事变后，日本便接连不断地对我国进行大规模侵略行动，占领了中国大片的国土，使中国几乎失去了半壁江山。在国难当头之际，全中国人民团结一致奋起反抗，历经八年之久（现在也作十四年抗战）的浴血奋战，终于将日寇驱逐出境，赢得抗日战争的最后胜利。以史为鉴，当自强，牢记国耻不忘，更加努力奋斗，为实现中国梦的宏伟蓝图而发奋图强。

半间不界

间与界者音尴尬，不三不四坏体统。
世间亦有不界人，不懂是非穷难通。
见识寡淡不晓理，一味侵害只为赢。
人送外号二半吊，装呆装傻以钻营。

【提示】

间、界：原与“尴尬”同音，后有时也写作“尴尬”。不三不四，不成体统。宋·朱熹《朱子语类·论语二九》：“便是世间有这一般半间不界的人，无见识，不顾理之是非，一味漫人。”也形容做事不彻底。此成语所指“间、界”与尴、尬同音，遂形成“半尴不尬”。这是字意的演变所致，其意思相同。此语只用于贬义，所以，用时应谨慎从事，不然会造成误会。

半斤八两

半斤八两正相当，彼此同是不咋样。
难以分出高与低，难兄难弟合成双。
半瓶酸醋多恍惚，难辨难分其弱强。
二者合一八分半，还是酸了一锅汤。

【提示】

八两：即半斤（旧制一斤等于十六两）。一个半斤，一个八两，重量相等。通常比喻彼此不分上下。较多用于贬义。所谓“半斤八两”大多用来形容两个人的水平和素质不分上下，谁也不比谁好。此语多为贬义，是对两方都持否定的态度来加以评说。有时也用作玩笑，具有调侃的味道。但只限于朋友和熟人之间，不然会产生误会。语出宋·释普济《五灯会元》：“秤头半斤，秤尾八两。”又：“一个重半斤，一个重八两。”

半路出家

半路出家假和尚，半路学艺不在行。
半老徐娘黄脸婆，半路夫妻难过长。
半间草屋可成家，半新不旧嫁衣裳。
半夜鸡叫天未亮，半夜叫门疑鬼狼。

【提示】

出家：指当和尚或尼姑。年岁很大了才去当和尚或尼姑。比喻半路上才学着干某一行，不是本行出身。此语还有自谦的意思，表示自己干某件事时，由于技术不太过硬，自觉不如行家里手那么地道，因此做自我解释。半路出家做事的人并不一定全都做得不好，好多半路改行的人都会做得很好，甚至会出众。所以为事者的成功与否，并不是干得早与晚，而在于是否用心和努力。世界上很多有成就的人，其中不乏是“半路出家”的人。由此可见，干一行，爱一行才是成功的关键。

半面之交

只见一面记犹新，记性过人忒机灵。
昔有应奉记忆强，车匠修车见其人。
十载之后复相见，记忆犹新认其容。
以此称之半面交，意思不为有厚情。

【提示】

《后汉书·应奉传》李贤注引谢承《后汉书》记载，应丰这个人的记忆力非常好，有个车匠曾于门中露半面脸看他一面，几十年后，在路上见到当年那个车匠，应奉还能认得他并同他打招呼。后来把只见过一面的人称作“半面之交”。唐·白居易《白氏长庆集·与元九书》：“初应进士时，中朝无缌麻之亲，达官无半面之旧。”

半青半黄

半青半黄未成熟，味道不好难入口。
性急莫要无耐心，要到熟透再动手。
做事善于待时机，操之过急心不由。
该出手时即出手，免得过后悔于后。

【提示】

庄稼半熟半青。用以比喻其他事物或思想尚未达到成熟阶段。语出宋·朱熹《朱子全书·学》："今既要理会，也须理会取透；莫要半青半黄，下梢都不济事。"

半途而废

做事心慌难守谱，心猿意马情无主。
马马虎虎勉强做，半途而废事常有。
为事首要责任心，不可妄自乱其务。
归根结底一句话，心不在焉成蠢猪。

【提示】

废：停止。半路就停了下来。比喻工作没做完就停止了。做事应当有始有终，有条不紊地进行到底。切莫心猿意马，心不守谱，如此不但做不好而且尚有半途而废的可能。半途停下或索性放下都是不可取的，中途遇到困难时更要坚定信心去克服，只有这样才能得到满意的结果。如果反之，产生畏难心理，只能越弄越糟，最终导致放弃。

半推半就

此人举止忒可笑，半推半就是为何？
只因心思就于怀，外表佯装据以托。
碍于情面故不就，推而随之不摆脱。
假意推辞又凑近，装腔作势故造作。

【提示】

推：抵拒，推辞；就：凑近，靠近。形容假意推辞的样子。人的感情世界不但极其丰富，而且复杂细腻。除了表情多变化，其肢体语言也非常丰富，举手投足、举止行为都是思维意识的表达方式。“半推半就”这个成语即是惟妙惟肖地表示出人在特定环境下，由于心理作用而产生的肢体语言。恰到好处地揭示出人的心理意识。由此可见，中国语言的精妙和会意的高超技巧，进而体现出言简意赅的语言之美。

半信半疑

模棱两可心不定，半信半疑难释怀。
将信将疑无定数，信与不信两难猜。
如同吊在半空中，不上不下何苦来？
源自心中无主张，自相捉弄情发呆。

【提示】

一半相信，一半怀疑。即又信又不信。魏·嵇康《嵇中散集·答释难宅无吉凶摄生论》：“苟卜筮所以成相，虎可卜而地可择，何为半信而半不信耶?”半信半疑者多半由于缺乏主见所至。凡成大事者应首先具备洞察事物的能力和智慧，并具有观察推断和判断的心理素质。无论客观事物如何复杂多变，都在自己的掌握之中。而虚心听取别人的意见，做到集思广益后，再做出正确的判断并付诸行动。在使用人才方面亦要本着“用则不疑，疑则不用”的戒条加以甄别后再决定当否。

傍人门户

不肖之辈傍门户，依赖他人以求羹。
屈躬求食遭白眼，人穷志短气不争。
做人首要当自强，好汉铁骨似铮铮。
低三下四何称人？不知自爱枉苍生。

【提示】

傍：依靠，依附。依附在别人的大门旁。语出宋·苏轼《东彼志林》卷十二：“桃符仰见艾人而骂曰：‘汝何等草芥，辄居我上！’艾人俯而应曰：‘汝已半截入土，犹争高下乎?’桃符怒，往复纷然不已。门神解之曰：‘吾辈不肖，方傍人门户，何暇争闲气耶！’”后来就用“傍人门户”比喻依赖别人，不能自主。

包藏祸心

害人之心不可有，防人之心不可无。
人群之中各良莠，君子小人难辨悟。
心术不正贪私利，包藏祸心伺机出。
图财害命伤天理，丧尽天良心黑污。

【提示】

祸心：害人的心思。心里藏着坏主意。《左传·昭元年》："将恃大国之安靖己，而乃包藏祸心以图之。"人心叵测，难以猜透。世间人群中良莠混杂，很难分辨好人或坏人。所谓坏人亦有大小之分。凡善作恶者皆因心术不正，利欲熏心，心里污秽不堪。盗者贼也，其中小偷小摸者乃社会渣滓，虽掀不起大风大浪，却可扰民乱治。最危险的贼则是手握权力的坏人，这种人一朝发难便会殃及国家的安危，因此谓之窃国大盗。无论是小贼或大贼，其共同之处皆是良心泯灭的坏人。而包藏祸心又是他们共同的心理特征。及时发现和提高防范意识，就是要时时提高警惕，防患于未然。

包罗万象

包罗万象大自然，各取所需遂人愿。
天地包容广施舍，从不苛刻惠人寰。
热爱自然人本分，破坏自然遭清算。
人生天地当和谐，共同维护方安然。

【提示】

罗：网罗，搜集；万象：各方面的情况。形容内容庞杂，无所不有。《黄帝宅经》卷上：“所以包罗万象，举一千从。”《文苑英华》·卷一·刘允济《天赋》：“覆焘千容，包罗万象。”大自然无所不包，远远超过“万象”。自然无偿地向她的子民们提供所需要的一切，却从不计较得失。她以极其包容的宽容之心，对待和爱护她的子民。人类以及世上所有的一切都处在她精心地呵护下才能得以生存和繁衍。大自然虽然尽心尽力地爱护着世上的一切，却谦逊不骄，只有贡献不求回报，这是天性使然。所以人类敬畏大自然、热爱大自然，就应当像对待自己的父母那样对待大自然的恩赐。

饱经风霜

人生于世多坎坷，风霜雨雪必须过。
面对世态冷与暖，直面人生抗灾祸。
行于世上如履冰，小心翼翼求生活。
生儿育女多艰辛，操持老小尽心呵。

【提示】

饱：充分地；经：经过，经历；风霜：比喻艰难困苦。形容经历过很多艰难困苦。饱受生活的困苦，跋涉在人生的风雨路上，守住做人的本分，担起养家糊口的责任，还要面对天灾人祸，身心都处在重负之下。为了生存要穷尽终生之力，以便完成为人的责任。其间虽然有迷茫、有艰辛、有坎坷，但是，也有快乐与安慰，更充满希望和憧憬……在饱经风霜之后，亦会迎来人生的朝阳，这就是安慰和希望……

饱食终日

肚子硕大脖子粗，饱食终日不知足。
四体不勤无以事，好吃懒做如蠢猪。
各种嗜好全聚齐，歪门邪道更特殊。
如此人生实可悲，无用之料置何处！

【提示】

整天只是吃喝玩乐，什么事情也不做。各种不良嗜好集于一身。脑满肠肥，无所事事，歪门邪道全都在行。这种浑浑噩噩的人生与猪狗有何区别？如此，不但自己枉做了人，而且污染了社会。人生可贵之处就在于为自己、为家庭、为社会尽到为人的本分。饱食终日、无为的人生不但是苍白的人生，而且是罪恶的人生。语出《论语·阳货》。

饱以老拳

梁山好汉鲁智深，为民除害得人心。
三拳打死镇关西，野猪林中见精神。
抱打不平救弱女，英豪美名传古今。
好汉不提当年勇，赖汉只今伸懒筋。

【提示】

饱：吃够，这里指打够。意思是用拳头饱打对方一顿。《晋书·石勒载记》："孤昔日厌卿老拳，卿亦饱孤毒手。"梁山好汉个个身怀绝技，为人刚正不阿、疾恶如仇、率直英武。更具有反叛精神，路见不平，或拔刀相助，或饱以老拳。仗义疏财，大得民心。可惜多有绿林好汉的性格，缺乏远大目标和智慧，最终招致失败。

抱残守缺

因循守旧不思进，拘泥陈说不论今。
挚持旧事不换药，老守窠臼不求新。
死抱陋习不放松，守着残缺不相问。
思想保守不求变，为人处世不走心。

【提示】

抱：本作“保”，守住不放松。意思守住陈旧、残破的东西，不肯放弃。原来比喻泥古守旧。现在多比喻思想保守，不肯接受新事物。继承和发展、求进步和求创新，是事物发展的规律，也是促进社会进步的必经之路。在继承前人知识的基础上再加以发扬光大，不断创新，才能保证社会的发展和进步。这不但要有锐意进取的决心，还要具备先进的思想，如此，才能求得推陈出新的结果。对于前人留下的财富要本着既要继承好的，又要抛弃糟粕的规则行事。在此基础上再创新，以求得事物的良性发展。语出《汉书·刘歆传》：“犹欲保残守缺，挟恐见破之私意，而无从善服义之公心。”

抱恨终天

苦大仇深恨终天，终生难释心中怨。
怨天不清无公道，怨地浑浊无方圆。
怨人怨事难求正，怨世之道多白眼。
缘何抱恨如此深？枷锁来自于封建。

【提示】

终天：终身。即含恨一辈子。一般用于死丧不幸的事。比喻到死的时候还不能消除的憾事。两千多年的中国封建社会制度，使广大劳动人民深受“三座大山”的残酷压榨，过着饥寒交迫的生活，痛苦不堪，怨声载道。无穷无尽的天灾人祸致使民不聊生，酷吏横行霸道，冤案累累，百姓申诉无门，苦不堪言。繁重的徭役和租税，置民于水火之中，抱恨终身。语出明·高则诚《琵琶记·一门旌奖》：“卑人空怀罔极之思，徒抱终天之恨。”

抱头鼠窜

败军之阵乱作团，兵散将逃不等闲。
丢盔弃甲各逃命，似如老鼠遭围歼。
争先恐后不择路，狼狈不堪成鼠窜。
惊魂未定心惶恐，抱头鼠窜却争先。

【提示】

抱着头像老鼠乱窜一样地仓皇逃跑。现在多形容敌人逃跑时的狼狈相。此语为贬义成语，用在反面。多形容敌对败北各自逃命的惨现。用时要多加甄别，以避免因运用不当而造成相反的后果。其实，如果稍加注意，从语面上便能体会其含意。语出《汉书·蒯通传》：“常山王奉头鼠窜，以归汉王。”

抱薪救火

抱薪救火为蠢事，理当以水灭火焰。
用薪灭火火更旺，火上浇油更加乱。
城门失火殃池鱼，水尽鱼干皆空喘。
凡事皆有其道理，妄为必将酿事端。

【提示】

薪：柴。比喻用错误的方法去消灭灾害，反而使灾害扩大。凡做事情都要依理办事，更应该多动脑思考，得出正确可行的方法再实行，方可达到事半功倍的效果。如果偶遇突发事件，首先要做到心里安定，然后再启动平时积累的经验和常识，迅速做出准确的判断后再赋予行动。切忌忙中出错，更不可在思想混乱中丧失理智，做出错误甚至适得其反的决定。所以，平时的经验和常识，是应急时最有效的手段之一。语出《史记·魏世家》："且夫以地事秦，譬犹抱薪救火，薪不尽，火不灭。"

暴风骤雨

暴风骤雨势难挡，酿成洪灾殃四方。
声势浩大震天地，推朽拉腐易反掌。
历史潮流循其律，逆之必将受灾殃。
顺天应时遵自然，雨后定会是阳光。

【提示】

暴、骤：急速，突然。急剧的风雨。比喻来势迅猛。天时变化虽然看似无常，其实都有其规律可循。风雨乃是最为平常的自然现象，虽然难以防止，却可以遵其规律而行事。社会以及人事的变迁亦同天气一样，也有一定的规律，凡是顺天应时，便会获得民心而成就其大业之功。凡是逆潮流而动者必败无疑。这就是人们常说的“得道多助，失道寡助”。多助者利用人民的力量，用暴风骤雨的行动摧毁旧势力，建立新政权，以达到“改天换地”的目的。

暴虎冯河

有勇无谋傻大胆，涉水不顾深或浅。
盲目进山不知虎，但凭力气以冒险。
空手搏虎世少有，冯河欲渡不乘船。
一介武夫多莽撞，用作冲杀可当先。

【提示】

暴虎：空手搏虎；冯河：徒步过河。比喻有勇无谋，冒险行事。有道是“智者千虑必有一失”，而缺少智谋者更可想而知了。单凭力气和勇敢，虽然可以做成事情，但是，失误亦会很多。有勇有谋者成事的机会远比有勇无谋者要多得多。但是智慧多来自于天生，后求次之。世上凡是有勇无谋者，如果在智者的谋划下行事，则更为妥当。否则，一味单凭勇敢做事其胜算就会大打折扣了。但是，凡具有勇气的人，多半性格豪爽、见义勇为，这样的人虽然有缺憾，但总比胆小如鼠、唯唯诺诺的人要好得多。语出《诗经·小雅·小旻》：“不敢暴虎，不敢冯河。”

暴戾恣睢

凶残暴戾商纣王，骄奢淫逸达疯狂。
酒池肉林裸男女，炮烙忠良丧天良。
武王起兵于岐山，一举凤鸣成天罡。
创立周朝力图治，国泰民安世兴旺。

【提示】

暴戾：凶狠，残暴；恣睢：放纵，任意干坏事。形容凶残放纵，横行无忌。商朝末期，国王纣，性情暴戾，凶狠残忍，骄奢恣睢，几近疯狂地步。更迫害忠良，其手段极其残酷，首创“炮烙”酷刑残害忠臣。悉听妲姬谗言，挖忠臣比干之心，至国家于水深火热之中，遂惹起众怒。武王起兵讨伐，一举成功后创立了周朝，这就是中国历史上的西周。昔日商纣王则被永远钉在了历史的耻辱柱上！语出《史记·伯夷列传》。

暴露无遗

法网恢恢无遗漏，满布天网无处藏。
如若胆敢身试法，身败名裂人生苍。
以法治国乃大业，保家安良有主张。
遵法行事世道清，国泰民安有保障。

【提示】

暴露：显露，显现；遗：漏掉。形容坏人坏事完全暴露出来。常言道："若想人不知，除非己莫为。"一语道出了为非作歹者，迟早会露出破绽来。凡是违法乱纪者，不管隐藏得如何巧妙，总有一天都会暴露于光天化日之下。这是个不以人的意志为转移的客观规律。所以，奉公守法是为人处世不可逾越的底线。此成语为贬义，多用在反面上，应多加注意其含义。

暴跳如雷

暴跳呼喊如雷声，源自战败损折兵。
气急败坏心思乱，胡言乱语犯神经。
出口不逊骂部下，恼羞成怒不由衷。
缺少谋略不自觉，咎由自取倒栽葱。

【提示】

大怒得蹦跳呼喊，好像打雷一样猛烈。胜败虽是兵家常事，但将领对待失败的态度却会截然不同。智勇双全者，会认真总结教训以利再战。一介武夫则将失败的原因完全推给他人，更由于缺乏战略并一意孤行，结果必败无疑。用这种人指挥作战，其结果都不会获得成功。《孙子兵法》强调："以不战而屈兵，为上策。"所以打仗应以智慧取胜。要求具备深谋远虑和善于总结经验教训的人担当指挥，以求得完胜。

杯弓蛇影

缘何疑神又疑鬼？原来杯中见蛇影。
回到家中心犯疑，思来想去忧成病。
杯中蛇影乃是弓，误将弓影当蛇形。
自作自受心作怪，一朝蛇咬怕井绳。

【提示】

《晋书·乐广传》里说：乐广一次请客吃饭，挂在墙上的弓照在酒杯里，有个客人以为是蛇，回去老是不放心，因而得了病。乐广知道后又把那位客人请来，还在原处吃饭喝酒，让他明白了杯子里有蛇影的真相，这个客人的病也就好了。后来就用“杯弓蛇影”比喻疑神疑鬼，自相惊扰。这原本是一则寓言故事，说明人心好疑，自己吓唬自己。生活中这种疑心的人大有人在，其中主要是因为缺乏判断能力或性格原因所致。众所周知，三国时期的曹操就是一个具有严重疑心病的人，“疑心”成为他人格的重要因素。可以说“疑心”人皆有之，但不可过度，不然会影响人生的质量。

杯盘狼藉

一席宴请吃下来，残羹剩饭桌散乱。
杯盘狼藉无人问，语无伦次冒虚汗。
踉踉跄跄进家门，见了娘子骂混蛋。
悍妇怒起饱老拳，跪在地上头捣蒜。

【提示】

藉：用东西衬垫；狼藉：像狼窝里的草那样散乱。形容宴饮将毕或已毕，桌上杯盘碗筷等乱七八糟地放着。一席酒宴价高上千元，一吃就是几个小时，推杯换盏，呼号酒令，此起彼落，好生热闹。待各个酩酊大醉，桌上桌下杯盘、酒瓶狼藉散乱，残羹剩菜，汁水涎流。吃客满面赤红，口喷酒气，要么胡说八道，要么口出脏话，更甚者翻脸怒骂、拳脚相加，可谓丑态百出。语出《史记·滑稽列传》："履舄交错，杯盘狼藉。"

杯水车薪

杯水车薪无济事，星星之火可燎原。
凡事首当知其理，权衡事情靠思辨。
莫以小恶坏大事，莫将错误谬经验。
思想理当有预见，头脑清楚是关键。

【提示】

车薪：一车柴草。用一杯水来救一大车着火的柴草，显然是无济于事的错误方法。之所以犯这种低级错误，源自思想观念出了差错所致。水能灭火，这是经验。但是其量却是关键，火大水少不但不能灭掉火，反而会使火势蔓延成灾。当然，其道理人人皆知，只是借此比喻力量太小，无济于事的道理而已。而生活中再愚笨的人也不会这样去做。语本《孟子·告子上》："犹以一杯水救一车薪之火也。"

卑鄙龌龊

人品低劣心龌龊，内心阴暗眼贪婪。
心怀叵测行不端，行为卑鄙小人言。
言语不周无收敛，笑里藏刀多阴险。
成事不足败有余，暗下毒手黑心肝。

【提示】

龌龊：肮脏。形容品质、行为恶劣。从字面上即可领会此成语的反面性质。人群中具有这种丑恶灵魂的人占极少数，虽然数量不多但危害性却很大。这种人中的渣滓，一旦成其大事，则可殃及民众和国家的安全。历史上有这种性格的人在掌握国家大权时，便酿成祸国殃民之大害，亦可成为敌人的奴才和帮凶，成为卖国求荣的汉奸。对国民而言，则是昏君再世，必将给人民带来多灾多难的生活。翻开中国封建史书，不难发现，具有卑鄙龌龊心理的人，大有人在。

卑躬屈膝

卑躬屈膝枉为人，低三下四讨人嫌。
自称奴才不知耻，紧随主子后屁颠。
狗仗人势腆着脸，贼眉鼠眼伺机反。
俯首下跪骨头软，不是缺钙而是恬。

【提示】

卑躬：低头弯腰；屈膝：下跪。形容没有骨气，谄媚奉承别人的无耻形象。鲁迅先生曾说：“人不可有傲气，但决不可以没有傲骨。”一语中的道出了做人的基本原则。傲气乃凌人之气，此气不正，被视为人品低劣的气质行为之一，因而成为有害之“气”。傲骨即人的气节。中国人向来重视“气节”，因为这是做人的根本。具有高尚人格的人，其气节贯穿于终生不变，更不受物欲所动，这种具有高风亮节人格的人，是国家的栋梁之材。他们光明磊落的人生是中华民族的骄傲。

卑之无甚高论

言之有物莫空谈，职卑亦可议论高。
论之泛泛理不通，枉说无用耍辞藻。
见解高明可适用，无稽之谈多烦躁。
论据论点不着边，用于实际而无效。

【提示】

卑：低下；高论：不平凡的议论。《汉书·张释之传》：“释之既朝毕，因前言便宜事。文帝曰：‘卑之，毋甚高论，令今可行也’。”原意是要他谈当前的事情，不要空发过高的议论。后来转用以表示见解一般，没有什么突出的论点。“实事求是，不尚空谈。”是做事的好习惯。但凡论说大事小情，都应本着既精确又简练的方法。避免浪费口舌，高谈阔论一通，既不得要领，又无实用价值。

悲愤填膺

荆轲易水诀别离，天地哀叹义气壮。
风萧萧兮易水寒，壮士一去命将殇。
刺杀秦王终不成，悲愤填膺以命偿。
天下悲愤知多少，义士复仇满胸膛。

【提示】

膺：胸。悲痛和愤怒充满了胸膛。战国时期燕国太子丹欲刺杀秦王嬴政，拜义士荊轲以献图为掩护，伺机刺杀秦王。临行在易水河边与送行人诀别，祭天地酒后，荆轲义愤填膺随歌之曰：“风萧萧兮易水寒，壮士一去兮不复还。”人间恩怨从古至今，不知究竟何以了。悲痛与愤怒常常促使人或做出惊天动地的大事业，或酿成悲剧的下场。“悲愤填膺”与“义愤填膺”其语意基本相同，都是心理情感的集中体现。其差别只在于“悲”与“义”字上，前者强调由悲产生愤，后者强调由义产生的心理诉求，用时应有所区别。

背城借一

天下威名为武将，誓为国家效沙场。
开疆扩土勇于战，所向无敌不可挡。
视死如归无所惧，背城借一乃忠良。
为国为民一忠心，确保国民皆无恙。

【提示】

背：背向；背城：背向自己的城堡，不获胜利不回来；借一：借一战。意思是背向着自己的城堡，决一死战；即作最后的奋斗。守城的将士各个下定决心与敌人决一死战，向前冲杀，绝不回头。引申意为做事要有背水一战的决心，努力拼搏，以求得最后的成功。语出《左传·成公二年》："请收合余烬，背城借一。"

背水一战

前面敌军阵势强，后面背水无退路。
人逢绝境必奋勇，以一当十命不辱。
奋力拼杀向前冲，赢得胜利靠战术。
韩信历来会用兵，背水一战载兵书。

【提示】

背水：背向水，表示后无退路。《史记·淮阴侯列传》记载，汉将韩信带兵去攻打赵军，出了井径口，布置了一万人背水列阵，与赵军作战。汉军前临大敌，后无退路，促使士兵们必须拼死作战，结果大败赵军。后来就用“背水一战”比喻决一死战。按兵法，军队安营扎寨选址要特别慎重，不可置自己于夹击之地位。但对于韩信这样有韬略的将领，却可根据具体情况加以活用之，在胸有成竹的条件下亦可反用之，也可收到决胜的好效果。但是，此举并非兵家的常态，需要有超常的智谋为依托而慎用之。

奔走相告

惊天动地大新闻，一经传出慰民心。
奔走相告广为传，人心沸腾难自禁。
中国封建两千年，土地从未属人民。
如今耕者有其田，农税从此全额免。

【提示】

走：快跑。形容遇有特别使人兴奋和震惊的事情时，人们奔跑着互相转告。对于农耕国家的人民而言，土地视若命根子。两千多年来的封建制度中，土地一直是人民大众的切身诉求。然而，却从未得到满足过。只有时代进入共和国时期后，才得到根本性解决。更使广大农民欢欣鼓舞的是，现在农业税一举全部勉除，极大地鼓舞了农民的热情。为了感谢这一破天荒的福祉，农民们自发地采用传统铸鼎的方式记录和纪念这个划时代举措，并以此表达感恩之情。

逼上梁山

封建王朝多昏暗，官逼民反上梁山。
聚众反叛树大旗，忠义堂上聚好汉。
为民除害暴不平，矛头直指宋江山。
肝胆相照得民心，一朝发难惊动天。

【提示】

《水浒传》小说里，一百单八将中的梁山好汉，许多头领是由于各种原因被逼上梁山造反的。后来就用“逼上梁山”比喻被迫进行反抗。也比喻不得不做某件事情。有道是“官逼民反，民不得不反”。纵观中国封建史，不难发现，凡是各朝代走向衰败之际，便会出现昏君，继而形成奸臣当道的局面。此时由于朝政腐败，官员无能，贪官污吏横行于世，鱼肉百姓，遂酿成诸多人祸，再加之天灾，民不聊生时被迫奋起反抗，甚至造成改朝换代。但是，无论旧朝或新朝都是压在民众身上的大山。在忍无可忍的情况下，再次逼得民众为求生存而被迫起来造反。如此反反复复，即构成中国长达两千五百多年的封建社会。直到辛亥革命一举推翻清王朝后，中国大地上才出现了共和的曙光。

匕鬯不惊

纪律严明风气正，军民关系鱼水情。
民拥军则军爱民，团结一致筑长城。
同舟共济博风浪，万众一心共筑梦。
待到国庆二百岁，中华复兴贯长虹。

【提示】

匕：古代的一种勺子；鬯：古代祭祀用的香酒；匕鬯：指祭祀。语出《周易·震》：“震惊百里，不丧匕鬯。”后来就用“匕鬯不惊”形容军队纪律严明，军队所到之处，百姓照常活动。大凡成天下之大业者，一靠先进思想和智慧；二靠民心所向；三靠拥有一支威武之师和严明的军纪。如此，军民团结一致，无往而不胜也。

比比皆是

天高任鸟飞，海阔凭鱼跃。
大地任驰骋，人间乐逍遥。
俯首靓青丝，信手拈花笑。
缘何如此美？比比皆是好。

【提示】

比比：到处，处处。形容到处都是。历来都说处世艰辛，这只是生活的一个片面，综观人生可用悲、欢、离、合四个字概括之。其中的悲较之欢还是居于次要位置，也就是人生多平常和多欢乐。离与合也是相对而言。中国人历来重视大家庭和大家族的传统观念，对四世同堂的追求即是合的结果。而离却少于合，因为人是社会动物，求生存、求事业、求发展必须依靠社会行为，方能得以实现。为了事业奔走，必不可老守田园，因此，暂时的分离在所难免，亦是比比皆是的事情。所谓的天灾人祸，只是其中的次要部分。所以，纵观人生，还是“欢合”多于“悲离”。语出明·陶宗仪《辍耕录·卷六·丧师衰绖》。

比肩继踵

千里迢迢去朝圣，人山人海如浮蜢。
熙熙攘攘众芸生，只求表白心虔诚。
善男信女齐叩首，但愿后世得回应。
只要内心为净土，自然而然呈光明。

【提示】

比：并；比肩：肩膀靠肩膀；踵：脚跟；继踵：脚尖碰脚跟。形容人多，拥挤。《晏子春秋·杂下》：“临淄三百闾，张袂成阴，挥汗成雨，比肩继踵而在。何为无人?”人多势众，聚集而无首尾，拥挤不堪，热汗顺脸颊脊背而流。若问其何因，只是为看明星出场亮相也。

比上不足，比下有余

居于中间心安稳，仰上看下自相承。
不思进取不思退，老守田园求心静。
人家坐轿咱骑驴，后面还有人趋行。
若问心里有何求？但愿世上留个名。

【提示】

这是甘居中游，满足于现状，不努力进取的思想状态。这种状态也是一种活法和对待人生的一种态度。有这种心态的人，大多出自两种原因：一是此人天生性情所致；二是因遭受挫折后的心理反应。前一种人是天生的性格，后一种则是灰心的表现。只就前者而言，不乏也可以说是一种活法，具有这种性格的人，心理较为平稳，大多既不会伤人，亦不会伤己。因为容易知足，也就容易自得其乐。但是，却不宜提倡。其实世上芸芸众生，绝大多数都处于这种中间位置。语本晋·张华《鷦鷯赋》：“将以上方不足而下比有余。”

彼一时，此一时

彼时此时两时段，事物变化随时转。
那时不同于这时，其位处于两头间。
好汉不提当年勇，懒汉无勇若何谈？
人生区区一百年，时过境迁皆逝仙。

【提示】

形容过去同现在情况不同，不能相混。变化守衡，是大自然的规律。时间由未来时至现在时，再由现在时成为过去时。而最具实际意义的则是现在时，由于现在时不断地将未来时转化为过去时，从而形成时间链。对于人类而言，未来时和过去时都处于虚拟的状态之中，只有现在时才是真实。所以，不要将虚拟的时空以现实的态度相对待。成语“彼一时，此一时”就是讲由于时间的变化，促使处于现在时的事物不同于过去时和未来时的事物。语出《汉书·贾谊传》：“彼一时也，此一时也，岂可同哉！”

笔墨官司

笔墨官司古来有，文人说理多靠手。
一篇状纸写下来，胜过嘴巴说半宿。
舞笔犹如抡大棒，伤及心神更难守。
天下文章知多少，不动心思若何求？

【提示】

官司：旧指诉讼，引申为争辩。用文字来表达的心意。文人相争，多以文章或讼纸为手段来相互辩论。文中所言之事理，具体体现着作者的观点和思想。遇有官司，即以文据理以争。或为他人写状纸，或为自己申诉争辩，都是以文的形式出现。如遇学术上的分歧而造成争论，各自以其文才表达自己的不同观点，有时如骤雨般地相互争论，有时亦用讨论的方法加以商榷。这要视对象和性质来决定。众所周知，鲁迅先生对待敌人所写的杂文，被誉之为投枪匕首样的厉害，即认证了文人的文笔作用。

俾昼作夜

醉生梦死多荒淫，寻欢作乐至达旦。
夜不眠而昼贪睡，黑白颠倒无忌惮。
酒囊饭袋乃废料，世上枉养大混蛋。
犹如废物造粪机，有头无脑破门帘。

【提示】

俾：使。把白天当作黑夜。形容荒淫无度的糜烂生活，即夜间寻欢作乐，白天睡大觉，置黑夜与白昼颠倒，过着醉生梦死的生活。这种寄生虫性质的人，不但坑害了自己而且会造成社会的累赘。更有甚者，在败坏社会风气的同时，也给社会带来负担。有这种坏风气的人，多半都是那些游手好闲、好逸恶劳的败家子。这种人或凭借钱财或凭借权势，大行腐败挥霍之能事，成为社会的蛀虫，不同程度地影响着社会的安宁，因此而造成诸多的负面影响，必须严加管束。语出《诗经·大雅·荡》："式号式呼，俾昼作夜。"

毕恭毕敬

狗仗人势不稀奇，人仗狗势难成款。
人前自称为大爷，见了主子立收敛。
有钱有势独缺德，不择手段向上攀。
一朝得势便横行，狐假虎威充大蒜。

【提示】

毕：十分；恭：有礼貌。形容十分恭敬的样子。“毕恭毕敬”虽然多半用在正面上，但是，却由其事其人的真实愿望而呈正反的意义。若用在正面上，则表达出因人与人之间的良好关系所产生的礼貌行为。若用在居心叵测者的身上，则起着掩饰居心不良而表面佯装恭敬，再伺机行不义之事的行为。所以，用时应多加考量，以求得对人心理的正确把握。语本《诗经·小雅·小弁》“维桑与梓，必恭敬止。”

毕其功于一役

毕其功者于一役，并非独行可实现。
所谓一役定完胜，亦非一役因承前。
一役其功须积累，前功为垫后可完。
看视决战实承延，垓下后果见一斑。

【提示】

毕：尽，完成。一次战役就完全成功或一下子把几项任务都做完。这种想法虽然可嘉，但不能笼统对待，要根据具体情况加以运作。凡事都不是孤立存在的，必有其前因和后果。以战争为例，譬如，一战时法国著名军事家拿破仑，在滑铁卢的最后惨败；中国历史上楚汉争天下的战役中，项羽在垓下一战败北，其胜者，并非一役毕其功，而是在之前的战果基础之上，再进行最后一役的较量，从而取得最终的完胜。平时工作中皆提倡有条不紊地进行有序的工作，不会一下子去完成多项工作，即使有，也不过是个例而已，并不具有广泛意义。

闭门羹

人间美食多以羹，此物爽口又健身。
世上尚有拒绝人，不与相见自守神。
缘何却有闭门羹？此语道出情不深。
昔有妓女首创造，不见客人羹关门。

【提示】

羹：煮成浓液的美食。唐·冯贽《云仙杂记》卷一记载，宣城有个叫史凤的妓女，把客人分成等第，下等的不相见，只用闭门羹相接待。后来就用“闭门羹”泛指拒绝客人进门，不与相见。生活中人们常说“碰了钉子”这句话，表示被他人所拒绝的意思。另外尚有“逐客令”一词，表示对来访的客人不欢迎，并催促他赶快走的意思。

闭目塞听

双眼紧闭不视物，塞住双耳以不聪。
缘何如此之举动？原来自坐养其精。
眼不视者耳不听，孤陋寡闻心必空。
缺乏实际枉调养，反殃其身茫然病。

【提示】

闭住眼睛，堵住耳朵。比喻脱离现实。耳、目乃人的感官，大脑通过眼睛和耳朵等感官感知客观事物。如果闭眼不看，塞耳不听外界事物，大脑就得不到客观信息，也就无法得出正确的判断，从而导致大脑失去正确指挥功能，如此，使身体因得不到有效准确的指挥命令，将处于混乱状态之中。如此的结果，不但得不到养精的效果，反而会受到伤害。语出汉·王充《论衡·自纪》：“闭目塞聪，爱精自保。”

敝帚自珍

自力更生好传统，自给自足心安生。
亲自动手获食居，粗茶淡饭亦宽松。
什物无论好与差，出自亲手倍珍重。
敝帚自珍好作风，勤俭持家得安宁。

【提示】

敝：破旧的；珍：贵重，爱惜。比喻东西虽然不好，自己却非常珍惜。这种心理意识可以说人皆有之。特别是通过自己的双手劳动所得到的东西，自己会倍加珍爱。这种优良的传统，能够激发人的创造力和开动脑筋、自强自立的精神，也是勤劳和勤俭的好作风。体现出自力更生、勤俭持家的人生理念。语出三国·魏·曹丕《典论·论文》：“里语曰：‘家有敝帚，享之千金。’此不自见之患也。”

闭眼捉雀

睁眼难于捉到雀，何况闭眼胡乱蒙。
闭上眼睛捉雀鸟，若何可得事成功？
不顾经验和实际，妄自行动耍聪明。
事与愿违必失败，闭眼捉雀焉可行！

【提示】

比喻盲目地工作。凡事都有其理，谬理而行必成盲目，悖其理而自以为是，不顾经验和实际而任意妄为者，必败无疑。闭目捉雀，这句成语恰到好处地说出，因为盲目行动所导致必然失败的后果。也说明，无论何时都要尊重客观规律而行事，决不可突发奇想，悖理而行事。这样做，不但得不到收获反而会劳而无功，甚至会造成意想不到的恶劣后果。所以，盲目也是人类思想的一大缺憾。

筚门圭窦

筚门圭窦家贫寒，筚圭之人皆陵上。
蓬户瓮牖食无米，衣着褴褛背柴筐。
圭乃名玉形条状，上端三角下成方。
其形如同旧门洞，筚门圭窦喻门框。

【提示】

筚门：柴门；圭：古代玉器名，长条形，上端作三角状；圭窦：上尖下方的圭形门洞。旧指贫苦人家。《左传·襄十年》：“筚门圭窦之人，而皆陵其上。”也作“筚门圭窬”。《礼记·儒行》：“筚门圭窬，蓬户瓮牖。”此成语从语面上看是将筚与玉两种截然不同之物合用在一起，似乎有些牵强附会，如果以圭之形喻筚之门，觉得不甚协调。但凡成语皆有出处，不可断章取义而妄论之。

避坑落井

避其坑者反落井，欲避其害反受害。
世上多有祸成双，接踵而至连遭灾。
祸福本是两极端，相成相背无期哉。
福伏祸兮祸依福，相互转化意乃赅。

【提示】

比喻躲开一害，又遭一害。老子曰：“福伏祸兮祸依福。”一语道出了事物发展的客观规律。所谓的福与祸，其实就是事物转化的过程和规律。这句话也解读了客观事物的变化规律，“物极必反”是构成中国哲学思想的核心理念。根据这一观点来审视事物的发展，便可得到其发展和变化的规律。所谓的福或祸就是遵循这个规律变化的一个过程，这种变化促使事物得到发展和进步。人们都希望只要福不要祸，实际上这是一种不现实的自我意志，大自然的规律是永恒的，不可以以人的意志为转移，人类只能认同自然规律，从而找到可以减缓灾祸发生的概率。语出《晋书·褚翜传》：“今宜共戮力以备贼，幸无外难，而闪自相击，是避坑落井也。”

避难就易

避难就易两含义，两种含义皆成立。
一为畏难就其易，二为蓄势待发力。
为事可贵不怕难，勇于拼搏自砥砺。
只要勤于动脑筋，尊重规律得实际。

【提示】

就：凑近。躲开困难，只找容易的做。也指暂时避开难点，攻其弱点，待条件成熟时，全面突破。避重就轻是人的弱点之一，也是影响人们上进的一大缺点。这种思想的根源来自于好逸恶劳或不求上进的思想。是造成懒惰的原因之一，凡是有这种思想的人，大多都是后天养成的坏习惯。我们一贯尊敬那些具有敢于面对困难、勇于拼搏精神的人生强者，鄙视那种懒惰不求上进的人。因此，从小养成不畏困难，勤奋努力，自立、自强、自律和自爱的性格，是关系到人生成败的头等大事。

避其锐气，击其惰归

善用兵者避敌锐，待其疲劳施猛击。
避其锐气击惰归，为操胜算稳不急。
领兵大将智勇全，以谋取胜善用计。
不战屈兵乃上策，智取胜于强武力。

【提示】

锐气：斗志旺盛的士气；惰：懈怠，疲劳；归：退回。避开敌人初来时的锐气，等敌疲劳退缩时，狠狠地加以打击。战场上担任领兵指挥的将领，不但要有勇气更要有智谋。兵法强调：不战而屈人之兵，乃为上善。这就说明，智取高于强攻的优越。所以，凡指挥者，首先要具备高超的用兵技巧和即时抓住时机，勇于冲杀的本领。而智取则既可得胜又可保存自己的实力不受损失，这是兵家常用的战术。所以，善于避开敌人的锋芒，再伺机加以猛烈地打击，便可确保战争的胜利。“围而不打”的战术就是其中的战术之一。语出《孙子·军争》。

避重就轻

避重即为推其责，就轻意是只担轻。
这种做法虽安全，却是枉自难求赢。
狡猾敌人落网后，力图避开其罪刑。
妄想逃避法制裁，避重就轻枉侥幸。

【提示】

避开较重的责任，只拣轻的来承担。也指避开要害问题，只谈无关紧要的事。此成语与“避难就易”虽然有相近之处，但却有用法和语意的区别。前者是指面对困难而言，后者则是对所承担的责任而言。面对困难而退缩与面对责任而推却，有其不同的意义和内涵。使用的时候应该多加斟酌，以免用得不够准确。

髀肉复生

人生天地间，各有其志向。
志向大与小，理当在思想。
有人图天下，有人柴米酱。
无论大小志，应当合圆方。

【提示】

髀：股部，大腿。意思是大腿上的肉又长起来了。《三国志·蜀志·先主传》裴松之注引《九州春秋》：“备住荆州数年。尝于表坐起至厕……”这段的大意是刘备在荆州住了数年后，与刘表的一段感叹人生短暂的话和对没能成就大业的哀叹。其中所言大腿长肉，是因为少骑奔波的原因所致，从而，觉得对自己老之将至，而功业却不建的感慨。后来就用“髀肉复生”表示慨叹虚度光阴，想要作为的心理意识。

鞭辟入里

言之有物道理清，文章华丽亦入理。
一篇好文胜千军，鞭辟入里动天地。
为学要领求其精，学得切实方可立。
若想出类须苦功，真才实学靠自砺。

【提示】

鞭辟：鞭策，激励；里：最里层。本作“鞭辟近里”。程颢《师训》：“学只要鞭辟近里。”意思是要学得切实。现在多用以形容言辞或文章的道理很深刻、透彻。无论说话或写文章，首先要做到理清且意深，如此方能起到应有的作用。出言要既合理又精准，一语中的，方可达到想要的目的。写文章更要讲究理通意深，言简意赅。只有这样才能达到预期的目的。这种才能来自于勤学苦练和孜孜以求的求知精神。这样坚持不懈，经过日积月累，打下坚实的学问和实践的基础，才能取得预想的成功。

鞭长莫及

鞭长莫及无奈何，天高地广难求索。
心有余而力不足，勉强为之无效果。
做事应当求实际，量力而行稳于妥。
反其道而行其事，结果好事弄成拙。

【提示】

及：够得着。为事者应该量力而行，不可自不量力地去妄为之。这种不看实际条件而盲目地求大，必定会因力不从心而受到损失甚至失败。“鞭长莫及”这句成语告诫我们，凡是做事之前，应该考虑自己的能力确定目标，再尽力而为之，以确保事业的发展，都在自己的能力掌控之中。否则，只能望而兴叹。语出《左传·宣十五年》：“虽鞭之长，不及马腹。”意思是虽然鞭子很长，但总是打不到马肚子上。后来比喻力不能及或势力达不到。这里的“鞭”即代表势力或能力。

扁担没扎，两头打塌

扁担没扎头光滑，镐头没把物白瞎。
想求两头却不得，无疑落空而白搭。
一事难以得双利，一蕾难求双开花。
为事思想当实际，切莫贪多乱其辖。

【提示】

扎：扁担两头绊绳索的短栓；打塌：滑落下来，湖南话也说“失塌”。比喻原来幻想一举两得，结果两头落空。这句成语像谚语，有着明显的地方意味。语意是告诉我们做事要踏实，求实际，不可盲目求多。语中用扁担失去两头绊绳短栓，说明为事者不可不顾及实际，心怀侥幸而妄为之。不然，不但做不好事情，反而会造成因求多贪大反而两不得的结果。

天下之事似无常，犹如海水不可量。
变化守其自然律，谬其必将难以防。
说是无常实有常，不明其理自心慌。
如若诸事合规则，可变无常为有常。

【提示】

无常：没有常态。形容变化极多，不可捉摸。说是不可捉摸，其实是知识欠缺。大自然遵循其规律在运转着，在运转过程中所呈现出来的各种现象，都是遵循着一定的规律在变化着。当人类的知识尚未达到一定认识程度时，因不明白自然的变化规律而大惑不解。从而将有常的变化视为无常，因此而无奈甚至恐惧。比喻人类最初时期，由于对天气的风、雨、雷、电等自然现象无知，从而感觉世事变化无常。如今，人类有了科学头脑，对这些自然规律有了知识，不但变无常为有常，还可预知未来的天气状况。

变幻莫测

事物变化无定数，说无定数却有章。
遵章变幻随其理，理若不通思则僵。
如若无端谬其想，思之混乱乃不彰。
变幻莫测难琢磨，苦思冥想将自伤。

【提示】

变幻：变化。变化很多，使人无法捉摸。这是一种自找苦吃的行为，也是知识不够充实的具体表现。凡事都在情理之中，情理需要用知识这把钥匙去打开。当一种现象出现时，面对同一种现实，不同知识层面上的人会有不同的理解。知识阅历越丰富，理解得就越清楚。反之，便会被事物的某些外表现象所蒙蔽，进而感到莫明其妙，甚至走向神思。所谓“变幻莫测”实则并非莫测而是知识不够深，所以，称知识是打开自然奥秘的金钥匙。

变生肘腋

事变发生在眼前，近在咫尺却不知。
缘何如此之麻痹？原因出于心不直。
日寇攻占北大营，守军重兵如无事。
一道命令传下来，源自巨心为自私。

【提示】

肘腋：胳肢窝，比喻很近的地方。指事变发生在近处。九一八事变，日军以极少数的兵力发动侵华事变，轻而易举地夺取了沈阳驻军的北大营。而中国的守军，被一道不抵抗的命令调进关内，致使东北沦陷，百姓流离失所。缘何不抵抗将国土拱手让给敌人？其目的来自于私心作怪，更怀有不可告人的卖国之心。致使东北军不战自散，为日寇肆无忌惮地发动全面的侵华战争大开了方便之门。从而造成国难当头，人民流离失所。但中华有志之士和全体中华儿女却从未屈服，前赴后继，英勇抵抗，最终取得全面胜利。

便宜行事

因地因时而置宜，因势利导成主意。
时间不等先行事，诸事皆有轻重急。
天高地广皇帝远，边关风云常突起。
当机立断速行动，避免坐等失良机。

【提示】

便宜：方便，适宜。指根据当时当地情况，自己决定适当的处理办法，不必请示。《汉书·魏相传》：“传汉兴以来，国家便宜行事。”又作“便宜从事”“便宜施行”。此成语为褒意用之。有别于不听指挥自己颤自而为的行为。其前提是因为地域或其他原因当时来不及向上级请示，只好根据眼前的情况，及时有效地做出处理，以免延误时机，造成不良后果。待事后再行汇报。语出《史记·萧相国世家》：“何守关中……辄奏上，可许以从事；即不奏上，辄以便宜施行，上来以闻。”

遍地开花

经过试点累经验，总结成立出方案。
切实可行效果佳，再行推广到普遍。
实践验证卓有效，遍地开花香满园。
事情无论大与小，善于总结事不偏。

【提示】

遍：普及，到处。比喻普遍地进行推广或全面地展开。我们一贯主张，凡事必须经过充分地调查研究后，根据一手材料，集思广益地征求各个方面的不同意见和建议，再做出符合现实的可行有效的方案。经过局部试点后加以验证，从而得出较为完善的实施方案。然后再行整理后全面铺开，以求得事物的全方位成果。实践证明，这是一条正确并行之有效的工作方法。

遍体鳞伤

革命志士不畏险，为国为民心忠诚。
心怀壮志凌云天，甘洒热血誓尽忠。
为促中华得复萌，遍体鳞伤心守衷。
辛亥革命枪声响，亦给封建敲丧钟。

【提示】

满身的伤痕像鱼鳞一样密。形容伤势很重。孙中山先生领导的辛亥革命，是中国历史上史无前例的伟大壮举。一举埋葬了盘踞在中国土地上的长达两千五百多年之久的封建制度，使中国人第一次感受到黎明的曙光。在革命斗争中，那些英勇不屈的伟大灵魂，可与日月同辉。他们为祖国为人民流尽最后一滴鲜血的大无畏精神，将成为中华子孙万代永存的精神财富，必将得到继承并发扬光大。“黄花岗上黄花香，源自魂魄崇高尚。虽不知名却有名，是为忠魂殉于殇。”

别出心裁

别出心裁自有招，创造出新求奇效。
心灵手巧行于事，与众不同智慧高。
老守田园不可取，推陈出新另一套。
事物发展必求新，出新要靠心灵巧。

【提示】

别：另外；心裁：出于自心的创造和裁断。另想出一种与众不同的新主意。发明创造，是事物发展的必经之路。只有不断地推陈出新，才能促使事物健康发展。只有不断地发明创造，才能使事物达到更高更好的水平。所以，我们努力致力于发明创造。只有这样才能永保各项事业得到不断的进步和发展。“别出心裁”就是提倡发明创造精神，依靠实践经验和智慧以达到创新的目的。“别出心裁”这个成语，其语意多正面意义，但在生活中有时又用在讥笑事情上。所以，用时要注意分寸。

别风淮雨

别本作列淮作淫，只因字形而相误。
古书文字讹误处，或写别字谬做主。
潜移之差意不同，多有不辨而自注。
学问不可随心弄，坏了著作谬后书。

【提示】

“列风淫雨”的误写，“别”本作“列”，“淮”本作“淫”，因字形相似而写错。梁·刘勰《文心雕龙·练字》：“《尚书大传》有‘别风淮雨’，《帝王世纪》云‘列风淫雨’。别、列、淮、淫字似潜移。淫、列义当而不奇，淮、别理乖而新异。”后来就把古书文字讹误或写别字叫作“别风淮雨”。由此可见，古书亦存在讹误和别字的错误，也可体会到汉语语言的规范和严谨。

别具一格

世上诸事性不同，相互比较显个性。
人以群分物类聚，相比之下见分明。
如有出类超群者，相同之中现不同。
别具一格立新意，众而从之即流行。

【提示】

另有一种独特的风格。所谓风格即是自己独具的为事特点。文学艺术多讲究风格，这是因为不同的人在从事艺术创作时，彰显出自己的创作个性。这种个性主要来自于艺术家的性格和在长期从事艺术创作中，逐渐形成的一种有别于他人的特征，久而久之，便形成了自己独到的创作手法，因而形成自己的创作风格。风格的形成不但是艺术家的个性表现，而且反映艺术家创作的习惯和对生活的态度。而“别具一格”正是风格的表现之一。

别具只眼

眼光犀利洞察深，观察入木达三分。
慧眼识珠鉴真假，明察秋毫得其心。
只眼犹如三只眼，西游记中二郎神。
过人智慧不多见，别具只眼喻智深。

【提示】

形容具有独到的眼光和见解。也作“独具只眼”。不同的人对待同一事物，会有不同的看法。这是因为每个人的人生观和价值观差异的结果，也是人的智慧高低和对生活态度不同的结果。一般的人其智商只限于对待生活中的一般观察层面上，而智商高的人，则比普通人的观察分析能力要强许多，从而表现出较高的洞察能力，显示出其眼力“别具只眼”的特征。语出宋·杨万里《诚斋集·送彭元忠县承北归》诗：“近来别具一只眼，要踏唐人最上关。”

别树一帜

别具一格现不同，别具只眼人特殊。
别树一帜自立家，别出心裁出新著。
别有天地求发展，别号多有过人处。
别者意思谓个别，皆为行当有建树。

【提示】

树：竖立；帜：旗帜。另外竖起一面旗帜。比喻自成一家。此语如果用在斗争方面则体现自立山头，独竖大旗，另起炉灶，自己单独行事的意思。如果用在艺术创作方面，则体现出自己“别开生面”的创作风格。唐·杜甫《丹青引》诗：“凌烟功臣少颜色，将军下笔开生面。”即说明艺术创作的风格特点。无论用在何处皆体现出自立一家的特征。

别无长物

两手空空无什物，两眼含泪难悉恭。
穷困只有一箱书，满腹经纶因用功。
身无分文靠人养，寒窗冷屋为求名。
待到名字题金榜，身价倍增大不同。

【提示】

长物：多余的东西。再没有别的东西。形容空无一物。南朝·宋·刘义庆《世说新语·德行》：“王恭对曰：‘丈人不悉恭，恭作人无长物。”势利眼是人之弱点之一，也是构成人与人之间不正确关系的因素之一。大凡有这种毛病的人，其共同的特征是以权势和贫富来衡量人。自古至今，凡是有权有势有财富的人，会受到大多数人的恭敬，这不能不说是人性的一种极普遍的缺欠。尤其是在旧社会，更为显著。而一人得道，鸡犬升天的现象更为突出。很多穷读书人，在旁人的面前受尽了白眼，一旦金榜题名，立刻身价倍增，遂将过去的白眼一转而成热捧。这就充分体现出人性的复杂和多变，也体现出旧社会人际关系的冷酷无情。

别有用心

心怀叵测多坏心，伺机害人难防守。
如此之人虽不多，却可搅乱一锅粥。
与人相处防盲目，以防不测酿不周。
以诚相待分对象，不可青红一起收。

【提示】

用心：居心，打算。别有打算。现在多指心里打着坏主意。此成语多用在反面，意为坏人的叵测心理。俗话说“知人知面不知心”，就是指表面装人，心怀鬼胎的坏人而言。人生活在社会中，不可避免与不同的人打交道，在相互打交道时应本着以诚相见的待人方式。但人群中鱼龙混杂，小人混在其中，这种心怀鬼胎的人虽然占少数，却会造成人际关系的诸多障碍。所以，在与人打交道时，应具备善于及时辨别的能力，以防因一时的疏忽而被“别有用心”的人所贻害。这只是万一的提醒儿，其实社会上好人还是多多，切不可草木皆兵，造成愚人自扰的不正当心理。

冰炭不相容

水遇严寒结成冰，冰清玉洁受尊敬。
炭遇火种见高热，热气腾腾化冰晶。
天地万物各自性，相克相成亦相生。
冰炭两者不相容，炭必生火亦可应。

【提示】

比喻两种事物完全对立。事物各有其性，既对立亦对应，既相克又相生，既相成又相悖，既相辅又相对……这就是大自然的奥妙之处，也是事物相互存在关系的具体法则。中国哲学思想“阴阳互动”的“阴阳五行”观念，就是建立在此基础之上的哲学理念。“物极必反”是中国哲学思想的核心概念。这个精准又朴素的哲学理论体系，充分阐释了自然万物的相互关系和相互转化，以及相生相克的自然规律。“冰炭不相容”便是基于这种哲学理念的具体范例。语出《韩非子·显学》：“冰炭不同器而久。”

冰天雪地

北国风光多冬霜，冰天雪地日少光。
寒风积雪盖大地，放眼一片白茫茫。
天寒地冻日子长，家中备足柴米粮。
冰封湖面鱼儿肥，破冰撒网捕捞忙。

【提示】

形容冰雪漫天盖地，非常寒冷。冰炭是两种性质截然不同的物质，其性相反。但是若炭不着火仍然不具备热量，也就不能构成相克作用。所以，这个成语有失偏颇之处。若是“冰火不相容”尚合理得多。另有成语谓之“水火不相容”可谓更合理。所以，沿用古人之经典时，也要多加注意它的含义与比喻是否贴近和合理，也是一种求是的治学方法。要持既学习古人的学识又不拘泥于古人见解的态度，体现着与时代相适应的治学方法。只有这样，才能达到古为今用的真正目的。

冰消瓦解

冰受热则遂成水，冰消水生事以成。
制瓦圆筒一分三，瓦当随之便成形。
瓦碎不得再复原，冰消不能再破崩。
尚有考古复其形，亦将寒来再成冰。

【提示】

瓦解：制瓦先把泥土制成圆筒型，然后作三等分，就是瓦坯；比喻事物的分裂、分离。意思就像冰融化，瓦分解一样。比喻完全消失或崩溃。另有成语“分崩离析”，也是这个意思，都是形容事物达到不可挽救的地步。瓦解：多用于事物被来自于内部或外部的力量作用下，所呈现出被彻底破坏的现象。冰消有时用在因气候或外力作用下，冰融化成水的现象。用这两种事物的变化现象，引申出事物变化的本质状态，可以加深和形象地理解事物变化的本来面目。

兵不血刃

兵法告诫求攻心，不战屈人兵上善。
兵不血刃而取胜，可谓战将多谋算。
善用兵者不求攻，兵后再行谋攻坚。
用好计谋胜拼打，保住实力以利战。

【提示】

兵：兵器；刃：刀锋。兵器上没有沾血。形容未经血战就获得胜利。兵法云：不战而屈人之兵为上策。强调用智谋取胜是战争的最佳效果，也说明战争挥指者应具备智勇双全的能力。光靠冲杀而不用智谋取胜为下策，而以谋略降服敌人，不但可以取胜，还可以保全自己的实力不受损失。用谋与战相结合，胜利后再施以攻心战术，比一打到底要强得多。所以，善于用兵的将领都会在适宜的时候，多用智谋取胜。语出《荀子·议兵》："故近者亲其善，远方慕其德，兵不血刃，远迩来服。"

兵不厌诈

虚虚实实乃兵法，迷惑不解难猜测。
兵者诡道难预料，顾此失彼无奈何。
兵家常用此兵理，兵不厌诈乃谋策。
善语此道多有效，声东击西随意做。

【提示】

厌：满足；诈：欺骗。用兵打仗要尽可能多地采用迷惑敌人的方法。置敌人于进退两难之地，起到扰乱敌人军心的目的。“兵不厌诈”这个战法是兵书上特别强调的一种有效的战术之一，虚虚实实地用兵方法，会置敌人于两难的境地，也是扰乱敌心的有效手段。所谓“不厌诈”即肯定“诈”的特殊作用。但用“诈”应建立在知己知彼的基础上。历史上最典型的“诈”莫过于三国时期著名的“空城计”了。此计之所以成功，有两个原因：其一是诸葛亮了解司马懿的性格多疑；其二是诸葛亮一向谨慎的作风。有此两种因素才构成千古绝唱的“空城计”。

兵贵神速

兵速如神往，主动赢战场。
分秒必争先，机动且流畅。
及时出奇兵，神速不可挡。
一举再进攻，破敌于难防。

【提示】

神速：特别迅速。用兵以行动特别迅速为贵。《孙子·九地》："兵之情主速。"兵家历来重视用兵行动要迅速，只有迅速才能获得战场的主动权。战场情况多变，常常因分秒之差决定胜败。所以，"兵贵神速"是取得胜利的关键。战场上迅速占领有利地形，就为胜利奠定了基础。而抢占有利地形，就必须依靠运兵的速度而获得。凡用兵者，不能及时有效地调兵遣将，就很难运用战术。从古至今，有很多战争胜者都是用兵的高手，他们用兵神速是胜算的重要因素。语出《三国志·魏志·郭嘉传》："太祖将征袁尚，嘉言曰：'兵贵神速。'"

兵荒马乱

连年战乱烽烟起，黎民百姓受磨难。
兵荒马乱无宁息，田园荒芜丧儿男。
荒无人烟难求生，拖儿带女无处安。
征战白骨弃荒野，家破人亡枉求天。

【提示】

形容战时动荡不安的景象。旧时代的民众，常常受天灾人祸的侵害，战乱是最沉重的人祸之一，各种势力相互厮杀，致使百姓惨遭屠戮，造成田地荒芜，流离失所。大量的男人被征从军，抛下家里老小，死活未卜。更甚者，十里荒村不见人烟，饿殍遍野，生灵涂炭，似若人间地狱。生存在水深火热中的平民百姓无一日安宁。诗人杜甫的长诗《兵车行》："车辚辚，马啸啸，行人弓箭各在腰，爷娘妻子走相送，尘埃不见咸阳桥。牵衣顿足拦道哭，哭声直上干云霄……"即真实地再现出"兵荒马乱"的悲惨场景。

兵来将挡，水来土掩

士兵冲锋各争先，将领呼号勇向前。
身先士卒振士气，一鼓作气灭敌顽。
淫雨连绵酿洪灾，洪水来势难防范。
事先积土备应急，以土成堰卸水患。

【提示】

掩：遮蔽，盖住。比喻根据具体情况决定对策。此语以两种不同的事物做比喻，来说明一个道理。前面以军事行动，后面以抗洪做比喻。但都说明面临状况时，所应该采取的具体对策并付诸行动，如此，方可确保立于不败之地。无论什么事情，都要有思想准备，以防患于未然。这是行之有效的方法，也就是说“不打无准备之仗”。

兵连祸结

连年战乱不间断，穷兵黩武无休闲。
战火纷飞烟蔽日，兵连祸结何时完？
一场秋风扫落叶，一次战后成灰烟。
天灾人祸接踵至，狂风暴雨惨人寰。

【提示】

兵：指战争；连：连续；结：连在一起。天灾人祸历来都是构成民众灾难的最大威胁。连年不断的战乱，再加之不可预测的自然灾害，常常置民众于水深火热的境地。由于难以承受这种双重灾难，黎民百姓流离失所是常见不鲜的事情。长期以来，处在封建制度下的中国人民，身受其害，过着朝不保夕的苦难生活，从而酿成了一部血泪的封建历史。只有进入共和国时期，人民才彻底得到安生。所以，知史明智是很重要的人生大事。语出《汉书·匈奴传》：“兵连祸结，三十余年。”指战争连续不断，各种灾祸联翩而至。

并驾齐驱

四马同驾一部车，并驾齐驱皆合格。
飞驰奔跑快如风，齐头并进靠合作。
驯之有素步协调，不分高低与优劣。
若问车中坐何人，达官贵人身显赫。

【提示】

并驾：几匹马并排拉一辆车；齐驱：一齐快跑。比喻齐头并进，不分高低。此成语多用在正面意义方面，有相互竞赛的含义。这是一种具有积极意义的褒奖形势，对双方的表现都持肯定的态度。在分不出谁高谁低的情况下，褒以“并驾齐驱”以示对双方的认可。语出南朝·梁·刘勰《文心雕龙·附会》：“并驾齐驱，而一毂统辐。”

并日而食

并日而食不得以，两天稀饭并一喝。
缺衣少食生活苦，无奈并食暂求活。
省食减饭实无奈，并非妄自找饥饿。
勒紧裤带无他路，身处绝境无奈何。

【提示】

并日：两天合并成一天。两天吃一天的饭。形容生活穷困到了极点。无米之炊，难成饭。两天吃一天的饭，说是饭亦是粥，两天只能喝一碗粥。如此贫穷原因何在，只因盘剥太厉害。这是旧时代民众饥苦的真实写照。身无衣、炊无米、灶无柴，这种日子如同死之将至。缘何如此之难于求生？是因为懒惰吗？绝不是！是因为浪费吗？更不是！只因无地可耕，无事可为，无税可交，受尽盘剥的结果。在忍无可忍的情况下，不得已而奋起反抗，遂形成声势浩大的农民起义。谓之“官逼民反，民不得不反。”语出《礼记·儒行》：“筚门圭窬，蓬户瓮牖，易衣而出，并日而食。”

并行不悖

二人同行朝前走，顺风逆风同向行。
互不干扰无抵触，各行其道两从容。
并行不悖易相济，步调一致抗逆风。
凡事平顺多有利，没有攀比心平衡。

【提示】

悖：违背，抵触。意思是同时进行，互不抵触。无论是为人或处世，最应求得协调一致，互不干扰，同时进行。这样既利于各自的发挥又可相互促进。所以顺与悖，会出现截然不同的后果。凡事求顺防悖是最佳的处世方法，而顺与悖也是客观事物的自然现象，如何防悖则是仁者见仁，智者见智的结果。所谓“并行不悖”并非指一团和气，更不是竞赛，而是指各行其是，互不妨碍，同时而为。所以，用时应多加注意语意的细致处。语出《礼记·中庸》。

病从口入

病从口入祸口出，祸病原因出是非。
此说未必禀公道，嘴有何罪被怨黑？
行为由脑来支配，口亦听脑作指挥。
无端蒙受不白冤，代人受罪亏不亏？

【提示】

有些病是因为吃东西不小心所造成的。这虽然是事实，但有失偏颇。众所周知，人的一切行为都来自于大脑的统一指挥和意识。当然吃什么东西，怎么吃，也是由大脑来判断并做出决定的。嘴只是在大脑的指挥下来完成吃的任务。如果说嘴是造成病或祸的罪魁祸首，实在冤枉了嘴。如果说嘴可使病菌容易侵入倒还可以，如果说嘴出言不逊而造成祸端，似乎就不太贴切了。但出于习惯也只好如此说了。语出《太平御揽》三六七引晋·傅玄《口铭》。

病笃乱投医

做事首当要稳妥，不可胡乱妄自为。
危急时刻稳住神，神智不乱事不糜。
俗语有病乱投医，医不治病命将危。
盲目行事无济事，道听途说酿是非。

【提示】

另有成语“病急乱投医”，意思都是比喻在事情危急时，盲目地乱找人出主意和想办法。无论什么情况和发生什么事情，首先要求心理要稳定，切不可慌张行事。特别是在危急时刻，更要冷静思考后再做出切实可行的举动。在做出决断时，既要听取别人的意见，又要做到心中有数，只有这样才能做到以不变应万变。

病入膏肓

膏者谓之心尖脂，肓者谓之心膜间。
古代医学释心脏，膏肓药力不至前。
病入膏肓不可治，事态严重不可挽。
二者皆为无救方，如此只等随命垂。

【提示】

膏肓：我国古代医学上把心尖上的脂肪叫作“膏”，把心脏和膈膜之间叫作“肓”；据说“膏肓”是药力达不到的地方。后来就用“病入膏肓”形容病势严重得无法治好，也比喻事态严重到不可挽救的地步。这是一个常用的成语，一语中的说透了事物的状态。引用医学上的知识，说明诸项事物所呈现出来的面临绝境时的状况，使人更易于理解事物的本质现象，如此，既说明了事物的发展趋势，又形象地道出了事物的本质。

波谲云诡

琼楼玉宇成天宫，飞檐斗角彩云丹。
构造精美且华丽，千态万状波浪翻。
事态变幻难琢磨，波谲云诡乱花斑。
须要谨慎相应对，明察秋毫再求全。

【提示】

谲、诡：怪异，变化。汉·扬雄《甘泉赋》：“于是大厦云谲波诡。”本来形容房屋的构造就像云彩和波浪那样千姿百态，后来泛用以形容事态的变幻莫测。凡事都有其变化的规律可循，万变不离其宗，只要以科学的头脑去面对繁复的事物，都会发现并掌握事物的变化原因和规律。所谓“波谲云诡”并非变幻莫测，而是没能及时找到事物变化的内在原因，被事物的表面现象给扰乱了心思的缘故。

波澜老成

诗文无遗恨，波澜独老成。
功力见深厚，文章起伏行。
诗文气雄壮，语言流畅通。
构思多工巧，妙笔新花生。

【提示】

波澜：比喻文章多起伏；老成：形容文章思想很老练。形容诗文气势雄壮，功力深厚。为文作诗首当思想清明，主题鲜明，构思独特且新颖巧妙。行文流畅不滞，语言精准、简练且华丽。若做到这一点，并非一日之功。不但要勤学博览，知识底蕴丰厚、扎实，还需要具备超强的观察能力和独具特色的自我条件，而思想，则是诸条件的中心。这就涉及人生观和世界观的大方向问题了。凡是可以流传下来的好诗文，其实都是作者的人生写照。语出唐·杜甫《敬赠郑谏议十韵》诗。

波澜壮阔

一声惊雷震天地，星火燎原民觉醒。
排山倒海扫敌寇，横刀立马见英雄。
红旗招展气象新，波澜壮阔万众行。
东方雄狮一朝醒，中华从此再复兴。

【提示】

澜：大浪。比喻声势雄壮或规模巨大。一声春雷震撼中华大地，一场宏伟的革命推翻了压在中国人身上的三座大山，结束了两千多年来的封建皇权统治，使中国人民第一次见到了共和体制的曙光。中国从此走上了一条崭新的发展之路。其间虽然历经反复，最终人民取得了最后的胜利。继往开来，以史为鉴。如今，中国正在以最快的前进速度发展和壮大之中，不久的将来，一个繁荣富强并充满无限活力的强国，将屹立世界之林。

拨乱反正

风雨路上多艰险，面对困难不退却。
不求神仙不求佛，依靠人民洒热血。
不畏艰辛不畏难，敢想敢干重科学。
失误之中求经验，拨乱反正从头越。

【提示】

乱：指乱世；反：恢复。治平乱世，恢复正常。从生活诸事到天下大事，都会出现意想不到的困难，甚至失误。这是客观存在的必然现象。特别是新事物，更会由于缺乏经验，从而造成事与愿违的后果。善于在失败中总结经验以利再战，是为事者的智慧体现。做事不怕失败，从失败中得到启发和教训，并以更大的信心和勇气再行继续，以求得最后的胜利，从中体现出自我的力量和价值。“失败是成功之母”道出了不畏失败、勇于拼搏的精神的可贵，也指出了失败和成功的辩证关系。只有胸怀志向并不畏艰险的人，才能达到理想的顶峰。

拨云见日

云可蔽日难持久，黑暗过去现光明。
拨开乌云见青天，冲破阴霾气不冥。
有道浮云能蔽日，岂知只是一时成。
即使暂时能得势，最终必将遭其惩。

【提示】

拨开乌云看到青天。比喻冲破黑暗，见到光明。黑暗势力盘踞大地，遂造成多灾多难的世道。而“失道寡助”则告诉我们，凡是违背天意和人意的事情，最终必然以惨败而告终。这是不以人的意志为转移的客观规律。“乌云遮不住太阳”，是总结经验后悟出的道理。这个比喻说明“得道多助，失道寡助”的真正内涵。凡事如果失去民心的支持，必将失败无疑。历史的经验证明，这是一条不可违背的戒律。所以说“得民心者，得天下”是一句经验之谈的大道理。

伯仲之间

伯者为兄仲者弟，兄弟排行自然成。
虽然不分高与低，兄为长而弟为仲。
古训则称长为大，父丧兄继以相承。
伯仲之情如手足，尊兄爱弟乃人宗。

【提示】

伯仲：兄弟排行的次序，老大、老二依次排下。老大为兄长，老二为仲弟，依次相继，凡居前者皆为后者之兄，后者为弟。旧时由于农耕需要劳动力，因为多生子可以增加劳动力，所以形成多子和重男轻女的传统思想。多子则自然形成儿子出生先后的顺序，也就有伯仲之分了。自古就以亲如手足来比喻兄弟之间的亲密关系。但是，如遇权、财相争时则破坏了这种亲情关系，甚至酿成互相残杀的仇人结果。特别是在皇权之争中，为了争夺皇位，常常出现残酷的血腥事件。这种兄弟间的相残，可以说在封建皇权统治时期，是屡见不鲜的事情。语出三国·魏·曹丕《典论·论文》：“傅毅之于班固，伯仲之间耳。”

博而不精

博而不精乃缺憾，精而不博不完善。
学识广博却不精，犹如蚌中少珠丸。
博览经典得要领，不可如萍根无牵。
治学当以博精湛，如此方可称周全。

【提示】

形容学识广博而不专精。知识要靠真心相求方可得以完善。只求其多而不求甚解者，虽然有学问但并不精通。治学求知需要踏实专一，不仅要求知其然，更要知其所以然。若想达到真正求得全面知识的目的，首先要做到心静如水、探井到底的治学方法，并要有持之以恒的决心。在求知的过程中要严守求学的规律，循名责实、步步为营的方式进行，切不可为求速而造成囫囵吞枣的弊端。经验告诉我们，凡是求学不精的人，大多有不求甚解的习惯。如此，尽管学了很多但知识并不深刻，从而造成博而不精的结果。语出《后汉书·马融传》：“尝欲训《左氏春秋》，及见贾逵、郑众《注》，乃曰：‘贾君精而不博，郑君博而不精；既精既博，吾何加焉！’”

博古通今

博古通今知识深，经验丰富通古今。
多才多语天下事，足智多谋计于心。
昔有诸葛字孔明，天文地理皆算尽。
旷世奇才世少有，留得美名誉乾坤。

【提示】

博：广博，知道得很多。通晓古今的事情。形容知识丰富。“知识就是力量”一语中的道出了知识的重要性。三国时期诸葛亮可谓是名扬天下的奇才人物，被后人誉为能呼风唤雨的神人。其人之所以备受后人的推崇，源自他的博学多才、足智多谋、通晓天文地理、人文思想以及博古通今的才能，因而成为智慧的化身。其实，诸葛亮的神机妙算都是知识博而精的具体反映，也是智慧过人的天生表现。所以，能如此通今博古，都是睿智的集中体现。一个人如果智慧出众并刻苦求知，当知识达到相应的水平时，则表现出与众不同的超群能力。诸葛孔明就是这样一位才华出众的智者。语出《孔子家语》。

博文强志

博闻强志见识广，才学渊博自信强。
超强记忆智出众，胸怀大志天地广。
为人谦虚行谨慎，性情刚正不渺茫。
报效祖国成大业，天下奇才成栋梁。

【提示】

志：记。见闻学识广博，记忆力超强。“博闻强识而让”是对一个人的才能、知识、见闻、阅历和做人道德的肯定，这样的人也是社会和国家的栋梁之材。无论何时，人才是最为宝贵的财富，有了人才就等于拥有了一切。所以，古今中外都将培养人才视为重中之重。实践证明，这是一项千古不变的兴国安邦最为有效的方针策略，也是优先发展教育的立足点。任何国家若想谋求发展，首先要从发展教育开始。所以，教育肩负着重要的社会责任。语出《荀子·解蔽》。

擘肌分理

剖析毫厘细观察，擘肌分理皆清晰。
事理即是其规律，认清方可悟其理。
道理正确合实际，遵理行事乃可及。
言行如若悖其理，事倍功半枉求矣。

【提示】

擘：分开，分析；理：肌肤的纹理。比喻分析事理细密，观察得非常仔细。实践证明，凡事都要进行仔细深入的观察分析，从而得到切实可行的运作方案。所以，调查研究是处理事物最重要和行之有效的做事方法之一。没有调查研究，就没有行动的指导方略，势必因走向盲目而遭到失败。因此，事先做好调查研究，得出可行性方案，是避免失误的重要方法和步骤。语出《文选·张衡〈西京赋〉》。

补苴罅漏

破衣缝补再穿用，苴草充鞋以防寒。
经典文章有缺陷，修补不足求完善。
儒家经著存遗漏，后人填补其遗憾。
慧眼明察作鉴别，促使经典更经典。

【提示】

补：补衣服；苴：用草来垫鞋底；补苴：补缀，引申为弥缝；罅：缝隙；漏：漏洞。意思是弥补儒学的缺漏。后用以表示弥补文章、理论中的缺陷或漏洞。对于儒家的学术著作，应该本着继承发展的态度相对待。更要用与时俱进的发展观来继承。儒家经典著作毕竟是两千多年前的学术思想的体现，不可避免地存在诸多的缺陷甚至错误。这不仅是遗漏补缺的问题，更是鉴别的问题。在施用中应本着“取其精华，去其糟粕”的做法以求得实用。一切事物都有其时代的特征，儒学虽然是沿用至今的重要经典，却仍然有诸多欠缺，这就需要加以认真地思考和辨别。语出唐·韩愈《昌黎先生集·进学解》。

补偏救弊

人无完人事无尽，天有冷暖常多变。
人生于世常无常，一时不慎即走偏。
行进之中常回首，自我审视防未然。
出现偏差及时纠，确保坐标成直线。

【提示】

偏：偏差；弊：毛病。意思是补救偏差和改正毛病。人生过程中存在很多不可预知的无常现象。比喻生不知、死不知、福不知、祸不知等诸多难以预料的事情。为人处世要求以德为本，要向着正确的人生坐标前进。在这个过程中难免会遇到各种麻烦、困难，甚至不可预知的事情。所以应该既守做人的规范又要不断地奋斗，而时时自我审视自己的人生轨迹是否正确，尤为重要。孔子的“一日三省”就是让我们要有自我审视言行的习惯，只有这样才会不致偏离人生的正确方向。

不白之冤

痛苦莫过不白冤，呼天喊地心不安。
世上诸事多不平，不白之冤难青天。
冤情虽深无处诉，只因世道多黑暗。
封建衙门朝南开，有理没钱亦枉然。

【提示】

白：弄清楚，弄明白；冤：冤枉。无法申诉或得不到辩白而被迫含冤。世上冤案屡见不鲜，冤情不白，心里不安，投诉无门，这在旧时代是常常困扰百姓的一大灾难。所以，千百年来，黎民百姓都期待着清官。其实所谓的清官在历史上却少之又少，即使有那么为数不多的清官，也只是相对而言。因此，冤案多，又无处申诉，便成为造成不白之冤不得昭雪的结果。有句谚语称“衙门口朝南开，有理没钱别进来。”就是旧时代百姓蒙受不白之冤求告无门的真实写照。

不败之地

常胜将军抖威风，沙场之上猛如虎。
威名响亮震四方，敌人闻风连叫苦。
一员猛将军中立，犹如砥柱不踟蹰。
横刀立马瞪圆眼，威风凛凛乃英主。

【提示】

比喻不会失败之境地。翻开战争历史，不难发现不同时代都出现过立于不败之地的所谓常胜将军。其实这只是对常打胜仗将领的赞美之词。实际无论如何有能力的将领，都不会立于终身不败的境地，只是胜多败少而已。比如被誉为百战百胜的法国名将拿破仑，最终还是以滑铁卢惨败而告终。在中国历史上的名将，可以说数不胜数，但是也并非是仗仗皆胜。如果当真如此，反而显得虚假不真实了。公平地讲，只要胜多败少，即可称之为百战百胜的优秀将领了。

不差累黍

凡事皆应求其准，只有精准显公平。
不差累黍小单位，量之微小如天秤。
丝毫不差为求公，并非计较乱相争。
只要明白合事理，差别不大即可行。

【提示】

累黍：古代两种微小的重量单位，极其微小的数量。形容准确得丝毫不差。此语借助于古代的微小重量单位，比喻处理事物的精细、准确和公平。求公平一向是人们的心理诉求，无论什么时代“公平”都具有特殊的思想内涵。生活中免不了与人打交道，在处理事物过程中双方都有公平的心理要求，一旦为事公平合理，便会构成和谐气氛，这是促成和谐社会的重要因素之一。对于天下大局，主张“天下为公”就是基于“公平”所提出的重要理论。所以，追求公平社会，永远是人们的最高要求和希望。

不成体统

事遵矩系成方圆，人遵规矩为之贤。
言行若是无节律，势必走向于混乱。
格局之内求发展，自始至终律和弦。
遵纪守法硬道理，岂能不顾妄自牵？

【提示】

体统：格局，规矩。指言语行动没有规矩，不成样子。做人要守本分，不可妄自而为，违反道德，胡作非为，不成体统。但凡人者，如果不知自律、自爱，势必无视传统和道德之约束，言语行动不合规矩，我行我素。如此之作为，不但贻害自己更将殃及他人和社会。有这种恶劣行为的人，大多出于游手好闲、无知愚昧之流。体统，是千百年间所形成做人的道德规范，是确保人类社会进步的公共道德，任何人都没有权力置体统于不顾而乱其言行，这不但是全体民众的法理，也是和谐社会的重要因素之一。

不逞之徒

不逞之徒心术歪，不择手段求满足。
为达目的谬法理，为非作歹无其数。
如此行径触法律，乱世之徒必严处。
为保社会之和谐，绝不手软尽铲除。

【提示】

不逞：不如意，欲望没能满足。称犯法或捣乱闹事的人为“不逞之徒”。大凡心存不轨的人，都是具有强烈野心欲望之徒。无论法律或道德他们都不在乎，在欲望的促使下，走向犯法犯罪的道路，从而造成混乱和破坏。为了确保社会和人民生命财产的安全，依法严惩这些危害社会的罪人，是保证社会和谐必不可少的有效措施。所以，依法治国、以法强国是不可或缺的重要手段。法律的目的是确保绝大多数人免受侵害，也是拨乱反正的有力武器。执法严正可以为有悔改之心的犯人指出一条光明之路，也是对顽固分子绳之以法、铁面无私的量刑原则。所以，“法律面前，人人平等”的执法原则是民主的具体体现。语出《左传·襄十年》。

不耻下问

敏而好其学，不耻求下问。
学问益见长，道德益日深。
为学善求教，集思广益真。
求长补己短，谦虚以躬身。

【提示】

不以向学问比自己差的或职位比自己低的人请教为可耻。这是一种高尚的治学态度，如果能做到不耻下问，必然会受益匪浅。因为学问不仅是书本上的知识，更需要集思广益地展开广泛的讨论并用于实践，以求得实践出真知的效果。有时知识存在于实践人的手中，这就要求求知者必须放下架子，虚心向任何有真知的人去求得教诲。只有这样才能获得全面的真正的学问。语出《论语·公冶长》。

不此之图

不此之图文言倒，宾语提前句式新。
古文词句多繁呈，语意丰富须用心。
此语之意不示做，没有思考难自信。
思想行为须统一，思之严密行谨慎。

【提示】

此：这，这个；图：计谋，打算。这是文言文中的一种宾语提前的句式。意思是不打算做这件事或不考虑这个问题。行为是在思想支配之下才能得以实现，没有思考就不会有其相应的行动。“不此之图”在语法上有前后颠倒之式，图并非指图纸或图形、图画而言，而是引申用作谋划之意，亦可理解为想要或心思之意。而将宾语提前亦是为强调“此”的作用，给人以加重语意的感觉。

不打不相识

常言不打不相识，交情亦可打成真。
通常交友靠互信，诚信可使交情深。
绿林好汉多义气，常以武功定友亲。
打可促成相见礼，结交投合即接近。

【提示】

打：交手。常言道："不打不成交。"意思是经过交手，各见本领，相互了解，结交更能投合。打，也是相互促成了解的手段之一。一般认为，交友需要慢慢了解，在相互交往中以求得友情。但是，尚有因为打斗而成为朋友的现象。这种事多发生在武行之中，习武的人通过双方对打过招的形式，以求得相互了解和信任，以达到知己知彼进而成为朋友的目的，从而形成友情关系。比喻《水浒》小说中的英雄好汉们，因为来自四面八方，相互都不了解，有的就在相互打斗中才得以相识的。

不打自招

此地无银三百两，隔壁阿三没有偷。
不打自招成滑稽，只因头脑转不周。
尚未动刑便招供，跪地求饶磕响头。
缘何如此之举动，实者心虚缺转油。

【提示】

原指没有用刑，自己就招认了罪行。现在比喻不自觉地透露出自己的坏主意。做贼心虚，这是客观事实。凡是做坏事或者想坏主意的人，尽管难逃失败，但心存侥幸。心虚又是坏人的普遍心理，在审理案件中，攻心战术是很有效的手段之一。抓住要害，做有针对性的突击，就可取得不打自招的效果。如此对待犯罪嫌疑人，能达到使其自行认罪的目的，这种审案方法的效力要强于其他方法。

不到黄河不死心

不撞南墙不回头，不到黄河心不休。
为何如此之固执？却是枉求不回头。
人者性格各不同，固守己见无端由。
执着原本是优点，应以理智做要求。

【提示】

比喻不达目的不罢休。现在多用来比喻不到无路可走的境地时不肯死心。我们一贯提倡做事要有责任心和执着精神，但是，要有正确合理的前提条件做指导，以防止盲目行事。“不到黄河不死心”的做事方法，虽然有决心，但不一定会成功，只是用固执替代理性去做事情，也就是说“一条道儿跑到黑”的意思。所以用时要多加注意。

不得其死

不求好生求好死，此乃人生之诉求。
活在世上多善施，求得善终回源头。
作恶多端犯刑律，降临报应方知愁。
为恶必遭人不耻，必得暴死名发臭。

【提示】

指人不得善终。为人于世，区区不过百年，其思想行为的优劣铸成属于自己的人生。为善者受到人们的好评和尊敬，为恶者成为害人害己贻害社会的败类。人生道路的方向坐标由自己选择和确定，在其过程中，要求自己做到做人应当具备的起码标准，并在此基础上再培养更高的道德修养，努力成为一个有用的人。求善终，历来是中国人的普遍心理诉求。如何能达到这个目的？普遍认为“好人有好报”是天意的显现，这虽然具有迷信的色彩，但也反映出世人的共同愿望。

不得要领

衣领引用为要领，提领则可顺衣身。
比喻为事要动脑，不得要领枉费心。
凡事首当讲方法，心灵手巧得于心。
以理行事是关键，抓住要领事乃臻。

【提示】

要：古“腰”字；领：衣领。旧时长衣服提起腰和领，襟袖自然平贴，所以用“要领”比喻事物的关键。“不得要领”就是没有掌握事物的要点或关键。“要领”即事情的关键所在，不得要领即没有抓住事物的关键和要害，这样难免会遭受失败。所以，要求无论做什么事首先要多开动脑筋，从中找到关键着手去做，这样做事情不但可以达到事半功倍的效果，还可求得事物的原理，并依照原理得出经验，以便更好、更快、更顺利地完成任务。

不得人心

失人心者失人生，失民心者失天下。
为罪恶者名遗臭，万人唾弃世人骂。
不得人心难立足，老鼠过街齐喊打。
为人处处做自敛，言谈举止方通达。

【提示】

得不到群众的支持和拥护。民心所向历来是得天下的重要原因。“水可载舟亦可覆舟”明确告诉我们民众如同浩荡之水，既可行船又可翻船。这个深刻而形象的比喻道出了民众的巨大力量，也是推动社会进步的原动力。任何时候，民心所向和民众的力量都是构成改朝换代的中坚力量。所以说“得民心者得天下”是最精辟、最深刻、最适用和最值得铭记的道理。历史证明，这是一条从古至今永恒不变的规律。天下大事如此，生活小事亦如此。语出《史记·大宛列传》：“骞不得其要领。”

不登大雅之堂

文艺作品为雅正，以此为标签俗雅。
大雅之堂即场面，见多识广造诣佳。
粗俗著作遭白眼，不可弄文自成家。
通俗易懂更近人，何必故弄真与假？

【提示】

大雅：旧时指文学、艺术有一套“雅正”标准的人；堂：厅堂。意思是粗俗的文艺作品大雅之人是看不上眼的。有时也指没有见过大场面的或不配参与大场面的人。对于这种语意的理解，要以不同时代的不同标准相对待。封建时代宣扬“万般皆下品，唯有读书高”的旧治学观念，瞧不起没有文化或文化肤浅的体力劳动者，这是旧观念作用的结果。另外尚有所谓才学八斗的人，因恃才高傲而看不上粗俗作品，更不可使之登堂入室，以示自身的雅正。其实，之所以如此也是封建思想的反映。时至今日，我们已经摒弃这种旧文人的观念，提出“百花齐放，百家争鸣”的文艺方针。这标志着时代的进步和发展。

不动声色

态度从容心镇静，语言表情和于衷。
面临大事不慌乱，言行自若以相迎。
心神安于守静笃，方寸不乱以相应。
胆壮心细计谋深，不动声色在于行。

【提示】

不从语气和表情上表现出来。形容非常镇静。面临急事从容不迫，镇静相对。虽然不露言语和表情，但心中却在反复斟酌事件发生的原因和应对的策略。这种处事的性格是成大事者的人格优点。遇事不慌乱，处事讲方略，行事讲方法是一个人睿智的集中表现，也是成就事业的重要手段和成事的重要条件。这种处事不惊的人格和作风，一方面来自于天生，另一方面来自于后天的自我修养，二者合为一体，便促成宠辱不惊的人格。语出宋·欧阳修《欧阳文忠集·相州昼锦堂记》。

不二法门

不二法门泯差别，修成大道归一宗。
法之无言无识问，是为不入二门行。
方法精到无伦比，独一无二得其幸。
心静如水思专一，用法自如促事兴。

【提示】

法门：佛教指入道的门径。《维摩诘经·入不二法门品》："如我意者，于一切法无言无说，无示无识，离诸问答，是为入不二法门。"这里指泯灭一切相对概念的差别，达到修成大道的门径。现在比喻最好的或独一无二的方法。我们知道，宗教与哲学最重要的区别在于：哲学鼓励人们要多提出"为什么?"的疑问。而宗教则是权威性的，因此形成两种截然不同的形式概念。但是，两者虽然不同，却具有一个相同的契合点，那就是二者都关心人的"安身立命"。只是形式和论述手段及方法的不同，并没有本质的差别。

不乏其人

不乏其人即不缺，人才济济以相携。
世上诸事靠人为，仰仗于人方成烨。
生活三百六十行，缺乏一行皆不揭。
幸得为数呈众多，齐心协力成大业。

【提示】

乏：缺少。不缺少那样的人。意思是那样的人为数不少。这个成语应当仔细斟酌后慎用之。语中的“其人”有不尽相同的含义。一是指泛泛有这样的人；二是指一些无用的人或有某种一般能力的人，也可以理解为人浮于事、无所事事的人，也可理解为不重视人力资源的现象。所以，对待成语的内涵应多加甄别后再加以利用。

不费吹灰之力

吹灰无须用大气，一吹而就很容易。
若要从事某件事，吹气无疑不够力。
事无大小皆要做，岂有如此轻松理？
不据难度尽其力，凡事都要费力气。

【提示】

形容事情做起来不费力气，非常容易。与此成语相同意思的还有“易如反掌”这个成语。这样的成语多用在轻视事物或鄙视敌人的态度上。比喻战胜或居于胜利地位的人，由于心生骄傲，视对方无能而口出狂言。或者在作战前或做事之前的一种对敌或对事的心理状态。有的也可以理解为是信心的表现。无论何种情况，能说出这样话的人，一是信心，二是轻敌。信心者当然可嘉，若骄傲轻敌则不失为缺欠了。

不分彼此

不分彼此情谊深，情同手足而近亲。
朋友之间若情笃，如同兄弟互不分。
不分并非无原则，个人私密仍认真。
如若所有皆不分，必乱友情骚其心。

【提示】

彼：那，对方；此：这，我方；彼此：你我。意思是不分你我，表示亲密无间的友情关系。形容关系密切，交情深厚。朋友相处要遵循友谊的原则行事，再亲密的朋友也要严守友谊的规范。无原则的一团和气并非真正的友谊，最好的朋友情谊是建立在志趣相投并有共同的人生目标的基础之上的真诚友谊。这种高尚的友情，远离庸俗，不因得失利害而遭到破坏，更有别于所谓的酒肉朋友。所谓的不分彼此，只存在于志同道合前提之下建立起来的友情之中。志同道合是在为打造建康人生和共同奋斗的人生目标过程中而建立起来的友谊。

不分轩轾

轩者前高而后低，轾者前低而后高。
二者皆为古车型，引为事之高与低。
低者视高呈上仰，高者视低呈下瞧。
轻重高低难分辨，于是两者并齐驱。

【提示】

轩：车子前高后低向上仰的样子；轾：车子前低后高向下俯的样子；轩轾：指高低、轻重。意思是不分高低、轻重。我国古代的车子是两轮车，因此前后以车轴为中心出现前后高度不尽相同的态势。无论高与低都因用途而定。此成语借用车子的轩轾状态，比喻人或事物没有高低和轻重之分。

不分皂白

皂乃黑色准似青，白者当然无色清。
事物力求合情理，理清方可心由衷。
不分皂白妄自断，是非曲直何为宗？
调查研究不可少，以此为据量其行。

【提示】

皂：黑色。不分黑白。比喻不问是非曲直，乱自判断，必然要犯因缺乏真凭实据而主观臆断的错误。处理事物首先应了解事物的真相，方可有根有据地做出正确的判断，这样才可以不致犯主观和官僚作风的错误。而调查研究是获得真实凭证的有效方法之一。所以，我们历来都非常重视调查研究，只有这样，才能少犯主观臆断的错误。语出《诗经·大雅·桑柔》："匪言不能，胡思畏忌。"汉·郑玄笺："胡之言何也，贤者见此事之是非，非不能分别皂白言之于王也。"也作"不分青红皂白"。

不分畛域

不分畛域情相近，即为彼此两不亏。
畛域界限与范围，朋友之间少界碑。
行为互相遵友谊，以诚相待乃为贵。
各自严守律行事，以求相安戒越轨。

【提示】

畛域：范围，界限。不分范围、界限。也比喻彼此。真正的朋友不但要分彼此，尚要畛域分明，只有这样以诚相待，分清原则，才能保持长久的友谊。利益，是人之常情。在与人打交道时，难免会出现因利益原因而造成相互隔阂。所以，在交友的过程中，会常常出现因利益而崩塌的现象。所谓“人无千日好，花无百日红”的谚语，说明凡是建立在以利益为基础的所谓友情，都不是真正的友谊，因而也不会持久。只有志同道合的朋友才可能长久而且亲密无间。

不伏烧埋

不伏烧埋不认罪，不听劝告妄自为。
不但与己多不利，贻害他人乱法规。
烧埋意为埋葬费，害人性命当赔罪。
谬法必将遭严惩，无法无天乃心黑。

【提示】

伏：屈服；烧埋：烧埋银钱，旧时刑律规定官府向杀人犯追缴赔给死者家属的埋葬费。形容不低头认罪或不听劝解。欠债还钱，杀人偿命古来之理。岂容置法理于不顾为非作歹，横行于世之徒逍遥法外！法治社会，法律是人民大众合法权利的保障，任何违法乱纪的行为和言论，都将受到法律的惩处。“不伏烧埋”这句成语即说明凡是犯法犯罪者，都要低头认罪伏法。从而确保人民生命财产的安全和社会的稳定。语出《元曲选·吴昌龄〈风花雪月〉四》：“却带累花神，干连风雪，都也不伏烧埋。”

不甘雌伏

顶天立地大丈夫，不甘雌伏再雄飞。
海阔天高任驰骋，水深鱼跃显身威。
锐利进取意志坚，不达目的头不回。
拼搏促成事业兴，此生不虚度光阴。

【提示】

甘：甘心，情愿；雌伏：雌鸟伏在那儿，比喻退藏，不进取，无所作为。“不甘雌伏”指不甘心无所作为。这是一种做人的高姿态，也是有价值人生的具体体现，无论人的能力大或小，只要具备锐利进取的上进求胜的意志，并为实现自己的人生努力奋斗，都将获得属于自己的人生收获。语出《后汉书·赵典传》：“大丈夫当雄飞，安能雌伏。”

不甘后人志可嘉，不甘雌伏再起飞。
不畏艰险向前闯，不怕失败勇于追。
别人能为我亦为，别人不能我自为。
锐意进取事必成，决心成就心无悔。

【提示】

不甘心落在别人后面。不甘落后是要强心的表现，是值得肯定的优点。有要强心的人，从不会甘愿落在别人的后面，这种性格是锐利进取的动力源泉。犹如同时处在起跑线上的运动员一样，不甘落后，奋勇争先，坚定信心向目标冲刺的精神，是获得好成绩的重要条件。无论做任何事，都需要有“不甘后人”的精神，才能取得成功。而量力行事，则要求我们要以求是的精神，加以考量后再付诸行动，以求得最大化的成功。

不甘寂寞

不甘寂寞欲参与，老骥伏枥志千里。
敢于拼搏不服老，不甘落伍出头地。
资深学识为老底，再图深入求成绩。
一生不断求自立，为家为国竭尽力。

【提示】

寂寞：没有声响，冷落，孤独。形容不甘心被冷落或不声不响地置身事外，急于要表现自己或加入进来。有句名言叫“贵在参与”，此言恰到好处地解释了“不甘寂寞”这句成语的意思。寂寞，是人的一种精神诉求的心理反应；不甘，是因为不情愿地处在寂寞之中的思想诉求。特别是当人进入老年以后，这种心理更加强烈。总想用自己的余热再为社会做点事情。老年人，有人生丰富阅历的优势，在身体条件允许的情况下，做些力所能及的事情，是一举两得的好事，应该给予肯定和支持。

不甘示弱

不甘示弱以显示，赢得称赞心欢喜。
此种态度虽可嘉，却是含义两种人。
一为积极之因素，二为显示自抬身。
争强好胜多贬义，不甘落后称志气。

【提示】

不甘心自己比别人差。这句成语正反都可以用。用在正方面，即表示性格执着不甘落后；用在反面却含有不自量力的逞强之意。但多数还是用在褒意方面较多。

不尴不尬

不尴不尬两层意，用时应该多留神。
一旦误用不合理，势必造成谬其身。
不三不四成尴尬，不上不下难着地。
身处被动难下台，处境尴尬多丢人。

【提示】

形容不三不四，也形容办事或处境很为难，很被动，下不了台。也作“不间不界”。尴尬是身处进退两难困境时的心理感受，也是旁观者眼见事件当事人的困难处境。之所以如此，其一是当事人的理亏在众人面前难以自圆其说所造成的局面；其二是当事人心虚的表情状态。无论何种原因，凡是处在“不尴不尬”状态中的人，就如同被吊在半空中一样难受。另有指不三不四的行为，其意思基本相同。语出宋·朱熹《朱子语类》三十四：“没那不间不界底事。”

不攻自破

不攻自破自相毁，谣言惑众该当罪。
胡言乱语无根据，居心不良妄自灰。
不顾事实妄自说，扰乱人心犯法规。
棒喝一声示警告，收敛守法闭臭嘴！

【提示】

不用攻击，自己就破灭或站不住脚了。多指谬论或谣言。居心不良的人，常常以胡说八道捏造事实的方式，达到扰乱视听的目的。这种人的目的分为两种情况，一是顺嘴胡说，望风扑影不负责任的行为；二是心怀叵测有其目的造谣惑众，以达到不可告人的目的。另有对于学术讨论中出现的理论错误的争论。对前一种人要严加管教，施以警告，施以教育手段，使其悔改不犯。对于后者，要追究其法律责任。对于第三种情况则要本着各抒己见的原则，通过讨论、辩论以求得意见的统一。

不共戴天

不共戴天仇恨深，势不两立要雪恨。
杀父夺妻仇似海，誓不报仇枉为人！
天下多有不平事，蒙冤结恨心难忍。
不与仇人共戴天，死活相拼两离分。

【提示】

戴：顶着。不跟仇敌在同一片天空下生活。人世间的恩恩怨怨、是是非非，常常令人与人或不同阶层的人，为利益争夺而产生争斗的现象。这种现象常常会酿成仇很，从而使人与人、阶级与阶级之间产生难以弥合的深仇大恨。誓要报仇雪恨，又是人的普遍心理诉求，因而促成“不共戴天”的怨恨。对于这种心理，可分为狭义和广义之分。个人与个人的仇恨为私仇，可以通过法律手段加以疏导和强制解决。对于阶级之间的矛盾则以斗争的方式，以达到预定的目的。语出《礼记·曲礼》：“父之仇，弗与共戴天。”原指儿子要为父亲报仇，后来泛指恨极深，誓不两立。

不苟言笑

人者性格各不同，乃因天性而使然。
有人开朗不拘束，贻笑大方多欣然。
有人严肃不苟笑，举止稳重不多言。
不苟言笑合于礼，开朗大度亦心宽。

【提示】

苟：苟且，随便。不随便说话、发笑。形容人的态度庄严稳重。人的性格大多来自先天的遗传，有的温和柔顺，有的开朗大方，因人而异。无论什么性格都各有其长处或短处，不可一概而论。这是构造社会呈现形形色色多元化的重要因素，也是人类社会不可或缺的重要条件之一。社会需要各类人才，也需要不同性格的人来从事相应的事业，只有这样，才能形成相得益彰的社会效应。

不过尔尔

不过尔尔不起眼，视其本领无所谓。
视若无睹不为然，拂袖扬长手一挥。
眼高手低不实际，出人头地妄自为。
招致失败难自禁，如此人格何可悲！

【提示】

尔：如此，这样；尔同“耳”，罢了。意思是“也不过如此而已。”或“就是这一点儿或没有什么了不起的。”“不过尔尔”的人在生活中可以说大有人在，这种眼高手低的人，往往对别人的技艺或作用都持有不以为然的骄傲态度。这种“自己不能修，又恐别人修”的人，不但自我难以进步还瞧不起别人。之所以如此，是缺乏修养和忌妒心在作怪的结果。

不即不离

既不相近亦不远，如此距离以为妥。
佛门用语圆觉经，不即不离无缚脱。
身处人群应融洽，利于沟通相配合。
游离人际因何为，只缘个性在作祟。

【提示】

即：接近；离：疏远。指对待别人的态度不太接近，也不太疏远。这也是因为人的性格原因或者受到过人际关系的伤害后，所表现出的一种消极的处世态度。人在社会生活中难免会遇到一些有伤感情的事情发生。但是，要以积极的处世态度相对待，不可以将偶然的不公事件，将人际关系看作“一朝被蛇咬，十年怕井绳”，更不能以“不即不离”的态度去为人处世。这样不仅对自己不利，也会更进一步加深别人对自己的误解。这是一种不明智之举。

不急之务

事物分轻重缓急，依次渐进要成序。
诚能绝无益之欲，以奉德义之图需。
缓其不急之事物，以保成功之急徐。
提纲挈领为其事，事半功倍即可及。

【提示】

急：急迫，要紧；务：事情。目前无关紧要的事情。做事不但要求稳妥，还应该分出轻重缓急和先后次序。更要着眼于事物的性质和作用，依次编排和安排好其行动的具体方案。这是促成工作有效顺利进行的条件之一，无论生活或工作中的事情都要本着这一原则行事，便会收到利好的效果。即使是天下大事，也应该本着提纲挈领的科学方法行事。如此为事，便可收到既定的效果，以免因受千头万绪的干扰，而坏了全盘。语出《三国志·吴志·孙和传》。

不见经传

说事论理有依据，古人经典可为例。
凡事若是无可考，视为无据遭匪夷。
引经据典虽可说，经典岂能全释理。
墨守成规守古籍，一头扎进古墓里。

【提示】

经传：指被古人尊崇的典范著作。意思是没有见到经传上有这样的说法。宋·洪迈《容斋三笔·卷十三·再书博古图》："考诸前代，叔液之名，不见于经传，唯周八士有叔液，岂其族欤。"清·顾炎武《日知录·卷二十二·尧家灵台》："唯尧之巡狩，不见经传。"后比喻说法没有书本根据，没有来历。尊重古人的经典著作的说法，是应该继承的体现，但是，如若拘泥于经典却会有其偏颇的弊端。凡事都要按道理行事，对于古人的说法，应本着与时俱进的科学理念继承与发展，不可奉为金科玉律，不分时代、不分青红皂白地一律接受，要本着取其精华，去其糟粕的时代要求而加以取舍。

不拘一格

我劝天公重抖擞，不拘一格降人才。
可见人才难于求，天公作美方可栽。
不限方式力求寻，终会如愿贤者来。
不以出身为条件，但求贤才济时代。

【提示】

拘：拘束，限制；格：规格，方式。意思是不限于一种规格、方式。人才，是最宝贵的财富资源，人才即是成就事业的可靠保障。无论什么事情都要依靠人的智慧和力量，才能获得成功。所以，人才历来被视为成就事业的重要因素。小到生活诸事，大到成就天下之大业，全要依靠人的才能方可得以实现。古往今来，凡是得天下者，都是重视人才的出类拔萃的人。由此可见，无论何时，重视选拔人才，都是成其事业最为重要的手段之一。语出清·龚自珍《己亥杂诗》。

不绝如缕

余声袅袅细，不绝其缕细。
细丝系千斤，危急奈何与？
技艺犹过人，可惜无人需。
承继人稀少，稀疏如胡须。

【提示】

绝：断；缕：细线。原作“不绝若线”。《公羊传·僖公四年》：“中国不绝若线。”原来比喻形势危急得就像即将断绝的一根细线那样。后来也比喻技艺或其他方面的继承人稀少，还比喻声音细微。这个成语，一语多意，既可用在形势危急时，又可用于技艺将后继无人的状况，还可用在声音的细微处。语出唐·柳宗元《河东先生集·寄许京兆孟客书》：“以是嗣续之重，不绝如缕。”宋·苏轼《前赤壁赋》。

不刊之论

不刊之论不可改，立论精到难磨灭。
金科玉律传千载，言论至深义不竭。
自然事物随时变，一成不变谬于诫。
凡事皆守其规律，不刊之为犯天戒。

【提示】

刊：削除，古代把字写在竹简上，有错误就削去；不刊：比喻不能改动或不可磨灭。形容不能改动或不可磨灭的言论。变化是自然的守恒定律，大自然的一切事物都处在不断变化之中，也就是说，没有一成不变的事物。难道“不刊之论”会超乎于自然规律之外吗？语出汉·扬雄《答刘歆书》：“是悬诸日月不刊之书也。”又宋·郭若虚《图画见闻志·卷一·论曹吴体法》：“况唐室以上，未立曹吴，岂显释寡要之谈，乱爱宾不刊之论。”

不堪回首

人生多有不如意，悲欢离合常相遇。
欢乐虽多悲则少，悲者创痛却多记。
事过境迁再回首，记忆犹新难忘兮。
往事云烟挥不去，惨痛经历伤人气。

【提示】

堪：可以忍受；回首：回顾，回忆。原多用于表示回忆过去时那种无可奈何的心情，后泛用以表示不忍再去回忆过去惨痛的经历或情景。人生于世要经历所谓的“七灾八难”，在经历的过程中难免心里会留下诸多的痛苦记忆，因此造成“往事不堪回首”的内心伤痕。对于往事，往往最难忘却的多半是些不如意或最惨痛的事情，因此而造成心理的负担，影响心情，有损于生活的质量和身体的健康。实践证明，这是不健康心理的具体表现。如何克服这种不良的心理习惯，是保证身体健康的重要因素之一。所以，凡是有这种较重心理意识的人，都应自觉地来逐渐摆脱掉这种无为的心理负担，以求得健康快乐的人生。语出《南唐二主词·李煜〈虞美人〉》。

不堪设想

不堪设想过去事，心存芥蒂多猜疑。
缺乏自知少聪明，疑神疑鬼酿心疾。
事在人为坚定心，多事之秋心不悸。
设想并非是实际，变祸为福乃常理，

【提示】

堪：眸；设想：对将来情况的拟测、想象。意思是对未来的结果不能想象。预料将来的结果很坏或很危险。想象是一种虚拟的事情，并不具有真实性。依靠虚拟的想象来确定真实的情况，未免有点庸人自扰的嫌疑。凡事都应理智对待，即使当真会很坏或很危险，也要积极想对策以求得化险为夷的好结果。绝对不可因对未来失去信心，而导致“不堪设想”的局面发生。这就是事在人为的意义。

不可救药

病入膏肓不可治，人品堕落不回头。
触犯法律必惩处，依法治国不松手。
法律严明人平等，社会和谐得自由。
不可救药虽少数，贻害社会决不留。

【提示】

药：治疗。病沉重得没法医治。比喻坏到无法挽救的地步。法治社会主张依法治国的方针策略，法律面前人人平等，体现着法制社会的公平、公正和公开的特征。有法可依地对危害社会不可救药的人，进行法律的制裁是确保社会安宁和广大人民免受伤害的有效手段。对不同罪行的犯法者法律除了严惩不贷外，还要有针对性地加以教育使其悔过自新。对于罪大恶极、不可救药者必加严惩！语出《诗经·大雅·板》：“多将熇熇，不可救药”。

不可名状

不可以言名其状，不可描绘说不清。
无言以对难形容，如同崎岖路难行。
事物变幻出蹊跷，难以琢磨心不明。
不可名状并不难，以理诠释皆可应。

【提示】

名：用语言叫出或说出；状：描绘，形容。意思是不能够用言语形容。不可名状的事物，多半出于人的思想不够开阔的原因。事物的外表现象都是机理的结果，若想名其状必须从事理入手，事理探明白了其状貌现象自然可以名状。如若形容为事的艰难，可采用之。语出宋·吴处厚《青箱杂记·卷八》：“太傅张公，光化军人……尝公牒至建宁县，道洛阳村，而山路险峭穹绝，不可名状，亦题二韵于村寺。”

不可磨灭

事迹功业同日月，人心丰碑永长青。
千秋大业为国家，鞠躬尽瘁两袖风。
一生清廉无自私，肝胆相照促世兴。
丰功伟绩众口碑，留得美名照汗青。

【提示】

磨灭：消失，埋没。形容功业、事迹或道理永远不会消失。生为人杰，死为鬼雄。鞠躬尽瘁，死而后已，为国为民，建功立业。光辉的人生铸就了人民心中不可磨灭的丰碑。凡是为人民为国家做出卓越贡献的人，人民将世世代代不会忘记他们的贡献。青史留下浓墨重彩的一笔，英雄的名字将永载史册而被后人所敬仰。语出明·唐顺之《行川先生文集·卷七·答茅鹿门知县二》。

不可思议

世间多有奇怪事，无从知晓难琢磨。
无奈之中求神灵，所得答案仍不合。
思维不开难求解，求神问卜更糊涂。
不可思议无以求，枉求理解何其苦。

【提示】

本佛教用语。原来是说思维所不能达到的境界，现在形容不可想象或难于理解。人世间的事情，繁杂多变化，很多事情都难以理解。其实，一切事情都会循其理而变，不可思议的事情，只是因为人的思维功能尚未达到更高的思辨能力，并非不可思议而是尚不具备“思议”的能力所致。于是，只好求助于神的启示。但是，神并不可能给出具体的“可思”能力，从而更加深了不可思议的神秘感。语出《维摩诘所说经·不思议品》。

不可收拾

泊淡相与遭，颓坠萎靡消。
溃败不可收，奈何求其招？
植树谬常理，如何荣其梢。
设法求其理，理顺自然好。

【提示】

收拾：整顿，整理。原意是没法归类整理。后转用以形容事物败坏到不可救药的地步。生活经验告诉我们，一切事情都应遵循其理行事，只有这样才能达到事半功倍的效果。在做事情时，更应该遵照有条不紊的方法去做，不然一朝弄乱，就会出现难以进行下去的后果，甚至会导致一发不可收拾的结果。这就要求我们不但要有做事的愿望和决心，更要有头脑清晰的正确思想为指导，只有这样才能把事情做得更好。语出唐·韩愈《昌黎先生集·送高闲上人序》。

不可同日而语

今非昔比两重天，百尺竿头冲其天。
成绩来自于砥砺，修养达到成人贤。
同日而语乃过去，眼前成就不一般。
才学仁德众所望，出类拔萃不平凡。

【提示】

意思是不能放在同一时间里来谈论。形容不能相提并论，不能相比。不可同日而语，显示出因差别太大而不配相提并论。也可用在今非昔比变化之大方面。此语多表示赞扬对方的谦虚之词，也表示对人的进步之快、变化之大的感慨之情。无论用在哪方面都是在褒意范围内使用，以表示对人的尊重和赞扬的心理意识。语出《汉书·息夫躬传》："巨与禄（公孙禄）异议，未可同日而语也。"宋·苏轼《书楞伽经后》："至于遇病辄应，悬断死生，则与知经学古者。不可同日而语矣。"

不可言宣

和尚法量何？不可以言宣。
无语可表达，意会在其间。
诸法寂灭相，难见其一斑。
妄自求其问，必将讨人嫌。

【提示】

言：言语；宣：表达。不能用言语表达，指只能意会，无法用话语表示。只可意会，不可言宣。意思是有的事情不便于以言传的形式说出其含义，只能以心领神会的方式进行沟通。缘何如此，这是因为所言之事有碍忌讳说出，但又要弄明白，所以，多以心照不宣的方式表达。心照不宣必须双方“心有灵犀一点通”方可做到，否则便会闹出张冠李戴的笑话来。语出宋·释道原《景德传灯录·卷二十五·天台山德韶国师》。

不可言状

揭水八十步，初至潭绮丽。
殆不可名状，幽深郁呈奇。
名潭居碧绿，鸟鸣参不齐。
天蓝浮白云，绿茵杂花篱。

【提示】

言：陈述；状：描绘。不能用语言来形容。潭水清澈，花木繁盛，鸟语花香，空气新鲜沁人肺腑，蓝天白云，风和日丽，自然风景如画。人陶醉于山水之间，心旷神怡，倍感身心舒畅清爽。宜人的景致和爽快的心情难以表达。大自然的恩赐，常常使人的心情飘忽于痴情之中，并顿生感恩之情，由衷地感谢大自然的惠德。语出唐·柳宗元《河东先生集·永州八记》。

不愧屋漏

不愧屋漏以喻人，人前人后守其身。
原意身处庙宇中，并无敬畏求护心。
身在偏僻少人处，一如既往不走神，
自以守规不变样，安于平淡无怨恨。

【提示】

愧：惭愧；屋漏：古代室内西北角安放小帐的地方。原意是虽在宗庙里，但无严肃敬畏的心思。后转用以表示虽在别人看不见的地方，也不做坏事。此成语单从字面上很难理解其含义。不愧，应为惭愧之意，屋漏，直意可理解为房子漏雨，二者合一，即有两种含义：其一是表示居住得简陋；其二是因懒惰不修缮而造成屋漏并不觉惭愧。这时语意就大相径庭了。所以运用时应多加注意。语出《诗经·大雅·抑》：“相在尔室，尚不愧于屋漏。”

不稂不莠

稂莠野草形似谷，谷莠相混难分辨。
人者应该自求知，免得稂莠混其间。
游手好闲多懒惰，不成其材志寡淡。
水中浮物稂莠草，人者无知不成全。

【提示】

稂：狼尾草；莠：狗尾草；稂、莠都是同谷子相似的野草。本来是说没有野草。后用作“既不像稂，又不像莠”，比喻不成材或没出息。《红楼梦》第八十四回：“第一要他自己学好才好；不然，不稂不莠的……”“四体不勤，五谷不分”即是形容实践知识贫乏的人。而稂莠这些与谷类极为相似的野草就更难以分辨清楚了。这种现象多发生在旧时代的读书人中，因为死啃书本而无实践知识，常常被称之为“知、乎、者、也”的人。语出《诗经·小雅·大田》。

不吝指教

不吝指教多客套，示为假意求指导。
虽说难辨其真伪，表面态度却示好。
求知不厌应心诚，听人教诲应拜倒。
心不在焉难守真，如此求教何其糟。

【提示】

吝：吝惜。希望能不吝惜自己的意见和知识，为求教者指出缺点错误，提出批评。此语多用于向人请教时的客套话。向别人求教必须诚心诚意地聆听教者的教诲，心领神会地接受他人的意见和指导，只有这样才能得到别人的帮助，以求得更多的知识，以满足自己的求知欲望。俗话说“心诚则灵”即强调“心诚”的作用。凡是向别人求教，必须以虚心诚恳的心态对待教者。如遇不明白之处或有疑问之处应该及时提问，以求得帮助。这是治学者必须遵守的一条不成文的规定。

不伦不类

不伦不类两不着，事不规范行轻佻。
胡言乱语不着边，自己说啥不知晓。
如此行为何可悲，如此之人多可笑。
劝君莫要妄自为，误己误人两糟糕。

【提示】

伦：类；不伦：不同类。不像这一类，也不像那一类。形容不正派或不规范。此成语为贬义，多用在人的行为或事物的反面上。伦、类其意相近，但亦有区别，伦者多规矩之意；类者多类别。既不伦又不类说明人的行为都不合乎客观事物的常理现象。《红楼梦》第六十七回：“王夫人听了，早知道来意了，又见他说的不伦不类，也不便不理他。”

不落窠臼

勇于开拓求出新，遵法达到运用法。
艺术创作不守旧，深入生活求芳华。
不拾牙慧辟蹊径，不落窠臼自成家。
求索艺术如探险，无限风光意境佳。

【提示】

窠臼：旧格式。比喻不落俗套，有独创精神。多指文章、文艺作品。在有法的基础上加以深化，并在生活中求得更具新意的艺术创作，进而形成自己独到的艺术表现方式或风格。艺术创作讲究既要遵守前人的法度，又要有开拓创新的探索精神，这就是继承和发展的关系。前人的方法要继承但不可拘泥。要在古人的法度基础上，再加以创新而求得更高的艺术表现形式和意境。

不蔓不枝

行文简练且流畅，不蔓不枝简而精。
为文赋诗与作画，切忌繁杂无主茎。
顺理方可成文章，理通文妙辟蹊径。
莲茎不蔓独芳开，花红叶绿塘水清。

【提示】

本来是说莲花的茎不蔓延也不分枝，用来比喻文章简练而流畅，以此赞赏文章写得很好。为文，言简意赅是成其为好文章的重要标准，也可以拓展到所有的文艺创作上。艺术虽然门类不同，但是在创作上都应守其方法，避免繁文缛节和杂乱无章。语出宋·周敦颐《爱莲说》："中通外直，不蔓不枝。"

不毛之地

穷乡僻壤不毛地，土质不佳难耕种。
贫瘠荒凉少人烟，不得五谷奈何生？
不毛之地难以居，拖家带口他乡行。
一方水土一方人，水土赤贫如何应？

【提示】

不毛：不长五谷的地方。指贫瘠的土地或荒凉的地区。“不毛之地”是形容该地区不适合人类居住的地方。特别是对于以土地为生活来源的农耕国家的民众，土地的好与坏，是直接关系到生存的大事情。所谓“一方水土养一方人”也是建立在水与土好坏基础之上的说法。如果土地贫瘠，种不了庄稼，没有粮食就谈不上“养人”的问题了。所以，对于不毛之地，除了进行水土改造外，也可以实行集体搬迁的方式加以解决。语出《公羊传·宣十二年》：“锡之不毛之地。”

不名一钱

穷极身无一文钱，两手空空食无源。
并非慵懒不要强，只因世道太黑暗。
封建剥削如虎狼，酷吏横行百姓惨。
无可求生又奈何，无可奈何去讨饭。

【提示】

名：指占有。形容穷到极点，连一文钱也没有。这种现象在旧时代屡见不鲜，封建时代土地绝大部分都被官户占有，广大农民只能被迫为其充当佃户，收成绝大部分都交了租子。一年辛苦劳作只落得饥饿的结果，再加上苛捐杂税，生活苦不堪言。身无分文，家无隔夜粮，是平民百姓普遍的生活处境。这种有悖天理的不公现象，不但非人道，更是贻害人类的罪恶。推翻封建皇权统治，使土地还家于广大农民，才从根本上拔掉了造成“不名一文”的祸根。语出《史记·佞幸列传》：“（邓通）竟不得名一钱，寄死人家。”

不能越雷池一步

雷池意界线，不可越界行。
犹如国境界，各自守边境。
如若妄自越，即为侵行径。
首先示警告，再以武力攻。

【提示】

雷池：大雷之水自湖北黄梅流经安徽宿松至望江县积成一个湖，名为雷池。《晋书·庾亮传》记载，庾亮在给温峤的一封信中说：“吾忧西陲，过于历阳，足下无过雷池一步也。”意思是叫他不要越过这个界线。后来比喻一步也不能越过界线。这里应该注意的是，对“雷池”这个词要有个明确的概念，不要因雷字而误解其意。

不能赞一辞

不赞一辞话，是谓文章佳。
好文无瑕疵，博得众人夸。
为人若出众，世人尊重他。
德才两俱全，众口一朵花。

【提示】

赞一辞：说一句话。形容好到使人们不能提出一点意见，也是完美无缺的意思。后来泛用以赞扬文章写得好。这句成语的组句方法有点特别，单从字面上不容易确定其语意。其中的“不能”与“赞”似乎不尽协调，先用不能做否定式，再用赞做肯定式，觉得有点别扭。这可能是因为时代的不同或语法变化的结果所致。所以，用时要多加注意其中的褒意。语出《史记·孔子世家》。

不念旧恶

君子心宽如大海，小人戚戚心狭窄。
人群之中鱼龙混，不经意间酿祸灾。
蒙冤结仇多不幸，如何对待由人哉。
冤仇宜解不宜结，不记前恶乃胸怀。

【提示】

不记或者不计较别人过去的错误或个人间的仇怨。与人打交道时，难免会出现一些错误、误会甚至怨恨，如何能以豁达的心态加以对待，使误会或怨气能得到及时地化解，不至于酿成冤仇是很重要的处事方法。更不要因为前嫌而耿耿于怀，这样不但不利于事情的运作，亦可能因小失大，进而造成由怨至恨，再形成难以化解的仇怨。而“退一步海阔天空”这句话就恰如其分地道出了这一道理。这也是所谓的君子之风度。语出《论语·公冶长》。

不宁唯是

不但而如此，不只是这样。
宁者文言词，助于语句相。
唯者意为是，是者为其详。
语出自左传，亦可查商量。

【提示】

宁：文言助词；唯：只是；是：这样。此成语的“宁”字为文言助词，并没有什么实际意义，只起到帮助语意的作用。如果用做连词则表示比较后做出的选择，如宁可。

不期而然

不期然而然，不求而自来。
出乎意料外，不想反于怀。
既然成事实，只得随其裁。
事情难预料，随机相对待。

【提示】

期：希望；然：如此。意思是没有希望它这样，竟然就这样了。表示出乎意料。生活中常常发生“不期而然”的事情，突如其来，常常令人措手不及。由于缺乏思想准备，从而导致手忙脚乱。另有一种含义是，原本不想看到的事情，竟然出现了的无奈心理。如果事无大碍，最好的方法就是欣然接受既定的事实，以达到成人之美的积极后果。反之，不但于事无补，还会造成自我伤害的后果。

不屈不挠

不屈不挠乃硬汉，面对恶势不低头。
心诚志坚为主义，敢于反叛求自由。
困难面前勇闯关，不达目的不罢休。
一心一意为家国，青史留名载千秋。

【提示】

挠：弯曲，屈服。指在困难或恶势力前不屈服，不低头。“不屈不挠”是一种大无畏的可贵精神，是一身正气的高姿态，是蔑视恶势力坚贞不屈的硬汉表现，是为求得自由、正义而表现出为主义而战的志士精神，是面对困难战胜困难的决心体现。这种高尚的情操是做人本质的具体表露，也是心怀家国的爱国思想作用的结果。这种精神成为中华民族立于不败之地的信念保证。语出《汉书·叙传下》：“乐昌笃实，不挠不诎。”

不衫不履

坦然自若性洒脱，不拘小节任自作。
不着上衣袒赤臂，不穿鞋子着草拖。
不衫不履裼而来，衣着不整意为何？
生而劣习成自然，源自从小养成拙。

【提示】

衫：上衣；履：鞋。不着上衣，不穿鞋子。衣着不整齐，行为不收敛，话语不捡点，看似性情洒脱，实则是不知自爱，缺乏公共道德的表现。人者，乃自知自爱的智慧动物，衣着体现自爱的心理意识，也是遵守公共道德的起码要求。不可以有伤害风化的行为，也是体现道德修养的行为表现。衣着整洁与否，虽然并不完全是对个人的要求，但却是关系到社会文明的大事情。由此可见，以袒露身体而示时尚的行为，实际是妨碍社会文明、败坏公共道德的行径。语出《太平广记·杜光庭传》：“不衫不履，裼裘而来。”

不时之需

有备无患济急需，未雨绸缪以防备。
不时之需随时用，以备突发应急为。
东坡素来好饮酒，常备美酒与客醉。
后赤壁赋有记载，我有斗酒待子遂。

【提示】

不时：不定什么时候，随时。随时的需要，也作“不时之需”。常言道“有备无患”说明要有瞻前顾后的思想意识。无论生活诸事或国家大事都应该有防患于未然的思想准备。常备不懈、有备防患或囤积以备急需，都是具有现实意义的大事情。特别是在防止或应急自然灾害时更为重要。日常生活中，要常备一些防灾救灾的工具和物品，是以备突发事件必不可少的应急准备。而防患于未然即是防患的最实际的做法。语出宋·苏轼《后赤壁赋》：“我有斗酒，藏之久矣，以待子不时之须。”

不识大体

大体即全局，不识即不懂。
小事可变大，道理要精通。
关系大局势，未睹何以应？
凡事顾大局，据理以相争。

【提示】

大体：关系全局的道理。不懂得有关大局的道理。凡事都要以顾全大局的态度相对待。只有大局稳定才能确保自己的利益得以实现，反之，不但贻害社会，自己也反受其害。这是关系到“大家与小家”的重要行事准则，这是无论何时、何地、何许人，都要牢牢恪守的原则。凡是“不识大体”者，无疑都是目光短浅或自私的人。语出《史记·平原君虞卿列传》：“平原君，翩翩浊世之佳公子也，然未睹大体。”

不识之无

目不识丁何可怜，家贫无力求学前。
人之虽然很简单，未学何为犯其难。
不识一丁谁之过，封建压迫罪难免。
扫除文盲热潮涌，学习文化皆争先。

【提示】

唐·白居易《与元九书》中说，他在出生才六七个月的时候，乳母就教他认下了“之”与“人”两个字。后来就用“之、人”代表最简单的字。“不识之无”意思连最简单的字都不认识。以此形容人不识字，文化水平低。对于这种说法本人提出疑义：唐朝时代所使用的汉字都是正规字体，无字是现代的简化字，古代的无应是“無”这种写法，既然白居易是唐朝人又何以用“無”来说简单呢？如果用“人”字不是更合乎时代用字的特征，也更贴切吗？所以，无论何种事物应本着求是的原则行事。特别是关于学问的事，更应该尽量求其准确与合理才是。吾大胆将“无”字改用“人”字予以矫正。当否，愿听赐教耳。

不祧之祖

祧者古代帝王祠，不祧王庙之神主。
辈分远近依次入，始祖不迁乃其俗。
创业之辈得天下，不可废除成制度。
封建礼教等级严，雷池不可越半步。

【提示】

祧：古代帝王的远祖祠堂；不祧：古代帝王家庙中祖先的神主，辈分远的要依次迁入祧庙合祭，只有始祖（创业的第一代）永不迁入祧庙，因此叫“不祧”。意思是不迁入祧庙的祖先。比喻创业者或不可废除的事物。这个成语的含义当今人理解起来较生疏。所以，使用时应多加推敲以免词不达意。

不通水火

漂漂亮亮大楼房，家家只开一小窗。
关门闭户各自守，对门不知姓张王。
水火虽通各自用，自扫门前瓦上霜。
出入彼此不相顾，如此邻里不恰当。

【提示】

形容邻居之间不相往来。老子曰：“鸡犬之声相闻，民有老死不相往来。”这是典型的小农经济生活的写照，也是自给自足小农思想的必然结果。岂不知，这种根深蒂固的保守思想，依然在潜移默化中起作用。如今生活好了，但人际关系，特别是邻居关系却在逐渐疏远。其原因虽然是多方面的，但其中主要原因来自于自给自足。如今，由于生活水平的不断提高，可以独自生活而无须求助他人，因此，造成如此现状。语出《汉书·孙宝传》：“杜门不通水火。”

不忘沟壑

决心驱顽虏，一封诀别书。
志士洒热血，沃我中华土。
英名昭日月，雄魂垂千古。
换来天地开，不忘沟壑骨。

【提示】

沟壑：山沟。念念不忘为正义而死，弃尸山沟。形容人有为正义献身的思想准备。为求得中华复兴而英勇斗争的人，虽然大多没有留下名字，但是，他（她）们的丰功伟绩和英雄事迹却可与日月同辉，将世世代代永远活在人民大众的心里。黄花岗七十二烈士的英名，将名垂千古。为推翻腐朽的封建制度，辛亥革命的斗士们，不惜洒尽最后的一滴血，终于使苦难的中华大地迎来了第一道黎明的曙光。语出《孟子·滕文公下》："志士不忘在沟壑。"

不为五斗米折腰

五斗俸禄米，晋代县令俸。
若想求其官，哈腰相奉承。
屈人官职卑，下跪迎上呈。
区区五斗米，辞官拂袖风。

【提示】

五斗米：晋代县令的官俸，后指微薄的为官俸禄；折腰：弯腰，指下拜行礼。《晋书·陶潜传》记载，陶潜做彭泽县令时，上级派来个督察到彭泽来视察，县里的下级官员对陶说，应当穿戴整齐去迎接才是。陶潜却说：“我不能为五斗米向乡里小儿折腰！”于是，他就自动辞职。后来就用“不为五斗米折腰”表示清高、有骨气。中国历来文人士大夫都有清高避俗的风气，因此有天赋的文人都有“士可杀，不可辱”的性情，并以此为做人的最高境界。

不舞之鹤

羊祜之鹤能舞蹈，客人闻之邀其舞。
主人百般施鼓励，鹤不起舞客不服。
人无能者喻鹤扭，招致讥讽心生怒。
发奋图强终出息，众人面前不再怵。

【提示】

南朝·宋·刘义庆《世说新语·排调》记载，羊祜养的一只鹤，会舞蹈，一次客人要求表演，那鹤却一直不肯起舞。后来就用“不舞之鹤”讥讽人无能，有时也用以自谦。人者的能力可分先天具备与后天的努力。若先天的条件具备，但不努力仍然不可获得成功。人的智慧为潜在能量，需要激发方可唤醒，激发最有效的手段当然就是教育。但是在特定条件下，如果受到激励亦可促成努力求知的效果，从而变无能为有为。

不肖子孙

不以先人为楷模，不继祖辈父事业。
不以前辈而自瞎，不求出息自称爷。
人前人后无其事，清闲自在随意歇。
好吃懒做不思进，不肖子孙何以接？

【提示】

不肖：不像（指不像先人），不贤。指不能继承祖、父事业或违背祖、父遗志的子孙后代。不肖不贤，不继祖、父事业，有两种情况：一是没有出息，不为正业之后人；二是因为另有事业要做，不能继承前辈的事业，自己要独创新业。对于前一种人可称之“不肖子孙”。对于后一种情况，不但无可非议，而且应当加以鼓励和赞扬。语出《庄子·天地》。

不修边幅

肆欲而轻言，不修其边幅。
衣着自妄意，胡须多乱处。
行不拘小节，言多味酸醋。
容貌呈污渍，衣衫破不补。

【提示】

边幅：本指布帛的边缘，借以比喻人的仪表、衣着、生活作风。北齐·颜之推《颜氏家训·序致》："肆欲轻言，不修边幅。"原来形容不拘小节。后来形容不注意衣衫、容貌的整洁。"不修边幅"的坏习惯至今仍然存在于个别人身上。这些人中有的是为求其自然状态而刻意不修边幅，有的是出于性格的原因所致，还有的则是因懒惰所养成的不好习惯。无论哪种情况都是不讲究个人仪表的坏习惯。人的仪表犹如一张名片，名片会给陌生人一个最初的印象。所以，要求仪表整洁不但是对自我的尊重，也是对他人甚至是对社会的尊重。

不学无术

术之求于学，不学无其术。
学而不知倦，方可得真珠。
人生于世间，理当求进步。
知识可自强，事业呈显著。

【提示】

学：学识，学问；术：技术。原指没有学问，因而没有好办法。现指没有学问，没有本领。治学要“学而不厌，诲人不倦”。这是教者与学生应当恪守的治学理念。“不学无术”之所以无术，就是因为学习不用心，不努力的结果。学知识不求甚解，马马虎虎不可能获得真知，因此也就不可能有技术或本领，如此行为必然成为不学无术的人。没有知积和技术又如何谋生呢？只能靠别人养活自己。这无疑是不学无术的人最为难堪的处境。语出《汉书·霍光传》：“然光不学亡术，暗于大理。”

不一而足

不以一事而满足，不以一次而突出。
多方求事皆可应，事物虽多从容处。
精力充沛努力做，量力而行心有数。
待到多树结硕果，心满意足同庆祝。

【提示】

足：充足，足够。意思是能因一事而使之满足。后来形容同类事物或情况很多，不止一件或不止出现过一次。这个成语常常用在贬义上，形容错误或坏事很多，有数不胜数，不可个个枚举的意思。也可以理解为欲壑难填的贪婪。所以，用时应多加斟酌。此诗之意，是从正面加以解释，这样也显现出此语可以从褒义处着眼运用之。语出《公羊传·文公九年》：“许夷狄者，不一而足也。”

不遗余力

无以保留全用尽，全力以赴求其胜。
再接再厉齐奋斗，置之死地而后生。
天下大业即如此，面对事业亦求成。
不等不靠全心计，不遗余力促成功。

【提示】

遗：留下；余力：没有使完的力量。即把所有的力量全部使用出来。无论什么大小之事都要尽其力而为之，这是求得胜利和成功的重要因素之一，也是做事情应有的态度。平常的事如此，天下的大事更应当如此。纵观历史上，凡是能成就其天下大业者，都具备不屈不挠、不遗余力地决心而图之。事实验证了这是为事者必不可少的心理素质。对于常人而言，不论能力大小，只要尽其所能地去做好所从事的工作，就会得到相应的回报。语出《战国策·赵策三》：“王曰：‘秦之攻我也，不遗余力矣，必以倦而归也。’”

不以为然

事者不以然，意为以轻视。
如若有疑惑，可以明表示。
对事应忠于，不可妄为之。
不以为然想，必将误其事。

【提示】

然：对。不认为是对的。表示不同意，有轻视的意思。“不以为然”是一种对事情持不同意见或瞧不起别人做事的方法意见的心态显露。生活中常常遇到这种性格的人。之所以如此，往往都是出于自我感觉良好，因而对别人所做的事报以不以为然的漠视态度。这并不是为人的优点，更不是值得夸赞的态度。有这种缺点的人，往往都是眼高而手低的人，或者是心怀忌妒的表现。语出宋·王明清《挥麈后录》卷四：“宣和初，徽宗有意征辽，蔡元长、郑达夫不以为然。”

不义之财

君子生财自有道，小人生财多因盗。
道与盗虽一字差，泾渭分明而颠倒。
不义之财酿祸端，不法之徒触律条。
为人应守法行事，妄自玩火必被烧。

【提示】

不义：不正当，不合理。不应该得到的或来路不正的财物。发财致富之心人皆有之，但要本着奉公守法的规矩，以努力奋斗的精神，求得发财致富愿望的实现。这样的财物是应该得到的财富，也可以称之为“干净钱”。否则，如果以权谋私或通过为非作歹的手段，获取的钱财都是“不干净”的钱财。这种发财有“盗”的行径不但为人所不齿，也必然难逃法律的制裁。语出明·陶宗仪《辍耕录·卷八·隐逸》：“曰：我岂取不义之财哉！”

不易之论

理论深奥且精确，议论深刻有见地。
论点正确立意新，论据条条据于理。
著书立说出自新，论说侃侃无脱离。
不易之论不可改，道理幽深思之奇。

【提示】

易：更改。完全正确、不可更改的议论。形容论断或意见完全正确。这是很难达到的学术高见。自然事物都要遵循其规律向前发展，而且都处在不断变化之中，变中求变，是促进事物发展的永恒规则。任何事物都在这种规则中求得发展和进步，所以，严格地讲，世上并不存在一成不变的现象。难道学术理论会例外吗？所谓“不易之论”应该视其为在某一个时间段的“不易”，并不意味着永恒的不易。语出宋·释惠洪《冷斋夜话》卷十。

不翼而飞

不胫而走事蹊跷，不翼而飞乃声音。
喻之事物未宣传，私下得知传纷纷。
物品丢失无处寻，似若插翅飞其身。
消息言论妄传之，不经属实乱其真。

【提示】

不：无。翼：翅膀。意思是没有翅膀竟会突然飞翔。比喻言论或消息不待宣传就迅速地传播开来。或比喻东西突然丢失。“不翼而飞”与“不胫而走”这两个成语的意思相同，都形容事物未经宣布就流传开来。用俗话说即是所谓的“小道消息”。这种传播方式，多通过事物的相关者或相识者的个人关系透露而出，虽然事出有因，但并非官方所言，因此，在真实性方面不可相信。即使有出处也不一定完全属实。所以，要以认真正确的态度加以识别，以防被别有用心的人所利用。最好的方法是不听、不传和不信。语出《管子·戒篇》。

不在话下

不在话下小说语，如同下回再分解。
引申即为事轻微，无足轻重不足道。
问题虽有却很小，解决起来无须戒。
虽然说之无所谓，做时却要用心些。

【提示】

原来多用于旧小说中，表示故事暂时告一段落，转入别的情节。现在形容事情很轻微，不值得说，或不成问题。做任何事情都要遵照“战略上藐视，战术上重视”的原则行事。不可因事情小而加以轻视，信心当然重要，但轻敌更要警惕。只有这样细心对待问题，才能避免因轻视而造成不必要的损失，甚至失败。

不折不扣

折扣乃为商贾语，打折扣减行促销。
如若保持原价售，不折不扣而成交。
完全十足与不差，意为货物短缺少。
商家皆谙此方略，各施解数出花招。

【提示】

折、扣：原为商业用语，商品按原价扣除百分之几出售，叫作打折扣。一点不打折扣为“不折不扣”，表示完全的、十足的，一点不差。此成语除了用在商业的促销上，另用于表示事物的完全意思上。意喻这件事没有一点点不足之处，百分之百的意思。譬如说“这事儿不折不扣的真实或虚假”。

不知进退

不知进退本兵语，其意犹豫不得韬。
引为人品说行为，举止不讲礼之教。
言语不周随其意，行为难于守规条。
缘何如此无规矩？只因事非不明了。

【提示】

形容举动没有分寸，轻举妄动。宋·洪迈《容斋续笔·卷十一·名将晚谬》：“慕容绍宗挫败侯景，一时将帅皆莫及，而攻围颍川，不知进退，赴水而死。”此成语借用军事用语，比喻人的行为轻举妄动不合礼节。“不知进退”即不知好歹，不知自持，不知自己为何许人也的行为表现。这是因为缺乏修养所形成的为人处世的低劣表现。大凡如此不够讲究的失礼者，都是缺乏自爱和自知之明的愚钝者。这些有失礼节的人虽然构不成错误，却可造成为人的缺欠。

不知羞耻

人兽区别在知耻，不知羞耻枉为人。
做人知耻为准绳，逾越即进兽之群。
不知自爱与自律，言行乱忌无分寸。
无耻之徒多奸佞，败坏德行狼子心。

【提示】

不知道世界上有什么可以让人羞耻的事情。常用于怒斥无耻之徒。“不知人间有羞耻事”这个成语道出了无耻之徒的丑恶嘴脸。世上的无耻之徒有大小之分，小者即是缺乏自爱、自律，不知羞耻之人。大者即是甘心充当汉奸的卖国求荣者。两者的共同之处在于都是丧失天良、无人性可言的下流坯子。前者贻害自身，污染社会；后者会成为出卖人性、出卖良心的卖国贼。这些人类的蛀虫，是构成国家安全的大害之徒，是千夫所指的民族败类，其贻害之深罄竹难书！语出宋·欧阳修《欧阳文集·与高若讷书》。

不知所措

悲喜交至来，不知所措矣。
心中无依托，言行无以依。
慌乱不由衷，处境可求谁？
悲欢大起落，手脚难就位。

【提示】

措：安置，处理。意思是不知道该怎么办。形容受窘或发慌的状态。俗话说“大喜大悲最伤情”，“不知所措”这个成语就恰到好处地描绘出身处这种境地的心理意识。人的感情世界最为丰富、复杂、多变，情绪会随着事物的变化而变化。特别是遇到偶然或悲喜交并的时候，由于心理意识的混乱，从而导致言行的失度。这种现象是因为客观事物变化太快、反差悬殊，缺乏心理准备的必然现象。语出《三国志·吴志·诸葛恪传》。

不知所云

语无伦次思维乱，不知所云为哪般？
悲痛气滞泣哽咽，伤心忒重情难安。
原意本是自谦语，喻之言语不就班。
如今泛指思不清，所言之事难求端。

【提示】

云：说。不知道说些什么。诸葛亮《前出师表》：“临表涕泣，不知所云。”原来是自谦的话，表示自己语无伦次。现在泛指思想混乱，说的话叫人摸不着头绪。言为心声，因为人的言行皆为思想所支配，所以，语言是在思想支配下才能得以实现。当思想处于混乱状态时，就不能对说话给予正确的指令，从而导致语无伦次现象的发生。由此可见，凡是语言流畅、简练、有效、犀利、口齿清晰、一语中的的表现，都是其思想睿智的具体体现。

不栉进士

进士科举之名目。应考之人皆男人。
男人绾髻插发簪，女人不栉散于身。
旧时才女虽然多，受制封建而不认。
男尊女卑不平等，才女出众亦不申。

【提示】

栉：梳头（古代男子绾髻插簪）；进士：隋唐以来科举的一种名目，应试者都是男子。意思是不绾髻插簪的进士。重男轻女是封建社会一大不公现象，考取功名再为官者，皆为男子。女子再有才华也没有机会施展，从而造成俗语“女子无才便是德”的不尽人性之说。在这种错误观念下，女子即便再有才华也毫无用武之地。这种不平等的观念，在旧时代的传统中一直被沿用下来。岂不知，中国历史上还存在一位具有文韬武略的英主大周皇帝武则天也！语出唐·刘讷言《谐噱录》：“关图有妹能文，每语人曰：‘有一进士，所恨不栉耳。’”比喻有才华的女子。

不自量力

不自量力必自傲，不知深浅必遭挫。
自以为是必莽撞，自觉良好必弄拙。
不知天高与地厚，不甚理解枉自作。
不自量力栽跟头，独断专行酿灾祸。

【提示】

意思是不正确地估计自己的力量。指过高地估计自己的力量。人之不明者，多以过高地估计自己。在处事的过程中，常常将自己看得比别人都强，凡具有如此性情的人，都会有高人一等的错误想法，其思维方式总是唯我独尊、不自量力。其结果必招人耻笑或唾骂。“不自量力”的人由于不知事物的内在机理，往往错误地估计自己的实力，进而因行动鲁莽遭到失败，甚至留下被人耻笑的把柄。语出《战国策·齐策三》：“荆甚固，而薛亦不量其力。”

不足齿数

不足齿数不值提，牙齿有限喻事物。
狂妄自大枉自尊，无视客观乱心主。
面对一切皆轻视，眼高手低无技术。
无知无识不虚心，嘴尖腹空如笋竹。

【提示】

意思是数不上或不值得一提。含有极端轻视的意思。“不足齿数”是一种极端心理意识的集中体现，也是人性格中的一大弱点，凡是有这种性格的人，往往都是眼高手低并以自我为中心的人，固守于为人处世的个人信条。鲁迅先生在他的《呐喊·阿Q正传》中有一段话即采用了“不足齿数”这个成语，用以揭示阿Q对小D的心理意识。即“从先前的阿Q看来，小D本来是不足齿数的。”

布帛菽粟

油盐酱醋柴米茶，七件事情不可少。
衣食住行样样有，方可生存养老小。
依靠劳作得其获，勤俭持家宝中宝。
布帛菽粟全齐备，自食其力靠勤劳。

【提示】

帛：丝织品的总称；菽：豆类的总称。比喻不可缺少的事物。“布帛菽粟”概括了生活的必需品，俗话说“开门七件事”即指这些物品。生活需要起码的物质保障，通过勤劳而获得这些生活物资，是一向为百姓所遵行的生活规律。而勤俭持家，更是一种朴素的美德。自食其力又是受人尊重的为人道德准则，这些优良传统世世代代传下来，从而构成中国独到的人文思想理念，也是最简约、最实际的生存道理。语出《宋史·程颐传》：“其言之旨，若布帛菽粟然。”

布鼓雷门

布鼓即为布蒙鼓，雷门乃为绍兴门，
以皮蒙鼓声若雷，声传千里达宫禁。
古代绍兴名会稽，城门置鼓备警音。
布鼓雷门不可用，物性不合难成身。

【提示】

布鼓：用布蒙的鼓；雷门：古代会稽（今浙江省绍兴）的城门名字。《汉书·王尊传》：“毋持布鼓过雷门。”颜师古注：“雷门，会稽城门也，有大鼓，越击此鼓，声闻洛阳；布鼓，谓以布为鼓，故无声。”后来就用“布鼓雷门”比喻高手面前卖弄本领。唐·李商隐“抱布鼓以谐雷门，忽然声寝。”此成语比较难解其意，其比喻有些牵强，用时要多加考量。

步步为营

常以兵法为其训，步步为营布其阵。
排兵布阵守兵法，能攻易守再谨慎。
常备不懈有准备，临阵不乱心安稳。
灵活运用出奇兵，运筹帷幄计于心。

【提示】

军队每前进一步就要设下一道营垒。形容进军谨慎，有时也比喻行动、做事的谨慎。“步步为营”是兵家用兵的常识，凡是懂得兵法的人，在指挥军队作战时，首先要考虑的是应该如何排兵布阵的问题。只有阵式合乎兵法才有取胜的可能，步步为营的兵法是稳扎稳打的基础，只有阵脚不乱才有进攻的条件。冷兵器时代，两军交战，各守阵脚，其目的就是要谨慎行事，抓住机会施以攻击。此兵法即使在当今，仍具有一定的战略意义。

步履维艰

年边之人行不便，步履维艰气息短。
举步艰难行蹒跚，路遇小儿扶以搀。
尊老爱幼好风尚，世世代代永相传。
老慈少孝乃人德，传统观念继前贤。

【提示】

步履：行走；维：文言助词；艰：困难。行动很困难。一般多指老人或有病的人。尊老爱幼是中华传统美德之一，老慈少孝亦是中国文化的重要内容之一。两者都具有十分重要的文化思想内涵，也是中华传统美德的具体体现。无论何时，这种人文思想观念都不会改变，也是创造和谐社会的基础，历来都受到广泛的尊重和遵守，并得到全社会共同的关注、继承、发扬和大力的提倡，甚至提到有关家国兴衰的高度上来加以认识。

步人后尘

紧随人其后，谓之步后尘。
追随与模仿，焉能出创新？
男儿当自强，打拼靠自身。
励志求其胜，立业在诚心。

【提示】

后尘：走路时后面扬起的尘土。跟在别人后面走。比喻追随、模仿别人，走上别人走过的老路。任何事情都应该自我奋斗，不可照搬别人的成果。路在自己的脚下，要靠自强自立的精神创造出属于自己的一片小天地，再通过发展创新精神求得事业的发展和进步。紧随他人之后去拾人牙慧，不但得不到经验，而且不可能得到成功。凡是有这种思想的人，大多是出于懒惰或不思进取。

布衣蔬食

粗茶淡饭虽困苦，自食其力心安稳。
布衣蔬食虽贫寒，自力更生不求人。
虽说艰辛却无忧，勤于劳作健其身。
无灾无患多平安，自得其乐安心神。

【提示】

穿布衣，吃粗饭。形容生活俭朴。生存离不开物资，如何获取却大有不同。俗语称“民以食为天”即说明物资是生活不可或缺的重要条件。人生于世，求生存、求发展、求利益、求功名等欲望，由两种思想所支配，一是要求生活物资的来源最大化，即发财致富；二是求得精神的慰藉和满足。因此，旧时代有“千里做官，为了吃穿”之谚语。如何能发财致富？一要靠劳动所得，二要靠勤俭持家，三则是升官发财，四是经商牟利。但是靠经商牟利或升官发财并非一般人可为，需要智慧和才能，因此，普通人很少有这种条件，只能靠勤劳和俭朴而获得起码的生活物资。这种自食其力的生活，最大的益处是“心安理得”，这正是最为可贵和最为难得的精神财富。

不经一事，不长一智

阅历事理之累积，成败皆可受教育。
失败从中得教训，成功经验可继续。
只要心诚为其事，无论如何皆矩系。
牢守为人求智谋，最终必将成心欲。

【提示】

意思是不经历事情，就不能增长经验和智慧。一般用于经过失败取得教训的场合。“不经一事，不长一智”是对失败后的一种反思，在失败中得到教训，也是长知识的一个机会。所谓经验就包含很多因失败而获得的知识。人的智慧也是在不断地总结成功与失败的经验教训中，逐渐地丰富起来的。这也是智慧发展必不可少的一个过程，只有“经事长智”才能使自己在磨炼中逐渐趋于成熟。

“四不”之一

* 不足挂齿因事小，不值一提意客气。

* 不足轻重无分量，无关紧要没关系。

* 不足为凭无证明，不可为凭无依据。

* 不足为奇不奇怪，司空见惯不惊奇。

【提示】

“不足挂齿”：挂齿：放在口头上。形容事情很小，不值得一提；“不足轻重”：无关紧要，不值得重视；“不足为凭”：凭：证据，依据。不能作为凭证、根据；“不足为奇”：不值得奇怪，不是什么了不起的。多指事物或现象很平常。四个以“不足”构成的四个含义不同的成语语意，各自有其独立的含义，但都是以“否定式”出现，用起来应仔细分辨其各自具有的意思，以达到用语的准确性或成语所起的作用。四个独立的成语合在一首诗当中，每句的前句为成语，后句为解释。

“四不”之二

* 不过尔尔即如此，意为没啥了不起。
* 不合时宜不时尚，谬时而为如自欺。
* 不假思索乱自做，不走心思处事急。
* 不见天日喻黑暗，犹如黑夜走崎岖。

【提示】

“不过尔尔”：尔：如此，这样；尔者同“耳”即罢了。意思就是不过这么一点而已或没什么了不起的；“不合时宜”：时宜：当时的需要。意思是不符合当时的情况或要求。“不假思索”：假：假借，依靠。意思是不经过思考就做出反应。形容做事、应答迅速；“不见天日”：看不见天和太阳，比喻旧社会的黑暗，看不到一点光明。

“四不”之三

* 不进则退难居中，犹如逆水中行船。

* 不胫而走如风声，未经宣告妄自传。

* 不堪一击如豆腐，无须用力便糟烂。

* 不可多得为稀奇，稀少难得成稀罕。

【提示】

“不进则退”意思是不前进就要后退。俗话说：“逆水行舟，不进则退。”“不胫而走”：胫：小腿；走：快跑。意思是没有腿而跑得很快。比喻事物不待推行，就迅速地传播、流传开来。语出北齐·刘昼《刘子·荐贤》：“玉无翼而飞，珠无胫而行。”“不堪一击”：不堪：经不起。意思是经不起一打。“不可多得”形容很少、难得的事物或人才。多用于赞扬。语出《文选·孔融〈荐祢衡表〉》。

“四不”之四

＊不足为训枉法则，不值遵守与仿效。
＊不治之症病膏肓，老人病逝尽忠孝。
＊不置可否意模糊，是也不是其可笑。
＊不着边际言不真，胡言乱语放空炮。

【提示】

“不足为训”：训：法则。不值得作为遵循或仿效的法则。“不治之症”医治不好的病。也比喻无法挽救的祸患。“不置可否”意思是不说对，也不说不对。不表示肯定或是否定。“不着边际”：着：接触到。挨不着边儿。形容言论空泛，不切实际，不顾事理，胡言乱语。所言之事如同空穴来风，没有任何根据胡侃一通，扰乱视听。

"四不"之五

* 不择手段施以做，用尽花招达目的。

* 不知凡几心无数，不知同类事之计。

* 不知好歹糊涂虫，香臭不辨坏自己。

* 不知所以不明因，不知为何不得已。

【提示】

"不择手段"：择：挑选。指为了达到目的，什么手段都使得出来。用以贬义。"不知凡几"：凡：总共。意思是不知道总共有多少。表示同类的人或事物相当多。"不知好歹"即不知道好与坏，也指不能领会别人的好意。"不知所以"：所以：为什么。不知道为什么是这样。不知所以然，即是因其不明白事物的内在道理，而处于不置可否的地步。之所以如此，一是知识的欠缺；二是不学无术的具体表现。

“四不”之六

* 不由分说无余地，有理无理不容说。

* 不由自主难自控，语言行为多出辙。

* 不虞之誉无以料，夸奖赞扬手无措。

* 不约而同似凑巧，思想行动相吻合。

【提示】

“不由分说”：分说：辩白。意思是不允许辩解。“不由自主”即由不得自己做主，控制不住自己。“不虞之誉”：虞：预料；誉：称赞。意思是没有预料到的赞扬。“不约而同”即事先并没有经过商量而彼此的看法或行动完全一致。这种现象常出现在生活当中，也就是人们常说的“不巧不成书”这句话。所谓的“巧”只是其表面现象，其实有其内在原因，这就是客观规律。当双方对客观事物的认识相同时，就会不约而同地想到一块儿了，因此就有“碰巧”的事情发生了。

“四不”之七

* 不厌其烦不自止，不怕麻烦而求之。

* 不厌其详求到底，越详越好再细致。

* 不以一眚掩大德，不因小错遭贬值。

* 不同凡响文笔好，推陈出新屡不止。

【提示】

“不厌其烦”：厌：嫌。即不嫌麻烦。“不厌其详”即不嫌详细，越详细越好的意思。“不以一眚掩大德”：以：因；眚：过失，错误；德：德行，也指功劳和贡献。意思是不能因为一次小过错就抹杀了大的功绩。“不同凡响”：凡响：平凡的音乐。形容事物不平常。多指文艺作品出众并具有独到思想见解的好文艺作品，是百家争鸣、推陈出新的结果。不同凡响的作品，是时代的强音，具有时代特征的特点，也是讴歌时代精神的代言者。

“四不”之八

* 不上不下位居中，进退两难无着落。

* 不胜枚举因其多，不可列举说各个。

* 不胜其烦求其事，烦琐无以可解脱。

* 不失毫厘为精确，一分一毫都不错。

【提示】

“不上不下”即上不去，又下不来。形容进退无着落，事情不好办。“不胜枚举”：枚：个。形容为数多，不能一个一个地列举出来。“不胜其烦”：胜：禁得起。意思是烦琐得使人受不了。语出宋·陆游《老学庵笔记》三：“于是不胜其烦，人情厌患。”“不失毫厘”：失：差；毫厘：很小的重量或长度单位。即一毫一厘也不差。语出《荀子·儒效》。

“四不”之九

＊不关痛痒没关系，漠不关心无感觉。
＊不寒而栗身发抖，恐惧至深气将绝。
＊不欢而散情不投，各奔东西而情绝。
＊不骄不躁性格好，为人处世多和谐。

【提示】

“不关痛痒”：不关：不相关，没有关系。形容漠不关心。“事不关己，高高挂起”这句谚语很好地揭示了“不关痛痒”这句成语的含义。“不寒而栗”：栗：打战，发抖。不寒冷而发抖。形容非常恐惧。语出《史记·酷吏列传》：“是日皆报杀四百余人，其后郡中不寒而栗。”“不欢而散”：散：离开，分手。意思是很不愉快地分手。这种现象常常发生在熟人甚至朋友之间，由于意见不合，而造成相互之间不欢而散的结果。“不骄不躁”意思是不骄傲，不急躁。这是一种难得的好性格，也是有修养的体现，能具有这种性情的人都会受到人们的称赞和尊重。

“四不”之十

* 不经之谈不合理，荒唐之言无根据。

* 不咎既往即不追，事过之后不再觑。

* 不可开交互纠缠，无法摆脱难止息。

* 不可理喻忒糊涂，态度蛮横不可与。

【提示】

“不经之谈”：经：通常的道理；不经：不合道理。形容荒唐无根据的话。“不咎既往”：既：已经；往：过去；咎：责备，加罪。意思是对过去的错误不再责备。这是对曾经犯过错误的人，一种既有警告又加勉励的话。语出《论语·八佾》。“不可开交”：交：纠缠在一起；开交：解决，摆脱（只用于否定）。比喻没法摆脱。“不可理喻”俗语说“宁跟明白人打一架，不跟糊涂人说一句话”这就说明对“不可理喻”的人的看法。

“四不”之十一

* 不可偏废即并重，两者兼顾居于中。
* 不可企及赶不上，不能及之难以通。
* 不可胜数谓之多，难于确数无以成。
* 不可一世妄自傲，狂妄自大飞苍蝇。

【提示】

“不可偏废”：偏废：偏重了这个而放弃了那个。指在两件事物中不能偏重某一方，而要同时并重。“不可企及”：企及：企望达到。形容远远赶不上。语出《唐文粹·柳冕〈答衢州郑使君〉》：“不可企而及之者性也。”“不可胜数”：胜：尽。意思是数不完，形容非常多。语出《墨子·非攻中》：“百姓之道疾病而死者，不可胜数。”“不可一世”意思是不能同他生活在同一个世界上。形容狂妄自大到了极点，自以为在当代没有一个人能比得上他。

“四不”之十二

*不可逾越如雷池，界线分明忌讳深。
*不可终日喻时间，不以一天躬其身。
*不愧不怍心无愧，光明磊落见忠心。
*不劳而获不义财，坐享其成必遭禁。

【提示】

“不可逾越”：逾：越过。意思是不能越过界线。语出《左传·襄三十一年》：“门不容车，而不可逾越。”“不可终日”：终日：过完一天。意思是一天也过不下去。语出《礼记·表记》：“不以一日使其躬，儳焉如不终日。”“不愧不怍”：愧、怍：惭愧。形容做事光明磊落，问心无愧。语出《孟子·尽心上》。“不劳而获”：获：取得。意思是自己不劳动而占有别人的劳动成果。这是一种懒惰不知自爱的行为，也是为人所不齿的行为。

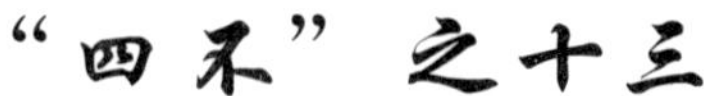

＊不了了之即完事，不以过问事了结。
＊不劣方头不随和，为人耿直性格倔。
＊不露声色无表情，心中却在暗自揭。
＊不明不白事不清，无缘无故枉遭劫。

【提示】

“不了了之”：不了：不结束（即不过问）。意思是用不过问的方式来把事情有意拖过去，就算完结了。“不劣方头”形容人倔强，不随和。语出《古今杂剧·关汉卿〈钱大尹智勘绯衣梦四〉》：“俺这里有裴炎，好生方头不劣。”“不露声色”：声色：说话的声音和脸上的表情。意思是不让心里的打算从话音和脸上流露出来。“不明不白”即无缘无故，不知其原因或很不清楚地招致祸事，毫无根据地蒙受不白之冤。

“四不”之十四

＊不能自拔不可脱，自己无力难自作。
＊不偏不倚取中间，中庸之道意味多。
＊不期而遇无意料，老友相会互相说。
＊不欺暗室心光明，人前人后守规则。

【提示】

“不能自拔”：拔：摆脱。自己无法摆脱。身陷污泥不能自拔，常常用以形容一旦走入违法的泥潭，就会处于不能自拔的境地，因此会越陷越深，最终走向犯罪。“不偏不倚”：倚：偏近一方。意思是不偏向任何一方。用这个成语时，应多加注意语意，所谓的不偏向任何一方是公事公办的表现，这就要求要按理办事。“不期而遇”：期：约定日期。意思是没有事先约定而出乎意料地碰上了。表示出乎意料。“不欺暗室”：欺：昧心。意思是待在别人看不见的地方也不为非作歹。语出唐·骆宾王《骆宾王文集·萤火赋》：“入暗室而不欺。”这是做人的本分，也就是表里如一，不佯装守道德、守矩规的为人准则。

“四不”之十五

* 不如归去若鹃鸣，催促外出人速归。

* 不三不四不伦类，行不正派似若鬼。

* 不入虎穴焉得子，成就来自心不悔。

* 不塞不流不止行，塞可促使水自推。

【提示】

“不如归去”《本草纲目·禽部》：“杜鹃，其鸣若曰不如归去。”旧时常用以催促客居外地的人返回家乡。“不三不四”意思是不像这也不像那，即不像样子。与“不伦不类”的意思相似，指不正派不规范的人或事。“不塞不流，不止不行”意思是没有堵塞的地方，就没有水的流淌；没有停止，就没有行动。语出唐·韩愈《昌黎先生集·原道。》“不入虎穴，焉得虎子”：焉：怎么。意思是不进老虎洞，怎么会捉到小老虎呢？比喻不冒危险，不经历最艰苦的实践锻炼，就不能取得重大的成就。语出《后汉书·班超传》。

"四不"之十六

* 不识时务妄自为，常常跌倒难爬起。
* 不识抬举不知趣，别人好心当而已。
* 不速之客突然到，不请自来无约期。
* 不为已甚守规矩，凡事不可过火及。

【提示】

"不识时务"：时务：当前的潮流和形势。意思是不认识时代潮流和当前的形势。语出《后汉书·张霸传》："时邓骘当朝贵盛，闻霸名行，欲与为交，霸逡巡不答。众人笑其不识时务。""不识抬举"：抬举：称赞，推荐，提拔。意思是不理解或不珍视别人对自己的好意。"不速之客"：速：邀请。意思是没有经过邀请而突然到来的客人。指意想不到的客人。语出《周易·需》："有不速之客三人来。""不为已甚"：为：做；已甚：过火的事。指不做过分的事情。语出《孟子·离娄下》。

“四不”之十七

＊不违农时守季节，春夏秋冬各相应。
＊不闻不问冷眼对，似若无关不着迎。
＊不无小补虽微小，亦可多少利其行。
＊不屑一顾眼光高，自以为是自怜影。

【提示】

“不违农时”意思是不违背适合农作物耕种、管理、收获的季节。春种、复锄、秋收、冬藏是一年四季不同时期应该做的农活。这也是天人合一思想的具体体现。也是不可违背的自然之规律。“不闻不问”闻：听。指不听也不问有关事情的情况。形容对于有关的事情不关心，不过问的思想行为。这无疑是不可取的做法，凡是有这种行为的人，即是因为缺乏感情或别有想法的人所为。“不无小补”指自己的作用虽小，但多少还能有所帮助。这与不闻不问的人，正好是两个极端的表现。“不屑一顾”不屑：认为不值得，不愿意做或不愿意接受；顾：看。形容对某件事物看不起，认为不值得一看。

“四不”之十八

* 不相上下区别小，程度几乎相平等。

* 不省人事无知觉，人情世事常打横。

* 不情之请客套话，实为有求心难平。

* 不容置喙守规矩，不许插嘴防人评。

【提示】

“不相上下”即分不出高低、好坏。形容程度相等。语出唐·陆龟蒙《甫里集·蠹化》。“不省人事”：省：知道。此成语有两种含义：一是指因病昏迷，失去了知觉；二是引申为不懂人情世故。“不情之请”意思是不近人情的请求。常用作向人求助的客气话。“不容置喙”：置：安放；喙：嘴。意思是不许插嘴。中国儒家理教讲究辈分，礼之规定当长辈说话时，晚辈不许随便插嘴说话。这也是讲规矩、懂礼貌的表现。

才高八斗

谢灵运赞曹子建，天下才学为一石。
植占八斗我占一，余下一斗天下摊。
曹植才学固出众，枉有抱负空哀叹。
缺乏谋略事不成，政治冥茫思冥顽。

【提示】

才：文才，才华。旧时比喻人富有文才。形容文才很高深。“谢灵运曰：‘天下才学共一石，曹子建（曹植）独得八斗，我得一斗，自古及今共用一斗。’”“宓妃愁坐芝田馆，用尽陈王（曹植）八斗才。”语出《南史·谢灵运传》。

惨淡经营

赋诗作画苦构思，谋划事业苦经营。
凡事皆要守其理，理通亦要下苦功。
千里之行始足下，步步着实免踏空。
一滴汗水一分酬，即使惨淡亦不惊。

【提示】

惨淡：苦费心思；经营：谋划并从事某项事业。“诏谓将军拂绢素，意匠渗淡经营中。”本来是讲作画之前的苦心构思，后来形容苦费心思于谋划并从事某项事情或事业。语出唐·杜甫《丹青引》。

沧海横流

沧海横流及四方，乱世之中呈风狂。
心有大志敢担当，出生入死为国殇。
天下豪杰负重任，为国为民不负望。
齐家治国严天下，不辱使命为富强。

【提示】

沧海：指大海；横流：水往四处奔流。比喻政治混乱，社会动荡不安。语出《文选·哀宏〈三国名臣序〉》。

沧海桑田

沧海变迁成桑田，历经岁月复变迁。
海可枯而石可烂，天之性者乃自然。
人即沧海之一粟，顺其自然从其天。
人才济济实为幸，为国为民多承担。

【提示】

大海变为桑田，桑田变为大海。比喻世事变化很大。“寄蜉蝣于天地，渺沧海之一粟。”语出《神仙传·麻姑》。

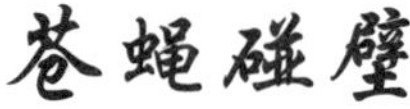

苍蝇碰壁

苍蝇虽小能乱纪，贪婪成性获其利。
挥拍猛打手不软，几声凄厉几声泣。
莫说斯微不足道，贻害可以乱大局。
四方围剿齐尽扫，拍蝇打虎风雷急。

【提示】

比喻反其道者必失败。反腐倡廉乃关系生死存亡之大事，拍蝇打虎以正世风，效果显著，大得民心也！苍蝇碰壁嗡嗡叫，无头乱撞何处逃。一只蝇拍打下来，粉身碎体形魂消。

操奇计赢

人无计算天不应，操奇计赢事乃成。
商贾财多囤积奇，小贩善计亦可赢。
买卖大小虽有别，麻雀虽小五脏同。
为商只要勤计算，亦会逐渐成大亨。

【提示】

操：抓住；奇：奇货，难得的货物；赢：盈余，利润。掌握奇货，计算营利。形容商人居奇牟利。“商贾大者积贮信息，小者坐列贩卖，操其奇赢。”师古注：“奇赢谓有余财而蓄积奇异之物也。”语出《汉书·食货志上》。

草间求活

人生不过逾百年，其间难免风雨残。
顶天立地男子汉，直面人生不畏寒。
复草之中枉求生，求生不得名必烂。
光明磊落不折腰，端瑞正正成方圆。

【提示】

草间：野草中。形容苟且偷生。“吾备位大臣，朝廷丧败，宁可复草间求活，外投胡越邪?”语出《晋书·周觊传》。

草薙禽狝

割草杀兽尽除绝，极端而行为其事。
物极必反难抵挡，始当鉴之合其适。
不察臧否而论之，伤其无辜不偿失。
无缘无故受其害，后果不堪奈何治？

【提示】

薙：除草；狝：杀。像割除野草、捕杀禽兽一样，无所顾惜。亦比喻不加区别，一律杀戮。“岂可不察臧否，不择是非，欲草薙而禽狝之，能无乱乎?”语出唐·韩愈《昌黎先生集·送郑尚书序》。

草长莺飞

莺歌枝头三月天，江南草长杂花间。
草长莺歌好景色，春风又绿江南岸。
遍地菜花金灿灿，黑瓦白墙映于潭。
莺歌燕舞春光好，南国一派欣欣然。

【提示】

莺：黄鹂。草长莺飞，形容江南春天的景色。“暮春三月，江南草长，杂花生树，群莺乱飞。”语出南朝·梁·丘迟《与陈伯之书》。

草行露宿

皇上无德世态乱，刀枪林立兵征战。
胜者王侯败者寇，苦煞百姓不得安。
从军战于千里外，合家老小皆孤单。
风餐露宿何其苦，风声鹤唳心胆寒。

【提示】

在草中行走，在露天里睡觉。形容行旅艰苦，也形容行旅的急迫感。“（苻坚）余众弃甲宵遁，闻风声鹤唳，皆以为王师已至，草行露宿，重以饥冻，死者十七八。”语出《晋书·谢玄传》。

曾几何时

回首分携光阴菲，故山故水面目非。
岁月穿梭催人老，拥才时少奈何为。
欲意展翅逢其时，报国有门才不废。
曾几何时苦攻读，立下壮志待高飞。

【提示】

曾：文言副词，有“乃”的意思，多用于疑问或否定；几何：若干，多少。才多少时间。指时间不长。“回首分携，光风冉冉菲菲。曾几何时，故山疑梦还非。”语出宋·赵德庄《介庵词·新荷叶》。

曾经沧海

曾经沧海知其广，除却巫山不是云。
云游四方再回归，胸襟浩然心承运。
历经沧海气不馁，忠心报国赤子心。
学成报效于祖国，家国情怀总是亲。

【提示】

曾经：以前经历过；沧海：大海。比喻人见过大世面，眼界开阔。“曾经沧海难为水，何知巫山云若菲。视野开阔心胸宽，处世豁达情不菲。”语出唐·元稹《元氏长庆集·离思》。

插科打诨

人说笑话戏插科，只为取笑不可过。
倘若打诨出其格，失于礼貌反成拙。
幽默出自于智慧，笑中寓意理深刻。
无论雅俗同欣赏，大雅之言犹可乐。

【提示】

科：指古典戏曲中的表情和动作；诨：诙谐的引人发笑的话。旧时通指插在戏曲中的各种可使观众发笑的表演和道白。有时也泛指开玩笑。语出清·李渔《闲情偶寄·科诨第五》。

姹紫嫣红

百花园中飘花香，群芳斗艳风清和。
彩蝶纷飞花间过，风和日丽游人多。
百花争艳盛芳华，满目娇媚水中荷。
佳丽双双信步走，裙带飘飘迎风拂。

【提示】

姹：美丽；嫣：美好，常指笑容。形容各色娇艳的花。“原来姹紫嫣红开遍，似这般都付与断井颓垣。”语出明·汤显祖《牡丹亭·惊梦》。

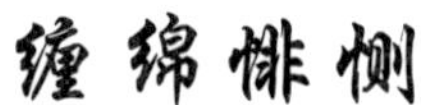

缠绵悱恻

黛玉悲秋自伤情，荷锄葬花泪不停。
身世孤独无人诉，唯有宝玉知苦衷。
缠绵悱恻无寄托，焚稿飘灰断其情。
凄凄切切何以倚，私下悲伤泪无声。

【提示】

缠绵：萦绕，心情痛苦而不能排遣的样子；悱恻：悲苦，凄切。形容悲苦而不能排遣的心情。“思缠绵以瞀乱兮，心摧伤以怆恻。”语出晋·潘岳《寡妇赋》。

长歌当哭

诗歌源自心发声，诗文长歌两相应。
触景生情抒心意，情景交融促诗成。
一曲长歌恸天地，催人泪下情伴咏。
阅尽天下无限事，最终不过一个情。

【提示】

长歌：长声歌咏，引申为写诗文；当：当作。指用长声歌咏或写诗文来抒发心中的不满和悲愤。“旧时文人多恃才，仕途不顺哽于怀。著文赋诗寄不满，自怨生而不逢时。”

长林丰草

竹林七贤性孤傲，不与司马同污浊。
隐于竹林不出世，愤世嫉俗而自作。
长林丰草以为家，饮酒赋诗闲话多。
狂妄不羁行随欲，长林之中笑天歌。

【提示】

长林：很深的树林；丰草：茂盛的野草。指山林草野禽兽栖止的地方。旧时用以表示隐士居住的地方。语出三国·魏·嵇康《嵇中散集·与山巨源绝交书》。

长驱直入

用兵虽然贵神速，亦应形势而决策。
当进必进不踌躇，长驱直入薄弱处。
切切不可盲目动，一旦冒进难止住。
长驱劳累悖兵法，战者必守兵法书。

【提示】

驱：打马前进。一路上跃马加鞭，毫不停留地快速前进。形容进军的顺利。“吾用兵三十余年，及所闻古之善用兵者，未有长驱径入敌围者也。”语出曹操《劳徐晃令》。

长生不老

人生自古谁无死，长生不老乃枉然。
欲求长生而自欺，问卜求仙妄自占。
养生之道唯养心，心静自会神不乱。
身神合一乃康健，轻松快乐度晚年。

【提示】

长生：永远活着。原为道教的话，后也用作对年长者的祝愿语。“天一生水，人同自然，肾为北极之枢，精食万化，滋养百骸，赖以永年而长生不老。”语出《太上纯阳真经·了三得一经》。

长袖善舞

长袖舞姿成蹁跹，随律起舞现美感。
盛世欢乐齐歌舞，歌舞升平耀眼前。
有所凭借处于世，事易成功得其先。
凭借手腕善钻营，长袖善舞得周旋。

【提示】

原来比喻有所凭借，事情容易成功。后来形容有财势、有手腕的人善于钻营。鄙谚曰：“长袖善舞，多钱善贾。”语出《韩非子·五蠹》。

超凡越圣

造诣精深超凡俗，德高望重越圣贤。
博大精深学识深，如同圣人可齐天。
超然物外远尘世，专心致志为学渊。
置身世外自清静，成就显著再钻研。

【提示】

凡：指凡人，即普通人。超过了凡人，胜过了圣人。形容造诣精深。“所以道超凡越圣，出生离死，离因离果，超毗卢，起释迦，不被凡圣因果所谩。”语出宋·释道原《景德传灯录·卷十八·福州玄沙宗一大师》。

晨钟暮鼓

朝钟暮鼓示光阴，明月浮云不挂情。
自作操守无孤寂，木鱼敲得梁上声。
但闻晨钟暮鼓响，人世无常守青灯。
清秋时节逢霜降，朝暮相守浴秋风。

【提示】

寺庙中用以报时的早晚钟鼓。清晨钟声报晨，傍晚以鼓声报晚，二者合称为晨钟暮鼓。“但见丹霞翠壁远近映楼阁，晨钟暮鼓杳谒罗樯幢。”后用以形容僧尼的孤寂生活。也用以比喻令人警悟的话。语出唐·杜甫《游龙门奉先寺》。

成败利钝

成败皆为天下事，不可以此论英雄。
利器乘势如破竹，钝器无刃在于重。
鞠躬尽瘁死后已，天意不昭难相承。
成破利害悟得清，地利人和在利用。

【提示】

利：锋利，顺利；钝：无刃不锋利。成功，失败；顺利，困难。指事物的结果好与坏。“臣鞠躬尽瘁，死而后已，至于成败利钝，非臣之明所能逆睹也。”语出诸葛亮《后出师表》。

成竹在胸

成事必须细思量，思想当欲事之先。
心有城府神不慌，泰然处之顺其然。
做事犹如画青竹，成竹在胸笔不繁。
笔墨酣畅淋漓致，一气呵成气贯穿。

【提示】

成竹：现成的、完整的竹子。比喻处理事情心里先有主意，有成算。“与可画竹时，心中有成竹。”语出宋·苏轼《文与可画筼筜谷偃竹记》。

乘车戴笠

君乘华车我戴笠，他日相逢下车揖。
君担簦而我跨马，他日相逢仍不弃。
挚友相处无贵贱，酒肉朋友一朝夕。
人生难逢一知己，贫富贵贱皆可期。

【提示】

笠：即笠帽，用竹箬或棕皮编成的一种帽子。古代有柄的笠，类似雨伞。比喻友情深厚，不因贫贱富贵而改变。语出《越谣歌》。

乘坚策肥

乘坚策肥显富贵，履丝曳缟服华丽。
脑满肠肥享清福，不知财富如何计。
有道富贵不可淫，富而不贵妄自立。
财富源自劳而获，不劳而获何道理？

【提示】

坚：指坚固的车子；策：鞭打；肥：指肥壮的马。乘着华丽的坚车，鞭打着肥壮的马。形容高官，富商的豪华生活。语出《汉书·食货志》。

乘人之危

谋事杀良黑心肝，乘人之危非人也。
落井下石小人为，要挟侵害自称爷。
人事原本无定数，灾祸福祉常相携。
天灾病业不可知，君子小人正与邪。

【提示】

乘：趁，因；危：危难。趁别人有危难的时候，去要挟、侵害人家。“谋士杀良，非忠也；乘人之危，非仁也。”语出《后汉书·盖勋传》。

乘兴而来

夜雪初霁忽想友，便夜乘车经宿址。
造门不出故而返，不见故人情不止。
人情世故多变换，不期而至何可知。
不遇亦不扫其兴，来日再会叙心志。

【提示】

乘兴：趁一时的高兴。原来是说趁当时的高兴来的。现在多指高高兴兴地来到。“本乘兴而来，兴尽而返，何必见安道耶?”语出《晋书·王羲之传》。

惩羹吹齑

惩于羹者而吹齑，杯弓蛇影心戒忌。
一朝蛇咬怕井绳，故存疑虑而心悸。
客观事物有规律，性质不同需分析。
一概而论不可取，为事教条不实际。

【提示】

惩：警戒；羹：五味调和的浓汁，这里指热的羹汤；齑：细切的冷食肉菜。被热羹烫过的人，心怀戒惧，吃冷食肉菜也要吹一下。比喻遇事小心过甚。语出《楚辞·九章·惜诵》。

痴人说梦

僧伽龙朔游江淮，问之尊者为何姓。
答曰吾乃独姓拙，李邕作碑痴人梦。
痴人说梦多匪夷，荒诞不经妄自蒙。
胡言乱语不由衷，如同春叶逾秋风。

【提示】

痴：傻。本来是说，对痴人说梦话而痴人信以为真。后来用作讽刺人凭荒唐的妄想说胡话。语出宋·惠洪《冷斋夜话卷九·痴人说梦梦中说梦》。

持盈保泰

每居卑而推功思，虽处泰安而滋恭。
富贵极盛持谨慎，免于灾祸不损功。
谦者皆知极必反，持盈保泰安其行。
成就艰辛如走丸，保业更是难为赢。

【提示】

盈：盛满；泰：平安。保守已成的事业，保持安定。指在富贵极盛时期告诫自己要谨慎，以免招祸。“每居卑而推功，虽处泰而滋恭者，谦人也。”语出《晋书·乐志》。

尺幅万里

方寸之中见山河，方幅之中见天地。
万里之遥尺扇面，一览无遗尽收集。
书画不在幅大小，意境寓理为第一。
子良文才善书画，区区方纸达千里。

【提示】

幅：布帛的宽度，引申为书画或地面的广狭；尺幅：指一尺见方的画幅，亦称斗方。形容图画虽小，可是概括力极强，寓意很深。语出《南史·意陵文宣王子良传》。

齿亡舌存

刚者易折不易弯，柔者易弯不易折。
两者合一刚柔济，齿刚舌柔正合辙。
夫舌之存因其柔，夫齿而亡不耐磕。
刚柔配合可成嚼，天下之事合其说。

【提示】

亡：不存在。牙齿不在了，舌头还存在。比喻刚性易折，柔性难毁。旧时用以宣扬消极退让，保全自己的处世哲学。语出汉·刘向《说苑·敬慎》。

赤膊上阵

许褚性起坦赤膊，赤膊上阵战马超。
此乃军中一虎将，猛冲猛杀发威彪。
战事策略应当先，单凭勇猛不尽效。
有勇有谋两双全，运筹帷幄作智谋。

【提示】

赤膊：不穿上衣，这里指不穿盔甲。不穿上衣去打仗。比喻不顾一切地猛打猛冲的作风。有时比喻不讲策略、毫无掩护地进行战斗。现在也比喻敌人公开跳出来干坏事。语出《三国演义》。

赤手空拳

赤手空拳无杖械，全凭自身本领强。
武松打虎井阳冈，英雄美名天下扬。
白手起家如空拳，全凭智慧与眼光。
从无到有如滴水，从小做大积城墙。

【提示】

赤：空无所有。原指搏斗或作战时手中不拿武器。也比喻空无所有或毫无凭借。“可怜我赤手空拳，望将觑方便。”语出《元曲选·无名氏〈争报恩〉四》。

宠辱不惊

得与失者皆度外，非劳所得多不吉。
得之若喜失则悲，宠之若惊辱心疑。
宠辱不惊心泰然，修养到位承其意。
人品来自于修炼，不为名利得安逸。

【提示】

宠：荣耀。无论受宠或受辱都不惊动，即把得失置之度外。“初，承庆典选，校百官考。有坐漕舟溺者，承庆以‘失所载，考中下’。以示其人，无愠也。更曰：‘非力所及，考中中’，亦不喜。承庆嘉之曰：‘宠辱不惊，考中上’”。语出《新唐书·卢承庆传》。

踌躇满志

提刀而立目四顾，心满意足而自得。
踌躇满志迈方步，不为其事只寻乐。
市上人前多徘徊，以示地位之高卓。
不知天外亦有天，岂知世上多显赫。

【提示】

踌躇：从容自得的样子。形容心满意足，不可一世的姿态。庄子曰："提刀而立，为之四顾，为之踌躇满志。"语出《庄子·养生主》。

出尔反尔

君子一言如九鼎，驷马奋起追不及。
小人戚戚常无信，出尔反尔乱其意。
朝三暮四无定数，翻来覆去难自已。
举棋不定多悔棋，如此行事何可依？

【提示】

尔：你。原意是你怎样对待人家，人家就怎样对待你。今多用来指自己说了或做了后，又自己反悔。比喻言行前后矛盾，反复无常。语出《孟子·梁惠王下》。

出乖露丑

自做乖巧惹人笑，出言不巧反成拙。
凭空出乖何其丑，如同貌丑弄俏作。
出乖露丑现愚笨，弄巧成拙被自摔。
画虎不成反类犬，犬无栖所何处待。

【提示】

乖：荒谬的，不合理的。形容在众人面前出丑。“认恁地出乖露丑，泼水再难收。”语出《董解元西厢》卷六。

出口成章

文才渊博如东坡，口才犀利如诸葛。
机敏犹如司马光，才学广博如沈括。
舜二瞳子而重明，事为法度言承贺。
旷世奇才世瑰宝，屈指可数有几个？

【提示】

话出口就成文章。形容文思敏捷，口才流利，学问渊博。“舜二瞳子，是谓重明，做事成法，出言成章。”语出《淮南子·脩务训》。

出奇制胜

兵贵出奇而制胜，人以策略而谋生。
善出奇者无常律，虚虚实实难看清。
攻其不备出奇兵，一举成功士气盛。
天下诸事自有序，出奇制胜得其成。

【提示】

奇：奇兵，使敌人意想不到地突然出现军队；制胜：取胜。原意是说，用奇兵或奇计互相配合，变化运用，使敌人无法估计，战胜敌人。现在也指用别人意想不到的策略来取胜。语出《孙子·势篇》。

出神入化

艺术境界如神潭，意境妙化不平凡。
脱俗高雅自清律，心神合一笔不繁。
为求意境深思虑，胸有成竹一挥间。
天赋使人多灵气，谬求不得反酿烦。

【提示】

神：神妙；化：化境，极高超的境界。形容文学、艺术水平达到了非常高超的境界。诗、文、画及音乐所追求的皆以高超的境界为创作的目的。所谓的意在笔先即为求其意境而苦思冥想。

出生入死

生卒乃是两道关，此乃人生两极端。
出生固然当喜庆，入死亦是遵自然。
出生入死战沙场，将死于战文死谏。
人生百年皆一死，为国尽忠乃心甘。

【提示】

始者谓之初，卒者谓之入。语意原指从出生到死去。后来形容冒生命危险，随时有死亡的可能。语出《老子》五十章及宋·孙光宪《北梦琐言逸文》卷二。

出水芙蓉

小荷出水初露青，出于污泥而自清。
清新透彻如甘露，花叶美丽女儿情。
天生丽质无雕痕，清秀纯洁乃天成。
水清叶茂绿成荫，水中莲花称芙蓉。

【提示】

芙蓉：荷花。刚长出水面的荷花。原来比喻诗写得清新。后比喻女性的美丽。语出南朝·梁·钟嵘《诗品》。

楚弓楚得

楚王失弓下人找，王止下人莫徒劳。
天下楚人为一家，缘何谬分根与梢。
吾失彼得无所谓，或得或失勿追讨。
肥水不流外人田，自家之人无多少。

【提示】

比喻自己家的东西虽然丢失了，而捡取者却不是外人，仍在自家手中，何必徒劳去找。语出《孔子家语·好生》。

初写黄庭

黄庭道家一部经，晋人小楷书法精。
后以黄庭论书法，优劣以其为准绳。
为人为事应就班，以诚待人合人情。
不盈不亏两相合，恰到好处守中庸。

【提示】

黄庭：道家经典《黄庭经》，晋人有《黄庭经》小楷书帖。旧时评论书法有“初写黄庭，恰到好处”的成语。后来就用“初写黄庭”比喻做事恰到好处。

楚囚对泣

人生多灾亦多难，灾难面前意志坚。
楚囚无能枉对泣，英雄有泪不轻弹。
面对风险不退缩，面对困难腰不弯。
直面人生大无畏，不惧灾祸勇闯关。

【提示】

楚囚：本指春秋时被俘到晋国的楚国人钟仪，后用以比喻处境窘迫的人。处境窘迫的人相对而哭。用来比喻在国破家亡时或其他恶劣环境下含悲忍受，束手无策。语出《世说新语·言语》。

楚人对泣

国破山河在，物是家却非。
感时花溅泪，鸟兽亦伤悲。
夜来风雨声，花落付流水。
楚人相对泣，不知奈何为。

【提示】

面对灾难不畏惧，好男儿心中意志坚，誓将噩运为泥丸。为国甘心献出生命，为家双肩撑起天，面对千难万险，抖擞精神去迎战！困难面前挺直腰，即使有泪也不轻弹。

穿云裂石

东坡乐府水龙吟，言之有人吹铁笛。
嘹然穿云裂石声，此乃可称天下奇。
凤鸣龙吟震天地，凡人不可解其意。
此声致远如狮吼，铁笛之声达东西。

【提示】

形容声音之响亮，冲上云霄，震开石头。一般形容声音高亢嘹亮。语出宋·苏轼《东彼乐府·〈水龙吟〉序》。

穿凿附会

经典义理事无穷，以故解释以传疏。
云者牵强谬附会，东拼西凑妄作注。
经典之著义理深，不可随意妄自树。
治学作注贵严谨，岂可将羊说成猪。

【提示】

穿凿：把讲不通的硬要讲通；附会：把不相干的事拉在一起。生拉硬扯，勉强凑合。语出宋·洪迈《容斋续笔·卷二·义理之说无穷》。

创巨痛深

创得深重痛其心，日久天长难痊愈。
巨伤痛深号穷旻，翻来覆去难自语。
痛定思痛当为戒，以免再次复遭遇。
伤得深而悟得深，创巨痛深受教育。

【提示】

创：创伤。伤口很大，疼痛得很厉害。比喻遭受重大损害。语出《荀子·礼论》及唐·柳宗元《河东先生集·寿州安丰县孝门铭》。

春风得意

春风吹得柳条青，大地苏醒阳气升。
骑马观光人惬意，阅尽春色花草盛。
进士及第喜临门，光宗耀祖官运通。
春风得意上青云，笑容满面如春风。

【提示】

春风：适宜草木生长的和风。比喻喜气或恩惠。旧时就用“春风得意”指称进士及第。现在多用来形容人做事如意，兴奋踊跃。语出唐·孟郊《孟东野诗集·登科后》。

春风化雨

春风化雨师教诲，终生不逾作教育。
待到桃李满天下，良师益友情相系。
管仲不为可春风，不能时雨而及欲。
自叹自责诲自心，可谓贤达难知遇。

【提示】

指能滋养万物的风和雨。比喻良好教育的普遍深入。也常用来称颂师长的教诲。语出汉·刘向《说范·贵德》。

春华秋实

不见春华无秋实，不得知识难成器。
勿因懈怠而贻误，忘却家承无以继。
德才来于苦自砥，文采来自岁月积。
文才德行双具备，春华秋实人济济。

【提示】

华：花。春天开花秋天结果。旧时比喻文采和德行。春华秋实乃天由，广种薄收是为求。人随天律合其事，谬之必将酿自愁。语出《三国志·魏志·邢顺传》。

春兰秋菊

春兰秋菊各所长，应时而发供欣赏。
其美不同各自新，其味各异多芳香。
兰菊誉称君子卉，其性悠然品端庄。
长无类兮而终古，各自秀兮而丽装。

【提示】

比喻各有专长，就像春天的兰草、秋天的菊花各有其美一样。春季幽兰花盛开，清香典雅暗自来。秋至渐寒露成霜，黄花盛放竞向怀。语出《楚辞·九歌·礼魂》。

春露秋霜

春秋之际祭祖先，凄怆之情心苦寒。
春雨露儒怵惕心，恩泽至深泪衣沾。
夏成露水秋成霜，两者不同因冷暖。
情愫时令亦相似，春露秋霜合自然。

【提示】

原指子孙在春秋两季因感于时令而祭祀祖先。也比喻恩泽和威严。春露秋霜应时节，花开花落自有谒。莫道天之无情意，人和天承同相偕。语出《礼记·祭义》及《北史·哀翻传》。

春秋笔法

无法不具矩与系，有法可成规范书。
春秋笔法意褒贬，微言大义春秋注。
蜂腰鹤膝嘲希逸，春蚓秋蛇病于疏。
子云近世擅江表，字字行行若蚓出。

【提示】

古人以为孔丘修订史书《春秋》，注意笔削褒贬，含有“微言大义”。后因称文笔曲折而意含褒贬的文字为“春秋笔法”。鲁迅《热风·反对含泪的批评家》。

唇枪舌剑

以唇为枪舌为剑，针锋相对剑与枪。
言辞激烈互对抗，各守阵脚不相让。
唇亡暴齿两不全，齿伤唇亦无其恙。
舌伤故而难自控，唇枪舌剑而自伤。

【提示】

嘴唇像枪，舌头像剑。形容辩论时言辞激烈，针锋相对。“使心猿意马，逞舌剑唇枪。”语出《元曲选·武汉〈玉壶春〉二》。

刺刺不修

刺刺不修谔谔语，直言相对事可清。
言之无物理不端，刺而妄谈何以赢。
心猿意马不自主，词不达意妄自生。
语无伦次话颠倒，喋喋不休难守静。

【提示】

刺刺：多话的样子。谔谔：直言争辩的样子。形容话多，说个不停。“丁宁顾婢子，语刺刺不能休。”语出唐·韩愈《昌黎先生集·送殷员外序》。

聪明才智

听觉灵敏思想清，视觉敏锐心清明。
观察理解通其理，心有灵犀一点通。
才学八斗多自谦，智慧过人不自命。
聪明才智亦知己，能力非凡事可兴。

【提示】

聪：听觉灵敏；明：视觉敏锐。泛指人们在实践中获得的观察、理解、改造客观事物的能力。语出北齐·颜之推《颜氏家训·治家》。

从善如登

从善如登天，其为何其难。
历尽沧桑路，修得一点点。
从恶如崩冰，轰然一瞬间。
耗尽终生累，转眼化灰烟。

【提示】

从：顺从；登：升高。顺从好的就像登高一样。比喻学好不容易，要花费力气。学坏很容易，不需花费功夫。语出《国语·周语下》即“从善如登，从恶如崩”。

粗枝大叶

粗枝大叶难为事，纹理不佳思不清。
源自心神不守矩，心不在焉乱敲钟。
六朝时人文字精，书之法度勤于功。
为文如同秀绣锦，细致不腻浑圆成。

【提示】

原比喻简略或概括。现多指做事不细致、不认真，不研究事物各方面的具体情况。“书序不是孔安国做，汉文粗枝大叶。”语出宋·朱熹《朱子语录》。

错彩镂金

谢诗犹如水芙蓉，秀丽通灵如清风。
文采华丽不落俗，一代诗文而堪称。
颜诗犹如彩镂金，精雕细刻构思精。
功到技巧世罕见，谢颜之诗各意境。

【提示】

错：涂饰；镂：刻。涂绘五色，雕刻金银，装饰得十分工丽。形容文学作品辞藻绚烂。“谢（灵运）诗如芙蓉出水，颜（延之）如错彩镂金。”语出南朝·梁·钟嵘《诗品》。

措置裕如

为事措置不急躁，有条不紊而自行。
应事裕如成其习，千头万绪理得清。
从容不迫心不乱，轻重缓急顺其应。
事物大小全面观，措置裕如促成功。

【提示】

措置：安排，料理；裕如：宽缓地。形容处理事情从容不迫，不费力气，却完成得很好。

才疏学浅

才疏学浅乃谦辞，才学过人不自傲。
谦虚谨慎自修养，学以致用为报效。
人才乃是宝中宝，德才兼备之人少。
一心一意为家国，国强民富心昭昭。

【提示】

疏：空虚，浅薄。才学空虚浅薄。此成语多为谦虚之辞，意为自己学识浅薄不足承担某种重任。凡是有才学并谦虚谨慎的人，皆可称为贤良之材。这种有道德风尚的人才是国家难得的第一财富。一个国家、一个民族的繁荣兴旺都离不开人才的因素。有了人才就意味着有了发展的底气，才能使各项事业取得突飞猛进地发展，所以，人才历来都被国家所重视。所谓人才，即是不但具有很高的学识和很高的道德修养的人，更重要的是具有一颗热爱家国的赤子之心，也就是德才兼备的人。有了这样的人才为基础，再加之全体国民的共同奋斗，才能达到兴国安邦的目的。

采薪之忧

采薪即打柴，病者尤难为。
引申为婉辞，不朝以推诿。
采薪之忧喻，言病不能遂。
实则不直言，心中存忌讳。

【提示】

采薪：打柴。“有采薪之忧，不能造朝。”朱熹集注：“采薪之忧，言病不能采薪。”后来用作自称有病的婉辞。古时在朝中为官者，都会处于忠奸环境之中，有的人为了确保自身不被卷入逆流之中，又无力抵制邪恶势力，大都采取“采薪之忧”的托词，以保安全。这种行为多出自无奈之举，虽然消极，但却可保全自身和家小。因此，很多有才干的士大夫，都用此招来应对朝中的恶势力。语出《孟子·公孙丑下》。

餐风饮露

行路多辛苦，餐风饮露宿。
昼夜不停歇，兼程赶其路。
缘何如此急？边塞狼烟出。
敌情促紧迫，因此而急步。

【提示】

风餐：形容吃的是风，意思是因为急行军，没有吃饭的时间或者无饭可吃的情形，喝的是露水，住的是旷野。总之，形容昼夜兼程的辛苦。这种情况是军旅中常有的事情。行军打仗，争取时间是兵法的重要内容之一，凡是领兵作战的将领都深谙此道。平时工作中争分夺秒的为事方法，虽然远不及急行军之艰苦，但是抢在时间前面就能获得胜利，即是被广为承认的客观规律。所以，有“时间就是金钱”之说。

残杯冷炙

残羹剩饭杯狼藉，扬长而去喷酒气。
如此作为事有因，他人有事求其力。
手握权力身价升，花天酒地肆无忌。
若此妄为走下去，必将受惩严法纪。

【提示】

炙：烤肉。残余的酒食。北齐·颜之推《颜氏家训·杂艺》：“不可令有称誉，见役勋贵，处之下坐，以取残杯冷炙之辱。”这则家训即告诫子孙们，不可由于妄求勋贵而将自身做人的尊严丢掉。此话虽然出自旧时代却具有其现实意义，它告诫人们要有自尊、自律、自爱和自强的人格。不可以因求荣而出卖人格，更不可以卖国求荣去巴结权贵。凡人者，无论穷富都要以气节为重，这是做人起码的要求，也是人生是否“干净”的重要标志。

残山剩水家国难，碣石开处见凄凉。
山河破碎惨淡间，白鸥不落田亩荒。
大好河山遭践踏，铁蹄蹂躏民遭殃。
奋起抗战烽火起，雄鸡一唱亮东方。

【提示】

即残破的山河。比喻亡国或经过战乱以后的土地景象。明·夏文彦《图绘宝鉴》卷六：“郭文通，永嘉人，善山水，布置茂密，长陵最爱之。有言马远、夏圭者，辄斥曰：是残山剩水，宋偏安之物也。”现代历史记载，自从九一八事变，日本发动全面侵华战争后，中国的大好河山被侵略者的铁蹄所践踏，致使中国民众惨遭涂炭，为了保家卫国，全体中国人民奋起抗战，历经十四年的浴血奋战，终于取得了最后的胜利，拯救了大好河山，并以自立、自强的精神，重建了家园，进而跃居强国的行列。

残渣余孽

社会蛀虫为余孽，危害之大必打击。
出击重拳手不软，穷追猛打追到底。
不获全胜不收兵，时时防备再萌起。
社会渣滓扰民生，残渣余孽尽清洗。

【提示】

孽：妖孽，一般用以指代坏人。比喻被推翻后的旧政权遗留下来的反动分子和社会渣滓。经验证明，每当改朝换代都会留下或多或少的旧官僚或旧势力，这些贼心不死的人，常常会兴风作浪，他们虽然难逃制裁，却会造成一定的影响。另有一些不三不四的社会渣滓，常常构成扰乱社会的种种麻烦。对这些坏人必须施以法律的手段加以严惩，及时予以重拳出击，彻底粉碎他们的阴谋诡计，以确保人民生命财产和社会的和谐安宁。

蚕食鲸吞

蚕食桑叶逐渐进，鲸食猎物一口吞。
无论方法意如何，皆以侵食壮其身。
动物掠食行不同，人类贪心则同因。
蚕食鲸吞获赃财，不义之财将闹心！

【提示】

蚕食：蚕吃桑叶，比喻逐渐侵占；鲸吞：鲸吃东西一口吞下，比喻一举全部侵占。指不同的侵略行为。无论哪种侵略行为，都是违反人类准则的不正当行为。无论以何种理由侵占他人的利益，都是违法的行径。人与人之间、国与国之间都应保持和谐相处的态势，任何侵略行为都是违反法律的举动。以强权肆意抢占他人的国土都被视为反人类的行为，为利益而发动的侵略战争都是不顾正义和无视法理约束的结果。这种侵略战争，不但促使遭受侵略的国家和人民英勇反抗，也为全人类所不耻。

惨不忍睹

惨不忍睹不敢看，悲惨至极惨人寰。
惨不忍闻不敢听，不寒而栗心胆寒。
冷兵时代多发生，一次坑杀几十万。
黄土之下埋白骨，血流成河几道弯。

【提示】

睹：看。意思是悲惨得不忍看下去或不忍听下去。形容事件或战争杀人如麻的悲惨情景。“惨不忍睹”与“惨不忍闻”这两个成语意思相近似，其意都是表示事情太残酷，不忍心看或听的意思。从古至今，凡是战争都是杀人的机器。特别是冷兵器时代的战争，为了消灭对方的有生力量，胜者对战俘多以坑杀为手段，用以对被俘兵士的杀戮。例如，战国时期，秦国大将白起在与赵国的长平之战得胜后，为了削弱赵国的军事力量，一次竟坑杀活埋了赵国俘虏四十余万人，成为冷兵器时代杀人数量之最。

惨绝人寰

惨绝坏人寰，无道酿世乱。
人间多苦难，最惨杀戮繁。
狠毒无人性，暴虐害忠贤。
商纣炮烙人，人间地狱现。

【提示】

人寰：人世。惨：狠毒、残暴。“惨绝人寰”与“惨无人道”语意相近似，都比喻人世上再没有那样惨的了，或比喻残暴得灭绝人性，极端的狠毒、残暴。商朝的末代君主商纣王，是历史上有名的暴君。在他罪恶的一生中不知杀害了多少无辜平民和忠良之士。所谓的“酒池肉林”即是他骄奢淫逸的真实写照，由他发明的“炮烙”刑具，其残忍程度骇人听闻、惨绝人寰！民众怨恨至极，终被周武王所灭。

沧海遗珠

海水养贝类，贝里生珍珠。
采珠不以尽，遗漏失其主。
世上人济济，难于求所属。
无端被埋没，可惜不得出。

【提示】

意思是大海里的珍珠被采珠者所遗漏。比喻埋没人才或被埋没的人才。这个成语用比喻的方式，以珍珠比人才，又用采珠者的遗漏而导致好珍珠不能出水为用。采珠人，则被喻为用人的为官者。人才被埋没虽然有很多原因，其中最主要的则是要有慧眼识珠人的发现和推荐。中国士大夫阶层的人，多具有不同程度的清高思想，因此，常常表现出愤世嫉俗的性格特征，这也是造成被埋没的原因之一。俗话说“是种子总要发芽”这句话只说对了一半儿，另一半儿则是客观条件是否能促成发芽，进而茁壮成长。否则必将造成“沧海遗珠”的遗憾。

藏垢纳污

藏垢纳污脏东西，隐瞒包藏坏其事。
包庇掩护纵作歹，同流合污乱于世。
海纳百川山薮疾，本质不同无可似。
是非曲直要分清，一概而论悖事实。

【提示】

垢：肮脏东西。比喻包容坏人坏事。《左传·宣十五年》："高下在心，川泽纳污，山薮藏疾……"鲁迅《且介亭杂文末编·女吊》："会稽乃报仇雪耻之乡，非藏垢纳污之地！"包庇纵容坏人干犯法的事，与犯法人同罪。法律不允许包庇罪犯，这是法律铁面无私的执法原则，任何有包庇罪犯的行为，都要承担相应的法律责任，这也充分体现出法律的严肃性。

藏龙卧虎

人杰地灵风水好，藏龙卧虎人才足。
尚未发现自历练，等待时机出世图。
一方水土一方人，向阳门第得沃土。
植根深厚枝叶茂，育得果实累累出。

【提示】

旧时比喻隐藏的未被发现的人才。意思是借用龙、虎比喻人才，用藏、卧比喻没有被发现。旧时代指有才能的所谓隐士，这种有才能的人，由于各种原因不愿出世而隐居于山林或偏僻之处，过着几乎与世隔绝的闲适生活。不出世，并非不想出世为官，而是出于不得已，等待时机成熟。著名的诸葛亮便是这种人才的典型，他长时间隐居在卧龙岗山村，直到刘备三顾茅庐、再三请求才出世辅佐其大业。

藏器待时

身怀才能如利器，等待时机备应用。
君子藏器在知识，适时而发藏心中。
蓄势待发练本领，才学识务合成综。
一旦时机得施展，以图事业获成功。

【提示】

藏：储藏；器：才能。比喻学好本领，等待施展的时机。凡是有远大志向、有才能的人，不但有苦学知识和刻苦磨砺的精神，更具备审时度势的才干，而且具备隐忍的处世胸怀。具备这些优点的人，犹如具备藏之于身的利器，一旦时机成熟便可做出一番大事业。“艺高人胆大”虽然着重于武行的话，但也印证着“藏器待时”的客观道理。

藏头露尾

遮遮掩掩做，鬼鬼祟祟多。
不敢昼之行，只能夜取索。
盗者多诡计，心里亦哆嗦。
藏头露尾巴，行迹多出辙。

【提示】

形容遮遮掩掩，心里害怕露出马脚。俗话说：“若想人不知，除非己莫为。”一语道出凡是做坏事的人，心里总是忐忑不安，其言行多鬼祟，惶惶不可终日。这种有小伎俩的坏人与出卖良心做伤天害理大坏事的坏人，有其心理的区别，这种人多以图小利而为非作歹，而那种作恶多端，失去良知的坏人却以危害国家利益而大行不义之道，多有祸国殃民的罪行。

藏之名山，传之其人

凭其才智著大作，藏置深山待后人。
志同道合难求遇，只好藏之寄他身。
但愿日后逢知己，了此残生安我心。
何以如此不问世？只缘今世无可钦。

【提示】

藏：收存，收藏；传：传给；其人：那个人，指跟自己心意相通的人。意思是把著作收藏在名山里，留着传给志同道合的人。这种想法多出于由于自己的思想观念与现实社会发生不协调，又找不到志趣相投的人共同切磋，从而产生孤独发奋著书的念头，待书成后，又无人可以寄托，只好束之高阁以待后用。这种情况多发生在旧时代的士大夫阶层中，由于他们的思想观念不被采纳或重视，往往就以著书立说的方式，幻想并寄托于后来与自己志同道合的人相用。这种做法是否妥当，要看其著作的内容方可加以认定，不可随意褒贬。语出汉·司马迁《报任少卿书》：“仆成以作此书，藏之名山，传之其人，通邑大都，则仆偿前辱之责。”

操必胜之券

稳操胜算在于智，计上心头为事情。
为人处世多机智，运指如飞记忆深。
十有八九可得胜，再添一筹获全胜。
如同证券即对现，稳操胜券事乃兴。

【提示】

操：拿在手里，掌握，控制；券：契约，票证。意思是手里掌握着一定能兑现的票据。比喻所办事情有一定成功的把握。这是一种为事者求胜的心理意识，有了这种意识去运作事情，可以大大增强取胜的信心。但是，却要依靠智慧的计算，再得出切实可行的方法去运作，才能增加胜的可靠性，不然会因为过于自信而反受其累。所谓的“必胜”是因为事先具备获胜的条件作为根据，这个条件就是“知己知彼”，只有这样才能取胜。

操刀必割

做事犹如操刀者，当机立断亦及时。
事过境迁失机会，悔之不及难成事。
日中必熭刀必割，操刀不割期将失。
做事切莫妄犹豫，如若不然难以施。

【提示】

操：拿。意思是手里拿着刀就一定要割东西。比喻做事要及时。这是做事应该遵守的规律，凡事者，都要求及时行动，不可拖泥带水地慢慢腾腾，否则可能会失去成事的良机。俗话说：“机不可失，失不再来。”即印证了这个道理。语出《贾子新书·宗首》：“黄帝曰：‘日中必熭，操刀必割。’”《资治通鉴·汉纪·文帝前六年》胡三省注引臣瓒曰：“太公曰：‘日中不彗，是谓失时；操刀不割，是谓失利之期。’言当及时也。”

操之过急

四平八稳为其事，胸有成竹得章法。
按部就班巧构思，一气呵成无偏差。
为文为事皆其理，顺理方可成芳华。
情急使之心难稳，操之过急事不佳。

【提示】

操：持。形容办事情太急躁。一切事物都要遵循其理而行事，不同的事物其理各异，有的要求雷厉风行；有的要求循规蹈矩；有的要求循序渐进；有的要求深思熟虑；有的则要求稳中求进……总之，应根据事情的不同性质施以方法。任何不符合事物客观规律的做法都是悖理的表现，其结果必然导致事倍功半或以失败而告终。“操之过急”的做法，就是违反事理的表现之一。语出《汉书·五行志中之下》。

草菅人命

视人命如同野草，面对生命任宰割。
施霸权妄杀无辜，以其暴政载史册。
秦短命因施酷吏，害民甚犹如毒蛇。
以文治可兴天下，依法治国乃上策。

【提示】

草菅：野草。把人命视若野草一样轻微。指旧时代统治者的残暴行为。翻开厚重的中国历史，不难发现，凡是以暴政治国的朝代都是短命的朝代。最显著的例子就是秦朝。众所周知，秦国励精图治，经历几百年的养息求强，传至秦王嬴政时，由于前朝经过商鞅变法才逐渐强盛起来，终于在公元前二百二十一年，在嬴政时期一举灭掉其他六国，而建立了中国历史上第一个统一的大帝国，嬴政坐上了宝座并自命为始皇帝（秦始皇）。这个帝国之所以能诞生，其根基应上溯到秦穆公时代，后历经三十几代的积累才得以完成。但是却由于施行暴政而毁于一旦。“野菅人命”就是暴政的具体体现。语出《汉书·贾谊传》：“其视杀人，若艾草菅然。”

草木皆兵

神经过敏疑鬼神，极度惊恐乱其心。
风声鹤唳误视听，草木皆兵难自禁。
惜有吴国苻坚王，率兵欲图东晋印。
吴王败阵乱心神，妄将草木当晋军。

【提示】

意思是一草一木都像是兵一样。成语“草木皆兵”与“疑神疑鬼”的意思相近，都是形容心神不安的心理表现。其原因都是由于所遇到的事情或所处的环境给心理造成压力后，促使感官失调的结果。语出《晋书·苻坚载记》记载：公元383年，苻坚率军南下，攻打东晋，看见东晋军队布阵整齐，“望八公山上，草木皆类人形”，非常惧怕。后来就用“草木皆兵”形容人在极度惊恐时，由于神经过敏，发生错觉，稍有一点动静，就非常紧张。

草率收兵

未获全胜即收兵，敌人喘息卷土来。
匆忙上阵迎反扑，草率收兵反遭害。
但凡做事要彻底，马马虎虎不应该。
潦草从事不可取，半途而废事即衰。

【提示】

草率：马虎，潦草。意思是马马虎虎地就收兵了。比喻做工作不负责任，草草了事。这是因为缺乏战术准备而违反兵法的表现。兵法讲战争应一鼓作气地彻底打垮敌人的有生力量，使之再没有还手反扑的能力。不获全胜决不收兵也是兵家常识性的规则。“草率收兵”即等于给敌人创造了喘息和反扑的机会，犯了兵家之大忌，这样的将领焉能不败乎？平时工作中也要有其责任心，不可马虎从事，只有认真负责才能把工作做好。

侧目而视

侧目即斜视，不敢正眼看。
缘何以为此？敬畏心胆战。
重足不敢动，低头瞟视线。
才人武则天，初见圣容面。

【提示】

侧目：斜着眼睛。意思是斜着眼睛看人，不敢正视。形容敬畏的情态。唐太宗李世民下圣旨昭武则天以才人身份进宫。当年武则天芳龄十四岁，初见圣上胆子很小，心里忐忑不安。进得金碧辉煌的大殿上，跪拜在皇威脚下，既不敢动又不敢看，只能偷偷斜视一下。当皇上寻问她的情况时，她对答如流，从而博得皇上的欢心，遂赐名曰“武媚娘”，小则天不明白《武媚娘》者，乃是民间男女调情之滥调小曲，而欣然接受，因而引得皇上哈哈大笑，欢心不已。遂成为一段趣谈。语出《战国策·秦策一》：“妻侧目而视，侧耳而听。”

参差不齐

山峰有高低，树木繁简形。
草有清香气，花则百媚生。
人有才多寡，官有大小称。
参差多不齐，事物乃天成。

【提示】

即长短高低不齐。世上事物各具其性，长短不齐，高低错落，都是事物个性的显现。只因为有如此之差别，客观世界才可能呈现出多样性。长短高低都是相对而言的事物现象，参差不齐也是事物存在的普遍现象。也就是说若无短则无长，若无高则无低之分别。所以“比较”则成为事物之间一种相互参照的现象。至于何长何短及何高何低，都是比较的结果，并不意味事物本质的区别。“参照”现象可以说比比皆是，如果失去参照，世界便会因没有参照物而处于混乱之中，由此可见参照的重要意义。语出汉·扬雄《法官·序目》：“国君将相，卿士名臣，参差不齐，一概诸圣。”

层出不穷

事无尽头首尾连，无穷无尽没个完。
接连不断重出现，繁杂无序使人烦。
事无大小皆应对，参差不齐各长短。
层出不穷接连连，若想理清实在难。

【提示】

层：重复，接连不断；穷：尽，完。意思是接连不断地出现，没有穷尽。这是因为做事情不得要领的必然结果。何为要领？就是事物的规律。对于同一件事，由于做事的方法或手段不同，会产生完全不同的效果。得要领者，不但会收到事半功倍的效果，而且能得到成功的经验，再遵照经验去做事，就会理清，如此而为，就不会感到因为“层出不穷”而搞乱了自己。

差之毫厘，谬之千里

为文应精准，不可妄自为。
一差谬千里，结果成自悔。
毫厘虽极小，关系却可贵。
谬则将成错，差之在毫厘。

【提示】

差：错误；毫、厘：重量或长度的小单位，即十毫为一厘；谬：差错。意思是开头时错了一点点，结果就会造成很大错误。写文章除了要遵守其规矩外，还要求精准。不然，一开头就出现了认识上的一点点小差错，会殃及全篇。再以射击做比喻，射击的瞄准技术就是要求精准。一旦在描准时出了差错，便会造成成绩不佳甚至脱靶的后果。这就是“差之毫厘，谬之千里”这句话最恰当的注解。语出《汉书·司马迁传》。

插翅难飞

兵临城下成合围，围而不攻待自溃。
水泄不通严防守，粮草殆尽难长卫。
兵贵不战而屈人，是为上策不损亏。
用兵将帅多智慧，插翅难飞自待毙。

【提示】

意思是即使插上翅膀，也难逃出去。比喻难以逃脱。围而不攻，等待孤城粮草断绝而发生内乱时，再施以迅速打击，使乱人无力防守或还击，一举歼灭。这是一种使敌人自乱自溃的有效战术。而“围点打援”，常常与“围而不攻”两者相互配合，使敌人的援兵不可凑接。这种战术的优点是：一为保持自己的实力；二为可以收到打与困的双胜。也是兵法所规定的一种有效的战术手段，所以常被兵家所运用。

查无实据

法治依法而行事，法律着重于证据。

证据确凿施以律，证据不足不可及。

真凭实据为根据，口供证据应合一。

查无实据不可判，依法办案重实际。

【提示】

意思是查究起来，没有确实的根据和证据。此成语常与“事出有因”连用。“法律面前人人平等”是社会公平、公正、公开的具体体现，也是法制社会的重要内涵。这表明，社会上所有的人都会平等地享受到司法的公正待遇，无论什么人只要触犯法律都会受到法律的制裁。这就给广大人民群众提供了可靠的人权保障，也是促进社会发展进步的重要手段。这种以全体公民利益为宗旨的法律，只有在今天才能真正体现出法律的人民性。

茶余饭后

闲暇时间同聚坐，无事闲聊以休憩。
家国诸事皆议论，生活诸事亦相戏。
生活幸福多自由，茶饭无忧心爽气。
茶余饭后兴致高，相互切磋说稀奇。

【提示】

泛指休息闲暇的时间。这是幸福生活的写照，也是衣食无忧、家庭成员或人与人之间亲和力的表现。如今，和谐的社会大环境为幸福生活提供了群众所需的物质与精神的保障，满足了人与人之间心理交流的诉求，从而在茶余饭后得到有益于身心健康的好环境。身处这种和谐氛围之中的人，会倍感幸福。再加之畅所欲言的交流或调侃，既可成为更加和谐的人际间的一条情谊的纽带，又可有寓教于乐的成分，何乐而不为呢?

察察为明

欲温温而性和畅，不欲察察而明切。
对细小而察秋毫，大事面前却智怯。
只苛察微不足道，因其思乱致事斜。
察察为明虽清晰，难统大局而或缺。

【提示】

察察：辨析得清楚，这里指对细小的事情看得很清楚；明：精明。意思是把能够苛察细小的事情当作精明。形容人只苛察小事。对于这个成语应多加思考。因为单从字面上理解好像是褒意，其实是对要小聪明的人持否定的态度。有斤斤计较的意思。具有这种性格的人，在小事情上往往显现出精明，但是遇到大事情时便显现出低能来。俗话说“小不忍则乱大谋”其中就包含这种人的性格。语出《晋书·皇甫谧传》。

察言观色

察其言语观脸色，洞其心思而后做。
察言观色施其行，小心谨慎语不多。
伺机行事多计算，不以妄为乱其说。
为人处世靠心机，确保安身求稳妥。

【提示】

察：细看。观察别人的言语表情。这是一种为确保自身利益的行为，这种以“察言观色”为处事手段的人，虽然不算什么缺点，但也是一种不够大方为人的表现。生活中这种往往被称之为“代代红”的人，还真不在少数。譬如，一个单位的领导一再轮换，他们却可以凭借“察言观色”再次博得新任者的喜欢。可算缺点亦可算优点，究竟应该如何看待，不便妄加评论，那就只好是“仁者见仁，智者见智”了。

豺狼成性

豺狼以肉为其食，获肉势必靠杀戮。
如若无物可捕捉，势因饥饿而命涂。
人者虽然无差别，心思却是多显著。
坏人多具豺狼性，狠毒远较兽性毒。

【提示】

豺狼：两种凶残的野兽。意思是像豺狼一样凶残成性。豺与狼都是食肉野兽，靠扑杀其他动物而获取食物，以求得自身的繁衍生息。这是大自然的造化促成，并非豺狼的过错。假如豺狼为食草动物，便不会有其杀戮的残忍行为。但是，食肉与食草动物，是构成生物链的重要组成部分，并具有相互制约的平衡作用。所以，对食肉动物的杀戮行为不应当妄论，应该本着求是的精神加以对待。人群中虽然不存在豺狼，却存在豺狼之性的人，就是那些丧心病狂的民族败类。这种披着人皮的豺狼，一旦发难，便会做出比豺狼更加残忍的事来，历史上那些臭名昭著的卖国贼，就是这种为人类所不齿的豺狼之辈。语出唐·骆宾王《骆宾王文集·为徐敬业讨武氏檄》。

豺狼当道

豺狼当道恶，天日俱昏暗。
祸及降人间，黎民遭涂炭。
鱼肉于乡里，百姓哀声叹。
酷吏肆横行，世道酿悲惨。

【提示】

当道：横在路中间。比喻坏人当权，坑害黎民百姓，其苦如黄连，其暗如无日，百姓生活苦不堪言。意思是大权掌握在坏人手里，尽干些伤天害理的勾当，这种丧心病狂的坏人，一旦掌权便可造成贻害无穷的严重后果，从而置民众于水深火热的苦难之中。这些坏人无视国法，无视人道，横行霸道，为所欲为，必将招致民众的强烈反抗，最终都无一例外地被钉在历史的耻辱柱上，遗臭万年！

谄上欺下

谄上欺下行不端，不择手段向上攀。
谄谀取容不知丑，欺世盗名酿祸患。
阿谀奉承为讨好，巴结上司为升官。
一朝得势便弄权，贪赃枉法无青天。

【提示】

谄：讨好，奉承。对上巴结，对下欺压。这是典型的赃官嘴脸。凡是这种人，之所以能得势，都是因为善于“谄上欺下”。这种人善于利用人愿听奉承的弱点而大献殷勤，从而获得上司的青睐，进而获得弄权的机会。这种现象多出现在旧时代那些官运亨通的歹人身上。他们凭借手中的权力大肆侵吞国家财富，对下级或平民百姓亦加以残酷无情的打压和盘剥，从而形成社会上的一股恶势力。

长此以往

长此以往作，习惯成平常。
一成不变化，老守难通畅。
事物守矩系，谬之则不昌。
凡事违规律，长此即变样。

【提示】

意思是要长期地这样下去。变化是客观事实之规则，不可因保守而老生常谈，这是不符合事物发展规律的行为。所谓“长此以往”即是保守不求发展的表现，长此下去，必然导致因缺少新生因子而趋于枯萎。另一含义是指双方长久往来的意思，也是指时间延续的过程。那就要看用在哪方面了，因此用时应多加考虑。譬如“他俩这样长此以往，便逐渐熟悉起来。”这就是表现时间延续的过程。譬如“这样长此以往下去，不知道会有什么结果。”这是表示一成不变的继续或是不置可否以及欲罢不能的心理意识。

“四长”之一

* 长命百岁祝寿语，但愿长寿过百岁。

* 长年累月成积淀，历经岁月以积累。

* 长篇大论语冗长，拖泥带水似而非。

* 长生久视养生笃，耳聪目明面红绯。

【提示】

“长命百岁”祝寿之语，但愿寿命很长，活到一百岁。常用作对婴儿的祝愿语。这是中国传统的民间习俗，常常在银锁上刻上这四个吉祥的字，送给刚出生的婴儿，以示祝福的心愿。“长年累月”：长年：整年，多年；累月：月复一月。形容经过的时间很长。多用在长期出门在外做事情的人。“长篇大论”指冗长的发言和文章。多用于贬义。“长生久视”：久视：不老，耳目不衰。形容长寿。语出《老子》：“长生久视之道。”

“四长”之二

＊长吁短叹三两声，如同无名“金字经”。

＊长夜难明盼天亮，怨恨夜黑无光明。

＊长斋绣佛笃修行，悉愿超度惠来生。

＊长袖善舞好钻营，有所凭借易成功。

【提示】

“长吁短叹”：吁：叹气。长声、短声地叹气。语出《乐府群珠·无名氏〈金字经〉》：“短叹长吁三两声。”“长夜难明”比喻旧时代，世道黑暗得如同长长的黑夜那样，使人难以承受。盼望光明是广大劳苦大众的共同心愿。“长斋绣佛”：长斋：终年吃素；绣佛：刺绣佛像。意思是吃长斋于佛像之前。形容修行信佛。语出唐·杜甫《饮中八仙歌》：“苏晋长斋绣佛前。”“长袖善舞”原来比喻有所凭借，事情容易成功。后来形容有财势、有手腕的人善于钻营。

肠肥脑满

肥头大耳脖子粗，肚子突出似水缸。
四体不勤无事做，步态不稳身摇晃。
好吃懒做讲享受，饭来张口着绸装。
世上竟养多余人，只可填堵累得慌。

【提示】

肠肥：指肚子大，形容身体胖。指由于生活优越，养得肥头大耳的样子。含贬义，多用以形容那种好吃懒做，整天游手好闲无事可做的人。由于四体不勤、五谷不分、只讲享受，把自己养得“肠肥脑满”、肥头大耳，遂成为一个无用的废料。这种人多出身于条件优越的家庭。语出《北齐书·琅讶王俨传》：“琅砑王年少，肠肥脑满，轻为举措。”

常备不懈

平时多练兵，战时即可应。
常备警惕高，出战必打赢。
练就真本领，出奇而制胜。
守若固金汤，战若雷厉行。

【提示】

备：准备，防备；懈：懈怠，放松。经常准备着，毫不松懈。军中常说“平时多出一滴汗，战时少流一滴血”，这句话道出了平时多练兵的重要性。“常备不懈”是兵家的常理，为了能打仗、打胜仗，就要加强平时的练兵举措。而提高警惕，时刻准备应战则是战备必不可少的思想意识。只有这样才能达到保家卫国的目的。

畅所欲言

畅所欲言爽，语重亦心长。
气氛多宽松，说话无忌伤。
尽情说心想，由衷论往常。
集思而广益，为事显高尚。

【提示】

畅：尽情，痛快。意思是发扬民主、“畅所欲言”的工作作风，虚心听取群众的意见，是求得工作顺利进行的有效方法之一。这是民主精神的具体体现，也是我们一贯倡导的工作方针。这种轻松又切实际的工作方法必须建立在平等的基础上，在宽松不拒束的氛围中，使群众既敢于说话又能说出心里的真心话。这样，不但发扬了民主而且可达到集思广益的效果。

超群绝伦

智勇双全功盖世，超群绝伦世无双。
胆量过人造诣深，单枪匹马扫战场。
常山武将赵子龙，白马白袍一杆枪。
史上英雄一武将，英武美名震八方。

【提示】

超：超出；绝：尽，断绝；伦：类，同辈。意为超出同辈和众人，谁也赶不上。《三国志·蜀志·关羽传》：“亮（诸葛亮）知羽护前，乃答之曰：‘孟起（马超）兼资文武，雄烈过人，一世之杰，黥彭之徒，当与益德（张飞）并驱争先，犹未及髯（指关羽）之绝伦逸群也。’”历史上的名将可谓多矣，所谓百战百胜者也只是一个时期的战绩。当老之将至之日，由于身衰气败而不得不败下阵来，即使当年的黄忠或廉颇，虽然老当益壮，但也得解甲归田。但是，他们一生的战绩和威名却永载史册。

超然物外

人间处处呈诱惑，思之不明心难稳。
看破红尘心清明，心安神逸拒凡尘。
花花世界多纷乱，难于守静乱其心。
超然物外心不染，守其心静轻其身。

【提示】

超：超脱；物外：世外。超脱于尘世之外。这是一种逃避现实的处世态度，无疑是不健康心理作祟的结果，是消极的厌世表现，也反映出因懦弱而屈从于命运的摆布。人生于世，需要具备坚强和信心来直面人生，不可以因一时的劫难而毁其信念，这是对为人者最起码的素质要求。若想获得健康的人生，就要有健康的人生观来给予支撑，任何消极的思想和行为，不但不会减轻烦恼，反而会加重其危害。我认为，若想获得健康的人生，只要严守“内”与“外”这两个字就可以达到目的。“内”即指要注重自我养生；“外”即指对身外之物的正确理解和自我的心理意识。具备了这两个字，即可获得快乐的人生。语出宋·叶梦得《石林诗话》。

车殆马烦

日落向西倾，车殆而马烦。
路途之遥远，旅途多艰难。
车马之劳顿，人困多饥寒。
路漫漫遥远，心诚呈强悍。

【提示】

殆：疲乏；烦：烦躁。形容旅途劳顿。古代由于交通不发达，道路多崎岖难走，行远路时，所乘之车皆为两个轮子，由马拉人驾驭，其行走时颠簸在所难免，因此造成旅途上的艰辛。中国古代所用的车子皆是一轴左右各一个车轮，其重心不稳，在这种情况下，无论驾车人或坐车人都倍受颠簸之苦。

车水马龙

车水马龙官府前，门庭若市无休闲。
无官门前可罗雀，破帽过市无人看。
人世冷暖即如此，司空见惯不新鲜。
胜者王侯败者贼，荣华富贵如云烟。

【提示】

即车马往来不绝于门前。形容繁华热闹的景象。有道是“穷在闹市无人问，富在深山有远亲。”一语中的地道出了人与人之间的冷暖关系。大凡人者，都具有趋炎附势的心理，虽然轻重或多少以及表现形式不尽相同，但其性质却都是攀龙附凤的心理在作怪。修养高的人与修养低的人面对有权势的人，虽然在表现上会用不同的方式，但攀高枝儿的行为。这是天性使然，并非人之过错。语出《后汉书·马后纪》：“车如流水，马如游龙。”

车载斗量

数量之多不可数，车载斗量还是多。
量多亦要求质量，质量不佳亦白扯。
事物大小应求质，贪多犹如枉之说。
金银财宝量虽少，价值连城却难得。

【提示】

意思是东西多得可用车装载，粮食多得可以斗量不尽，但是质量却一般。另说才学多得犹如汗牛充栋，却自谦为孤陋寡闻。这些官场之言真是不可思议。语出《三国志·吴志·孙权传》。

彻上彻下

彻上彻下意贯通，贯彻政策有始终。
领会精神施以政，上挂下联相呼应。
彻头彻尾无遗漏，确保政令不走形。
无论大小皆用心，政通人和促世兴。

【提示】

“彻上彻下”与“彻头彻尾”其语意基本相同，都是说做事的方法及应持的态度。彻：贯通。即贯通上下或从头到尾，有始有终地将事物进行到底。语出《论语·子路》。

尘饭涂羹

此乃小儿在游戏，以土为饭涂为羹。
两个囡囡过家家，玩之日晚至暮终。
晨钟暮鼓家人喊，丢下饭羹急匆匆。
满手污垢跑回家，责怪声中将水冲。

【提示】

尘饭：土做的饭；涂：泥；羹：本指五味调和的浓汤，也泛指煮得很浓的食品。比喻没有用的东西。童年是人生最值得回忆的美好时光，也是人生最快乐的一段难忘的经历。每个人的童年虽然不尽相同，但都会记忆犹新。玩泥巴、过家家是童心的显露，也是为今后的生活迈出的第一步，看似儿戏，却寓意着人生的哲理。语出《韩非子·外出说左上》：“婴儿相与戏，以尘为饭，以涂为羹，以木为载胾，然至晚必归饷者，尘饭涂羹，可以戏而不可食也。”

臣门如市

官吏门前多热闹，人来人往难计考。
前呼后拥锣开道，老生常谈以夸耀。
官宦人家庭院深，不知其中少燕鸟。
臣门如市却难进，燕鸟不落拒官僚。

【提示】

臣：封建时代官员自称；市：集市，商场。此成语与“车水马龙”“门庭若市”的语意相近似，都是形容官宦人家门前的热闹场面。旧官僚的住宅前总是聚集着一些有求于为官者的人或者是一些妄想沾点光的人，而攀亲代故更是常用的巴结手段之一，因此使其门前热闹起来。语出《汉书·郑崇传》：“上责崇曰：‘君门如市人，何以欲禁切主上?’崇对曰：‘臣门如市，臣心如水。愿得考复。’”后来就用“臣门如市”形容权贵之家宾客很多。

陈陈相因

陈陈相因粮，囤积多出漏。
发霉不可食，只得任其馊。
因袭守于旧，心将不自由。
事若不革新，难以获成就。

【提示】

陈：旧；因：沿袭。《史记·平准书》："太仓之粟，陈陈相因，充溢露积于外，至腐败不可食。"原来是说当时皇家的粮仓里的粮食，逐年增多，陈粮再加陈粮，以至霉烂得不能食用。后来用"陈陈相因"比喻因袭旧套，没有革新和创造。这本是绕弯说出的语意，但可以从中知道此成语的真正含义和出处。

陈词滥调

陈词滥调多常弹，耳熟能详无新意。
言词老旧多空话，论调空泛无生气。
少说多做求创新，不尚空谈求实际。
广开思路求发展，不倚他人靠自己。

【提示】

陈：旧，不新鲜；滥：空泛。意思是陈旧的言辞，空泛的论调。少说多做，广开思路，以求得改进或创新。避免因袭守旧，老生常谈没有实干巧干的工作作风。凡事都是由旧事物所提供的经验或教训再施以创新，从而促使事物不断发展。只说不干，老调重弹就会成为事物发展的阻碍。

陈规陋习

陈规陋习要斟酌，不可糊涂作接受。
事物因循而发展，墨守成规束其手。
习俗来自平常为，沿用应思其疏陋。
继承发扬合潮流，与时俱进当为首。

【提示】

陋：坏的，不合理的。陈旧、过时的规章制度和不合理的惯例。“一方习俗，一方人”，所谓习俗即是各个不同的地区、各个不同的民族在长期的生活过程中所养成的不同生活习惯。这种习惯会一代代地传承下来，从而形成各具特色的习俗。“陈规陋习”即指那些不合时代要求的或者不合理的一些坏习惯。而陈旧的规章制度和惯例，则涉及现实规章制度或惯例之间不调和的事物。对于过去的习俗、制度和惯例，应本着“取其精华，去其糟粕”的态度对待。

陈言务去

陈词滥调不可取，排除陈旧当务急。
解放思想可创新，新陈代谢焕生机。
老守田园不可取，老生常谈少新意。
事物发展在变化，陈言务去合时宜。

【提示】

陈言：陈旧的言辞；务：务必。意思是陈旧言词一定要去掉。指写作时要排除旧的东西，努力创造、革新。创新、创造是事物发展的必经之路。任何事物都在不断创新和创造中得以发展，以期达到更加完善的目的。写作更应该遵循这个客观规律进行创作，所用的言词要符合现实的大众要求，所言之事也要贴近生活，所用的笔法不但要按传统要求更要有所发挥和独创性，使作品不能落入窠臼而另辟蹊径。

沉李浮瓜

李沉因其浮力小，瓜浮因其浮力大。
一大一小显其性，是为排水量之差。
阿基米德浮力说，促成造船业发达。
此语来自物理学，言其事理作问答。

【提示】

意思是把李子和瓜放在水里。指用冷食解暑。古代由于没有降温防暑热的设备，常把水果放置在冰水里待冷后再食用，以此方法达到降温解暑的目的。这种方法犹如现代电冰箱的冷藏室的作用。“沉李瓜浮”这句成语，单就字面而言很容易体会成物理学的浮力现象。因为稍有点物理学知识的人，都知道有关物理学家阿基米德发现水的浮力这件事。由此知道李子与瓜在水中所呈现出的不同的物理现象。语出三国·魏·曹丕《与朝歌令吴质书》：“浮甘瓜于清泉，沉朱李于寒水。”

沉默寡言

沉默不语犹未尽，寡言少语不作声。
君王面前现拘谨，不知所措难由衷。
少女初见多腼腆，低头抚弄衣角缝。
欲言又止现尴尬，则天初始后得宠。

【提示】

沉默：不出声；寡：少。很少说话。“沉默寡言”的原因很多，大致的原因：一是由于礼制所限，不可多言；二是因为心中有数，不愿说出或不便说出；三是因为惧怕不敢说；四是因为怕违犯忌讳而不说……凡此种种都是由于心理意识的原因而显示出的行为表现。诗中的“小女”即指武则天初登龙殿时，由于顾虑重重，在唐太宗面前的拘束表现。语出宋·释道原《景德传灯录·卷十六》：“南岳玄泰上坐，不知何许人也，沉静寡言，未尝衣帛。”

沉吟不决

事呈现象理不清，沉默不语难决定。
沉吟不决心迟疑，举棋不定难回应。
迟疑酿成负担重，但愿苍天指迷踪。
求神问卜无济事，只好认命遂天行。

【提示】

沉吟：迟疑；决：决断，决定。意思是迟疑地定不下来，心中难以辨清事情的真伪或情况，处于迟疑不敢做判断的状况。这种事情常常出现在军中将领或决策者中，由于不置可否，难以做出决定，而倍感焦虑不安。这种性格有其利也有其弊，利在于深思熟虑，避免盲目行事。弊在于优柔寡断，贻误战机。曹操性格多疑，常常陷入这种“沉吟不决”的苦思冥想之中。尽管如此，在赤壁之战中也中了孔明与周瑜的反间计，而造成一败涂地的后果。语出曹操《秋胡行》：“沉吟不决，遂上升天。”

沉鱼落雁

二八秀女好姿色，窈窕淑女如芙蓉。
沉鱼落雁羞花月，一代佳人乃天承。
世上美女千千万，难得如此之芳容。
才女多欠貌之美，才貌双全世难逢。

【提示】

意思是鱼见了便沉入水底，雁见了降落沙洲。《庄子·齐物论》：“毛嫱、丽姬，人之所美也；鱼见之深入，鸟见之高飞，麋鹿见之决骤，四者孰知天下之正色哉?”后来就转用“沉鱼落雁”形容女子容貌美丽。《宦门子弟错立身》戏文：“有沉鱼落雁之容，闭月羞花之貌。”这句成语由来久远，可谓是将女子之美，形容到了极致的地步。这也是中国传统文化中的一种独具特色的东方审美观的集中体现。因此而造就出以客观的描写手段刻画人物的独特方式。此手法，可以上溯到中国古代诗歌的经典《诗经》。

沉冤莫白

天下多有不平事，冤枉难诉久未申。
无处辩白难昭雪，封建世道多昏昏。
状告无门官府禁，沉冤莫白恨终身。
天理不公害人命，怨声载道难平愤。

【提示】

沉冤：无处辩白或久未申雪的冤屈，像东西沉到海底一样；白：弄明白，辩白；莫白：无法申辩的意思。指深埋已久的冤屈不能得到申雪的机会。这是封建世道屡见不鲜的事情。身受封建制度残酷压榨的广大民众，一旦遭受不白之冤，便会陷入求告无门的境地。由于封建法律是建立在皇权利益之上的法律，是以维护封建官僚的利益所建立起来的所谓法律，不可能有其公平、公正的法理。所以，百姓一旦被冤枉，便会成为“沉冤莫白”的冤死鬼。

趁火打劫

落井下石心卑鄙，趁火打劫亦当罪。
乘人之危下毒手，毫无人性兽之为。
世间人群存贼子，伺机发难乘人危。
法网恢恢疏不漏，严惩不贷震天威。

【提示】

趁：利用机会。趁人家发生火灾时去抢劫。比喻在别人有危难时去捞好处。是为小人之举，其卑鄙行径必遭万人唾骂。凡是能干出这等无人性可言的事情之人，都是些无心肝之徒。为了获取好处而不顾为人者的起码道德，乘人之危而大肆抢掠他人财物。更有甚者，凭借权力大肆搜刮民财，大行不义，中饱私囊。由此可见，旧时代的官僚、豪绅是何等的黑心和霸道。

趁热打铁

打铁最讲究火候，高手工匠有奇招。
铸鼎精美青铜器，宝剑兵器质量好。
趁热打铁及时做，不可怠慢徒其劳。
做事如同打铁器，善抓时机最重要。

【提示】

趁着铁烧红的时候锤打它。比喻趁着有利的时机或条件，抓紧去做。这是很重要的做事方法，也是行之有效的做事手段之一。任何事情都有利弊的因素，在有利的情况下去抓紧机会做事，都会得到事半功倍的理想效果。反之，则会遭到挫折、失败，甚至会造成前功尽弃的后果。如何能抓住机会或能不能抓住机会，这就要靠经验和智慧了。“趁热打铁”就是告诉人们做事要像打铁那样去掌握时机。

裁长补短

看菜酌其饭，裁长补短兮。
为事卓需要，符合不误期。
无论事大小，皆要守规矩。
凡事多思考，客观为前提。

【提示】

意思是吸收别人长处，以弥补自己的不足。语出《孟子·滕文公上》：“今滕，绝长补短，将五十里也。”

称心如意

事如心之愿，合其意相遂。
但愿不离舍，守之至老岁。
今生得君昭，称心如意惠。
来生再相遇，再度与君随。

【提示】

意思是完全合乎心意。这是可遇而不可求的如意之事。世上芸芸众生，难得一遇。两人心心相印更是难得的人生一大幸事，尤其是携手同行，相濡以沫的和美夫妻，更是求之不得的幸福。由于志同道合相互走到了一起，共同建立了和睦的家庭，生儿育女，操劳生活虽然艰辛但却很快乐。待到老之将至，回首往事，感慨系之，可谓是无怨无悔“称心如意”也！

称孤道寡

古代帝王自称孤，又称寡人而自足。
身居内院少世面，孤陋寡闻难知物。
称孤道寡意称王，一统天下坐高处。
深宫后院多忌讳，不得妄自说世俗。

【提示】

孤、寡：古代帝王自称“孤”“寡人”。义同“称帝称王”。《古今杂剧·关汉卿〈关大王独赴单刀会〉》：“俺哥哥称孤道寡世无双，俺关某匹马单刀镇荆襄。”古代封建帝王自称“孤家寡人”其含义有两个，一是因为身居深宫大院内，不能亲自接触世间诸事，只能凭借群臣的奏章知道一点世俗的消息，因此缺乏对世间事物的认识和了解，因而造成自己的封闭和孤陋寡闻的现象。二是由于自己地位之高，没有真正的朋友可以相处，因而感孤寂。

称王称霸

王乃帝王也，霸乃诸侯首。
二者自逞凶，互为据以守。
专横又跋扈，独断独行走。
称王称霸者，社会大毒瘤。

【提示】

王：古代的帝王；霸：古代诸侯联盟的首领。比喻专横跋扈，独断独行。也比喻狂妄地以首脑自居的行为。此成语多贬义。形容蛮横霸道人的行为表现，多指黑社会不法之徒的犯罪表现或危害社会及人民群众安全的恶劣行为。这些恶人，常常聚成小团伙，肆意违法乱纪危害社会的安宁。为了确保社会秩序的和谐和人民生命财产的安全，依法治国是最可靠的保障。

称兄道弟

称兄道弟拉近乎，心中却怀诡计谋。
知人知面不知心，笑里藏刀假示笑。
嘴里说得天花坠，心怀鬼胎想歪道。
缘何用心之良苦，欲获他人之钱包。

【提示】

朋友间以兄弟相称，形容关系密切。现多用于贬义。真正的朋友是以诚相待，相互信任是构建朋友关系的基础，并不完全在于称呼上面。诚信，是朋友之间的友谊纽带，而不以利益为目的的友情是世间人与人之间真情的体现。人生于世，不能没有朋友，更不能为了利益而虚心假意地交朋友，因此，大凡真正的朋友都会远离利益，而是志同道合。只有这样才能称之为真正的朋友关系。

撑肠拄腹

撑肠拄腹欲何为？不及清瘦身灵便。
饱其肚肠得肥胖，饥其筋骨少用饭。
若想健康常喝汤，坚持锻炼不间断。
其语原本喻容纳，并非养生说保健。

【提示】

比喻能够容纳。宋·苏轼《试院煎茶》诗：“不用撑肠拄腹文字五千卷，但愿一瓯常及睡足日高时。”语出于大文豪苏轼笔下，说是诗却无诗意，令人不置可否。

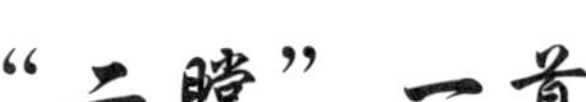

“二瞠”一首

＊瞠乎其后难赶上，心急腿沉无奈何。
眼见被人落在后，瞠着双眼亦无辙。
＊瞠目结舌而无语，呆若木鸡无话说。
惊恐之中心思乱，窘迫之中无所措。

【提示】

“瞠乎其后”：瞠：直视，瞪着眼睛；乎：文言语气词。其意是眼看着落在后面，追赶不上。语出《庄子·田子方》。“瞠目结舌”意为瞪着眼睛说不出话来。形容窘迫或惊呆的样子。这两个成语都是说当遇到状况时，由于一时纷乱做出的表现。

“四成”之一

＊成败论之不可取，应以实际相评论。
＊成家立业安家事，安身立命人常伦。
＊成千上万数量多，难以计量数不尽。
＊成人之美帮他人，成全好事劳心神。

【提示】

“成败论人”：论：衡量，评定。以成功或失败作为评论人物的标准。常言道：“不以成败论英雄。”这句话说明，对人物的评定标准应本着实事求是的态度，不可以事业的成败与否来评定人的人格。众所周知，楚汉争天下时，项羽虽败但人格永存，因此而被后人所崇拜所敬仰，成为一代英豪。“成家立业”指人建立家庭，并经营、成就某种事业。“成千上万”形容数量很多。“成人之美”指赞助别人做成事或实现其愿望。语出《论语·颜渊》。

"四成"之二

* 成仁取义人凛然，杀身取义谓仁德。

* 成事不足败事余，力不诚心嘴出辙。

* 成也萧何败亦何，韩信荣辱萧何错。

* 成竹在胸有计算，为人处世皆谐和。

【提示】

"成仁取义"：成仁：指杀身以成仁德；取义：指舍弃生命以取得正义。指为正义而献出生命。"成事不足，败事有余"：成事：把事情办好；不足：指没有办法或力量；败事：把事情弄坏。即不能把事情办好，反而把事情办坏。也指不怀好意的人。"成也萧何，败也萧何"：萧何：汉高祖刘邦的丞相，是推荐韩信成为一代名将的人，又是杀害韩信的帮凶。"成竹在胸"比喻处理事情心里先有主意和打算。

诚惶诚恐

此为旧时臣套话，以示尊敬作恐惧。
心神不安以服从，皇帝面前举止拘。
恐惧不安到极点，战战兢兢躬身鞠。
缘何如此之慌恐？怕丢乌纱弄此举。

【提示】

惶：害怕。《后汉书·杜诗传》：“奉职无效，久窃禄位，令功臣怀愠，诚惶诚恐。”原来是封建时代官员对皇帝上奏章时常用的套语，表示他们既尊敬、服从，又恐惧不安。现在泛用以形容尊敬、服从或恐惧不安到极点的样子。一般带有讽刺的意味。大话、空话、套话是旧时代的官场上常用的话，最典型的则是山呼万岁。

"二承"一首

*承上启下即接续，是为写作之手法。
为文应理须连贯，一气呵成义乃发。
*承先启后上下连，居于中间不尴尬。
恪守前贤好经验，开创未来育新芽。

【提示】

"承上启下"：承：接受；启：开，起。意为承受上面的，传到下面或引出下面的。多用于写文章方面。这是写文章应遵守的规则，承上启下可使文章无断痕、无勉强，上文与下文紧密地连成一体，保持语气和意思的连贯性，这样才能达到为文或为好文的目的。"承先启后"即承受前人的，开创今后的。

城狐社鼠

倚仗别人任非为，为非作歹犯法规。
己无财势认干爹，自称干儿如狗随。
上行下效乱法纪，扰乱社会妄自为。
城狐社鼠尽除剿，法网恢恢显神威。

【提示】

城上的狐狸，土地庙里的老鼠。比喻倚仗别人的势力胡作非为的坏人。《晏子春秋·内篇问上》："夫社，束木而涂之，鼠因而托焉，熏之则恐烧其木，灌之则恐败其涂。此鼠所以不可得杀者，以社故也。"《晋书·谢鲲传》："王敦谓曰：'刘隗奸邪，将危社稷，吾欲除君侧之恶，匡主济时，如何?'对曰：'隗诚始祸，然城狐社鼠也'。"此成语与"投鼠忌器"意思相同，都是用比喻的手法说明想惩治坏人又有所顾忌，因而处在两难之中。

城门失火，殃及池鱼

时时防火夜防贼，提高警惕保安全。
一家失火殃四邻，无辜受灾起祸端。
城门失火殃池鱼，无缘无故被牵连。
因其救火水用尽，鱼儿难活将成干。

【提示】

殃：灾祸；池：护城河。意为城门着了火，为救火人们到护城河里打水救火，水被用光了，鱼也就死了。比喻无缘无故受连累。这是常用的一个成语，常用来表示无故受害之怨苦。语出北齐·杜弼《檄梁文》：“但恐楚国亡猿，祸延林木，城门失火，殃及池鱼。”

城下之盟

城下之盟立誓约，结成一伙不为敌。
敌人大军临城下，签约求和为自己。
并非无奈而屈膝，强敌面前求生息。
丧权辱国不知耻，反以自得报成绩。

【提示】

盟：古代诸侯在神前立誓缔约，这里指签订和约。因敌人兵临城下，而被迫签订的屈辱性的盟约。这种以出卖民族利益而签订的卖国条约，最多出现的时期是清朝末年，以大汉奸李鸿章为首的一群卖国求荣的大臣们，秉承慈禧的旨意与外国列强签定了一系列卖国条约，从而将中国推向了半封建半殖民地的深渊。语出《左传·桓十二年》："楚伐绞……大败之，为城下之盟而还。"

乘风破浪

成绩面前不骄傲，力争上游奋精神。
乘着顺风好条件，乘风破浪再求进。
志向远大识时务，再创新高求其枕。
不等不靠守其理，成就之上再获新。

【提示】

乘：驾。意为顺风驾着帆船，破浪前进。比喻志向远大，不怕困难，奋勇前进。现在多指在好条件下或在取得一定成绩的基础上继续前进。语出《宋书·宗悫传》：“悫少时，炳问其志，悫答曰：‘愿乘长风，破万里浪。’”意思是宗悫小时候他叔父宗炳问他长大以后的志向，得到上述的回答，从而被记录下来，得到这个成语。

乘虚而入

乘虚之危处，进入某地区。
伺机盗其物，以偷获其需。
此乃小人为，偷窃已成习。
世间有其人，亦是不足奇。

【提示】

虚：空虚。趁着某些防护虚弱的地方而进入。这个成语如果用在人品上，则是小人的心理意识。如果用在军事上，则是一种战术行为。因此，在使用时应根据需要有针对性地加以选用。

惩忿窒欲

惩前毖后止，忿窒以制怒。
克己而抑忿，自止嗜欲处。
君子为其事，不以好恶出。
惩忿窒欲戒，窒欲而自主。

【提示】

惩：警戒，制止；窒：阻塞，堵死。意为克制忿恐，抑制嗜欲。“惩忿窒欲”即是自我修养的一种芥蒂。旧时士大夫阶层的人，为了克制自己性格上的急躁，常常将一个大书的“忍”字或“制怒”二字，悬挂在墙上，用以随时随地提醒自己不要犯急躁的性子。以此作为自己处世的警示。语出《周易·损》：“君子以惩忿窒欲。”

惩前毖后

惩其前错以为戒，毖其之后不再犯。
人非神仙难免错，知错必改自以鉴。
教训亦可促自省，前车之鉴当防范。
惩前毖后更谨慎，以利今后再奋战。

【提示】

惩：警示，告诫；毖：谨慎。意为把以前的错误作为教训，使以后可以谨慎，不致重犯。“惩前毖后”如同治病救人，要以耐心和爱护的心态对待工作，由于不慎而犯错误的人，使他们能自觉地认识错误并改正错误。从而能以前车之鉴为教训，加强自己的责任心，以便更好地工作。这是我们一贯倡导的，并行之有效的思想工作方法。语出《诗经·周颂·小毖》：“予其惩而毖后患。”

惩一警百

杀鸡让猴看，以期达警示。
猴子若不看，该当如何之？
鸡蒙不白冤，又当如何之？
唯于人之施，方可施警治。

【提示】

意为惩罚一个人以警戒更多的人。这是一种起警示作用的法治手段，也是有罪必惩、有错必纠的公平、公正和公开的表现。

逞性妄为

逞性妄为而自做，贻害社会之罪魁。
横行霸道无视法，蛮横无理依靠谁？
不知天高与地厚，自封老子实可悲。
一朝犯法被拘捕，往日威风化汤水。

【提示】

逞：放任；妄：胡乱。意为由着性子胡来，也指坏人任意干坏事。无论何时，社会上总会有不知天高地厚、枉自尊大的人。这种人大多有其家庭背景作为依靠，他们无视法规，胡作非为。另有不学无术的法盲，因不懂法而逞其性子而为，因此构成犯法的行为。一旦触犯法规时，才知道法律的威严，而不得不认罪伏法。“法律面前人人平等”是法制社会的公正体现，任何人都无权凌驾于法律之上，这集中体现出法律的公平、公正和公开的特征。

吃里爬外

叛徒心计多阴险，装腔作势以隐瞒。
吃里爬外另打算，暗藏杀机待一旦。
作恶多端藏匿身，等待时机以发难。
奸细下作丧天良，终将披露被归案。

【提示】

意为受这一方的好处，暗地却为那一方尽力。也指将自己这方的内情暗告敌对一方。这种情况要分清其目的。所谓“吃里爬外”的人，大多指生活中那些为人不轨者。

吃一堑，长一智

吃其堑者长其智，即将坏事变好事。
为其诸事难免错，吃一堑而长一智。
前车之鉴记于心，从中求取经验之。
面对失败心不灰，重新做起重智力。

【提示】

堑：壕沟，引申为挫折。意思是受到一次栽倒到沟里的教训。全句是说受到一次挫折，便得到一次教训，增长一分才智。这是强者的心理意识，不怕失败，并在失败中得到教训后再通过总结教训，找到失败的原因，以信心和智慧再次投入到事业中去拼搏，求得事业的继续发展和成功。所谓“失败是成功之母”就是这个道理。语出《左传·昭二十九年》：“卫侯来献其乘马，曰启服，堑而死。”杜注：“坠堑死也。”

痴心妄想

痴迷于心妄自想，不符实际枉费心。
徒劳而为不可得，妄自伤心殃精神。
无端心中发奇想，随心所欲不知禁。
妙想并非是现实，痴心妄想并非真。

【提示】

妄：虚妄，荒唐。失去理智的心思，荒唐不切实际的想法。指一心想着永远不能实现的事情。这是贬义的成语，多用在那些脱离实际的人或事物上。事由人为，如果人的思想失去理性，必然做出一些匪夷所思的事情来，这些事情的成因则是由于“痴心妄想”的结果。

嗤之以鼻

为人不合礼，是必讨人嫌。
为事谬常理，招致嗤鼻烦。
轻蔑瞧不起，何以处世间？
若得人尊重，自律该当先。

【提示】

嗤：讥笑，表示蔑视。即用鼻子出声冷笑，以表示轻蔑、瞧不起。凡人者，为人为事皆要合乎常规和常理，不可随心所欲，这样不但会招致别人的轻蔑，还可能犯错甚至犯法。若想被别人尊重，首先要尊重别人。而自强、自律、自爱则是有道德修养的人的共同之处。不知自爱则是造成被人轻蔑的主要原因。所以，加强道德修养是为人的首要任务。

魑魅魍魉

传说妖怪何其多，魑魅魍魉作奇说。
神鬼之说繁而多，难以辨别善与恶。
皆言世间有鬼神，从来却是没见过。
世上神鬼无可考，由于坏人多胡扯。

【提示】

传说中的妖魔鬼怪，现在多用来比喻各种各样的坏人。神鬼传说只是传说而已，谁都未曾见过。但是各种坏人却存在，大到汉奸卖国贼，小到偷鸡摸狗的小人，都是影响国家和社会安宁的蛀虫。为了卫护正义而制定出法律和法规，以确保国家和社会的安宁。依法治国体现出其合理性和必要性，也是法制社会的重要内容。语出《左传·宣三年》：“魑魅魍魉，莫能逢之。”

持平之论

持平之论如天秤，不偏不倚正适中。
公平合理慰人心，不公酿成灾祸生。
为事应合其道理，理直气壮求公平。
法律犹如大天秤，唯理从事得相称。

【提示】

持平：主持公平，没有偏向。公平的话。有时也指调和、折中的议论。这是民主的具体体现。无论大事或小事，主持公道、依法行事是确保民主权利的重要保障。广开言论、广听群众的各种意见，是发扬民主的表现。而听取群众的意见并采纳群众的意见，即是公平的体现。实践证明，这是最有效也是最民主的持平态度。所以，历来有作为的领导人都会虚心地认真地听取来自基层的群众意见。然后再做出切合实际的“持平之论”。

持之以恒

方向若可靠，决心不动摇。
艰难与险阻，求是最重要。
立足于大局，着眼未来韬。
持之以恒为，必将获回报。

【提示】

持：保持；恒：恒久。意为有恒心地坚持下去。凡事如果大方向对头，就要有“持之以恒”的决心为成功做保障。如果有决心和信心，就会克服任何艰难险阻，以赢得最终的成功。所以，恒心和信心是做一切事情不可或缺的重要精神支柱，也是成功的有力保证。世上大凡成功者都具备这种优秀的意志品质。

持之有故，言之成理

故者为根据，理即为立论。
有根亦有据，论之讲得深。
二者合其一，即为故之真。
故可喻其根，根壮叶成荫。

【提示】

故：根据。意为立论有根据，讲得有道理。持：用之。做理论需要有根有据，讲道理应该以理为依据。这样才能将事理论述清楚，并能做到以理服人。“持之有故，言之成理”这句成语，恰到好处地将“故”与“理”有机地统一起来，使之道理有根有据地摆放在一起，成为立论的根据。语出《荀子·非十二子》：“然而其持之有故，其言之成理。”

踟蹰不前

踟蹰不前进，徘徊乱心间。
优柔而寡断，心思难守玄。
主意拿不定，促使心生烦。
犹豫而不决，不知如何干。

【提示】

踟蹰：徘徊不前，犹豫不决。意为拿不定主意，不敢前进。这是一种由于缺乏信心所表现出的心理意识的外在反映。也是由于性格的原因所造成的行为表现。有这种表现的人，大多都是缺乏机智处事的能力，在事物面前由于不能做出正确的判断，呈现出优柔寡断的心理意识。如何克服这种不尽人意的现象，只能依靠理智做出判断，才能得到相应的结果。如果是性格原因，即使再努力恐怕也难以克服。这就是“山河易改，禀性难移”之说了。

尺有所短，寸有所长

尺长寸短各具势，相较之下即显示。
相对而言出事理，长短并非绝对值。
长者长用物尽力，短者短用合其适。
人之才能有大小，无论大小皆可施。

【提示】

尺比寸长，但是与更长的东西相比就显得短了；寸比尺短，但与更短的东西相比较就显得长了。以此比喻各有长处，也各有短处，彼此都有可取之处。此成语有其相对意义的哲理性。它告诉我们，事物都在比较之下而显现其特征。这是客观对待事物的理性表现。任何事物都不是独立存在的，只有相互参照而存在，这便是事物存在的基础。人的能力也如此，大或小都是在比较之下显现的，而无论大小都可做出相应的贡献。语出《楚辞·卜居》。

叱咤风云

一声吆喝贯长空，惊得白云变颜色。
若问威猛为何人？当年张飞之威慑。
喑鸣山岳即崩溃，叱咤风云不费舌。
一代英武被称颂，一介武夫不消说。

【提示】

叱咤：吆喝。意为只是一声大喊，就可使风云变色。形容声势威力极大。此形容太言过其实，人的吆喝声若与风云相比较，可谓微不足道。但在夸张中却显示出威猛之程度，也正是这种超乎想象的极大反差，而更加使人理解其意，这就是夸张的意义所在。语出唐·骆宾王《为徐敬业讨武氏檄》："喑鸣则山岳崩颓，叱咤则风云变色。"

赤壁鏖兵

长江之畔有赤壁，当年鏖兵成水战。
曹操拥兵八十万，两军对垒于江岸。
孔明过江去东吴，会同周瑜破曹蛮。
不谋而合以火攻，大败曹军解危难。

【提示】

赤壁：地名，在湖北省蒲圻县西北；鏖：激战。汉建安十三年，孙权、刘备联军用火攻的方法大破曹兵的一次著名的战役。此战是战争史上著名的战役，孙、刘联盟破曹的赤壁之战几乎家喻户晓，更是戏曲舞台上久演不衰的剧目之一。赤壁之战在战争史上具有重要地位，它为用兵的人提供了很多可以借鉴的正反两方面的经验与教训，成为典型的兵家战略，被载入战争史册。语出《三国演义》第四十七回：“赤壁鏖兵用火攻。”后用以比喻经过苦战，取得成功。

赤胆忠心

光辉人生昭日月，赤胆忠心为人民。
鞠躬尽瘁为国家，死而后已得民心。
德才兼备身清廉，青史留名垂后人。
人生若获此英名，即可永生得精神。

【提示】

赤：忠诚。形容万分忠诚。人生于世，区区百年，为家国做出突出贡献的人，将被后人永远怀念。何为永生？其意义不在寿命之长短，而在于是否为国为民尽其赤胆忠心。如果做到这一点，便会在人们心中树立起一座丰碑，更将永远活在人们的心中。世俗之人，皆求枉然的长生不老，这是痴心谬理之枉为。而青史留美名，就是最实际的长生不老。山河可变，但其英名不会因时空的变化而消失。这就是长生不老的秘诀。谁悟到此理，想求得长生不老，最好的手段就是以“赤胆忠心”为国家或为他人多做好事，从而获得永生。

赤县神州

常言神州不知所，一条成语作解说。
中华别称为神州，赤县神州乃中国。
齐人邹衍著大九，从此九州立于佐。
华夏文明五千年，神州同唱大九歌。

【提示】

“赤县神州”中国的别称。《史记·孟子荀卿列传》记载战国时期齐人邹衍的“大九州”学说：“中国名曰赤县九州。”这是最早称中国为神州之著作，也是对中国国土的敬畏之心的表露。神州者即神圣之地也，应该居于神圣不可替代的最高位置。这表明中国人，自古至今对生养自己的这方沃土，就怀着深深地眷恋和敬畏之心，也是中华民族的华夏儿女对祖国母亲的一片赤子之心的表现。

赤子之心

赤子乃为初生儿，婴儿之心最天真。
世上之事清亦浊，人心所染难守贞。
流落他乡外出人，赤子之心情犹深。
远在天涯身飘零，思念故土与乡亲。

【提示】

赤子：初生的婴儿。形容人的心地善良、纯洁。以初生婴儿的纯洁比喻人的性格，继而引申为远离祖国漂泊在海外的人，思念祖国和故乡的情怀。使人切身体会到远在他乡的人那种思亲的心情。如今很多留学海外的学子们，当修满学业后，大多会选择回到祖国创业。可用“赤子之心”来形容他们热爱自己祖国的拳拳之心。语出《孟子·离娄下》。

充耳不闻

捂其双耳拒不听，将其忠告耳边风。
存心不听苦心劝，充耳不闻以回应。
教子犹如育树木，必在幼小施教程。
待到时过树长成，歪歪扭扭难成形。

【提示】

充：堵塞。意为塞住耳朵不听所言。形容存心不听别人的话。这是教子时常常出现的情景。之所以如此，可能有两种原因，一是由于教者的方法不合适，说的过多且不得要领，长此以往，使孩子厌烦的表现；二是没有抓住孩子幼小时的教育时机，当孩子稍长大后再施以生硬地说教，这时由于孩子已经形成固定的性格，自己有了一定的主意而再听不进去忠告的话了。另一方面，家长的言传身教是对孩子施教的最合适和最有效的手段之一，通过言传身教的影响，使孩子从小就受到应有的教育，是重要的教子方法。语出《诗经·邶风·旄丘》。

冲锋陷阵

冲杀全靠气势凶，乘胜追击不放松。
猛冲猛打不间断，迫使敌人难求生。
冲锋陷阵敌营中，单枪匹马显威风。
迫敌溃逃不成阵，一鼓作气得完胜。

【提示】

陷：深入，攻破。意为向敌人冲击，深入敌阵。形容勇敢地作战。这是一种战术上的应用，也是兵法上一招用兵的手段。古代冷兵器时代的战争，很讲究阵法的排兵布阵方略，而“冲锋陷阵”即是运用敌人不及防备的空隙，一鼓作气地猛冲猛打，以迅雷不及掩耳的强攻猛冲，打乱敌方的阵式，动摇敌方的阵脚而取得胜算。语出《北齐书·崔暹传》：“冲锋陷阵，大有其人。”

冲口而出

冲口而出唾成章，切中要害文笔新。
纵手即成不加意，反而自然抒心情。
如此能力见功夫，学问全面功底深。
不假思索随手出，乃为成竹合其身。

【提示】

即是不假思索就说出口来。这并非指不用脑而胡说之言，而是说才高八斗的人，不但才学功底深厚，而且思想睿智、文思敏捷。即唾可成文，出口成章。语出宋·苏轼《跋欧阳公书》："此数十纸，皆文公冲口而出，纵手而成，初不加意者也。"

重蹈覆辙

跌跤不知其缘故，爬起不思只顾痛。
再次跌倒亦不想，重蹈覆辙亦不通。
不思教训妄自作，跌倒爬起再复行。
如此行动成蹒跚，事到如今仍不清。

【提示】

蹈：踏上；覆：翻，倒；辙：车碾过的印儿。意为走上曾经翻过车的老路。比喻不吸取失败的教训，又走上失败的老路。这是经验之谈，也就是说要有“吃一堑，长一智”的为事方法。做事情如同行进在坎坷不平的道路上，跌跤是常有的事，并不可怕，怕的是不能从中吸取教训而“重蹈覆辙”。语出《后汉书·窦武传》：“今不虑前事之失，复循覆车之轨。”

重规迭矩

动若重其规，静若迭其矩。
规与规者重，矩与矩相拘。
度数若适当，完全符其序。
重规迭矩为，事则合适需。

【提示】

规：圆规；矩：曲尺。规与规相重合，矩与矩相叠加，度数相同，完全符合。形容上下和合，动静合度。俗话说：“没有规矩不成方圆。”说出了事物之间内在和外在的条件因素。凡守规矩为事，均可获得成的希望。反之，则会造成失败。由此可见，规矩是做事和做人都应该恪守的规则。现在多用以形容因袭重复。语出《晋书·周访传赞》：“曰子曰孙，重规迭矩。”

“四重”一首

* 重见天日得光明，摆脱黑暗得欢欣。
* 重温旧梦多贬义，应用起来加小心。
* 重整旗鼓另开张，重聚力量再图新。
* 重足而立双脚拢，不敢前趋因乱神。

【提示】

“重见天日”比喻脱离黑暗的处境，又见到光明。“重温旧梦”比喻重新经历一次旧日的光景。一般用于贬义。用此成语时要多加斟酌，应注意其贬义。“重整旗鼓”：旗鼓：旗帜和战鼓，古时军中发号施令的用具，常用来代表军事力量。比喻失败以后，重新组织力量。“重足而立，侧目而视”：重足：双脚并拢，不敢移动，不敢正视。形容非常恐惧的样子。

崇论闳议，崇山峻岭

议论宏大有见地，与众不同理清晰。
别开生面独立说，谈笑风生自若兮。
千山逶迤天际外，峻岭相接成崎岖。
山河壮丽无限美，气势恢宏交响曲。

【提示】

“崇论闳议”：崇：高；闳：大，也作“宏”。指与众不同，高出一般的议论。语出《史记·司马相如列传》。“崇山峻岭”：崇、峻：高；岭：山。即高大的山脉。语出晋·王羲之《兰亭集序》：“此地有崇山峻岭，茂林修竹。”

宠辱若惊

受宠受辱皆心惊，惊喜惊恐难守衷。
宠辱不惊人乃贤，荣辱若惊心难诚。
患得患失心狭隘，宠辱若惊现原形。
造诣高深人品正，不为宠辱改其性。

【提示】

惊：惊恐。指受宠、受辱都感到惊恐。形容人患得患失。这与“宠辱不惊”的意思正好相反，两者之所以不同就在于“若”与“不”两个字义上。“若”字义为好像，有不确定的意思；“不”字义为否定。因此造成各自含义的区别。“宠辱若惊”其语意是患得患失的心态，而“宠辱不惊”其语意是无论受宠或受辱都不惊动，即把得失置之度外。一字之差，使语意谬之千里。这就是汉语语言的精辟和魅力之处。语出《老子》十三章：“得之若惊，失之若惊，是为宠辱若惊。”

抽薪止沸

釜底抽薪止汤沸，火上浇油助燃威。
仇之亦解不亦结，好自为之事不灰。
面对纠结寻其根，抽薪止沸即可惠。
只要双方有诚意，天下之事亦能为。

【提示】

即抽去锅底下的柴草，以停止锅里开水的沸腾。比喻从根本上解决问题。此成语与“釜底抽薪”意思相同，都是用比喻的手法讲清做事情或解决问题的方法。特别是在处理人与人之间的矛盾时，运用“抽薪止沸”的手段，都会得到缓解或化解矛盾的效果。

愁眉不展

双眉紧锁面愁容，愁眉不展似多病。
心胸狭窄难容事，自然而然成宿命。
一代裙钗多哀叹，自以命薄心不清。
怨天尤人妄其事，心事重重度苍生。

【提示】

展：舒展。心里发愁，双眉紧皱。形容心事重重的样子。这副林黛玉式的形象，着实让现代人费解。多愁善感的人，其共同之处就是心胸狭窄、多心好疑，不知人之常情，不知事故之理，这是人生观不健康的具体体现。这样的人大多是在衣食无忧、无所事事的优越生活条件下，所产生的心理障碍。语出《文苑英华·姚鹄〈随州献李侍御〉》诗：“旧隐每怀空竟夕，愁眉不展几经春。”

“四愁”一首

* 愁眉苦脸心之忧，焦急哭丧没来由。
* 愁眉锁眼皱眉头，发愁苦恼样子丑。
* 愁云惨雾境悲凄，烦闷使得身消瘦。
* 愁眉不展锁双目，难得光明愁更愁。

【提示】

“愁眉苦脸”即皱着眉头，哭丧着脸。形容发愁焦急的情态。“愁眉锁眼”：锁：紧皱。即形容发愁苦恼的样子。“愁云惨雾”形容令人愁闷凄惨的景象或悲惨的气氛。“愁眉不展”形容心事重重的样子。这“四愁”虽然意思相近，都是形容愁的心理状态，但却有细微的不同。所以在运用时要多加斟酌，仔细分辨，以便获得最为贴近文意的那个来用。

稠人广众

人头攒动聚一处，稠人广众以示威。
齐声呼喊是为何？为求道理辨真伪。
世上多有不公事，不平则鸣即以为。
人多势众为争理，理直气壮众人遂。

【提示】

稠：密；广：众多。指人多的地方。《汉书·灌夫传》：“稠人广众，荐宠下辈，士亦以此多之。”这是封建时代推荐人做官的普遍手段，荐宠下辈为官，有时会出现好人难为官的现象。由于用人不公常常引起众怒而聚众声讨之。以此看出封建官场上的昏乱现象。

丑态百出

各种丑态皆出尽，肮脏之心露无遗。
丑恶嘴脸万人嫌，包藏祸心施心计。
洋人面前自为奴，卖国求荣恶之极。
丑态百出尽丢脸，奴才之心多卑鄙！

【提示】

丑态：丑恶的嘴脸。做出各种各样的丑恶举动。清朝末年以慈禧为首的封建统治者，面对外国列强瓜分中国国土，表现出“丑态百出”的卖国贼状态，以卖国求荣的卑鄙嘴脸取悦于洋人，将民众的膏脂和国土拱手让给洋人，以换得自己暂时的安逸。以大汉奸李鸿章为首的卖国群臣，与外国强盗签订的丧权辱国的不平等条约，不但丧失了大片国土而且使白银大量外流，从而更加重了中国民众的疾苦。这些卖国求荣的汉奸们，一方面镇压人民的反抗，另一方面却在洋人面前丑态百出。

臭名远扬

臭名昭著人不齿，臭名远扬成昭著。
二者皆为人名声，遗臭万年后人诛。
风波亭上害忠良，杀害岳飞罪难书。
千古忠臣遭陷害，后人唾骂秦桧猪。

【提示】

名：名声，名誉；扬：传播。即坏名声传得很远。昭著：显著，明白。即坏名声谁都知道。为人者应以名声为重，这是做人的根本道德准则。无论是达官贵族或平民百姓，都要使自己的行为合乎做人的道德规范。任何有悖于德行的行为都是为人们所不齿的下作表现。普通人要以仁德为人，达官者更要严守仁德行事，这样才能留下个好名声，被他人所认可。反之，不但会贻害自身的名誉，还可能成为历史的罪人，被后人唾骂，终将遗臭万年。

出谷迁乔

出谷迁乔祝，乔迁之喜出。
意为幽谷处，迁上大乔木。
此乃祝贺词，用作乔迁祝。
出谷迁乔地，心满而意足。

【提示】

谷：幽谷，很深的山谷；乔：乔木，枝干高大的树木。意为从幽暗的溪谷出来，迁上高大的乔木。过去多用来祝贺人家迁居到新居。这是用比喻的手法说出乔迁之喜的祝贺词。意思是形容从破旧的住宅，搬迁到新宅被祝贺的喜悦心情。语出《诗经·小雅·伐木》。

出将入相

文韬武略集一身，出则为将入为相。
文武双全乃精英，栋梁之材安家邦。
五世迭鼓乘朱轮，出将入相显威望。
旷世奇才难得遇，是为天下呈吉祥。

【提示】

即出则为将，入则为相。指文武兼备的人物。将与相，一武一文是国家的栋梁人才，对外安邦，对内安民。是国家不可多得的重要人物，有了这种护国的良将和良相，是治国平天下的得力支柱。所以，从古至今都在不遗余力地网络这种具有治国能力的人。实践证明，这是一项亘古不变的有效作为，无论何时，重视人才就是重视家国情怀的集中体现。语出唐·崔颢《江畔老人愁》诗。

出类拔萃

龙生龙则凤生凤，兄弟姐妹同根生。
先天基因为基础，后天教育不可轻。
智商因人而不等，天赋更是各不同。
扬长避短自发挥，出类拔萃人才弘。

【提示】

出：超过；类：相同；拔：超出，蓐出；萃：草丛生的样子，比喻聚集在一起的人或物。形容品德才能超出一般的人。这是形容人才或物品优秀的常用成语，意为赞扬人或物的出众优点或才能。语本《孟子·公孙丑上》。

出没无常

出没无常无定期，无其规律可找寻。
如若细心来观察，看似无常却可循。
所谓无常亦有常，只缘不及之深思。
若是一究而到底，即可发现清与浑。

【提示】

即出现和隐没都没有一定的规律，让人无法预测。这种现象大多是由于对事物没能深入探求的结果。一切事情都在其发展规律中运转，如果不深入探查就找不到其规律，因而觉得“出没无常”，如果下决心下功夫去探寻就会发现其规律。譬如，在公安侦查犯人的踪迹的过程中，常用“蹲点”的方式对罪犯施以跟踪或监视，以达到摸清罪犯违法过程的来龙去脉，再进行有效抓捕。

出其不意

出其不意兵法计，以期求胜之目的。
孙子兵法之计篇，对此战术有见地。
攻其不备措不及，出其不意乱敌兮。
一鼓作气施突击，以求完胜用奇袭。

【提示】

《孙子·计篇》：“攻其无备，出其不意。”原指作战时，在对方想不到的时候进行袭击。后来也泛指出乎别人的意料。这原本是《孙子兵法·计篇》中的一个战术，后被引入到事物的现象或方法中。用作谋事的手段而加以运用，也就是打破常规而出奇制胜的策略。

出人头地

出人头地得高举，高人一等少谦虚。
功高官居于上位，权重人望而自居。
依其功劳成权贵，在朝位居显赫胥。
光宗耀祖当朝臣，因功赐爵成荫序。

【提示】

《宋史·苏轼传》：“轼以书见修，修语梅圣俞曰：‘吾当避此人出一头地。’”意思是让这个人高出一头。后来就用“出人头地”形容高人一等。这是欧阳修对苏轼才华的一种荐赏之语。由此可见苏轼的才气非同一般。

出人意表

论史兴衰与成败，出人意表难及理。
难以琢磨不明理，出乎意料而呈奇。
时过境迁再回忆，悔之无及枉叹息。
明察秋毫及表里，以此类推可预期。

【提示】

表：指外。即出乎人们的意料之外。这个成语与“出人意料”的意思相似，都是没有想到的意思，只因出处不同而显得重复。所以，对于古人的经典之语应加以思量。避免因泥古而滥用之。

出头露面

出头露面于人前，公开露面作显现。
众人面前显自己，出其风头自不凡。
语出随意不知处，自我表现妄之谈。
口若悬河无顾忌，陈腔滥调讨人嫌。

【提示】

即在人多的场合出现，并且大肆表现自己，通过出风头，以求得自我的心理满足。这种缺乏自爱之心的人，大多具有强烈的自我表现欲。有这种心理的人，希望通过“露脸”的行为以达到显示自我的目的。出风头，虽然并非坏行为，但是如果加上个“好”字，其意思便成了“表现欲”。这种欲望虽然正常但要适可而止，不然便会因过度而招致人们的反感。

出言不逊

逊者谦让与恭顺。不逊即为不客气。
态度傲慢不知礼，言语不恭不知已。
行为不端欠修养，出言不逊而无忌。
不懂人情与道理，自以为是了不起。

【提示】

逊：谦让，恭顺。即说话傲慢不客气。《三国志·魏志·张郃传》：“图（郭图）惭，又谮郃曰：‘郃快兵败，出言不逊。’郃惧，乃归太祖。”“出言不逊”常出现在官方，多是因权位在上而言语不逊，特别存在于旧时代上下级的关系之中，当然现代生活中这种人也是有的。我们常讲要以理服人，而出言不逊，甚至谩骂，如此，不但无济于事反而会激化事态。凡是有这种行为的人一是性格暴躁，二是欠缺修养的表现。

初出茅庐

初生牛犊不怕虎，初踏仕途不知险。
初出茅庐少实践，为人处世知识浅。
当年孔明隐南阳，刘备三请而成贤。
鞠躬尽瘁死后已，留得美名天下传。

【提示】

茅庐：草房。诸葛亮年轻时隐居在南阳卧龙岗的山野茅庐之中。刘备打天下时为求人才的辅佐，曾同关羽和张飞三次去求诸葛亮出世，以图天下之大业。这就是历史上有名的“三顾茅庐”。此成语原来是说孔明初出茅庐就打了胜仗，以此赞誉孔明的才华出众。后来却用“初出茅庐”比喻才进入社会，缺乏经验。现在也用来比喻刚踏入工作岗位的人。

初露锋芒

锋芒刀剑之刃口，又是意为之锐器。
兵刃锋芒必具备，人气乃是志之寄。
才能力量如利刃，得心应手以开辟。
初露锋芒显智慧，必将作为成大器。

【提示】

锋芒：刀剑等兵器的刀口和尖端。引申为人的锐气。何谓锐气？就是有才华的人，那种为理想为事业勇于拼搏和一往无前的奋斗精神。这种精神如同锐利的刃锋，在其手中自持且游刃有余地尽其所用，以达到实现理想、体现自身价值的目的。“初露锋芒”亦表示刚刚显示出才能。

除暴安良

除暴安良为人民，铲除强暴下决心。
穷追猛打不放松，有恶必惩拔祸根。
法网恢恢无遗漏，致使罪恶难藏身。
太平盛世人气旺，民心所向有自信。

【提示】

除去强暴，安抚善良的人民。“除暴安良”若从大处着眼即是推翻旧势力，建立新政权的具体行为。若从小处着眼，则是要全力清除危害社会和危害人民安全的社会恶势力，这是维护社会治安和确保人民利益不受侵犯的行动，也是依法治国思想理念的集中体现。

除恶务尽

除恶拔毒草，务必连根诛。
不留一丝情，彻底尽剷除。
树德莫如滋，去疾莫如不。
利国亦利民，确保民生福。

【提示】

务：必须。即消除坏人坏事必须干净、彻底，不留任何后患，以确保民主民生之路畅通无阻。依法治国，依法行事，是维护公民权益，打击犯罪的有力武器，也是法制社会治国理念的集中体现。不冤枉一个好人，不放过一个坏人，是司法公正的准则，也是法制社会的重要标志。法律高于一切，法律平等是每个公民的权利和义务，遵法守法是每个公民享有的政治权利，任何人都要严守这个准则而行事，不得越法规雷池半步。语出《尚书·泰誓下》。

除旧布新

除旧为求新，布者为安排。
除旧布新为，事物出新裁。
凡事求发展，必要新陈代。
如此行其事，方得生面开。

【提示】

布：安排，展开。即除掉旧的，安排新的，这就是新陈代谢的意义。事物的发展就在这种不断变化中得到发展和进步，旧的事物必定被新生事物取而代之，因而才能得到健康发展。任何阻碍进步的因素都会在“除旧布新”中被淘汰，这是不以人的意志为转移的客观规律，也是事物发展的必经之路。语出《左传·昭十七年》。

锄强扶弱

铲除强暴恶势力，锄强扶弱民安定。
保护合法之作为，消除违法之乱丁。
国家利益为首位，民主民生继相承。
一切权利属人民，国富民强得安生。

【提示】

锄：铲除。即铲除强暴势力而扶助弱者。强与弱是事物现象的两个极端，凡是违背国家和人民利益而一味逞强者，都会受到法律的制裁。凡是以国家利益为宗旨的行为，即使很弱也会受到法律的呵护和扶助。

处心积虑

蓄谋已久欲图之，费尽心机使心计。
阴谋诡计存已久，一朝发难成祸疾。
居心叵测暗谋划，人面兽心待时机。
大逆不道欲谋反，处心积虑枉做戏。

【提示】

处心：存心；积虑：蓄谋很久。指存心已久，费尽心机，也指千方百计地谋算。心存不可告人的阴谋诡计，经过盘算，准备施以谋事之行。这种人在旧时代官场之中大有人在，这种图谋不轨的人相互勾结成帮派，遂形成一股逆流而威胁政局，甚至造成难以收拾的祸患。语出《谷梁传·隐元年》：“何甚乎郑伯？甚郑伯之处心积虑成于杀也。”

处之泰然

面对情况心安稳，不慌不忙守其静。
心思不乱细思量，理清原因施以应。
如此处事需修养，亦是性格显其性。
遵其事理而行事，处之泰然利于行。

【提示】

处：处理，对待；泰然：毫不在意的样子。形容对待困难或紧急情况毫不慌张，沉着镇定的样子，也指对事情无动于衷。最恰当的用法应该是前者，因为此成语多为褒义，而后者却带有消极或麻木的意思而成了贬义。所以用时尽量体现出褒义之意。语出《论语·雍也》朱熹注。

楚材晋用

楚国人才晋所用，促成人才之外流。
战国时代各争霸，求才若渴以招收。
商鞅原是魏国人，却为秦国变法筹。
致使秦国图强起，终于一统天下州。

【提示】

楚、晋：春秋时代的诸侯国名。意思是楚国的人才被晋国所使用。比喻本国的人才被别国使用。这种情况在春秋战国时代是很普遍的现象，这与那个时代各国争霸天下的状况有其背景关系。那个历史时代，各诸侯国都想强盛起来以图天下，因此对人才颇加重视。当时一些有才干的人，都会被招贤纳士进入各国的决策圈，成为举足轻重的人。这种人不一定是本国人，但却被别国所用，从而形成人才外流的现象。语出《左传·襄二十六年》：“虽楚有材，晋实用之。”

“四触”一首

*触景生情复思绪，眼前情景触情生。
*触类旁通思之广，以理推类再求兴。
*触目皆是为之多，目不暇接难计清。
*触目惊心受震动，事态严重作对应。

【提示】

“触景生情”：触：触摸，接触。因看到眼前的景象而引发某种回忆。“触类旁通”：触类：接触到某一方面并具有相通之理的事物；旁通：互相贯通。即懂得或掌握了某一事物的知识或规律，就可以了解同类的其他事物。“触目皆是”：触目：目光所及。形容很多，眼睛所看见的都是。“触目惊心”眼睛看到后，促使内心受到很大的震动。形容事态严重。这四个成语虽然都以触字开头，其意思却各有自己的语意，其含义则在于触字后面的三个字上。

川流不息

千古川流而不息，此乃江河之大气。
流经之域多受惠，五谷丰登灌溉渠。
上善若水老子语，谓之水德功盖兮。
天地大气而不尽，川流不息人安居。

【提示】

川：河流；息：停止。意为像河水那样流个不停。一般比喻来往的人或车辆、船只很多。例如“大街上的人、马、车辆川流不息，声音嘈杂。”“上善若水”是老子对水的赞美之辞，常引申为赞美人的仁德之性格。水的性情温柔敦厚，温文尔雅，温良恭俭让，无色、无形、无欲，就低而不高攀。柔和随器形而形。虽然积蓄着巨大的能量，但却能自律而不会滥用。滋润万物却从不索取，为人所用时温和顺从，滋养万物时兢兢业业……是造物主惠及人类和万物的最大恩赐。但是如果人类妄为，与水倒行逆施时，水也会对人类发出警告或施以惩戒。

穿针引线

穿其针而引其线，极尽拉拢之手段。
两方原本无瓜葛，另有他人牵两端。
若为好事无可非，从中作梗即为难。
如若做媒尚可以，穿针引线莫捞钱。

【提示】

比喻从中联系、拉拢。此成语具褒贬双重意思。所以在用时要根据文章的文意而加以选用。一般而言，用在贬义之处要多些。这就需要视具体情况具体使用了。用作“联系”时多呈褒义，用作“拉拢”则呈贬义。

疮痍满目

一场战争打过后，疮痍满目尽废墟。
十里荒村皆焦土，田地荒芜无人居。
横尸遍野无人收，引来乌鸦野犬聚。
战乱之后难恢复，呼天喊地何处去？

【提示】

疮痍：创伤。即眼睛所见之处都是创伤。形容受到了严重破坏的景象。人类所面临的最大天灾即地震、洪水、大旱等自然灾害所造成的苦难。最大的人祸，莫过于连年的战争所造成满目疮痍的战后境况。自从人类进入所谓的文明时代，战争就连续不断地发生，为了获得利益而大打出手所酿成的战乱灾祸，无时无刻地都在制造着苦难，使广大黎民百姓遭受的灾难有始无终，连绵不断。时至今日，这部战争机器仍在高速运转着。

窗明几净

方丈小屋面朝南，依山傍水几亩田。
小院篱笆迎春开，满院春光鸸鸪天。
窗明几净阳光暖，鸡鸣狗吠三月三。
春耕时节润铧犁，桃花盛开水潺潺。

【提示】

几：小桌子。形客房间干净明亮。坐北朝南的农家，小院里鸡鸭成群，迎春花开满篱笆墙边，桃花盛开，小院一片生机盎然。天气晴朗，春光明媚，远处沟壑中的春水潺潺声和着鸟鸣的悦耳叫声，遂构成一首春色的交响曲。男耕女织，各行其是，好一派自然景观，令人不禁陶醉于农家乐的氛围中，切身体会到和谐所带来的福祉。

床上安床

床上安床多此举，窗上加窗意欲何？
事物烦琐多重叠，犹如复床加之多。
窗复窗者尚合意，为御严寒而制作。
为事求精亦简练，巧做周到不可拙。

【提示】

比喻不必重叠。重叠行事，浪费时间又费力，而且未必能有效果。实干加巧干，是行之有效的工作方法之一，这样不但省时省力，还能得到经验，再来完善做事的方法，以达到多、快、好、省的目的。语出北齐·颜之推《颜氏家训·序致》："魏晋来所著诸子，理重事复，犹屋下加屋，床上施床耳。"这是以"屋下加屋"和"床上施床"这两件不必要的事做比喻，说明做事不可烦琐和重复。

床头金尽

大手大脚喻不计，缩手缩脚喻小气。
二者虽然两极端，其意皆因少规矩。
挥金如土不可取，吝啬小气亦不必。
生活如若不在意，床头金尽难维系。

【提示】

床头的钱用完了。形容陷入贫困的境地。“床头金尽”一般指生活用的钱已经用光了。床头：指放钱的地方，也是人们常用钱的放置处。这个成语虽然意在贫困，但还没有达到穷困潦倒的地步，只是说需要尽快解决度日的费用，提醒要想办法出去挣钱的意思。语出唐·张籍《张司业集·行路难》诗：“君不见床头黄金尽，壮士无颜色。”

吹毛求疵

吹毛求疵故找碴，蛋里挑骨故难为。
故以寻求小毛病，小题大做妄自威。
蓄意挑起祸事端，从中寻机得实惠。
心怀叵测乱其事，以此达到合口味。

【提示】

求：寻找；疵：小毛病。比喻故意挑剔别人的缺点、错误。这是心怀叵测的人常用的一种不正当的损害他人利益或威信的行为，也是为人们所不齿的整人伎俩。凡是有这种行为的人，其目的就是用“吹毛求疵”的手段，通过打击别人以达到竖立自己威信的目的。语出《韩非子·大体》：“不吹毛而求小疵。”

吹影镂尘

言之如吹影，思之如镂尘。
望风吹其影，妄想得实惠。
事之如儿戏，求之若拜神。
胡言乱语多，吹影镂尘焉。

【提示】

镂：雕刻。用嘴吹影子，在尘土微粒上雕刻。比喻不见形迹。如此之为事，即非分之想。言语不周无根据，胡说八道自相欺，做事不求于实际，妄自而为，必会一事无成。之所以有这种不切实际的思想或行为，其重要的原因，是以自己的主观意志取代客观规律的具体表现。这是做事情最应避免的，凡是不实事求是的思想和行为，都会造成难以挽回的不良后果。语出《关尹子·一宇》。

吹皱一池春水

吹皱春水满池塘，惹得芙蓉摇摆身。
清波荡漾成涟漪，泛起荷香沁于心。
春水无意骚扰莲，只怨春风助精神。
但愿风过涟波平，再与荷花相依亲。

【提示】

意思是“与你何干”。《南唐书·冯延巳传》：“延巳有‘风乍起，吹皱一池春水’之句。元宗尝戏延巳曰：‘吹皱一池春水，干卿何事?’”后来就用这句话作为与你何干或多管闲事的歇后语。歇后语也是一种很好的语言表达方式，其语言更贴近生活，运用得当，不但会准确地表达思想意识，而且会增加语言的风趣性和幽默感。这也是一种被广大群众所喜欢和常用的语言形式。

炊沙作饭

炊沙作饭乃儿戏，只供小儿练手艺。
巧妇难为无米炊，米薪俱全方可依。
担雪塞井不可满，竹篮打水难洗衣。
做事应求于条件，炊沙作饭不实际。

【提示】

煮沙子做饭，乃儿戏所为，只是小儿的游戏。米中掺沙不可食，况且全是沙子岂能当饭食？这个成语的语意不在字面上，只是借以比喻白费力气，劳而无功的意思。语出唐·顾况《行路难三首》：“君不见担雪塞井空用力，炊沙作饭岂堪吃！”

垂死挣扎

近死者而多挣扎，近危者而多逃避。
近火者而多被炙，近水者而多被溺。
死之生命即无存，僵之成尸无以寄。
忧者心烦即意乱，垂死挣扎将断气。

【提示】

垂：接近。即接近死亡时的最后挣扎。生命将结束时必要抗争，以枉求苟活之念头。这种现象如果没有背景原因，可以理解为对生命的难舍。如果因罪过，而做最后挣扎，即可用“垂死挣扎”来形容其死有余辜。所以，此成语多用在落寞阶级或犯罪的人方面，以示其该死或罪有应得的最后下场。

垂头丧气

灰心丧气低着头，失意沮丧没来由。
精神萎靡情不振，一头雾水何其愁。
情不自禁闭双眼，欲哭无泪心难筹。
垂头丧气自叹息，只为佳肴少美酒。

【提示】

低着头，无精打采。形容失意沮丧萎靡不振的样子。语出唐·韩愈《昌黎先生传·送穷文》：“主人于是垂头丧气，上手称谢，烧车与船，延之上座。”

垂涎三尺

见钱眼开流口水，一副下作之丑态。
涎涎三尺不算长，好似银水流出来。
眼看别人乌眼鸡，妄图侵夺耍无赖。
一顿老拳打下来，白眼变成红眼鸡。

【提示】

涎：口水。口水流下三尺长。原来形容嘴馋想吃的意思，现在多形容见到别人的东西就眼红，并妄图侵夺的丑态。这种小人之行为实在很下作，那种见钱眼开，见利妄义，见财眼红的龉龃心理，正是“垂涎三尺”和“垂涎欲滴”丑态嘴脸的形象写照。这种为人所不齿的行为，常常在生活中所见。这便是人群中那些唯利是图的小人行为。语出唐·柳宗元《河东先生集·招海贾文》：“更笑迭怒，垂涎闪舌令。”

椎心泣血

悲痛难忍哭无泪，顿足捶胸怨青天。
悲至极深眼泣血，欲哭无声成气短。
人之情感忒脆弱，承受打击现短板。
面对灾难自伤身，椎心泣血命将完。

【提示】

椎心：捶胸；泣血：悲切得哭不出声音，就像眼里要流血似的。形容悲痛达到极点。俗话说“大悲无泪，大喜不笑”，这是讲人的情感，当遭到极端事物时所促成的一种反常心理。这种情感是由于物极必反的结果，由此可见，处在常规之中的事物与处在极端的事物，具有相互转换的必然性。这种“物极必反”的客观规律，奠定了中国哲学思想的基础。语出唐·李商隐《樊南文集·祭裴氏姊文》：“椎心泣血，孰知所诉。”

循循善诱以施教，言传身教很重要。
育人如同育树苗，及时耐心以诱导。
循序渐进作辅导，春风风人育新苗。
十年树人将成材，十丈大树正直高。

【提示】

春风：适宜草木生长的和风；风人：吹人，比喻教化人。意为用春风吹人的方式施教育，即给予受教者及时的教育或帮助，也就是“学而不厌，诲人不倦”的意思。育人如育树，不但要遵循规律，还要懂得其育理和方法。十年育人，百年育树其理在于循序渐进，并以“春风风人”的方式施教，这就需要如同育树苗那样的精神育人，使受教的人在和风细雨中不断地得到及时的呵护、成长，最终成材。语出汉·刘向《说苑·贵德》：“管仲上车曰：‘嗟兹乎！我穷必矣！吾不能以春风风人，吾不能以夏雨雨人，吾穷必矣！’”

春风满面

满面春风笑，喜笑颜开乐。
心满意足美，意气风发和。
春风化雨时，春风满面拂。
春光明媚好，提笔成佳作。

【提示】

春风：指笑容。形容满脸高兴的样子。这是“人得喜事精神爽”的具体表现。喜、怒、哀、乐是人的四大心情的呈现，也是来自于心灵深处的心理意识的集中体现。“春风满面”“春风得意”等都是有关人的心理表现的成语，这种以春字形成的成语绝大多数都具有正面的效果。如“春暖花开”“春风得意”“春风满面”“春光明媚”“春华秋实”等。

春暖花开

草木泛青风和煦，风和日丽气象新。
春暖花开阳气升，家家户户迎春神。
一年之计在于春，备耕农忙齐用心。
春华秋实应时节，丰收成果多欢欣。

【提示】

形容春天的宜人景色，寓意着春种农忙的大好时光已经来临。现在用来比喻进行学习或开展工作的良好时机。“春暖花开”这是人们盼望春归的美好心理诉求，也预示着农忙播种时节的到来。所谓“春下一粒粟，秋来沉甸甸的谷”即将春播的意义被诉说得既有哲理性又具实际意义。而“一年之计在于春”这句谚语，不但把春天的重要性说得很清楚，而且可以引申为人生及时求进的哲学理念，说得既深刻又明白。

椿萱并茂

椿者喻严父，萱者喻慈母。
椿萱并双茂，父母皆健壮。
上古大椿树，寿得八千秋。
北堂萱草盛，慈母身安康。

【提示】

椿：长寿的大椿，用以象征父亲；萱：种在北堂使人忘忧的萱草，用以象征母亲。大椿和萱草都茂盛。比喻父母都健康。《庄子·逍遥游》："上古有大椿者，以八千岁为春，八千岁为秋。"《诗经·卫风·伯兮》："焉得谖草，言树之背。"世上做儿女的都希望双亲健康长寿，尽孝于身旁。这是为人之根本，也是做人最起码的道德准则。老慈少孝，历来都是中华传统美德之一，也是中华文化博大精深的重要体现，无论时代如何变迁，孝道永远是人类不可或缺的道德支柱之一。

唇齿相依

唇齿相依兮，齿唇互为邻。
关系甚密切，不可两分身。
唇亡及齿寒，寒冷齿伤尽。
互为助其生，唇齿相依存。

【提示】

嘴唇与牙齿互相依靠而得于安生，紧紧相互依靠着，才能确保安全再各行其是。这种与生俱来的密切关系，被引喻到事物方面，比喻事物之间的密切程度之深切。与“唇亡齿寒”这个成语的意思相同，都可以用作人与人或事与事之间的相互利害关系方面。语出《三国志·蜀志·鲍勋传》：“王师屡征而未有所克者，盖以吴、蜀唇齿相依，凭阻山水，有难拔之势故也。”

唇亡齿寒

唇失必露齿，齿寒而遭难。
相互以互保，可以得安全。
为人相互携，共同度华年。
亲密互为助，以求得安然。

【提示】

嘴唇没有了，牙齿就会感到寒冷。比喻关系密切，利害共同。公元前六五八年，晋国把贵重的礼物送给虞国，要求允许晋国军队穿过虞国去攻打虢国，虞国国君答应了晋国的要求。过了三年晋国又来要求过境攻打虢国。这时谋臣宫之奇劝虞国国君说："虢，虞之表也；虢亡，虞必从之。谚所谓辅车相依，唇亡齿寒者，其虞、虢之谓也。"通过这段历史故事，可以了解"唇亡齿寒"这句成语的语意及用处了。

鹑衣百结

贫穷衣褴褛，百结如鹑尾。
鹌鹑尾巴秃，如同补丁堆。
穷困无衣食，焉可上座位。
人间势利眼，服饰分贱贵。

【提示】

鹑：鹌鹑鸟；鹑衣：鹌鹑的尾巴秃，像补丁一样，故用“鹑衣”比喻破烂衣服；结：打成扣结连起来。形容衣服褴褛破旧的样子。俗话说：“人敬有的，狗咬丑的”，道出了人世间的冷暖区别。所谓“敬有的”即尊敬有钱有势的人，“咬丑的”虽然表面是说狗，其实也是以狗眼喻人眼的结果。人者不怕穷，就怕无志气。所以有“人穷志不穷”之说，这说明人只要志不穷，无论生活如何贫穷都不算穷。语出《荀子·大略》：“子夏贫，衣若悬鹑。”

蠢蠢欲动

伺机行动干坏事，蠢蠢欲动做准备。
事先行为漏破绽，严密布控擒罪犯。
法网恢恢疏不漏，时刻坚守于岗位。
有犯必打施重拳，警惕谋犯图不轨。

【提示】

蠢蠢：爬虫蠕动的样子。比喻敌人准备进攻或坏人准备捣乱。法网恢恢疏而不漏，严打犯罪施以重拳。天网侦查，昼夜监控，遂构成一套集监视与收集于一体的预防犯罪措施。确保社会的和谐安宁及保护人民生命财产的安全，以达到对犯罪分子施以彻底打击的目的。语出南朝·宋·刘敬叔《异苑·句容水脉》：“掘得一黑物，无有首尾，形如数百斛舡，长数十丈，蠢蠢而动。”

绰绰有余

绰有余裕物之丰，绰绰有余用不竭。
人力财力皆丰富，为其所用亦要节。
多时应蓄少时用，不可浪费酿不揭。
人才少之多尊贵，天下良才难求接。

【提示】

绰绰：宽裕的样子。形容人力、财力宽裕，用不完。人才与财力是国家强盛的重要条件，有了人才再加上丰厚的财力，是谋求发展不可或缺的两大因素。有了这两项人力和物力的基础，再加之运作合理，调动有方，就可以达到国力强盛的目的。语出《孟子·公孙丑下》："岂不绰绰然有余裕哉?"

绰约多姿

春风吹醉小桃红，绰约多姿露芳容。
婀娜多姿随风摆，脉脉含笑情犹浓。
年年只见花枝俏，岁岁不见果争荣。
春去春来付流水，生命能有几多红？

【提示】

绰约：体态柔美的样子。形容女子身材长得很美。春初小桃红花枝招展，花团锦簇，沐浴春风，摇摆多姿，花红柳绿，楚楚动人，可谓是姿色俱佳。但遗憾的是花期过短，只是盛开一时，便随春风而去，只落得落花流水，空枝无果，枉自悲切也。

词不达意

思想混乱语不应，言之无序不由衷。
词不达意妄自说，语无伦次意不承。
出言不知其何意，听者难以解其声。
若何如此嘴笨拙？源自思维乱不清。

【提示】

词句不能确切地表达思想感情。语为心声，言语是表达思想最重要的手段，也是思维是否清晰的具体表现。如果思维混乱必会造成语无伦次，不能正确地表达思想感情，从而造成“词不达意”的结果。这种现象大多由于文化修养欠缺或天生愚拙所致。知识是人者不可缺少的后天学习积累的成果，有了知识就会促使思维活跃，言语丰富，善于准确无误地自然表达自己的思想感情，其语言简练、生动、准确尚带幽默感，从而使听者明白其意且觉得生动有趣味，这就是知识与思维密切融合的结果。另外一种，则是先天的作用，即有生俱来的睿智表现，也就是人们常说的“天生会说话”的表现。而“词不达意”的人，其原因之一是先天不佳，之二是知识贫乏的表现。

此地无银三百两

自以为是漏破绽，弄巧成拙反受累。
欲盖弥彰为其事，事出有因乃自废。
此地无银三百两，隔壁阿三无偷罪。
埋者偷者一对愚，匪夷所思谬是非。

【提示】

比喻想要隐瞒，掩饰，结果反而愈加暴露。民间故事说：有个自以为聪明的人，把银子埋藏在地里，怕被盗遂将上面写了个纸条，书曰“此地无银三百两”觉得自己很是聪明，便放心地回到家中安睡大觉。隔壁的阿三，见到字条后便把银子偷挖出来抱回家去，心里害怕被发现，于是也写了张“隔壁阿三没有偷”的纸条偷偷地放在埋银处。通过这一藏一偷的故事，让人们在笑话中可以悟到欲盖弥彰的哲理。

此起彼伏

此起而不停，彼伏亦不断。
二者头尾接，形成波浪翻。
事物如潮涌，相接又相连。
此起彼伏动，其理于其间。

【提示】

此：这；彼：那。这里起来，那里下去。形容接连不断地起来。凡事都在其理中变化，知其理，得规律，按理行事可以获得好结果。事物的表面现象是在其理的作用下显示出来的表象。这就如同海潮一样，如果单从一时潮水现象，来判断其走势，显然不会得其规律。如果从潮水形成的原因寻找其规律，则会得到潮汐涨落的理性认识，再根据其理推算出其规律，就可以知道如何运用规律做事。由此可见，凡事都要动脑方可达到为事的效果。

从容不迫

落落大度仪端庄，从容不迫心稳当。
如鱼得水多从容，似鱼之乐于池塘。
镇静自若无遗策，行之得体乃大方。
从容不迫为朝纲，空前绝后女皇上。

【提示】

意思是不慌不忙，非常镇静。一代女皇武则天，文韬武略，思维睿智，胸怀大略，进有其机，退有余地，谋略过人，意志坚强，攻其有方，守其稳当，见机行事，出手不凡，一朝得势，稳操胜券，工于心计，当机立断，当仁不让，一举成功，威震朝纲……绝无仅有，一代女皇。语出《庄子·秋水》：“鯈鱼出游从容，是鱼之乐也”。

从容就义

一代女英豪，秋瑾为国殇。
为救中华心，从容就义亡。
大义无反顾，驱虏复兴旺。
英名垂千古，后人永不忘。

【提示】

就义：指为正义而牺牲。形容非常镇静、毫无畏惧地为正义而牺牲。为悼念秋瑾女英雄为实现恢复中华大业而英勇就义的爱国精神，铭记历史，振兴中华，在纪念女烈士逝世一百周年之际，谨以后人追念英雄的情感以诗而寄之。

从长计议

放长眼光求计议，确保事稳得成绩。
筮短龟长而从长，留有余音绕梁际。
从长计议谋划深，免除混乱费心机。
顺理成章乃规律，凡事皆应求心细。

【提示】

意思是把时间放长来商量考虑，即不急于做决定。这是做事稳妥的方法，但这种方法必须以有充足的时间为前提，与“当机立断”的意思正好相反。由此可见，若想用好成语必须深知语意的用途。语出《左传·僖四年》：“卜人曰：‘筮短龟长，不如从长。’”《元曲选·李行道〈灰阑记·楔子〉》：“且待女孩儿到来，慢慢地与她从长计议，有何不可？”

从井救人

从井救人何其愚，救人不得反害身。
为事定要多思量，莽撞行事必遭侵。
凡事需要讲方法，行之有效靠明心。
方式不当反受累，行为全凭用脑筋。

【提示】

从：跟着。为救跳井的人，跟着跳井去搭救落井的人。比喻做好事的方式不恰当，不但不能救人反而危及自身的安全。这种行为虽然出发点是好的，但是其做法有失妥当。当然这只是用来比喻虽然出自好心，但方法并不合理。以此说明无论做什么事都要讲究方式、方法，不可莽撞行事。语出《论语·雍也》：“井有人焉，其从之也。”

从善如流

兼听者则明，偏信者则昏。
听之善直谏，纳之为人贞。
求贤如若渴，出其于真心。
接受好意见，从善如流钦。

【提示】

从善：听从好的、正确的意见。如流：像流水一样，比喻迅速。指乐意接受别人正确的意见。这是求进步的表现，也是为人谦虚谨慎的自我修养。常言道“兼听则明，偏听则暗”，凡是能很好地听取别人意见的人，都会受益匪浅。如果是国君则可成为明主，如果是普通人则可得到意想不到的顺畅。语出《左传·成公八年》记载，晋国的栾书听从了知庄子、范文子、韩献子三人的话，没有跟楚国打仗，转而取得了攻打沈国的胜利。作者赞扬栾书说：“从善如流，宜哉！”

从心所欲

随其心而为欲事，为所欲为无忌讳。
行为多有乱法纪，视若无人常出轨。
若何如此之嚣张，一意孤行且妄为？
不知法理糊涂虫，从心所欲而犯罪。

【提示】

意思是随自己的心意，想怎样就怎样。这是典型的法盲者常有的表现，也是不知天高地厚的人之行为。这种人常常“从心所欲”地做坏事，直到受到法律制裁时方知违法乱纪的危害。为了维护社会的安宁，对有这种行为的罪犯，给予应有的法律制裁，使其知道遵纪守法是每个公民应该遵守的社会公德，使他们在法律的威慑下，收敛起为非作歹的妄想，以确保社会的和谐发展。

粗茶淡饭

粗茶淡饭虽平常，却得生活有保障。
粗布麻鞋虽简单，却是自给自主张。
饮食不在鱼或肉，食之清素寿可长。
若想健康益年寿，精神矍烁促寿彰。

【提示】

意为普通的饮食，比喻朴素的生活。人人都想健康，人人都想长寿，为了健康长寿人们都会讲究饮食，以为多吃好的就可延年益寿，岂不知这是一种偏见。人要生存，当然离不开食物提供的滋养，但这只是保证健康的一个方面。岂不知人尚要用精神来滋养才能达到健康的目的。“粗茶淡饭”虽然不抵鱼或肉好吃，但营养丰富。有了丰富的营养再加上好心情，即可以获得健康。为什么普通百姓能活到上百岁，而皇帝却大多短命？其原因就出在精神上的不同。由此可见，人的精神面貌是确保健康长寿最重要的因素。语出宋·杨万里《得小儿寿俊家书》诗：“粗茶淡饭终残年。”

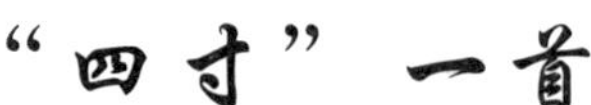

“四寸”一首

＊寸步难行走路难，处境困难耄耋年。
＊寸步不离紧跟上，时时护扶趋于间。
＊寸草不留行“三光”，气焰嚣张暗无天。
＊寸阴若岁如流水，转睛双鬓遭霜染。

【提示】

“寸步难行”原指走路困难。后比喻处境艰难；“寸步不离”：寸步：非常短的距离。比喻紧跟着，一步也不离开；“寸草不留”：寸草：一点点小草。比喻极微小的东西。意为彻底毁掉，一点也不留下。形容反动军队极端野蛮残暴。“寸阴若岁”：寸阴：一寸光阴，日影移动一寸。岁：年。形容岁月如穿梭，日影移动一寸就像过了一年那么快。指分别后的想念殷切之情。

大法小廉

法度不分大与小，有法必遵方得安。
官位无论高或低，奉公行事则清官。
国法确保民安生，大法小廉当自鉴。
世间诸事无常算，依法治国保安全。

【提示】

旧时指大小官员尽忠、尽职。现在则要求无论官职高低，皆要以清廉勤政，并以社会主义核心价值观和为人民服务为宗旨。语出《礼记·礼运》。

大放厥词

事物依理而成立，无理取闹不合义。
胡言乱语无根据，大放厥词谬实际。
国土争议无休止，谈判协商解问题。
只要双方怀诚意，心诚求同双得利。

【提示】

厥：其，他的。原来是说尽力铺陈辞藻。现指大发议论。多用于贬义。“玉佩琼琚，大放厥词。”语出唐·韩愈《昌黎先生集·祭柳子厚文》。

大含细入

大者含元气，细者入其微。
内容富而广，精博居高位。
大而包天地，小而入细为。
大含细入之，文章之精髓。

【提示】

原指文章内容精博，既包涵天地的元气，又概括了极微小的事物。后来用以称赞文章的博大精深。语出《文选·扬雄〈解嘲〉》。

大旱望云霓

大旱时节盼降雨，大涝时节盼雨息。
天地自有其规律，不以人愿改轨迹。
风调雨顺乃幸运，旱涝成灾天之力。
靠天吃饭昔至今，天随人意乃大吉。

【提示】

霓：虹的一种，又称副虹，颜色较虹稍淡；云霓：出现云霓，指下雨。大旱之时人们渴望下雨，形容盼望的心切。语出《孟子·梁惠王下》。

大江东去

柳诗多云风月残，悲歌之韵如轻泣。
东坡一首怀古诗，大江东去显大气。
气势恢宏咏长江，一江洪流向东去。
更述英雄多威风，古来风流一支笔。

【提示】

词牌名，即“念奴娇”。因苏轼《念奴娇·赤壁怀古》首句为“大江东去”而得名。“学士（东坡）词，须关西大汉，铜琵琶，铁绰板，唱大江东去。”语出宋·俞文豹《吹剑录》。

大言不惭

口若悬河无遮拦，大言不惭放厥词。
腹中空空言不衷，胡言乱语不知耻。
满嘴空谈说废话，自以为是多不知。
充其量值半瓶醋，嘴与心者两不实。

【提示】

说大话不知害羞。东拉西扯胡乱编，言之不实尽谎话，欺世盗名言语过实，沽名钓誉满嘴瞎话。语出《论语·宪问》。

大智若愚

大勇若怯图外表，大智若愚似若蠢。
慧根优劣乃先天，智慧不凡外貌敦。
以貌取人限于表，以智取人图其心。
心智高超乃贤人，徒有外貌不可钦。

【提示】

形容很聪明的人表面上好像愚笨。“大勇若怯，大智若愚。”外貌厚敦智聪睿，思维敏捷飙难追。心胸博大才气盛，慧眼入木达三分。语出宋·苏轼《贺欧阳修致仕启》。

戴盆望天

头扣大盆欲望天，眼前唯见盆底宽。
一盆遮眼误为天，以盆代天实愚顽。
天上日月复行走，夜里晴空星灿烂。
盆底何可与天比，戴盆望天更可怜。

【提示】

头上顶着盆来看天。形容行为与目的相反。语出汉·司马迁《报任少卿书》：“仆以为戴盆何以望天。”

戴月披星

农夫劳作多辛苦，早出晚归忙耕田。
披星戴月而劳作，只求秋来获其甜。
春种夏锄秋收忙，辛苦不向他人言。
自食其力而获得，一粒粮食一滴汗。

【提示】

形容早出晚归，也形容不分昼夜地走路或在野外辛苦劳动。也作“披星戴月”。“戴月披星，终非了局。”语出清·蒲松龄《聊斋志异·毛狐》。

单鹄寡凫

天鹅操守独自生，常以悲鸣哀苍天。
野鸭失偶守空窠，孤独之苦不可言。
齐人曾作鹄凫曲，琴声哀怨泪涟涟。
天下可悲数孤单，身终方止泪始干。

【提示】

鹄：天鹅；寡：失去配偶的；凫：野鸭。孤单的天鹅，寡居的野鸭。原为古琴曲，后来多用以比喻失去配偶的人。也作“寡鹄单凫”。语出《西京杂记》五。

单枪匹马

三国赵云盖世雄，单枪匹马战曹将。
杀出重围救阿斗，所向披靡不可挡。
威猛之势虎扑食，骁将胜过兵卒强。
一代名将垂青史，威名远扬震四方。

【提示】

一个人单身上阵。比喻没有旁人帮助，单独行动。“兵散弓残挫虎威，单枪匹马突重围。”语出五代·楚·汪遵《乌江诗》。

殚见洽闻

才学精到且渊博，见识丰富知识多。
耳闻目染无遗漏，殚见洽闻用心说。
才智实践相结合，勤于钻研必收获。
终生努力为祖国，功高盖世青史册。

【提示】

殚：尽；洽：遍。该见的都见过了，该听的都听过了。形容学问极为渊博。语出汉·班固《两都赋》：“元元本本，殚见洽闻。”

箪食瓢饮

古有颜回大贤者，身居陋室不觉窄。
一箪粗食一瓢饮，箪食瓢饮而自在。
身处困苦心不哀，源自心境如大海。
心存大志必成才，忧国忧民志不改。

【提示】

箪：盛食物的用具。瓢：盛水的器物，用葫芦做成。一箪的食物，一瓢的饮水。古代指贫苦的生活。语出《论语·雍也》。

淡泊明志

非淡泊而无明志，非宁静而无致远。
追求功利虽可言，不求功利乃为贤。
朴素之中显志气，诸葛介子书明显。
为官为民心自清，淡泊明志如神仙。

【提示】

淡泊：不追求名利。生活简单朴素才能显示出自己的志趣。“非淡泊无以明智，非宁静无以致远。”语出三国·汉·诸葛亮《诫子书》。

淡妆浓抹

人之妆饰显心性，淡妆素抹多自然。
美丑不在粉厚脸，心境促使简与繁。
繁简当依自条件，相得益彰成美颜。
西子之美乃天成，淡妆浓抹皆和弦。

【提示】

妆：妆饰、化妆、打扮。抹：涂抹。形容淡素和浓艳两种不同的妆饰。“欲把西湖比西子，淡妆浓抹总相宜。”语出宋·苏轼《饮湖上初晴后雨》。

当断不断

优柔寡断事难为，当机立断出胜算。
为人做事敢承担，当断不断必后患。
鸿沟议和臣张良，力谏刘邦当果断。
致使垓下一决战，一举成功立大汉。

【提示】

到了应该做出决断的时候，而不能决断，必然因贻误时机而招致失败。语出《史记·齐悼惠王世家》：“当断不断，反受其乱。”

当局者迷，旁观者清

观棋不语真君子，胡乱支招讨人嫌。
观棋虽然是小事，小事之中见根源。
得失过虑必糊涂，聪明反被聪明陷。
不识庐山真面目，只缘身在此山间。

【提示】

当局者和旁观者原来是指下棋的和看棋的人，后用以比喻当事人和旁观的人。当事人往往因为对利害得失考虑得太多，看问题反而糊涂，旁观的人由于冷静、客观，却看得清楚。语出《新唐书·元行冲传》。

当头棒喝

禅宗和尚收徒弟，当头棒喝一声吼。
不问情由出怪题，以试初人知缘由。
厉声犹如当头棒，惊得试人难忍受。
若能自持守于静，对答不乱即可收。

【提示】

佛教禅宗语。棒：指用棍棒打；喝：大声呵斥。意为禅宗和尚接待初学的人，即突然给以一棒，或大喝一声，让对方不加思索地立即回答问题，以考验其对佛理领会的程度。后来泛指使人觉悟的猛烈手段，也比喻给人以严重警告或打击。

当轴处中

身居高处不胜寒，当轴处中要承担。
处中承受不言累，亦可容身保安全。
官居要地任重远，言行黎民皆可辨。
敢于担当不畏难，清官为民如青天。

【提示】

轴：车轴；中：中心，中央。处在车轴中心。旧时比喻官居要地。语出《汉书·公孙刘车王杨蔡陈郑列传赞》。

倒海翻江

五更狂风和急雨，倒海翻江突其来。
面对突变心沉稳，力挽狂澜气不败。
众人齐心战恶浪，万众一心十当百。
上下一致再接力，战天斗地势不衰。

【提示】

原来是说水势浩大。后来用以不怕任何困难或比喻成就了极难做到的事业。也形容力量、声势的巨大。

蹈常袭故

墨守成规事难为，蹈常袭故难自揭。
穿上新鞋走老路，踌躇不前怕伤鞋。
客观变化日日新，推陈出新事相协。
变中求进得发展，不可借鞋妄求歇。

【提示】

蹈、袭：因袭，沿用；常：平常的；故：旧的。形容按照老办法行事。“后之君子，蹈常而袭故，惴惴焉惧不免于天下。”语出宋·苏轼《伊尹论》。

得陇望蜀

人心不足蛇吞象，贪心必将自身伤。
得陇望蜀非分想，事不成而反遭殃。
贪婪之性祸之根，贪欲之心利不让。
见利忘义不可取，贪得无厌必遭殃。

【提示】

陇：古代地名，约当今甘肃省东部；蜀：古代地名，约当今四川省中西部。比喻人贪得无厌。语出《后汉书·岑彭传》。

得鱼忘筌

筌即网鱼之用器，无筌观鱼心里急。
得鱼忘筌因心喜，得不偿失亏乃及。
成功当思事之源，岂可置源于外离。
天下人者知其理，功成名就当思憩。

【提示】

筌：捕鱼用的竹器。捕得了鱼即忘记了筌。比喻成功以后就忘了赖以成功的事物、条件。庄子曰："筌者所以在鱼，得鱼而忘筌。"语出《庄子·外物》。

登堂入室

诗文高超如登堂，境界至高入室房。
意境深远笔法新，造诣高深乃为上。
常以堂上会文友，不可颠倒入内厢。
世之朋友常造访，登堂入室应思量。

【提示】

堂：古代宫室的前屋；室：古代宫室的后屋。登上厅堂，进入内室。比喻造诣高深的程度。入室比喻最高境界，登堂仅次于入室。语出《汉书·艺文志》。

滴水穿石

石坚水柔两极端，以柔克刚事常见。
滴水不厌事其烦，日经月累顽石穿。
事在人为思当先，扬长避短理当然。
刚柔并济补长短，滴水穿石乃经验。

【提示】

屋檐流下的水滴，时间长了能把石头滴穿。比喻尽管力量很小，只要坚持不懈，就能做出看来很难办到的事情。

地利人和

天时不如地利好，地利不如人和情。
人和谐律事竟成，万事俱兴天地清。
人心所向泰山移，人心相背不可成。
天下之事靠人为，地利人和世必弘。

【提示】

地利：地理条件好；人和：得人心。意思是说，天时有利不如地形有利重要，地形有利又不如得人心重要。现在用“地利人和”表示地理条件和群众基础都好。

定于一尊

才多识广受尊敬，德高望重为楷模。
德才兼备集一身，乃为旷世之贤哲。
品格高尚济于世，身居高位施仁德。
言谈话语虽不多，定于一尊受寄托。

【提示】

尊：指具有最高权威的人。旧时指思想、学术、道德等以一个有最高权威的人作唯一的标准。语出《史记·秦始皇本纪》：“别黑白而定一尊。”

冬日可爱

日照大地得其光，冬日可受日照暖。
冰封积雪天气寒，日照偏低昼变短。
冬日北方逾严寒，冰雪运动热正酣。
白雪之上飞雪板，冰面之上赛冰帆。

【提示】

冬日：冬天的太阳。比喻温和慈爱。冬天是严寒季节，草木凋零，大雪飞扬，气温很低。此时的阳光虽然低照不足，但却倍受人们的喜爱。语出《左传·文公七年》。

东海扬尘

沧海桑田大变迁，一次跨越几亿年。
人寿了了岂可见，只知其有无以观。
东海水势益渐浅，麻姑谓之少一半。
东海扬尘在往日，当今为海何已干？

【提示】

东海变成陆地，扬起灰尘。比喻时势变迁。传说神仙王方平对麻姑说："东海行复扬尘耳。"

东涂西抹

今人书画欠功力，随意涂之自为家。
自我感觉多良好，东涂西抹如豆渣。
市井小巷图虚名，育人教习为自发。
武人弄墨笔当枪，妄将笔墨成尴尬。

【提示】

比喻随意提笔，随意作文。现在也用以形容到处为他人题字，但书法功夫既无法度又欠规范，字迹怪异，谬称一家。语出五代·王定保《唐摭言·慈恩寺题名游赏赋咏杂记》。

洞若观火

眼明耳聪看事真，不重表象观其神。
洞察人心最为难，入木三分难透身。
洞若观火皆透彻，视其真相悟得深。
言出皆可中要害，观火亦要加审慎。

【提示】

看事物十分明白清楚，好像看火一样。比喻观察事物明白透彻。“我视汝情如视火。”语出《尚书·盘庚上》：“予若观火”。

斗筲之器

人无大志难成器，斗筲之器容量低。
容量不大为小器，量小何能成大器。
昔有周瑜旷世才，文韬武略皆具齐。
可叹心胸太狭窄，不经三气命归西。

【提示】

筲：饭箩，容五升。像斗和筲一般大小的器具。比喻气量狭窄，见识短浅，难成大事。语出《论语·子路》。

独木不成林

高树靡阴不成林，独荆非树何谈荫。
独木亦可成木桥，行于之上如钝刃。
势单力薄难成气，万众齐集方成军。
人间诸事集易成，单打独斗难称心。

【提示】

一棵树成不了森林。比喻单个的力量是薄弱的，办不成大事。单打独斗匹夫之勇，往往无济于事，众人合力方可成其大事。语出汉·崔骃《达旨》。

断编残简

古墓之中留残简，佐证历史最可鉴。
妙手回春重编纂，字里行间查文献。
华夏文化五千年，历史悠久天时远。
若寻古人文明路，出土残简可彰显。

【提示】

简：古代用来写字的木、竹片；编：穿简的细长皮条。指残缺不全的古籍。也指不完整的书本知识。语出《宋史·欧阳修传》。

断鹤续凫

长者不为而有余，短者为之而不足。
凫胫虽短续则优，鹤胫虽长断则苦。
取长补短应实际，强而持之不合路。
长短源自天然生，谬之反将荣成枯。

【提示】

截短鹤的长腿，续接野鸭的短腿。比喻强行违反自然规律办事，适得其反的后果。语出《庄子·骈拇》。

断章取义

为事须以观全貌，不可一孔取其义。
断章难得文全意，就轻避重忘所以。
断章取义妄自为，不得精神难于理。
自作主张乱断章，单凭臆断求其余。

【提示】

章：本来是指《诗经》中诗篇的某一章。后来用“断章取义”引证文章的一句两句，不问原意，不顾全文。语出《左传·襄公二十八年》及《孔颖达疏》。

对牛弹琴

相与言语视对象，话不投机半句多。
见人即要说人话，见鸟亦要听鸟说。
明仪为牛弹清角，对牛弹琴无反射。
人群之中有聪愚，说话讲理须斟酌。

【提示】

比喻对蠢人讲大道理白费口舌，有看不起对方的意思。现在也用来讥笑人说话不看对象。语出南朝·梁·僧祐《弘明集》。

多历年所

历朝历代命短长，人随天意世即昌。
殷礼图配天所长，秦施酷法命短殇。
纵贯泛泛五千年，改天换地复而唱。
来来去去不换药，封建毒药频注汤。

【提示】

历：经历，经过；所：同“许”，文言数量词后缀；年所：年数。经历的年数很多。意思是因为有一些贤臣的辅佐，所以殷王朝德配上天，多历年所，统治的时间很长。原来形容某一王朝的统治时间很长，后也泛指经过的时间很长。语出《尚书·君奭》。

多难兴邦

中华封建几千年，前朝唱罢后朝唱。
前后只是姓不同，实则仍是再换汤。
灾难因苦伤民心，民族大业少通畅。
前仆后继救国难，终见晴天济世昌。

【提示】

邦：国家。意思是多灾多难，能激起克服困难的决心，因而转使国势兴盛起来。“或多难以固其国，启其疆土；或无难以丧其国，失其守宇。”语出《左传·昭公四年》。

咄咄逼人

言之切勿势逼人，话语伤人嫉恨生。
咄咄逼人不可作，和风细语亦动听。
倘若义正辞令深，不急不躁软含硬。
以理相争不相让，切中要害击得重。

【提示】

咄咄：使人惊惧的声音。原来形容说话伤害人，令人难受。现在形容气势汹汹，盛气凌人，使人难堪。也指形势发展很快，促使人努力赶上。语出南朝·宋·刘义庆《世说新语·排调》。

度德量力

不度德又不量力，此乃人生之大忌。
度德量力自知明，否则没有立锥地。
道义力量应双举，无道必遭天下议。
反其道而行于逆，奈何持久不生疾。

【提示】

度：量，计算。从道义和力量上估计自己。过去一般指统治者或有影响力的人在重要行动前对自己做充分的估量。语出《左传·隐公十一年》。

“四打”之一

* 打抱不平乃好汉，路见不平即相助。
* 打草惊蛇不严密，走漏风声不利图。
* 打成一片相结合，形成一体互相扶。
* 打家劫舍乃为盗，抢劫掠夺其财物。

【提示】

“打抱不平”指在双方争执中，主动介入，帮助受欺侮的一方。也就是人们常说的“路见不平拔刀相助”的义士行为；“打草惊蛇”原来比喻惩治甲某，以警告乙某。后多用以因行动不缜密，致使对方有了防备；“打成一片”原意指形成一个整体。现在指紧密结合在一起，不分彼此；“打家劫舍”：劫：抢劫。舍：居住的房子。指劫夺他人财物的行为。

“四打”之二

＊打落水狗力坚决，必须狠打致彻底。
＊打退堂鼓示退堂，击鼓以示退私邸。
＊打肿脸面充胖子，硬要冒充了不起。
＊打破砂锅问到底，穷追不舍问老几？

【提示】

“打落水狗”：落水狗：比喻被打败的敌人。即对敌人打击一定要坚决、彻底，绝不能宽容或松劲；“打破砂锅问到底”：比喻对问题要穷根究底；“打肿脸充胖子”比喻原本无能，硬要冒充了不起的行为。

“四大”之一

* 大材小用成浪费，用人不当屈人才。

* 大处落墨为画文，大处着眼从体裁。

* 大吹大擂大宣扬，夸张显示吹起来。

* 大吹法螺吹号角，长篇累牍无实在。

【提示】

“大材小用”大的材料，用在小处。比喻使用不当，造成浪费。此成语多用在形容用人不当方面，比喻才能很高的人却没有得到重用；“大处落墨”指绘画或写文章要从主要的地方着笔。比喻做事要从大处着眼，首先要解决关键问题；“大吹大擂”：吹：吹喇叭。擂：擂鼓。原指乐器齐奏。现多比喻大肆宣扬，过分地夸张或显示；“大吹法螺”原指佛家讲经说法时要吹法螺。后比喻说大话，自我吹嘘，言之无实。

“四大”之二

* 大醇小疵总体好，略有不足稍欠圆。

* 大慈大悲佛家语，心肠慈善无厌倦。

* 大打出手成混乱，相互争斗逞凶蛮。

* 大刀阔斧无拘束，行事干练又果断。

【提示】

“大醇小疵”：醇：酒味浓厚、纯。疵：毛病。意为大体上很好而略有缺点；“大慈大悲”本为佛家用语，形容人的心肠慈善。现在多用于讽刺口吻；“大打出手”：打出手：戏曲中的一种武打技术。引申为野蛮逞凶，相互争斗；“大刀阔斧”比喻办事果断而有魄力。

“四大”之三

* 大而无当用，往而不返故。

* 大发雷霆怒，高声训斥奴。

* 大风大浪高，形势如张弩。

* 大腹便便者，肥肚鼓突出。

【提示】

“大而无当”：当：底。表示虽然很大，但不合用处。语出《庄子·逍遥游》：“吾闻言于接舆，大而无当，往而不返，吾惊怖其言，犹河汉而无极也”；“大发雷霆”：霆：极响的雷声。比喻大发脾气，高声训斥；“大风大浪”原指自然界的狂风巨浪，现多用以比喻社会上复杂、激烈的斗争；“大腹便便”：腹：肚子。便便：肥大的样子。形容肚子肥大。

“四大”之四

＊大公无私无私心，天下为公显忠诚。
＊大功告成心欢喜，以利再战立新功。
＊大海捞针成渺茫，难以寻觅事无成。
＊大喊大叫少修养，不计场合乱呼应。

【提示】

“大公无私”原来是笼统地指没有私心。现在指为国家为民族的利益着想，毫无个人的私心；“大功告成”：功：事业。即巨大的工程或重要的任务宣告完成；“大海捞针”在大海里捞一根针。比喻很难找到，甚至不可能找到。比喻事情的难度过大，很难做到；“大喊大叫”即高声呼喊，大声呼叫。

“四大”之五

* 大惑不解于终身，不满质问欲求真。

* 大惊小怪妄惊讶，小题大做无其因。

* 大快人心提精神，惩罚得当安民心。

* 大名鼎鼎名声响，妇孺皆知犹可钦。

【提示】

“大惑不解”原意是说一辈子迷惑不解。后来指对某事很怀疑，不理解。多用于表示不满或质问。语出《庄子·天地》：“大惑者终身不解。”“大惊小怪”形容对于不足为奇的事情表现出过分的惊讶；“大快人心”指坏人或坏事受到惩罚或打击，使人们心里非常痛快；“大名鼎鼎”：鼎鼎：盛大的样子。形容名声很大。

“四大”之六

* 大逆不道乃罪名，不合封建之标准。
* 大气磅礴气势宏，广大无边如星辰。
* 大权旁落别人手，落得庶民清白身。
* 大煞风景伤兴致，无端扫兴骚人心。

【提示】

“大逆不道”：逆：叛逆。不道：指不合封建道德的标准。多指封建专制者对起来造反的人所加的罪名；“大气磅礴”：磅礴：广大无边的样子。形容气势盛大；“大权旁落”指主管人员让权柄落到别人手里；“大煞风景”：煞：减损。煞风景：指在公共场合做出或说出有伤风化的行为，使别人感到不愉悦。现在用来形容大大地损伤兴致。

“四大”之七

* 大声疾呼求注意，使人警觉以为救。

* 大失所望无希寄，希望落空难成就。

* 大事不糊涂真好，小事糊涂不愧疚。

* 大是大非乃原则，不可稍有不讲究。

【提示】

“大声疾呼”：疾：急。指向人们迫切地大声呼吁，使人警觉，以引起人们的注意；“大失所望”表示原来的希望完全落空；“大事不糊涂”在关系到原则性的大是大非上头脑清醒明白；“大是大非”属于政治原则性的是非问题。

“四大”之八

* 大势所趋乃形势，发展趋向统全局。
* 大书特书写功绩，实事求是有根据。
* 大题小做不作为，不负责任而自居。
* 大庭广众故做戏，缺乏自律妄之举。

【提示】

“大势所趋”：大势：整个局势。趋：向，往。即整体局势发展的趋势；“大书特书”：书：写文章。意思是说文章意义重大，需要尽力去写，着重去写。也指事件重要，要特别记载，以引起人们的注意；“大题小做”比喻把重大问题当作小事处理；“大庭广众”：庭：旧时指官署的厅堂，后泛指院子。指人很多的公共场所。

“四大”之九

* 大同小异差不多，大体相同略有差。

* 大喜过望超乎想，好事多多惠大家。

* 大显身手做表现，显示本领才艺佳。

* 大相径庭相甚远，彼此矛盾无限大。

【提示】

“大同小异”即大体相同，略有差异；“大喜过望”：过：超过。望：希望。意为超过自己原来的希望，因而感到很高兴；“大显身手”：身手：指本领。形容充分显示自己的本领；“大相径庭”：径庭：悬殊，偏激，现指相差很远。

“四大”之十

＊大兴土木造宫殿，劳民伤财为显赫。
＊大义凛然壮神态，令人敬畏如山河。
＊大义灭亲不徇情，为官清正受人贺。
＊大有人在为数多，法不责众难求所。

【提示】

“大兴土木”：兴：兴起，创建。指大规模地兴建土木工程。多指建房屋。“大义凛然”：凛然：形容令人敬畏的神态。形容正义之气令人敬畏的样子；“大义灭亲”：亲：亲属。即为了维护国家的利益，对犯罪的亲人不徇私情，使其受到应有的惩罚；“大有人在”形容某一种人为数很多。

“三大”一首

* 大有作为以贡献，发挥作用力争先。
* 大张旗鼓造声势，创建规模靠实干。
* 大张挞伐力征讨，促使对方不得安。
对人攻击中要害，尽力声讨无宽限。

【提示】

“大有作为”：作为：做出成绩，有贡献。形容可以发挥作用，做出更大的贡献。“大张旗鼓”：张：陈设，布置。大规模地摆开旗鼓。比喻声势和规模很大。“大张挞伐”：张：施展。挞伐：征讨，用武力使其屈服。使用武力大规模地进行讨伐。也指对人进行攻击或声讨。

呆若木鸡

六神无主现呆滞，形神不合若木鸡。
昔有纪子驯斗鸡，驯成不鸣难斗兮。
人逢恐惧而发愣，形似木鸡不应及。
呆头呆脑不知否，行为笨拙如儿戏。

【提示】

呆得像木头鸡一样。《庄子·达生》里说，纪子替齐王驯养斗鸡，四十天才完成，训练好的鸡听到别的鸡叫时，没有任何反应，“望之似木鸡矣”。后来就用“呆若木鸡”形容呆笨。现多用以形容因恐惧或惊讶而发愣的样子。

“二待”一首

*待价而沽屯集物，等待时机多赚钱。

引申意为等机会，但逢机遇即升官。

*待人接物与人处，遵循礼仪整衣冠。

来往之间守诚信，行为规范相互搀。

【提示】

“待价而沽”：沽：出售。即等待高价出售，以便多赚钱。这是经商者常用的赚钱手段之一，名曰“屯集聚齐”。这种行商手段具有扰乱市场的负面作用，所以一向被禁止；“待人接物”：物：众人。指跟别人相处。语出汉·司马迁《报任少卿书》：“教以慎于接物，推贤进士为务。”

单刀直入

单刀直入不绕弯，直截了当说明白。
性格直爽语言直，有啥说啥不掩盖。
认定目标向前闯，一鼓作气好痛快。
事物性质多不同，就事论事以对待。

【提示】

原来比喻认定目标，勇猛前进。后来比喻直截了当，不绕弯子。语出宋·释道原《景德灯录·卷十二·庐州澄心院旻德和尚》：“若是作家将，便请单刀直入，更莫如何若何。”

箪食壶浆

民拥军亦军爱民，军民相亲鱼水情。
箪盛米饭送与军，军为百姓促世兴。
军民似若一家人，相互亲近以相逢。
鱼水情深不分离，国泰民安有保证。

【提示】

箪：古时盛饭的圆形竹器；食：食物。古时候老百姓用箪盛了饭，用壶盛了汤来欢迎他们所拥护的军队。后来用以形容军队受欢迎的情况。人民军队爱人民，军民亲如鱼水情，这是革命成功的最重要的因素之一，也是确保胜利的重要条件。无论何时，这个条件都是获得成功的重要因素。语出《孟子·梁惠王下》。

“四胆”一首

*胆大包天以为贼，违法乱纪多胡为。
*胆大妄为无顾忌，妄自行动无忌讳。
*胆大心细为其事，果断周密以应对。
*胆小如鼠不敢做，瞻前顾后难以遂。

【提示】

“胆大包天”形容胆量非常大。即所谓贼胆。多用于贬义。指那些邪门歪道的人，敢于做坏事；“胆大妄为”：妄为：乱做，胡搞。形容毫无顾忌地胡作非为。多用于贬义；“胆大心细”形容做事果断而考虑周密。语出《旧唐书·孙思邈》：“胆欲大而心欲小，智欲圆而行欲方。”“胆小如鼠”胆小得像老鼠一样。形容非常胆小。

“二弹”一首

＊弹尽援绝陷于困，坚守待命处境危。
指望后续来支援，以求解救施突围。
＊弹丸之地区域小，尽其努力亦难为。
寄予希望得相助，同心协力促事恢。

【提示】

“弹尽援绝”弹药用尽了，后援也断绝了。比喻处境非常困难，很难支持下去。形容形势危急，急待救援；“弹丸之地”：弹丸：弹弓所用的泥丸、石头或铁丸，都是很小的东西，用以比喻很小的地方。语出《战国策·赵策三》：“此弹丸之地，犹不予也，令秦来复攻，王得无割其内而媾乎?”

“四当”一首

＊当场出彩露破绽，人前败露其秘密。
＊当行出色事精通，行业之中高手艺。
＊当机立断抓时机，事到头来不迟疑。
＊当仁不让无推诿，积极主动成事宜。

【提示】

“当场出彩”：出彩：表演时用红墨水充当流血的道具而显现效果。今多比喻在人们面前败露个人的秘密；“当行出色”当行：内行。出色：格外好。形容精通某一行业务；“当机立断”：当机：抓住时机。形容事情到了紧要关头，就毫不犹豫地做出决断；“当仁不让”表示遇到应该做的事，就要积极主动地去做，不应推诿。

党同即同党，伐异即驱他。
同党相袒护，异派多糟蹋。
党锢闹派系，两者多奸诈。
内患即不断，胜负两不搭。

【提示】

意思是与自己同派的就偏袒，不是一派的就攻击。从而造成难以化解的宿怨。纵观历史，历朝历代党锢派系斗争从未停止过。这种明争暗斗所酿成的灾祸，数不胜数，从而构成当政者的一大祸根。语出《后汉书·党锢传序》：“至有石渠分争之论，党同伐异之说。”

“二刀”一首

* 刀光剑影即行动，杀机将起害人命。
歹人行凶起祸端，烧杀抢掠犯罪行。
* 刀山火海似地狱，妖魔鬼怪现原形。
喻之困难不一般，面对艰险豪气生！

【提示】

“刀光剑影”刀的寒光，剑的投影，都已经呈现出来。意为持刀剑的人将要行动，杀机已露。现多形容坏人就要行凶作案，也形容激烈斗争的场面；“刀山火海”比喻极其险恶、极其危险和极其困难。

“四倒”一首

＊倒持泰阿交权柄，反受其害难保身。
＊倒打一耙八戒用，反咬别人招数狠。
＊倒果为因即颠倒，妄将因果倒而分。
＊倒行逆施谬道理，坚持错误枉费心。

【提示】

“倒持泰阿”：泰阿：古代宝剑名。即倒着拿宝剑，把剑柄交给别人。比喻轻率地把权柄交给别人，自己反受其害；“倒打一耙”：《西游记》中猪八戒用钉耙作武器，常用倒打一耙的战术打败对手。现在用以比喻犯了错误或干了坏事不承认，反而倒咬别人一口；“倒果为因”即弄错因果关系。把结果当成原因；“倒行逆施”原来是说做事违反常理，现在多用以形容坚持错误方向。

悼心失图

伤心而不谋，失却好时机。
哀悼丧其志，灰心难成器。
悼心失图事，促使眼前翳。
胸襟多狭窄，悲伤失成绩。

【提示】

悼：伤；图：谋。即因伤心而失于图谋。这种因眼前而失去图谋的人，是不会有所作为的，更不能图谋大事。由于缺乏雄才大略，常常会被眼前所发生的不幸事件所击夸。如此性格何谈成就事业的决心。语出《左传·昭七年》：“孤与其二三臣悼心失图。”

盗憎主人

盗憎主人悖于理，喻之怨恨正直者。
直言不讳得罪人，埋下祸根遭忌恨。
小人心理多狭窄，常将直言当坏心。
处心积虑作伤害，如同盗憎主人深。

【提示】

盗贼憎恨被他盗窃、抢劫的主人。比喻坏人怨恨正直的人。《左传·成公十五年》："伯宗每朝，其妻必戒之曰：'盗憎主人，民恶其上。子好直言，必及于难。'"直言多遭忌讳，常常构成祸端。因此，史上很多直言者，多半都会受到小人的忌恨而酿成杀身之祸。

“四道”一首

*道不拾遗世态稳，国泰民安事业兴。
*道路以目互相视，无言相说不敢应。
*道貌岸然图外表，外貌严肃心不诚。
*道听途说无根据，造谣生事当受惩。

【提示】

“道不拾遗”：道：路或街。遗：丢失的东西。意为把东西丢失在路上也没有人拣去据为己有。形容社会安宁，人的道德素质高尚。另有“夜不闭户”的成语，其意思相同；“道路以目”意为人们在路上相遇时，都不敢交谈，只是彼此用眼睛互相看看。形容世态严酷，人们害怕言之获罪；“道貌岸然”：道貌：正经、严肃的外貌。岸然：严肃很难接近的样子。形容外貌严肃正经但内心却与外貌不符合，另有想法。多用于贬义；“道听途说”：道、途：路。即路上听来的话。指没有根据的传说。

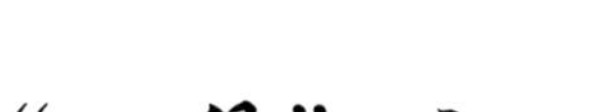

“四得”之一

*得不偿失难抵补，蒙受损失无处讨。
*得寸进尺心贪婪，欲壑难填终栽倒。
*得过且过混时间，遇到难关寒号鸟。
*得胜回朝传捷报，报喜请功讨封号。

【提示】

“得不偿失”：偿：抵补。即所得的利益抵补不了所受的损失；“得寸进尺”即得到一寸就想进一尺。比喻贪婪的欲望越来越大；“得过且过”：且：暂且。能过下去就这样过下去。原指过一天算一天，不作长远打算。现在也指工作应付了事，不负责任；“得胜回朝”：朝：朝廷，古代帝王听政的地方。指在外作战胜利后回到京城向皇帝报功。

“四得”之二

*得天独厚条件好，具备优势由天赐。
*得心应手靠经验，技艺高超列名次。
*得意忘形失常态，忘乎所以不知耻。
*得意忘言相默喻，心照不宣而知之。

【提示】

“得天独厚”具有特殊优越的条件。指所处环境或所具备的条件非常好；“得心应手”：得心：指摸索到规律。心里有了经验，做起来就自然顺手。形容技术纯熟，也形容做事情很顺手。语出《庄子·天道》：“不徐不急，得之于手而应于心。”“得意忘形”形容人高兴得失去常态，忘乎所以；“得意忘言”：得：得到。言：语言。原来是说，语言是达意的，已得其意，就不再需要语言了。后来用以表示互相默喻，心照不宣。语出《庄子·外物》。

“二德”一首

*德才兼备尽善美，思想品德双具备。
才高禀性人格好，难得之才多欣慰。
*德高望重声望高，品德高尚现尊贵。
老成持重树榜样，后生佩服亦相遂。

【提示】

“德才兼备”：兼备：全都有。即思想、品德和工作能力、业务水平都好。从事某种行业并做出突出成绩和贡献的模范人物；“德高望重”：德：品德。高：深厚，崇高。望：声望、名声。意为品德高尚，声望很高的人。现指道德高尚，在群众中享有很高的声望。多用于称颂老年人。

“二登”一首

*登峰造极高境界，成就斐然出头地。
此语具有双重意，好事坏事多注意。
*登高一呼成号召，一呼百应众心齐。
发出倡议如号角，同心相协齐努力。

【提示】

“登峰造极”：峰：山顶。造：达到。极：最高点。比喻成就达到最高境地。此成语可用在正、反两方面，即可形容好到极点又可形容坏到极点。所以使用时应多加注意。语出南朝·宋·刘义庆《世说新语·文学》；“登高一呼”比喻有影响的人发出倡议或号召。

“四等”一首

＊等而下之相比较，同等显示有高低。
＊等量齐观同相待，虽有差别无以比。
＊等闲视之平常事，不以重视没关系。
＊等因奉此乃套话，照本宣科少实际。

【提示】

“等而下之”意为与同一等级相比较而更低。形容比某一事物更差；“等量齐观”：等：同等。齐：一样的。指对有差别的事物同等看待；“等闲视之”：等闲：寻常，一般。指把它看成平常的事情，不加重视；“等因奉此”旧时公文的套话，用在引述上级来文之后，接着才陈述己见。现在用以讽刺只知照章办事而不联系实际的工作作风。

“三低”一首

＊低三下四奴才相，卑躬屈膝骨头软。
＊低声下气多小心，说话恭顺低眉眼。
＊低首下心顺从事，屈服他人为苟安。
如此为人多下贱，枉然苟活于世间。

【提示】

“低三下四”形容地位低下，也形容卑躬屈膝、没有骨气的丑态；“低声下气”形容说话恭顺小心、卑躬屈膝的样子；“低首下心”形容屈服顺从的样子。这三个成语的意思相近似，都是形容奴颜媚骨的奴才相，但也有微小的区别。如“低声下气”主要体现在说话上，而另两个则主要体现在行为上。

羝羊触藩

羝羊触藩撞篱笆，不慎角被篱笆缠。
努力挣脱而不得，进退两难陷中间。
羝羊触藩喻处事，意在不可作自拦。
前进后退皆无路，事到头来闹心烦。

【提示】

羝羊：公羊；触：抵撞；藩：篱笆。意思是公羊与篱笆抵撞，就把角缠在上面而进退不得。后来就用“羝羊触藩”比喻处于进退两难的困境。语出《周易·大壮》：“羝羊触藩羸其角。”

涤瑕荡秽

藏垢纳污害风尚，行为不轨成污染。
涤瑕荡秽必彻底，扫除恶习正世典。
玉上红斑即瑕疵，败坏风气呈缺欠。
提高素质势必行，以求杜绝现清廉。

【提示】

涤、荡：洗涤，引申为清除、廓清；瑕：玉上的红斑，比喻事物的缺点、毛病和人的过失；秽：污浊，肮脏。比喻清除旧的恶习。语出《文选·班固〈东都赋〉》：“于是百姓涤瑕荡秽，而镜自清。”

“三地”之一

*地大物博资源多，疆土辽阔物产丰。
*地覆天翻闹得凶，变动极大而难应。
*地广人稀炊烟少，连年战乱不聊生。
拖家带口外逃难，饥寒交迫难无终。

【提示】

“地大物博”：博：多，丰富。指国家疆土辽阔，资源丰富；“地覆天翻”形容变动极大或闹得很凶。“地广人稀”土地广阔，人烟稀少。语出《汉书·地理志下》：“自武以西，习俗颇殊，地广民稀。”旧时代由于连年战乱不断，人祸天灾，常常致使村落遭毁，迫使百姓流离失所、无家可归、纷纷逃难，造成十里荒村、人烟稀少的悲惨景象。

“三地”之二

*地角天涯路遥远，地尽天际相见难。
*地老天荒岁月深，时空久远难以鉴。
*地平天成即就绪，时序顺畅得平安。
尧舜举恺以后土，百事皆顺无挂念。

【提示】

“地角天涯”：角：突入海中之地。涯：水边，边。即地的尽头，天的边际。形容相隔很远；“地老天荒”形容时代的久远；“地平天成”：平、成：治平，安定。形容一切就绪。语出《左传·文公十八年》：“舜臣尧，举八恺，使主后土，以揆百事，莫不时序，地平天成。”（八恺：古代传说中的八个有才德的人。）

掂斤播两

掂斤播两算，斤斤以计较。
无论如何做，皆要耍花招。
两边施讨好，处心积虑掏。
不以为其然，仍然继续捞。

【提示】

掂：放在手上估量东西的重量，即估量轻重。比喻在琐碎事情上斤斤计较。语出《西厢记》第一本第二折："尽着你说短论长，一往待掂斤播两。"所谓"掂斤播两"或"斤斤计较"，虽然看似个人的"爱小"表现，其实质则是贪心的体现。贪婪往往就是这种贪心发展的结果。

“四颠”一首

＊颠倒黑白为混淆，从中渔利肥腰包。
＊颠倒是非难明白，谬将白猫称黑猫。
＊颠沛流离四处走，家破人亡各处逃。
＊颠扑不破合实际，言论学说不动摇。

【提示】

“颠倒黑白”把黑的说成白的，把白的说成黑的。形容故意违反事实，混淆是非；“颠倒是非”把是说成不是，把不是说成是。“颠沛流离”：颠沛：跌倒，比喻生活困难、窘迫。流离：为了求生存东奔西走，家人离散，难以团聚；“颠扑不破”：颠：跌。扑：敲。形容言论或学说合乎客观实际，永远不会被推翻。

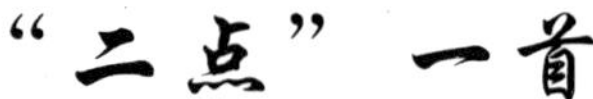

“二点”一首

*点金成铁金变铁，如此之为匪所夷。
实则喻之改文章，妄将佳作成低笈。
*点石成金石变金，如此之为心神怡。
实则喻之改其作，拙文改后即呈奇。

【提示】

“点金成铁”原来是说使黄金变成了铁，后来比喻把别人的好文章改坏了。“点石成金”是比喻把别人不好的文章改成了好文章。这两个成语都是用比喻的手法来说明为别人改文章的结果。“金成铁”说明将好弄坏；“石成金”说明将坏弄好。

刁钻古怪

刁钻耍滑头，古怪多离奇。
奸诈心不良，狡猾贼心起。
肆意妄为做，行为犯法纪。
邪恶罪多端，必遭人唾弃。

【提示】

刁钻：狡诈；古怪：违反一般情况，使人感到离奇。形容奸猾狡诈，与众不同。多行不义，甚至违犯法律。这种人并非头脑呆笨，而是将头脑用歪了。即用在了歪门邪道上，从而变成扰乱社会秩序的犯罪分子。

雕虫小技

虫乃虫书法，汉字一书体。
技能不足道，文章离其题。
雕刻即篆刻，方寸见稀奇。
雕之为小技，画家亦承袭。

【提示】

虫：指虫书，古代汉字的一种字体。比喻微不足道的技能，多指文字技巧。这个成语属中性，可以用作自谦的意思，也可用作说别人的做事方法。有不以为然的意味。雕虫篆刻，即现在的金石篆刻艺术，有“方寸见精神”的赞誉。

吊民伐罪

慰问百姓多体恤，扶贫济困心意重。
黎民疾苦挂心上，时刻不忘为民众。
对待敌人严相惩，誓为大众可牺牲。
一腔热血为国家，吊民伐罪乃忠诚。

【提示】

慰问被压迫的百姓，讨伐有罪的统治者。语出三国·魏明帝《棹歌行》：“伐罪以吊民，清我东南疆。”这是爱憎分明的具体体现，也是体恤民生的思想表现。是确保国泰民安的重要内容之一，任何时候、任何人，只要时刻将人民大众的利益放在心上、体现在行动上，都会受到人民群众的拥护和爱戴。

“二调”一首

*调虎离山计，引诱离原地。
一旦中圈套，便可歼其敌。
*调兵遣将急，调动精兵力。
重新布战术，以求大胜利。

【提示】

“调虎离山”设法使老虎离开山里。比喻用计使对方离开原来的有利地势，或使对方离开原来防守的地方，以便袭击。曾有“虎落平阳”之说，就是说虎应该在深山里，如果到了平坦的地方就会失去威风；“调兵遣将”即调动兵马，派遣将领。引申为调用各种人力。

掉以轻心

为事不用心，粗心又大意。
缺乏责任感，掉以轻心夷。
轻率妄自作，枉自乱自己。
事物无其序，难以成条理。

【提示】

掉：动摇。形容不经意，轻忽。现一般用来指对事情采取轻率的漫不经心的态度。这是缺乏责任心的表现，也体现出不知自律。这是一种既害己又妨碍大局的坏性情，也是与现实格格不入的坏作风。

"二丁"一首

＊丁一卯二即牢靠，确实可信而确凿。
差三错四无定数，屡见不鲜犯律条。
＊丁一确二即真实，一丁二实皆可靠。
一字一句皆立诚，一行一动皆合套。

【提示】

"丁一卯二"：丁：钉。卯接榫的凹入部分。形容结实，牢靠。"丁一确二"：丁：钉，钉钉，确实的意思。形容确凿不移，做事认真，没有一点不合规定之处。另有"丁是丁，卯是卯"的俗语。丁：天干之一；卯：地支之一。干支地支如果错误，就会影响年月的记录。"丁卯"又是"钉卯"的谐音。

“二顶”一首

*顶礼膜拜佛教礼，崇拜偶像示敬意。
对人崇敬至顶上，五体投地心归一。
*顶天立地气轩昂，形象高大显志气。
天下好汉大名扬，英雄豪迈冲天际。

【提示】

“顶礼膜拜”：顶礼：印度古代最高的敬礼，也是佛教徒最高的敬礼。膜拜：礼拜神佛时的一种敬礼。现多用来形容对人崇拜得五体投地；“顶天立地”形容形象高大、气概豪迈。

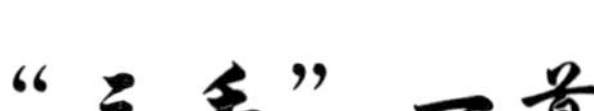

“三丢”一首

* 丢盔弃甲吃败仗，失败逃跑狼狈相。
* 丢三落四好遗忘，心不在焉乱思想。
* 丢卒保车掂轻重，弃轻就重作适当。
面对局势多思量，孰轻孰重细掂量。

【提示】

“丢盔弃甲”：盔、甲：古代作战时使用的护头帽子和护身衣。形容吃败仗后逃跑时的狼狈相，也比喻事情失败的情况；“丢三落四”形容善忘；“丢卒保车”原本是象棋的一种战术。比喻牺牲次要的，保住重要的。

“四东”一首

* 东窗事发露罪行，依法论罪正法纪。

* 东扶西倒难扶持，摇摆不定无根基。

* 东鳞西爪多遮掩，事物零碎难以集。

* 东山再起从头干，决一胜负再出击。

【提示】

“东窗事发”宋朝奸相曾与他老婆王氏在东窗下密谋杀害岳飞的事情。后就用以指罪行被揭露；“东扶西倒”扶了东面的又倒了西面的。形容难以扶持、培植；“东鳞西爪”原指画龙时龙体被云雾所遮掩而不见全身。比喻事物零碎、不全面；“东山再起”比喻重新出来做官。后比喻失败后，经过恢复力量后再干。

“四洞”一首

*洞察一切深，深入透彻清。

*洞房花烛夜，燕尔双舞轻。

*洞天福地境，名胜道家经。

*洞烛其奸谋，阴阳怪气升。

【提示】

“洞察一切”：洞：透彻，深入。即对一切事物都看得很透彻、很深入。如同明察秋毫般的仔细；“洞房花烛”：洞房：内室，新房。花烛：彩色的蜡烛。自六朝以来婚礼时所用的灯火，指新婚之夜；“洞天福地”道教说神仙居住的名山胜境，有所谓十大洞天，三十六小洞天，七十二福地；“洞烛其奸”：烛：照亮。形容看透对方的阴谋诡计。

“四斗”一首

*斗方名士讥笑人，认为小诗无名气。
*斗粟尺布尚可和，手足兄弟各相弃。
*斗鸡走狗闲无聊，游手好闲玩游戏。
*斗转参横天将亮，黎明时分报晓鸡。

【提示】

“斗方名士”：斗方：一尺见方的册页。旧时指能在斗方上写点小诗的小名士，含讥笑意。“斗粟尺布”：粟：小米，泛指粮食。古代民间歌曰：“一尺布，尚可缝。一斗粟尚可舂。兄弟二人不相容。”“斗鸡走狗”：斗鸡：使鸡打架的游戏。走狗：逗着狗玩。旧指一些游手好闲的无聊游戏；“斗转参横”：斗转：指星斗变动位置。参：星名，二十八宿之一，白虎七宿的末一宿。参横：参宿横在一边，指天快要亮的时候。

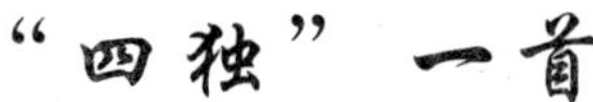

“四独”一首

* 独当一面有能力，独立担当创事迹。

* 独善其身顾自己，为求功利造成绩。

* 独树一帜换旗号，自成一家而独立。

* 独立自主不依赖，掌控命运靠自己。

【提示】

“独当一面”独立担当或领导一方面的事物；“独善其身”：独：唯独，单是。善：好，维护。指只顾自己好，不顾别人。“独树一帜”：树：竖立。帜：旗帜。单独打起一面旗号，比喻自成一家。“独立自主”自己掌握自己的命运，不依赖别人，也不受别人的支配或控制。

独占鳌头

独占鳌头居首位，科中状元第一名。
十年苦读寒窗下，一朝得中受官命。
光宗耀祖靓家族，世代相传继传宗。
一人得道惠鸡犬，亲朋好友皆光荣。

【提示】

鳌头：宫殿门前玉石台阶上的鳌鱼浮雕。封建时代科举进士发榜时，规定状元站在这里迎榜，因此叫中状元的人为“独占鳌头”。后来比喻居于首者。

杜渐防萌

防祸未然无后忧，杜渐防萌灭凶妖。
事物发展小至大，萌芽之中即除掉。
害除福凑于转化，防微杜渐即显效。
杜渐防萌即行动，不易怠慢促事昭。

【提示】

杜：阻塞。渐：事物的开端。萌：萌芽。比喻防备祸患要在尚未发生之前。即在坏事、坏思想、坏作风刚刚冒头的时候，就及时地加以制止，不使其发展。语出《后汉书·丁鸿传》："若敕政责躬，杜渐防萌，则凶妖销灭，害除福凑矣。"

“二短”一首

*短兵相接面对面，直截了当说分明。
车错毂兮短兵接，相互近前以拼争。
*短小精悍个头小，精明强悍而出众。
为文应求简而精，文章精彩理论清。

【提示】

“短兵相接”：兵：兵器，武器。即用刀剑等短兵器交手厮杀。也比喻双方面对面地进行尖锐的对抗。“短小精悍”《史记·游侠列传》：“解（郭解）为人短小精悍。”原来形容人个头矮小，却很精明强悍。后用来形容文章或发言简短而有力。

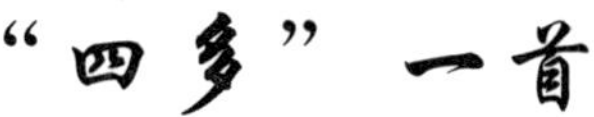

"四多"一首

＊多此一举乃多余，枉费唇舌无根据。
＊多愁善感情脆弱，小心谨慎亦步趋。
＊多事之秋不安定，多经事变心区区。
＊多谋善断显睿智，客观推断合时局。

【提示】

"多此一举"：举：行动。意为这一举动是多余的；"多愁善感"：善：好。总是发愁、伤感。形容感情脆弱，容易发愁或伤心；"多事之秋"：秋：年岁，时候。事变很多的时期，形容国家不安定；"多谋善断"很有智谋，又善于判断。

顿开茅塞

犹如茅草堵塞路，羝羊触藩进退难。
思想如同云雾中，难于理清多茫然。
忽然之间思路开，立刻解开心中缠。
只要决心求其解，茅塞顿开乃经验。

【提示】

顿：立刻，一下子，忽然间；茅塞：像茅草阻塞道路。忽然间解开了心里的疑问或疙瘩，明白了某种道理，获得了某种知识，形成了某种经验。这是人类思维的正常规律，也就是“山重水复疑无路，柳暗花明又一村”之哲理。

大德无痕

大智若愚出圣贤，大音希声天籁全。
大象无形寓其中，大彻大悟成神仙。
大谬不然而成系，大器晚成而居先。
大江东去纳百川，大浪淘沙金显现。

大风泱泱天地间，大千世界皆守玄。
大而化之无穷尽，大俗即雅超脱凡。
大得人心无后忧，大爱无疆合自然。
大德无痕乃天性，大行人道撑起天。

【提示】

凡大德者，皆浑然而无痕迹。

“四阿”一首

＊阿其所好迎合人，顺从所好多恭敬。

＊阿谀逢迎以奉承，谄媚拍马笑脸迎。

＊阿谀奉承以讨好，丑态百出求其赢。

＊阿弥陀佛求保佑，吃斋念佛守心静。

【提示】

“阿其所好”：阿：屈从，迎合。迎合他所喜爱的人，或顺从别人的意图。语出《孟子·公孙丑上》。“阿谀逢迎”：阿谀：谄媚拍马；逢迎：迎合。“阿谀奉承”：奉承：讨好。谄媚讨好。“阿弥陀佛”佛教用语，祈祷语。

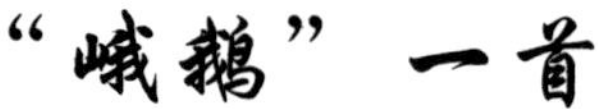

“峨鹅”一首

*峨冠博带仪端庄，道貌岸然步四方。
衣冠楚楚款步行，如此装束枉高尚。
*鹅行鸭步身摇摆，镇上抬轿悖常往。
抬轿之时鹅鸭步，行走犹如鸭鹅状。

【提示】

“峨冠博带”：峨冠：戴着高帽子；博带：系着宽腰带。原是古代士大夫的装束。后来比喻穿着礼服。《三国演义》第三十七回：“忽人报：‘门外有一先生，峨冠博带，道貌非常，特来相探。’”“鹅行鸭步”像鹅和鸭子走路的姿势。形容走路迟缓。《水浒》第三十二回：“你两个闲常在镇上抬轿时，只是鹅行鸭步，如今却怎的走得快?”

“四恶”一首

*恶叉白赖之歹徒，寻衅闹事乱法纪。

*恶语中伤诽谤人，贻害他人为得利。

*恶贯满盈罪多端，罪孽深重绳法极。

*恶事千里速传开，坏事不胫走千里。

【提示】

“恶叉白赖”凶狠的无赖之徒。这种人善于耍赖，成为扰乱社会的公害，必须严防并打击。语出《元曲选·石君宝〈曲江池〉三》：“任凭你恶叉白赖寻争竞。”“恶语中伤”即用恶毒的言语诽谤打击别人，使人受到伤害。这是小人们惯用的伎俩，以陷害他人为求自己得利；“恶贯满盈”：贯：穿钱用的绳子；盈：满。意为罪大恶极，作恶多端，罪行如同穿钱的绳子一样，已经穿满了一根绳子。语出《快心编》：“希宁父子，恶贯满盈，天怒神怨。”“恶事传千里”形容丑事很容易传播出去。语出宋·孙光宪《北梦琐言》卷六：“所谓好事不出门，恶事行千里，士君子得不戒之乎？”

扼肮拊背

扼肮拊背善擒拿，身强力壮技高超。
疾恶如仇为惩恶，确保安宁有绝招。
赤胆忠心为百姓，誓为国家立功劳。
大得民心受爱戴，光荣武警素质高。

【提示】

扼肮：掐住喉咙；拊背：捺住脊背。比喻制住敌人要害。语出《史记·刘敬叔孙通列传》："夫与人斗，不扼真亢（肮）拊其背，未能全其胜也。"隋·卢思道《卢武阳集·为隋檄陈文》："扼喉抚背之兵。"当今国家的武警部队训练有素、思想过硬，是深受广大人民群众爱戴的人民子弟兵，是保证社会安定和人民利益的重要力量。在维护社会治安或抢险救灾时，这支队伍都冲在前面。正因为有了他们的无私奉献，人民才能安居乐业。

尔虞我诈

彼此无真心，相互行欺骗。
如此之行为，两者皆不端。
为人不诚信，必然成短见。
见利忘其义，尔虞我诈奸！

【提示】

尔：你；虞：欺骗。即指你欺骗我，我欺骗你，彼此相互玩弄手段。这种为人处世的行为是既不利己又坑害他人的不正之风。严重损害了人与人之间的感情，是做人不仁不义的具体表现。语出《左传·宣十五年》：“我无尔诈，尔无我虞。”

耳鬢厮磨

两小无猜心清纯，青梅竹马发小亲。
耳濡目染年龄长，授受不亲成联姻。
男大当婚女当嫁，人之常伦配成婚。
耳鬓厮磨爱情笃，儿女情长慰心身。

【提示】

鬓：面颊两旁的头发；厮：互相。形容亲密相处的情景。指小儿女相亲相爱、天真纯洁的感情。犹意青梅竹马、两小无猜的天真显现。语出《红楼梦》第七十二回：“咱们从小儿耳鬓厮磨，你不曾拿我当外人待，我也不敢怠慢了你。”

“四耳”一首

*耳目一新倍感新，耳濡目染发乎心。
*耳食之谈枉听传，传闻失真不可信。
*耳听八方消息灵，思维敏捷利于行。
*耳闻目睹虽可靠，眼见为实合乎情。

【提示】

“耳目一新”即听到的和看到的都变了样，感到新鲜。“耳食之谈”：耳食：用耳朵吃东西，比喻没有经过思考轻信传言，也指听来的没有确凿根据的话。“耳听八方”即形容人很机警。“耳闻目睹”即亲自听说，亲眼所见。此“四耳”言，各具其意，各有所指。有褒有贬，各不相同。用时应根据需要加以选择。

学而不知倦，教而不以诲。
耳提面命教，殷切求智慧。
教子常不懈，言传身教遂。
育人如育树，勤奋有作为。

【提示】

意思是不但当面指教，而且提着耳朵叮嘱，希望他永远不会忘记。形容教诲殷切。教育子女虽然着重点不同，但着眼点却相同。无论采用何种手段，其目的都是苦心于教育，促使儿女们能茁壮成长、成才。“耳提面命”这个成语一方面体现出教者的苦心，另一方面也道出了诲人不倦的良苦用心。语出《诗经·大雅·抑》：“匪面命之，言提其耳。”

耳熟能详

耳熟能详尽，久而成知识。
为学在于勤，熟读记得实。
反复以阅读，尽其背诵执。
日积月成累，博学而多知。

【提示】

意思是听得久了、熟悉了，就能详尽地说出来。我们常说“百闻不如一见，百看不如一念，百写不如一背，百背不如一思”就是“耳熟能详”的道理。所谓“耳熟”其实是“常思”，凡事只要做到用心思考，就会达到“熟”的目的。而这个“熟”便是思想的记忆。语出宋·欧阳修《泷冈阡表》：“吾耳熟焉，故能详也。”

二竖为虐

虐为恶毒害人命，小子即竖意为伤。
景公梦病化二子，相对而言议膏肓。
躲于心尖药不及，避其太医治病方。
从此病魔成“二竖”，二竖为虐命将殇。

【提示】

竖：小子；虐：恶毒的害人行为。《左传·成公十年》记载，晋景公病重，梦见他的病化成两个孩子在说话，说要躲在膏肓之间来避免医生的药物攻击。后来就用“二竖”喻作病魔，并比喻被病魔所困。成语“病入膏肓”中的“膏肓”即指心尖处的脂肪和隔膜处，此二处据说是药物达不到的病灶处。

二姓之好

儿女成婚事，二姓结亲家。
铸成秦晋好，联成姻缘佳。
上以事宗庙，而下继后发。
人间多阴嗣，香火相继加。

【提示】

二姓：结婚的男女两家。指两家结成儿女亲家。男大当婚、女大当嫁乃是人之大伦。儿女成婚配，促成二姓两家成为亲戚，同祭宗庙，再生阴嗣，代代相传即构成香火不断，延绵于世。语出《礼记·昏（婚）义》：“昏礼者，将合二姓之好，上以事宗庙，而下以继后世也。”

耳濡目染

父母乃为人初师，言行施教不间断。
后生效仿不思理，身教言传最和弦。
教子责任高如天，慈母严父教不烦。
耳闻目睹知深浅，为其人生把好关。

【提示】

濡：沾湿；染：浸渍。耳朵经常听到，眼睛经常看到，不知不觉受到影响。“耳濡目染，不学以能。”语出唐·韩愈《昌黎先生集·清河郡公房公墓碣铭》。

发扬蹈厉

舞之依双手，蹈之靠双足。
舞蹈手足协，韵合旋律出。
精神同发奋，意气助神舒。
发扬蹈厉功，美哉气乃足。

【提示】

发扬：奋发，这里指舞蹈时手足齐动；蹈：跳，踏；厉：猛烈；蹈厉：指舞蹈时猛烈地用脚踏地。原来形容舞蹈时动作猛烈威武，表现出勇往直前的意志。后来用以比喻精神奋发，意气昂扬。语出《史记·乐记》。

发短心长

人老经历深，马老亦伏枥。
老谋多心智，招法可出奇。
发长眼界窄，诲人不可欺。
长短不在发，心智见高低。

【提示】

头发稀少，心计深长。形容年老智谋深。“彼其发短，而心甚长，其或寝处我矣。”语出《左传·昭公三年》。

方寸已乱

曹操欲得臣徐庶，便促庶母书信招。
将庶置于两为难，方寸已乱难成昭。
自古封建有戒律，宣扬不能全忠孝。
忠君之臣为君死，忠字当先孝不报。

【提示】

方寸：指心。心绪已经纷乱。三国时期曹操欲得谋臣徐庶，使其老母以信劝之，因而置徐庶于两难之中。后徐庶不得已去曹营，但不发一语。民间相传歇后语称“徐庶进曹营——一言不发”。

非异人任

好汉做事自承担，或成或败自主张。
妄推责任为逃逸，为人不齿成中伤。
楚共君王为救郑，鄢陵之战眼成障。
自思自量自承担，非异人任品高尚。

【提示】

异人：别人；任：责任。楚共王为了救郑，在鄢陵之战中眼睛中箭致盲，王曰："这不是别人的过错，是我的责任。"后来就用"非异人任"表示某事应由自己承担责任。

纷红骇绿

天垂缭白萦青外，人在纷红骇绿中。
每风自青山而下，掩苒红绿蓊荔浓。
芳花粉红绿遍野，飞燕掠过扑食虫。
天地清明气象新，盛世博得万事兴。

【提示】

红：指红花；骇：散乱；绿：指绿叶。纷披的红花，散乱的绿叶。形容花叶随风摆动。语出唐·柳宗元《河东先生集·袁家渴记》。

粉白黛黑

佳人清晨巧梳妆，施粉描黛裹素装。
天生姿容似花玉，不施浓妆和裙裳。
粉白黛黑施芳泽，列屋闲适弄琴商。
琴弦悠扬黄鹂静，窗前侧头听音扬。

【提示】

粉：指敷上面香粉；黛：青黑色的染料，这里指画上眉墨。语出《楚辞·大招》及唐·韩愈《昌黎先生集·送李愿归盘谷序》。

风餐露宿

徒步游走虽辛苦，可赏自然好风光。
风餐虽然不如家，别具风味多欣赏。
露宿仰望满天星，高天明月天地广。
睡至凌晨降露水，打湿衣裳与行装。

【提示】

风餐：在风里吃饭；露宿：在露天睡觉。形容旅途或野外生活的艰苦。语出宋·苏轼《游山呈通判仪写寄参寥师》。

风花雪月

爱情犹如风花月，甜蜜之情多优越。
白头偕老情谊深，如同甘露润枝叶。
为文协理意则通，文理犹如爱之切。
风花雪月妄自诌，乱用辞藻必遭噎。

【提示】

本来泛指四时景色。也指爱情之事或花天酒地的荒淫生活。后来多指反映堆砌辞藻而内容空泛的诗文。语出宋·邵雍《伊川击壤集序》。

风声鹤唳

惊弓之鸟余惊在，爪下逃脱兔惊骇。
虽然侥幸免于死，惊吓伤神心受害。
秦王苻坚攻东晋，惨败奔逃荒山外。
风声过耳误杀声，鹤唳鸣声心神衰。

【提示】

唳：鹤叫。形容惊慌失措或自相惊扰。语出《晋书·谢玄传》。

凤鸣朝阳

朝阳霞彩浴东方，凤鸣岐山大吉祥。
凤栖梧桐呈祥瑞，紫气东来新气象。
君先鱼跃云泽水，丹凤朝阳鹤松上。
高才得以尽施展，唯有盛世得以偿。

【提示】

朝阳：早晨的太阳。凤凰在太阳初升时鸣叫。旧时比喻稀有的吉兆。后也比喻高才得到施展的机会。“君兄弟龙跃云津，顾彦先凤鸣朝阳。”语出南朝·宋·刘义庆《世说新语·赏誉》。

拂袖而去

管中窥豹不可取，妄说小儿不知事。
小子语出惊四座，拂袖而去以作势。
愤而离座不回首，弄得众人皆叹息。
不知其中为何故，弄得丈二不可知。

【提示】

拂袖：甩袖子，表示生气，把袖子一甩就走了。形容很生气的样子。语出南朝·宋·刘义庆《世说新语·方正》及宋·释道原《景德传灯录·卷十二》。

浮光掠影

浮光掠影闪即逝，走马观花难尽事。
治学心静不旁骛，求得学识济于世。
古有沧浪妄论诗，犹如脚跟未着实。
云山雾罩一通侃，不知语出哪方师。

【提示】

浮光：指水面上的反光；掠：轻轻擦过，闪过。水面的反光，一闪而过的影子。比喻观察不细致，学习不深入，印象不深刻。语出清·冯班《常熟二冯先生集·沧浪诗话纠谬》。

福无双至

福伏祸兮祸倚福，两者相辅亦相悖。
福无双至犹难望，祸不单行言之悲。
福至欢喜振精神，兴奋促使神合位。
祸至必然伤心神，心神不宁难解危。

【提示】

旧时谚语。福：福运，迷信者所谓的好运气。幸运的事不会连续到来。常与“祸不单行”连用。语出汉·刘向《说苑·权谋》。

俯首帖耳

俯首帖耳被人驱，如同家狗畏主子。
摇尾乞怜求其食，低三下四小人之。
俯仰由人更可悲，言行无主任人使。
动则须观主人脸，奴才走狗两不耻。

【提示】

像狗见了主人那样低着头耷拉着耳朵。形容卑躬屈膝、驯服听命的丑态。语出唐·韩愈《昌黎先生集·应科目时与人书》。

附庸风雅

不学无术充风雅，谬说文言语不通。
之乎者也妄自论，牵强附会不由衷。
无才无德无造诣，自打嘴脸充胖子。
自欺欺人意为何？附庸风雅枉自重。

【提示】

附庸：原指附属于诸侯的小国，这里是附属、追随的意思；风雅：本指《诗经》中《国风》《大雅》《小雅》等类诗篇，后来泛指文化程度、文学才能。

“四发”之一

* 发凡起例即大旨，书之概略编撰体。
* 发奋图强即努力，谋求强盛奋而起。
* 发愤忘食即用功，其心专致忘食矣。
* 发号施令一呼喊，万众一心行动齐。

【提示】

“发凡起例”凡：大致，概略；例：体例。指叙述一部书的大意和编撰体例。语出晋·杜预《春秋左传》：“其发凡以言例。”“发愤图强”：发愤：下定决心努力；图：谋求。意为下定决心，努力谋求强盛。“发愤忘食”用功学习，努力工作，忘记了吃饭。后泛用以形容十分勤奋。语出《论语·述而》。“发号施令”：号：号令；施：发布，发出。即发布命令。语出《尚书·冏命》：“发号施令，罔有不臧。”

“四发”之二

＊发昏擿伏吏治明，其发奸擿伏如神。

＊发蒙振落事不难，如同振动落叶沉。

＊发人深省促思醒，自审思过可轻身。

＊发踪指示暗唆使，幕后操纵驱他人。

【提示】

“发奸擿伏”：擿：揭发。揭发未暴露的坏人坏事。旧指吏治精明。《汉书·赵广汉传》：“其发奸擿伏如神。”；“发蒙振落”发蒙：揭掉蒙罩物；振落：振动将落的树叶子。形容十分容易。语出《史记·汲郑列传》：“至如说丞相弘，如发蒙振落耳。”；“发踪指示”发踪：发现踪迹；指示：嗾使。意思是发现兽兔等的踪迹就嗾使猎狗去追杀。比喻在幕后指挥操纵。语出《史记·萧相国世家》：“夫猎，追杀兽兔者狗也，而发踪指示兽处者人也。”

伐毛洗髓

伐毛洗髓除尘垢，脱胎换骨重做人。
道家修炼为成仙，得道即可脱凡尘。
修道即将凡胎换，由凡及圣即成神。
圣胎仙骨变其质，教化可使人变新。

【提示】

意思是削去旧的毛发，清洗旧的骨髓。意同“脱胎换骨”，本是道家修炼者的说法，认为修道者得道，就脱凡胎而成圣胎，换凡骨而成仙骨。现在比喻通过教育改造，从根本上改变人的人生观和世界观。语出宋·李昉《太平广记六·〈东方朔〉》引《洞冥记》记载，仙人黄翁对东方朔说：“吾三千岁一反骨洗髓，二千岁一刻骨伐毛，自吾生已三洗髓五伐毛矣。”比喻涤除尘垢污秽。

罚不当罪

罚得不当罪，造成冤枉遂。
法杖握手中，执法稟公对。
司法条款清，全靠法律恢。
量刑若不当，谬之违法规。

【提示】

当：适合。意为处罚不适合所犯的罪行，多指处罚得过重。依法律的准则来量刑，是执法者必须严守的法律要求。按罪量刑，不偏不倚是显示办案公正的具体体现。法律条文清晰明确，不允许有丝毫的改变，依罪量刑以法律为准绳，是对犯法者施以公平、公正的处罚，不但体现法律的严肃性，也体现法律的准确性。语出《荀子·正论》：“夫德不称位，能不称官，赏不当功，罚不当罪，不祥莫大焉。”

“四翻”一首

* 翻山越岭好辛苦，为了找矿心犹真。

* 翻天覆地变化大，改革促使面貌新。

* 翻箱倒柜彻底查，搜出证据以凭信。

* 翻云覆雨耍手段，搬弄权术为升任。

【提示】

“翻山越岭”：岭：山。意思是爬过很多山头。形容野外工作或行进途中的辛苦。为了建设国家，很多矿业工作者，在寻找矿藏的过程中，跋山涉水，风餐露宿，不辞辛苦地工作在荒山野岭之中，为祖国的建设事业做出巨大的贡献；“翻天覆地”形容变化巨大而彻底。我国经过三十多年的改革开放，促成焕然一新的面貌，跃居世界强国之列；“翻箱倒柜”形容彻底地翻检。现有时比喻毫无保留地发表意见；“翻云覆雨”比喻耍手段、弄权术，反复无常。

翻来覆去

翻来覆去不能眠，心中因事促其烦。
思路混乱无可寄，如意算盘落空闲。
只为区区之小利，扰得昼夜不得安。
无奈之下求医治，得不偿失遭匪难。

【提示】

指来回不断地翻动身体，这是失眠者的一种普遍现象。也形容文章多次重复的意思。明·唐顺之《荆川先生文集·卷七·答茅鹿门知县二》：“然翻来覆去，不过是这几句婆子舌头话，索其所谓真精神与千古不可磨灭之见，绝无有也，则文虽工而不免为下格。”这段话道出了写文章的弱点，虽工而内容空洞，如此之作乃属下品。

繁文缛节

繁文缛节多余事，烦琐累赘无意义。
礼节繁多枉时间，翻来覆去不知已。
无论如何作程式，只重形式不实际。
为事应当求效应，枉尺直寻乱自己。

【提示】

文：仪式，规定；缛：繁多；节：礼节。意思是烦琐、无意义的仪式或礼节。也用来比喻烦琐多余的事。有道是“礼多人不怪”，虽然如此说，但也要适可而止。无论什么事情都要有个度，凡是过度的作为都会适得其反，造成浪费。礼节虽重要，却不可过度滥用，否则会因其缛繁酿成反感，如此，不但不能成礼，反而会造成误会。这就是所谓的礼多必诈。

反唇相稽

有理无理难分辩，反唇相讥回马枪。
婆媳历来结宿怨，争强斗狠事经常。
自然而然成对头，相安无事家兴旺。
礼尚往来互谦让，大面之上应恰当。

【提示】

反唇：反过口来，顶嘴；稽：计较。反过口来责问对方。《汉书·贾谊传》："妇姑不相悦，则反唇而相稽。"从古至今，婆媳关系绝大多数都呈现矛盾状态。这种习惯其实由来已久，之所以形成婆媳之间的不和谐原因，说白了就是为各自的利益相争相斗。

“四反”之一

*反复无常心不定，事无定数难琢磨。
*反戈一击转矛头，反叛回马杀更恶。
*反躬自问自审视，扪心自问己如何？
*反客为主做颠倒，被动主动变化多。

【提示】

“反复无常”：无常：变化不定。意为一会儿这样，一会儿那样，没有一定；“反戈一击”：戈：古代的一种兵器。意为掉转矛头，向自己原来所属的阵营进攻。这是一种反叛行为，其性质当由正反意义而定铎；“反客为主”即是使客人反过来成为主人。比喻变被动为主动。《三国演义》第七十一回：“渊（夏侯渊）为人轻躁，恃勇少谋。可激劝士卒，拔寨前进，步步为营，诱渊来战而擒之，此乃反客为主之法。”

“四反”之二

*反经行权在权宜，违反常规行其计。
*反水不收成定局，木已成舟不复及。
*反躬自省发深思，知错必改重作起。
*反求诸己自追悔，教训犹深促争气。

【提示】

“反经行权”：经：常道；权：指权宜的办法。意思是在必要的时候，违反常道，采用权宜之计。语出《史记·太史公自序》：“诸吕为从，谋弱京师，而勃（周勃）反经合于权。”“反水不收”：反：还；反水：使已泼之水回反。已泼之水无法再收回来。比喻夫妻离异不能再恢复婚姻关系；“反躬自省”：省：检查。即回过头来反省自己的过错；“反求诸己”求：寻找，追究；诸：“之于”的合音。指转过来自我追究自己的过失。

犯而不校

“恕道”提倡犯不校，此乃封建之礼教。
人不犯我不犯人，人若犯我必施校。
犯而不校悖事理，为人之道妄自闹。
立场坚定正气申，不可自弱屈于暴。

【提示】

犯：触犯；校：计较。这是无原则一团和气的表现，也是不明是非的体现。对于无理取闹者不但不可“犯而不校”，而且应给予应得的惩罚和教训。只有这样才能发扬正气，灭坏人或敌人的嚣张气焰。语出《论语·泰伯》。

“四方”一首

* 方便之门本佛语，现在即为“走后门”。
* 方枘圆凿不相合，各恃固有自保身。
* 方兴未艾正兴旺，蓬勃发展见精神。
* 方头不劣不随和，性格倔强少屈伸。

【提示】

“方枘圆凿”：凿：榫眼。枘：榫头。意为方榫头插不进圆榫眼。比喻不相投合。语出《文选·宋玉〈九辩〉》：“圆凿而方枘兮，吾固知其龃龉而难入。”“方兴未艾”：方：正在。兴：起始，兴起。艾：停止。意思是事物正在发展，还没有停止。多形容新事物正在蓬勃发展；“方头不劣”形容人的性格倔强，不随和。语出《古今杂剧·关汉卿〈钱大君智勘绯衣梦〉四》：“俺这里有个裴炎，好生方头不劣。”

“四防”一首

＊防不胜防不可挡，顾此失彼难以为。
＊防患未然有警惕，以防后患成灾危。
＊防微杜渐要谨慎，杜渐防萌以防沸。
＊防意如城遏私欲，以防犯法而获罪。

【提示】

“防不胜防”：防：防备。不胜：禁不起。形容防备不过来；“防患未然”：患：灾祸。然：这样，如此。未然：没有这样，指没有形成。意为在事故或灾害发生之前就加以防备；“防微杜渐”：微：细小，指事物苗头。杜：绝，堵塞；渐：事物开端。意为在事故刚刚冒头时，立即加以制止；“防意如城”：意：欲念。指严格遏止自己的私欲，就像守城防敌一样，时刻警惕。

“四放”一首

＊放荡不羁无规矩，不知检点不自拘。
＊放虎归山留祸根，埋下隐患难安居。
＊放浪形骸多放纵，行不正而言无据。
＊放任自流不过问，如此行为不可举。

【提示】

“放荡不羁”：放荡：不受拘束，也指行为不检点。羁：约束。即行动随便，不受约束；“放虎归山”把老虎放回山林。比喻自留祸根。语出《资治通鉴》；“放浪形骸”：放浪：放纵，不受拘束。形骸：形体。指行动没有拘束；“放任自流”：放任：放纵，不过问。自流：比喻自由发展，不加过问。这是一种不负责任的行为。特别是对子女教育，决不可以有这种“放任自流”的思想。这样的行为不但使孩子可能走上歪路，而且促成悔之晚矣的可悲后果。

“四飞”之一

* 飞短流长说瞎话，无中生有为中伤。

* 飞蛾投火自找死，缘自愚蠢无智商。

* 飞黄腾达以高升，官运亨通青云上。

* 飞沙走石风力猛，万里飕飕风沙狂。

【提示】

“飞短流长”长、短：指是非、善恶。飞、流：散布。指无中生有，造谣中伤。；“飞蛾投火”比喻自寻死路。语出《梁书·到溉传》：“如飞蛾之赴火，岂焚身之可吝。”；“飞黄腾达”飞黄：传说中的神马。腾达：形容马的飞驰。比喻人的地位升得很快。现多用于贬义。语出唐·韩愈《昌黎先生传·符读书城南》诗：“飞黄腾踏去，不能顾蟾蜍。”；“飞沙走石”沙子在飞，石头在滚动。形容风力迅猛。涪出任华《怀素上人草书歌》：“飞沙走石满穹塞，万里飕飕西北风。”

“四飞”之二

＊飞檐走壁武功强，越檐登墙如平常。

＊飞扬跋扈所欲为，目中无人坏法纲。

＊飞鹰走狗驱追猎，寻欢作乐自欣赏。

＊飞针走线缝纫快，只为自做嫁衣裳。

【提示】

“飞檐走壁”旧小说中形容练武的人身体矫健，能飞越屋檐，足登墙壁；“飞扬跋扈”：飞扬：放纵。跋扈：蛮横。语出《北史·齐高祖纪》：“景专制河南十四年矣，常有飞扬跋扈志。”“飞鹰走狗”即放出鹰、狗去追扑鸟兽。指打猎的古代公子哥儿寻欢作乐。语出《后汉书·袁术传》：“少以侠气闻，数与诸公子飞鹰走狗。”“飞针走线”形容缝纫的速度快。

“四非”一首

＊非池中物之蛟龙，喻人之志向远大。
＊非驴非马两不像，不伦不类无以搭。
＊非亲非故无关系，却是相故善待他。
＊非同小可了不得，事关重要相以辖。

【提示】

“非池中物”像蛟龙一样，不是长期蛰居池塘中的动物。比喻有远大抱负的人。“非驴非马”不是驴也不是马，形容不伦不类，什么都不像的东西。语本《汉书·西域传》；“非亲非故”：亲：亲属。故：故旧，老朋友，老熟人。不是亲属，也不是故旧。表示彼此毫无关系；“非同小可”：小可：寻常的。即不同于小事。形容事情重要或形势严重，不可轻视。

匪夷所思

思想离奇不堪解，所想之事难明白。
突发奇想无原委，难以想象没头来。
匪夷所思理不清，荒诞不经为何哉？
如若科幻尚可以，胡编乱造多篡改。

【提示】

匪：非，不是；夷：平常。原来是指一般人所想象不到的。后来形容人的思想离奇。出现这种情况可能有两个原因：一是精神出了毛病的人的行为表现；二是有丰富想象力的特殊思维能力的人。对于科学家而言这是不可或缺的天赋想象力，对于一般思维能力的普通人而言，即是难以想象的。语出《周易·涣》：“涣有丘，匪夷所思。”

吠形吠声

一狗吠则群狗吠，群狗不知为何吠。
随声附和大肆叫，其势犹如乱石飞。
不察真伪即附和，不知情况乱其为。
吠形吠声妄起哄，不明不白枉自随。

【提示】

吠：狗叫。一只狗看见人就叫，许多狗听到吠声也跟着叫。比喻不察真伪和原因，即随声附和。以狗喻人，说明起哄的现象。这种起哄常常被商家所利用，从而达到营销的目的。语出汉·王符《潜夫论·贤难》：“谚云：‘一犬吠形，百犬吠声’。”

废寝忘食

专心致志求其学，废寝忘食忙于事。
心神贯注忘寝食，发奋图强见气势。
为国为民多操劳，为了复兴而立志。
待到国土花盛开，举杯同庆得福祉。

【提示】

意思是为了学知识或为了做好某件事，由于全身心地投入，甚至都忘了吃饭和睡觉。形容专心致志的行为。语出南齐·王融《曲水诗序》：“犹且具明废寝，昃晷忘餐。”

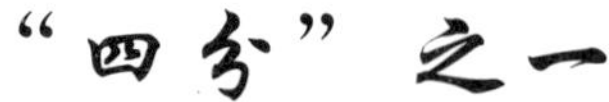

“四分”之一

*分崩离析遭破裂，国家分裂最伤心。
*分甘共苦若兄弟，同心同德为求新。
*分斤掰两忒计较，私心私利集一身。
*分道扬镳分路走，各行其是无其音。

【提示】

“分崩离析”：分崩：破裂；离析：散开。形容国家或集团分裂瓦解，不可收拾；“分甘共苦”比喻苦乐与共；“分斤掰两”一斤一两地计较。比喻对个人利益斤斤计较，也比喻精打细算；“分道扬镳”：镳：马勒口；扬镳：指驱马前进，形容分路而行。也比喻双方各有造诣，不让一方独占一时。后来用以比喻各自向不同的目标前进。

“四分”之二

*分门别类各分属，以便利于后查寻。

*分秒必争争朝夕，充分利用好时序。

*分庭抗礼即平等，相互不让闹独立。

*分我杯羹乃典故，引申分享得其利。

【提示】

“分门别类”门、类：一般事物的分类。即按照所属的门类对事物进行整理或处理。另有将存书按一定的内容加以分别放置；“分秒必争”即抓紧时间，每分每秒都不轻易放过。形容充分利用时间；“分庭抗礼”庭：堂阶前；抗：对等，相当。比喻彼此以平等或对等的关系相处，各不上下。现在有时指互相对立或搞分裂、闹独立的言行。语出《庄子·渔父》：“万乘之王，千乘之君，见夫子未尝不分庭抗礼。”古代宾客和主人分别站在庭中的两边，相对行礼，以平等的地位相待；“分我杯羹”杯：杯子；羹：肉汁。《史记·项羽本纪》记载，秦末，楚汉相争，刘邦的父亲被项羽所俘。其后两军相持，项羽派人对刘邦说：“今不急下，我烹太公。”刘邦说：“吾翁即汝翁，必欲烹尔翁，则幸分我一杯羹。”后来就用“分我杯羹”表示分享利益。

焚膏继晷

焚膏求光夜用功，焚膏继晷得照顾。
生活清贫促求知，只为科举升迁路。
天下学子齐聚起，以求仕途得其助。
昼夜苦读寒窗下，一朝得中耀祖宗。

【提示】

焚：烧；膏：油脂，指灯烛；晷：日光。即点着灯烛接替日光来照明。形容夜以继日地工作或学习。语出唐·韩愈《昌黎先生集·进学解》："焚膏油以继晷，恒兀兀以穷年。"古代有关发奋读书的故事有很多，其目的是提醒和鼓励后人要勤奋努力以求得好成绩，以便为家国做出贡献。而"学而不厌，诲人不倦"是求学者和教育者的座右铭。

“四粉”一首

＊粉墨黛黑即女妆，描眉施粉列闲居。
＊粉墨登场为贬义，喻为坏人登政局。
＊粉身碎骨做牺牲，如此精神乃可鞠。
＊粉妆玉琢雪纯净，冰清玉洁似纯玉。

【提示】

“粉白黛黑”：粉：指敷上面粉；黛：青黑色染料，指画上眉墨；“粉墨登场”：粉、墨：涂抹脸面和画眉用的化妆品，指演戏化妆。即装扮停当再登台演艺。今多用于贬义，比喻坏人登上政治舞台；“粉身碎骨”多指为某种目的而牺牲生命；“粉妆玉琢”用白粉装饰的，白玉雕琢的。多用以形容雪景，也形容小孩生得白净。

成语诗歌全集

CHENGYUSHIGEQUANJI

（中）

李子丹◎著

黑龙江人民出版社

奋发图强

奋发图强好思想，身体力行好榜样。
一心一意为国家，甘心情愿赴战场。
一腔热血献人民，始终不懈敢担当。
只为复兴中华梦，初心不改为图强。

【提示】

图：谋求。为了实现中华复兴梦，敢于拼搏、不畏艰险、不怕困难、敢于担当、敢于牺牲。为家国、为中华复兴做出最大的贡献，是每个中华儿女的一致心愿。为军者显现军人的天职，为官者显现廉政，为民者尽到公民义务。上下一致，为早日实现中国梦而努力奋斗。大力倡导“奋发图强”的精神，以确保两个一百年的奋斗目标早日实现！

“四风”之一

＊风尘仆仆多劳累，路途遥远难以及。
＊风驰电掣行动快，如同电闪狂飙急。
＊风吹草动小动静，打草惊蛇坏踪迹。
＊风吹雨打未摧残，历练老成显志气。

【提示】

“风尘仆仆”：风尘：指在旅途中。仆仆：疲累的样子。形容旅途劳累、辛苦；“风驰电掣”：驰：奔跑。掣：闪过。意思是像风急驰、电急闪一样的快。形容非常迅速，急闪而过；“风吹草动”即风稍一吹，草就会摇晃。比喻一点点小动静或轻微的动荡；“风吹雨打”比喻脆弱的花木被风雨摧残。多比喻恶势力对弱小者的迫害。

“四风”之二

* 风卷残云一扫光，留得晴空一片蓝。

* 风流人物造时势，千古称颂美名传。

* 风流倜傥无所限，才貌双全在人前。

* 风流云散各他乡，一别多载难相见。

【提示】

“风卷残云”风卷走了残留下的稀薄、零碎的云块。比喻一下子把残存的东西扫得精光；“风流人物”：风流：英俊的、杰出的人。指对一个时代有影响的人物；“风流倜傥”：风流：风度，也指有才学而不拘礼法。倜傥：卓异，不拘礼法，潇洒而多情；“风流云散”意为像风一样流失，云一样飘散。多比喻原来常相聚的人如今分散到各地。

“四风”之三

*风流罪过因多情，促使行为乱风雅。
*风马牛而不相及，事物之间如鸡鸭。
*风平浪静多安稳，无事相互闲搭话。
*风樯阵马气势壮，迅猛异常以冲杀。

【提示】

“风流罪过”：风流：封建士大夫所谓的风雅。原指由于风雅而犯的过错，后多指轻微的过错，也指乱搞男女关系而犯的罪过。“风马牛不相及”：风：指牲畜公母相追逐。及：到，碰到。比喻事物之间毫不相干；“风平浪静”即没有风浪，很平静。比喻平安无事，有时也比喻局势安定；“风樯阵马”：樯：帆船上挂风帆的桅杆，这里指风帆。风力吹动下的帆，阵上的战马。形容气势雄壮，行进迅速。

“四风”之四

* 风调雨顺好年景，丰收在望喜洋洋。
* 风起云涌声势大，事物相继呈发扬。
* 风行一时难持久，盛行过后即消亡。
* 风言风语无根据，暗地捏造为中伤。

【提示】

“风调雨顺”：调：调和。顺：适合需要。形容风雨及时，适合农业生产的需要。这是人们常用来形容好年景的用语，也是农民最希望遇到的天时；“风起云涌”风刮起来，云像水涌一般地飘动。比喻许多事物相继兴起，声势浩大；“风行一时”：风行：传布、流行得很广。形容事物在一个时期里很盛行；“风言风语”意思是没有根据的话，多指暗地中伤或捏造。

“四风”之五

＊风雨交加发狂飙，灾难相接难于防。
＊风雨飘摇多动荡，身处此中失方向。
＊风雨同舟共患难，相互协助情谊长。
＊风雨无阻仍前进，争分夺秒奔战场。

【提示】

“风雨交加”即风雨一齐袭来。有时比喻几种灾难一齐袭来。这就是所谓的祸不单行；“风雨飘摇”：飘摇：飘荡不定。即在风雨中飘摇，比喻动荡不安；“风雨同舟”意为在狂风暴雨中同乘一条船，与风雨搏斗。比喻共同经历患难；“风雨无阻”意为即使是刮风下雨也挡不住前行，照常进行。这是战斗中常有的事，为了争取时间，抓住战机，部队常常在这种天气里急行军。

“四风”之六

＊风云变幻局势乱，复杂多变成动荡。

＊风云人物多贬义，言论行动欠适当。

＊风云突变不期至，措手不及难抵挡。

＊风烛残年身体衰，老之将至亦多伤。

【提示】

“风云变幻”：风云：比喻变幻动荡的局势。现多比喻局势变化迅速，情况复杂；“风云人物”指言论行动能影响大局的人，多用于贬义。这个成语多用在贬义上，其语意具有否定的含义；“风云突变”：风云：比喻变化极快的局势。即局势突然发生了大变化。曾有“风云突变，军阀重开战”的诗词名句；“风烛残年”：风烛：风中飘摇的烛火。残年：剩余的年岁。比喻人已到了老年，其寿命将要结束。

“四丰”一首

＊丰富多彩花样新，品种繁杂好又多。
＊丰功伟绩立身世，建功立业好仁德。
＊丰取刻与性贪婪，残酷掠夺为多得。
＊丰衣足食日子富，勤俭持家好生活。

【提示】

“丰富多彩”：采：神态，花色。形容不但数量多，而且品种又多又好；“丰功伟绩”：丰：多。伟：大。指伟大的功劳和业绩；“丰取刻与”：丰取：指大量地掠夺。刻：刻薄。与：给。意思是搜刮得多，给予得少。形容贪婪和掠夺的残酷。语出《荀子·君道》：“上好贪利，则臣下百吏乘是而后丰取刻与，以无度取于民。”“丰衣足食”：足：够。指吃穿都很富足，生活好过。

封官许愿

封官晋爵再提升，以其封赏拢人心。
神佛面前许其愿，以求保佑乃迷信。
利用人者重其利，使其所用为自身。
封官许愿作为钩，为获财物钓人心。

【提示】

封：指古代帝王将土地或官位赏给他的亲属或臣仆；许愿：指迷信的人为了祈求神灵保佑，向神、佛许下将提供的酬谢。现指用名利地位拉拢别人，听其使用。

封妻荫子

先人因功受爵位，世袭子孙而相承。
其妻亦可受封赐，得到封号光耀宗。
封建世袭而相传，世代接替无以终。
待到朝代重新立，前朝后朝仍相应。

【提示】

荫：指封建时代官吏的子孙因先代的官爵而受封。古代封建官吏由于有功，往往其老婆也可以得到封号，子孙也可以世袭某些特权。语出《元曲选·戴善夫〈风光好〉四》：“枉了我这一年独守冰霜志，指望你封妻荫子。”封建历朝历代，皇室掌权者都要对他的亲属或有功之臣加官晋爵，大行封赏。以达到维护其统治天下的目的。这种“封妻荫子”的做法被各朝代所延续，遂成为封建皇权的一个特点。

封豕长蛇

封豕贪吃日夜食，养得脑满肚肠肥。
长蛇贪婪可吞象，其身体达丈余围。
封豕长蛇遭厌恶，贪官污吏形相随。
为人如若贪无厌，犹如豕蛇害社会。

【提示】

封：大；豕：猪。即大猪、长蛇。比喻贪婪横暴的人。猪与蛇是两种贪吃无度的动物。猪，其食量大，什么都吃，所以总是肥头大耳。蛇，爬行动物，身体如粗绳，嘴的上下额分离在肌肉中，可张开如盆，因此可吞下象或牛这样大的动物。所以有“人心不足，蛇吞象”的俗语。用这两种动物的贪食来比喻人的贪婪，最为合适。语出《左传·定公四年》：“吴为封豕长蛇，以荐食上国。”

烽火连天

狼烟四起战连连，战火遍及成灾难。
干戈不断起烽烟，烽火连天日昏暗。
为得天下相厮杀，黎民百姓受涂炭。
烽火连天亲分离，家书万金祈平安。

【提示】

烽火：古时边防报警的烟火。那时，在边界筑起高高的土台子，上面堆放柴草，当遇到敌人来犯时，就点火报警；长城上的烽火台就担负着这种传递警报的任务。为了使烟雾更明显而用狼粪作燃料，因而又被称为“狼烟”。当边境某处发现敌情时，立即点燃烽火台上的狼烟，数里外的守军发现后相继点起，这样一个接一个地传下去，以达到报警的目的，预示战争将起。中国历史上西周最后的国君幽王，是个昏庸荒淫的国王，为了博得美妃一笑，而导演了一出烽烟戏诸侯的闹剧，最终被杀于骊山，西周从此而灭亡。后来就用“烽火”指代战火或战争。而“烽火连天”即指战争不断，战火烧遍各地。

“二锋”一首

* 锋芒逼人言犀利，语气铿锵现威胁。
言词锐利如刀锋，据理以争而不竭。
* 锋芒毕露作显示，锐气逼人才能邪。
显露自身之才能，傲气十足不知缺。

【提示】

“锋芒逼人”：锋芒：刀剑等武器的刃口或尖端，比喻锐利。形容言辞犀利，使人感到威胁；“锋芒毕露”：锋芒：比喻人的锐气、才干。毕：完全。即锐气、才干全部显露出来。比喻人有傲气，爱显露自己的才能。“锋芒毕露”是个具有贬义的成语，意思是因为觉得自己有一些才能就不断地显示，而形成傲气。这是一种很不得体的行为，更是不自量力的表现。凡是“半瓶醋”的人，大多具有这种枉生傲气的性格。

蜂虿有毒

蜂虿虽小可害人，小害不惕亦酿祸。
蜂虿有毒致人死，焉可轻视妄成错。
一点星火酿成灾，一条小鱼腥满锅。
防微杜渐警惕高，防患未然促事和。

【提示】

虿：蝎子一类的毒虫，尾部有毒刺。像蜂虿那样的小动物，其毒也可以伤人。比喻不能轻视有害的小事。大事往往都是由小事发展而成，坏事更是如此。古今中外历史上的灾难，都是循着这条轨迹而逐渐形成的，这是事物发展的一个规律，好事、坏事都是沿着这个由小至大的过程在发展。好事当然可喜，坏事就要处处警惕初始的苗头。语出《左传·僖公二十二年》。

“三逢”一首

＊逢场作戏在表演，适时热闹无实意。
＊逢人说项誉人好，到处宣扬他人吉。
＊逢凶化吉乃迷信，妄说逢得好运气。
运气好坏不在逢，只缘事物合轨迹。

【提示】

“逢场作戏”：逢：遇到，遭遇。场：戏剧或杂技演出的场地。即遇到演出的场地，偶尔表演一次。比喻在适当的时候或场合偶尔凑凑热闹；“逢人说项”：项：指唐朝人项斯。唐·杨敬之《赠项斯》诗：“平生不解藏人善，到处逢人说项斯。”后来就用以比喻到处说某人或某事的好处；“逢凶化吉”：凶：不幸。吉：吉利，吉祥。这是迷信的说法，有人认为运气好是有神灵的保佑，能将凶事转化成吉祥、顺利。祈福，是人类的美好愿望。人们总是希望好事多多，坏事少少，愿望只是属于个人的意志，并不能改变客观的事实。为了求得吉祥如意，而去求神拜佛的做法是无济于事的枉为之举。

凤毛麟角

凤毛即是凤凰羽，麟角即是麒麟甲。
两种动物不曾有，只是传说实为假。
凤歌鸾舞气象新，麒麟送子荫嗣佳。
借物寄情造希望，凤毛麟角贵其家。

【提示】

凤：凤凰。麟：麒麟。意为凤凰的羽毛，麒麟的角。比喻罕见而珍贵的人才或事物。凤凰和麒麟与龙、龟合称“四灵”，其中除龟之外，其他三种动物世上并不存在。只是人们美好希望的寄托。用凤之毛、麟之角来比喻人才之少而贵，从中可以看出，世上人才的稀少和难得，以此说明人才的可贵和难求的状况。

“四奉”一首

* 奉公守法为其事，奉行法规与制度。

* 奉命唯谨当服从，谨慎从事其守嘱。

* 奉若神明心笃诚，过度迷信难自主。

* 奉为圭臬为准则，视为唯一之准绳。

【提示】

“奉公守法”：奉：奉行，遵守。公：国家的规定。意为遵守国家规定的法令制度；“奉命唯谨”：奉命：恭敬地接受命令。唯：只有。谨：小心谨慎。形容服从命令，小心翼翼；“奉若神明”：奉：信奉。神明：神。形容对某些人或事物极其尊重，多用于贬义；“奉为圭臬”：圭臬：圭是测日影的器具，臬是射箭的靶子，因此把圭臬比喻事物的准则。把某些事物、言论奉为唯一的准则。

“二奉”一首

*奉为楷模好榜样，受人尊敬再发扬。
楷模人物为领先，标杆作用指方向。
*奉行故事老规矩，照办无误促事祥。
切莫守旧走老路，与时俱进会更强。

【提示】

“奉为楷模”：楷：法式。模：模范。即奉为模范、准则。模，即铸造器具时所用的模具，以规范所要铸造的物件一致。模范：引申为对先进人物的称颂之辞。凡是在某项事业中做出突出贡献的人，都会以模范来称颂。“榜样的力量是无穷的”一语道出了先进模范人物所起的巨大激励作用；“奉行故事”：奉行：遵照执行。故事：旧日办事的老规矩。语出《汉书·魏相传》：“方今务在奉行故事而已。”

夫唱妇随

夫唱妇随多和睦，相濡以沫到白头。
天下夫妻情笃深，互敬互爱心相投。
治家生儿又育女，勤俭持家靠双手。
日子虽然多辛苦，和光同尘而奔波。

【提示】

原意是丈夫说什么，妻子就完全附和。实际上是妻子对丈夫不能违拗。这显然是旧时代封建夫权思想的表现，与当今的夫妻关系有着本质的区别。后常用来指夫妻和睦，从而体现出男女平等的关系。语出《关尹子》："夫者倡，妇者随。"

夫子自道

此语双重意，尊老与师长。
自道意己说，自夸自弹唱。
又意说人短，与己有相像。
指问挑事者，若何不识相？

【提示】

夫子：古代对老年人或师长的敬称；自道：自己说自己。后多用来指对方所讲别人的坏话，恰好是在讲他自己。语出《论语·宪问》。

"二敷"一首

＊敷衍了事不认真，马马虎虎以应付。

待到事情出问题，悔之晚矣无可补。

＊敷衍塞责更糟糕，搪塞责任欲找托。

贻害他人误自己，坏事之后悔当初。

【提示】

"敷衍了事"：敷衍：做事不认真。随便应付一下，就算完事大吉。岂不知，这是对工作缺乏责任心的表现，也是缺乏自律的表现。这种态度往往是造成某些重大责任事故的罪魁祸首。"敷衍塞责"：塞责：搪塞责任。如果说"敷衍了事"是对工作马马虎虎，那么"敷衍塞责"则是工作事故发生后逃避责任的具体表现。两个成语连在一起，即可看出发生工作事故的前因后果。

伏而咶天

趴在地上欲咶天，痴心妄想忒愚顽。
有头无脑如空壳，无心无肺无心肝。
如此四无何其人，即为僵尸被晒干。
言道人者最为灵，如此行为何愚惨！

【提示】

咶：通“舐”，舔。即趴在地上舐天。比喻做法错误，不可能达到目。荒唐可笑，岂能实现！莫说趴在地上，即使仰在地面上又怎能舔着天？如若将空气作为天尚可，但空气并非天又何可为之？形容事物虽然可以夸张，但也不可太离谱了。这个成语即违反了常人的想象，因而失真。语出《荀子·仲尼》：“是犹伏而咶天，救经而引其足也。”

“四扶”一首

＊扶老携幼好传统，世代相传不间断。
＊扶弱抑强合其理，确保平安少事端。
＊扶危济困助人乐，同心协力渡难关。
＊扶摇直上九万里，乘龙快婿为何官？

【提示】

“扶老携幼”：携：拉着。搀着老人，领着小孩儿。语出《战国策·齐策四》：“未至百里，民扶老携幼，迎君道中，终日。”：“扶弱抑强”扶：帮助。抑：压制。即扶助弱小，抑制强暴；“扶危济困”：危：危急。济：救济。即对处境危急、生活困苦的人给予帮助、救济；“扶摇直上”：扶摇：急剧盘旋而上的暴风。即乘着暴风一直上升。形容快速上升。语出《庄子·逍遥游》：“抟扶摇而上者九万里。”

浮家泛宅

水上人家多漂泊，浮家泛宅求生活。
游走不定寻鱼虾，借风使船稳掌舵。
日久天长苦劳作，但愿求得捕获多。
风雨之中多漂泊，成年累月苦劳作。

【提示】

泛：浮行；宅：住宅。以舟为家宅，浮在水面上四处漂泊，以打鱼为生，日夜劳作，以求温饱。这是旧时代小民生活之一瞥。是长期在水上漂泊不定的渔家生活写照。另有社会官场失意的士大夫，将这种生活视为闲情逸致，终日衣食无忧，闲适垂钓，泛舟水上，此情景与渔家为求生不得已而为之，有其本质的区别。

浮想联翩

浮想缥缈亦无踪，如鸟联翩相继飞。
思潮起伏而不定，思前想后是与非。
接连不断诸事多，动之不止如汤沸。
回首往事多感慨，想入非非不可追。

【提示】

浮想：飘浮不定的想象；联翩：鸟飞的样子，比喻连续不断。指许许多多的想象不断涌现出来。这是个中性的成语，既可用在褒义方面，也可用在贬义方面，但褒义的成分多些。

桴鼓相应

桴鼓即擂鼓，相应即应和。
鼓槌相交加，其声震山河。
相互成一致，节奏相应合。
紧锣密鼓声，热闹呈祥和。

【提示】

桴：鼓槌。鼓槌敲鼓，鼓会咚咚响起来。比喻互相应和，配合得很紧密。语出《汉书·李寻传》：“顺之以善政，则和气可立致，犹桴鼓之相应也。”

福至心灵

福意通心灵，好运即多多。
财茂官运通，福至心里乐。
福运吉祥开，亨通在其所。
世人皆祈福，但愿以尝和。

【提示】

福：福运，迷信者所谓的好运气。讲迷信的人相信命论的一种说法。意思是福运到来时，心也会灵巧起来。这种说法如果按心理学的解释，即是因为面对好事时的一种心理反应，由于精神愉悦，心里无负担，自然会感到心旷神怡，这时的大脑清醒、轻松，促使思维活跃，从而表现出灵巧的精神面貌。这就是人们常说的“人逢喜事精神爽”这句话的含义。

“二釜”一首

*釜底抽薪可止沸，解决问题求根本。
抽薪火灭无继热，处理事物找核心。
*釜底游鱼命不长，事不宜迟难脱身。
优柔寡断误其事，当机立断跳龙门。

【提示】

“釜底抽薪”：釜：锅。薪：柴。意思是从锅底下抽掉柴火。使其火灭不能继续提供热量，以达到使汤不沸的效果。引申为做事遇到问题时，要找到问题的根源加以解决。语出北齐·魏收《为侯景叛移梁朝文》：“抽薪止沸，剪草除根”；“釜底游鱼”即在锅里游动着的鱼。比喻即将灭亡的事物。语出《后汉书·张纲传》：“若鱼游釜中，喘息须臾间耳。”

“四俯”一首

＊俯拾即是为数多，俯身即得遍地是。
＊俯仰由人自以控，不得自由行其事。
＊俯仰之间一忽过，转瞬之间即消失。
＊俯首帖耳如猫狗，卑躬屈膝甘愿死。

【提示】

“俯拾即是”：俯：低头，弯腰。只要俯下身子去拾取，到处都是那些东西。形容数量很多而且容易得到；“俯仰由人”：俯仰：低头和抬头，泛指一举一动。形容行动受人支配、控制；“俯仰之间”：俯、仰：低头、抬头。形容时间很短，只在抬头或低头的一瞬间；“俯首帖耳”像狗见了主人那样低头耷拉耳。形容卑躬屈膝、驯服听命的丑态，或甘心情愿为主子而死的奴才相。

“三付”一首

*付之东流一江水，有去无回离源头。
*付之一炬全烧光，片瓦无存成焦油。
*付之一笑不理会，一笑了之不分由。
不值言语作回答，相背而去一拂袖。

【提示】

“付之东流”：付：交给。东流：泛指向东流的江河。意为投入东流的江河之中，一去再不回来。比喻希望落空或前功尽弃；“付之一炬”：矩：火把。即一把火烧光；“付之一笑”意为用笑一笑做回答。这种笑并非出于真心而是因为不值得去理会，有轻蔑的意味。

“三负”一首

*负荆请罪背荆条，以示悔改做赔礼。
*负隅顽抗依险阻，顽固不化不量力。
*负重致远担重任，驽牛负重可自立。
受命不畏艰难险，驽马逸足如霹雳。

【提示】

“负荆请罪”：负：背着。荆：荆条，古时用作打人的刑具。意为背上荆条向对方请罪，表示完全承认自己的错误，请求对方给予惩罚；“负隅顽抗”：负：仗恃，依靠。隅：山势弯曲险阻的地方。意思是依靠地势的险要或其他支持，顽固抵抗；“负重致远”：负：背着。致：送到。即背着沉重的东西送到很远的地方。比喻能够担负重任。

“二妇”一首

＊妇姑勃谿婆媳吵，此乃自古至今朝。
婆媳不和难调解，家务之事多浪潮。
＊妇人之仁多轻视，妄说女人不为昭。
史上英豪多女流，缘何谬说不周到？

【提示】

“妇姑勃谿”：妇姑：儿媳妇和婆婆。勃谿：争斗。即婆婆与儿媳争吵。自古以来婆媳之间大多有宿怨，有道是“清官难断家务事”，一语道出家庭成员之间，特别是婆媳之间的矛盾冲突；“妇人之仁”：仁：仁慈。旧时轻视妇女，故用以形容处事姑息优柔，不识大体。这是自古的偏见，也是所谓的男尊女卑的封建思想的具体表现。妇女多慈爱心，不可否认，但并非无能。

“四富”一首

*富贵不淫防迷惑，地位金钱可酿祸。
*富贵浮云无定数，变化多端难预测。
*富贵荣华只一时，境随时迁转眼过。
*富国强兵乃国本，确乎不拔为国策。

【提示】

“富贵不淫”：富：有钱。贵：旧指地位。淫：迷惑，诱使腐化堕落。指不为金钱地位所惑；“富贵浮云”意为把富贵看得像浮云那样轻飘而流动不定；“富贵荣华”：荣华：草木开花，引申为兴旺显耀。旧时形容有钱有势；“富国强兵”意为使国家富强起来，以达到国富兵强的治国目的。也就是为了保卫国家的安全，就要在发展经济的基础上，不断增强国力，大力增强军队建设，增加国防力量，巩固国防，以确保国家的安全。

傅粉施朱

傅粉施朱以化妆，掩盖面目欲伪装。
妄想侥幸混过关，欲盖弥彰反招殃。
违犯律条当认错，掩饰过失不应当。
涂脂抹粉何其愚，弄巧成拙反受伤。

【提示】

傅：敷，搽；朱：红色，这里指胭脂。指搽粉点胭脂。原形容古代男子修饰面容，化装打扮。现多比喻掩盖过失或掩饰事物的本来面目以欺骗别人。语出北齐·颜之推《颜氏家训·勉学》：“贵游子弟，多无学术……无不薰衣剃面，傅粉施朱。”

腹背受敌

前后受敌攻，两面呈夹势。
腹背同受敌，难以守其时。
内溃自以乱，奈何可回师？
军心呈不稳，无援将危失。

【提示】

意思是前后都受到敌人的攻击。语出宋·王明清《挥尘三录》卷二引王襄檄文：“今则脊尾俱摇，腹背受敌，旧地皆失，内溃有强敌之侵，众心自离，外瘝无诸国之助。”

飞雪梨花

冬律阴盛发，酒神助阳华。
洒落瑶池酒，浇开雪梨花。
梨花飘醇香，醉得冬阳斜。
捧即化玉液，陶醉难释遐。

【提示】

梨花似雪，雪如梨花。二者因纯洁无瑕，历来受到人们的广泛喜爱。“忽如一夜春风来，千树万树梨花开”的名言佳句，更加引起人们对雪花与梨花的无限遐想。

“三覆”一首

*覆巢无完卵，整体皆遭殃。
*覆盆之冤案，无处申冤枉。
*覆水难收起，夫妻情已亡。
当年朱买臣，以此拒妻谅。

【提示】

“覆巢无完卵”：覆巢：被打翻的鸟巢。卵：蛋。意为被打翻的鸟窝里没有完好的鸟蛋。比喻整体遭殃，个体也不能幸免；“覆盆之冤”：覆盆：翻过来扣着的盆子，比喻黑暗；“覆水难收”意为泼在地上的水难以再收回来。比喻夫妻关系已经断绝，不能复婚。

改弦更张

窃誉之琴难操控，音韵不调不和律。
琴瑟之音必和谐，操之可奏古今曲。
教子犹如调琴弦，改弦更张求其序。
言传身教再疏导，传之有方子不拒。

【提示】

更：变换；张：给乐器调弦。改换、调整乐器上的弦，使声音和谐。比喻变更方针、计划和办法。语出南朝·宋·何承天《上邪篇》及《汉书·董仲舒传》。

国破家亡

自从九一八枪响，流离失所无处投。
国破山河遭践踏，漂泊异国少自由。
远渡重洋受欺凌，卧雪眠霜食以粥。
天地之间那是家，思乡之苦何其愁！

【提示】

年月日夜，日寇悍然发动震惊世界的九一八事变，攻取沈阳北大营。从此，对中国发动全面的侵华战争。致使无数的中国民众，饱受流离失所之苦。切记：勿忘国耻，发奋图强！

肝脑涂地

汉臣苏武使匈奴，北海牧羊十九载。
忠心事国志不衰，鬓发苍苍心不改。
大宋名臣文天祥，愤书零丁洋意赅。
为国赤心脑涂地，正气歌声震天哀。

【提示】

涂地：涂抹在地上。原来形容惨死。后来表示竭尽忠诚，不惜任何牺牲。语出《史记·刘敬叔孙通列传》及《汉书·苏武传》。

感激涕零

受人之惠心感激，感激至深而涕零。
人逢暮岁多回首，往事历历说自听。
生逢盛世实难得，老有所养好光景。
国家关怀儿女孝，知足常乐笑盈盈。

【提示】

涕：眼泪；零：落。感激地掉下眼泪。形容极为感激。现多用于讽刺。语出唐·刘禹锡《刘梦得文集·平蔡行》。

刚愎自用

刚愎自用不可取，自以为是枉自信。
独断专行逞霸道，任性妄为祸之根。
事成事败依其理，理直方可使气申。
不计客观而妄为，一味逞强必伤身。

【提示】

刚：强硬；愎：任性；自用：只凭自己的主观意图行事。指为人固执、任性，自以为能而独断专行。语出宋·苏轼《苏东坡后集·谢宣召入学士院状》。

高风亮节

文人自古重节操，士之可杀不可辱。
青竹有节示清高，德高才茂格不出。
气节乃是大精神，高风亮节德高著。
人品高尚心若谷，品格高洁而特殊。

【提示】

高风：高尚的品格；亮节：坚贞的节操。形容品格和行为都高尚。也作“高风峻节”。语出宋·胡仔《苕溪渔隐丛话后集》卷一。

高山景行

道德为人之根本，人格乃为性格垂。
道德修养乘高风，人格品位如景随。
为人品行若端正，高山景行德行为。
人生在世如穿梭，修得圆满而尽瘁。

【提示】

高山：比喻道德高尚；景行：大路，比喻行为光明正大。比喻崇高的德行。意思是品德像大山一样崇高的人，就会有人敬仰他；行为光明正大的人，就会有人效法他。

高山流水

伯牙操琴山水间，子期聆听悟其音。
一曲高山继流水，子期心中山水吟。
世上难觅一知音，伯牙子期通于心。
子期卒后牙摔琴，涕零叩拜友情深。

【提示】

比喻知己或知音，也比喻乐曲高妙。语出《列子·汤问》。

隔靴搔痒

轻描淡写离主题，诗不着意妄自习。
文不由衷字不切，何谈意境与理兮。
实事求是务实际，一语中的解惑疑。
不切症结枉自弄，隔靴搔痒不应急。

【提示】

在靴子外面搔痒。比喻说话、作文不中肯、不贴切，没有抓住要点。也比喻做事不切实际，不解决问题，劳而无功。语出宋·阮阅《诗话总龟》。

绠短汲深

深井取水井绳短，望水兴叹枉自叹。
坐等何以取其水，开动脑筋莫空谈。
褚小不可怀其大，绠短如何使长缠。
思之有方速行动，绠短汲深于心间。

【提示】

绠：汲水用的绳子；汲：从井里打水。吊桶的绳子很短，欲在深井打水。比喻能力小，难以胜任艰巨的事。语出《庄子·至乐》。

狗尾续貂

旧时帝王乱封爵，职多官满无可做。
空吃俸禄人浮事，冠上貂尾用得多。
无貂可用狗尾充，置于冠上充其奢。
文章之理首尾应，狗尾续貂而成拙。

【提示】

貂：一种毛皮珍贵的动物，古代皇帝的侍从官员用貂的尾巴作为帽子的装饰。本为讽刺封爵大滥。后来转用以比喻事物用不好的东西续在好东西的后面。也比喻事物的前后好坏不相称（多指文艺作品）。

姑妄言之

予尝为汝妄言之，汝则犹如妄听实。
妄言不必求实际，两耳听则心不知。
东坡为官黄州城，常让客人说笑事。
客人不知如何说，坡曰姑且妄言之。

【提示】

姑：姑且；妄：胡乱。姑且随便说说。意思是说不要太认真，随心所欲地随便说出来。语出《庄子·齐物论》。

孤陋寡闻

独学无伴自以为，死啃教条不知谁。
虽下功夫不得窍，日久天长枉受累。
百闻不抵亲眼见，实践方可知其惠。
学以致用双收获，孤陋寡闻何其悲。

【提示】

陋：见闻不广；寡：少。学识短浅，见闻不多。学不灵活，缺少交流，眼界狭窄，没有实践经验。语出《礼记·学记》。

谷贱伤农

春种夏锄秋收忙，一年到头汗湿裳。
求得天时风雨顺，获得粮谷心宽敞。
待到市上出售时，谷物价低无以偿。
谷贱伤农无奈何，丰收年景亦喝汤。

【提示】

谷：泛指粮食。原指丰收时，粮商压低谷价，使农民受到损害。后泛指粮价过低就会直接损害农民的收益。语出《新五代史·冯道传》。

顾影自怜

伫立遥望故乡城，心中顿生思乡愁。
漂泊他乡难回归，无论冬夏与春秋。
月下独酌浇心愁，人孤影单何以求。
自斟自饮无人问，顾影自怜解心忧。

【提示】

怜：爱惜。原来是说处境不好，剩下自己，只好对着影子，自我怜惜。形容孤独失意的情状。后来转为自我欣赏的意思。语出晋·陆机《赴洛道中作二首》之一。

瓜田李下

行过瓜田莫躬身，行至李树莫举手。
一时不慎轻妄动，招之嫌疑被人瞅。
处事时时要谨慎，免得无端遭难受。
人前人后皆守一，言谈举止自操守。

【提示】

意思是经过瓜田时，不弯腰提鞋子；走过李树下面，不举手整理帽子，以避免偷瓜摘李的嫌疑。比喻容易发生嫌疑的地方。语出古乐府《君子行》。

管窥蠡测

以管窥天如弹丸，以蠡测海不见少。
观察事物须全面，片面唯见树之梢。
管中窥豹只一斑，需要智慧再推敲。
观其一斑测全貌，是否可信须思考。

【提示】

管：竹管；窥：从孔隙里看；蠡：贝壳做的瓢；测：测量。从管孔里看天，用瓢测量海水，看到的、量到的不过是极小的一部分。比喻对事物的观察和了解很狭窄、片面。语出《汉书·东方朔传》。

鬼使神差

天下之事多偶然，偶然其实属自然。
倘若诸事不连贯，一旦出现疑神仙。
鬼神皆是人之猜，心思念之不可见。
子虚乌有妄自碍，岂是鬼神作驱迁。

【提示】

使、差：派遣，指使。古人对于一些凑巧的事情，不能科学地加以解释，就认为鬼神在暗中指使。比喻事情的发生完全出于意外。语出《元曲选·关汉卿〈蝴蝶梦〉四》。

国色天香

国色朝酣酒，天香夜染衣。
色香俱其美，牡丹乃为贵。
人誉花之俏，天生丽质辉。
幽怀雅趣生，借花生情随。

【提示】

原指色香俱美的牡丹花。后来也用以形容女性的美丽。语出唐·李正封《咏牡丹》及明·史槃《宋璟鹈钗记·家麻》。

过眼烟云

人生难逾上百年，弹指一挥即暮年。
不期而至心犹意，老骥伏枥想从前。
发财致富人之愿，穷其终身忙于钱。
财富不抵人寿限，烟云散去不复返。

【提示】

意思是烟云从眼前掠过，以后就不再回还。原来比喻身外之物，可以不加重视。后来比喻很容易消失的事物。也作“烟云过眼”。语出宋·苏轼《宝绘堂记》。

"三改"一首

*改朝换代易名号，封建换汤不换药。
*改过自新即悔改，重新做人乃重要。
*改名换姓变名称，其因各有各目标。
好汉顶天而立地，生不改姓死亦昭。

【提示】

"改朝换代"：朝、代：指我国历史上所建立的一姓世袭政权的称号。有时还指某个帝王统治的时期。当一个旧王朝被推翻，再建立新王朝统治，就要改换称号，因此被称为改朝换代；"改过自新"：自新：自己主动改过，以求重新做人。即改正错误，重新从头做起；"改名换姓"即改变原来的姓名。中国传统理念对姓氏很是尊重，常常以大族姓氏为光荣。姓者，乃是继承祖业的重要标志，是中国伦理纲常的重要组成部分，不可随意更改。"改名换姓"随便改姓向来都被认为是对自己祖宗大不敬的行为。

“四改”一首

* 改头换面在形式，穿上新鞋走老路。
* 改邪归正复正路，痛改前非以求赎。
* 改天换地变模样，社会变化而突出。
* 改弦易辙变方向，变换手法得以图。

【提示】

“改头换面”比喻只换形式，不变内容；“改邪归正”：归：回到。即离开邪路，再回到正路上来。意为不再做坏事；“改天换地”使天地都改变了原状。指改造社会，改造大自然；“改弦易辙”：易：更换。辙：车轮轧下的痕迹。这里指道路。意为乐器调换弦，车子改换道路。比喻变更方向、计划或做法。

盖世无双

盖世无双数第一，独一无二居于首。
压倒一切无可比，首屈一指独自有。
风云人物知多少？时过境迁各因由。
一朝得势即昏头，所谓盖世无长久。

【提示】

盖世：压倒世界上所有的，没有人比得过。意为世界第一，独一无二。纵观历史，所谓叱咤风云的人物不在少数，但都是只有一时的闪光，并没有长久的永远。所谓盖世也只是暂时的盖世，所谓无双亦是暂时的无双。这是不以人的意志为转移的客观规律。无论做出何等惊天动地大事业的人，都会被后来者所超越，最终只能消失在浩瀚的历史长河中。

干云蔽日

树木高且粗，树冠可遮天。
起于葱青生，得于自然繁。
耸入云霄处，世上无以见。
干云蔽日说，此乃妄笑谈。

【提示】

干：冒犯，冲；蔽：遮挡。意为冲入云霄，挡住太阳。形容树木高大。这是言过其实之谈，只是一种有意夸大的形容而已。再高大的树木也不可能冲上云端，又何以能遮挡住太阳？但是，如若人站在大树下面观看，有可能产生“干云蔽日”的错觉，但错觉并非事实。由此可见，形容词的夸张作用。

“三甘”一首

＊甘拜下风心佩服，自觉不如对方足。
＊甘心情愿无勉强，心悦诚服以相助。
＊甘之如饴不怕苦，以苦作甜而加入。
日夜守卫国境线，虽然辛苦乐其图。

【提示】

“甘拜下风”：甘：心甘情愿。下风：下面，下方。表示真心佩服，自认不如对方。“甘心情愿”即心里完全愿意，没有一点勉强。“甘之如饴”：甘：甜，引申为情愿、乐意。饴：麦芽糖浆。意思是把它看得像糖一样甜。比喻乐意从事某种辛苦的工作，勇于承担最大的牺牲。这就是军人的崇高精神。

“三感”一首

* 感恩戴德多讽刺，感恩图报视真心。
* 感人肺腑情深厚，深为感动之精神。
* 感同身受似亲历，恩惠深厚集于身。
如若不得面拜谢，代人致意尤为枕。

【提示】

“感恩戴德”：感：感激。戴：承受。意为感激别人的恩德。但并不一定出于真心，只是限于口头上。所以多用于带有讽刺的意味；“感人肺腑”：肺腑：指内心。形容使人深受感动；“感同身受”：感：感激。身：亲身。意为心里感激得就像亲身受到对方的恩惠一样。多用于代人向对方致谢。

刚柔相济

刚与柔相调，相互借其力。
刚性难以弯，易折成断离。
柔性难以折，易弯少硬理。
两者合为一，相得益彰兮。

【提示】

意思是刚强的与柔和的互相调剂，取长补短，用以行事。大凡事物都具有其偏颇性，也就是刚与柔的问题。事物中所体现出的性质，即刚性与柔性。二者在事物中各具其性，各有所为。缺了哪一方，事物都会呈现出不足。如何使刚与柔恰到好处，则是一门大学问、大智慧。

纲举目张

纲绳乃主线，即为总主见。
如同渔网绳，失去纲必乱。
目即渔网眼，靠纲实其现。
纲举目张显，事物顺自然。

【提示】

纲：渔网上的总绳子，比喻事物的主要部分；目：网上的眼，比喻事物的从属部分。如果提起渔网上的总绳一撒，所有的网眼就都张开了。比喻抓住事物的主要环节就可以带动一切次要环节，也比喻条理分明。

“四高”之一

＊高不可攀难上去，尽其全力亦难登。
＊高唱入云嗓音亮，文辞激越心由衷。
＊高高在上自欣赏，脱离群众身如风。
＊高歌猛进斗志强，精神焕发大步行。

【提示】

“高不可攀”：攀：登爬。意为高得没法登上去。形容难以达到；“高唱入云”原来形容歌声嘹亮，后来形容文辞声调的激越高昂；“高高在上”原来指地位高。现在形容脱离群众，把自己放在群众之上；“高歌猛进”大声唱歌，勇猛前进。形容情绪高涨，斗志昂扬，大踏步地前进。

“四高”之二

* 高朋满座宾客多，兴高采烈各自说。
* 高视阔步显傲慢，举止款步亦是拙。
* 高谈阔论发议论，废话连篇何其多？
* 高文典册文书令，重要诏令在其所。

【提示】

“高朋满座”：高：高贵，高尚。座：座位。即高贵的宾客坐满了席位；“高视阔步”：高视：眼睛向上看。阔步：步子迈得很大。形容举动不平常或态度傲慢；“高谈阔论”形容空洞地大发议论；“高文典册”：册：古代帝王发出的文书、命令。指封建朝廷的重要文书、诏令。

“四高”之三

＊高屋建瓴居高处，其势若似不可挡。
＊高下在心屈与伸，大权在握可担当。
＊高枕无忧无顾虑，放松警惕而被伤。
＊高自标置枉自枭，自以为是多犯上。

【提示】

“高屋建瓴”：建：倒水，泼水。瓴：盛水的瓶子。原意是在高屋顶上倾倒瓶子里的水。比喻居高临下，不可阻挡的形势；“高下在心”：高下：比喻伸和屈。原意是估量当时的情况，采取适当的办法。后形容大权在握，操纵自如；“高枕无忧”枕头垫得高高的，安心睡觉，无所顾虑；“高自标置”把自己的位置放得高高的。形容把自己估计得很高。

膏粱子弟

鱼肉佳肴酒食香，膏粱子弟富而殇。
吃喝无忧游手闲，赘肉肥胖自弄伤。
富不三代合事理，官运亨通亦难长。
粗茶淡饭老百姓，无官身轻却安康。

【提示】

膏：肥肉；粱：细粮；膏粱：泛指美味饭菜，借指富贵人家。形容饱食终日、无所用心的富家子弟。语出清·虞兆隆《天香楼偶得·膏粱》："今人称富贵家子弟曰膏粱子弟，谓但知饱食，不谙他务也。"

槁木死灰

枯木烧成灰，人无精气神。
木灰可肥田，情坏多消沉。
心若成死灰，继而殃及身。
人活于世间，精神最珍贵。

【提示】

槁：枯干。枯干的槁木，冷了的炉灰。比喻毫无生气或心情极端消沉。语出《庄子·齐物论》：“形固可使知如槁木，而心固可使如死灰乎？”郭象注：“死灰槁木，取其寂寞无情耳。”

“二歌”一首

*歌功颂德多贬义，讽刺吹捧拍马屁。
妄凑功劳多空虚，颂扬只求渔其利。
*歌舞升平多粉饰，以求遮掩瞒实际。
居生处乐不顾危，终将自毁遭灾兮。

【提示】

“歌功颂德”：歌、颂：颂扬。颂扬功劳和德行。多用于贬义。“歌舞升平”：升平：太平。为庆祝太平而唱歌跳舞。多指粉饰太平。语出元·陆文圭《〈词源〉跋》：“淳祐景定间，王邸侯馆，歌舞升平，居生处乐，不知老之将至。”

“二革”一首

*革故鼎新破旧除，更新异代易其立。
吐故纳新求发展，保持活力以再励。
*革面洗心以悔改，重新做人靠自己。
洗涤心中脏污迹，痛改前非重做起。

【提示】

“革故鼎新”：革：除去。鼎：更新。破除旧的，建立新的。语出《周易·杂卦》：“革，去故也；鼎，取新也。”“革面洗心”：洗心：清洗内心的污浊。革面：改变旧面目。比喻彻底悔改。

“二格”一首

＊格格不入即抵触，针锋相对各不让。
认识不同各想法，各持己见难协商。
＊格杀勿论拒逮捕，歹人行凶人命丧。
捕者自卫杀勿论，确保公务予以偿。

【提示】

“格格不入”：格格：阻碍，抵触。互相抵触，不能结合在一起；“格杀勿论”：格：打。格杀：打死。旧指在捉犯人的时候，由于被捕者抗拒而引起搏斗，捕人者打死抗拒者可以不按杀人论罪，算作自卫。

“三隔”一首

* 隔岸观火看热闹，袖手旁观不支援。

* 隔年皇历已过时，不合当前之心愿。

* 隔墙有耳泄机密，你知我知难实现。

天知地知神亦知，天下之事无绝密。

【提示】

“隔岸观火”对岸失火，隔河观望。比喻对别人的危难不加援救，而在一旁看热闹；“隔年皇历”：皇历：原指清代朝廷颁发的历书，后泛指日历本。即隔了一年的皇历。比喻过去的事物或经验，不合当前的新情况，不适用了；“隔墙有耳”隔着一道墙偷听。比喻即使秘密商议，也有泄露的可能。

“四各”之一

* 各奔前程即分手，各自奔向其目标。

* 各抒己见说见解，充分说出心中韬。

* 各得其所遂心愿，适当安置不缺少。

* 各个击破分头歼，化整为零显高招。

【提示】

“各奔前程”：奔：奔向。各走各的路。比喻各自向着自己确定的目标努力；“各抒己见”：抒：表达，发表。各人都能充分谈出自己的见解或策略；“各得其所”原来表示每个人都如其所愿。后来也表示每个人都得到适当的安置；“各个击破”这是一种战术，即迫使敌人化整为零，再分头加以歼灭。

“四各”之二

*各有千秋各专长，各具优势有绝技。
*各执一词不一致，各行其是多差异。
*各自为政无协作，为我所用待时机。
*各行其是不相协，思想行动难统一。

【提示】

“各有千秋”：千秋：千年，这里指流传久远。指各人都有可以流传久远的专长。比喻各有所长，各有优点；“各执一词”：执：坚持。各人坚持一种说法。形容意见不统一；“各自为政”：为政：处理政事。表示各人按自己的主张办事，不顾整体也不与别人配合协作；“各行其是”彼此不相照顾，各人按自己的意见办事。形容思想、行动不一致。

根深蒂固

蒂固则生长，根深则持久。
基础呈牢固，难以使其纠。
根深叶茂盛，花团锦簇周。
根深蒂固盛，硕果垂低头。

【提示】

蒂：瓜果跟枝茎相连的部分；固：牢固。比喻基础牢固，不可动摇。语出《文选·左思〈魏都赋〉》：“剑阁虽嶛，凭之者蹶，非所以深根固蒂也。”

亘古未有

亘古未曾有，贯穿即是无。
无本之树木，无源之水处。
说来无根据，听来成耳误。
望风扑其影，枉自下功夫。

【提示】

亘古：贯穿整个古代。形容自古到今从来没有。另有“艮古不变”这个成语。意思是从古至今没有任何变化。“艮”与“亘”字意相同，可以选用。

“三更”一首

* 更仆难数话很多，再论依然说不尽。
* 更深人静时夜半，夜阑幽深风月近。
* 更上一层楼高远，欲穷千里望弥远。
岁月沧桑多变换，烟雨飘摇古至今。

【提示】

“更仆难数”：更：换。仆：原指傧相，后指仆人。数：说。意思是换了几班侍者，宾主要说的话还是说不完。形容要说的话很多；“更深人静”：更：夜间的计时单位，一夜分五更，每更约两小时。形容深夜没有声响，非常寂静；“更上一层楼”：更：再。现在常用以比喻再提高一步。

工力悉敌

两军对垒以较量，各出奇招显威风。
数个回合战下来，势均力敌各收兵。
文章高低亦相较，各尽所能显神通。
脱颖而出只两篇，工力悉敌而相等。

【提示】

工力：功夫和力量；悉：完全；敌：相等。双方的功夫和力量完全相等，不分上下。常用以指艺术方面的造诣。形容两篇文章写的同样精彩，很难做出谁高谁低的评判。

“四公”一首

＊公正无私素质高，群众拥护齐叫好。

＊公而忘私全心意，崇高精神成号召。

＊公事公办不徇私，一身清廉得昭告。

＊公诸同好会同行，共同切磋互探讨。

【提示】

“公正无私”做事公正，没有私心；“公而忘私”意思是为了公事而忘了私事。现多用以形容全心全意为国家服务的崇高精神；“公事公办”公事按单位的制度办，不讲私人情面；“公诸同好”：公：公开。诸：文言虚词“之、于”二字的合音。好：爱好。即将自己所喜爱的东西向有共同爱好的人公开。

“二功”一首

*功败垂成很惋惜，为事将成而失败。
做事处处加小心，一时不慎全盘坏。
*功成不居无享有，功劳归众慰心怀。
心胸坦荡无自私，精神可嘉传后代。

【提示】

“功败垂成”：垂：接近事情将要成功的时候，遭到了失败。含有惋惜的意思；“功成不居”：居：当，占有。原来是说任其自然存在，不占为己有。后来用以形容立了功而不把功劳归于自己。语出《老子》二章：“生而不有，为而不恃，功成而不居。”

“四功”一首

＊功成名遂建功业，名声大噪传四方。

＊功成身退明智举，引而不言数张良。

＊功德无量佛教语，有益自身惠众望。

＊功亏一篑转瞬间，前功尽弃难预防。

【提示】

“功成名遂”．遂．成就。功绩和声名都已经取得了。“功成身退”：身：自己。建立了功业后自己就引退了。《老子》九章：“功遂身退天之道。”“功德无量”：功德：原指功业与德行，佛教用以指佛事活动。后来用以称颂人的功劳、恩德或做有益于别人的事情；“功亏一篑”：亏：欠。篑：盛土的筐。比喻一件事只差最后一点未能完成。

“四攻”一首

* 攻城略地占城池，掠夺土地归自己。
* 攻其不备乃战术，出其不意得胜利。
* 攻守同盟暗勾结，相互隐瞒互顾及。
* 攻无不克多取胜，战无不胜成战绩。

【提示】

“攻城略地”：略：掠夺。攻占城池，掠夺土地；“攻其不备”趁敌人没防备时发起进攻。这是兵家常用的一种战术；“攻守同盟”：同盟：缔结盟约。现多用以比喻坏人暗中勾结串通，互不揭发，各自拒不交代罪行；“攻无不克”：克：攻下。攻打时没有打不赢的。

躬逢其盛

躬逢其盛大盛典，气势恢宏动心弦。
欣逢盛世造福祉，丰衣足食太平年。
人生区区一百年，恰逢升平喜连连。
国富民强多安康，普天同庆乐无边。

【提示】

躬：亲自。亲自参加了那个盛典，或亲身经历了那种盛世。语出唐·王勃《王子安集·滕王阁序》：“童子何知，躬逢胜钱。”

觥筹交错

人逢盛世精神爽，齐聚共祝盛世昌。
相聚饮宴同祝贺，天长地久人气旺。
遥望未来多希望，脱贫致富奔小康。
国强民安多幸福，万众一心同欢唱。

【提示】

觥：古代的一种酒器；筹：行酒令的筹码。形容相聚欢饮的热闹场面。语出宋·欧阳修《醉翁亭记》："射者中，弈者胜，觥筹交错，起坐而喧哗者，众宾欢也。"

钩深致远

探索就深处，使远近前来。
得道知奥妙，悟彻而自在。
探赜索隐现，钩深致远哉。
天道多奥秘，智化出奇开。

【提示】

钩：钩取；致：招致。钩取深处的，使远处的到来。比喻探索深奥的道理。语出《周易·系辞上》：“探赜索隐，钩深致远。”

钩心斗角

钩其心而成斗角，建筑构件互相牵。
原本古代建筑语，木件搭勾而成全。
借其形式喻人意，表现相互各争权。
明争暗斗而不疲，各用心机暗盘算。

【提示】

心：宫室的中心；斗：结合；角：檐角。唐·杜牧《樊川文集·阿房赋》：“各抱地势，钩心斗角。”原来形容宫室建筑错综精密。现在比喻各用心机，明争暗斗。中国古代建筑都是木结构，构件之间榫卯，精密的相互勾连成一个整体，以这种勾连方式构建而成飞檐式的建筑，成为人类建筑史上独树一帜的建筑文化特征。

篝火狐鸣

夜篝火起处，狐鸣和仿效。
以鬼神为号，矛头指秦朝。
陈胜吴广起，声势如浪潮。
群情鼎沸势，直捣其老巢。

【提示】

篝：笼子。《史记·陈涉世家》："夜篝火，狐鸣呼曰：'大楚兴，陈胜王。'"陈涉准备起义，夜里把火放在笼内，使之隐隐约约像鬼火一样，同时还学狐狸叫声。本为假托狐鬼之事以聚众起义。后用来比喻策划起义。

“二狗”一首

*狗苟蝇营追名利，犹如群蝇以逐臭。
走狗紧跟主子后，无耻之徒何其丑！
*狗急跳墙无路逃，只得拼力跳墙走。
围剿歹徒群策力，以防逃跑耍花招。

【提示】

“狗苟蝇营”：蝇营：苍蝇来来往往地追逐脏东西。苟：苟且。像苍蝇那样钻营，像狗那样无耻。比喻追逐名利，不顾廉耻，无所不为；“狗急跳墙”比喻坏人在走投无路时，不择手段地蛮干。

"三狗"一首

*狗仗人势妄逞凶，倚仗主子耍威风。
*狗彘不如德行劣，犹如猪狗之相同。
*狗眼看人低不准，眼光低下势利重。
如此为人何其拙，苟活于世枉人生。

【提示】

"狗仗人势"比喻走狗、奴才倚仗着主子的恶势力欺压群众；"狗彘不如"：彘：猪。形容坏人的品德卑劣得连猪狗都不如；"狗眼看人低"：看人低：指瞧不起人。比喻势利眼。

“二苟”一首

*苟且偷安妄自己，得过且过马虎过。
贪图安逸昏人生，不以为然无所作。
*苟延残喘顾眼前，勉强延续度生活。
暂时喘息作且歇，未来时日已不多。

【提示】

“苟且偷安”：偷：苟且。偷安：马马虎虎，得过且过。贪图目前的安逸，不顾将来；“苟延残喘”：苟延：勉强延续。残喘：临死前的喘息。比喻暂时勉强维持生存。

沽名钓誉

花费金钱买虚名，以便获得假声誉。
无才无德妄自做，谋求地位为私欲。
沽其名而钓其誉，出头露面显其愚。
目不识丁充大蒜，沽名钓誉如蠢驴。

【提示】

沽：买。钓：骗取。故意做作或用某种手段以骗取名誉。这种人，被称为充“大瓣蒜”的那种人，也就是不学无术却自我感觉良好的人。这种人虽然无才无德却能混入官场之中，以此显示自己身份不凡。别看他们缺少修养，却有独到的鬼心眼儿，借此成为有头有脸的人。

姑息养奸

事必讲原则，不可擅自为。
宽容有限度，过度即违背。
姑息养奸贼，必将酿成鬼。
奸人欲逃脱，得以趁机会。

【提示】

姑息：过于宽容，现在多指无原则的宽恕；养：养成，助长；奸：指坏人、坏事。过分地宽容就会助长坏人坏事的发展，从而酿成更大的错误或犯罪的行为。所以坚持原则，依法办事，是确保一切事物都能沿着正确的方向前进的重要行事原则。

孤臣孽子

孤臣圣上不受重，枉自效忠亦不亲。
顽固忠君何其愚，落得孤立悖王心。
身出偏房称孽子，孤臣孽子难平身。
皇帝身边嫔妃众，唯有嫡子方可荫。

【提示】

孤臣：古代帝王所不亲近的、孤立的臣子；孽子：古时称不是正妻所生的儿子。旧时指不被重用，却顽固地效忠其君上的人。这就是儒家所倡导的所谓“君君、臣臣、父父、子子。”也是“君让臣死，臣不得不死”的封建忠效的体现。

“四孤”之一

*孤雏腐鼠不足道，微乎其微人或物。
*孤儿寡母无依靠，孤苦伶仃无人助。
*孤芳自赏自清高，自命不凡如瞎虎。
*孤家寡人王自称，孤独无援多萧肃。

【提示】

“孤雏腐鼠”：孤雏：孤独的幼鸟。腐鼠：腐烂的老鼠。比喻微贱不足道的人或物；“孤儿寡母”：孤儿：失去父母的孩子。没有依靠、无人保护的人。“孤芳自赏”：孤芳：孤独的一枝花。比喻自命清高，自我欣赏。也指脱离群众、自命不凡的人；“孤家寡人”：孤家、寡人：古代皇帝的自我称呼。现在比喻脱离群众、孤立无助的人。

“四孤”之二

* 孤苦伶仃无父母，人间最为惨痛事。
* 孤云野鹤多悠闲，隐居山野也现实。
* 孤掌难鸣不出声，虽疾成风无声势。
* 孤注一掷最后搏，凭天由命在此时。

【提示】

“孤苦伶仃”：孤：很小就没有父母。伶仃：孤独，没有依靠。指失去父母的孤儿。这是人间最大的不幸，也是人生最难以抚平的心结，更是最令人揪心的事情。“世上只有妈妈好”道出了幼儿的真实心声；“孤云野鹤”旧时指逃避现实，过着闲散生活的隐士；“孤掌难鸣”：鸣：指发出的声音。一个巴掌拍不响。比喻一个人的力量薄弱，不容易成事。即“一手独拍，虽疾无声。”“孤注一掷”：注：赌博所下的赌注钱。孤注：输急眼的人索性将所有的钱一起押上去。比喻在危急时刻用尽所有的力量做最后的一次冒险。多含贬义。

古道热肠

古代人单纯，少有自私心。
待人以厚道，热情心真诚。
心肠亦趋暖，真挚维其身。
风俗多变幻，唯见其精神。

【提示】

古道：上古时代的风俗习惯，形容厚道；热肠：热心肠。形容待人真挚、热情。人们崇尚古人的处世精神，缅怀那种纯朴厚道、与人为善的人际关系。所谓的尧舜精神，即是大公无私的体现。人们的尚古情怀，具体体现出人们对和平、真诚、热情、厚道、和谐和无私的共同心愿。

“四古”一首

* 古调不弹旧事故，陈旧之物见古董。
* 古井无波已干涸，枯井无水乃干洞。
* 古色古香古气味，古雅情调今不同。
* 古为今用要斟酌，取精去糟再利用。

【提示】

“古调不弹”：古调：古代的曲调。陈旧的曲调不再弹奏。比喻陈旧的东西不受欢迎。这要看是否是国宝级的古董文物了，如果是，不但要欢迎，而且要认真细心地加以保护；“古井无波”：古井：枯井。即干涸的井没有波澜。比喻不动心；“古色古香”：古香：古书画的绢或纸因年久而生成的特殊香味。形容器物、艺术作品或室内的陈设具有古雅的色彩和情调。“古为今用”指对传统文化要本着取其精华，去其糟粕的原则加以发展和运用。

“三骨”一首

*骨鲠在喉难承受，心里之话道不出。
*骨肉相连关系近，彼此密切心相投。
*骨瘦如柴林黛玉，骨感病态有其由。
虽然身为贵小姐，寄人篱下多烦忧。

【提示】

“骨鲠在喉”：鲠：鱼刺骨。好像鱼刺骨卡在喉咙里。比喻心中有话，如果不说出来不痛快；“骨肉相连”意为像骨头和肉一样互相连接着。比喻关系密切，不可分离；“骨瘦如柴”形容消瘦到了极点。

蛊惑人心

蛊惑乃毒虫，其毒可致命。
群蛊相互吞，最终剩一宗。
其毒尤为烈，其害始无终。
谣言如毒蛊，蛊惑人心动。

【提示】

蛊：传说中的一种毒虫；蛊惑：古代传说，把一百个蛊放在一起，让它们互相吞食，直到剩下最后一个，把它制成一种毒药，如果谁吃了这种毒药，就会发狂，失去理智。比喻用舆论或谣言欺骗、迷惑、煽动人心。

告朔饩羊

告朔祭庙牺牲羊，周代月初祭宗庙。
致祭告朔后听政，鲁侯悖制示以蔑。
应付差事徒形式，无所作为妄自闹。
自以为是随心作，告朔饩羊反其道。

【提示】

告朔：古代诸侯每月初一谒宗庙祭礼；饩羊：告朔祭庙时作祭品的羊。这是周代的制度，要求诸侯都要遵守，唯有鲁侯不守制。既不祭庙，也不听政，只是到时候杀羊了事。后来就用“告朔饩羊”比喻应付差事，徒存形式。

"二固"一首

*固若金汤守城池，坚守阵地不丢失。
防御坚固城如铁，护河之水御敌师。
*固执己见多悖理，痛失人心弱其势。
自以为是弗听劝，顽固不化谬坚持。

【提示】

"固若金汤"：金：指金属造的城墙。汤：护城河，滚烫的护城河水。形容所守卫的城池或阵地非常坚固；"固执己见"顽同地坚持自己的偏见，拒不听别人的意见或建议。一意孤行，坚持错误。

“四故”一首

*故步自封不上进，安于现状守旧法。

*故伎重演老花招，用尽伎俩再次耍。

*故弄玄虚弄手段，以求蒙蔽行欺诈。

*故态复萌即复旧，老生常谈又复发。

【提示】

“故步自封”：故步：原来的步伐，引申为旧法。封：限制。自己停留在原地。比喻安于现状，不求上进；“故伎重演”：伎：伎俩，花招。老花招再耍一次；“故弄玄虚”：玄虚：指让人不可捉摸的东西。故意玩弄叫人搞不清的那一套；“故态复萌”：故态：老脾气，老样子。复萌：又发生。即老样子又逐渐恢复。形容重犯老毛病。

“四顾”一首

＊顾此失彼多忙乱，无法顾及于全面。

＊顾名思义知其意，思想活跃悟得宽。

＊顾盼自雄妄自为，得意忘形喜眉间。

＊顾全大局乃为重，根本利益应当先。

【提示】

“顾此失彼”顾了这个，丢了那个。形容无法全面照顾到；“顾名思义”即看到名称，就会想到它的含义；“顾盼自雄”：顾盼：左顾右盼，得意忘形的样子。指左看右看，觉得自己了不起；“顾全大局”：顾全：照顾到事物的完整性，不使之受到损害。一切言行都要以国家集体利益为重。

“二瓜”一首

*瓜剖豆分两分离，同胞兄弟各东西。
但愿天长与地久，共坐一席话心喜。
*瓜熟蒂落乃自然，条件成熟待时机。
啐啄同时机会来，事业成功靠努力。

【提示】

“瓜剖豆分”像瓜被剖开，豆从荚里裂出来一样。比喻国土被分割，亲人离散；“瓜熟蒂落”：蒂：花或瓜果与枝茎相连接的部分。瓜熟了，瓜蒂自然就脱落。比喻条件或时机成熟，就能顺利成功。

刮目相看

离别多几载，再次重相逢。
君已变化大，对面难认清。
相形自惭愧，落于君后生。
挚手相以敬，刮目相看惊。

【提示】

刮目：擦眼睛，指去掉过去的印象；待：看待，对待。意思是离别并不长久，再次相见，即有长足的进步。指要去掉过去的看法，不能再用老眼光相看待。别人已有显著的进步，不可再以过去的印象相对待。亦有“三日不见，当刮目相看。”

“四寡”一首

* 寡不敌众力单薄，难以抵挡其势凶。
* 寡鹄单凫形孤独，失去配偶作哀鸣。
* 寡见少闻见识少，学识浅薄不挂名。
* 寡廉鲜耻修养差，不知廉耻心昏庸。

【提示】

“寡不敌众”：寡：少。敌：抵挡。人数少抵挡不住众多敌人；“寡鹄单凫”：鹄：天鹅。凫：野鸭。失去配偶的天鹅和野鸭，处境孤独可怜。“寡见少闻”形容学识浅薄，所见不广；“寡廉鲜耻”形容不知廉耻、奴才之相的小人。

挂一漏万

团辞试提挈，挂一念万漏。
列举无完备，出口多丑陋。
挂住其一个，漏掉近万篓。
如此之愚钝，何期得成就？

【提示】

挂住一个，漏掉一万个。形容列举得很不完备。语出唐·韩愈《昌黎先生集·南山》诗。

“二关”一首

* 关门大吉无奈笑，事业不竞而倒闭。
虽然此次遭失败，重整旗鼓再努力。
* 关山迢递路遥远，关隘多险力难及。
风吹雨打多坎坷，归乡之心仍然急。

【提示】

“关门大吉”旧指商店或工厂的倒闭，含讥笑的意思。如今称为“破产倒闭”，也就是人们常说的“黄了”；“关山迢递”：关：关隘。迢递：遥远的样子。形容路途遥远。

“三官”一首

＊官逼民反急，迫不得已起。
＊官官相护庇，狼狈为奸计。
＊官样文章空，有形无实际。
内容老一套，一点不稀奇。

【提示】

“官逼民反”官吏横行霸道，官府压榨百姓，民不聊生，不得已而起来反抗。即“官逼民反，民不得不反”；“官官相护”指旧时代的为官者，相互包庇，互相勾结祸害百姓；“官样文章”旧时衙门里发布的例行公文。比喻只有固定形式而没有实际内容、不解决问题的空话，或只有条文并无实际意义的套话、废话。

“三冠”一首

* 冠盖如云多，礼帽车篷接。
* 冠盖相望近，吏者相以歇。
* 冠冕堂皇外，外强中干邪。
以示撑体面，其实将枯竭。

【提示】

“冠盖如云”：冠：礼帽。盖：车篷。旧时形容政府的官吏、士绅云集于市。“冠盖相望”：冠：古代官吏的礼帽。形容政府的使者或官员来往不断，前后都能看得见；“冠冕堂皇”：冠冕：古代帝王的帽子。引申为很气派的样子。

鳏寡孤独

失夫之妇谓之寡，失妇之夫谓之鳏。
鳏寡乃为两不全，人生路上多艰难。
寡妇拖儿自立户，穷其一生为儿男。
鳏寡孤独无人看，老牛破车伴其眠。

【提示】

《孟子·梁惠王下》：“老而无妻曰鳏，老而无夫曰寡，老而无子曰独，幼儿无父曰孤；此四者，天下穷民而无告者。”后来就用“鳏寡孤独”泛指没有劳动能力而又无人赡养的人。

“四光”之一

＊光彩夺目极鲜艳，眼花缭乱无以鉴。
＊光风霁月景象新，人品高尚胸怀宽。
＊光复旧物收国土，家国情怀始得安。
＊光怪陆离颜色杂，奇形怪状讨人嫌。

【提示】

“光彩夺目”：夺目：耀眼。形容光彩极为鲜艳；“光风霁月”：光风：雨后初晴时的风。霁：雨雪停止。雨过天晴时明净的景象。比喻人品高尚，胸怀开阔；“光复旧物”：光复：恢复。收复一切被占的国土及财富；“光怪陆离”：光怪：奇异的光彩。陆离：各式各样。形容奇形怪状、五颜六色。

“四光”之二

＊光辉灿烂名卓著，英雄业绩载史册。

＊光明磊落为清官，无懈可击得其所。

＊光前裕后极难得，前无古人后来者。

＊光天化日现其形，是非曲直任凭说。

【提示】

“光辉灿烂”：灿烂：光彩鲜明的样子。光芒耀眼，色彩鲜明；“光明磊落”：磊落：心怀坦白。形容心地善良，胸怀坦荡；“光前裕后”：扩充了前人所不及的，做出了后人难为的；“光天化日”：光天：白天。化日：即治日，原指太平无事的时代。后转而形容大庭广众，是非、好坏谁都看得清的场合。

“二广”一首

* 广开言路听人言，兼听则明偏听暗。
圣明君主开言路，逆耳直言得安然。
* 广土众民利建设，各自发挥争其先。
相互合作齐心干，群策群力做贡献。

【提示】

“广开言路”：言路：进言之路。即尽量创造人们发表意见的机会；“广土众民”土地广阔，人口众多。语出《孟子·尽心上》。

"二归"一首

*归根结底求根本，如同瓜果与枝连。
水落石出现其形，事出有因在根源。
*归心似箭不畏难，风雨无阻一路赶。
无论如何急奔走，返乡之情归似箭。

【提示】

"归根结底"意为归结到根本性的问题上；"归心似箭"希望像箭离弦后那样快地回到家里。形容想回去的心情十分急切。

“二规”一首

＊规矩准绳两工具，造就方圆与平直。
处世皆应守规矩，做人不可行偏执。
＊规行矩步安守己，言行谨慎以自制。
不可造次妄行事，严于律己乃明智。

【提示】

“规矩准绳”：规、矩：校正圆形、方形的两种工具。准绳：测定物体平、直的工具；“规行矩步”比喻言行谨慎。也比喻安分守己。语出《晋书·张载传》：“今士循常习故，规行矩步。”

“二诡”一首

*诡计多端以欺诈，满脑皆是坏主意。
行为诡秘心不端，坑蒙拐骗犯法纪。
*诡衔窃辔自挣脱，不受拘束身由己。
广开才路以作为，身体力行创奇迹。

【提示】

“诡计多端”：诡：欺诈，虚伪。端：头，头绪。形容坏主意非常多；“诡衔窃辔”：诡：违背。衔：马嚼子。窃：用嘴咬。辔：马缰绳。意思是马吐出嚼子，咬断缰绳。后来比喻不受束缚。语出《庄子·马蹄》。

“四鬼”一首

* 鬼斧神工技艺高，如同出自鬼神手。
* 鬼鬼祟祟行不端，怕被发现如小偷。
* 鬼哭狼嚎声凄厉，令人心悸酥麻头。
* 鬼蜮伎俩心险恶，暗中伤人难防守。

【提示】

“鬼斧神工”形容技艺精巧，好像不是人工所为；“鬼鬼祟祟”形容怕人发现的不正当行为；“鬼哭狼嚎”形容哭叫声很凄厉，令人毛骨悚然；“鬼蜮伎俩”：蜮：传说中能含沙射影害人的一种怪物。比喻用心险恶、暗中伤人的坏手段。

“二贵”一首

*贵耳贱目听传闻，视而不见枉白眼。
重遥轻近作视听，重耳轻目何以焉？
*贵人多忘因高位，显贵倨傲难相见。
一旦官高忘旧交，国士难期多不鲜。

【提示】

“贵耳贱目”重视耳朵听来的，轻视亲眼看见的。形容轻信传闻，不重事实；“贵人多忘”官位高的人善于忘记。原来形容显赫的官僚对人倨傲，不念旧交。后也泛用以嘲讽人善忘。

国士无双

才干过人者，国中无人超。
古有萧何相，称赞韩信高。
当代人才济，亦可学舜尧。
知史以明智，武略与文韬。

【提示】

国士：国内最有才干的人。即国中找不到的奇才。语出《史记·淮阴侯列传》：“诸将易得耳，至如信者，国士无双。”这是萧何对韩信的评价，后也泛用以称赞当代杰出的人才。

过于自信

自信遂可嘉，自我作管辖。
凡事应量力，不可妄自发。
果断勇于求，立足客观下。
主观自信强，独创成一家。

【提示】

形容过分相信自己。人应该实事求是地掂量自己，免于因过分而招致失败。凡事都应做到适度为最佳，过度或不足都会带来负面作用。

“四过”之一

＊过河拆桥乃无情，事成之后便不理。
＊过江之鲫赶时髦，蜂拥而至求华丽。
＊过街老鼠众喊打，人人痛恨怒不息。
＊过目不忘慧根深，心有灵犀唾可及。

【提示】

“过河拆桥”比喻利用他人达到目的后，把帮助过自己的人一脚踢开；“过江之鲫”鲫鱼成群过江或活动。史上东晋王朝在江南建立后，北方很多知名之士纷纷来到江南。当时有人说：“过江名士多如鲫。”后来用以形容赶时髦的人很多；“过街老鼠”比喻人人痛恨的坏人；“过目不忘”形容记忆力特别强。

“四过”之二

＊过目成诵记忆强，颖悟睿智而出众。
＊过甚其词言过分，不合实际远离宗。
＊过眼烟云难持久，一忽而过无影踪。
＊过犹不及真道理，结果皆是无其终。

【提示】

“过目成诵”即看过一遍就能背下来。形容记忆力超强；“过甚其词”指话说得过分，不合实际；“过眼烟云”原来比喻身外之物，可以不加重视。后来比喻很容易消失的事物；“过犹不及”语出《论语·先进》。意思是超过了礼的规定，如同落后于礼一样，都是要不得的。后泛指做事过了头与不够一样，都是不合标准的。

海角天涯

春在何处暗周游，天南地北无始休。
古人望海不知度，错将海岛天涯处。
如今地球称其村，远离万里如襟袖。
来去只凭两次飞，海角天涯尽情游。

【提示】

涯：边际，尽头。形容偏僻遥远的地方。也作“天涯海角”。语出唐·白居易《白氏长庆集·春生》。

海阔天空

大海凭鱼跃，天空任鸟瞰。
心襟若海天，志向如巍山。
大海水茫茫，海阔天空间。
学海亦无涯，苦学砺钻研。

【提示】

像海一样的辽阔、天一样的没有边际。原来比喻人的心胸开阔，无拘无束。现在比喻议论东拉西扯，没有边际，或随意漫谈，没有中心。语出唐·玄览诗。

含哺鼓腹

赫胥之时世平和，民居不知所为事。
行而不知其所至，含哺鼓腹兴不止。
太平安康民之求，丰衣足食民安适。
人逢盛世精神爽，国泰民安政通时。

【提示】

哺：口中所含的食物；腹：肚子。含着食物嬉戏，吃饱了就游玩。原是古人想象中原始社会时无忧无虑的生活，后用以形容太平时人民欢乐的景象。语出《后汉书·岑彭传》。

含蓼问疾

观其所以结物情，岂徒投醪抚以悯。
体恤民疾慰其心，众望所归于人民。
百姓欢呼清明天，世道顺畅心安稳。
上下一致合其力，含蓼问疾暖民心。

【提示】

蓼：一种苦味的水草。含着辛苦，问候疾病。旧时君主抚慰军民，问候疾病。语出《三国志·蜀志·先生传》注引习凿齿曰：“含蓼问疾而已哉?”

河东狮吼

龙邱居士实可怜，凭空说有夜不眠。
忽闻河东狮子吼，拄杖落手心茫然。
古来惧内男人多，即使名士亦难言。
沈括为避妇纠缠，独居梦溪著笔谈。

【提示】

河东：古代郡名，柳姓的郡望。比喻爱嫉妒又厉害的妇人，用来嘲笑怕老婆的男子。狮子吼：佛家比喻威严。语出宋·洪迈《容斋三笔》卷三。

和璧隋珠

古有卞和得璞玉，献于厉王断左臂。
再献武王断右臂，卞和守璧而哭泣。
文王闻之召其至，召来工匠雕成器。
果然是块绝代玉，文王命名和氏璧。

【提示】

春秋时，楚人卞和得到一块璞玉，两次分别献给楚厉王和楚武王，招致被砍去双臂的祸患。后又献给楚文王，文王大喜，赐美玉名为“和氏璧”；汉东的隋侯，曾救过一条蛇，蛇衔大珍珠报答。后人称此珠为隋珠。后来就用“和璧隋珠”比喻极其名贵的珍宝。语出《淮南子·览冥训》及《韩非子·解老》。

红装素裹

红装素裹分外娇，北国寒冬素而清。
雪原茫茫林涛吼，雾凇枝头迎朔风。
大地银装江河封，山岚积雪两分明。
冰封大地蓄生机，春回万物复萌生。

【提示】

装、裹：装饰，装束。形容雪后天晴，红日和白雪互相映照的美丽景色。“须晴日，看红装素裹，分外妖娆。”

烘云托月

烘云托月画意浓，挥写着意显主题。
书画创作求其新，墨守不变少新意。
着墨渲染须讲究，用笔用墨相互济。
作文作画守其法，以法求新出新奇。

【提示】

烘：渲染；托：衬托。原指作画时渲染云彩来衬托月亮。比喻作画作文从侧面点染描写，使主题思想鲜明突出的一种手法。

虎踞龙盘

虎踞龙盘帝五州，帝子金陵访古丘。
金陵历来为都城，风物人文不胜收。
山河壮丽今非昔，九州同唱歌一首。
华夏子孙根连根，复兴之梦同共舟。

【提示】

踞：蹲或坐。意思是说金陵钟山像龙盘绕在东面，石头城像虎蹲在西面。后来即用“虎踞龙盘”指称南京城。有赞美其地势险要、雄伟的意思。语出北周·庾信《庾子山集·哀江南赋》。

花朝月夕

花朝时节宾朋聚，兴致勃勃话无忌。
花前月下赋诗咏，饮酒至酣歌月夕。
二月半值花朝日，姹紫嫣红衬绿地。
八月中秋月夕节，花朝月夕风习习。

【提示】

指良辰美景，也特指阳历二月半与八月半。二八两月为春秋之中，故以二月半为花朝，八月半为月夕，此为世俗恒言。语出明·田汝成《熙朝乐事》。

化为乌有

章质夫道酒六壶，书至而酒却不达。
戏作小诗以问之，化为乌有不回答。
昔有司马相如赋，虚构对谈三人话。
其中一人名乌有，此人此事乃虚假。

【提示】

乌有：何有，哪有。变得什么都没有。指全部消失或完全落空。语出汉·司马相如《子虚赋》。

画蛇添足

昔有楚祠赐舍人，人多酒少不够注。
以地画蛇先后酒，一人画成再添足。
多此一举蛇生脚，画蛇添足反类猪。
反其道而乱自主，别出心裁反而输。

【提示】

原本将蛇画得好好的，但又凭空添上几只脚。比喻多此一举。语出《战国策·齐策二》。

怀瑾握瑜

怀瑾握瑜不自示，品德高贵受人尊。
人品来自苦砥砺，趋其步而求标准。
怀才正逢时世昌，报效国家情意真。
生而逢时尤可贵，施展抱负尽其身。

【提示】

瑾、瑜：美玉。衣里怀着瑾，手里拿着瑜。比喻人具有纯洁高尚的品德。“怀瑾握瑜兮，穷不知所示。”语出《楚辞·九章·怀沙》。

黄花晚节

人有气节树有根，一身正气立命深。
文天祥作正气歌，讴歌气节大精神。
莫道人老黄花衰，黄花晚节自洁身。
莫嫌老圃秋客谈，且看黄花分外贞。

【提示】

黄花：指菊花，因菊能傲霜耐寒，常用来比喻人有节操；晚节：晚年的节操。比喻人能保持晚节。语出宋·韩琦《安阳集·九日小阁》。

黄钟大吕

中国音律一枝秀，十二音律成其制。
黄钟位于阳律六，大吕位于阴律四。
音乐讲究韵律妙，钟磬悠扬泛不止。
宫商角徵羽五音，其律独到而别致。

【提示】

黄钟：我国古代音乐十二律中六种阳律的第一律；大吕：十二律中六种阴律的第四律。旧时形容音乐或文辞正大、庄严、高妙。

火树银花

火树银花不夜天，普天同庆过大年。
九州举杯同欢乐，除夕之夜人团圆。
八月中秋赏明月，正月十五花灯繁。
元宵佳节合家聚，通宵达旦人无眠。

【提示】

火树：火红的树，树上缀满灯彩；银花：银白色的花，花彩照得通明透亮。形容节日放焰火，灯火通明的繁华夜景。语出唐·苏味道《观灯》诗。

豁然开朗

此语出自桃花源，初狭躬身方可钻。
复行数步见其宽，眼前一亮别洞天。
道理艰涩难理会，执着探索不畏难。
水到渠成顿悟开，豁然开朗心欢然。

【提示】

一下子现出开阔明朗的境界，也形容一下子领悟某种道理。语出晋·陶潜《陶渊明集·桃花源记》。

“四海”一首

* 海底捞月一场空，白费力气不已终。
* 海市蜃楼乃虚幻，光线折射成美景。
* 海誓山盟以发誓，爱情忠贞示忠诚。
* 海外奇谈多荒唐，只可凑趣枉之应。

【提示】

“海底捞月”比喻白费力气，不可能达到目的；“海市蜃楼”比喻虚无缥缈不存在的事物；“海誓山盟”表示爱情坚定不移；“海外奇谈”指毫无根据的荒唐说法。

“二海”一首

*海底捞针忒为难，穷其终生亦不得。
知难而退即不为，聪明之举乃可贺。
*海屋添筹祝寿辰，喜气洋洋笑呵呵。
高朋满座共举杯，祈祝二老福寿德。

【提示】

“海底捞针”比喻极难找到或目的难以实现；“海屋添筹”祝寿辞，常用以贺人的寿辰。

害群之马

马性各差异，性情各不同。
桀骜多难驯，温顺性可通。
害群之马意，乃喻人之行。
不顾群体利，危害即形成。

【提示】

比喻危害集体的人。以马性喻人性，表示不顾大众利益，我行我素危害集体，犹如难以驯服的马匹一样，危害马群。

邯郸学步

丢己之美事，妄学他人步。
步其人后尘，学其人不足。
弃美就其异，难以行其途。
无奈只好爬，邯郸学步谬！

【提示】

邯郸，战国时期赵国的都城；从学步开始学习走路。典故来自寓言《邯郸学步》。

“四舍”之一

* 含垢忍辱数韩信，胯下之辱记心间。
* 含垢纳污原意容，转而用作集秽堪。
* 含糊其辞不明确，有意躲避胡乱侃。
* 含沙射影乃贬义，指桑骂槐以避嫌。

【提示】

“含垢忍辱”容忍耻辱；“含垢纳污”本来是说国君应有容忍耻辱的度量，后转用以形容聚秽恶之处；“含糊其辞”故意把话说得不清楚；“含沙射影”比喻暗中攻击或陷害人。

“四含”之二

＊含辛茹苦为儿女，独自立户何其难。

＊含血喷人乃恶毒，如同蛇毒喷于脸。

＊含饴弄孙天伦乐，晚年生活多悠闲。

＊含英咀华细体会，字斟句酌求千练。

【提示】

“含辛茹苦”形容忍受辛苦；“含血喷人”比喻恶毒地污蔑、攻击人；“含饴弄孙”形容晚年悠闲生活；“含英咀华”比喻细细地体会文章的精华。

“三汗”一首

*汗流浃背多劳累，只为求得生活安。
*汗马功劳征战苦，开疆扩土以当先。
*汗牛充栋书籍多，今古名著充屋间。
学海无涯苦作舟，书海泛泛多勤看。

【提示】

“汗流浃背”形容满身大汗；“汗马功劳”比喻征战的劳苦；“汗牛充栋”形容藏书很多。

沆瀣一气

沆瀣一气互勾结，相机行事以为力。
结党营私行舞弊，贪赃枉法谋私利。
旧时官场显而见，以权谋私多繁例。
得道鸡犬随升天，裙带关系更难计。

【提示】

沆瀣：夜间的水气。比喻气味相投的人勾结在一起，多做为非作歹的坏事。旧时官僚们结党营私，相互勾结成帮派，大行不义之事。

蒿目时艰

蒿目时艰忧，局势不乐观。
盼得贤士出，以其挽狂澜。
百姓尤其苦，日夜不得安。
忧世之心患，何时见青天？

【提示】

蒿：消耗；蒿目：尽量往远望；时艰：艰难的局势。形容对世事忧虑不安。语出《庄子·骈拇》。

“三毫”一首

*毫发不爽准，一点都不差。
*毫厘千里谬，差毫乃成渣。
*毫无二致全，丝毫无其瑕。
完全一个样，犹如孪生花。

【提示】

“毫发不爽”形容很准确，一点也不差；“毫厘千里”即“差之毫厘，谬以千里”；“毫无二致”丝毫没有不同，形容完全一样。

“三豪”一首

* 豪放不羁无拘束，性情豪爽心开放。
* 豪情壮志有理想，满怀信心向前闯。
* 豪言壮语声铿锵，充满活力语气壮。
努力打拼不畏难，以期实现大理想。

【提示】

“豪放不羁”形容人性格豪迈，不受拘束；“豪情壮志”豪迈的心情，雄伟的理想；“豪言壮语”充满英雄气概的语言。

“四好”之一

* 好好先生两不沾，无论是非处中间。
* 好事多磨合其理，不经风雨难见天。
* 好大喜功多浮夸，想做大事懒成瘫。
* 好高骛远目标大，只说不做何知难。

【提示】

“好好先生”指不分是非谁也不敢得罪的人；“好事多磨”形容成事要经受住考验；“好大喜功”一心想做大事，立大功；“好高骛远”指不切实际地追求过高的目标。

“四好”之二

* 好为人师教育人，自以为是实亦非。
* 好行小惠施于人，以此手段作行为。
* 好逸恶劳图安逸，冷眼柴垛烧成灰。
* 好整以暇仪态稳，严整从容信步遂。

【提示】

“好为人师”不谦虚，喜欢胡乱教育人的人；“好行小惠”指爱施小恩惠，笼络人心；“好逸恶劳”懒惰成性；“好整以暇”形容既严整又从容的仪态。

“三浩”一首

* 浩浩荡荡气势大，来势凶猛不可挡。
* 浩然之气性刚直，气质出众人高尚。
* 浩如烟海无边际，天造地设多宽广。
心胸开阔知识多，勤读好书心合光。

【提示】

“浩浩荡荡”形容规模很大，气势雄壮；“浩然之气”泛用以形容正大刚直的精神；“浩如烟海”形容书籍和资料多得无法计算。

合浦还珠

合浦临大海，此地多珍珠。
长年累月采，几近无有处。
孟长为太守，革掉滥采除。
珍珠蚌即回，喻失复得物。

【提示】

合浦：汉代的郡名。临海盛产珍珠。由于官吏滥采，几近枯竭。后孟长做太守，废掉弊端，珍蚌得以重新恢复。比喻人去而复回或物失而复得。

“四何”一首

＊何必当初即悔之，常与即有今日连。
＊何苦乃尔何以此，若何如此而自怜。
＊何乐不为即愿做，当然可以为事间。
＊何去何从自选择，莫待事后枉自叹。

【提示】

“何必当初”多用于对过去的作为表示后悔；“何苦乃尔”意思是“何必这样呢!”“何乐不为”即当然可以做，很愿意做；“何去何从”多指在重大问题上的抉择。

“四河”一首

＊河清海晏世太平，国富民安乐其天。
＊河清难俟岁月久，难以等待得完善。
＊河山带砺时日长，任何动荡守其间。
＊河鱼之患无奈何，求医问卜以克顽。

【提示】

“河清海晏”比喻天下太平；“河清难俟”比喻时日太长，难以等待；“河山带砺”比喻时间长久，任何动荡也决不变心；“河鱼之患”即腹泻的病。

“二和”一首

*和风细雨慢慢说，不急不躁理相合。
真心实意讲道理，苦口婆心促谐和。
*和光同尘心平常，不以地位作显赫。
世俗规矩皆遵守，打成一片讲仁德。

【提示】

“和风细雨”比喻从团结的愿望出发，通过讲道理来化解矛盾，增进团结；“和光同尘”比喻与世俗混为一体，不突出自己。

“四和”一首

* 和盘托出事真相，毫无保留尽说明。

* 和气致祥迎福至，万事亨通鞭炮鸣。

* 和颜悦色面带笑，态度温和话语轻。

* 和衷共济齐协力，共同努力战逆风。

【提示】

“和盘托出”比喻毫无保留地说出真情；“和气致祥”和蔼之气可以招来吉祥；“和颜悦色”形容态度温和可亲；“和衷共济”比喻同心协力，克服困难。

涸辙之鲋

涸辙中小鱼，无水以求生。
苦于求庄周，赐予水一升。
待引西江水，庄子爽快应。
鱼儿闻落泪，彼时命已终！

【提示】

涸辙：干车沟；鲋：小鱼。即处于干涸车沟里的小鱼，求庄周赐予一升半斗的水保命。庄周答应要引西江之水来救小鱼。小鱼闻言绝望地说，到那时我已成了鱼干儿了！比喻处境十分困难的人。

喝雉呼卢

呼雉呼户连暮夜，击兔伐狐穷岁年。
赌场不分老与少，两眼紧盯皆是钱。
赌徒赌兴正旺时，亲爹亲娘亦翻脸。
输赢皆现其丑态，哭天号地乐翻天。

【提示】

喝：呼唤；雉、卢：古时赌博用具。形容赌徒赌兴正酣时的丑态。

赫赫有名

声名自显赫，闲来市上过。
仰脸眼望天，赘肉几哆嗦。
脚下西瓜皮，踩上一滑落。
四脚亦朝天，摔成癞蛤蟆。

【提示】

赫赫：非常显著的样子，形容名声非常显著。多用于贬义。

“三鹤”一首

* 鹤发鸡皮人年迈，霜发肤皱亦见白。
* 鹤发童颜气色佳，老当益壮不用拐。
* 鹤立鸡群而出众，才貌突出气质帅。
恃才高傲自清昭，孤芳自赏行止怪。

【提示】

“鹤发鸡皮”形容老人发白皮肤皱；“鹤发童颜”形容老年人气色好，有精神；“鹤立鸡群”比喻人的仪表或才能显得很突出。现在也指自命清高，脱离群众。

“二黑”一首

*黑白分明呈明显，好坏区分很清楚。
事物皆具两极端，中间最合其适处。
*黑云压城城欲摧，气焰嚣张日不出。
一时逞势难持久，最终难免遭废除。

【提示】

意思是黑云好像要把城墙摧毁似的。比喻反动势力一时嚣张的气焰所造成的紧张局面。

“二横”一首

*横冲直撞愣头青，蛮横无理乱法纪。
自命不凡实无知，胡作非为不知礼。
*横七竖八乱糟糟，杂乱无章混一起。
做事不能循其道，弄得纷繁不可及。

【提示】

“横冲直撞”形容毫无顾忌地乱冲乱撞或蛮不讲理；“横七竖八”有的横，有的竖，杂乱无章。

“四横”一首

*横扫千军势破竹，一鼓作气灭顽敌。
*横生枝节妄自出，多出问题乱其系。
*横行霸道蛮无理，骄奢淫逸乱纲纪。
*横征暴敛尽搜刮，鱼肉百姓丧天理。

【提示】

“横扫千军”形容军事力量强大，一扫敌军之势；“横生枝节”比喻凭空地生出一些问题来；“横行霸道”形容坏人胡作非为，蛮不讲理；“横征暴敛”指旧时官吏残酷地搜刮百姓的民脂民膏。

轰轰烈烈

轰轰之声如雷鸣，烈烈之势如火焰。
气魄雄伟意气发，声势浩大超世凡。
一声春雷震大地，霞蔚云蒸红满天。
从此共和葬封建，改天换地呈新颜。

【提示】

轰轰：象声词，指雷鸣、炮声等巨大声响；烈烈：火势旺盛的样子。形容气魄雄壮，不同凡响。

哄堂大笑

联欢会上多精采，名目繁多花样新。
歌舞升平齐欢乐，电视机前多开心。
歌声嘹亮舞姿美，说学逗唱皆是哏。
滑稽幽默技精湛，哄堂大笑迎新春。

【提示】

形容满屋子的人同时大笑起来，这是当今多见的乐事。幸逢盛世，生活安康幸福，阖家团聚，共同享乐是众望之所归。

闳中肆外

文章精彩词华丽，内容丰富哲理深。
发挥自有出新处，淋漓尽致道理真。
为文如同自修养，胸怀宽广助其身。
闳中肆外内容丰，信手挥洒出精神。

【提示】

闳：内部宽大的样子；肆：放纵，不受拘束。形容文章的内容丰富，文字上发挥得淋漓尽致。语出唐·韩愈《昌黎先生集》。

洪水猛兽两大害，扰得人们不自在。
天经不测闹洪灾，封建压榨难以待。
自然灾害难预防，如同猛兽致伤害。
天灾人祸俱频发，民不聊生亦无奈。

【提示】

洪水：可能造成的洪灾；猛兽：凶猛的残害生物的野兽。比喻极大的祸害。处于旧时的老百姓不但要面对自然灾害的威胁，还要承受人祸的压榨。

鸿篇巨制

鸿篇巨制难，花费时间多。
查阅费其时，立意依准则。
言简而意赅，构思巧斟酌。
作品大部头，抑扬合顿挫。

【提示】

形容大部头的作品。为文亦如烹小鲜，面面俱到而不繁。构思巧妙合主题，言简意赅重哲理。篇幅巨大条理清，鸿篇巨制心浇成。

侯服玉食

身着侯之服，食之多珍异。
奢华又放荡，花天亦酒地。
侯服玉食奢，伤化败风气。
豪华难持久，转瞬即逝去。

【提示】

穿王侯的衣服，吃珍异的食物。形容极其奢侈、豪华的生活。孔子曰：“君子周而不比，小人比而不周。”道出了身外物之贱也。

侯门似海

侯门禁森严，庭院深似海。
戒备不可近，过之不可睐。
布衣远处望，必遭呵斥骇。
豪门贵族人，出入乘轿抬。

【提示】

豪门贵族的门庭像海一样深。形容门禁森严，老百姓不能进入。语出唐·崔郊《赠去婢》诗“侯门一入深如海”。

“四后”之一

* 后发制人等时机，抓住弱点施攻击。
* 后顾之忧多顾虑，唯恐后方出问题。
* 后会有期再次见，促膝谈心再对弈。
* 后继无人多烦躁，顾虑重重乃心急。

【提示】

“后发制人”先让一步，等对方暴露弱点后再施以攻击；“后顾之忧”指担心后面出问题；“后会有期”以后还会见面；“后继无人”形容没有继承人。

“四后”之二

* 后继有人接，事业得传承。

* 后来居上者，智慧促业兴。

* 后起之秀才，优异实乃幸。

* 后生可畏也，前途必光明。

【提示】

“后继有人”形容有接班人；“后来居上”称赞后来的人或事物胜过先前的；“后起之秀”后辈中的优秀人才；“后生可畏”可敬畏的年轻有为者。

“二厚”一首

* 厚此薄彼相对待，偏向一方多优惠。
如此行为欠公平，如此为事必累赘。
* 厚颜无耻丑嘴脸，投其所好跟后腿。
小人比不周之事，如同苍蝇寻臭味。

【提示】

“厚此薄彼”重视或优待这个，轻视或冷淡那个。形容对彼此待遇不同；“厚颜无耻”形容脸皮厚，不知羞耻。

“二呼”一首

* 呼风唤雨蒙骗人，古代术士乱其说。
天道风雨乃自然，防灾救险合其所。
* 呼朋引类气味投，狐朋狗友聚一桌。
胡言乱语喷酒气，胡说八道尽情喝。

【提示】

“呼风唤雨”古代术士骗人之说法；“呼朋引类”招引来气味相投的人，在一起胡乱调侃，喝酒嬉闹。

“三呼”一首

* 呼吸相通志趣同，意志一致利害兼。
* 呼之来去任使役，来去不断无以闲。
* 呼之欲出书画妙，人物鲜活在眼前。
艺术造诣修炼深，创新发展乃为先。

【提示】

“呼吸相通”比喻思想意志一致，利害相连；“呼之来去”指旧社会里役使别人，任意呼唤支配；“呼之欲出”形容画或文章表现得很到位。

忽忽不乐

心中空虚无着落，精神恍惚不知所。
无精打采难以持，若有所失手无措。
不思茶饭睡不着，两眼发黑难自作。
忽忽不乐无奈何，求医问卜亦白说。

【提示】

忽忽：心中空虚恍惚的情态。形容若有所失而不高兴的状态。语出《史记·梁孝王世家》：“意忽忽不乐。”

囫囵吞枣

囫囵吞枣不知味，学而不真如囫囵。
为学求知要认真，生吞活剥奈何深？
理解方可记得清，方法更要合其因。
基础知识应扎实，活学活用在其心。

【提示】

囫囵：浑然一体，形容将整个儿的东西吞咽下去，不加咀嚼，不辨滋味。比喻学习时不加理解，死记硬背，不得要领。

“二狐”一首

*狐假虎威乃寓言，狐借虎威壮其势。
　假借别人之权势，以行为己所用之。
*狐狸尾巴藏不住，欲盖弥彰现于世。
　为非作歹欲脱逃，原形毕露遭惩治。

【提示】

“狐假虎威”比喻借别人的威势吓唬人；“狐狸尾巴”比喻坏人的本来面目是藏不住的，所做的坏事一定会暴露出来。

“四狐”一首

＊狐埋狐搰不放心，因性多疑而折腾。
＊狐裘羔袖不协调，整体还好略不称。
＊狐群狗党结成帮，扰乱安宁害人虫。
＊狐疑不决心不定，难以决策何适从？

【提示】

“狐埋狐搰”意思是狐性多疑。比喻人的疑虑太多，不能成事；“狐裘羔袖”比喻整体很好，只是略有不称之处；“狐群狗党”比喻勾结在一起的坏人；“狐疑不决”形容遇事犹豫不决。

“四胡”一首

*胡说八道妄自说，捕风捉影乱编造。

*胡思乱想不实际，妄想如何能做到？

*胡孙入袋不自由，左冲右突心烦躁。

*胡言乱语因发烧，病之根源患感冒。

【提示】

“胡说八道”说话不合实际或没有道理，瞎说；“胡思乱想”不切实际的想法；“胡孙入袋”比喻行动不自由；“胡言乱语”说胡话。

“四虎”一首

* 虎口余生乃万幸，幸而性命得保全。

* 虎视眈眈欲动手，攫取利益欲蛮干。

* 虎头蛇尾始无终，半途而废为哪般？

* 虎尾春冰多危险，处境不利难就班。

【提示】

“虎口余生”比喻经历极大的危险，幸而逃脱；“虎视眈眈”形容恶狠狠地盯着，将要动手；“虎头蛇尾”比喻做事情有始无终；“虎尾春冰”比喻处境危险。

“二户”一首

* 户枢不蠹因常动，如同生命在运动。
常流之水不发臭，常动可使筋骨硬。
* 户限为穿往来多，人来人往相接踵。
仿佛门槛被磨穿，络绎不绝难以应。

【提示】

“户枢不蠹”指常流的水不会发臭，常动的门轴不会被虫蛀；“户限为穿”形容人来往很多。

处世多作恶，顽固不悔过。
劣性即难改，坚守而故作。
目无法纪为，执意任性做。
怙恶不悛弄，岂能不被捉！

【提示】

怙：依靠，凭恃；悛：改过，悔改。意思是一贯作恶，不肯悔改。语出《左传·隐公六年》“长恶不悛，从自及也。”

“三花”一首

*花好月圆祝喜辞，祝贺新婚成美满。
*花花公子讨人嫌，寻花问柳好悠闲。
*花花世界吃喝乐，热闹之中行不端。
醉生梦死酒饭袋，饮酒作乐闹翻天。

【提示】

“花好月圆”指花开得正好、月亮正圆的时候。比喻美好圆满。多用作祝贺新婚的祝词；“花花公子”指不务正业、游手好闲、只会吃喝玩乐的败家子；“花花世界”指旧时的玩乐场所。

“四花”一首

* 花天酒地呈肮脏，纸醉金迷坏风尚。
* 花团锦簇服饰丽，繁盛艳丽好景象。
* 花言巧语多虚伪，好话后面藏丑相。
* 花枝招展多贬义，打扮过头坏风光。

【提示】

“花天酒地”形容沉迷在酒色中的肮脏生活；“花团锦簇”形容华丽的服饰或繁盛的景象；“花言巧语”多指虚伪而好听的话；“花枝招展”比喻妇女打扮得漂亮。多用于贬义。

华而不实

春风吹醉小桃红，华而不实枉芳容。
婀娜多姿随风摆，脉脉含笑情犹浓。
年年只见花枝俏，岁岁不见果曾荣。
春去春来付流水，生命能有几多红？

【提示】

华：开花。花开得很好看，却不结果实。比喻外表好看，内容空虚。春天开放的小桃红花即可为例。

哗众取宠

哗众以取宠，以期蒙欺人。
说话和人意，博得众欢欣。
哗众取宠作，以其树威信。
一旦得机会，立即谋私心。

【提示】

说话迎合群众心理，博取众人的夸奖和欢心后，再行私心之行为。

“四化”一首

* 化零为整即集中，以便合力而攻坚。

* 化为泡影即消失，希望落空枉冒险。

* 化险为夷转为安，闯过险阻得安全。

* 化整为零即分散，各自出击破敌顽。

【提示】

“化零为整”把分散的事物或人力集中起来；“化为泡影”形容希望落空；“化险为夷”化险阻转为安全；“化整为零”把一个整体分为许多零散部分。

话不投机

酒逢知己千杯少，话不投机半句多。
恰逢挚友心欢喜，对酒叙旧相与说。
有缘千里来相会，无缘不可硬撮合。
与人相处同其类，芸芸众生各性格。

【提示】

投机：指意见相合。即说不到一起的意思，形容谈话时意见不合。由于没有共同的思想基础，因此也不会有共同的语言可交流。

“二画”一首

*画饼充饥自安慰，自欺只为提精神。
明知画饼不成食，腹空饥饿难以忍。
*画地为牢即软禁，限制行动锁其心。
以此形式为牢狱，剥得自由待后审。

【提示】

“画饼充饥”画个饼来解饿。比喻有虚名而无实惠，或以空想来自我安慰；“画地为牢”原地画个圈作为牢狱。后来比喻只许在规定好的范围内活动。

“四画”一首

* 画虎类狗成笑柄，好高骛远难以成。

* 画龙点睛乃关键，着重之处显精明。

* 画脂镂冰乃徒劳，劳而无功不适用。

* 画中有诗诗中画，相辅相成见华雍。

【提示】

“画虎类狗”比喻好高骛远，终无成就，被人耻笑；“画龙点睛”比喻说话、作文，在关键处点明要旨，使全篇得精神；“画脂镂冰”形容劳而无功；“画中有诗”即所谓“诗中有画，画中有诗”之说。形容长于描写景物的诗，使读者如置身图画当中，也形容诗的意境非常优美。

怀璧其罪

怀揣玉璧亦有罪，喻之才学遭疾害。
有才可为天下事，少才可为小事哉。
才学来自苦功读，智慧天承乃人才。
怀璧其罪不逢时，无端招致忌妒来。

【提示】

身上藏有璧玉，因此成了罪过。比喻具有才能的人而遭受嫉妒和迫害。

“二欢”一首

*欢天喜地过大年，家家户户得团圆。
举杯共祝新春好，国泰民安齐心干。
*欢欣鼓舞好事连，接踵而至喜心间。
五谷丰登人兴旺，福寿双全合家欢。

【提示】

“欢天喜地”天也喜，地也欢，人和睦，多平安。好事连连，喜事不断，人心和善，社会和谐，形容人们的心里非常高兴。“欢喜鼓舞”形容高兴而振奋。

“二缓”一首

*缓兵之计乃计策，以此拖延得时间。
待到时机得成熟，俟机再行以全歼。
*缓不济急不实用，贻误战机少胜算。
兵贵神速乃兵典，该动则动不迟延。

【提示】

“缓兵之计”形容动作迟缓贻误时机或有意拖延时间以争取获得战机。“缓不济急”：济：救助。缓慢的行动，帮助不了紧急需要。

涣然冰释

涣然冰释解疑团，似若冰块即消失。
老子言之做比喻，涣兮若冰之将释。
焕然一新成新貌，气象堂堂看今时。
天高气爽合人心，万事如意心舒适。

【提示】

“涣然冰释”比喻流散、消失得像冰块消融一样，疑团被解除。

“三患”一首

* 患得患失在自私，得失皆要费心思。
* 患难与共同舟济，同心协力以利势。
* 患难之交情谊深，命运与共同生死。
无论风雨多风险，始终不渝而相挚。

【提示】

“患得患失”生怕得不到，得到后又怕失去；“患难与共”共同承担灾祸与困难；“患难之交”指同在一起经历过忧患、困难的人。

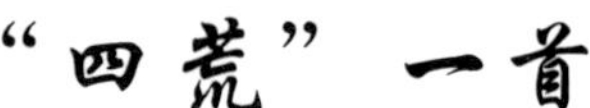

“四荒”一首

* 荒诞不经谬之谈，虚妄不经悖常理。
* 荒谬绝伦无完肤，荒唐谬理不利正。
* 荒时暴月凶饥岁，青黄不接难接济。
* 荒淫无耻好酒色，醉生梦死不知耻。

【提示】

“荒诞不经”形容言行荒谬，不合情理；“荒谬绝伦”荒唐、错误到了无可比拟的地步；“荒时暴月”收成不好或青黄不接的时候；“荒淫无耻”贪酒好色，生活糜烂，不知羞耻。

“二黄”一首

*黄粱一梦即虚幻，醒来却是一场空。
户生贫困无奈何，借助美梦遇黄翁。
*黄袍加身赵匡胤，陈桥兵变而自封。
夺取后周之政权，改换大宋获帝统。

【提示】

“黄粱一梦”比喻虚幻，一场空；“黄袍加身”后周时，赵匡胤为太尉，在陈桥发动兵变，被拥立为宋朝开国皇帝。

“二恍”一首

*恍然大悟猛然醒，顿时觉悟即开心。
豁然开朗有其因，用尽心思得于真。
*恍如隔世多感慨，如同梦境之光阴。
时光荏苒快如梭，物是人非不再新。

【提示】

“恍然大悟”一下子明白觉悟了。“恍如隔世”三十年为一世。多表示由于人事、景物变化很大而心生感慨之情。

“四挥”一首

* 挥汗成雨人之众，汗流浃背难以停。

* 挥汗如雨天气热，如同身处于蒸笼。

* 挥金如土败家子，挥霍无度将受穷。

* 挥洒自如无拘束，功底扎实手相应。

【提示】

“挥汗成雨”原来形容人很多，后也形容出汗很多；“挥汗如雨”形容天气热，出汗多；“挥金如土”形容极其浪费；“挥洒自如”形容作文、写字或作画时笔墨运用自如。

“四回”之一

＊回肠荡气感于情，文辞惋转动于心。
＊回肠九转多忧虑，焦躁不安苦心身。
＊回光返照瞬即逝，最后耗尽全精神。
＊回天之术何其有，束手无策奈何申？

【提示】

“回肠荡气”形容音乐、文辞十分婉转动人；“回肠九转”形容焦急忧伤，十分痛苦；“回光返照”比喻事物灭亡前的短暂好转；“回天之术”原比喻言论正确，极有力量，影响深远。现多比喻能挽回严重局势的力量。

“四回”之二

* 回天之力事极难，勇于拼搏求完全。

* 回头是岸佛家语，犯罪悔改立誓言。

* 回味无穷意深长，细细品味欣欣然。

* 回心转意改初衷，改变主张或成见。

【提示】

“回天之力”比喻极难办到的事情；“回头是岸”意思是只要觉悟就能到达彼岸；“回味无穷”比喻事后越想越觉得意味深长；“回心转意”重新考虑，不再坚持过去的成见或主张。

“三悔”一首

*悔不当初不该做，事到如今两为难。
*悔过自新从头起，重新做人改前嫌。
*悔之无及深反省，总结教训再奋战。
吃一堑则长一智，以求得胜慰心间。

【提示】

“悔不当初”后悔开头不该这样做；“悔过自新”悔改错误，重新做人；“悔之无及”后悔也来不及。

毁家纾难

自毁其家产，救国于危难。
有国方有家，家国同相牵。
国难当头时，全力以担当。
毁家停经济，热血好儿男。

【提示】

毁家：分散家产；纾：解除，缓和。捐献全部家产，解救国难。

“二讳”一首

* 讳疾忌医欲遮掩，生怕发现遭责难。
欲盖弥彰反暴露，如此行为何可安？
* 讳莫如深隐不发，以便瞒混偷过关。
绞尽脑汁想歪招，瞒得虽严却露馅。

【提示】

“讳疾忌医”比喻犯了错误生怕别人批评，如同有病不敢就医；“讳莫如深”形容隐瞒很紧，唯恐别人知道。

诲盗诲淫

慢藏诲盗至，冶容诲淫来。
财物应力保，以免被盗哉。
打扮若妖艳，招致调戏害。
引诱为坏事，诲盗诲淫栽。

【提示】

意思不好好保管自己的财物，会招致偷盗。女子打扮得妖里妖气，会引诱坏人的调戏。

诲人不倦

教人不疲劳，全神贯注做。
耐心以教导，循序渐进说。
不辞其辛苦，诲人不倦作。
桃李满天下，师生同欢乐。

【提示】

诲：教导。教人时不嫌劳累。形容教导时特别耐心、认真。语出《论语·述而》。

绘声绘色

绘声绘色多生动，描绘讲述情景新。
善于叙述辞严谨，言简意赅动人心。
言论表述合其理，寓意深刻致精神。
为文讲述皆同理，绘声绘色而丽真。

【提示】

绘：描绘。形容讲述、描摹事物的情景非常生动、逼真。

“二惠”一首

*惠而不费以利民，施惠于人无所费。
君子散财为好事，只因兴德而愿为。
*惠然肯来以惠顾，承蒙感激于心肺。
不期而至款步来，故友光临乃甚慰。

【提示】

“惠而不费”意思是给了别人好处，自己也没有什么损失；“惠然肯来”友人肯来做客。形容欢迎客人的心情，常用以客气之意。

喙长三尺

说事即喙长三尺，判字则手重十斤。
能言善辩谬于判，如此为官何以钦？
口若悬河说不停，竹篮打水枉费心。
言之无物尽空话，嘴长舌短如何分？

【提示】

喙：嘴。嘴有三尺长，意却三厘短。形容人能言善辩，却多为废话、歪理。语出《庄子·徐无鬼》：“丘愿有喙长三尺。”

“二浑”一首

*浑浑噩噩渡人生，愚昧无知似如猪。
生为人者不明智，稀里糊涂枉自处。
*浑金璞玉未雕琢，天然美质多纯朴。
人品原如璞浑金，生来丽质而特殊。

【提示】

“浑浑噩噩”多用以形容糊里糊涂，愚昧无知；“浑金璞玉”璞玉：未经雕琢的玉；浑金：未经冶炼的金子。比喻人的品质纯朴。

“四浑”一首

＊浑然一体如天成，不可分割呈完整。
＊浑身是胆无所惧，勇敢无畏冲敌营。
＊浑水摸鱼趁其乱，捞取利益得其盈。
＊浑俗和光以处世，保全自身求安宁。

【提示】

“浑然一体”融合成一个不可分割的整体；“浑身是胆”形容胆量大，无所畏惧；“浑水摸鱼”比喻趁乱局或制造混乱以攫取不正当的利益；“浑俗和光”指不露锋芒，与人无争，保全自己。

“三魂”一首

＊魂不附体不自主，惊恐万状魂魄散。
＊魂不守舍多分心，不由自主心思乱。
＊魂飞魄散似吓傻，手足无措心惊颤。
　好似灵魂即出壳，神情恍惚难自牵。

【提示】

“魂不附体”形容极度惊慌；“魂不守舍”形容精神不集中；“魂飞魄散”形容惊恐万状，不知如何是好。

“四混”一首

* 混为一谈弄不清，张冠李戴如何成？
* 混淆黑白即颠倒，谬将阴天妄说晴。
* 混淆是非妄说事，正确谬误故不清。
* 混淆视听迷耳目，难辨是非与真情。

【提示】

“混为一谈”把不同的事物混在一起说成是同样的事物；“混淆黑白”故意颠倒是非；“混淆是非”故意制造混乱；“混淆视听”以假象或谎言迷人耳目，使之难辨是非。

活灵活现

说则道理清，言则心由衷。
文章即生动，寓意皆以应。
活灵活现出，思想居其中。
文思多敏捷，描绘亦生动。

【提示】

指说话、作文描绘得很生动，使人感觉像亲眼见到似的。

“三火”一首

* 火耕水耨古农耕，以此方法种稻田。
* 火海刀山喻其险，面对困难不靠天。
* 火上浇油助其焰，漫延开来成灾难。
竭力煽动众人怒，乘隙制造大混乱。

【提示】

“火耕水耨”古时一种耕种方法；“火海刀山”形容困难很大，很危险；“火上浇油”比喻使人更加愤怒或使情况更加严重。

“四火”一首

* 火烧火燎心急躁，如同全身被火烤。
* 火烧眉毛势紧急，刻不容缓快出招。
* 火中取栗吃苦头，事与愿违伤其毛。
* 火烛小心防未然，一旦火起即刻消。

【提示】

“火烧火燎”比喻身上热得难受或心中十分焦灼；“火烧眉毛”比喻情势紧迫；“火中取栗”比喻受人利用，冒了风险，吃了苦头；“火烛小心”原指谨防火灾，亦泛指处事小心谨慎。

“四祸”一首

*祸不单行接踵至，天灾人祸致人死。
*祸从口出言不慎，招致灾祸悔无时。
*祸福无门咎由取，言行无度酿祸事。
*祸国殃民所不耻，卖国求荣臭狗屎。

【提示】

“祸不单行”不幸的事接二连三地发生；“祸从口出”指言语不慎，招致灾祸；“祸福无门”指祸福都由自己造成；“祸国殃民”使国家受害，人民遭殃。

“二豁”一首

*豁达大度气量宽，胸怀开阔可撑船。
性格开朗能容人，德高望重乃人贤。
*豁然贯通在一旦，忽然觉悟于其间。
长久思索之结果，一朝得道即升天。

【提示】

“豁达大度”性格开朗，气量宽宏，能够容人；“豁然贯通”开阔敞亮的样子。即一下子弄通了某个道理。

饥不择食

饥而不择食，寒而不择衣。
慌而不择路，贫而不择妻。
饥肠响辘辘，寒冷暖为期。
是为饥寒迫，走投何可依。

【提示】

食：食物。饿极了就不挑选食物了。比喻需要急迫，顾不得选择。语出《水浒传》第三回："自古有几般，饥不择食。"

鸡鸣狗盗

孟长君使被秦扣，贿于王妃求其救。
妃索白裘为其偿，孟奴狗叫窃白裘。
主仆逃至城门下，不至天明而相愁。
仆人再学鸡鸣叫，误开城门方解囚。

【提示】

比喻不足称道的卑下的技能。常用以贬义，意味不为正道而获其利者。语出《汉书·游侠传》、宋·王安石《临川集·读孟长启传》。

鸡犬升天

道家曾有一神话，淮王刘安服丹丸。
剩余丹药鸡犬食，鸡犬随之亦升天。
一人得道惠鸡狗，世间官场亦多见。
鸡犬升天仗其势，半瓶酸醋可为官。

【提示】

这原是道家编成的神话。后来比喻一个人做了大官，同他有关系的人也跟着得势。含贬义。语出《神仙传·刘安》。

积毁销骨

君子坦荡不毁人，光明磊落于人前。
小人戚戚多诡谲，积毁伤人妄谗言。
流言蜚语虽无实，积而成灾酿祸端。
积毁销骨多危险，灾祸将至难安全。

【提示】

积毁：不止一次的诽谤；销：铄，熔化。一次又一次的诽谤，积累下来足以致人于毁灭之地。语出《史记·张仪列传》。

箕风毕雨

月过箕星风必多，月过毕星雨若泼。
人之好恶本性根，言行受于心之托。
风和日丽固然好，狂飙袭来亦常说。
知其天文所以然，面对天象不畏缩。

【提示】

箕、毕：二十八宿的两个星座名。古时人认为月亮经过箕星座时风多，经过毕星座时雨多。比喻人们的好恶各有不同。语出南朝·梁·吴均《八公山赋》。

吉光乃为名宝马，日行千里快如风。
片羽乃为锦衣裘，置于水中不湿绒。
此间两物世珍贵，缘自稀少而受宠。
有名无实不得求，凤毛麟角亦徒名。

【提示】

吉光：古代神话中的神马名；片羽：一片羽毛。比喻残余仅存的古代文物。语出明朝《澹园集·李氏焚书序》。

急流勇退

急流之中掌稳舵，功成退居求闲适。
身处要位多风雨，平淡生活自为事。
史上智者数张良，功成名就心安实。
求得一方安身地，怡然自得不出世。

【提示】

在急流中果断地立即退却。旧时比喻做官的人在顺利或得意时及早抽身退出官场。语出宋·苏轼《赠善相程杰》诗。

人之兴趣各不同，鸟之习性亦有别。
好动好静人之性，取向各异鸟之界。
动与静者难相适，互而弥补可相携。
鸟以群分人和趣，集苑集枯乃心结。

【提示】

集：群鸟停歇在树上；苑：茂盛的树木；枯：枯树。有的鸟停歇在茂盛的树上，有的鸟停歇在枯萎的树上。比喻志趣不同，取向各异。语出《国语·晋语二》。

寄人篱下

文章当创新，勿要随人云。
创新寻其度，不可乱其文。
为人当自强，岂可倚他人。
燕寄檐篱居，寄人篱下身。

【提示】

寄：依附，暂居；篱：篱笆。像鸟一样，寄居在人家的篱笆下生活。原来是说文章著述应当自创一体，用“寄人篱下”比喻因袭别人。后转用以比喻依附别人过生活。语出《南史·张融传》。

家无儋石

家境不丰无儋石，辛苦劳作食不足。
收获多半交租赋，温饱难以维系住。
封建土地分不公，劳苦大众无耕处。
充当佃户苦劳作，一年汗水多交租。

【提示】

儋石：二石为儋；又作“担石”。形容粮食不多，家里没有存粮。家境不丰，勉强维持生活。语出《汉书·扬雄传上》。

价值连城

稀世珍宝数量少，价值可抵几座城。
物以稀少而为贵，人以德才而闻名。
盛世古玩乱世金，世态安稳人心平。
闲情逸致好古董，自得爱好而轻松。

【提示】

价：价格；连城：连成一片的很多城池。形容物品十分贵重。语出《史记·廉颇蔺相如列传》。

见微知著

圣人见微知其萌，见端可以度其根。
料事如神并非神，缘自洞察入三分。
智者深谋而远虑，慧眼识珠辨其真。
不惑于事心自明，见微知著处世深。

【提示】

微：小，指刚露出一点苗头；著：明显。意思是见到一点苗头就能看清其发展的趋势和实质性的问题。语出《韩非子·说林上》。

剑头一吷

剑头一吷声微弱，角声悠长音响亮。
智者面前论天地，无异吹剑自为强。
榻上泪痕莫小觑，舌尖一吹强于象。
才疏学浅妄之论，枕边之风胜宰相。

【提示】

剑头：指剑环头小孔；吷：很小的声音。《庄子·则阳》说在魏国贤者面前称道尧舜，就像吹剑环小孔发出很小的一点声音罢了。后来就用“剑头一吷”比喻不足轻重的言论。语出宋·苏轼《再游径山》诗。

渐入佳境

昔人吃蔗梢至根，他人怪而问其因。
食者言之根最甜，由梢至根渐入心。
桃花源记胜景美，须经狭身方可进。
进得其中心开朗，此乃渐入意境新。

【提示】

佳境：美好的境界。意思是甘蔗的根部比梢部甜，由梢至根，越吃越甜。后比喻兴趣逐渐浓厚或境况逐渐好转。语出《晋书·顾恺之传》。

匠心独运

浩然致学不拘泥，务掇精华独匠心。
文不拘古自成家，才学独到而自信。
与时俱进思想新，墨守成规难离陈。
人云亦云无主张，拾人牙慧损自身。

【提示】

匠心：巧妙的心思，常指文学艺术方面的创造性的构思；运：运用。独创性地运用精巧的心思。形容独特的构思。语出宋·计有功《唐诗纪事·卷二十三·孟浩然》。

胶柱鼓瑟

胶柱鼓瑟图，其调不可调。
拘泥不思变，必生怪音效。
赵王欲伐秦，误中细作招。
赵括为将军，廉颇不受召。

【提示】

瑟：一种古乐器；柱：瑟上调节声音的短木柱。用胶把柱粘住，柱不能动，音调就不能调整。比喻拘泥固执，不知变通。语出《史记·廉颇蔺相如列传》。

竭泽而渔

竭其水而求其鱼，竭泽而渔何其愚。
留得青山不愁柴，春种秋收乃规律。
鼠目寸光利眼前，得过且过必后虑。
杀鸡取卵是为蠢，更将宝马当成驴。

【提示】

渴泽：把池水放干；渔：捉鱼。放干了池水去捉鱼。比喻做事不留余地，只顾眼前利益。语出《吕氏春秋·义赏》。

近水楼台先得月

临水楼榭位优越，水映月光照楼台。
楼台因水先得月，月光辉映榭亮白。
仲淹杭州始为官，旧友量身被安排。
唯有苏麟未得职，楼台近水难得月。

【提示】

位于水边的楼台先得到月光。比喻由于近便而获得优先的机会。语出宋·俞文豹《清夜录》。

惊弓之鸟

黩武之众易于动，弓下之鸟难求安。
一朝蛇咬怕井绳，惊恐之悸心灰暗。
杯弓蛇影疑心重，叶公好龙心惊战。
惊魂未定梦缧绁，忧心忡忡难安然。

【提示】

被弓箭吓怕了的鸟。比喻受过惊吓的人遇到类似的情况就惶恐不安。语出《晋书·王鉴传》。

精益求精

苛切力磋再细磨，治玉手工求其精。
天成子玉逢匠心，精于巧技呈美形。
细而精到心神集，巧妙构思出意境。
心手合一气相应，美轮美奂玉器生。

【提示】

益：更加。好了还要更好。喻之做事情十分认真仔细，力求完美。语出《论语·而学》。

镜花水月

三界六道唯心现，镜花水月无生灭。
妙处透彻且玲珑，言有尽而意无穷。
诗有可解不可解，不解犹如水中月。
意境虚幻勿寻迹，佳作哲意在诗外。

【提示】

镜子里的花，水里的月亮。比喻不能形式地单从字面上来理解诗的意境，也比喻虚幻的东西。语出宋·释道原《景德传灯录·卷十四·石头希迁大师》。

九鼎大吕

夏商周朝制九鼎，以示九州同其尊。
九鼎寓意同天下，中华一统以为准。
大吕钟声浩长空，钟声磬韵和其神。
一言之重犹九鼎，一锤定音稳人心。

【提示】

九鼎：夏禹铸的九个鼎；象征九州，是夏、商、周三代国宝；大吕：钟名。比喻力量大、分量重。语出《史纪·平原君列传》。

酒色财气

酒色财气为四戒，四戒沾一误人生。
酒可乱神色乱心，财与气者可送命。
四种恶习坏人气，糊里糊涂入其瓮。
症结源自一个贪，凡事过度必成病。

【提示】

酒：嗜酒；色：好色；财：贪财；气：逞气。旧时以此为人生四戒。语出落落居士《招隐居》。

居安思危

身处顺境易麻痹，一时不慎而招忌。
居安思危当自律，确保顺境得延续。
有备无患得于思，思从客观免遭拘。
安得无恙心平和，不重奢望重实际。

【提示】

处在安全的环境里，要想到危险、困难有可能出现。语出《左传·襄公十一年》。

举鼎绝膑

武王力大善角力，力士因此而得用。
一次王与臣举鼎，力不从心伤其膑。
举鼎绝膑伤筋骨，悔于当初硬逞能。
诸事该当量力行，一味逞强必受惩。

【提示】

绝：断；膑：膝盖骨。比喻力不胜之事，却要硬逞其能而为之，其结果必伤无疑。语出《史纪·秦本纪》。

“二饥”一首

*饥肠辘辘如车声，饥饿难耐冒虚汗。
无奈以水暂充食，不解饥饿反添乱。
*饥寒交迫双受罪，极度贫寒无法办。
呼天喊地皆不灵，死活两端难周全。

【提示】

“饥肠辘辘”饿得肚子里发出响声。形容十分饥饿；“饥寒交迫”饥饿与寒冷同时逼来。形容旧时的百姓生活困苦。

击碎睡壶

古有闲人王处仲，每酒朗诵必击壶。
击打睡壶背诵诗，反复敲击壶嘴处。
老骥伏枥志于心，闲人击壶多糊涂。
继而打壶不间断，击碎睡壶夜何图？

【提示】

睡壶：古代痰盂。南朝·宋·刘义庆《世说新语·豪爽》："王处仲每酒后，辄咏'老骥伏枥，志在千里……'以如意打睡壶，壶口尽缺。"后来用以形容对文学作品的高度赞赏。

“二机”一首

*机不可失瞬间过，及时抓住立刻做。
兵贵神速兵法说，机会不可以错过。
*机关用尽不如君，多少长安名利客。
心术不正用小计，反被伤害自招戳。

【提示】

“机不可失”时机不可错过；“机关用尽”比喻用尽心机，多用于贬义。

“四鸡”之一

* 鸡虫得失不重要，何必小题而大作。
* 鸡飞蛋打一场空，一无所得何其拙。
* 鸡口牛后两事端，宁小而洁不污多。
* 鸡零狗碎多繁杂，鸡毛蒜皮无可说。

【提示】

“鸡虫得失”比喻事情很小，得失无关紧要；“鸡飞蛋打”比喻全部落空，一无所得；“鸡口牛后”宁为鸡口，虽小而干净。不为牛后，虽大而臭；“鸡零狗碎”指零碎的东西或小事情。

“四鸡”之二

*鸡皮鹤发老年人，白发苍苍皮多皱。
*鸡犬不惊相以处，相互和睦以相佑。
*鸡犬不留杀戮酷，心狠手辣不折扣。
*鸡犬不宁遭骚扰，哗然而骇心成忧。

【提示】

“鸡皮鹤发”形容老年人的外貌状态；“鸡犬不惊”形容行军纪律严明，也指平安无事；“鸡犬不留”形容杀戮的残酷；“鸡犬不宁”形容骚扰得十分厉害。

“四积”一首

*积不相能而疏远，互不往来结仇怨。

*积谷防饥多存粮，以备荒年防未然。

*积少成多日继累，一点一滴可成山。

*积羽沉舟轻至重，微不足道酿灾患。

【提示】

“积不相能”长期互不往来，双方不和善；“积谷防饥”积贮粮食以防饥荒；“积少成多”逐渐积累，从少变多；“积羽沉舟”比喻细微东西可以汇成巨大的力量。

积重难返

长期形成坏习惯，恶习弊端难改变。
积重难将其革除，若想回头亦困难。
凡事一旦积成习，其性随之酿成烦。
只要觉悟下决心，自觉自愿就规范。

【提示】

积重：积习深重；返：回头。意思是长时间形成的坏习惯，不能轻易改变。

畸轻畸重

畸轻畸重两不准，或左或右又不中。
事物发展不均衡，态度各异难相逢。
面对客观求实际，不偏不倚心由衷。
无论是非与曲直，畸轻畸重欠公平。

【提示】

畸：不完整，偏于。意为有时偏轻，有时偏重。形容事物发展或人对事物的态度有所偏颇。

“二激”一首

*激昂慷慨情绪高，昂扬振奋心激动。
国难当头齐奋起，誓将顽敌灭干净！
*激浊扬清两分明，革除弊端为事情。
奖偿为公做好事，奖惩清明促事兴。

【提示】

“激昂慷慨”形容情绪激动，精神振奋；“激浊扬清”发扬一切好的，消除一切坏的。

“二及”一首

*及锋而试抓时机，士气旺盛以出击。
趁敌不备相冲杀，此乃用兵之霸气。
*及时行乐寻欢娱，腐化荒淫好恶趣。
醉生梦死枉人生，堕落下作行无拘。

【提示】

“及锋而试”比喻乘士气旺盛时支配军队或比喻乘有利时机及时行动；“及时行乐”指不失时机，寻欢作乐。形容荒淫腐化生活。

吉人天相

吉人天相安慰语，以解忧愁宽人心。
迷信多求天保佑，虽说枉谈可慰人。
困境之中需安慰，体现同情助精神。
好人必然得好报，如此之说非迷信。

【提示】

吉人：善良人；相：帮助，保佑。认为好人会得到上天的保佑。多用作对别人遭遇不幸或困难的安慰话。

岌岌可危

岌岌可危险，处境多困难。
伸出援助手，如今成自然。
一旦因不慎，处于险情间。
路人齐协助，官兵奋当先。

【提示】

岌岌：山高陡峭，就要倒下或倾覆的样子。形容极其危险。语出《孟子·万章上》："天下殆哉，岌岌乎！"

“二即”一首

*即景生情以为诗，出口成章意真实。
好诗因情而发生，有感而发得好诗。
*即鹿无虞必落空，猎鹿应熟地貌势。
地形虞官两条件，具备方可行于施。

【提示】

“即景生情”意识是对眼前的景象有所触动而产生某种情绪。“即鹿无虞”比喻条件不具备就草率从事，必然徒劳。

“四急”之一

* 急风暴雨突然变，斗争激烈如骤雨。

* 急公好义为公益，救灾慈善多给予。

* 急功近利图眼前，因小失大乃心愚。

* 急管繁弦乐复杂，声声奏出人间语。

【提示】

“急风暴雨”比喻激烈的斗争；“急公好义”形容人热心于公益事业；“急功近利”急于求成，贪图眼前利益；“急管繁弦”形容音乐演奏的复杂、热闹。

"四急"之二

* 急起直追即行动，奋起追赶不放松。
* 急如星火之甚急，如同流星划夜空。
* 急中生智猛然醒，出手成招以作应。
* 急转直下事突变，发展忒快力跟踪。

【提示】

"急起直追"立刻行动，努力追赶；"急如星火"比喻非常急迫；"急中生智"在危急时猛然想出了办法；"急转直下"形容情况突然转变，并很快顺势发展下去。

“二疾”一首

* 疾恶如仇敌，见善呈惊喜。

善恶两分明，扬善避恶兮。

* 疾风扫落叶，一扫而尽弃。

疾风知劲草，顶其逆风疾。

【提示】

“疾恶如仇”痛恨坏人坏事像痛恨仇敌一样；“疾风扫落叶”比喻力量强大、行动迅速。

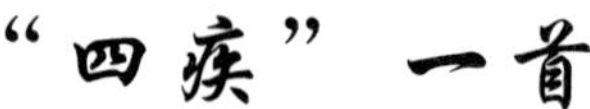

“四疾”一首

*疾风知劲草，困境出头地。

*疾首蹙额眉，以示厌恶极。

*疾言厉色语，发怒心躁急。

*疾足先得鹿，才高获其益。

【提示】

“疾风知劲草”比喻只有经过严峻的考验，才能显现出本领；“疾首蹙额”形容厌恶、痛恨的样子；“疾言厉色”形容发怒时说话的样子；“疾足先得”形容行动迅速者先达到目的。

“二集”一首

* 集思广益成其事，众人捧柴火焰高。
善于听取众意见，效果必将得其昭。
* 集腋成裘以积攒，狐腋虽小贵皮毛。
日积月累决心做，积少成多获狐袄。

【提示】

“集思广益”集中群众的意见和智慧，可以收到更好的效果；“集腋成裘”比喻积少成多。

济济一堂

人才众多齐聚集，济济一堂话短长。
众人同处在一起，议论纷纷多赞扬。
家国情怀放心上，以待为国尽力量。
恰逢盛世环境好，施展抱负多担当。

【提示】

济济：形容人多；堂：大厅。形容很多人才聚集在一起。语出《尚书·大禹谟》：“济济有众。”

掎角之势

掎角之势乃兵法，相互夹击攻其阵。
前后呼应呈首尾，左右齐攻动敌心。
犹如逐鹿抓其角，再捉后腿倒其身。
行为按规守其矩，促成完胜靠精神。

【提示】

掎：拉住；角：头角。比喻互相配合，形成夹击敌人的态势。虽然指用兵之法亦可推而广之。

戟指怒目

戟指怒目骂，两眼瞪溜圆。
破口骂罪人，怒火高其焰。
手指冤家脸，唾其无耻颜。
缘何怒不竭，面对卖国奸。

【提示】

戟指：竖起食指中指指着人，怒目而视。形容怒骂时的样子。

“二计”一首

*计出万全以保证，绝对安全无一失。
措施得当想周全，确保事情以实施。
*计日程功进展快，可算何日得回师。
待到班师返回朝，接风庆功乃吉日。

【提示】

“计出万全”：万全：非常安全周到。形容计划非常稳当周密，绝不会发生意外。“计日程功”：计：计算；程：估量，考核；功：成效。工作进度或成效可以按日计算。形容进展快，有把握按时完成。

记忆犹新

记忆如眼前，记忆犹新哉。
相聚时日少，分别亦悲哀。
劝君一杯酒，望君早回来。
待到重相逢，重与君叙怀。

【提示】

意思是过去的事，至今还记得非常清楚，就像新近发生的一样。

“二家”一首

* 家常便饭多好吃，常调官位多做邪。
　常出门要看天气，常在河边不湿鞋。
* 家给人足日子富，人人饱暖应节约。
　精打细算不浪费，生活越过越优越。

【提示】

“家常便饭”比喻平常的事情；“家给人足”家家富裕，人人饱暖。语出《淮南子·本经训》：“衣食有余，家给人足。”

“四家”一首

＊家贫如洗极贫困，家中没有隔夜粮。
＊家破人亡受欺凌，无奈逃荒到外乡。
＊家徒四壁啥没有，屋里空空只剩墙。
＊家喻户晓人皆知，欲盖弥彰反露相。

【提示】

“家贫如洗”家里穷得像被水冲洗过一样，什么都没有；“家破人亡”家遭毁灭，人被逼死。形容旧社会百姓的不幸；“家徒四壁”家里只有四周的墙壁，形容穷得一无所有；“家喻户晓”家家户户都知道，形容人人皆知。

葭莩之亲

远亲少沾边，来往不密切。
各自守其住，无以相多见。
葭莩之亲膜，亲戚却疏远。
各扫门前雪，相见不问寒。

【提示】

葭莩：芦苇里面的薄膜。比喻关系疏远的亲戚，也用作亲戚的代称。

嘉言懿行

嘉言懿行多和善，言语温和自相谦。
行为皆能守于礼，品德高尚不抢先。
做人严守于矩系，诚信有加乃人贤。
天生人格后修养，二者集成身清廉。

【提示】

指有益的话和高尚的行为。语出《朱子全书·学五》：“见人嘉言善行，则敬慕而记录之。”

颊上添毫

颊上添毫喻文章，叙述描绘皆生动。
犹如妙笔可生花，佳文著作以相承。
恺之尝图裴楷象，颊上三毛觉神明。
大家之作无小处，整体细微各守成。

【提示】

《晋书·顾恺之传》："尝图裴楷象，颊上加三毛，观者觉神明殊甚。"比喻文章叙述、描绘得生动。

“三假”一首

*假公济私谋私利，损公肥私为歹人。
*假仁假义做伪装，心怀鬼胎为贪心。
*假途灭虢以借路，虞国灭而虢国沉。
虢国君王忒糊涂，认错朋友火烧身。

【提示】

“假公济私”借公家的名文或力量，谋取私利；“假仁假义”指伪装的仁慈善良；“假途灭虢”虢、虞都是春秋时期的诸侯国。晋国借虢国路灭虞国后，回师又灭掉虢国。

驾轻就熟

为事靠经验，如同路况熟。
犹如驾轻车，往来皆无误。
欲若做其事，必得心有数。
如此而作为，轻车就熟路。

【提示】

赶着轻车去走熟路。比喻对所做的事情熟悉并有经验，做起来就会很轻松、容易。

嫁祸于人

将祸转别人，以便脱干系。
欲其搅浑水，乘其再摸鱼。
无端伤害人，良心乃坏极。
如此不仁义，嫁祸于人疾。

【提示】

嫁：转移，推给；意思是把自己的祸事或错误推给别人，以得脱身。

“四坚”之一

＊坚不可摧抗力大，势力坚固难以打。
＊坚持不懈尽其力，以求取得好报答。
＊坚持不渝做到底，终得遍地开新花。
＊坚定不移不动摇，下定决心事乃发。

【提示】

“坚不可摧”形容力量很大，防御坚固，难以攻打；“坚持不懈”坚持到底，毫不松懈；“坚持不渝”坚持到底，决不改变；“坚定不移”形容毫不动摇。

“四坚”之二

* 坚甲利兵精锐军，攻无不克而常胜。
* 坚忍不拔意志坚，不可动摇守其衷。
* 坚如磐石不可移，稳如泰山而持重。
* 坚贞不屈有节操，豪气冲天不枉生。

【提示】

“坚甲利兵”装备精良，英勇善战的军队；“坚忍不拔”形容意志坚强，不可动摇；“坚如磐石”形容非常厚重、坚固，不可撼动；“坚贞不屈”指坚守气节，决不屈服。

“二艰”一首

* 艰苦奋斗不畏难，誓将事业成胜算。
苦干实干亦巧干，依靠科技得实现。
* 艰苦朴素又耐劳，认真踏实为底线。
耐得劳累再努力，收获成果心里甜。

【提示】

“艰苦奋斗”不怕艰难困苦，努力奋斗，求得收获；“艰苦朴素”指吃苦耐劳、生活简朴、思想朴素的作风。

“四艰”一首

* 艰苦卓绝无可比，斗争激烈亦艰难。

* 艰难竭蹶无衣食，生活困苦难得安。

* 艰难曲折多沟坎，勇于克服达彼岸。

* 艰难险阻困难多，前进路上多风险。

【提示】

“艰苦卓绝”形容极其艰苦，超出寻常；“艰难竭蹶”形容收入少，生活非常艰苦；“艰难曲折”形容很不顺利；“艰难险阻”指前进路上的困难、危险和障碍。

肩摩毂击

路上众人多，肩摩毂击挤。
举步难行走，车马亦不及。
人声成鼎沸，车轮相互抵。
若何之热闹？好天逢大集。

【提示】

人多得肩挨肩，车轮相撞。形容路上行人、车辆很多，非常拥挤，难以行走。

“四兼”一首

＊兼程并进齐向前，加快速度同时进。
＊兼而有之两面全，同时占有得其尽。
＊兼权熟计多考虑，全面衡量再动身。
＊兼收并蓄以搜集，以待用时可称心。

【提示】

“兼程并进”快速赶路，齐头并进；“兼而有之”指同时占有或具有几种事物；“兼权熟计”多方面地衡量，深入细致地考虑；“兼收并蓄”把各种不同的东西收在一起并保存起来。

“四见”之一

* 见缝插针抓时机，尽其力而促其行。
* 见怪不怪心镇静，其怪自坏现原形。
* 见机而作多灵活，行动及时利于成。
* 见利忘义枉做人，出卖良心为私情。

【提示】

“见缝插针”比喻抓紧时机，尽量利用好时间；“见怪不怪”看到怪异的事情，也不大惊小怪；“见机而作”看到适当的机会就立即行动；“见利忘义”不仁不义的行为。

“四见”之二

* 见猎心喜难忘却，爱好促使重新干。
* 见仁见智各不同，不同角度抒己见。
* 见兔顾犬事紧急，及时想法仍可践。
* 见危授命为国家，不畏牺牲冲在前。

【提示】

“见猎心喜”由于触动旧爱好，便想再做；“见仁见智”指对同一问题各持己见；“见兔顾犬”比喻事情虽然紧急，但及时想法还来得及；“见危授命”指遇到国家有危难，不惜付出生命来保卫。

“三见”一首

＊见笑大方乃谦辞，莫要笑我是外行。
＊见义勇为受人敬，不顾安危心和衷。
＊见异思迁志不坚，常被诱惑心不定。
这山望着那山高，到了那山仍不终。

【提示】

“见笑大方”被内行人所笑话。多作谦辞用；“见义勇为”看到正义的事情就去做；“见异思迁”指意志不坚定，心不专一。

“三剑”一首

* 剑拔弩张触即发，形势紧张相对峙。
* 剑及履及行动快，相助及时无以迟。
* 剑戟森森心阴险，隐藏至深待时施。
一旦发难酿灾祸，乱国奸臣必惩治。

【提示】

“剑拔弩张”比喻形势紧张，一触即发；“剑及履及”比喻行动快又及时；“剑戟森森”形容为人阴险。

鉴貌辨色

鉴貌辨色以相应，察言观色作决定。
观察对方之表情，洞悉对方内心情。
此乃谓之心理战，侦察他人之心省。
心持胜算再行动，十有八九得以成。

【提示】

鉴：看；色：脸色。通过观察对方的表情和脸色，洞察对方的心理活动，再决定相应的行动。

“三江”一首

*江河日下衰，无以回天力。
*江郎才尽拙，文思少伶俐。
*江心补漏迟，奈何避得及。
船漏水即涌，弃船逃生急。

【提示】

“江河日下”江河的水越流越趋向下游。比喻事物一天天在衰落；“江郎才尽”比喻人的文思减退；“江心补漏”比喻补救太迟，无济于事。

“四将”一首

* 将错就错索性作，不管不顾一再错。
* 将功赎罪以抵偿，弥补过错求解脱。
* 将计就计即反奸，以计还计得其所。
* 将信将疑心不定，因其怀疑难定铎。

【提示】

“将错就错”指发生错误后，索性就顺着错误做下去；“将功赎罪”拿功劳抵偿罪过；“将计就计”指利用对方的计策，反过来对付对方；“将信将疑”不敢完全相信。

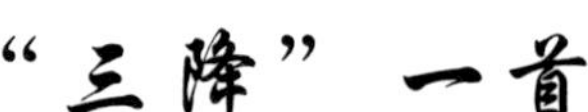

*降格以求心急切，以降标准获其求。
*降心相从不得已，委屈自己以应酬。
*降志辱身损人格，如此为人实在臭。
人无志气树无皮，岂可降志以相凑。

【提示】

“降格以求”降低标准来寻求；“降心相从”委屈自己的心意，服从别人；“降志辱身”形容与世俗同流合污。

“四交”一首

＊交臂失之不可得，枉于后悔出手拙。
＊交口称赞众人夸，助人为乐善事多。
＊交浅言深话恳切，肺腑之言照直说。
＊交头接耳低声诉，似有秘密欲合作。

【提示】

“交臂失之”形容错过好机会；“交口称赞”大家同声称赞；“交浅言深”指交情虽然不深但恳切地加以劝说；“交头接耳”形容两人靠得很近，低声说话。

娇生惯养

宠爱虽无错，亦要遵适度。
妄自乱姑息，有害于教束。
父母爱子女，乃是为人作。
爱之不纵容，为人父母德。

【提示】

娇：宠爱；惯：纵容，姑息。形容对孩子从小过分宠爱和姑息。

“三骄”一首

* 骄傲自满枉自高，区区成绩自觉好。
* 骄兵必败兵法理，哀兵必胜乃兵韬。
* 骄奢淫逸行放荡，花天酒地乱通宵。
荒淫无度坏德行，醉生梦死枉一遭。

【提示】

“骄傲自满”自高自大，满足于已有的成绩；“骄兵必败”轻敌的军队必定要打败仗；“骄奢淫逸”形容生活放荡奢侈，荒淫无度。

教猱升木

教猴爬树乱，教唆即成犯。
唆使他人干，自己守其间。
行为触法律，迟早被发现。
缩回罪恶手，小心被斩断。

【提示】

猱：一种猴子。教猴子爬树。比喻教唆人做坏事。语出《诗经·小雅·角弓》：“毋教猱升木。”

蛟龙得水

蛟龙得水飞上天，乘云驾雾以飞行。
英雄在世如蛟龙，蛟龙得水成枭雄。
昔日刘备身边将，关羽张飞相簇拥。
关张赵云与孔明，欲扶汉室复正统。

【提示】

古代传说中的无角龙。蛟龙得水能兴云作雨，飞腾上天。比喻英雄人物得到施展才能的机会。

焦头烂额

救火理当受敬谢，事后款待坐上席。
忘却事先警告人，该当以谢拜屈膝。
倘若听人之警示，免得火灾悔不及。
只敬焦头烂额者，然之慢待欠其礼。

【提示】

比喻境遇恶劣、做事棘手、十分窘迫难堪的情况。失火后只敬谢救火人却忘了谢事先警告的人，因失公道而被人嘲笑，自觉难堪。

狡兔三窟

狡兔有三洞，以其保安全。
如遇危急时，立即而逃窜。
人者最灵性，处世求心安。
留得空间处，方可得周旋。

【提示】

狡猾的兔子有三个洞穴，以藏身保生命。人者处世虽然无恙，却学狡兔以周全。多用于贬义。

“二矫”一首

*矫揉造作不自然，有意故作丑姿态。
有才不在其外貌，绣花枕头内糠稗。
*矫枉过正无限度，事与愿违遭失败。
为事处处想其理，盈亏不如守中哉。

【提示】

“矫揉造作”：矫：便弯曲的变成直的；揉：使直的变成弯的。形容故意做作，不自然；“矫枉过正”要把弯曲的东西扭直，结果又歪向另一边。比喻纠正错误而超过了应有的限度。

“二脚”一首

＊脚踏两只船，无诚心必呆。
投机以取巧，为己谋利来。
＊脚踏实地干，实事求是哉。
君子无暗室，正气宏千载。

【提示】

“脚踏两只船”比喻摇摆不定，又形容两下里都占着，投机取巧；“脚踏实地”比喻做事踏实，实事求是，不浮夸。

“二叫”一首

*叫苦不迭连声喊，犹如癞狗吠之声。
城破人慌乱成团，四处逃窜各奔命。
*叫苦连天不停歇，丢魂落魄难于行。
惊慌失措不择路，横冲直撞相互拥。

【提示】

“叫苦不迭”形容连声不断的叫苦声；“叫苦连天”形容不停歇地叫苦。

教学相长

学后知不足，教者知其难。
不足再弥补，为时尚不晚。
教与学同进，各自得心愿。
师生互促进，教学相长全。

【提示】

意思是教的和学的互相促进，共同提高。

皆大欢喜

语出《金刚经》，意为喜之出。
皆者意之都，大喜慰心处。
精神齐振奋，皆大欢喜足。
其乐不可支，欢欣亦鼓舞。

【提示】

形容大家都很欢乐喜庆和高兴的样子。皆：都，全。意为人人都非常高兴。

“二接”一首

* 接二连三不间断，相互构成一条链。
好事如此还嫌少，坏事如此哭破天。
* 接踵而来事之多，一个一个相接连。
应接不暇忙不迭，顾此失彼多慌乱。

【提示】

“接二连三”相继而来，不间断；“接踵而来”：踵：脚后跟。一个跟着一个地来。形容来得很多，接连不断。

揭竿而起

揭竿而起竖大旗，聚众造反一哄起。
封建皇权招众怒，一声呐喊民心齐。
反抗怒火高万丈，誓将铲除恶势力。
万众一心齐奋斗，改朝换代事在即。

【提示】

揭：举起；竿：旗杆，代旗帜。意思是高举义旗，起来反抗。泛指人民起义。

“二街”一首

*街谈巷议论，家常与里短。
闲来相以聚，说事解心烦。
*街头巷尾处，人狗混其间。
人声与犬吠，热闹亦非凡。

【提示】

“街谈巷议”街巷里人们的议论。“街头巷尾”指大街小巷。

“二嗟”一首

*嗟悔何及无济事，后悔心烦枉叹息。
悔之莫及怨当初，以此为戒切记忆。
*嗟来之食不可接，穷有人格死无忌。
灾荒之年多饿殍，黔敖施舍遭殍讥。

【提示】

“嗟悔何及”：嗟悔：叹息后悔。叹息后悔也来不及了；“嗟来之物”：意思是侮辱性的施舍。

“三节”一首

*节哀顺变吊唁辞，抑制悲哀应变故。
*节外生枝找麻烦，设置障碍以拦阻。
*节衣缩食不得已，生活拮据奈何处。
勤俭持家理应当，起码亦能填饱肚。

【提示】

“节哀顺变”旧指父母去世，吊唁之辞。劝慰抑制悲哀，顺应变故；“节外生枝”指故意设置障碍；“节衣缩食”尽力节约。

劫富济贫

劫富济贫乃义士，贫富不公人心异。
绿林好汉重其理，杀富济贫乃义气。
旧时世态多悖事，财富多被少人集。
百姓一旦遭不幸，求告无门而自弃。

【提示】

夺取富人的财物，救济穷人。在封建社会里，由于贫富不均，大部分财富都集中在少数人的手里。平民百姓穷苦不堪，江湖游侠好汉常常杀富济贫，以示反抗。

佶屈聱牙

佶屈聱牙涩，读来不顺口。
引经亦据典，查寻多别扭。
文章应精炼，词句应通读。
佳文呈自然，不见斧琢处。

【提示】

佶屈：曲折，引申为不通顺；聱牙：念起来别扭，不上口。形容文句艰涩难懂，读起来不顺口。

“二结”一首

*结党营私图不规，心怀叵测有其图。
为其利益相勾结，图谋作乱乃匪徒。
*结驷连骑多排场，贵官出行众仆护。
横行霸道作开路，前呼后拥扬尘土。

【提示】

“结党营私”：党：集团；营：谋求。坏人集结在一起，谋求私利，专干坏事。或结成党羽，谋求私利。“结驷连骑”：驷：古时一乘车所套的四匹马；骑：一人一马的合称。车编成队，马相连。旧时形容官员出行的阔绰排场。

“二桀”一首

*桀骜不驯性暴烈，性格倔强难说服。
任其性子妄为事，招惹是非殃父母。
*桀犬吠尧为讨好，奴才帮腔骂主故。
主子面前附和应，主人骂狗尔骂猪。

【提示】

“桀骜不驯”形容人的性情暴烈、倔强，不服管教；“桀犬吠尧”比喻走狗一心为主子效劳。当主人骂朋友时亦跟着谩骂。

捷足先登

捷足先登速度快，身手麻利先获得。
秦失其鹿众人寻，高材先得王以贺。
头脑灵活行动急，看准时机马上做。
身为商者多精明，抓住时机以求获。

【提示】

捷：快，敏捷；足：脚。比喻行动快的人先达到目的，或先得到所求之物。

“三截”一首

* 截长补短相互做，以求事物更合理。
* 截然不同各有别，说其事物两分离。
* 截趾适屦实乃愚，如此做事极不利。
思想愚钝欠思理，因小失大害自己。

【提示】

“截长补短”比喻以多余来补不足；“截然不同”形容两种事物毫无共同之处；“截趾适屦”比喻一味迁就，勉强凑合，反倒坏事。

“四解”一首

*解甲归田回故乡，耕种土地心安静。
*解铃还须系铃人，解决问题当自行。
*解囊相助以惠人，性格豪爽心高兴。
*解衣推食示关怀，助人为乐心始终。

【提示】

“解甲归田”脱下战袍，回家种田；“解铃还须系铃人”比喻解决问题应由造成问题的人去做；“解囊相助”比喻拿出财物帮助别人；“解衣推食”形容对别人极为关怀。

“二借”一首

*借刀杀人狠，害人以保身。
一旦事败露，推诿罪责任。
*借古讽今作，借古喻其今。
含沙射影说，欲想瞒贼心。

【提示】

“借刀杀人”比喻利用别人去害人；“借古讽今”假借古时候的事物来影射、攻击现实。

“四借”一首

* 借花献佛做人情，以求感谢之枉心。

* 借尸还魂乃迷信，枉说无实符其身。

* 借题发挥为掩护，拐弯抹角不露真。

* 借箸代筹以策划，说清形势及原因。

【提示】

“借花献佛”比喻用别人的东西来做人情；“借尸还魂”比喻已死亡的事物借另一种形式出现；“借题发挥”假借某个事情为题目，来发表自己的真正的意见；“借箸代筹”表示代人策划。

“二今”一首

* 今非昔比变化大，衣食无忧有零花。
穷富虽然尚待均，衣食住行现代化。
* 今是昨非着醒悟，自觉自愿矫偏差。
过去多存自私心，如今却能为公家。

【提示】

“今非昔比”现在不是过去所能比得了的；“今是昨非”现在是对的，过去是错的。含有悔悟的意思。

斤斤计较

斤斤计较算，苛细亦小扣。
保瓜拾芝麻，得之集而周。
一丝皆不让，一厘也得收。
若问为什么，助学掏空兜。

【提示】

斤斤：什么都看得清楚。引申为苛细，形容一丝一毫也要计较。语出《诗经》。

“四金”之一

* 金碧辉煌大宫殿，昔日上座人威严。
* 金蝉脱壳以脱逃，神鬼不知溜之也。
* 金城汤池守其固，不畏强敌来攻坚。
* 金戈铁马犯边境，据守关隘以迎战。

【提示】

“金碧辉煌”形容建筑物装饰华丽、光彩夺目的样子；“金蝉脱壳”比喻用计脱逃；“金城汤池”形容防守严密的城池；“金戈铁马”指战争，也形容战士的雄姿。

“四金”之二

*金谷酒数园，宴席罚酒数。
*金科玉律严，法律条文酷。
*金口玉言出，说话皆算数。
*金马碧鸡神，建祠祭神处。

【提示】

“金谷酒数”表示罚酒三大杯；“金科玉律”指不可更改的律条；“金口玉言”泛指说话不能更改；“金马碧鸡”金马、碧鸡二神名。指汉时祭祀处。

“四金”之三

*金迷纸醉多享乐，醉生梦死日不多。
*金瓯无缺疆土整，无一伤缺乃定铎。
*金石为开因感动，坚硬顽石亦开合。
*金题玉躞装裱精，书画珍品展山河。

【提示】

“金迷纸醉”形容奢侈享乐的生活；“金瓯无缺”比喻国土完整；“金石为开”形容对人真诚，使人感动；“金题玉躞”指极其精美的书画或书籍装潢。

“四金”之四

*金相玉质好文章，形式内容皆完美。
*金玉良言相劝告，希望他人有作为。
*金玉满堂莫能守，老子之言不暧昧。
*金枝玉叶乃皇亲，门第高处身乃贵。

【提示】

“金相玉质”比喻文章的形式和内容都很完美；“金玉良言”比喻非常宝贵的劝告；“金玉满堂”比喻人很有才能，学识丰富；“金枝玉叶”旧时代的皇族。

矜才使气

矜才使气娇，恃才以骄傲。
目中以无人，言行不守条。
仗恃点能力，脾气冲天高。
不知好与歹，必然跌大跤。

【提示】

矜：骄傲，仗恃；使气：意气用事。形容仗恃有点能力就意气用事。

“二津”一首

*津津乐道说，兴趣何其多。
说东又道西，谈论不怕拙。
*津津有味谈，兴致相与得。
言谈多风趣，表情乐呵呵。

【提示】

“津津乐道”指很有兴趣地谈论；“津津有味”兴趣浓厚，特别感兴趣。

襟怀坦白

心地善良又光明，襟怀坦白处世真。
举止得当而达礼，为人谦虚学识深。
恪守道德严律己，品德修养讲诚信。
如此人品世少有，德艺双馨受人尊。

【提示】

襟怀：胸怀。心地纯洁、正大光明、胸怀坦荡，阅历学识都很深。为人处世皆守其礼，不骄不躁，温文尔雅。实为难得之君子耳。

仅以身免

全军尽覆灭，仅以身免存。
免于被俘虏，自毙而成仁。
生为人之杰，死亦雄鬼神。
人生谁无死，忠烈得栖身。

【提示】

仅：只；身：自己。指免于被俘或被杀，而选择杀身成仁。严严忠士也！

紧锣密鼓

欲做坏事造舆论，紧锣密鼓以煽动。
制造谣言以惑众，搅浑水后出手应。
法网恢恢疏不漏，法律森严岂敢碰。
倘若以身敢试法，按法行事必遭惩！

【提示】

紧敲锣密击鼓，乃是戏曲开场的前奏。借用这种事前的行为比喻坏人制造舆论，紧张地为干坏事做准备。岂不知，天网早已发现其阴谋，并严阵以待，以便一网打尽。

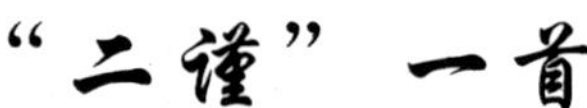

“二谨”一首

*谨小慎微多注意，谨慎行事避其祸。
尽小者大获平安，慎微者著以获得。
*谨言慎行处于世，奉公守法求生活。
无论穷富若安宁，可抵百万之财货。

【提示】

“谨小慎微”形容非常谨慎。现在多指在小事上特别小心；“谨言慎行”说话时时小心，行动守规矩。

“二锦”一首

*锦囊妙计封于袋，以便危急可获计。
若遇紧急难应对，及时化解其问题。
*锦绣河山美如画，山河壮丽呈瑞气。
事物美好如锦绣，浑然一体壮美极。

【提示】

“锦囊妙计”比喻能及时解决紧急问题的办法；“锦绣河山”形容美好的事物，像锦绣那样美丽的国土。

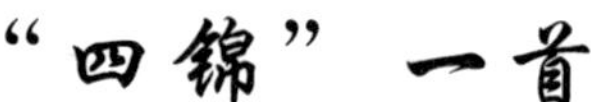

“四锦”一首

*锦上添花好上好，鲜艳华美超脱俗。
*锦心绣口文思美，辞藻华丽意突出。
*锦绣前程好前景，施展才能得满足。
*锦衣玉食多奢侈，生活豪华成无度。

【提示】

“锦上添花”比喻好上加好；“锦心绣口”形容作家的文思优美，辞藻华丽；“锦绣前程”比喻前途光辉灿烂；“锦衣玉食”形容奢侈豪华的生活。

“四尽”一首

*尽力而为用心做，确保事物获成功。
*尽如人意心高兴，心满意足获其成。
*尽善尽美成完全，毫无缺点合其性。
*尽心竭力投身心，全力以赴促事兴。

【提示】

“尽力而为”用所有的力量来做；“尽如人意”完全使人满意；“尽善尽美”形容事物完美到极点；“尽心竭力”投入整个身心，使出全部力量。

“四近”一首

*近悦远来获好处，远处闻风即归附。
*近在眉睫距离短，如同睫毛于眼处。
*近在咫尺于眼前，视而不见奈何图？
*近朱者赤近墨黑，近贤者聪近愚俗。

【提示】

“近悦远来”邻近的人受到好处而喜悦，远方的人闻风前来归附；“近在眉睫”形容在很近的地方；“近在咫尺”形容距离很近；“近朱者赤，近墨者黑”比喻环境对人有很大影响。

“四进”一首

* 进退两难夹中间，何去何从两为难。

* 进退失据无凭借，心中无数不得安。

* 进退维谷陷困难，处境不利如何担？

* 进寸退尺不偿失，用兵之道悖其端。

【提示】

“进退两难”进和退都困难；“进退失据”前进或后退都失去依据；“进退维谷”比喻进退都陷于困难的境地；“进寸退尺”比喻得不偿失。

噤若寒蝉

噤若寒蝉不作声，如同冷天之知了。
闭口无言心忐忑，生怕触禁难预料。
祸从口出记得清，以防不当遭不测。
官场之中风云起，何去何从以防祸。

【提示】

噤：闭口不作声。像冷天的知了那样一声不吭。形容不敢作声。语出《后汉书·杜密传》。

“四经”一首

* 经明行修经学深，品行端正自清身。
* 经年累月时空久，历经沧桑犹如新。
* 经天纬地才能大，规划宏伟大其心。
* 经纬万端头绪多，心思恍惚难守神。

【提示】

“经明行修”指所谓经学深厚精湛，品行端正；“经年累月”形容经历的时间很久；“经天纬地”形容人的才能极大；“经纬万端”比喻头绪很多，心神恍惚。

“二泾”一首

*泾渭不分事不辨，好坏不分难决断。
有失标准无可否，心思不定意则乱。
*泾渭分明正相反，优劣分清不畏难。
有其标准知可否，心思清明事精湛。

【提示】

“泾渭不分”比喻好坏不分，是非不明；“泾渭分明”比喻人或事物的好坏就像泾水混，渭水清一样，分得清清楚楚。

荆棘载途

荊棘载途路，行走忒困难。
一旦不小心，必伤其脚面。
以此比做官，喻之处境险。
人事多变幻，该当求以安。

【提示】

荆棘：丛生多刺植物；载途：充满道路。比喻处境困难，障碍很多。

“四惊”之一

*惊惶失措乱常态，心中恍惚脚步错。
*惊魂未定心忐忑，受到惊吓难自作。
*惊恐万状现丑态，众人面前不知措。
*惊蛇入草书之法，笔势矫健如龙蛇。

【提示】

“惊惶失措”惊慌、害怕得不知如何是好；“惊魂未定”形容受到惊吓之后，心情尚未平静；“惊恐万状”惊慌恐惧得现出各种丑态；“惊蛇入草”形容草书的笔势矫健迅捷。

“四惊”之二

＊惊涛骇浪暴风雨，喻谓斗争之激烈。
＊惊天动地骇听闻，改朝换代天地裂。
＊惊心掉胆极恐惧，犹如天塌地隐桀。
＊惊心动魄那时间，心惊胆战难自竭。

【提示】

“惊涛骇浪”吓人的大风大浪。形容危险、艰难；“惊天动地”形容声音极大或声势影响极大；“惊心掉胆”恐惧到极点；“惊心动魄”原来形容文学作品使人感受极深，震动很大。现在形容极其惊险、紧张。

兢兢业业

兢兢业业人踏实，小心谨慎不出错。
为人处世多谦和，人前人后努力做。
工作处处用心思，认真工作心执着。
踏踏实实为其事，受人尊敬乐呵呵。

【提示】

兢兢：小心谨慎的样子；业业：畏惧的样子。形容工作小心谨慎，认真踏实。《诗经·大雅·云汉》：“兢兢业业，如霆如雷。”

“四精”之一

＊精诚团结一条心，真诚互助齐努力。
＊精打细算皆合理，勤俭持家好风气。
＊精雕细刻以作画，工笔翎毛细不腻。
＊精疲力竭伤精神，全身无力气喘虚。

【提示】

“精诚团结”一心一意，团结一致；“精打细算”形容计算得极其精细；“精雕细刻”比喻创作艺术品时的苦心经营和细致刻画；“精疲力竭”形容精神非常疲惫，没有一点力气。

“四精”之二

* 精明强干人聪慧，为人处世全到位。
* 精神抖擞兴致高，智谋通透有作为。
* 精神焕发为其事，成绩突出受钦佩。
* 精卫填海乃神话，寓意志坚心不灰。

【提示】

“精明强干”精细聪明，办事能力强；“精神抖擞”形容精神振作；“精神焕发”形容情绪饱满；“精卫填海”古代神话传说，用来比喻意志坚决。

“二井”一首

* 井底之蛙见识浅，满眼只见井口天。
身处困境难发挥，拒守一处眼光短。
* 井井有条合规则，有条不紊事不乱。
身手麻利做事快，马到成功常居先。

【提示】

“井底之蛙”井底下的青蛙只能看到井口那么大的一块天。比喻见识浅的人；“井井有条”形容做事有条有理，丝毫不乱。

径情直遂

随心所欲作，任意为其事。
心灵亦手巧，不费多少时。
顺乎自然理，合乎其事实。
不用费周折，径情直遂值。

【提示】

径情：任意，随着心愿；遂：达到。意思是想怎么样，就能不费周折地达到目的。

“二敬”一首

*敬而远之守其距，即亲近而又不及。

心怀敬重之情意，保持一定之距离。

*敬谢不敏示恭敬，婉言谢绝推诿意。

恭敬表示才学浅，以便另寻其高师。

【提示】

“敬而远之”尊敬这个人而又不让他来接近。即不得罪他，也不接近他；“敬谢不敏”形容恭敬地表示能力不够或不能接受。

迥然不同

迥然不同相差大，距离弥远难相投。
事物性质各不同，各显特征作自守。
文章古今迥不同，钟嵘《诗品》评诗首。
子建次之论缘由，道出差别之源头。

【提示】

迥然：距离很远的样子。形容差别很大。宋·张戒《岁寒堂诗话》卷上：“文章古今迥然不同，钟嵘《诗品》以古诗第一，子建（曹植）次之，此论诚也。”

炯炯有神

眼光犀利察秋毫，面面俱到无遗漏。
精力充沛现活力，勃勃生机心通透。
炯炯有神得精神，生龙活虎做奋斗。
人强马壮任驰骋，功成名就得勋授。

【提示】

炯炯：光亮的样子。形容眼光发亮、精力充沛、充满活力的精神面貌。

鸠形鹄面

鸠形鹄面瘦，身弱不禁风。
全身多处病，故难为其行。
连年逢旱灾，无食得以充。
时日难支撑，祈天早收终。

【提示】

鸠形：形状像斑鸠的胸骨突起；鹄面：脸色像黄鹄。形容人的身体瘦削、面容憔悴不堪的样子。

“二九”之一

*九牛一毛极渺小，卑微如同小蝼蚁。
牛毛甚密以示多，九牛毛一何成比！
*九世之仇怨恨深，家仇国恨如心疾。
昔有哀公遭诬陷，襄公灭纪报仇及。

【提示】

“九牛一毛”从九条牛身上拔出一根毛来。形容极为渺小轻微；“九世之仇”九代的仇恨积怨。春秋时，齐襄公灭纪国复了九代之仇。

“二九”之二

*九死一生多遭险，化险为夷得平安。
天不灭者难受死，生死未卜以由天。
*九霄云外远无限，天外有天何其远。
古人敬天尊其地，今人九天游个遍。

【提示】

“九死一生”形容情况极端危险或多次经历生死考验的幸存者。“九霄云外”古人说天有九重之深远。比喻无限远的地方。

“二久”一首

*久假不归不偿还，如此行为遭人嫌。
言而无信之可叹，欠缺修养何以安？
*久旱逢甘露好雨，知其急需送人间。
促成丰收心欢喜，农耕事业仍靠天。

【提示】

“久假不归”长期地借用别人的东西不归还，有小人之嫌疑耳。“久旱逢甘露”已经旱了很久，竟然迎来一场及时好雨。比喻急切的希望一旦得到满足的喜悦心情。

"四酒"一首

*酒池林肉桀荒淫，昏君无德乱及世。
*酒酣耳热心痛快，酒兴正浓醉不实。
*酒囊饭袋之废物，只会贪吃不为事。
*酒肉朋友长不了，吃喝玩乐后散失。

【提示】

"酒池肉林"传说夏代最后的君王桀荒淫无耻，骄奢淫逸，以酒为池，以肉成林；"酒酣耳热"形容酒喝得正痛快，酒兴正浓之际；"酒囊饭袋"比喻只会吃，不会做的人；"酒肉朋友"一起吃喝玩乐的人。

“四旧”一首

＊旧地重游乐，旧貌换新颜。
＊旧调重弹涩，乱入耳之端。
＊旧恨新仇怨，永远促心烦。
＊旧瓶装新酒，古法以表现。

【提示】

“旧地重游”重新来到曾居住或游览过的地方；“旧调重弹”比喻把陈旧的理论重新搬出来；“旧恨新仇”旧的怨恨，新的冤仇积累在一起；“旧瓶装新酒”比喻用旧的形式表现新的内容。

咎由自取

灾祸由自招，罪过咎由取。
事后方悔之，悔不该当去。
眼见有利益，心中多区区。
糊涂成财迷，妄自受人驱。

【提示】

咎：罪过，灾祸。指罪过、灾祸是由自己招来的，该由自己承担。由于受利益驱使，忘记法律而犯了罪，理当由自己负其责任。

“四救”一首

* 救火扬沸只治标，标本兼治乃为高。

* 救经引足力相反，尽力反而事更糟。

* 救死扶伤好品德，医德高尚得诏告。

* 救亡图存赴国难，保家卫国心昭昭。

【提示】

“救火扬沸”意思是只能治标，无暇治本；“救经引足”比喻方法错误，越做越坏；“救死扶伤”形容医务工作者全心全意地服务于患者；“救亡图存”当国家危难时，义不容辞地保家卫国。

“三就”一首

*就地取材行方便，因地制宜为其事。

*就实论虚据其理，深入了解重其实。

*就事论事不旁引，以事说事求其治。

不抓辫子不扣帽，以理服人方合适。

【提示】

“就地取材”在本地获取材料；“就实论虚”指具体事情具体对待，不牵扯其他；“就事论事”只就事情的本身而论，不涉及其他。

“四居”一首

＊居高临下占优势，发起攻势不可挡。
＊居功自傲目无人，自以天下一人当。
＊居功自恃倚凭仗，以仗功劳居人上。
＊居心叵测多阴险，处心积虑暗中伤。

【提示】

“居高临下”立足高处，俯视下边。形容不可阻挡；“居功自傲”自以为有功劳而骄傲自大；“居功自恃”自己有功就觉得有了倚仗，可以为所欲为；“居心叵测”存心险恶，不可推测。

局促不安

心中忐忑难安稳，行动拘束不放松。
低首下心人怯怯，欲言又止不由衷。
身为奴婢地位低，局促不安难守弦。
世上多有不公平，人中多分上下边。

【提示】

局促：拘束。形容拘束的样子。拘束亦是人的行为表现，其原因来自心理的压力。世间芸芸众生，各居其位，位高者居人上，位低者居人下。高者俯视低者，低者仰视高者，遂构成社会之人群矣。

举案齐眉

举案齐眉送茶饭，相敬如宾好夫妻。
青梅竹马同成长，结发夫妻相互依。
人间之事何其多，夫妻合美最珍惜。
今生携手共偕老，此乃天大好福气。

【提示】

案：古时托盘。汉代梁鸿的妻子给丈夫送饭时，总是把端饭的盘子举得高高的。后来用以形容夫妻相敬。

“四举”之一

* 举不胜举多得很，事例之多不可数。
* 举措失当遭损失，责任不强必将输。
* 举国上下同欢乐，高朋满座庆天舒。
* 举目无亲两眼黑，如何是好心无主。

【提示】

“举不胜举”形容很多，举不完；“举措失当”指措施不得当；“举国上下”指全国所有的人；“举目无亲”形容人地生疏。

“四举”之二

* 举例发凡归类别，归纳书法之类例。
* 举棋不定细斟酌，如何才能获其利。
* 举世闻名了不起，大名鼎鼎不可及。
* 举世无敌无对手，中国乒乓数第一。

【提示】

“举例发凡”将书法归纳为若干类别，加以说明；“举棋不定”比喻拿不定主意；“举世闻名”全世都知道，形容非常著名；“举世无敌”世界上没有能胜过的。

“四举”之三

*举世无双而独一，世上独有而稀奇。
*举世瞩目同向视，世人眼望多注意。
*举一反三善推论，触类旁通寻其迹。
*举足轻重关大局，思想策略为前提。

【提示】

“举世无双”全世界没有第二个。比喻稀有，很难找到；“举世瞩目”全世界的人都在注意着；“举一反三”形容善于类推，能触类旁通；“举足轻重”形容对全局有很大影响的举动。

拒谏饰非

拒谏饰非拙，忠言相与说。
昏聩难进言，只由随意作。
拒听别人话，以便掩其劣。
为民乃小可，为君国遭戳。

【提示】

谏：劝告，古时指规劝君主。据绝别人的劝告，掩饰自己的错误。所谓“兼听则明，偏听则暗”，凡事能善听别人劝告的人都会受益匪浅。反之，则多遭劫难。

具体而微

具体而微形，只差微小处。
再加细雕琢，即可成大著。
不可以懈怠，更要合其路。
精雕细刻艺，精彩即超卓。

【提示】

具体：各部分已大体具备；微：细小。意思是事物的各个组成部分大体都具备了，不过还应当精益求精，扩大规模，做到完美无缺。

“二据”一首

*据理力争不放松，不达目的不罢休。
有理不怕鬼神冲，以理服人得其求。
*据为己有乃贪婪，以权谋私多作秀。
狐狸尾巴无处藏，迟早落网成遗臭。

【提示】

“据理力争”根据正确的道理，尽力争辩；“据为己有”把公共的或别人的东西拿来当作自己的。

“四聚”一首

* 聚精会神听，用心为其作。

* 聚沙成塔起，积少累成多。

* 聚讼纷纭乱，纷争日渐拙。

* 聚蚊成雷声，众口而纷说。

【提示】

“聚精会神”形容注意力集中；“聚沙成塔”比喻积少成多；“聚讼纷纭”大家乱哄哄地争辩着，没有一致的看法；“聚蚊成雷”比喻众口喧嚣。

涓滴归公

不因小善而不为，不因小恶而为事。
君子生财自有道，不图小利坏于世。
小人生财多行盗，盗者贪婪遭法治。
涓滴归公乃公理，不可贪之为己之。

【提示】

涓滴：小水点，比喻极小或极少的东西。非所得的财物，虽然极少极微小，都要上缴，自己决不侵占。

卷土重来

卷土重来势更猛，严阵以待再较量。
沙场之上号角响，重整旗鼓另开仗。
一场恶战动天地，血流成河各其伤。
屈子名著即《国殇》，泣鬼惊神世无双。

【提示】

形容失败后再集中所有的力量反扑过来。屈原曾作离骚《国殇》，对战场描绘得绘声绘色，十分真切生动。

决一雌雄

两军相对峙，以待决胜负。
各以守阵脚，不得轻易出。
一旦发冲锋，擂鼓以震助。
决一雌雄战，输赢两不足。

【提示】

指较量一下胜败高低。决定性的一仗，以判定胜败。世界战争史上有很多这样的战例。譬如滑铁卢战役、楚汉相争的垓下之战、三国时期的赤壁之战、东晋时的淝水之战等。

“四绝”一首

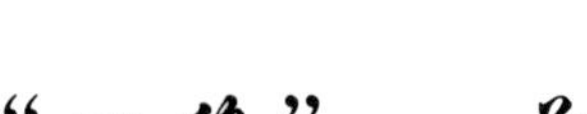

＊绝处逢生心中喜，天上保佑心沉稳。
＊绝口不道无言语，徐庶曹营闭方寸。
＊绝少分甘待人厚，心地善良爱心纯。
＊绝无仅有只一桩，尧舜禹汤性犹存。

【提示】

“绝处逢生”指在毫无出路的情况下，又遇到生路；“绝口不道”闭口不谈；“绝少分甘”指自己刻苦，待人厚道；“绝无仅有”形容极其少有。

酒龙诗虎

酒诗魂相牵，酒激诗飞溅。
美酿合妙品，雅韵合珠联。
酒龙和诗虎，美酒和诗仙。
酒助诗兴生，出语惊破天。

【提示】

诗与酒文化是构成中华传统文化的重要内容之一。比喻嗜酒善饮、才高能诗的人。语出宋·葛长庚《贺新郎·别鹤林》词：“来此人间不知岁，仍是酒龙诗虎。”

酒病花愁

日月天行健，混沌七窍生。
爱憎若失度，物极必反动。
儒经与道经，酒病花愁释。
心若守静笃，人生必光明。

【提示】

酒病花愁，指因贪恋酒色而引起的烦愁。语出元·乔吉《扬州梦》第二折：“小官只为酒病花愁，何日是好也呵。”

开卷有益

开卷有益得知识，应读何书自甄别。
好书受益于终身，烂书误人促心邪。
书中自有黄金屋，增进知识与德学。
爱书犹如爱自我，书为船儿求相协。

【提示】

卷：指书；开卷：打开书本，指读书。读书是获得知识的最好途径。爱读书、读好书必受益匪浅。语出宋·王辟之《渑水燕谈录》。

开天辟地

天地混沌气不清，清则成天混成地。
自从盘古开天地，人类方可著成历。
盘古是为远古者，开天辟地非人力。
假借神话枉自说，自然之谜需后记。

【提示】

古代传说盘古氏开天辟地，才开了人类的历史。后来表示以前从未有过、有史以来第一次。语出明·黄周星《补张灵崔莹合传》。

咳唾成珠

势家多所宜，咳唾成珠出。
挥袂出风云，随风成特殊。
文辞尽优美，议论理高著。
言谈恰精当，唾沫即成书。

【提示】

咳唾：咳嗽吐唾沫，比喻谈吐、议论。吐词发论成为珠玉。比喻议论高明，言谈精当。语出《后汉书· 赵壹传·刺世疾邪赋》。

看朱成碧

眼花缭乱难分辨，错将赤朱看绿青。
心躁必使眼失误，朱碧不分心不明。
弄弦拂柱与君欢，心乱物色视不清。
心中忐忑指不灵，乐不成律汗水生。

【提示】

朱：红色；碧：青绿色。将红的看成绿的。形容心乱眼花，分不清颜色。语出梁·王僧孺《夜愁示诸宾》诗。

抗尘走俗

焚芰制而裂荷衣，抗尘走俗庸俗状。
热衷名利苦钻营，一旦得手必莽撞。
秋山寒林居野渡，悠然自得灞桥上。
三峡闻猿声声吼，自然风光抗尘霜。

【提示】

抗：高举，引申为表现；尘：尘世；走：奔走。表现出庸俗的仪容，奔走于尘俗之中。语出南朝·齐·孔稚圭《北山移文》。

刻骨铭心

刻骨铭心记忆深，感恩之情记心田。
父母养育恩如山，含辛茹苦自承担。
可怜天下父母心，生儿育女不畏艰。
人间真情数得清，唯有母爱超其天。

【提示】

铭：把文字刻在石头上或金属器物上，形容记忆深刻，永远不忘。多用于对别人的感激。语出明·李开先《林冲宝剑记》。

刻舟求剑

刻舟求剑好寓言，淋漓尽致说愚顽。
不顾其舟行于水，枉刻记号欲寻剑。
此说言之舟行驶，刻得记号不呈愿。
舟若静停于水中，如此之举尚可言。

【提示】

比喻拘泥固执，不知变化。凡事皆具其理，谬之而不得。变化乃不尽，守旧、拘泥、固执、迂腐都会造成事与愿违的后果。语出《吕氏春秋·察今》。

口耳之学

耳闻即过不入心，口言之学授不甚。
听而不闻视不见，得否并非怨授人。
小儿之学入其耳，出其口而不知云。
学而不厌教不诲，口耳之学在于勤。

【提示】

耳朵听进去后，只挂在嘴边说说，而自己全无受益的学问。后也指从道听途说中知道的片断知识。语出《荀子·劝学》。

口若悬河

口若悬河不可收，滔滔不绝尽胡说。
能言并非在悬河，言辞犀利语不多。
能言善辩在于理，理直言简意赅和。
胡言乱语枉自侃，听者如坠浑水河。

【提示】

说话滔滔不绝，像河水倾泻下来一样。形容能言善辩。语出南朝·宋·刘义庆《世说新语·赏誉》。

口诵心惟

朗读心神须专一，口诵心惟思其理。
吟咏诗文重其义，意义哲理相通息。
背诵古句不偏颇，诗中寓意诗外及。
反复斟酌得其句，理通自然辞华丽。

【提示】

诵：朗读；惟：思考。既一面读着，一面想它的意义和道理。语出唐·韩愈《昌黎先生集·上襄阳于相公书》。

扣盘扪烛

生而眇者不识日，问于目者说铜盘。
眇者无珠不见物，何以扣盘声可然。
另有告之如烛光，眇者奈何见其颜。
所问所答无要领，盘烛喻日不着边。

【提示】

扣：敲击；扪：抚摸。比喻认识片面，不正确。也比喻教者所言不分对象，教条行事。语出宋·苏轼《日喻》。

枯树生花

枯木逢春老还童，老来得子人生喜。
枯杨生梯创奇迹，人老珠黄仍可寄。
自然循环守其律，春夏秋冬排成序。
枯树生花虽个例，老来生子亦不奇。

【提示】

比喻重新获得生机。返老还童，枯树复发，其现象虽有却难逢。语出宋·李石《续博物志》。

苦心孤诣

学无止境勤奋求，学海无涯苦作舟。
苦心孤诣力钻研，终得老天报以酬。
一分辛苦一分获，日积月累成气候。
知识山上放眼望，视野开阔悟得透。

【提示】

苦心：刻苦地用心；孤诣：别人所达不到的境地。指煞费苦心地钻研，到了别人难以达到的程度。语出清·翁方纲《复初斋文集·格调论下》。

脍炙人口

脍炙人口好诗文，吟诵胜过饮美酒。
神清气爽起身舞，溪声山色任自由。
诗理如同哲理深，寓意如同天长久。
理清意深神恍惚，宛若飘忽游神州。

【提示】

脍：细切的肉；炙：烤肉。比喻人人赞美和传诵（多指诗文）。语出五代·王定保《唐摭言》。

昆山玉片

昆山出美玉，桂林出荔枝。
贤良治天下，昆山玉片值。
杰出众之美，谦恭齐备之。
何期知相遇，不约而相识。

【提示】

昆山：昆仑山。昆仑山许多玉石中的一块。本是表示谦逊，后转用以比喻众美中之杰出者。语出《晋书·郤诜传》。

困知勉行

求知需要静其心，修德需要励自强。
自强自励勤于功，成功必须靠思想。
玉不琢而不成器，剑不砥而不闪光。
有志方可事业成，困知勉行后开放。

【提示】

人的知识必须克服困难、努力学习才可获得；人的品德必须勉励与强制自己去实践才能成功。语出《礼记·中庸》。

“二开”一首

* 开诚布公心无私，态度诚恳而坦率。
见解深刻亦适用，揭示事物知盛衰。
* 开诚相见心坦白，胸怀坦荡俱敞开。
揭示诚意无虚假，心意真诚谦为怀。

【提示】

“开诚布公”揭示内心的想法，提出公证的见解。形容发表或交换意见时态度诚恳，坦白无私，真诚坦率地谈出自己的看法；“开诚相见”形容对人心地坦白，让对方看到自己的真实心意。

“四开”之一

* 开路先锋打头阵，出师居前兵强悍。
* 开门见山奔主题，闲话少说直言殚。
* 开门揖盗自招祸，打开房门利贼钻。
* 开山祖师创始人，自说宗派为其先。

【提示】

“开路先锋”打仗时的先头部队，也指集体行动的先遣人员或企业发展的先决条件；“开门见山”比喻说话、写文章一开头就谈主题，不绕弯子；“开门揖盗”比喻引进坏人，自招祸患；“开山祖师”原指和尚开创寺院，后借指某项事业的创始人。

“四开”之二

* 开台锣鼓好热闹，工作开始先号召。

* 开物成务通其理，按理行事皆可昭。

* 开源节流增收入，节约开支有新招。

* 开云见日迎光明，消除误会重和好。

【提示】

“开台锣鼓”比喻工作或运动的开头；“开物成务”指通晓万物之理，按理办事，得到成功；“开源节流”比喻经济上增加收入，节省开支；“开云见日”比喻送走黑暗迎来光明，也指误会消除。

侃侃而谈

侃侃而谈不慌忙，从容不迫说短长。
说话温文尔雅状，言语之中藏锋芒。
原则问题不让步，据理力争不相让。
谈判桌上如战场，唇枪舌剑相对抗。

【提示】

侃侃：从容不迫的样子。不慌不忙地谈话。说话不但是为了表达心意，而且是一种艺术表现，更是思维能力的具体体现。语言有时会发挥出远比刀枪更强大的作用。所以民谚有“好汉出在嘴上，好马出在腿上”一说。

“二看”一首

*看风使舵以应变，相机行事以灵便。
依其情况而谋划，手段灵活而多变。
*看人眉睫行其事，随声附和重于站。
为人之仆随主用，主仆关系不敢乱。

【提示】

“看风使舵”比喻相机行事，随机应变，灵活处事；“看人眉睫”看人脸色的意思。多用于因为不平等的人际关系而形成的现状。

慷慨激昂

精神振奋多激动，言语激昂声铿锵。
义愤填膺情亢奋，号召鼓动要自强。
宣传革命之道理，反抗腐朽之朝纲。
反帝反封建有理，慷慨激昂气昂扬。

【提示】

慷慨：情绪激动；激昂：振奋。形容充满革命志气，精神振奋，不怕艰难困苦，不怕流血牺牲，一心一意为理想奋斗。

苛捐杂税

苛捐杂税猛如虎，黎民百姓受其苦。
一年辛苦白受累，落得穷困守空屋。
封建剥削忒残酷，榨取民膏无其数。
三吏横行而霸道，劳苦大众心愤怒。

【提示】

苛：苛刻，细碎。指旧时强行征收的苛刻、繁多的捐税。

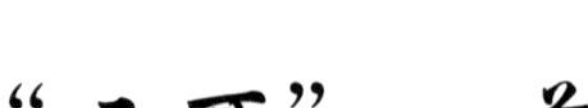

“二可”一首

* 可乘之机立即做，稍纵即逝难再来。
抓住机会靠智慧，获得成就靠胸怀。
* 可歌可泣受感动，事迹英勇受崇拜。
为保群众而献身，功垂千古勇士哉！

【提示】

“可乘之机”可以利用的机会；“可歌可泣”值得人们歌颂赞美，使人感动流泪。形容英雄事迹的悲壮，感人至深。

“四克”一首

* 克敌制胜获其功，班师回朝受尊敬。
* 克己奉公好思想，发扬光大为大众。
* 克尽厥职尽其责，克尽职守责任重。
* 克勤克俭好习惯，勤奋俭朴好作风。

【提示】

“克敌制胜”打败敌人，取得胜利；“克己奉公”指要求自己严格，一心一意为集体；“克尽厥职”能够忠于职守，做好自己的工作；“克勤克俭”能勤能俭。既勤劳，又节约。

“四刻”一首

* 刻不容缓莫迟疑，形势紧迫立刻动。
* 刻鹄类鹜以相劝，实事求是以为重。
* 刻画无盐丑当美，不伦不类何其能？
* 刻肌刻骨感受深，刻骨铭心至终生。

【提示】

“刻不容缓”意思是一刻也不能拖延；“刻鹄类鹜”劝诫好高骛远的人；“刻画无盐”：无盐：古代丑女之名。比喻以丑比美，引喻比拟得不恰当；“刻肌刻骨”形容感受深切。

恪守不渝

恪守不渝做，决心不改变。
坚持不懈怠，终将得完全。
无论为何事，皆应要瞻前。
凡事开头难，不渝乃为先。

【提示】

恪：谨慎，恭敬；渝：改变。严格遵守，决不改变。只要看准方向，下定决心去做，不怕困难，不怕失败，坚持不懈地做下去，最终必将获得成功。

肯堂肯构

肯堂即奠基，肯构即架梁。
修堂构建屋，基构为重量。
前辈费辛苦，做成事兴旺。
子承父之业，肯堂肯构强。

【提示】

堂：立堂基；构：架屋。比喻儿子能继承父业，代代相传做下去。这是中国传统文化理念的具体体现，也是值得继承发扬的奋斗精神。

空洞无物

空洞无物缺内容，言之无物理不通。
昔有王导周伯仁，二人相与以对应。
王指周腹存何物？然容卿辈数百众。
如此对答匪夷思，其理寓在言语中。

【提示】

即空虚，没有东西。《世说新语》：“王丞相枕周伯仁膝，指其腹曰：‘卿此中何所有？’答曰：‘此中空洞无物，然容卿辈数百人。’”

“四空”之一

＊空谷足音实难得，事物难寻亦难获。
＊空空如也无人烟，空旷无物难存活。
＊空谷传声听回音，相应对答两山壑。
＊空前绝后独无二，前无古人后来者。

【提示】

“空谷足音”在空山谷里听到人的脚步声，形容极其难得的音信或事物；“空空如也”原来指很诚恳的样子，后用以形容一无所有；“空谷传声”人在山谷里发出声音，立刻听到回声；“空前绝后”以前不曾有过，以后也未必能有，形容独一无二。

“四空”之二

＊空室清野无一物，促使敌人不得物。

＊空头支票如白说，不可实现之事务。

＊空穴来风不可信，无根无据如飘雾。

＊空中楼阁即虚构，海市蜃楼无觅处。

【提示】

“空室清野”把一切有的东西都藏起来；“空头支票”比喻不能实现的诺言；“空穴来风”比喻流言乘隙而入；“空中楼阁”比喻脱离实际的理论或虚构的事物。

孔武有力

羔裘豹饰服，孔武有力威。
沙场逞英武，建功立业恢。
世人皆称颂，谦虚谨慎遂。
一代人之杰，名垂青史册。

【提示】

孔：甚，很。威武而有力量。形容人很有勇力，威风凛凛。大多用于形容武士的精神面貌。语出《诗经·郑风·高裘》。

口碑载道

劝君莫为镌石碑，路上行人成口碑。
鞠躬尽瘁死后已，留得美名千古垂。
生为天下尽其力，终为天下所祭追。
功高盖世妇孺知，口碑载道最可贵！

【提示】

口碑：比喻群众口头称颂像文字刻在碑上一样，路上都是称颂的声音。这是难得的最高荣誉，只要心中始终装着人民，就会受到人民的爱戴。这也是人生价值最高境界的具体体现。

“二口”一首

*口角春风说好话，意为称赞被人夸。
古代任为春风惠，万物复苏发新芽。
*口口声声常叨咕，如同念经闹喳喳。
有事该当照直说，免得搅扰别人家。

【提示】

“口角春风”：口角：嘴边；春风：能使万物生长的和风。比喻替别人说好话，也用于称赞替别人说好话的人。说好话不在于形式而在于内容，只要内容有利于事，都应受到称赞；“口口声声”形容一次一次地说，或经常说。

“四口”之一

＊口蜜腹剑心狠毒，阴险狡诈多变术。
＊口尚乳臭多轻视，不顾实际妄自述。
＊口是心非不合衷，口与心者不同步。
＊口说无凭即无效，人证物证事乃足。

【提示】

“口蜜腹剑”比喻嘴上尽说好听的话，心里却极其阴险狠毒；“口尚乳臭”表示对年轻人的轻视，认为年轻人少阅历而看不起；“口是心非”嘴上说一套，心里想的又是一套。指心与嘴不一致；“口说无凭”指单凭口说，不足为据。法律最重证据，主要依人证或物证来认定事实。

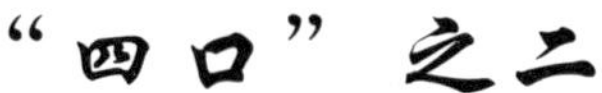

* 口诛笔伐以揭发，坏人坏事皆被抓。

* 口血未干结同盟，违约毁誉废其辖。

* 口惠而实不至世，空头支票能顶啥。

* 口燥唇干话太多，说得满嘴成疮花。

【提示】

“口诛笔伐”对坏人坏事进行口头和书面的揭发、批判；“口血未干”定约不久就违背盟约。多用于责备背约；“口惠而实不至”只在口头上许给别人以好处，而实际上却到不了别人身上；“口燥唇干”嘴唇和口腔都干燥，甚至起了水泡。形容说话太多。

“三枯”一首

*枯木逢春得复苏，返老还童常青树。
*枯木朽株喻老衰，老弱多病如枯木。
*枯杨生梯发新芽，老来生子乃特殊。
花开花落皆有律，此乃人生独一处。

【提示】

“枯木逢春”枯树遇上春天，又恢复了生命力。比喻垂危的病人或濒于绝境的事物又得到挽救；“枯木朽株”比喻老人、病人或衰弱的力量；“枯杨生梯”枯萎的杨树又长出芽。旧时比喻老夫娶少妻或老年生贵子。

“四苦”一首

＊苦尽甘来多欣慰，终于盼来好事情。
＊苦口婆心以劝告，用尽心思促事成。
＊苦思冥想而不得，深入调查方悟清。
＊苦中作乐忙偷闲，求得放松再求赢。

【提示】

“苦尽甘来”比喻苦日子结束了，好日子来了；“苦口婆心”形容怀着好心再三诚恳地劝告；“苦思冥想”比喻绞尽脑汁，深沉地思索。现在也指不做调查研究、关起门来凭主观想象考虑问题的方法；“苦中作乐”在困苦中寻欢作乐，以求得暂时的轻松。

“四夸”一首

* 夸大其词言不周，过分夸张反失真。
* 夸多斗靡多无聊，浮夸荣耀自伤身。
* 夸父追日不量力，自作自受神不亲。
* 夸夸其谈以胡说，张冠李戴谬其因。

【提示】

“夸大其词”指说话、写文章时用语夸张，不切实际；“夸多斗靡”原指以篇幅多、辞藻华丽为美的不正文风，后形容官僚、富豪以奢侈为荣而互相比赛；“夸父追日”这是中国古代的一则神话故事，夸父是神话中主人公的名字，比喻古代人想征服自然的决心，也用以指不自量力；“夸夸其谈”指说话或写文章时滔滔不绝地胡说一通。

“三快”一首

*快刀斩乱麻，做事亦干脆。
*快马加鞭赶，四郎奔家门。
*快人快语直，爽朗无隐晦。
心地多善良，为人处世恢。

【提示】

“快刀斩乱麻”比喻做事干脆，抓住要害，很快就能够解决难题；“快马加鞭”所骑的马本来就跑得很快，再加上几鞭子，促使马跑得更快；“快人快语”形容人性格直爽，痛快做事，说话不拐弯抹角，有啥说啥。

“四宽”一首

＊宽打窄用事有余，计划周到没问题。
＊宽大为怀守中正，对人对事皆适宜。
＊宽宏大量修养深，为人处世心不移。
＊宽猛相济互补充，因势利导以求吉。

【提示】

“宽打窄用”指用得少，计划或准备得多，以防不时之需；“宽大为怀”即抱着宽大的心情对待犯错误的人或处理案情；“宽宏大量”形容修养深厚、度量大、能容人的处世态度；“宽猛相济”指处理事情时，本着既宽厚又严厉的方法行事。

“三狂”一首

*狂风暴雨作，惊醒梦中人。
*狂风恶浪险，惊涛骇浪涌。
*狂奴故态狎，光武笑其身。
原本一狂夫，若何枉自申？

【提示】

“狂风暴雨”原来形容大风暴雨。后来用于形容声势猛烈或险恶的处境；“狂风恶浪”比喻惊险的遭遇；“狂奴故态”这是一个典故，指旧时所谓狂士的脾气。

“二岿”一首

* 岿然不动如高山，高大坚固不可撼。
任凭风雨之摧残，我自岿然处其间。
* 岿然独存历沧桑，得以保存至今天。
高峻独立呈巍峨，历经岁月性犹坚。

【提示】

“岿然不动”像高山一样挺立着一动不动。形容高大、坚固，不可动摇；“岿然独存”形容经过时间的考验而唯一保存下来的事物。

揆情度理

揆情度理测，情理以估计。
凡事在其理，以揆可推及。
诸理皆有度，不可妄自兮。
若按情理作，即可得其吉。

【提示】

揆、度：估计，推测。按照情理来估计、推测。凡事都有理可循，无论大事或小事都有其道理。情则是心之声，天性的具体表现。情理即是事物存在的理性与感性有机结合的结果。如果抓住这个节点处理事物，就容易推测出事物的本质属性。因此“揆情度理”这个成语具有很深刻的哲理性。

劳燕分飞

东飞伯劳西飞燕，黄姑织女时相见。
劳燕分飞各东西，千山万水两相牵。
多情自古伤别离，天各一方受熬煎。
牛郎织女七月七，喜鹊搭桥会桥间。

【提示】

劳：伯劳鸟。牛郎织女天各一方，只在每年的阴历七月初七这天，在喜鹊为之搭桥后方可见上一面。比喻离别。语出《东飞伯劳歌》。

老骥伏枥

老马在厩志不移，伏槽就饲心千里。
有志不在年老少，壮心不已事可期。
人不服老志如昔，今非昔比奈何依。
终有廉颇老黄忠，老骥伏枥在心寄。

【提示】

骥：好马；枥：马槽，也指马厩；伏枥：指就着马槽吃食。意思是老了的好马，虽然伏处马房中，却还想跑千里的远路。比喻人虽然老了，但仍有雄心壮志。语出曹操《魏武帝集·步出夏门行》。

雷霆万钧

雷霆之所击，无不毁成灰。
雷霆万钧力，惊天动地飞。
雷打若不动，是为不可摧。
丈夫行于世，任凭狂风吹。

【提示】

雷霆：霹雳；钧：古代重量单位，约合当时的三十斤。形容威力很大，无法阻挡。语出汉·贾山《至言》。

累卵之危

欲徒万乘以自安，将伏累卵之势危。
更有峥嵘冒其险，累祸之事堪可为。
处世首当思其变，累卵之危当思维。
一朝不慎悔不及，岌岌可危势难回。

【提示】

堆起来的蛋很危险，易滚落下来打碎。比喻危险之极。语出《后汉书·陈是传》。

李代桃僵

桃生露井得其旺，李生桃旁茂亦壮。
虫来啃啮桃树根，李代桃僵乃高尚。
树木以身护其外，兄弟之情何以伤。
一奶同胞相煎急，只为小利致心盲。

【提示】

僵：干枯。本来是用桃李共患难来比喻兄弟相爱相助。后转用以比喻互相顶替或代人受过。语出古乐府《鸡鸣》。

立地书橱

行千里读万卷书，学问渊博有才华。
诗文来自腹中稿，出口成章笔生花。
立地被称大书橱，胸中藏宝不喧哗。
博古通今见识广，才学出众自成家。

【提示】

两脚站着的书橱，即活动书橱。比喻人读书多，学识广博。语出《宋史·吴时传》。

立锥之地

人生天地各自位，天高地广任其行。
然而人为始作俑，求其锥地亦难成。
普天之下皆王土，区区之地为民生。
田贫地薄收获少，辛苦劳作进御供。

【提示】

立锥：插锥子。插锥子的地方，形容极小的空间。语出《史记·留侯世家》。

利令智昏

人之悲哀莫过昏，人之祸端莫过贪。
昏聩势必智不清，因趋利而智成瘫。
利令智昏心黑暗，因小失大理当然。
赵国长平损折将，邯郸几亡因智浅。

【提示】

利：金钱，利益；令：使；智：理智；昏：神志不清，糊涂。形容因贪利而失去了理智，不辨是非。语出《史记·平原君虞卿列传》。

两袖清风

两袖清风人潇洒，心里自在而无忧。
为官清廉重民意，不惧逆风行自由。
人为财死鸟食亡，生财有道应所有。
人品高尚不贪索，秉公为事不私求。

【提示】

旧时称誉官吏廉洁，意思是说，除两袖清风之外，别无所有。语出明·于谦《入京》诗。

量入为出

家值万贯亦精算，五谷丰登亦量出。
治家如同治国理，集财细致散财粗。
量入为出心有数，计较并非吝啬俗。
济贫扶弱真君子，该出手时不打怵。

【提示】

根据收入的情形来定开支的限度，避免因缺乏计算而造成入不敷出。精打细算并非吝啬之俗气。倘若济贫扶弱，该花的便立即付出。语出《礼记·王制》。

寥若晨星

寥若晨星数无几，言之其量并不多。
黄衣道士在讲座，听者寥寥仍自若。
听者虽少皆真徒，免于滥竽枉充坐。
听经需得心意诚，心不在焉为何做？

【提示】

寥：稀疏。稀稀拉拉地就像早晨的星星一样。比喻为数很少。语出唐·韩愈《昌黎先生集·华山女》诗。

烈火见真金

真金不怕烈火烧，真人不怕他人笑。
是铁是钢需锤炼，俗是俗非自有道。
疾风之中知劲草，落叶风中轻飘飘。
真金火中不屈挠，人品高尚乜嘲笑。

【提示】

见：显现出。比喻在关键时刻最能验人。所谓疾风知劲草，真金不怕火。

临渊羡鱼

临渊羡鱼不可得，结网而渔可得鲜。
只作空想无行动，无异羡鱼两手闲。
临深惧而不敢闯，老守田园坐望天。
少壮不为待何时，时过境迁悔亦晚。

【提示】

渊：深潭；羡：希望得到。意思是在河边或深潭边上看到鱼，只是希望得到鱼，而不动手捕鱼。比喻只空想，不做实际工作。语出《淮南子·说林训》。

麟凤龟龙

麟凤龟龙称四灵，吉祥瑞气之象征。
四灵谓之性高贵，神乎其神名分正。
德高望重人气旺，才华过人而自重。
修得一生正气身，源于自律德崇兴。

【提示】

麟：麒麟，古代传说中的灵兽；凤：凤凰，古代传说中的鸟王；龟：指古代传说中的神龟；龙：古代传说能升天布雨有鳞有须的神异动物。这四种动物都象征着吉祥，其中只有龟是现实存在的动物，其他三种都是臆造的。语出《礼记·礼运》。

麟角凤嘴

灵兽麒麟贵之角，鸟王凤凰觜高贵。
凤觜麟角合成膏，子虚乌有乱附会。
麟角凤嘴世无存，单凭臆造作祥瑞。
古来奇事传说多，捕风捉影实却非。

【提示】

指稀罕而名贵的东西。语出唐·杜甫《病后遇王倚饮赠歌》。

流芳百世

臭世之徒虽不多，一旦发酵殃及命。
人留芳名世代传，雁过留声人留名。
人生于世多坎坷，坎坷之中心清明。
言行若能自操守，流芳百世荣誉兴。

【提示】

流：流传；芳：香，比喻美名。好名誉永远流传于世上。语出南朝·宋·刘义庆《世说新语·尤悔》。

流言蜚语

恶人常以诽中伤，诬陷离间搅浑水。
善窥他人之缝隙，见缝下蛆即张嘴。
流言乃是小人语，似如暗箭伤骨髓。
君子坦荡言行正，嗤之以鼻不怕毁。

【提示】

毫无根据的话；多指背后议论、诬蔑或挑拨离间的坏话。语出《史记·魏其武安侯列传》。

龙蟠凤逸

所谓龙凤皆无实，只就虚名供欣赏。
四朝忧国鬓如霜，只为君侯嫁衣裳。
人才用尽施于政，确保乾坤一个桩。
龙蟠凤逸无所用，以保自家得安详。

【提示】

比喻怀才不遇。“所以龙蟠凤逸之士，皆欲收名定价于君侯。”语出唐·李白《与韩荆州书》。

漏泄春光

春光无限何以泄，天沐人间各得期。
不觉春光无艰好，只缘心中不安憩。
侵陵雪色还萱草，春光现出怨柳稀。
两人之上无秘密，你知我知互为戏。

【提示】

春光：春天的风光景色。原指透露春天来临的消息。后比喻秘密传递消息，也比喻泄露秘密。语出唐·杜甫《腊日》诗。

炉火纯青

道家炼丹重火候，火势盈亏丹不成。
烧制陶瓷即同理，不得要领难成形。
炉火纯青继而高，此时炉温达高峰。
纯青导致器可成，技术学问理相同。

【提示】

纯青：炉火的温度达到最高点，火焰由红色转为青色。本指道家炼丹时的火候。后比喻技术或学问达到成熟、完美的境界。

鸾翔凤翥

胡涂乱抹不成画，胡编滥造不成著。
有法不依何道理，有章不遵奈何出。
鸾翔凤翥众仙下，珊瑚交织碧玉树。
功夫精到达纯青，龙飞凤舞皆成书。

【提示】

比喻书法笔势飞动的状态。书至纯青由心挥，看似无法乃法真。心清法规手相应，神笔飞花成丹青。语出唐·韩愈《石鼓歌》。

落花流水

落花流水无踪影，水落石出现其形。
残春挨得昔春叹，步出小巷信步行。
兰浦苍苍春欲暮，花落春去两相应。
天时自有其规律，人时却是各不同。

【提示】

落下的花被水冲走。原来形容残春的景象。现在形容残败零落，或比喻敌人被打得大败。语出唐·李群玉《奉和张舍人送秦炼师归岑公山》诗。

落井下石

人逢难时盼求救，兽陷网坑哀号鸣。
灾祸降至何其悲，救苦救难乃常情。
饥时款之一碗粥，胜过饱后一美羹。
见死不救枉做人，落井下石灵魂崩。

【提示】

有人掉进井里，不施以搭救，反而向井里扔石头。比喻乘人危急的时候，加以陷害。语出唐·韩愈《昌黎先生集·柳宗元墓志铭》。

绿叶成荫

杜牧游历湖州时，偶遇幼女质天真。
后为湖州刺史官，再遇当年倩女问。
得其身世方知晓，女称嫁后生子亲。
狂风落尽深红装，绿叶成荫自然性。

【提示】

此成语用来指女子出嫁生有子女。语出《唐诗纪事》。

“二来”一首

* 来龙去脉山之形，由首至尾似条龙。
事物相互之关联，前因后果可归拢。
* 来去分明之为人，光明磊落贯终生。
做人无论穷与富，安得适应阴与晴。

【提示】

“来龙去脉”原来是迷信的说法，把相连的山说成是一条龙，其实就是山脉。现在指一件事情前后关联的线索，也指事情的前因后果；“来去分明”形容做人的品性光明磊落、堂堂正正。

“四来”一首

* 来日方长以相劝，应该着眼于未来。

* 来者不拒以接受，和盘俱收不拒哉。

* 来者不善善不来，不怀好意欲耍赖。

* 来之不易如至宝，格外珍惜置于怀。

【提示】

“来日方长”意为将来的日子还长着呢，现在用作不抓紧时间的借口。另有展望未来的意思；“来者不拒”对于来的一概不拒绝；“来者不善，善者不来”强调来人不怀好意，要提高警惕；“来之不易”表示事情做成不容易。

“四兰”一首

* 兰艾同焚齐被毁，不分好坏同遭残。
* 兰摧玉折哀悼辞，祭祀贤人英逝年。
* 兰薰桂馥呈昌盛，子孙后代多成贤。
* 兰因絮果两分离，夫妻无终不相伴。

【提示】

“兰艾同焚”比喻不分好坏同归于尽；“兰摧玉折”旧时比喻贤人夭折，多用于哀悼某人不幸早亡；“兰薰桂馥”比喻恩惠长留，永久不衰；“兰因絮果”比喻夫妻离散的结局。

蓝田生玉

蓝田出美玉，质优无瑕疵。
精工琢成器，价格获其值。
人生如蓝田，盼望生贵子。
贤父之后生，蓝田生玉之。

【提示】

蓝田山以出产美玉而著称。以此比喻具有贤德的父母所生的子女也会承继其父母的好品德，成为贤者。

滥竽充数

滥竽因环境，具有可乘机。
一旦环境变，再充不可及。
蒙混难持久，只是一时昔。
如若做自谦，滥竽充数之。

【提示】

滥：与真实不符，引申为蒙混的意思；竽：一种古代的簧管乐器；充数：凑数。这个成语来自一则古代小故事，讲述主人公南郭处士的蒙混行为。比喻没有本领的人混进来，有时也表示自谦。

“四狼”之一

＊狼狈不堪多败迹，处境窘迫难守弦。
＊狼狈为奸互勾结，为非作歹坏人寰。
＊狼奔豕突以作乱，烧杀抢掠闹翻天。
＊狼吞虎咽以进食，又猛又急以进餐。

【提示】

“狼狈不堪”形容处境困难、窘迫的样子；“狼狈为奸”比喻坏人互相勾结干坏事；“狼奔豕突”比喻坏人到处乱闯，任意破坏；“狼吞虎咽”形容吃东西又猛又急的样子。

“四狼”之二

＊狼心狗肺无人性，凶恶狠毒亦贪婪。
＊狼烟四起战频繁，百姓受苦遭涂炭。
＊狼子野心乃本性，天生之性难遮掩。
＊狼不横草多警惕，狡猾谨慎为安全。

【提示】

“狼心狗肺”比喻心肠像狼和狗那样贪婪、狠毒、凶恶；“狼烟四起”形容到处都有战争或国内动荡不安的景象；“狼子野心”比喻凶恶残暴的人的狂妄欲望和狠毒用心；“狼不横草”传说狼性多疑，见横着的草不敢迈过，以防不测。

浪子回头

浪子回头酷，即是思觉悟。
如此之表现，可喜可贺乎。
人者为其事，时而犯错误。
只要能悔改，不论其当初。

【提示】

浪子：过去指不务正业、专事游荡的青年人。比喻做过坏事的人改过自新。俗话说："浪子回头，金不换。"道出了人们对犯过错误能悔过自新的人的肯定和祝贺。

“三劳”一首

* 劳而无功枉费力，付出不得其回报。
* 劳苦功高受尊敬，立下大功得诏告。
* 劳民伤财两不得，民众吃苦亦多劳。
事到头来两手空，不知如何才是好。

【提示】

“劳而无功”意思是花费了很多力气，又吃了很多苦，却没有功劳；“劳苦功高”出力又吃苦，立下大功劳，受到人们的尊敬；“劳民伤财”既使人民劳苦，又耗费钱财，造成得不偿失的结果。

牢不可破

城防多坚固，固若金汤池。
能攻亦能守，坚壁不可破。
伺机以突击，冲杀合其时。
一举获成功，完胜在奇袭。

【提示】

坚固得不可攻破。形容城池防御坚固，可攻可守。守则可防御敌人的攻势，攻则可抓住时机一举冲垮敌军，以获全胜。

“四老”之一

* 老蚌生珠尤为奇，年逾花甲又生子。
* 老成持重办事稳，老练成熟诚信之。
* 老当益壮精神旺，仍有干劲得其值。
* 老奸巨猾多计谋，奸诈扭曲心不直。

【提示】

“老蚌生珠”比喻老年得子；“老成持重”老成阅历丰富、老练做事、办事认真稳重并讲信誉的人；“老当益壮”形容虽然人老，但是干劲仍然很大；“老奸巨猾”指阅历深且手段极其奸诈狡猾的人。

“四老”之二

＊老马识途靠经验，人做工作靠心诚。

＊老谋深算多精细，办事干练促事成。

＊老牛破车慢腾腾，不慌不忙做事情。

＊老牛舐犊乃天性，爱子之心人兽同。

【提示】

“老马识途”比喻富于经验的人在工作中因熟悉情况，容易做好；“老谋深算”周密地计划，深远地打算，形容人办事干练，有经验；“老牛破车”形容人做事慢腾腾；“老牛舐犊”比喻疼爱子女。

“四老”之三

* 老气横秋无朝气，精神不振心不明。
* 老弱残兵不堪击，听到杀声立奔命。
* 老生常谈无新意，老调重弹不受听。
* 老态龙钟难行动，衰弱之体不经风。

【提示】

“老气横秋”形容人没有朝气；“老弱残兵”原指年老没有作战能力的士兵，现多比喻因年老体弱以及其他原因而工作能力较差的人；“老生常谈”老书生常讲的话，没有新意；“老态龙钟”人到老年，身体衰老的样子。

“四老”之四

* 老泪纵横境尴尬，怒上心头发威风。

* 老于世故多狡猾，小心谨慎以逢迎。

* 老妪能解即通俗，妇老听来皆能懂。

* 老鼠过街皆喊打，缘自此兽害人精。

【提示】

“老泪纵横”老人泪流满面，形容极度悲伤或激动；“老于世故”形容虽然富有处世经验，但大多用在防止别人侵害自己方面。因而多用于贬义；“老妪能解”比喻通俗易懂。据说唐代大诗人白居易常把新作先读给老妇人们听，若她们听不懂便修改得再通俗些；“老鼠过街人人喊打”，原因是这种动物祸害人，从而引起众怒。

“四乐”一首

* 乐不思蜀糊涂虫，贪图享乐而忘本。
* 乐此不疲多沉迷，不觉疲倦陷其身。
* 乐极生悲乃变故，物极必反哲理深。
* 乐天知命故不忧，此乃宿命之言论。

【提示】

“乐不思蜀”比喻因乐而忘返或因乐而忘本；“乐此不疲”对某一种事物产生兴趣，沉迷其中，不觉疲倦；“乐极生悲”这是中国哲学的核心概念，即“物极必反”现象的写照；“乐天知命”意思是顺应天道的安排，懂得生命的限度，就能无忧无虑。

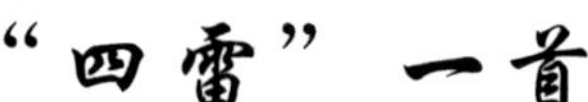

“四雷”一首

＊雷打不动意志坚，做事稳健行为端。
＊雷厉风行动作快，争分夺秒直向前。
＊雷声大而雨点稀，虚张声势枉作险。
＊雷霆万钧力量大，无坚不摧难安然。

【提示】

“雷打不动”形容意志坚定不可动摇或做事稳健；“雷厉风行”形容声势猛烈；“雷声大，雨点小”比喻虚张声势，只说不做或说得好听，做得很差；“雷霆万钧”形容威力极大，无法阻挡。

“二累”一首

*累牍连篇文辞繁，连篇冗长令人倦。
惟务贪多欠精妙，寸晷之下难呈现。
*累教不改忒顽固，如同顽石难以穿。
一而再三提其耳，如同操琴对牛弹。

【提示】

“累牍连篇”：累：重叠，堆积；牍：书版。形容文辞冗长，阅读起来费力又费工夫；“累教不改”指一再进行教育，仍然不悔改。之所以如此，其原因应从教者与被教者两个方面加以考虑。一是被教愚顽所致，二是教者是否存在教法不当所致。

“四冷”一首

* 冷嘲热讽语尖刻，尖锐辛辣厉以说。
* 冷若冰霜难接近，如同遇冷身哆嗦。
* 冷言冷语旁敲击，拐弯抹角难知所。
* 冷眼旁观以相觑，不动声色意为何？

【提示】

“冷嘲热讽”意思是用尖锐、辛辣的语言进行讥笑讽刺；“冷若冰霜”冷得像冰霜一样，形容人不热情或不温和，也比喻态度严厉，不可接近；“冷言冷语”从侧面或反面说含有讽刺意味的话；“冷眼旁观”用冷淡的态度在旁边瞧着。

“四离”一首

* 离经辨志断经书，分析经史斟酌句。

* 离经叛道辟新路，另起炉灶自作律。

* 离群索居独自做，不与他人相与居。

* 离心离德各异心，思想信念存差距。

【提示】

“离经辨志”指分析经史的章节，读断经书文句，明察圣贤去向；“离经叛道”指不遵守经书所说的道理，背离道统；“离群索居”离开同伴独自生活；“离心离德”形容各存心思，行动不一致。

犁庭扫闾

犁庭以种田，扫闾成废墟。
村庄被摧毁，彻底不留居。
百姓四处逃，从此不得取。
犁庭扫闾为，军阀之割据。

【提示】

庭：堂阶前，庭院；闾：里巷，里巷的门。意思是把庭院犁平，把村庄扫荡成废墟。比喻彻底摧毁对方。语出《汉书·匈奴传下》："固已犁其庭，扫其闾，郡县而置之。"

嫠不恤纬

不怕织布少其纱，只怕亡国毁其家。
寡妇原本多困苦，一旦无家更遭瞎。
日子困苦可努力，无家奈何得其扎。
嫠不恤纬怕亡国，但愿上天保佑她。

【提示】

嫠：寡妇；恤：忧虑；纬：纬纱，织布的横线。比喻忧国忧家。语出《左传·昭公二十四年》：“嫠不恤纬，而忧周之陨，为将及焉。”意思是寡妇不怕纬纱少，织不成布，只怕亡国。

“三礼”一首

*礼尚往来多，以此得相和。
*礼贤下士敬，尊重相以佐。
*礼轻情意重，不在多少货。
千里送鹅毛，情意却难得。

【提示】

“礼尚往来”在礼节上重视有来有往，以此促进感情的友好交流，增进情谊；“礼贤下士”敬重贤人，有礼貌地对待地位低的人；“礼轻情意重”俗话说“千里送鹅毛，礼轻人意重。”很确地道出了情的重要性。

“二里”一首

* 里通外国卖国贼，行为为人所不齿。
投靠外国成洋奴，甘心情愿当狗屎。
* 里应外合相呼应，共同举事易旗帜。
一举夺下衙门府，辛亥革命共和始。

【提示】

“里通外国”背叛祖国，投靠外国，阴谋颠覆国家政权的卖国贼行为；“里应外合”里面与外面同时发起攻势，形成内外夹击之势，以便获得胜利。

“三理”一首

*理屈词穷站不住，无话可说闭上口。
*理所当然该如此，道理层面紧相扣。
*理直气壮心不怯，据理以争言不诌。
有理可以行天下，无理则会骚其头。

【提示】

“理屈词穷”所谓的理由站不住脚，无话可说，无言以对；“理所当然”从道理上讲应该如此；“理直气壮”理由正确充分，说话的底气足、气势盛。

“四力”之一

* 力不从心难做成，鼓足力气再冲锋。

* 力不胜任能力差，提高能力以适应。

* 力尽筋疲无力气，身体乏力难支撑。

* 力排众议占上风，以求事业得新生。

【提示】

“力不从心”心里想做而力量不够；“力不胜任”能力担当不了或承受不住；“力尽筋疲”形容疲乏不堪，一点力气也没有了；“力排众议”竭力排除各种议论，使自己的意见能得到肯定。

“四力”之二

* 力所能及作承担，尽职尽责为其事。
* 力透纸背好书法，用笔遒劲成奇势。
* 力挽狂澜似砥柱，促成大业著于世。
* 力争上游争先进，克服困难得实际。

【提示】

“力所能及”在自己能力的范围内所能做到的；“力透纸背”形容书法遒劲有力，好像能穿透到纸的背面似的；“力挽狂澜”比喻尽力挽回险恶局势，以求获得全面胜利；“力争上游”比喻尽力争取先进再先进。

历历在目

历历在目事，分明眼可及。
今非以昔比，何其不惋惜。
岁月催人老，黄花耐霜兮。
待到重阳日，登高望远际。

【提示】

历历：清楚，分明。清清楚楚地出现在眼前。唐·杜甫《历历》诗："历历开元事，分明在眼前。"宋·陈善《扪虱新话·卷十二》："想其使酒坐骂，口语历历如在目前。"

“二厉”一首

* 厉兵秣马准备战，明日复战决雌雄。
磨刀集箭具以待，一场恶战必势凶。
* 厉行节约为事情，乃是治家好传统。
勤俭生活可持久，积少成多家国兴。

【提示】

“厉兵秣马”把兵器磨好，把马喂饱，搜乘补卒，振奋士气，做好一切战前准备，誓以迎接明天的大战；“厉行节约”节约是优良的传统，无论穷富都应当继承并发扬这个好传统。治家治国都应该遵循这个传统行事。

“三立”一首

* 立此存照以保存，以供查找为其凭。
* 立竿见影收效快，呼谷传声即可闻。
* 立于不败之地处，不畏强敌以保身。
善于征战懂兵法，运筹帷幄智谋深。

【提示】

“立此存照”旧时契约、照会等文书的习惯用语。立下这个档案作为以后查考的依据；“立竿见影”比喻收效迅速；“立于不败之地”使自己处在不会失败的地位。《孙子·军形》：“故善战者，立于不败之地，而不失敌之败也。”

“四利”一首

* 利出一孔国多物，以免滋生之腐败。
* 利市三倍获大利，此乃商家之精明。
* 利析秋毫以理财，发家致富好时代。
* 利欲熏心迷心窍，贪婪用心必遭灾。

【提示】

“利出一孔”指给予利禄赏赐只通过一条途径；“利市三倍”形容买卖获利极多；“利析秋毫”意思是分析利益所在，虽像秋毫那样细微的东西也没有错过，形容理财的精明；“利欲熏心”贪图名利的欲望迷住了心窍。

励精图治

撸起袖子干，依靠群策践。
目标定得准，思想亦超前。
计划多周密，行动不迟缓。
上下一条心，励精图治年。

【提示】

励：振作；图：谋取。振奋精神，想办法把国家治好。《汉书·魏相传》：“宣帝始亲万机，厉精为治。”

例行公事

例行公事旧官办，按其惯例老生谈。
旧鞋老路枉自走，即使夜黑亦不绊。
不顾实际照宣科，不顾效果只管念。
形式主意害匪浅，误国误民两不端。

【提示】

旧时官府中按照惯例处理公事。现指只是照惯例办事，不顾实际需要和效果的形式主义的工作方式。

栗栗危惧

栗栗危惧而发抖，似若将陨于深渊。
心里如同在敲鼓，手脚冰凉腿发软。
如此状况是为何？不期而遇恶事贪。
勉强拨通幺幺零，以求相助保平安。

【提示】

栗栗：害怕得发抖。形容非常害怕。《尚书·汤诰》：“栗栗危惧，若将陨于深渊。”

恋恋不舍

情深意切笃，恋恋不舍互。
祝君路平安，早日回家庐。
送君至长亭，恋恋泪不住。
挚手相泪眼，挥手以相祝。

【提示】

恋恋：留恋；舍：放弃，放下。形容非常留恋。生离死别，人之情极，离别多盼望，死别不可及，这是人间“悲欢离合”四大感情之一，是最伤心最难舍的情愫表现。

“二良”一首

*良辰美景天作美，赏心乐事人之为。
四者难并于一起，偶得一项乃心慰。
*良工心苦作艺术，匠心独具以发挥。
苦心经营巧构思，费尽心血求事恢。

【提示】

“良辰美景”指美好的时节和景物。“天下良辰、美景、赏心、乐事，四者难并。”“良工心苦”凡是手艺高明的工匠、优秀的艺术家，都要经过一番苦心经营才能创作出好作品。

“四良”一首

* 良金美玉实难得，品德高尚更应贺。
* 良师益友相与析，忠言逆耳利于德。
* 良药苦口利于病，忠言逆耳利于得。
* 良莠不齐相掺杂，难以分辨好与拙。

【提示】

“良金美玉”比喻人的品德很好，也比喻文章写得完美；“良师益友”优秀的老师，有益的朋友，可以受到指教或相互学习，共同提高；“良药苦口”比喻有些真心的劝诫或尖锐的批评，听起来可能不舒服，但是对未来很有益处；“良莠不齐”比喻好的与坏的相互掺和在一起。

梁上君子

梁上君子乃是贼，因其偷窃躲屋梁。
主人发现叫其出，好言相劝再送粮。
贼人感动呈涕零，决心悔改而从良。
后人沿其称为盗，以此劝诫知暖凉。

【提示】

“梁上君子”用作贼的代称。现在有时比喻上不沾天下不着地，脱离实际的人。以做贼的坏人比喻脱离实际的人，是否有失妥当?

“四两”一首

* 两败俱伤皆受苦，相互不让气太盛。
* 两虎相争必俱伤，相互争斗无完胜。
* 两面三刀多阴险，为人狡猾生歪风。
* 两全其美皆欢喜，一事促成喜相逢。

【提示】

“两败俱伤”争斗的双方都受到损害；“两虎相争”俗话说“两虎相斗，必有一伤。”比喻二雄争斗必将互伤；“两面三刀”比喻阴险狡猾，当面一套，背后一套；“两全其美”做一件事顾全两方面，使双方都觉得很高兴。

“二量”一首

*量力而作为，按部就班做。
遵照规律行，事半功倍获。
*量体裁衣准，根据身量做。
精工施其事，必将获其得。

【提示】

“量力而行”按照自己的力量大小而决定如何去做事情。这样不但可以获得效果，而且可达到预想的目的；“量体裁衣”比喻根据具体情况处理问题、办理事情。

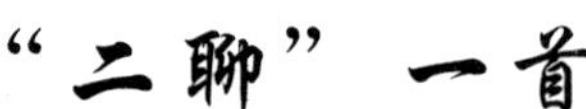

“二聊”一首

＊聊备一格以充作，决定事物之规格。
事无标准难以鉴，有章可循可易得。
＊聊复尔耳乃姑且，如此而已不以过。
未能免俗由其性，充其量能如何说。

【提示】

“聊备一格”：聊：姑且。备：具有。格：标准，规格。意思是姑且充作一种规格相对待；“聊复尔耳”：尔：如此，这样。耳：而已，罢了。意思是姑且如此罢了。

“四聊”一首

＊聊胜于无即略好，比无稍微好一点。
＊聊以解嘲下台阶，自找托词保脸面。
＊聊以塞责作搪塞，应付责任以方便。
＊聊以自慰得宽心，以求安慰心释然。

【提示】

“聊胜于无”意思是比没有略好一些；“聊以解嘲”意思是姑且用以消除所受的嘲笑；“聊以塞责”姑且用以搪塞，应付自己应负的责任；“聊以自慰”姑且用来安慰自己。

寥寥无几

寥寥无几少，如若之晨星。
屈指即可数，行步可量程。
掐算容易得，呼喊即可应。
若问何其事，驯服有素鹰。

【提示】

寥寥：稀少，孤单；无几：没有几个，形容非常稀少。物以稀为贵，大凡宝贵的东西都是因为稀少难得的原因。世上的珍宝之所以为宝，其中的主要原因都是稀少和难以得到。鹰者猛禽也，其数量虽然不算少，但训练有素的鹰还是很少的，因此而宝贵。

燎原烈火

野火烧不尽，春风吹又生。
文思如干草，遇火即相应。
若得火种至，顿时烈焰冲。
一吐即为快，燎原烈火盛。

【提示】

意思是好像火在原野上燃烧，其势猛烈，人不敢接近。比喻不断壮大、不可抗拒的力量。为诗文者，其思必随灵感而动。文思如干草，灵感如火种，一旦被点燃，立刻文诗涌，信手便成文，出口便成诗。此乃自然发生，并非苦思冥想可及。

了如指掌

了解事物如指掌，清楚明了如家珍。
清清楚楚心有数，明明白白存于心。
犹如指点给人看，手中之物实亦真。
做事应当多了解，了如指掌再求新。

【提示】

了：了解，明白；指掌：指着手掌。形容对情况清楚得就像把东西放在手掌里给人家看一样，清楚明白。比喻对事物了解得非掌清楚。语出《论语·八佾》。

临别赠言

临别赠言以忠告，勉力亲人去他乡。
分别之际多叮嘱，出行在外多思量。
常寄书信报平安，常将家小记心上。
待到事业得成功，重新团圆心欢畅。

【提示】

赠言：指在离别时用良言勉励出行的人。分别的时候赠送一些勉励的话或忠告。语出唐·王勃《王子安·滕王阁序》：“临别赠言，幸承恩于伟饯。”

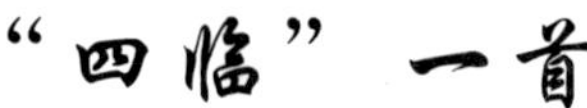

“四临”一首

* 临深履薄多谨慎，小心翼翼走薄冰。
* 临危不惧有胆量，面对危险心守衷。
* 临阵磨枪现仓促，手忙脚乱急匆匆。
* 临阵脱逃谓逃避，沦为逃兵何谈忠？

【提示】

“临深履薄”意思是如同面对深渊，脚踏着薄冰，比喻谨慎小心；“临危不惧”遇到危险的时候，毫不惧怕；“临阵磨枪”到临战的阵前将要打仗的时候，才去磨刀枪，比喻事到临头才仓促准备；“临阵脱逃”指临阵作战时逃跑，比喻事到临头就退缩逃避。

淋漓尽致

淋漓尽致多痛快，尽情酣畅达极点。
文章犹如王勃著，说话犹如孔明言。
表达充分辞华丽，舌战群儒语不凡。
流传至今受称颂，此乃文化之典范。

【提示】

淋漓：渗透了水的样子，比喻尽情、酣畅；尽致：达到极点。形容文章、说话表达得充分、详尽，或痛快到了极点。

琳琅满目

触目见珠玉，琳琅满目殊。
美玉与珍异，光彩夜明珠。
文章多精彩，人才相继出。
国泰民安康，置身珠宝处。

【提示】

琳琅：精美的玉石，比喻珍异的物品、文章或人才。眼前充满了好物品、好文章或有用的人才。语出南朝·宋·刘义庆《世说新语·容止》。

鳞次栉比

房屋如同鱼鳞密，亦同梳篦齿排列。
鳞次栉比立于市，街市繁华至深夜。
日子红火多美满，人心安稳成事业。
小康生活已到来，再奔大康仍不歇。

【提示】

次：顺序；栉：梳篦的总称；比：排列，挨着。形容房屋等建筑物像鱼鳞和梳子齿那样密密地排列着。

麟角凤距

麟角凤距物，世上无其样。
妄自造幻想，喻其之灵祥。
名贵无实用，只求充幻想。
若何枉作有，自慰其心肠。

【提示】

麟：麒麟，古代传说中的灵兽；凤：凤凰，古代传说中的鸟王；距：爪。麟角、凤爪，比喻不一定用得上的东西，只是一种精神寄托。

“二伶”一首

*伶仃孤苦丧父母，困苦孤单无其竭。
可怜孤儿身遭难，犹如秋风卷残叶。
*伶牙俐齿言犀利，能说会道找关节。
势不让人而不饶，无理三分闹不歇。

【提示】

“伶仃孤苦”很小就失去父母的孤儿，没有依靠，孤孤单单地陷入困苦之中；“伶牙俐齿”形容人机灵，很会说话。

“二灵”一首

*灵丹妙药可治病，药到病除见奇效。
做事不可靠幻想，办法来自事理昭。
*灵机一动得其法，解决问题有高招。
用于实践以考验，果然有理合其韬。

【提示】

“灵丹妙药”灵验有效的好丹药。现在比喻幻想中的能解决一切问题的好办法；“灵机一动”形容临时想出办法来。

玲珑剔透

玲珑剔透太湖石，形状各异而出奇。
装点佩饰最出彩，古雅玲珑最适宜。
手工精细以镂空，结构奇巧合心意。
莹润软款多温柔，把玩助兴获其吉。

【提示】

玲珑：精巧细致。形容器物精致，结构奇巧。多指镂空的手工艺品或供玩赏的小型玉器。

“三令”一首

＊令人发指发冲冠，愤怒极点发竖起。
＊令人神往成幻想，梦想之甚不由己。
＊令行禁止有分寸，有令必须守其系。
法纪条文时刻记，一切行为遵法纪。

【提示】

“令人发指”形容愤怒到极点的样子，又指罪犯的行为惨不忍睹；“令人神往”让人很想去观看，一心向往；“令行禁止”即有令即行，有禁即止。

“四流”一首

*流金铄石天气热，时值三伏热难消。
*流离颠沛行逃难，历尽艰辛无求靠。
*流离失所离家走，背井离乡身飘摇。
*流连忘返多迷恋，身不由己沉所好。

【提示】

“流金铄石”形容天气特别炎热，好像能使金石熔化似的；“流离颠沛”因灾祸而流转离散，形容流浪困苦的处境；“流离失所”被迫离开家乡，没有安身之处；“流连忘返”原来形容沉迷于游乐而忘了回去，后来泛用以形容因留恋某些景物，不忍离去。

“四六”一首

* 六尺之孤儿，处境多悲惨。
* 六亲不认及，独自守其参。
* 六亲无靠依，自食其力担。
* 六神无主乱，心思难求端。

【提示】

“六尺之孤”古代指未成年的孤儿；“六亲不认”形容不通人情世故，与任何亲戚都不往来，有时也指不讲情面；“六亲无靠”形容没有什么亲属可以依靠；“六神无主”形容心慌意乱，不知所措。

“四龙”之一

＊龙飞凤舞笔法活，气势奔放又活泼。
＊龙肝豹胆珍佳肴，只可枉想不可得。
＊龙马精神人健壮，海鹤姿态理当贺。
＊龙盘虎踞南京城，钟山如龙城相合。

【提示】

“龙飞凤舞”形容书法用笔气势奔放雄壮，活泼灵动；“龙肝豹胆”指非常不容易得到的珍贵食品；“龙马精神”比喻人的精神旺盛，体魄健壮；“龙盘虎踞”意思说钟山像龙盘绕在东面，石头城像虎蹲在西面，以此赞美其地势险要、雄伟。

“四龙”之二

＊龙蛇飞动好书法，笔势遒劲透纸背。

＊龙蛇混杂难分辨，好坏混同乱是非。

＊龙潭虎穴多凶险，严密防范固其围。

＊龙腾虎跃呈雄壮，意气风发有作为。

【提示】

“龙蛇飞动”形容书法笔势的劲健生动；“龙蛇混杂”比喻好坏混在一起，难以分辨；“龙潭虎穴”比喻极其凶险的地方；“龙腾虎跃”像龙在飞腾，虎在跳跃，形容跑跳时动作矫健有力，也比喻奋起行动，有所作为。

“四龙”之三

* 龙骧虎步气势壮，昂首阔步朝前走。
* 龙吟虎啸声响亮，歌声嘹亮传四周。
* 龙跃凤鸣文采好，凤鸣朝阳龙跃洲。
* 龙争虎斗不相让，你追我赶赛龙舟。

【提示】

“龙骧虎步”形容威武雄壮的气概；“龙吟虎啸”形容人的歌声或吟咏声嘹亮；“龙跃凤鸣”比喻文采好；“龙争虎斗”形容斗争或竞赛的激烈。

“三漏”一首

*漏洞百出理不周，不能周全圆其说。
*漏脯充饥顾眼前，不顾后患病依托。
*漏网之鱼惊弓鸟，惶惶不可求其所。
求神问卜妄自作，不如投案以解脱。

【提示】

“漏洞百出”比喻说话、文章内容没有充足的理由，不能自圆其说的地方很多；“漏脯充饥”以腐烂发臭的肉干充饥，比喻只顾眼前，不想后果；“漏网之鱼”比喻侥幸逃脱的罪犯或敌人。

“四镂”一首

＊镂尘吹影无形迹，以嘴吹影何其愚。
＊镂骨铭心记得牢，终生不忘事之惧。
＊镂金错彩好文章，辞藻华丽无多余。
＊镂月裁云手艺精，精工巧手雕金玉。

【提示】

“镂尘吹影”用嘴吹影子，在尘土上雕刻。指不见形迹；“镂骨铭心”将事情牢牢记在心里，永远不会忘记；“镂金错彩”形容心灵手巧，工艺精湛；“镂月裁云”比喻手艺精巧，什么都能做。

“四鲁”一首

* 鲁殿灵光老前辈，终其一生之精力。
* 鲁莽灭裂多轻率，莽撞行事遭其疾。
* 鲁鱼帝虎抄错写，缘于做事神不集。
* 鲁鱼亥豕篆文字，稍微走神错乃及。

【提示】

“鲁殿灵光”比喻仅存的有声望的老前辈；“鲁莽灭裂”形容做事鲁莽、轻率；“鲁鱼帝虎”指书籍在传抄、刊印过程中的文字错误；“鲁鱼亥豕”由于篆书笔画繁杂，常出现混淆的现象。

鹿死谁手

鹿死于狩猎，引申为政权。
改朝换代前，群雄以相煎。
相互作厮杀，难料谁当先。
鹿死谁手中，一役决皇天。

【提示】

原比喻政权不知会落在谁的手里，后来泛指在竞赛中不知谁会取得最后的胜利。

绿林好汉

绿林好汉重义气，杀富济贫为其事。
路见不平来相助，抱打不平以处世。
草莽英雄心耿直，独占山寨举旗帜。
该出手时即出手，招兵买马壮其实。

【提示】

绿林：西汉末年，王匡等人领头造反，因集于绿林中，后来造反的队伍都被称之为“绿林”。

碌碌无为

缺少才干者，做事多出错。
虽然努力做，收效却不多。
整日均忙碌，不得其效果。
不是因懒惰，头脑缺灵活。

【提示】

碌碌：无能力、随从附和的样子。形容没有能力和才干的人，做起事来不动脑筋，一味忙忙碌碌，却一事无成。

“三露”一首

*露才扬己自吹嘘，天下第一自以吹。
*露宿风餐行旅苦，快马加鞭急相催。
*露尾藏头欲遮掩，狐狸尾巴身后随。
欲盖弥彰反露相，事到头来自受罪。

【提示】

“露才扬己”自我夸耀自己的才能，以博得虚荣的人；“露宿风餐”形容旅途的辛苦；“露尾藏头”藏起了头，露出了尾巴，形容想隐瞒错误，欲将自己躲藏起来或故意说谎掩盖错误。

“二鸾”一首

＊鸾飘凤泊书法精，龙飞凤舞皆守衷。
有法可遵似无法，炉火纯青心自应。
＊鸾翔凤集鸟如凤，云集于树叫鸣声。
人才济济如凤鸟，同心同德互补充。

【提示】

“鸾飘凤泊”传说中如同凤凰的鸟。形容书法潇洒，毫无拘束；“鸾翔凤集”比喻优秀的人才汇集到一起，共同为事。

沦肌浃髓

沦肌浃髓感受深，涣然冰释理通顺。
受益匪浅长知识，用于实践得其真。
学以致用乃道理，图名图利枉于心。
无名无利为其事，一心一意至终身。

【提示】

沦：浸没在水中；浃：湿透。浸透了肌肉和骨髓。比喻感受很深刻，很受教益，应该再仔细地去理解并加以应用。

论功行赏

赏罚分明合道理，论功行赏以鼓励。
如此之为乃公平，人心所向愿尽力。
众人捧柴火焰高，步调一致求统一。
上下拧成一股绳，齐心协力事竟成。

【提示】

按功劳给予奖赏。《汉书·萧何传》：“汉五年，已杀项羽，即皇帝位，论功行封，群臣争功，岁余不决。”《三国志·顾谭传》：“时论功行赏，以为驻敌之功大，退敌之功小。”

“二落”一首

*落荒而逃败者贼，慌不择路乱成堆。
鬼哭狼嚎四处逃，各奔东西害怕追。
*落落大方正相反，闲庭信步鞋不灰。
悠闲自得款步走，如同鸭子无狗随。

【提示】

“落荒而逃”原来形容作战失败后慌张逃命，后来泛指一般斗争中的惨痛失败；“落落大方”形容人的举止很自然，既不拘谨，也不做作。

“四落”一首

* 落落寡合不合群，独来独往一个人。
* 落落穆穆待人冷，难以接触难与近。
* 落拓不羁多散漫，闲来与狗表示亲。
* 落月屋梁忆友情，天各一方各伤心。

【提示】

“落落寡合”与人合不来的样子。形容性格孤僻，不合群；“落落穆穆”指待人冷淡，缺乏热心；“落拓不羁”形容行为散漫、不受拘束、游手好闲的样子；“落月屋梁”表示对朋友的怀念。

罗雀掘鼠

挖掘老鼠洞，以网捕麻雀。
寻找可食物，得雀填肚缺。
安史举造反，睢阳城断绝。
罗雀掘鼠食，不得已而取。

【提示】

用网捕雀，挖掘老鼠洞找粮食以充饥。引申为因为无粮食可吃，处于饥饿之中，只好挖掘鼠洞寻找粮食，捕捉麻雀而食，以求暂时的生存。

络绎不绝

车如水兮马如龙，人若云兮充满城。
熙熙攘兮声鼎沸，相互拥兮如根生。
房客满兮店无铺，路难行兮人数众。
考场肃兮而庄严，参差差兮难得中。

【提示】

络绎：连续不断的样子。形容来往的人很多，车马横踞街头，堵塞道路，难以行走。

洛阳纸贵

洛阳纸贵金，众人皆抄书。
左思《三都赋》，一鸣惊人乎！
相继互传抄，促使纸不足。
虽然纸价涨，仍然难应付。

【提示】

《晋书·文苑传》记载，左思写《三都赋》，构思了十年之久，写成以后，掀起轰动，引起传抄的浪潮，以致造成洛阳纸价大涨。比喻著作风行一时。

驴鸣狗吠

小区里面黑咚咚，鸡鸣狗吠乱哄哄。
挖草种菜随便搞，人人皆成土地佬。
缘何如此之随意？只因物业弃管了。
究其原因乃欠费，不得维持而撂挑。

【提示】

如今生活富起来，昔日的棚户区、大杂院已成为历史，新建的绿色小区应运而生。住进新居，不但房屋宽绰，而且一应俱全。小区环境优美，绿草茵茵，十分优雅别致。但是，由于个别人精神素质滞后，为了自己的利益随意毁坏绿地，养狗、养猫亦养驴羊，实在令人不悦。

略识之无

诗人白居易，幼小乳母教。
之与无两字，之无识字少。
吾心之怀疑，无字今简化。
古無不见无，原因应推敲。

【提示】

之、无：唐·白居易在《与元九年书》中说，他在生下六七个月的时候，乳母就教他认识了“之”字和“无”字。后来就用“之、无”代表最简单的字，以形容识字不多。吾人知识浅薄，对此说糊涂不解。原因是当今的“无”字是当代的简化字，而古代的“無”字并不简单，而且没有这个“无”字，又作何解释呢？我想是否是与“人”字之误呢？

马工枚速

著文作诗理相同，心有灵犀可自通。
亦工亦速各短长，取长补短互相承。
司马相如善工赋，枚皋之长见速成。
两者相较论短长，当以文章分伯仲。

【提示】

指司马相如、枚皋二人写文章，一个写得好，一个写得快。用来称赞各有所长。著文赋诗各有习，如同其指各短长。长短自有其特质，佳作旨在意高尚。语出《汉书·枚乘传》。

满面春风

得胜归来笑颜开，豪气昂昂贯长虹。
满面春风走上朝，庆功饮酒谢忠诚。
面容愉悦恭手敬，落落大方礼相迎。
天遂人意地和情，春风得意百花红。

【提示】

形容和蔼愉快的面容。面容和善近人情，出语温和而中听。喜笑颜开笑眼眯，宽步大方至堂庭。语出《元曲选·王实甫〈丽春堂〉一》。

满园春色

叶绍翁作游园诗，写尽春色充满园。
满园春色关不住，一枝红杏出墙缘。
红杏出墙乃本分，无辜招致品不端。
错将红杏喻外遇，此乃时人歪诗意。

【提示】

满园都是春天的景色。比喻欣欣向荣的景物。“应嫌屐齿印苍苔，十扣柴扉九不开。春色满园关不住，一枝红杏出墙来。”语出宋·叶绍翁《游小园不值》。

毛遂自荐

秦兵攻赵邯郸危，平原君楚去求援。
随身若带二十臣，挑至十九差一员。
此时毛遂走向前，自告奋勇自推荐。
行至楚国王悔约，遂拔剑逼王约践。

【提示】

毛遂：人名；荐：推荐、介绍。比喻自告奋勇，自我推荐。赵孝成王九年，秦国军队围攻赵国都城邯郸，赵国平原君到楚国去求救，他的门下食客毛遂自荐同往。语出《史记·平原君虞卿列传》。

眉飞色舞

眉能飞而色可舞，此说却可越千古。
倘若人眉能飞去，无眉之人奈何处。
此语只求其夸张，不可当真求其故。
喜形于色世常见，表情即为心意露。

【提示】

形容喜悦和得意的神态。人逢喜事精神爽，心花怒放笑开颜。谈笑风生无所云，翘首望云想冲天。一朝好事妄自求，青云直上再升官。劝君应有自知明，喜后接踵祸开端。语出《官场现形记》第一回。

每下愈况

郭子问道于庄子，庄子回答处处有。
郭子再问请细说，庄道蝼蚁至粪丘。
郭听之后拂其袖，言道如此之浅陋。
庄子列举买猪事，脚下踏猪知肥瘦。

【提示】

况：由比照而显明；愈：越，更加。比喻越从低微的事物上推求，就越能看出“道”的真实情况，就越能看清事物的真相。后来用作“每况愈下”，意义也有转变，表示情况越来越坏。语出《庄子·知北游》。

美轮美奂

楼台殿阁好巍峨，富丽堂皇好气魄。
美轮原意车之轮，美奂则指势之着。
此语引申意境深，专指事物完善妥。
凡事如若成其最，美轮美奂为赞卓。

【提示】

轮：轮辐，形容高大；奂：鲜明、盛大的样子。形容房屋高大华丽。富丽堂皇王宫殿，高耸巍峨翘飞檐。宝座之上天子威，光明正大书牌匾。美轮美奂屈其词，妄称旧君翻白眼。语出《礼记·檀弓下》。

妙笔生花

李白少时曾做梦，梦中笔尖生出花。
后天才赡名天下，一代诗仙自成家。
人之天赋各不同，参差不齐劣与佳。
先天或为其基础，后天努力亦芳华。

【提示】

用以称赞有杰出写作才能。李白年少时曾做梦，梦见所用之笔头上生出花来，后天才赡溢、名闻天下。此事多为后人所臆想，不可犹自而信。其目的不过附其会耳。语出五代·王仁裕《开元天宝遗事·梦笔头生花》。

名落孙山

末名举人名孙山，考后独自归乡还。
邻问其己子若何，言之孙山之后站。
解名尽处即是我，贤郎处于我后面。
投考不中甚遗憾，遗憾之余再砥练。

【提示】

意思是榜上最后一名是孙山，你的儿子还排在孙山之后，即没有考中。后来就以“名落孙山”比喻没考中或选拔时未被录取。语出宋·范公《过庭录》。

名士风流

自古文人多风流，名士风流更为甚。
一时风气一时昌，流传至今已不深。
世说新语有品藻，韩伯康门已消沉。
居然名士有风雅，清谈玄理避俗身。

【提示】

名士：知名之士；风流：一时的风气。专指能清谈玄理，鄙视世俗礼法。“汉世之所谓名士者，其风流可知矣。”“韩康伯门庭萧寂，居然有名士风流。”语出《后汉书·方术传论》。

名正言顺

名不正则言不顺，理不直则文不通。
做事首当知其理，做人首当诚为宗。
名分出自儒家说，无论何事皆追踪。
出师有名谓名正，言之在理谓由衷。

【提示】

名正：名义正当；言顺：道理讲得通。指做事理由充分而正当。含有理直气壮的意思。名不正则言不顺，语不周则言不衷。心不静则方寸乱，智不明则愚钝生。语出《论语·子路》。

明眸皓齿

齿白目秀美少女，丹唇樱桃一点红。
明眸善和靥酒窝，出水芙蓉丽纯清。
明眸皓齿青善睐，腰姿婀娜摆轻风。
青丝秀美亮且长，未曾开言笑无声。

【提示】

明亮的眼睛，洁白的牙齿。多用来形容女子的美貌。“丹唇外朗，皓齿内鲜，明眸善睐，靥辅承权。”语出三国·魏·曹植《洛神赋》。

明哲保身

俗称伴君如伴虎，虎与君王相并论。
其威可谓无以比，伴者随时可沉沦。
明哲保身在其心，凡事周全莫走神。
哲理不分明与暗，明哲则可保全身。

【提示】

明哲：明智，深明事理。原指明智的人不参与可能危及己身的事。现在用以形容不顾别人或集体，只想保住个人利益，回避原则的庸俗自私作风。“既明且哲，以保其身。”语出《诗径·大雅·丞民》。

明珠弹雀

夜明之珠乃瑰宝，暗处发光如彩虹。
此物世间极稀少，珠宝之类名最宏。
明珠弹雀射小鸟，其愚之甚实难容。
奢华之甚已无穷，一块蠢材有何用！

【提示】

明：夜明珠。用宝贵的夜明珠为弹打区区小鸟，实为得不偿失，为者何其愚蠢，何其奢侈。庄子曰：“今且有人于此，以隋侯之珠，投千仞之雀，世必笑之。是何也？以其所用者重，而所要者轻也。”语出《庄子·让王》。

冥顽不灵

冥顽不灵乃愚材，贯于驴子得其名。
其智可谓甚低下，头脑如同木做成。
驴子虽愚可役使，性情倔强善蛮硬。
一旦发力不顾命，实为可怜一生灵。

【提示】

冥顽：愚笨；灵：聪明。形容愚昧无知。愚顽并非不可教，天生愚钝莫乜瞧。人者皆为父母生，智慧优劣乃天应，何人不求智慧高？高低有别量施教。语出唐·韩愈《昌黎先生集·祭鳄鱼文》。

模棱两可

是非不清若模棱，是也不是两不应。
态度暧昧无定论，成与不成都可行。
昔有苏姓名味道，与人说是又不能。
说来道去无所云，人送外号苏模棱。

【提示】

模棱：对问题正反两面含含糊糊，不表示明确的态度；两可：这样也可以，那样也可以。形容对一件事情的两方面都不否定，没有明确的态度，或没有明确的主张。语出《旧唐书·苏味道传》。

磨杵成针

李白幼时学无诚，妄想中途辍学沉。
路上偶见一老妇，手持铁棒磨石身。
白为好奇遂问之，老者言道欲磨针。
太白深受其感动，立下大志苦求真。

【提示】

杵：舂米或捶衣用的棒。把一根铁杵磨成一根针。比喻只要有毅力，肯下功夫，一定能克服困难，做出成绩。此乃附会之寓意，提携诗仙之志气。世间虽然有志人，忌可弄棒求其细？比喻是否出其格，全靠他人语其迹。天生我才必有用，是“金”总会发光兮。语出《潜确类书》。

磨穿铁砚

有志磨穿铁石砚，苦读坐破硬寒毡。
持之以恒气不馁，终得学问感动天。
人有志气天遂意，天人合一智慧现。
古来多有为学者，为求真知敢争先。

【提示】

铁砚：铁铸的砚台。形容用功读书，持久不懈。“韦编屡绝铁砚穿，口诵手钞那计年？”“寒毡坐破，磨穿铁砚。”语出《新五代史·桑维翰传》。

莫逆之交

友谊地久同天长，此乃交友之愿望。
真情在于心相知，终生彼此不相忘。
莫逆之交情犹深，亲如手足荡回肠。
海枯石烂情亦真，天各一方寄梦想。

【提示】

莫逆：没有抵触，形容思想感情一致；交：交情，友谊。指彼此情投意合，友谊深厚。情投意合成挚友，情笃意真如同胞。无论欢娱与灾祸，同舟共济而不辍。语出《庄子·大宗师》。

侔色揣称

侔者如问揣估量，描摹物色恰合状。
惠连雪赋文甚好，侔色揣称皆为上。
抽子秘思写其君，骋子妍辞侔揣畅。
君王阅之龙颜悦，赞其文采堪大匠。

【提示】

侔：等同；揣：估量；称：好。描摹物色，恰到好处。“抽子秘思，骋子研辞，侔色揣称，为寡人赋之。”语出谢惠连《雪赋》。

目不见睫

双目可视近及远，历历在目皆一览。
唯有己睫近咫尺，视而不见其容面。
智者目见尽千里，目不见睫于眼前。
自知之明犹可贵，自思自省乃为先。

【提示】

眼睛看不见自己的睫毛。比喻没有自知之明。也比喻见远不见近。“智如目也，能见百步之外而不能自见其睫。”“远求而近遗，如目不见睫。”语出《韩非子·喻老》。

目送手挥

目送故友渐远去，挥手孜孜惜别离。
望远飞鸿手挥旋，泪不自禁心以期。
文思如同逢知己，诗文书画皆其理。
灵感如同逢故友，促膝相叙心相济。

【提示】

目送：指眼睛追着看天空的飞鸟；手挥：挥动手指弹琴。用以比喻诗文书画的挥洒自如，得心应手。“目送归鸿，手挥五弦，俯仰自得，游心太玄。”语出三国·魏·嵇康《兄秀才公穆入军赠诗》。

暮云春树

暮闻傍晚箫鼓声，春树梨花满自盈。
暮云春树相思念，戚戚满怀寄友情。
渭北时见春之树，江东亦见暮云生。
何时共举一樽酒，相与细论心苦衷。

【提示】

暮：傍晚。表示思念远道的友人。期望着能有相逢的日子，尽情畅饮、谈心。语意：杜甫身处渭北，见到的是“春树”，李白在江南见到的是“暮云”，触景生情，更加思念。语出唐·杜甫《春日忆李白》诗。

“二麻”一首

*麻痹大意失警觉，疏忽大意失荆州。
智者千虑必一失，聪明糊涂两不周。
*麻木不仁无感知，如同一块死木头。
非傻即劣思不明，生若死之难自筹。

【提示】

“麻痹大意”比喻失去警惕，疏忽大意。“麻木不仁”肢体麻木，没有感觉。多因先天不足或后天疾病所致，并非自身之过错。比喻思想不敏锐，反应迟钝。

“二马”一首

*马不停蹄急奔跑，传递旨令很重要。
争取时间尽快到，贻误战机不可饶。
*马齿徒增示其龄，齿随体长合身高。
喻之年岁日渐老，事业无成枉自消。

【提示】

“马不停蹄”比喻一刻也不能停止地向前跑。“马齿徒增”马的牙齿随着年龄而增加。比喻人的年龄增加了，而学问却没有长进或事业没有成就。也用来表示谦虚。

“四马”一首

＊马到成功得其胜，班师回朝受庆功。
＊马翻人仰遭惨败，溃不成军各逃命。
＊马革裹尸誓以战，男儿沙场死留名。
＊马首是瞻听指挥，一切行动遵命令。

【提示】

“马到成功”形容迅速地取得胜利；“马翻人仰”形容惨败的狼狈相，也比喻乱得不可收拾；“马革裹尸”形容英勇作战，死在疆场上；“马首是瞻”意思是服从某个人的指挥或乐于追随某个人。

“二蚂”一首

*蚂蚁啃骨头，显示集体力。
身体虽然小，数量多可及。
*蚂蚁缘槐梦，南柯一梦兮。
醒来两手空，心里犳念计。

【提示】

“蚂蚁啃骨头”比喻集合小的力量或简单的工具完成重要的工作任务；“蚂蚁缘槐”蚂蚁缘着槐树上上下下爬着。比喻自以为了不起。

* 买椟还珠无眼力，错将丑女当美妻。

* 买匣还珠乃智愚，不识好歹成自欺。

* 买空卖空乃投机，赚取差价获丰利。

只是反复以倒手，股票债券及外币。

【提示】

“买椟还珠”比喻没有眼光，取舍不当；“买匣还珠”比喻愚笨不识货；“买空卖空”这是投机赚钱的一种行为，是金融市场上惯用的一种操作手段。

“四卖”一首

* 卖官鬻爵得财富，搜刮不择其手段。
* 卖国求荣人无耻，枉披人皮行鄙端。
* 卖剑买牛而从善，改邪归正回头岸。
* 卖身投靠当国贼，为人不齿奴才脸。

【提示】

“卖官鬻爵”通过出卖官职、爵位，以搜刮财富；“卖国求荣”出卖国家利益，无耻地谋求个人的地位和利益；“卖剑买牛”比喻坏人改过自新，弃恶从善；“卖身投靠”出卖人格或人身自由，情愿充当奴才。

“二满”一首

*满城风雨多议论，一经传出遍传开。
不胫而走如强风，一片哗然纷纷哉。
*满腹经纶具才学，出口成章思敏捷。
为官两袖飘清风，为人端庄无其邪。

【提示】

“满城风雨”比喻消息一经传出，就到处轰动起来，议论纷纷；“满腹经纶”比喻人很有学问和才能。

“四满”一首

*满谷满坑相聚集，人多物多盈以聚。
*满目疮痍面目非，战乱之后现废墟。
*满腔热忱见真情，热烈真挚好情绪。
*满载而归多收获，兴高采烈再继续。

【提示】

“满谷满坑”形容聚集或汇集的人或物极多；“满目疮痍”形容满眼都是被毁的景物；“满腔热忱”心里充满热烈真挚的感情；“满载而归”装得满满的回来，比喻收获很大。

“二漫”一首

*漫不经心做，心不在焉说。
情不守其衷，事不用心多。
*漫山遍野绿，天青日丽和。
春光明媚出，满眼好山河。

【提示】

“漫不经心”随随便便，不放在心上；“漫山遍野”山上和田野里到处都是，形容很多。

慢条斯理

慢条斯理说，慢条斯理做。
慢条斯理行，慢条斯理和。
慢条斯理来，慢条斯理驳。
慢条斯理去，慢条斯理多。

【提示】

慢条斯理何其多？缘自作者多啰唆。耐着性子往下看，形容做事慢动作。此语并非为贬义，只是形容其性格。斯理喻之言行很斯文，也是修养的结果，亦可看出沉着稳重的仪态。

芒刺在背

背上有芒刺，该当不为妙。
用手够不着，拿来痒痒挠。
上下走一遭，问题解决了。
虽然不足道，堪称一绝招。

【提示】

芒刺：植物茎叶、果实壳上的小刺。其物虽小，如若沾在背上肯定会不舒服。比喻由于心中惶恐，坐立不安。

忙里偷闲

繁忙少空闲，日日不得歇。
盼到休息日，又遇天不竭。
从早下到晚，只得守于阶。
抬头望着天，无奈脱掉鞋。

【提示】

意思在繁忙中抽空子出去走走看看，轻松轻松。谁知老天不作美，整日阴雨连绵不断，只能呆坐在家门口，直到天黑。本打算忙里偷闲，反被老天所偷。嗟呼！

“二盲”一首

* 盲人摸象互争论，各执一词难统一。
不见整体枉自争，最终不知谁可依。
* 盲人瞎马必自乱，夜半临渊多危险。
两者为事以冒险，若要不为即安全。

【提示】

“盲人摸象”这是个寓言故事。比喻看问题片面，以点代面，各持己见，互不相让地争论不休；“盲人瞎马”盲人骑着瞎马行走，夜里走过深水池，其结果可想而知是何其冒险之行为。

猫鼠同眠

猫鼠向来为宿敌，如今一改旧习气。
猫鼠同眠事常见，狗拿耗子不稀奇。
老鼠猫前跳摇摆，猫骑狗儿逛市集。
耗子站在猫头上，观看母鸡高声啼。

【提示】

眠：睡。猫和老鼠睡在一起。比喻上下包庇，同流合污。这是此成语的原意。猫与鼠，狗与猫是天生宿敌，每每相遇必行杀伤之事。然而如今却一改常态，相互多谦让有加。君不见，如今的猫不但不捉鼠反而惧其三分。狗亦与猫和善相处，甚至在一起相互嬉戏。之所以如此，我想与生活水平大幅提高有关。人以食为天，其他动物基本相似。如今动物吃得饱、吃得好就剩玩耍了，因此才会如此。

“二毛”一首

*毛骨悚然惧，面临阴森事。
心惊肉跳兮，冷汗透衣湿。
*毛举细故事，列举琐碎之。
粗备举大略，细微以其施。

【提示】

“毛骨悚然”身上毛发竖起，脊梁骨发冷。形容十分恐惧。“毛举细故”指烦琐地列举小事情，加以责难或攻击。

貌合神离

貌合神离者孤，亲谗远忠者亡。
忠言逆耳者苦，阿谀奉承者卑。
好事多谋者历，不期而遇者慌。
君子风范者帅，小人戚戚者衰。

【提示】

貌：外表；神：内心。表面上关系很密切，而实际上各怀心思。这即是所谓的“知人知面不知心”的写照。

“四眉”一首

＊眉开眼笑乐呵呵，心里高兴好事多。

＊眉目传情以勾搭，意图不轨欲发作。

＊眉目不清无条理，其理不清如何说？

＊眉清目秀貌俊俏，亭亭玉立如嫦娥。

【提示】

“眉开眼笑”形容高兴的样子；“眉目传情”形容以眉眼传递信息或情感。“眉目不清”指事情的头绪或条理不清楚；“眉清目秀”形容容貌清俊秀丽。

“二美”一首

＊美不胜收多，来不及欣赏。
时过境迁变，追怀不可偿。
＊美女簪花姿，娟秀亦端庄。
诗文书法精，质如美女妆。

【提示】

“美不胜收”形容好的东西太多，来不及欣赏；“美女簪花”形容书法或诗文风格娟秀多姿。

“三美”一首

*美如冠玉帅男子，阳刚之美尽显露。
*美意延年心无忧，精神焕发多福禄。
*美中不足小遗憾，事无完美合其物。
人无完人玉瑕疵，此理合乎天之路。

【提示】

“美如冠玉”原意指帽子上的玉缀。后转用以形容美男子；“美意延年”无忧无虑、乐观的精神可以促使人长寿；“美中不足”意思是虽然很好，但还有不足之处。天工造物，不尽完美，所以人无完人，物无完物。

“四门”一首

＊门当户对相匹配，封建婚姻之俗规。
＊门可罗雀多冷落，家势不兴多不归。
＊门庭若市好热闹，人马相杂聚成堆。
＊门无杂宾因谨慎，交友慎重于心遂。

【提示】

“门当户对”指男女婚姻要求双方家庭状况不相上下；“门可罗雀”形容家境败落，无人光顾，门前冷落的样子；“门庭若市”形容人来人往，如同集市一样热闹；“门无杂宾”家里没有不三不四的人出入，形容交友慎重。

“四蒙”一首

＊蒙混过关胡乱说，企图掩盖作逃脱。
＊蒙袂辑屦衣不整，心神困乏身不妥。
＊蒙昧无知不明理，糊里糊涂凑合过。
＊蒙在鼓里被欺骗，网络诈骗尽胡说。

【提示】

“蒙混过关”用欺骗的手段使人相信虚假的事情，掩盖罪行，企图混过去；“蒙袂辑屦”形容十分困乏的样子；“蒙昧无知”没有文化，不明事理。指糊涂不懂道理；“蒙在鼓里”比喻被人欺骗，对相关的事一点也不知道。

梦幻泡影

梦幻泡影佛教语，认为凡尘如梦境。
如同幻术镜中像，虚而无实如泡影。
梦幻泡影枉自信，妄想如何能施行？
眼前所及一切事，千真万确有其形。

【提示】

原来是佛教名词。指梦境、幻觉、水泡和影子，虚而不实。后来用以比喻虚空不实在的东西或不能实现的妄想。

梦寐以求

睡梦之中亦追求，可见希望之迫切。
盼望得到心生急，梦寐以求不得歇。
真心企盼感动天，终于圆梦解心结。
并非天公来相助，心诚则灵得其解。

【提示】

寐：睡着了。睡梦中也在追求，形容愿望的迫切。语出《诗经·周南·关雎》。

"二弥"一首

* 弥天大谎极，无所不可说。
黑白可颠倒，雌雄合一得。
* 弥天大罪恶，其罪十不赦。
祸国殃民罪，罄竹难及所。

【提示】

"弥天大谎"弥天：满天，形容极大。天大的谎话；"弥天大罪"天大的罪恶。

“四迷”一首

＊迷离彷徨呈糊涂，迷迷糊糊弄不清。
＊迷恋骸骨好陈旧，恋而不舍求其性。
＊迷人眼目以欺骗，挖空心思乱视听。
＊迷途知返思悔改，自我认识作纠正。

【提示】

“迷离彷徨”形容迷迷糊糊，弄不清楚；“迷恋骸骨”比喻对陈旧腐朽的事物恋恋不舍；“迷人眼目”使人眼目迷惑，分辨不清，指欺骗人；“迷途知返”比喻认识到自己的错误，知道改正。

米珠薪桂

米珠薪桂高，难以承开销。
柴火如桂木，灶里无可烧。
物价猛高涨，银子微薄少。
生存多忧虑，如何养老小？

【提示】

珠：珍珠；薪：柴火；桂：桂树。米贵得跟珍珠价格一样，柴火贵得跟桂木价格一样。形容物价昂贵，难以支撑生活。

“二靡”一首

* 靡靡之音多萎靡，情感颓废而不振。
听之犹如丧考妣，音律颤弱而消沉。
* 靡颜腻理好女子，容貌鲜丽眼有神。
肌肤细润白透红，体态端庄细腰身。

【提示】

“靡靡之音”形容音乐的旋律软弱哀怨，柔颤、颓废、萎靡不振的哀哀之声。预示着国运将殇；“靡颜腻理”形容女子容貌美丽，肌肤细腻柔滑。

秘而不宣

秘而不宣有其故，以保平稳之过渡。
旧时帝王若驾崩，为守局势讹不出。
秦皇巡游途身亡，阉人赵高封其嘱。
阴谋掌控国大权，假传密旨害扶苏。

【提示】

守住秘密，不肯宣布。秦始皇巡游途中死亡，大宦官赵高阴谋窃取朝中大权，秘不发丧，以赢得时间实现掌控朝政的野心，并假传圣旨，逼死扶苏，立胡亥为帝，从而使阴谋得逞。

密云不雨

只闻雷声不见雨，只见狂风摇树晃。
天之变术不可预，人之心思难以防。
密云不雨哭无泪，只听泣声不见伤。
几声哀号佯作样，无情无义枉自装。

【提示】

阴云密布而未下雨。比喻事件虽然已经酝酿成熟，但还未暴发，也比喻哭时没有眼泪。

绵里藏针

绵里藏针应小心，切莫妄自以手揉。
外貌和善戴面具，遮掩内心之怨仇。
知人知面难知心，看天以期得其由。
天时多变似人心，阴晴难测而不筹。

【提示】

丝绵里面藏着钢针。其害隐藏至深、至利。比喻人外貌和善，内心尖刻，伪装内心的怨恨，伺机施害于人。

“二面”一首

* 面无人色因惊吓，脸色青白失正常。
心惊肉跳难自持，思想混乱心神慌。
* 面如菜色因饥饿，缺乏营养之状况。
以菜充饥日久长，体弱多病乃近殇。

【提示】

“面无人色”形容被惊吓后的脸色，面色失去了正常；“面有菜色”由于长期缺乏营养，而造成不正常的脸色。形容生活困苦，常以野菜充饥的结果。

“四面”之一

* 面不改色心不慌，遇事镇定以抵挡。
* 面红耳赤因羞愧，涨得耳脸如火烫。
* 面黄肌瘦身体弱，现其病态之情况。
* 面面俱到无遗漏，照顾虽多仍适当。

【提示】

“面不改色”脸上不改变颜色，形容遇到危险情况时从容镇静；“面红耳赤”脸和耳朵都红了，形容羞愧或气愤时的脸色；“面黄肌瘦”形容人营养不良或不健康的样子。“面面俱到”各个方面都要注意或照顾到。

“四面”之二

* 面面相觑相对看，不知如何作承担。
* 面目全非改变大，样子完全异从前
* 面目一新好气象，一改前非换新颜。
* 面如土色惊恐极，心跳骤快腿发软。

【提示】

“面面相觑”形容做错了事或惊慌时，与事情相关的人不知如何是好的样子；“面目全非”样子完全改变了，形容变化很大；“面目一新”面貌改变得焕然一新；“面如土色”脸色跟土色似的，形容惊恐到极点。

苗而不秀

禾苗虽长高，却不吐其穗。
无穗不扬花，无果将成废。
人虽有本领，却不成作为。
苗而不秀之，枉自蹉跎岁。

【提示】

苗：指庄稼出苗；秀：吐穗开花，以结果实。庄稼虽然长得好，却不吐穗扬花。比喻人虽然有本领，却没有什么成就。也比喻徒有其表，华而不实。

“三妙”一首

＊妙不可言极其好，好至极兮难形容。
＊妙手回春医术高，诊断准确治难症。
＊妙手空空乃小偷，梁上君子妄之称。
偷鸡摸狗常行盗，行为诡秘难跟踪。

【提示】

“妙不可言”美妙到了极点，无法用语言表达；“妙手回春”称赞医术高明，治病有高招；“妙手空空”用以指小偷。有时也比喻手中空空也，一无所有。

“三灭”一首

* 灭此朝食求胜急，不食早饭先灭敌。
* 灭顶之灾水火中，大祸临头将身抵。
* 灭绝人性极残暴，失去人性兽不及。
理性乃为人之性，丧失理智成疯疾。

【提示】

“灭此朝食”待消灭敌人后再吃早饭，形容杀敌心切；“灭顶之灾”水漫过头顶被淹死的灾祸，比喻毁灭性的灾难；“灭绝人性”完全丧失了人的理性，形容极其残暴。

“二民”一首

*民不聊生苦，只有两手空。
世上财富多，握在富手中。
*民富国强盛，生活得安宁。
小康生活富，百姓乐民生。

【提示】

“民不聊生”形容老百姓生活贫困，难以维持生存；“民富国强”百姓富裕，国家强盛，生活安宁，其乐无穷。

“四民”一首

*民康物阜多幸福，盛世平安物产富。
*民穷财尽国力衰，元气大伤难恢复。
*民生凋敝遭破坏，社会动荡百姓苦。
*民脂民膏血汗钱，妄遭掠夺无处诉。

【提示】

“民康物阜”百姓平安，物产丰富。形容社会安定，经济繁荣的景象。“民穷财尽”形容国家财力耗尽，人民生活贫困。“民生凋敝”形容社会经济被破坏，人民生活极端困苦。“民脂民膏”比喻人民用血汗换来的劳动果实。

“四名”之一

* 名不副实而相悖，空有虚名枉自称。
* 名不虚传乃事实，名声事迹两相成。
* 名存实亡空留名，时过境迁无踪影。
* 名副其实相一致，名实相符不虚形。

【提示】

“名不副实”空有虚名，名声与实际不一致；“名不虚传”流传开来的名声不是虚假的，指实在很好，不是空有虚名；“名存实亡”只有空名，实际已不存在；“名副其实”名声或名称与实际相一致。

“四名”之二

* 名过其实徒有名，名声大而实际小。

* 名缰利锁自作俑，贪名图利无以消。

* 名列前茅排在前，列次居前为前哨。

* 名满天下四处传，妇孺皆知人皆晓。

【提示】

“名过其实”声名大于实际，徒有虚名；“名缰利锁”比喻名和利就像缰绳和锁链一样，把人给束缚住；“名列前茅”比喻名次排列在前面；“名满天下”名声传遍天下，形容名声极大。

“二名”一首

* 名山事业乃著作，喻之佳章藏名山。
流传后世以为凭，功德无量于世间。
* 名下无虚具实才，学识渊博人乃谦。
修身学问造诣深，为人正直乃为贤。

【提示】

“名山事业”太史公曰：“藏之名山，副在京师，俟后世圣人君子。”后称著作事业为“名山事业”；“名下无虚”意思是有大名的人必有实学，用以形容名不虚传。

“四明”之一

* 明辨是非清，理即相适应。
* 明察秋毫细，眼力甚过硬。
* 明火执仗闹，目无法妄行。
* 明见万里熟，情况握手中。

【提示】

“明辨是非”很清楚地辨别出谁是谁非来；“明察秋毫”比喻目光敏锐，连极其微小的事物都看得很清楚；“明火执仗”形容公开抢劫或肆无忌惮地干坏事；“明见万里”对于外面的情况，了解得十分清楚。

“四明”之二

* 明目张胆无顾及，胆大妄为乱秩序。
* 明枪暗箭双攻击，难以防备实或虚。
* 明日黄花已凋落，时间流逝无可许。
* 明争暗斗互较量，谁胜谁负无头绪。

【提示】

“明目张胆”形容公开地、大胆地、毫无顾忌地干坏事；“明枪暗箭”比喻种种公开的和隐蔽的人身攻击；“明日黄花”比喻过时的事物；“明争暗斗”明里暗里都在进行争斗，形容内部钩心斗角。

“四明”之三

＊明正典刑判极刑，罪有应得遗臭名。
＊明知故犯当何罪？天理昭昭法纪明。
＊明知故问以作态，为出风头而自鸣。
＊明珠暗投不识货，妄将珍珠投粪坑。

【提示】

“明正典刑”明确地依照法律行事；“明知故犯”明明知道不对，却故意违犯；“明知故问”明明知道，还故意问别人；“明珠暗投”比喻贵重物品落到不识货人的手里，也比喻有才能的人没被重视。

“四鸣”一首

*鸣鼓而攻之声讨，宣布罪状以量刑。
*鸣金收兵以回营，以待再战分雌雄。
*鸣锣开道造舆论，以便谋事作先行。
*鸣冤叫屈大喊叫，事出有因应弄清。

【提示】

“鸣鼓而攻之”比喻宣布罪状，加以声讨；“鸣金收兵”敲起锣来，让士兵撤回营垒；“鸣锣开道”比喻为某件事物的出现和发展制造舆论准备；“鸣冤叫屈”指申诉冤屈。

谬种流传

谬误得以传，令人多不堪。
以讹传其讹，实为之灾难。
谬种流传世，未来必成患。
以理相其矫，确保世人安。

【提示】

谬：荒谬错误；种：种子。指把荒谬错误的东西一代代传下去。《宋史》：“所取之士既不精，数年之后，复俾之主文，是非颠倒愈甚，时谓之缪种流传。”

众灵杂之遝，命俦啸侣遇。
相呼招同伴，同行合以旅。
与友相与析，呼名不受拘。
谈天亦论地，把酒相以叙。

【提示】

命、啸：呼唤；俦、侣：同伴。招呼意气相投的人，一道从事某活动。

“四摩”一首

＊摩顶放踵不辞苦，不顾身体酿成疾。
＊摩肩接踵人忒多，相互之间成拥挤。
＊摩口膏舌待时动，做好准备以相欺。
＊摩拳擦掌兴冲冲，跃跃欲试欲出奇。

【提示】

“摩顶放踵”形容不怕劳若，不顾身体；“摩肩接踵”形容人很多，拥挤不堪；“摩口膏舌”形容讲话很厉害，善于挑拨诬陷；“摩拳擦掌”形容精神饱满，跃跃欲试的样子。

磨刀霍霍

小弟闻兄来，磨刀霍霍羊，
沽酒烹脂肉，相敬喜洋洋。
风尘仆仆归，嘘寒问暖让。
同胞相聚首，把酒叙家常。

【提示】

霍霍：磨刀的声音。原意用力、快速地磨刀，发出霍霍声响。现在常用来形容为做好某事而提前做充分的准备，跃跃欲试的样子。

“二莫”一首

*莫测高深似不测，故弄玄虚捉弄人。
以此讽刺故弄事，弄虚作假扰民心。
*莫此为甚意之极，无可比拟独其身。
初出典谒卒之口，名不雅古莫此甚。

【提示】

“莫测高深”没有人能揣测到究竟高深到什么程度。多带贬义，用以讽刺故弄玄虚的人。“莫此为甚”：莫：没有什么；甚：极，超过。意思是没有能超过这个的了。语出《文献通考·卷五十八·联官考十二》：“叶审言、黄继道为长贰，亦同一称，而二三十年以来，遂有知院、同知之目，初出于典谒、街卒之口，久而朝士亦然。名不雅古，莫此为甚。”

“四莫”一首

* 莫可名状极复杂，难以描述其微妙。

* 莫名其妙不明白，其中奥妙难知晓。

* 莫予毒也无所谓，无论如何不可肇。

* 莫衷一是不知道，是非不明奈何好？

【提示】

“莫可名状”指事物极其复杂或微妙，无法形容；“莫名其妙”没有人能说出其中的奥妙，多用以形容事情很奇怪，使人不明白，说不出道理来；“莫予毒也”意思是谁也不能把我怎么样；“莫衷一是”形容不能断定哪个是对的。

“二漠”一首

* 漠不关心现冷淡，对人对事无动衷。
缺乏热心之缘故，原因曾经遭不幸。
* 漠然置之如上同，皆为不当人之情。
只扫门前雪之路，置之不理他人行。

【提示】

“漠不关心”形容对人对事态度冷淡，不关心；“漠然置之”语意与“漠不关心”意思相近似，也是形容对别人的事情不关心、不在意。

“二墨”一首

*墨守成规居保守，不思发展不求新。
习惯愿意走老路，只为路熟多放心。
*墨迹未干即违背，背信弃义不守信。
言而无信作翻脸，如此做人实可叹！

【提示】

“墨守成规”形容思想保守，按老规矩办事，不求改进；“墨迹未干”形容言而无信。即所签订的盟约字迹尚未干，就违背了诺言。

默默无闻

在世无人知，去世更无名。
来去无负担，落得个聪明。
人生之区区，看看即生命。
走马观花过，一忽即消冥。

【提示】

默默：没有声音。形容不出名，没有人知道。人生短暂，区区不过百年，为了名利而奔波于世，真是苦了自己。

“四木”一首

* 木本水源乃事宗，木靠根生水有源。
* 木牛流马以运输，诸葛孔明创其先。
* 木人石心乃典故，面对诱惑心不乱。
* 木已成舟不可改，大局已定恪守弦。

【提示】

“木本水源”比喻事物的根本或事情的原因；“木牛流马”三国时期诸葛亮所创制的运输工具；“木人石心”比喻人不受诱惑，不动心的态度；“木已成舟”木头已经做成了船。比喻事情已成定局，无可挽回了。

“二目”一首

*目不交睫不入眠，辗转反侧不能寐。
心事重重乱思绪，东方发白仍不睡。
*目不窥园苦于读，心无旁骛一意遂。
耐得十载寒窗苦，求得学问人光辉。

【提示】

“目不交睫”意为没有睡觉。“目不窥园”形容埋头读书，专心学习，努力提高学习成绩的好学精神。

“四目”之一

* 目不识丁没文化，做起事业难求发。
* 目不暇接看不完，眼花缭乱不知啥。
* 目不转睛盯着看，心思集中学绣花。
* 目瞪口呆眼发直，神情发愣心害怕。

【提示】

“目不识丁”：丁：指最简单的字。指大字不识的人。“目不暇接”形容东西很多很好，眼睛都看不过来。“目不转睛”形容注意力集中，看得出神。“目瞪口呆”眼睛直盯着不动，嘴说不出话来。形容因吃惊或害怕而发愣的样子。

“四目”之二

* 目光如豆见识短，孤陋寡闻知识浅。

* 目光如炬眼光远，洞幽烛微亦可见。

* 目空一切妄自大，实乃草包一个顽。

* 目迷五色眼发花，五色难分迷不辨。

【提示】

“目光如豆”眼光像豆子那样小，形容见识短浅；“目光如炬”眼睛亮得像火炬放光，形容发怒的眼神，也形容见解高明，目光远大；“目空一切”一切都不放在眼里，形容妄自尊大；“目迷五色”形容眼睛看花了。

“四目”之三

＊目无全牛技艺高，得心应手亦纯熟。
＊目无下尘妄自大，为人骄傲不堪俗。
＊目无余子唯自我，自以高贵而特殊。
＊目中无人了不起，犹如一个大蠢猪。

【提示】

“目无全牛”比喻技艺达到极其纯熟和得心应手的程度；“目无下尘”“目无余子”“目中无人”都是形容妄自尊大，看不起人。

苜蓿生涯

朝日正团团，照亮先生盘。
盘中何所有？苜宿生涯干。
言其待遇低，食无鱼肉鲜。
塾师先生苦，清水送茶饭。

【提示】

苜蓿：豆科植物，可以当菜食：生涯：生活。这是描写旧时塾师先生生活清苦的一个小故事，形容塾师先生收入微薄的清苦生活。

“二沐”一首

＊沐猴而冠妄自装，粉饰以求为高尚。
自打嘴巴枉充胖，无才无学奈何狂？
＊沐雨经霜何其苦，只因生活多冰霜。
雨霜之中苦挣扎，半饥半饱没衣裳。

【提示】

“沐猴而冠”洗完澡的猴子戴上帽子，假充人样。比喻本质不好，而装扮得却很像样的人；“沐雨经霜”形容生活之艰辛。

乃心王室

乃心王室而忠诚，朝廷多事吾清醒。
为臣虽然身在外，痴心未改为朝廷。
如今虽说无王室，祖国依然居心中。
远在他乡求学业，只为报国求复兴。

【提示】

乃：汝，你；王室：指朝廷。意思是人在外面，心在朝廷。后来就用“乃心王室”比喻爱国。“虽尔身在外，乃心罔不在王室。”爱国情怀心忠诚，身在外围亦相应。春夏寒暑用心事，操守勿论秋与冬。

南风不竞

南风系指南国乐，丝竹之音易煽情。
南风不竞情乃失，无情之音奈何听。
楚汉相争决垓下，四面楚歌乱其中。
张良箫声动军心，吹散八千子弟兵。

【提示】

南风：指南方的音乐；竞：强劲。南方的音乐不强劲。原来比喻楚军的士气不振，战斗力差。后用以比喻竞赛的对手力量不强。语出《左传·襄公十八年》。

南金东箭

南金东箭两俱优，东南之美会稽竹。
西南之最华山金，二者合一事以足。
地域不同各优越，取其资质成佳物。
人才济济逢盛世，各尽所能同协助。

【提示】

金：黄金；箭：一种细小坚实的可作箭杆的竹子。比喻高尚的人品、优秀的人才。“东南之美者，有会稽之竹焉。西南之美者，有华山之金石焉。”语出《晋书·顾荣纪瞻贺循薛兼传》。

南柯一梦

槐树南枝谓南柯，大槐安国蚁之窝。
公佐南柯太守传，淳于棼梦入安科。
荣华富贵显于世，娶得公主喜得所。
忽而醒来方知晓，南柯一梦枉求索。

【提示】

昔有淳于棼梦入大槐安国，娶了公主，做了南柯太守，荣华富贵，显赫一时。醒来发现大槐安国即是他家槐树下的一个蚂蚁洞。后来就用此语指称做梦，或比喻一场空喜欢。

南鹞北鹰

鹰鹞皆属于猛禽，南称鹞而北称鹰。
猛禽以肉为其食，性情威猛而著称。
人性亦分刚与柔，刚者不阿柔和应。
两者相辅处于世，刚柔并济事易成。

【提示】

鹰、鹞：两种猛禽，食肉鸟。在南为鹞，在北为鹰。借以形容人之性格。刚直不阿乃君子，严峻做人乃贤人。无论身处何境地，恪守不变心诚仁。

南枝北枝

南山坡处多向阳，北山坡处多阴凉。
向阳之地物繁茂，背阴之地亦生长。
植物习性不相同，喜阳喜阴各兴旺。
谬将阴阳妄颠倒，南枝北枝俱以伤。

【提示】

南面山坡上的梅花向阳，所以先开；北面山坡上的梅花受寒，所以后开。比喻处境的苦乐不同。向阳门第春常在，后生得惠智慧开。家传礼教事可为，不意之中出秀才。语出《全唐诗·李峤〈鹧鸪〉》。

南州冠冕

冠冕本指帽而言，引申之意喻首先。
南州泛指江南岸，南冠誉为高之限。
司马徽雅知于鉴，庞统弱冠往相见。
徽统共语至达旦，南州冠冕谓之冠。

【提示】

冠冕：本指帽子，比喻首位、第一。即南部地区的第一人。后用以称誉才识优异的人。“司马徽有知人鉴，统弱冠往见徽，徽采桑于树上，统坐在树下，共语自昼至夜。徽甚异之，称绝当为南州士之冠冕。”语出《三国志·庞统传》。

难兄难弟

元方子长具英才，季方子孝与之争。
论父功德比高低，咨于太丘评负赢。
丘曰两者无上下，难以断言持以公。
言说难兄与难弟，枉争若何不相容？

【提示】

原来是说，兄弟才德都好，难分上下。后来也指两人同样恶劣，或处于类似的困境。难兄难弟两相同，善恶为伴乃不通。如若遭难互相携，不失难兄难弟情。语出南朝·宋·刘义庆《世说新语·德行》。

内视反听

反听之谓聪，内视则谓明。
自胜即为强，衷心以谓诚。
虚心倾于耳，自敛心则清。
心明耳灵敏，处世必通灵。

【提示】

视：指反省；反：指向外。主动反省检查，听取别人的意见。“其有日月之眚，水旱之灾，则反听内视，求其所有。”人有省悟天清明，一日三省问于心。忠言逆耳利于行，旁听侧观耳目聪。语出《后汉书·王允传》。

以己思量度他人，设身处地譬自钦。
将心比心悟其境，忠恕之道儒核心。
宽宏大量天地广，包容乃大为其人。
能近取譬严律己，不因利害失诚信。

【提示】

譬：打比方。能够就近拿自己比别人。意思是要替别人设身处地的着想，推己及人，将心比心。明智不过帮人急，设身处地“将”自己。该出手时就出手，无论南北与东西。语出《论语·雍也》。

逆水行舟

人生犹如逆水舟，不进则退自操守。
自立自强如划桨，奋力拼搏方可求。
拈轻怕重不可取，鲁莽行事不自由。
若得今生无遗憾，致力打拼争上游。

【提示】

逆着水流划船。比喻不前进就要后退。比喻学知识，为人为事都要努力奋斗，方可不断地进步。逆水行舟，倍艰辛。努力划桨，方可进。意志犹坚，心必诚。竭尽全力，方可成。

牛鼎烹鸡

杀鸡焉用宰牛刀，烹鸡焉用煮牛器。
以大司小多浪费，大材小用难尽力。
牛鼎之器体硕大，耗损工时枉其体。
鸡小汤多淡无味，大材理当合大器。

【提示】

牛鼎：盛牛之鼎，古代能容纳全牛的大型煮食器物；烹：煮。用煮一头整牛的大锅煮一只小鸡。比喻大材小用。杀鸡焉用宰牛刀，物不合宜事乃飘。天生我才必有用，安分守己待时招。语出《后汉书·边让传》。

牛溲马勃

牛溲谓之车前草，马勃谓之马粪包。
两者同是中草药，去病祛风皆生效。
牛溲马勃稗谷皮，俱收并蓄以为药。
莫道名微不足考，平常之物含医道。

【提示】

牛溲：车前草；马勃：马粪包，一种担子菌类植物。两种极普通的中草药。比喻东西虽不值钱，却有用处。中国医药独一帜，普通草药治顽疾。科学名家屠呦呦，发明青蒿素制剂。治疗疟疾显奇效，为人造福救世急。语出唐·韩愈《昌黎先生集·进学解》。

奴颜如同求施舍，婢膝求生奴才相。
走狗紧跟主子走，溜须拍马苟且活。
做人无论贫与富，志气乃为第一说。
人无尊严树无皮，奴颜婢膝以苟活。

【提示】

颜：颜面，面容。形容卑躬屈节地向人拍马讨好。奴颜婢膝行如狗，主子面前摇尾怜。纵然求得一口食，良知浑浊必遭咽！语出晋·葛洪《抱朴子·交际》。

拿手好戏

善于技所长，技艺由心创。
心灵手艺巧，难得大工匠。
出手即有戏，回手更为强。
师传多精到，自砥放辉光。

【提示】

拿手：擅长。原意指演员擅长的剧目，后引申为最擅长的技艺和本领。

耐人寻味

味道乃无穷，需要细品尝。
其味如佳酿，品味犹绵长。
反复以体会，意味不平常。
耐人寻味诗，令人乐欣赏。

【提示】

耐：禁得起；寻味：仔细体会。经得起别人反复体会、琢磨。形容意味深长，值得细细体会。凡诗文者，不但辞藻华丽优雅而动人，更要以其精湛的哲理和寓意打动人。除思想主题为主要内容外，再通过作者的巧妙构思和言简意赅的文饰，营造出耐人寻味的意境，从而获得意在诗文之外的高境界。因而博得读者内心的共鸣。

“三南”一首

*南箕北斗乃星象，有名无实虚空相。
*南面百城属一尊，财富之丰难想象。
*南腔北调口音杂，混在一起难知详。
腔调曲式各不同，协和一体出铿锵。

【提示】

“南箕北斗”比喻有名无实；“南面百城”形容尊荣、财富高贵且富有；“南腔北调”形容说话口音不纯正，掺杂着方言。另有戏曲称，南方的唱腔与北方的调门有明显的不同之处。

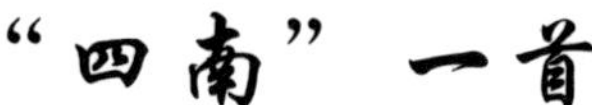

“四南”一首

＊南阮北阮两家族，南阮北阮无穷富。
＊南山可移终南山，铁案敲定如山伫。
＊南辕北辙背道驰，行动相反不相符。
＊南征北战历艰险，转战南北决胜负。

【提示】

“南阮北阮”指聚居一地而贫富悬殊的同族人家；“南山可移”南山可以移走，但是判决不可动摇，表示案件已成铁案，不可改变；“南辕北辙”比喻行动和目的相反，背道而驰；“南征北战”形容转战南北，经历了许多战斗。

“四难”一首

* 难解难分互纠缠，相互争斗各不让。
* 难能可贵事终成，值得珍惜不能忘。
* 难舍难分不忍离，情深意切求继往。
* 难言之隐难诉说，内心深处如丝网。

【提示】

“难解难分”指在争吵或斗争中双方相持不下，难以分开；“难能可贵”不容易做到的事竟然做到了，因而值得珍惜；“难舍难分”形容双方感情很好，不忍分离；“难言之隐”藏在内心深处的事，难以说出口来，形容有难言的苦衷。

呶呶不休

唠唠叨叨没个完，絮絮叨叨讨人嫌。
时间久了亦听惯，风声过耳听不见。
虽然如此仍无奈，一走了之心不烦。
躲进梦溪著笔谈，此乃沈括之当年。

【提示】

呶呶：说话唠叨。絮絮叨叨说个不停。据说宋代《梦溪笔谈》的作者沈括老先生，娶了个悍妇。整日闹个不停，置先生于无奈之中。退让无效，只好独自去了梦溪。无人吵闹，潜心写作，终成大著。后来先生竟自我解嘲说："恭谢糟糠之胡闹，乃成全于我也！"

“二内”一首

* 内外交困中，心中多生烦。

闲来无事做，无聊找清闲。

* 内忧外患合，两头皆为难，

无奈去占卜，内外俱无善。

【提示】

“内外交困”里里外外都有困难。“内忧外患”指内部混乱，外部也不安宁。《管子·戒》：“君外舍而不鼎馈，非有内忧，必有外患。”

“三能”一首

*能屈能伸善调解，得意之时欣慰安。
*能者多劳受称赞，虽说劳累却心甘。
*能者为师以教习，多收徒弟不怕烦。
师傅带头齐心做，众人捧柴助火焰。

【提示】

“能屈能伸”能弯亦能直。指在失意时能忍耐，在得意时能施展抱负；“能者多劳”能干且有技艺的人多劳累一些，带动大家一齐干，从而受到称赞；“能者为师”技术高的人可被尊为老师。

泥多佛大

以泥塑佛像，泥多佛像大。
喻之附益多，收获多报答。
付出与收益，往往可相搭。
一滴汗水力，一分成就加。

【提示】

泥多了，所造的佛像自然会大。比喻付出的多，会得到相应的回报，成就也就越大。即“水涨船高，泥多佛大也。”。

“三泥”一首

＊泥牛入海化其身，有去无回不知深。
＊泥沙俱下多混杂，难分难解难求真。
＊泥塑木雕无其神，有形无心偶像身。
表情呆呆似偶像，举动板结肢不伸。

【提示】

“泥牛入海”泥塑的牛泡在海水里，必然会被化掉。比喻一去不返；“泥沙俱下”泥和沙一同随水冲了下来。比喻好坏不等的人或事物混杂在一起；“泥塑木雕”泥巴做成的或木头雕刻成的偶像。比喻人的表情、举动呆板。

你死我活

你死我活战，不共戴天怨。
冤仇深似海，拼命而苦战。
为保家国安，全民齐动员。
誓不两立斗，必将灭敌顽。

【提示】

意思是具有不是你死，就是我活的不共戴天的深仇大恨。形容斗争的性质极其严重，涉及生死存亡的重大问题。

逆来顺受

犯而不校而顺受，逆来顺受儒家道。
不以理之是与非，不以世俗为准照。
只讲身份之高低，唯以贵贱定律条。
人之谬分贵与贱，此乃不公天不昭。

【提示】

对人为的恶劣环境或无理的待遇要采取忍受的态度。这与儒家宣扬的“恕道”与“犯而不校”的意思相似。

匿影藏形

匿影藏形不露相，隐蔽不出必有因。
光天化日不见影，非人非鬼多阴森。
为非作歹心不轨，鬼鬼祟祟于夜深。
图财害命手毒辣，法网恢恢纠其身。

【提示】

匿：隐藏。隐藏形迹，不露真相。此语具有双重含义，一是形容做坏事的人不敢露面。二是因为修养很深，不愿显山露水，也就是人们常说的“真人不露相，露相不真人”。

"二年"一首

*年富力强人，精力多充沛。
做事肯出力，为人求其贵。
*年高德劭尚，修养呈光辉。
老当益壮身，老成持重稳。

【提示】

"年富力强"：年富：往后的日子还很长。指年轻力壮；"年高德劭"：劭：美。指年纪大、德行好的老者。

“二念”一首

* 念念不忘时刻想，有恩于人受赞扬。
人之感情分恩怨，感恩图报情之常。
* 念兹在兹某件事，常挂心间不相忘。
记忆犹新常向往，有朝一日再回望。

【提示】

“念念不忘”：念念：不断地想念着其人其事；“念兹在兹”念念不忘某件事情。这两个成语意思相近，都是形容对人或事的想念之情。

“四鸟”一首

＊鸟革翚飞多华丽，宫室辉煌如朝晖。
＊鸟尽弓藏狡兔死，拉磨杀驴烹狗肺。
＊鸟兽遣散人离去，留得乱摊成累赘。
＊鸟语花香好景致，春满人间沁心扉。

【提示】

“鸟革翚飞”：翚：野鸡，羽毛很美。形容宫室华丽；“鸟尽弓藏”比喻事成之后杀功臣；“鸟兽遣散”形容成群的人纷纷散去；“鸟语花香”形容春天的自然美景。

涅而不缁

自守心中志，不可动摇心。
身处肮脏处，自洁独呈新。
近墨不染黑，近朱不染灰。
涅而不缁迹，君子心乃真。

【提示】

涅：矿物名，古代用作黑色染料；缁：黑色。用涅也染不黑。比喻不受恶劣环境的影响，品德高尚。

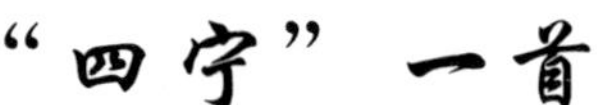

“四宁”一首

* 宁缺毋滥凑，少而精不佐。

* 宁死不屈硬，决不枉仁德。

* 宁为鸡口少，无为牛后多。

* 宁为玉碎身，不求瓦全活。

【提示】

“宁缺毋滥”宁可少些，不因贪多而降低标准以凑数；“宁死不屈”宁愿牺牲性命也不屈服；“宁为鸡口，无为牛后”比喻宁可在小地方自主，不愿在大地方受人支配；“宁为玉碎，不为瓦全”比喻宁愿为正义事业牺牲，不愿丧失气节，苟且偷生。

牛刀小试

才干初显露，大才不可藏。
以才献于世，德才用其尚。
初次就其职，才即合其光。
牛刀小试事，为民以担当。

【提示】

牛刀：宰牛用的刀；小试：稍微用一下，初显身手。比喻大才者初次任职，就已经表现出才能。

“四牛”一首

* 牛鬼蛇神即妖怪，形形色色称坏蛋。

* 牛骥同皂同一槽，不羁之人与良挽。

* 牛头马嘴不对路，生拉硬扯事两端。

* 牛衣对泣生活苦，夫妻对哭至达旦。

【提示】

“牛鬼蛇神”比喻形形色色的坏人；“牛骥同皂”比喻不好的人与贤人同处在一起；“牛头不对马嘴”比喻答非所问或两下不相合；“牛衣对泣”形容贫困夫妻的艰苦生活。

“四弄”一首

*弄假成真以做戏，不料成真奈何兮？
*弄巧成拙反受害，画蛇添足乃多余。
*弄性尚气耍脾气，意气用事马成驴。
*弄虚作假欲欺骗，故弄玄虚坏常律。

【提示】

“弄假成真”本是假意做做，不料竟成了真事；“弄巧成拙”本想要弄聪明，结果却做了蠢事；“弄性尚气”指意气用事，好耍脾气；“弄虚作假”指用虚假的一套骗人。

“四怒”一首

* 怒不可遏难止息，愤怒之情难消歇。

* 怒发冲冠气愤极，痛下狠心与其决。

* 怒火中烧心怀怒，誓不两立以对决。

* 怒形于色显脸面，内心愤怒不可遏。

【提示】

“怒不可遏”愤怒得难以抑制；“怒发冲冠”形容气愤到极点的样子；“怒火中烧”愤怒的火焰在心中燃烧，形容心里怀着极大的愤怒；“怒形于色”内心的愤怒显示在脸上。

藕断丝连

藕乃芙蓉花根茎，其丝具有粘连性。
掰开莲藕其丝连，此物乃是天性生。
人见此性喻人情，分手心思不能停。
借用藕丝寄相思，虽断犹连寄相逢。

【提示】

藕已折断，丝还连着。比喻没有彻底断绝关系。天有阴晴，地有缘。人有悲欢，情相牵。朝思暮想心未干，藕断丝连仍挂牵。语出唐·孟郊《孟东野诗集·去妇》。

呕心沥血

呕心沥血以构思，废寝忘食而创作。
不求功名不求利，只求此生不枉活。
舞笔弄墨伴一生，习文吟诗多蹉跎。
终其岁月以积淀，老树逢春再弄拙。

【提示】

比喻费尽心思，花费时间和精力，全神贯注于文艺创作。虽然没有什么成就，总是尽力而为之。年逾花甲之后，忽然顿悟，思维清晰，文思敏捷，实乃万幸也。

偶一为之

偶一为之少，不可求其多，
少而精则丽，多而繁趿拖。
文艺理相通，遵循理著作。
理通文通畅，思之合其得。

【提示】

偶然做一次。宋·欧阳修《欧阳文忠集·囚论》：“夫纵而来归之而赦之，可偶一为之耳。”引申致文理未尝不可耳。

拍案叫绝

读罢好文心激动，起身拍案叫绝声。
佳作犹如淳美酒，思情并茂美意生。
难得诗文之精美，言之有物情犹浓。
意境深远哲理深，辞彩华丽文笔精。

【提示】

案：桌子；绝：独一无二。拍桌叫好。形容非常赞赏。常用以读罢诗文佳作后，情不自禁地赞美声。天下好文知多少，君读只是冰山角。好中求好佳章多，可闻叫绝始无终。

攀龙附凤

攀龙附凤向上爬，以合心意沾其光。
巴结权贵尽出丑，狗仗人势装猖狂。
世间小人多坏事，低三下四献阴妄。
一朝求得蔑视笑，耀武扬威自称王。

【提示】

攀：双手抓附他物向上爬；附：依附；龙、凤：比喻有权势的人。比喻巴结或投靠有权势的人，从而猎取个人名利。世间小人多诡计，阿谀奉承拍马屁。一朝得手即粘上，攀龙附凤竭尽力。语出汉·扬雄《法言·渊骞》。

盘根错节

盘根错节互为交，树根盘曲为荣梢。
事物纷繁多复杂，主次分明应思考。
树有主根与须根，主根发达枝身俏。
做事当以主次分，事半功倍方可靠。

【提示】

盘：盘旋；错：交错。树根盘屈，枝节交错，不易砍伐。比喻事情繁难复杂，不易处理。凡事皆有其之理，不可臆造谬规律。由表及里发深思，看似错综实有序。语出《后汉书·虞诩传》。

庞然大物

外表庞大内空虚，空有其名不实际。
黔驴技穷被虎噬，徒有虚名枉做戏。
庞然大物势雄伟，小巧玲珑雕琢细。
物件大小视其值，价值连城和氏璧。

【提示】

庞然：高大的样子。形容很大很笨的一些东西。现多指表面上看来很大而实际却很脆弱的东西。语出唐·柳宗元《河东先生集·三戒·黔之驴》。

抛砖引玉

砖瓦石块到处是，美玉难得因稀世。
文者自谦作品劣，喻之文笔为砖石。
唐朝诗人名常建，诗文不及赵之势。
抛出小诗求佳作，抛砖引玉逢良师。

【提示】

抛出砖去，引回玉来。用以比喻自己先发表粗浅的意见或文章，目的在于引出别人的高见或佳作，表示谦虚。语出宋·释道原《景德传灯录·卷十·赵州东院从稔禅师》。

蓬荜生辉

蓬荜竹门无华丽，贫者家居多不及。
若逢贤者进家来，顿觉寒舍有生气。
真情何以分贫富，友情不分高与低。
只求心同道亦合，其情难舍亦难离。

【提示】

蓬荜：指“蓬门荜户”，即蓬草、荆竹编的门，形容穷人的家。使贫家增添光彩。用以称谢别人来到自己家里或称谢别人题赠的字画送到自己家里。昔有富家堂前燕，今栖寻常百姓家。

否极泰来

泰乃周易之吉卦，无灾无祸无挂牵。
否泰本是两极端，相互转换与其间。
物极必反乃自然，否极泰来始为鉴。
福伏祸兮祸倚福，两者相克亦相兼。

【提示】

否、泰：《周易》中的两个卦名，天地交（相互作用）叫作“泰”，“泰”就顺利；不交叫作“否”，“否”就失利。意思是事物发展到了极点，就要转化为它的对立面，即“否”可转化为“泰”。形容情况从极坏转好。语出《吴越春秋·勾践入臣外传》。

平分秋色

平分秋色又轮还，长伴云衢千里远。
中秋月圆秋色新，千家万户喜团圆。
秋高气爽八月天，秋色宜人满人间。
硕果累累压枝头，大地金黄丰收年。

【提示】

比喻双方各得一半。秋色乃共享之自然景观，奈何而将分，此乃以物寓情，引为其事耳。一轮冰盘挂中天，秋风送爽八月间。三五之夜共相守，喜看火箭直冲天。语出宋·李朴《中秋》诗。

破壁飞去

张僧安乐寺画龙，画成一龙不点睛。
人以为诞求其点，落笔骤间雷电生。
点睛之龙破壁飞，行雨乘风影无踪。
龙去画纸无一物，画龙点睛成语成。

【提示】

比喻人由平凡卑微骤然发达。昔有僧人善画龙，龙成却不为其点睛。世人问之，僧曰：“点睛后龙自腾空飞也。”众人不信，求其点试，僧着笔一点，龙当即破壁腾飞而去也。语出《宣和画谱》卷一。

萍水相逢

萍水相逢乃有缘，有缘千里聚相见。
身在他乡遇同乡，老乡相见喜心间。
他乡之客亦友好，同乡之情更欣然。
远隔千山与万水，异地相会乃天缘。

【提示】

萍：在水面上浮生一种草本植物，随水漂泊，聚散不定。比喻不相识的人偶然相遇。萍不扎根漂水面，风吹漂流无定居。有聚有散似无情，萍水相逢乃缘期。语出唐·王勃《王子安集·滕王阁序》。

破釜沉舟

釜乃煮食之容器，舟者军称水城防。
霸王破釜凿漏船，誓以决心战不降。
焚舟破灶若驱羊，士卒只持三日粮。
以此发誓决雌雄，不成事者便成殇。

【提示】

釜：锅。把饭锅凿破，把渡船凿沉。比喻下决心干到底。“项羽乃悉引兵渡河，皆釜甑，烧庐舍，持三日粮，以示士卒必死，无一还心。”语出《孙子·九地》《史记·项羽本纪》。

破镜重圆

南朝陈将亡其国，战乱不止乱其所。
流离失所无可依，夫妻多半难于合。
德言将镜分两半，留得日后为凭作。
岁月无情催人老，夫妻凭镜合其乐。

【提示】

比喻夫妻失散或决烈后重又团聚。南朝·陈将亡时，徐德言估计在战乱中可能与妻子离散，就将一面铜镜打破，各持一半，作为日后重见的凭证，并约定正月十五卖镜于市。后果然凭镜找到妻子。（此做法多有疑处，难道夫妇之间还需凭镜而相认吗?）

铺张扬厉

铺张意陈待渲染，扬厉宣泛扩大之。
不顾实际讲排场，入不敷出只喝汤。
铺张浪费乃陋习，一时风光为做戏。
攀比之心多作祟，铺张扬厉多不利。

【提示】

铺张：讲究排场，厉：宣扬扩大。原指铺叙夸张，极力宣扬。现多指过于讲究排场。“铺张对天之闳休，扬厉无前之伟绩。”语出唐·韩愈《昌黎先生集·潮州刺史谢上表》。

扑朔迷离

扑朔泛指乱自用，迷离专指眼蒙眬。
处事首当心笃静，心明眼亮看得清。
不为花招所迷惑，不可利令而邪生。
透过现象看本质，面对宠辱亦不惊。

【提示】

扑朔：指兔脚乱动；迷离：指眼睛半闭。原指模糊不清，很难辨别。后来形容事情错综复杂，不易看清底细。语出古乐府《木兰诗》。

“二拍”一首

*拍板成交乃叫市，商贾场上做交易。
引申政治之斗争，派别勾结相互挤。
*拍手称快心高兴，终于了结心中疾。
臭名昭著罪累累，一声枪响命归西。

【提示】

“拍板成交”俗称“叫行”。是商业运作中的一种交易形式，引申为政治派别之间的相互勾结和斗争；“拍手称快”多指仇恨得到解除或事情的结局使人感到满意。

“四排”一首

＊排斥异己大清洗，纯洁队伍利大局。
＊排除万难为其事，克服困难不畏惧。
＊排难解纷以调停，达成协议守条律。
＊排山倒海声势大，雷霆万钧合其力。

【提示】

“排斥异己”指排挤、清除与自己意见不同的人；“排除万难”扫除重重障碍，克服各种困难；“排难解纷”指调停双方的争执；“排山倒海”形容力量强、声势大。

“二盘”一首

* 盘根究底问根由，弄清事件之原因。
深入调查与走访，搜集线索以确认。
* 盘马弯弓故作秀，只作姿态假认真。
惊人之举无其实，虚张声势糊弄人。

【提示】

“盘根究底”盘问、追究事情的根由；“盘马弯弓”原来形容射箭者做好发射时的姿态。后比喻故意做出惊人的架势，但并不立即行动。

“二判”一首

*判若鸿沟界限清，相持以对分楚汉。
　鸿沟议和张良计，后发制人羽被歼。
*判若云泥差别大，不可并论于其间。
　高低之差忒悬殊，若比姚明难并肩。

【提示】

“判若鸿沟”秦末楚汉相争时曾在鸿沟议和，以鸿沟为界。谋臣张良力促刘邦与项羽在垓下决战，致使项军瓦解，建立起大汉王朝；“判若云泥”天上的云与地上的泥土比高低，谁高谁低，显而易见。

“四旁”一首

* 旁门左道不正经，邪门歪道害人精。

* 旁敲侧击打边鼓，转弯抹角说事情。

* 旁若无人眼光高，自觉良好实不清。

* 旁征博引为依据，以示材料可相承。

【提示】

“旁门左道”指不正当的方法、门径；“旁敲侧击”比喻说话不直接说，而是绕着弯子讲；“旁若无人”形容态度自然，有时也形容高傲；“旁征博引”形容说话、作文广泛地引用资料为依据。

抛头露面

封建妇女受压迫，三从四德如苦井。
大门不出是规矩，管束严厉多示警。
抛头露面招耻笑，认为家规不受敬。
倘若大胆出来走，视其家族之歪风。

【提示】

抛：暴露。露出头和脸。原指妇女出现在大庭广众之下，这是封建礼教不允许的行为。现在泛指公然露面，多含贬义。

喷薄欲出

气势极壮盛，喷薄而涌出。
水势呈汹涌，日出朝霞沐。
世兴人气旺，精神如日初。
事业成就大，家国情怀笃。

【提示】

喷薄：气势盛大、喷涌而出的样子。形容水涌起或太阳跳出地平线时的壮观景象。

“四蓬”一首

＊蓬户瓮牖穷人住，生活贫苦难自暇。

＊蓬门荜户枝条编，此乃寻常百姓家。

＊蓬头垢面成污秽，精神恍惚体不佳。

＊蓬头历齿即衰老，老牛推车力难搭。

【提示】

“蓬户瓮牖”指贫苦人家；“蓬门荜户”形容穷人家的住房；“蓬头垢面”形容人的容貌脏兮兮的样子；“蓬头历齿”形容老年人的衰老状态。

鹏程万里

大鹏起飞云飞扬，击水乘风九万里。
南海遥遥展翅飞，如若旋风惊天地。
庄周笔下呈其风，挥毫一就遂成兮。
诸子百家各心计，唯见庄子居首兮。

【提示】

鹏：传说中的大鸟。《庄子·逍遥游》里说，鹏鸟向南海飞去，水击三千里，乘着旋风一下子就飞出九万里。比喻前程远大。

“二批”一首

*批亢捣虚至要害，乘虚而入得其隙。
抓住时机莫错过，突袭成功在于急。
*批郤导窾找部位，一发即就乃可及。
了解道理为其事，庖丁解牛显手艺。

【提示】

“批亢捣虚”指抓住要害，乘虚而入；“批郤导窾”比喻处理问题时善于从关键处入手，因而顺利解决。

“二披”一首

*披肝沥胆以效忠，赤胆忠心为人民，
风雨同舟齐协力，以求百姓得安稳。
*披坚执锐以备战，杀场之上布其阵。
横刀立马显威风，面对敌寇出手狠。

【提示】

“披肝沥胆”比喻对人对事非常忠诚；“披坚执锐”穿上坚固的战衣，拿起锋利的武器，准备投入厮杀。

“三披”一首

* 披荆斩棘以奋斗，清除障碍得前进。
* 披沙拣金以求精，不畏困难作尽力。
* 披星戴月勤劳作，早出晚归多艰辛。
养家糊口靠勤劳，勤俭持家记于心。

【提示】

“披荆斩棘”比喻在创业过程中清除障碍，艰苦奋斗；“披沙拣金”比喻从大量的事物中细心挑选，去粗存精；“披星戴月”形容做事或旅途中的艰辛。

“四被”一首

* 被发文身吴越俗，散发披肩不成髻。
* 被发缨冠为救人，事不宜迟而应急。
* 被褐怀玉无显露，知我者少我不及。
* 被坚执锐全武装，全力以赴战到底。

【提示】

“被发文身”古代吴越一带的风俗，散发不作髻；“被发缨冠”意思是来不及束发和解冠缨，表示急于救人；“被褐怀玉”比喻怀抱美才，不在人前显露；“被坚执锐”形容做好战前准备。

劈头盖脸

劈头盖脸来势凶，措手不及难以应。
来者不善怒冲冲，如同雷鸣与暴风。
缘何如此之激动，只为宠物被伤情。
养猫养狗为心静，大发雷霆血压升。

【提示】

劈：正对着，冲着；盖：蒙，压下来。指正对着头、脸。形容来势凶猛。

“二皮”一首

*皮开肉绽杖刑苦，刑后将养难恢复。
如此酷刑加于人，非死即残命呜呼。
*皮里春秋自心明，不说评论于心中。
心平气和以待人，心知肚明思想清。

【提示】

“皮开肉绽”形容被打得伤势极重；“皮里春秋”形容表面上不批评人，而心中自有褒贬。

疲于奔命

疲于忙其事，奔走不停歇。
千头万绪理，难以扶其邪。
整日碌碌为，以求诸事竭。
疲于奔命做，还是难完结。

【提示】

奔命：奉命奔走。原指因奉命奔走而弄得筋疲力尽。现在也形容忙于奔走应付而搞得非常疲劳。

“三匹”一首

＊匹夫有责兴天下，众人捧柴火焰高。
＊匹夫之勇乃小勇，智慧之勇乃高招。
＊匹马单枪只一人，沙场之上独自操。
昔有常山赵子龙，盖世英雄得美号。

【提示】

“匹夫有责”意思是说，国家大事，每个人都有责任；“匹夫之勇”指不用智谋，单凭个人血气的小勇；“匹马单枪”比喻单独行动，没有别人帮助。

“二片”一首

*片甲不存即全歼，彻底消灭之守敌。
得胜归来授功章，捷报传家众人喜。
*片言只字之资料，费尽心思寻其迹。
大海捞针难以求，不知原因难解意。

【提示】

“片甲不存”：甲：古代作战穿的军装。形容将敌人全部消灭；“片言只字”指零碎的文字材料，也形容说话很少。

“四贫”一首

* 贫病交迫双重难，如何摆脱心忧烦。
* 贫贱骄人以鄙视，所谓富贵靠臭钱。
* 贫无立锥之地处，可见穷到达极端。
* 贫嘴薄舌言尖酸，得理不饶招人烦。

【提示】

“贫病交迫”贫穷和疾病一齐压在身上；“贫贱骄人”以自己的贫贱为骄傲，以示对权贵的鄙视或蔑视；“贫无立锥之地”穷得连插锥子的地方都没有；“贫嘴薄舌”指爱多话，言语尖酸。

“二牝”一首

*牝鸡司晨叫，雄鸡可生蛋。
事由之奇窍，镜前无形站。
*牝牡骊黄骥，日行千里远。
良驷难以求，实际不多见。

【提示】

“牝鸡司晨”：牝鸡：雌鸡；司：掌管；司晨：报晓。雌鸡像雄鸡那样鸣啼，指母鸡报晓。“牝牡骊黄”：比喻不是反映事物本质的表面现象。

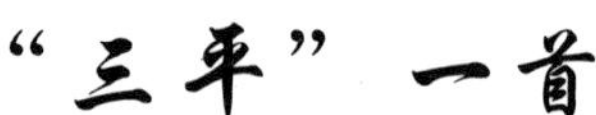

*平白无故遭不测，无缘无故受其害。
*平步青云直上升，官运亨通好运来。
*平淡无奇不突出，平平常常求自在。
吃得饱亦睡得着，无忧无虑好悠闲。

【提示】

“平白无故”指无缘无故，没有原因；“平步青云”比喻官位高升，一下子达到很高的地位或境界；“平淡无奇”平平常常，没有突出的地方。

“四平”之一

* 平地风波起，不晓其何因。
* 平地楼台高，成就壮其神。
* 平地一声雷，变动震乾坤。
* 平铺直叙说，哲理却很深。

【提示】

“平地风波”比喻意外的纠纷或事故；“平地楼台”比喻原来没有基础而一下子取得了成就；“平地一声雷”比喻突然发生重大变动；“平铺直叙”形容说话或写文章平淡，不加修饰。

“四平”之二

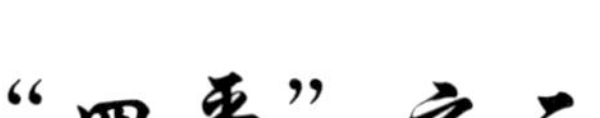

* 平起平坐相平等，无高无低位相齐。

* 平心静气以说理，胜过雷霆发脾气。

* 平易近人亦可亲，人缘极好心亦细。

* 平原督邮乃隐语，不说坏酒用比喻。

【提示】

“平起平坐”比喻地位或权力相当；“平心静气”心平气和，态度冷静；“平易近人”形容态度和蔼可亲，使人容易接近；“平原督邮”旧时用作坏酒的隐语。

“三迫”一首

*迫不得已不由己，迫于压力而为之。
*迫不及待等消息，想知究竟为何意。
*迫在眉睫事紧迫，立下决心行动急。
抓紧时间以应对，免得悔之将晚矣。

【提示】

“迫不得已”指出于逼迫，没有办法，不得不这样；“迫不及待”急迫得不能等待；“迫在眉睫”比喻事情已经到眼前，情势十分紧急。

“四破”之一

* 破除迷信不信神，敢于独创以求新。

* 破口大骂出恶语，出口伤人坏人心。

* 破门而入急露相，处心积虑哄吓人。

* 破题儿第一遭儿，此乃八股老调音。

【提示】

“破除迷信”原指破除鬼神邪说。现在用以形容树立敢想、敢干的新思想、新作风；“破口大骂”指恶语伤人；“破门而入”砸开门进去，多指盗贼行为；“破题儿第一遭”比喻事情的开端。

“四破”之二

* 破涕为笑悲转喜，情绪截然不相同。

* 破天荒乃第一次，未曾有过之行踪。

* 破绽百出衣缝开，漏洞之多利透风。

* 破竹之势气势猛，力不可挡必成功。

【提示】

“破涕为笑”形容转悲为喜；“破天荒”指从来未曾有过或第一次出现；“破绽百出”形容漏洞非常多；“破竹之势”形容气势凶猛，势不可挡。

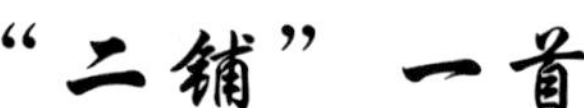

“二铺”一首

* 铺天盖地来势凶，天地皆是遮太阳。
蝗灾肆虐毁庄稼，一扫而过即啃光。
* 铺张浪费坏习惯，大手大脚无计商。
追求形式讲排场，入不敷出难抵偿。

【提示】

“铺天盖地”形容来势猛烈，似乎充满了天地间。“铺张浪费”讲究排场，过多地浪费人力物力。为了追求场面好看，不惜财力，追求形式，造成巨大的浪费。

普天同庆

双眼时时看秒针，心中默默盼如愿。
准备口令适时发，声声皆扣我心弦。
一声起飞指令下，喷着火焰冲霄汉。
此刻九州同欢呼，普天同庆放飞天！

【提示】

普：全面；天：世界。指全国或全世界的人都在庆祝。中国航天事业飞速发展，进入世界前列，成为航天大国、强国，令人欢欣鼓舞。每次发射成功都会出现“普天同庆”的热烈场面。

凄风苦雨

凄风寒冷露成霜，万木凋零现哆嗦。
世态炎凉多坎坷，天灾人祸何其多。
封建历史少记载，一片喧嚣皆颂歌。
金銮宝座一张嘴，普天之下一人说。

【提示】

凄风：寒冷的风；苦雨：久下成灾的雨。形容天气恶劣，也比喻处境悲惨凄凉。“春无凄风，秋无苦雨。天道是实，岂由人意?”语出《左传·昭公四年》。

欺世盗名

欺骗世人妄自说，只为自家唱颂歌。
沽名钓誉胡编造，自谓上天授宝座。
欺世盗名不知耻，谎称祖上积阴德。
雄鸡一唱天下白，神州歌舞齐欢乐。

【提示】

世：世人；盗：窃取；名：名誉。欺骗当时的人，窃取名誉。荀子曰：“夫富贵者则类傲之，夫贫贱者则求柔之，是非人之情也，是奸人将以盗名于暗世者也，险莫大焉。”语出《荀子·不苟》。

奇文共赏

奇文大家共欣赏，疑义评说相与析。
奇谈怪论若通理，另辟蹊径出新意。
所以称之为奇文，缘自独树成一体。
如若理直文笔新，实为文坛之新奇。

【提示】

新奇的文章共同欣赏。“奇文共欣赏，疑义相与析。新奇招人阅，好奇促人心。”语出晋·陶潜《陶渊明集·移居》。

歧路亡羊

歧路多岔道，亡羊何处去？
多人齐出动，不得空手矣。
邻家羊丢失，众人合力趋。
怨路多歧岔，歧路亡羊兮。

【提示】

歧路：岔道；亡：丢失。比喻事情复杂多变，没有正确的方向，因而找不到事理。杨子邻家丢羊，请子合力去找，因其路歧多岔道，众人皆不得而归。“大道以多歧亡羊，学者以多方丧生。”语出《列子·说符》。

骑马找马

骑驴寻驴虽可笑，仔细思量欠严密。
驴子并非只一头，丢掉一头仍有驴。
骑马找马谓跳槽，这山望着那山绿。
有志不在为何事，行行状元皆及第。

【提示】

比喻一面占着现有的位置，一面另找较好的工作。也比喻东西就在自己手里，还到处去找。此成语有褒贬的双重意思。一为心不守谱；二为健忘。语出宋·黄庭坚《寄黄龙青老》诗。

琪花瑶草

琪者乃美卉，瑶者乃仙草。
王毂梦仙瑶，梦境似天骄。
前程风光好，琪花和媚瑶。
南柯一梦游，醒来更无聊。

【提示】

琪、瑶：美玉。古人想象中的仙境花草。“前程渐觉风光好，琪花片片粘瑶草。”向往美事乃人之常情，在现实的基础上再施以想象，创造出心灵的美好诉求，以此而获得情感的慰藉，不是也很好吗？语出王毂《梦仙瑶》。

杞人忧天

杞国庸者忧天倾，夜不能寐心忧忡。
食不甘味茶淡涩，大祸将至奈何生？
闲来无事自找烦，无事生非实在庸。
无知不通天之理，杞人忧天心不明。

【提示】

比喻不必要的或毫无根据的忧虑。杞国有个人，担心天要崩塌下来，因此整天忧心忡忡，夜不能寐，食不甘味。实乃无事生非，自找烦恼也！语出唐·李白《梁甫吟》。

气贯长虹

气冲牛斗势之盛，怒发冲冠怒冲天。
何以如此而激奋，源于将我山河还。
爱国情深贯长虹，誓与敌寇决雌雄。
众志成城驱顽寇，不达目的决不停！

【提示】

气：气概，精神；贯：贯穿；虹：雨后天晴时空中出现的七彩圆弧。形容气势旺盛，简直可以贯穿长虹。气的含义非常丰富，可以说世上的一切生命现象都是“气”作用的结果。语出《礼记·聘义》。

千锤百炼

打铁锤炼方成器，千锤百炼火纯青。
身经百战成英雄，自砺自强铸人生。
作诗著文求其精，言简意赅理相承。
天下文章不拒改，精益求精出新声。

【提示】

锤、炼：指打铁炼钢，除去渣质。比喻经过多次艰苦斗争的锻炼、考验。也比喻文章、作品经过多次细致的修改。天下佳文即是真情的流露，成文受制于心灵之托。凡是佳作出自两种情绪：一为作者的即兴而涌现；二为作者历经苦思冥想后的细心修改完善而成。此两种方式都建立在作者深厚的功底基础之上。语出清·赵冀《欧北诗话》。

千丝万缕

千头万绪心里乱，事事交错难理清。
只因不知轻与重，只缘身在此山中。
生活多有事杂陈，凡事皆应顺其行。
轻重缓急亦有序，千变万化不离宗。

【提示】

缕：线；千根丝，万根线。形容两者之间的复杂联系。“道旁杨柳依依，千丝万缕，拧不住一分愁绪。”语出宋·戴石屏《怜薄命》。

千岩万壑

岩者山崖壑者沟，重山叠岭无尽头。
恺之会稽往返还，历尽崎岖路难走。
霁景凉风伴其行，千岩万壑亦不愁。
千载难得好去处，留于心中待时求。

【提示】

岩：山崖；壑：坑谷，深沟。形容重山叠岭。“千岩竞秀，万壑争流，草木蒙笼其上，若云兴霞蔚。”语出南朝·宋·刘义庆《世说新语·言语》。

锲而不舍

锲者即刻镂，舍者即不求。
弃而朽不折，不舍穿石透。
学而不知倦，严教在师优。
为学锲不舍，终将获天酬。

【提示】

锲：镂刻；舍：停止，放下。不断地镂刻。比喻坚持不懈。为学为事者，若具“锲而不舍”之毅力，终将获得成功的报答。语出《荀子·劝学》。

青梅竹马

发小幼稚两无猜，童心纯净无妨碍。
男骑竹马女青梅，嬉戏欢笑好可爱。
心灵纯洁无污染，天真烂漫待花开。
待到春风吹开怀，含苞欲放爱情来。

【提示】

青梅：青的梅子；竹：指小孩将竹竿骑在裆下作马。形容男女儿童天真无邪，在一起玩耍。两小无猜，童心无忌，天真烂漫，一尘不染，实为真正的情愫表露也。语出唐·李白《长干行》。

青蝇吊客

生而无知己，卒而无吊客。
无人可与语，人生如此拙。
尘世芸众生，何以知其多。
青蝇充吊客，自怜不以说。

【提示】

指人在生前没有知己，死后只有青蝇来做吊客。比喻人生难逢相知人，孤单一人，老守自居，其心无依无靠，孤独难以自禁。虽然衣食无忧，但空剿寂寥，何以所求乎？语出《三国志·吴志虞翻传》。

青云直上

曾主鱼书轻刺史，今朝自请左鱼来。
青云直上无多地，却要斜飞取直哉。
步入青云理应该，为官步步上青台。
为民处处用心思，旷世清官众人抬。

【提示】

青云：指青天。冲着青天一直上升。比喻人的地位直线上升。一朝得志登青云，临渊一跃冲上天。其速犹如坐火箭，眨眼之间入云端。语出《史记·范雎蔡泽列传》。

轻歌曼舞

轻即灵动曼即柔，歌舞升平祝新春。
轻歌唱得人欢笑，曼舞柔姿合其身。
莺歌蝶舞多蹁跹，钟磬管弦律和神。
民逢盛世心欢畅，举国同庆气象新。

【提示】

轻：轻快；曼舞：动作柔软、舞姿优美的舞蹈。轻快优雅的音乐旋律和优美的舞姿形成欢乐祥和的气氛。轻柔的歌声和着优雅的舞姿，一派祥和之气。国泰民安，时世繁荣，前景光明，人心所向，小康实现，安居乐业，普天同庆，中华复兴。

倾城倾国

北方佳人好美貌，绝世美人独一娥。
昏君多为沉酒色，幽王迷恋褒姒乐。
为逗美妃只一笑，假弄敌情戏侯国。
一笑价值倾其城，再笑即可倾国厄。

【提示】

倾：倾覆；城：城郭。形容绝色的女子。周幽王昏庸荒淫，为了博得褒姒一笑，竟假造敌情，戏弄诸侯。“一笑倾城，二笑倾国，三笑媚生，四笑人倾”此谓新版之笑矣。语出《汉书·外戚传下·孝武李人传》。

清风明月

自在逍遥闲无事，闲情逸趣养狗猫。
猫狗相伴世少见，猫儿虽多鼠不少。
狗拿耗子管闲事，猫怕老鼠头一遭。
清风明月夜如昼，猫狗酣睡鼠偷盗。

【提示】

比喻清闲无事。“金马玉堂三学士，清风明月两闲人。”闲来无事寻烦恼，不知岁月值多少？闲情逸趣岁蹉跎，懒如公鸡不报晓。语出宋·欧阳修《会老堂致语》。

情景交融

作诗著文不离情，景物亦为情所用。
情景交融合一体，人物活动汇其中。
情乃诗文之灵魂，触景生情诗文生。
两者服从于主题，交会融合抒心声。

【提示】

交融：相互融会、结合得很紧密。指文艺作品中景物的描写或环境的渲染同抒发人物的感情紧密结合。景物及环境是烘托人物的重要表现手段之一。所谓的“触景生情”即是景物对人物心理感受的影响。如果能达到景物与人物情感相得益彰的描述，可以提高对人物刻画的水平。

情见乎辞

爻相动乎内，吉凶见乎外。
功业见乎变，圣人情乎辞。
真挚肺腑言，言语乃心声。
语重情意深，挚友心相诚。

【提示】

见：即“现”，表现；乎：文言介词，作用同“于”；辞：言辞。泛指真挚的情意表现在言语之中。语言是表达心意的最佳方式。心意决定言辞的性质，心情的好与坏，出语而不同。高兴时语言流畅并自若；烦恼时多寡言；愤怒时出言必激烈；心乱时嘴拙而词不达意也。语出《周易·系辞下》。

请君入瓮

状告周兴于武皇，则天责俊审周兴。
俊臣与兴相对饮，问兴逼供当何成？
兴言罪者装入瓮，施以火烤必招供。
俊臣起身推周兴，请君入瓮乃为公。

【提示】

瓮：大坛子。意思是有宫里的命令要我审问老兄，请老兄入瓮吧！比喻用整人的办法来整他自己。语出《资治通鉴·唐纪》。

穷而后工

穷则思变促身勤，富者悠闲多慵懒。
身处贫寒多用功，尽力刻意尽其完。
作诗著文凭阅历，贫者求生多实践。
见多识广近生活，穷而后工功夫全。

【提示】

旧时指文人越不得意，诗就写得越好。“然则非诗之能穷人，殆穷者而后工也。”语出宋·欧阳修《梅圣俞诗集序》。

穷寇勿追

敌人溃败切勿追，此乃兵法不可违。
兵法并非死教条，灵活运用在智慧。
宜将剩勇追穷寇，即是猛打与穷追。
当追必追得完胜，错过机会枉后悔。

【提示】

寇：敌人。意思是追击残敌要讲究策略，过于急迫反而达不到消灭敌人的目的。但要根据具体情况灵活运用。兵法之书终其概略，用时切不可教条，以法为基本再根据实际而灵活用之。语出《后汉书·皇甫嵩传》。

穷形尽相

穷其形而尽其相，显示文章之细腻。
喻事喻物皆生动，细而不腻倚才气。
陆机文赋如方圆，可方可圆皆随意。
二者寓意当分清，穷形尽相互为济。

【提示】

穷：尽。原指文学作品描绘得十分细腻，形容得极其生动。后来也指丑态毕露。“虽离方而遁员，期穷形而尽相。”语出晋·陆机《文赋》。

穷则思变

穷则思变因其穷，不怕贫穷怕无愿。
人生之初全无有，为何出现两极端。
思变即为原动力，勤奋加之意志坚。
日积月累成财富，元亨利贞再循环。

【提示】

穷：贫乏，困苦。穷：尽，极端。《易》理原来是说，事物到了尽头，就要设法改变，一改变就通达了。大自然中的一切事物都在按其规律处于不断地变化之中。变，是绝对的；不变，只是相对的。凡事没有一成不变的。“物极必反”是中国哲学的核心理念，阐释了宇宙事物变化的自然法则和规律。语出《周易·系辞下》。

琼楼玉宇

琼楼玉宇奢华极，精美绝伦世无双。
月宫琼楼嫦娥居，寂寞难当抒袖裳。
翟乾祐月一冰盘，三五之夜共欣赏。
楼宇华丽少人气，不及阖家住草房。

【提示】

琼：美玉，泛指精美的东西；玉宇：传说仙人的住所。形容月中宫殿华丽精美。“翟乾祐于江岸玩月，或问：‘此中何有?’翟笑曰：‘可随我观之。’俄见琼楼玉宇烂然。”语出晋·王嘉《拾遗记》。

秋风过耳

秋风过耳不与闻，高枕无忧得心宽。
荣华富贵如粪土，过耳之风已无关。
凡世多愁多忧虑，如陷泥潭无安闲。
看破红尘心笃静，不求名利求安然。

【提示】

如秋天的风。比喻事情与己无关，毫不经心，一吹而过，没有注意。即“事不关己，高高挂起。”“富贵之于我，如秋风之过耳。”不闻不问是也。语出《吴越春秋·吴王寿梦传》。

秋扇见捐

秋风送爽九月天，时过境迁不用扇。
将其搁于屉子中，喻之妇女被弃散。
悲歌言行秋节至，遂成泪水斥而怨。
今生今世遇风霜，弃捐痴情薄情汉。

【提示】

见：被；捐：弃。秋天的扇子被搁置起来。比喻妇女被丈夫遗弃。“常恐秋节至，凉飙夺炎热，弃捐箧笥中，恩情中道绝。”语出汉·班婕妤《怨歌行》。

秋荼密网

茶者苦菜同茅草，白花之毒亦为苦。
秋至苦荼多繁茂，网目细密喻法酷。
法纲恢繁细而密，秦朝法酷如秋荼。
殃及百姓怨载道，官逼民反秦被除。

【提示】

荼：苦菜，也指茅草、芦苇的白花。秋天繁茂的苦菜，网眼细密的渔网。旧时比喻刑法繁苛。语出汉· 桓宽《盐铁论·刑德》。

曲突徙薪

徙薪将柴搬离灶，曲突即将烟囱弯。
事先安排全周到，即为防患于未然。
西汉宣帝劣皇后，多人参奏除其奸。
后被杀之封赏臣，漏掉徐福另封建。

【提示】

曲：使之弯曲；突：烟囱；徙：迁移；薪：柴。把烟囱改建成弯的，搬开灶旁的柴，避免发生火灾。提高警惕，防患于未然，是以确保安全而无忧也。语出《汉书·霍光传》。

曲高和寡

客有歌者曲郢中，其始通俗下里巴。
国中附和无其数，其为阳阿或薤露。
再为阳春白雪颂，国中附和渐其少。
曲高和寡日见稀，只因艰涩难于吟。

【提示】

曲：曲调；和：跟着别人唱；寡：少。意思是乐曲的格调越高，能跟着唱的人就越少。原来比喻知音难得。现在也比喻言论或作品不通俗，能了解的人很少。含有讽刺意味。语出《文选·宋玉〈对楚王问〉》。

曲终奏雅

雅者和其光，俗者和其商。
韵律多变化，雅俗共欣赏。
曲终奏雅乐，有弛亦有张。
张弛适有度，妙曲奏终场。

【提示】

雅：雅乐。乐曲到终结处奏出了雅正的乐音。原来是说不够完美，后转形容文章或艺术表现在结尾时特别精彩。语出《史记·司马相如列传》。

权衡轻重

权者即秤砣，衡者乃秤杆。
试问孰轻重，权衡轻重担。
圣人权其性，出其大利焉。
权衡酌古今，和者乃为先。

【提示】

权：秤砣；衡：秤杆。估量哪个轻，哪个重。比喻分别次要和主要的。“权衡轻重，斟酌古今，和而能壮，丽而能典，焕乎若五色之成章，纷乎若八音之繁会。”语出《商君书·弱民》。

全无心肝

亡国之君陈后主，荒淫无度乱其身。
国亡家破苟安生，养尊处优似无心。
每当朝中为庆典，妄请赐座与朝臣。
斯人自为不知趣，文帝谓其无心人。

【提示】

用以表示毫无羞耻之心。昔陈后主在位时荒淫无度，国亡后被俘至长安，隋文帝放了他，并给他三品官待遇，每逢朝廷宴会，不奏江南曲调以免伤其心。但他不知好歹，泰然就座畅饮至醉，文帝轻蔑其“全无心肝!”语出《南史·陈后主纪》。

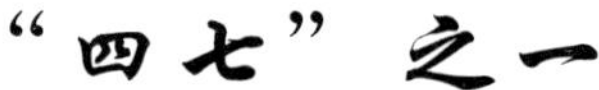

“四七”之一

＊七颠八倒无是处，事物繁杂亦混乱。

＊七零八落零散散，不见昔日齐端端。

＊七拼八凑强凑合，勉勉强强将其完。

＊七窍生烟气之极，如同五官冒黑烟。

【提示】

“七颠八倒”形容事物混乱，不整齐；“七零八落”形容零零散散，不集中的样子；“七拼八凑”把零碎的东西勉强凑合起来；“七窍生烟”形容气愤已极，好像七窍都要冒出烟来。

“四七”之二

＊七擒七纵有收放，以求控制于对方。

＊七上八下神不安，心中慌乱难安详。

＊七手八脚齐动手，人多插手不顺畅。

＊七嘴八舌各自说，各执一说难收场。

【提示】

“七擒七纵”比喻有收有放有效地控制对方；“七上八下”形容心里慌乱、不安稳；“七手八脚”形容大家一起动手，人多手杂的样子；“七嘴八舌”形容你一句，我一句，人多嘴杂，各说其理。

期期艾艾

期期艾艾话，反反复复说。
缘自其口吃，如此而嘴拙。
言语不流利，乃是后天得。
幼小成习惯，终生难摆脱。

【提示】

形容口吃的人说话时吐辞重复，说话不流利。

“二欺”一首

* 欺人太甚难容忍，先以言辞来警告。
倘若无效另想招，不达目的气不消。
* 欺人之谈乃胡说，天花乱坠招人笑。
信口雌黄弄颠倒，自欺欺人不合调。

【提示】

“欺人太甚”意思欺负人太厉害了，令人不可容忍，有必要加以制止；“欺人之谈”欺骗人的鬼话。

漆黑一团

漆黑一片难以见，由于暂时遇停电。
冰雨夹雪漫天飞，电力设备遭摧残。
抓紧时间连夜干，电力工人冒天寒。
第一时间合上闸，趋走黑暗如白天。

【提示】

形容一片黑暗，没有一点光明。也形容对事情一无所知。

“三齐”一首

＊齐大非偶不相称，势力悬殊不对等。
＊齐东野语多荒唐，无稽之谈不由衷。
＊齐心协力以成事，众人捧薪火更红。
凡事众人同谐律，步调一致必成功。

【提示】

“齐大非偶”指辞婚者表示自己门第或势位卑微，不敢高攀；“齐东野语”比喻道听途说，荒唐无稽的话；“齐心协力”形容思想一致，共同努力。

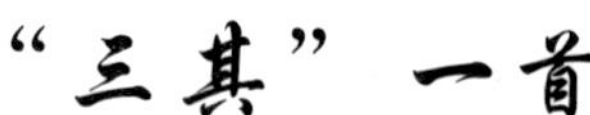

“三其”一首

*其乐无穷尽，乐此而不疲。

*其貌不扬丑，其形亦不及。

*其味无穷意，回味无穷矣。

气势汹汹涌，水深河流急。

【提示】

“其乐无穷”其中的乐趣没有穷尽；“其貌不扬”形容人或器物的外貌丑陋；“其味无穷”形容含义深刻，使人回味不尽。

“三奇”之一

＊奇耻大辱不可恕，决心雪耻作昭著。
＊奇货可居以囤积，待以高价再沽出。
＊奇谈怪论谬其理，胡说八道为突出。
收集妄谈以调侃，道听途说再加醋。

【提示】

“奇耻大辱”极大的耻辱；“奇货可居”商人把稀缺的商品囤积起来，等待高价出卖；“奇谈怪论”指奇怪的不合事理的言论。

“三奇”之二

* 奇形怪状不规则，铁索千寻取不愁。
* 奇珍异宝实难得，荒年不值一窝头。
* 奇装异服衣不俗，大胆创新尽力走。
老生常谈无生气，墨守成规难以求。

【提示】

“奇形怪状”奇奇怪怪的形状。《太湖石歌》：“铁索千寻取得来，奇形怪状谁能识?”“奇珍异宝”稀奇难得的宝物；“奇装异服”指不合时俗的服装，多含贬义。

“二骑”一首

*骑虎难下势必做，半途而废何其说。
痛下决心不罢手，义无反顾求其所。
*骑者善堕乃常事，不经摔打不可得。
事之熟者亦疏忽，一经不慎招碰磕。

【提示】

“骑虎难下”意思是事已至此，只可一做到底，没有回旋的余地；“骑者善堕”凡是能骑马的人都要经过堕马的锻炼。比喻擅长某一技艺的人，也难免由于疏忽而造成失败。

“二棋”一首

*棋布星罗多而广，如同星空与棋盘。
布满空间呈满满，犹如天河星之繁。
*棋逢对手相博弈，各出高招以为战。
杀得难分亦难解，一招一式皆不凡。

【提示】

“棋布星罗”形容数量很多，散布得很广泛；“棋逢对手”比喻双方的本领相当，能手碰上了能手。

“二旗”一首

*旗鼓相当无高低，势均力敌欲较量。
两军对垒箭上弦，一次血战将上演。
*旗开得胜第一仗，头炮打得真漂亮。
乘胜出击士气旺，势如破竹不可挡。

【提示】

“旗鼓相当”比喻双方势均力敌，不相上下；“旗开得胜”比喻事情一开始就获得成功，即马到成功的意思。

“二乞”一首

*乞哀告怜求，以得其相助。
身残难为事，只得讨食糊。
*乞浆得酒乐，讨水酒相沽。
谢主心之善，日后再报图。

【提示】

“乞哀告怜”乞求别人怜悯，向别人乞讨饭食；“乞浆得酒”原本想讨碗水解渴，不想却得到一碗酒。指心里甚为欢喜。

起死回生

妙手回春有绝招，起死回生医术高。
且不论其好医道，只论医德著世涛。
手中一把手术刀，鉴别良知是否昭？
生命价值贱与贵，全凭自我作周到。

【提示】

能将要死的人医治得活过来，可见医术之高明。也形容挽救了看来没有希望的事物。

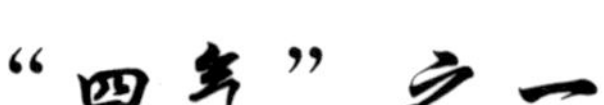

“四气”之一

* 气冲牛斗怒气盛，似若直达天河边。

* 气冲霄汉显威风，勇气魄力可冲天。

* 气急败坏狼狈相，心跳气短命危险。

* 气势磅礴多雄伟，如同倒海亦倾山。

【提示】

“气冲牛斗”形容怒气很盛的样子；“气冲霄汉”形容斗志旺盛，霸气；“气急败坏”形容因愤怒或激动而慌张地说话、回答或喊叫；“气势磅礴”形容宏伟壮观，雄壮有气势的样子（多形容景物）。

“四气”之二

* 气势汹汹势头猛，来者不善多提防。
* 气吞山河气魄大，势若雷霆天宇放。
* 气味相投合得来，缘自同类同志向。
* 气息奄奄将尽亡，体征衰落不可偿。

【提示】

“气势汹汹”比喻态度和势头凶猛而嚣张；“气吞山河”形容气魄之大；“气味相投”思想和情趣相互接近的人；“气息奄奄”形容呼吸微弱，快要断气的样子，也比喻事物衰败没落，即将灭亡。

“四气”之三

* 气象万千如朝阳，朝霞绚丽红满天。
* 气焰嚣张行放肆，态度猖狂到极点。
* 气宇轩昂好仪表，精神饱满气不凡。
* 气壮山河国兴旺，山河壮丽满人间。

【提示】

“气象万千”形容景色和事物壮丽而多变；“气焰嚣张”形容言行放肆，态度猖狂；“气宇轩昂”形容人的精神饱满，气概不凡；“气壮山河”形容气概豪迈，可以压倒山河。

“二弃”一首

* 弃暗投明求进步，认清前途奔光明。
人生路上多歧路，随时矫正其行踪。
* 弃甲曳兵吃败仗，狼狈逃窜以保命。
丢盔弃甲各自逃，全军溃散多逃兵。

【提示】

“弃暗投明”离开黑暗，投向光明。比喻在政治上脱离反动阵营，投向进步方面。“弃甲曳兵”丢掉铠甲，拖着兵器。形容打败仗逃跑时的狼狈相。

“四弃”一首

* 弃旧图新重开头，抛弃陈旧以求新。
* 弃瑕录用以宽贷，既往不咎与之信。
* 弃邪归正投光明，重新做人求初心。
* 弃如敝屣全抛弃，以期得到重信任。

【提示】

“弃旧图新”抛弃旧的东西，做新的努力；“弃瑕录用”宽贷原来的过失，重新任用；“弃邪归正”放弃错误，走上正道；“弃如敝屣”如同甩掉旧鞋那样，比喻毫不可惜地扔掉或抛弃。

泣不成声

悲伤而哭泣，哽咽不成声。
心中之惆怅，无人相与逢。
夜里不能寐，日里神不清。
缘何如此苦？只因夫不忠。

【提示】

泣：低声哭。哭得噎住了，出不来声音。形容很悲伤。语出《吴越春秋·越王无余外传》：“昼哭夜泣，气不属声。”

“二恰”一首

*恰如其分正合适，不缺不盈而适中。
为人处世大学问，如此做人合中庸。
*恰到好处即正好，不偏不倚做事情。
为事如若守其理，一路扬帆乘顺风。

【提示】

“恰如其分”形容办事或说话十分恰当合适。“恰到好处”形容说话、做事正好到了最合适的地步。

“四千”之一

*千变万化不离宗，此乃客观理相承。

*千仓万箱粮谷多，丰收之年多喜庆。

*千差万别多门类，混杂一处难分清。

*千仇万恨记心中，不忘国耻鸣警钟。

【提示】

“千变万化”形容变化之多；“千仓万箱”形容丰收之年粮食充足；“千差万别”形容种类很多，差别很大；“千仇万恨”指仇恨很多、很深。

“四千”之二

* 千疮百孔灾难重，无故家园遭损毁。
* 千头万绪事物乱，烦琐杂乱聚成堆。
* 千方百计想办法，以求顺利得事恢。
* 千夫所指犯众怒，横眉冷对其罪魁。

【提示】

“千疮百孔”形容遭受到很大的破坏；“千头万绪”形容事物纷繁，头绪很多；“千方百计”想尽一切办法；“千夫所指”形容触犯众怒。

“四千”之三

* 千呼万唤始出来，犹抱琵琶半遮面。
* 千金买骨求贤才，以兴大业成其贤。
* 千金一掷赌红眼，孤注一掷做冒险。
* 千金之子多富有，享受生活不差钱。

【提示】

“千呼万唤”经过多次的邀请、呼唤；“千金买骨”比喻求贤才的渴望；“千金一掷”赌徒以千金为一注投掷，形容生活奢侈，用钱没有节制；“千金之子”指富家子弟。

“四千”之四

* 千军万马声势大，队伍雄壮显威风。
* 千钧一发事之危，紧迫不待立即应。
* 千里迢迢路遥远，风餐露宿急于行。
* 千虑一得亦可取，笨鸟先飞亦可成。

【提示】

“千军万马”形容兵马很多，队伍雄壮或声势浩大；“千钧一发”形容事情很危急；“千里迢迢”形容路程很远；“千虑一得”意思是愚笨的人的意见也有可取之处。

“四千”之五

* 千门万户人家多，屋宇宽广庭院深。
* 千难万险无阻挡，誓将事业梦成真。
* 千秋万代以相承，传统文化华夏根。
* 千秋万岁祝长寿，日月同辉得终身。

【提示】

“千门万户”形容人家很多，也形容屋宇深广；“千难万险”形容困难、危险极多；“千秋万代”指世世代代，绵延不断，岁月长久；“千秋万岁”祝寿语，祝人长寿、安康。

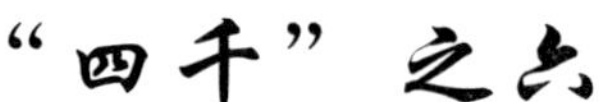

“四千”之六

* 千篇一律无变化，办事机械拒陈规。

* 千山万水路迢迢，小叶孤舟独自归。

* 千头万绪头绪多，难以理清奈何为？

* 千万买邻昔孟母，为子成才择邻遂。

【提示】

“千篇一律”指文章公式化，也比喻按一个格式机械地办事；“千山万水”比喻路途的艰辛遥远；“千头万绪”形容事情复杂纷乱；“千万买邻”形容好邻居之可贵。

“四千”之七

* 千辛万苦育子女，可怜天下父母心。

* 千言万语说不尽，满腔热血报双亲。

* 千载难逢好时机，抓住机会事即钦。

* 千真万确无虚假，实事求是皆可信。

【提示】

“千辛万苦”极多极大的辛苦；“千言万语”形容说的话很多；“千载难逢”形容机会的难得与宝贵；“千真万确”形容非常确实可信。

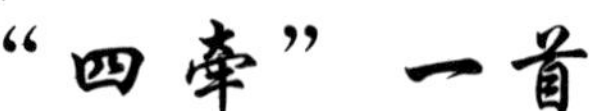

“四牵”一首

* 牵肠挂肚心想念，时刻挂念远方人。

* 牵萝补屋以凑合，勉强修补防雨侵。

* 牵强附会作拼凑，生拉硬扯合成群。

* 牵一发而动全身，事之关键在核心。

【提示】

“牵肠挂肚”形容惦念，放不下心；“牵萝补屋”本来形容生活困难，挪东补西。后泛用以比喻将就凑合；“牵强附会”形容生拉硬扯，勉强凑合；“牵一发而动全身”比喻动一个极小的部分可以影响全局。

“二谦”一首

*谦谦君子风，落落大方气。
言谈举止稳，处世乃合迹。
*谦虚谨慎人，为人多诚意。
虚心与之处，诚恳待人亲。

【提示】

“谦谦君子”指谦逊而严格要求自己的人；“谦虚谨慎”虚心，不自满。慎重谨慎又虚心的做人态度。

“四前”之一

＊前车之鉴得教训，前人失败后人斟。
＊前程万里景象新，前途远大求其身。
＊前度刘郎又回转，为求神仙枉自绅。
＊前赴后继不间断，涉水渡河不怕深。

【提示】

“前车之鉴”比喻前人的失败经验，可当后人的教训；“前程万里”形容前程远大；“前度刘郎”比喻离去而又回来的人；“前仆后继”形容一往无前的精神。

“四前”之二

* 前功尽弃而不得，一举失措皆尽弃。
* 前呼后拥官出行，鸣锣开道壮神气。
* 前倨后恭两出戏，尽显人心之浮意。
* 前赴后继而相应，前面倒下后继续。

【提示】

“前功尽弃”以前的功劳完全白费了；“前呼后拥”前面吆喝着，后面保护着；“前倨后恭”先傲慢而后恭敬；“前赴后继”前面的倒下了，后面的紧跟上。形容作战勇敢。

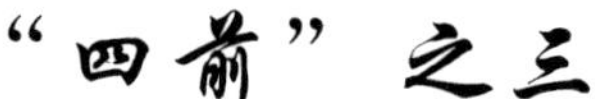

“四前”之三

* 前所未闻没听说，完全不知不晓得。

* 前所未有头一遭，未曾有过难说道。

* 前无古人之空前，后无来者不可料。

* 前人栽树后人凉，造福子孙好仁德。

【提示】

“前所未闻”从来没听说过；“前所未有”从来没有过；“前无古人”从来没有人做过的事情；“前人栽树，后人乘凉”比喻前人为后人造福。

钱可通神

钱若能通神，神者爱财深。
如此之贪心，岂能称其神？
有钱当然好，没钱亦终身。
通神为求钱，与神奈何亲？

【提示】

有了钱连神仙也可以买通。比喻金钱的魔力和诱惑极大。所以有“有钱能使鬼推磨”的俗语流传于世。

潜移默化

人者多情感，易受其感染。
近墨易成黑，近朱呈赤焉。
学好多为难，学坏立刻见。
潜移默化软，侵蚀更锐尖。

【提示】

潜：暗中，不见形迹；默：不说话，没有声音。形容人的思想或性格受到感染、影响而不自觉地发生了变化。事物之理，如此之说应该予以重视，影响最为重要。家长以身作则，远远胜过唠叨。

黔驴技穷

贵州无驴却有虎，虎未见驴即怕矣。
驴子仰天一声叫，吓得老虎逃不急。
反复再三后再用，惹得老虎杀心起。
跃起身子下虎口，黔驴技穷命归西。

【提示】

黔：贵州省的简称；穷：尽，完了。这是唐代柳宗元写的一则寓言故事。寓意有限的一点本领已经使完了。

“二浅”一首

*浅尝辄止不深入，只是粗略作尝试。
此乃为学之大忌，不求甚解何可寄？
*浅斟低唱闲逸趣，轻歌曼舞以做戏。
寻欢作乐夕至夜，靡靡之音充耳际。

【提示】

“浅尝辄止”略微尝试一下就停止了。比喻学习上不深入钻研；“浅斟低唱”形容士大夫消遣享乐的生活。

羌无故实

羌无故实处，不用其典故。
明月照积雪，讵出何经注？
文章如其花，枝干根成树。
诗文据其理，羌无故实处。

【提示】

羌：文言文的句首助词，没有实义；故实：典故，出处；讵：岂。指不用典故或没有出处的诗文。

枪林弹雨

枪多可成林，流弹密成雨。
炮火多密集，硝烟遮连云。
战场如火海，焦土烤人急。
躲入山洞中，等待再出击。

【提示】

枪杆子像树林，子弹像下雨。形容战场上炮火异常密集，战斗非常惨烈。著名的上甘岭战役，就是这种场面的真实写照。

将伯之助

伯仲之同胞，长次亲兄弟。
弟之为其事，求兄以相济。
本是同根生，何必多客气。
兄弟相互间，携手齐努力。

【提示】

将：请求；伯：长者。请求长者的帮助。一般用作请人帮忙的客气话，也指别人对自己的帮助。

“四强”之一

* 强干弱枝以喻事，削弱加强同时举。
* 强奸民意以栽赃，妄将谬论强加予。
* 强弩之末无其力，事物衰败大势去。
* 强词夺理耍蛮横，无理取闹找没趣。

【提示】

“强干弱枝”比喻削弱地方势力，加强中央权力；“强奸民意”指统治者把自己的意志强加在人民群众的头上，妄称民意；“强弩之末”比喻原来强大的力量已经衰弱；“强词夺理”形容无理取闹。

“四强”之二

＊强将手下无弱兵，兵弱缘自无强将。
＊强聒不舍多絮叨，聒噪不体如沸汤。
＊强人所难不体量，谬其为事妄做伤。
＊强国富民为宗旨，共同致富成小康。

【提示】

“强将手下无弱兵”比喻好的领导能带出一支好的队伍；“强聒不舍”意思是虽然所有的人都不听，而他却一个劲地的在人家耳边絮叨；“强人所难”勉强别人做不能做到的事情；“强国富民”增强国力，致富于民。

“二敲”一首

*敲骨吸髓酷吏凶，榨取民脂手段恶。
工部不平作“三吏”，为民叫苦语谔谔。
*敲诈勒索仗权势，横行霸道强行索。
巧取豪夺以敛财，花天酒地脏话多。

【提示】

“敲骨吸髓”形容残酷压迫到极点；“敲诈勒索”依仗权势或抓住别人的把柄进行威胁或索取财物。

乔装打扮

乔装打扮改外貌，以期外人不可认。
如此之为必有因，见不得人掩其身。
触犯法纪欲逃脱，妄想乔装充好人。
狐狸尾巴无处藏，法网恢恢辨假真。

【提示】

乔装：改变服装、面貌，这里指化装。意思是通过进行伪装，隐藏身份。

“四巧”之一

＊巧不可阶追不上，升登之快不可追。

＊巧夺天工技艺妙，胜过造化乃人为。

＊巧发奇中善演说，适合人意众人围。

＊巧妇难为无米炊，巧夫难甩拙妇随。

【提示】

“巧不可阶”指巧妙得别人无法赶上；“巧夺天工”人工的精巧胜过天然。形容技艺巧妙、高超；“巧发奇中”形容善于乘机发表意见，后能为事实所证实；“巧妇难为无米之炊”比喻做事缺乏必要的条件，很难做成。

“四巧”之二

＊巧立名目乱理由，想尽方法达目的。
＊巧取豪夺双下手，抢占财物坏法纪。
＊巧舌如簧会说道，花言巧语自做戏。
＊巧言令色充和善，虚伪讨好为获利。

【提示】

“巧立名目”变着法儿定出些名目来达到某种不正当的目的；“巧取豪夺”用欺骗或强力手段来抢占别人的财物；“巧舌如簧”形容能说会道、花言巧语蒙人；“巧言令色”指用花言巧语和媚态伪情来迷惑、取悦他人。

“四切”一首

*切磋琢磨相与析，取长补短互学习。
*切齿腐心恨至极，咬牙切齿难消气。
*切齿痛恨记于心，报仇雪恨后会期。
*切肤之痛极为深，亲身感受伤于心。

【提示】

“切磋琢磨”比喻学习或研究问题，互相讨论，取长补短；“切齿腐心”形容愤恨到极点；“切齿痛恨”形容恨到极点；“切肤之痛”亲身受到的痛苦。比喻感受极其深切。

“三窃”一首

*窃窃私议小声说，怕露春光之密情。
*窃窃私语背地讲，小声切切近耳听。
*窃钩窃国皆为罪，结果却是相径庭。
小偷小摸犯其纪，窃国大盗却逞凶。

【提示】

“窃钩窃国”讽刺旧时代法律的虚伪和不合理；“窃窃私议”背着人小声私下议论；“窃窃私语”指背地里小声谈话。

“三亲”一首

* 亲密无间无隔阂，志趣相投好朋友。
* 亲如手足如兄弟，感情深厚如骨肉。
* 亲痛仇快事相反，妄为促成难左右。
事与愿违帮倒忙，反被利用何其由？

【提示】

“亲密无间”形容非常亲密，没有任何隔阂；“亲如手足”比喻朋友之间感情深厚，亲密得像兄弟一样；“亲痛仇快”使自己人痛心，使敌人高兴。

秦晋之好

秦晋之好处，相互结姻亲。
相传好后代，互为友亲近。
二姓成婚配，以此传至今。
俗称为亲家，密切因联姻。

【提示】

春秋时秦、晋两国的国君曾几代互相婚嫁。后泛称两姓联姻为“秦晋之好”。

“二沁”一首

*沁人肺腑情，感动内心深。
相互情意笃，友好至终身。
*沁人心脾意，好文如贵珍。
掩卷以回味，如同醇酿沁。

【提示】

“沁人肺腑”情真意切感人肺腑，没齿不忘；“沁人心脾”形容文学作品美好、感人，给人以清新、爽快的感觉，令人回味无穷。

青出于蓝，而胜于蓝

育人两鬓霜，学子无数哉。
成就多斐然，缘自师之爱。
桃李满天下，百花争春来。
青出蓝胜蓝，代代以相传。

【提示】

终生教书育人，呕心沥血。待桃李满天下，而师在丛中笑。师生情谊是人生的宝贵精神财富，学子成就亦体现着老师的用心良苦。为人师者，最大的安慰莫过于“青出于蓝，而胜于蓝”也。

青黄不接无可食，野菜树皮以充饥。
熬着苦日盼收获，度日如年难以息。
晴天霹雳一声响，阳光仍然照大地。
天有不测之变幻，人间亦有伤别离。

【提示】

“青黄不接”指庄稼还没有成熟，陈粮已经吃完，比喻暂时的缺乏。

“四轻”之一

*轻车熟路快，路上少为难。
*轻而易举得，缘自苦于练。
*轻举妄动拙，行动多风险。
*轻描淡写说，马马虎虎干。

【提示】

“轻车熟路”比喻对事情很熟悉，做起来容易；“轻而易举”形容毫不费力；“轻举妄动”不经慎重考虑，轻率地采取行动；“轻描淡写”说话或写文章时将重要的事轻轻带过。

“四轻”之二

* 轻诺寡信少兑现，不可寄望于枉言。
* 轻裘肥马以显贵，不是大官亦富焉。
* 轻裘缓带仪从容，身不披甲却自然。
* 轻于鸿毛无价值，生命可贵在其贤。

【提示】

“轻诺寡信”轻易许下诺言的，很少守信用；“轻裘肥马”形容豪华的生活；“轻裘缓带”形容态度闲适、从容；“轻于鸿毛”比喻死得毫无价值。

“四轻”之三

*轻重倒置成颠倒，本末不分两不及。
*轻重缓急以区别，不可无绪乱其系。
*轻装简从少排场，认真做事乃可寄。
*轻装上阵身清爽，心无负担作应急。

【提示】

“轻重倒置”指轻重、主次颠倒；“轻重缓急”指事物的主次、轻重的区别；“轻装简从”指行装简便，随从人少；“轻装上阵”形容放下顾虑，全力以赴地投入到事业中。

“四倾”一首

＊倾巢出动多贬义，喻之全部皆出动。
＊倾家荡产全部光，只身出走居山洞。
＊倾盆大雨自天降，河水暴涨坏田庄。
＊倾箱倒箧尽所有，支援灾民度灾荒。

【提示】

“倾巢出动”整窝的鸟全出来了。比喻出动全部兵力或人力；“倾家荡产”把全部家产弄光；“倾盆大雨”比喻雨势急骤；“倾箱倒箧”比喻尽其所有。

“四清”一首

*清尘浊水会无期，浮沉各异不时谐。
*清风两袖示廉洁，为官不沾贪心邪。
*清风明月好景致，清闲无事弄书写。
*清规戒律束缚人，无端拘束心难歇。

【提示】

“清尘浊水”比喻相互隔绝，会合无期；“清风两袖”为官廉洁；“清风明月”比喻清闲无事；“清规戒律”原指佛寺禅院必须遵守的规则和戒律，现比喻不合理的规则、惯例。

蜻蜓点水

满池芙蓉泛清香，蛙影穿梭荷阴下。
天高气爽阳光好，蝉儿声声鸣暑夏。
岸边翠柳低下垂，清风摇曳见婀娜。
蜻蜓双双掠水面，点得池水笑荷花。

【提示】

蜻蜓点水，一掠而过。比喻表面的接触，不深入。语出唐·杜甫《曲江二首》二：“点水蜻蜓款款飞。”

“三情”一首

*情不自禁难自作，感情激动嘴出辙。
*情急生智促思通，危急之中被激活。
*情随事迁感慨深，思随事迁变化多。
客观事物呈多变，情随时迁难琢磨。

【提示】

“情不自禁”感情激动，控制不住自己；“情急生智”情况危急时，忽然想起了办法加以应对；“情随事迁”思想感情随着客观情况的变化而发生变化。

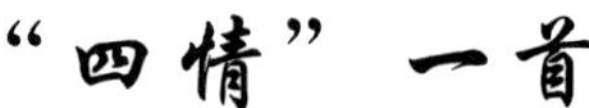

*情同手足交情深，如同兄弟多信任。
*情投意合为挚友，相互协助心乃真。
*情见势屈两不及，当机立断以脱身。
*情有可原重实际，理解万岁明事因。

【提示】

“情同手足”交情深厚，如同兄弟；“情投意合”形容双方思想感情和心意都很融洽；“情见势屈”形容军情已经泄露，又处于劣势的地位；“情有可原”指按情理或情节来看，有可以原谅的地方。

罄竹难书

劣行累累多，罄竹难书罪。
犯下滔天罪，天理必以追。
法网疏不漏，惩处以当为。
清除一臭鱼，确保汤芳惠。

【提示】

罄：尽；竹：竹简；书：写。即用尽终南山的竹子也写不完其罪恶，形容罪恶累累。

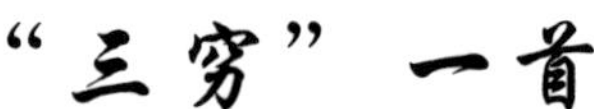

“三穷”一首

* 穷兵黩武己嗜好，好大喜功喜好战。

* 穷当益坚有志气，发奋图强为改变。

* 穷极无聊多闲心，食不果腹如何闲？

缺衣少食家贫困，岂可无聊处其间。

【提示】

“穷兵黩武”用尽全部兵力，任意发动战争；“穷当益坚”处境越困难，意志应当越坚定；“穷极无聊”形容穷困到极点，无所依托；或指无事可做，非常无聊。

“四穷”之一

* 穷年累月不失闲，忙于事业求发展。

* 穷鸟入怀求依靠，投靠于人以求安。

* 穷山恶水环境糟，战天斗地意志坚。

* 穷奢极欲见无耻，花天酒地夜不眠。

【提示】

“穷年累月”接连不断，时间长久；“穷鸟入怀”比喻处境穷困而投靠于人；“穷山恶水”形容自然环境很不好；“穷奢极欲”任意挥霍，荒淫腐化。

“四穷”之二

* 穷途末路绝，行止皆无路。

* 穷乡僻壤荒，连年少收入。

* 穷凶极恶相，枉于人之途。

* 穷原竟委想，以求得其悟。

【提示】

“穷途末路”形容无路可走；“穷乡僻壤”指荒远偏僻的地方；“穷凶极恶”形容极其凶恶，蛮横无理；“穷原竟委”比喻推敲事物的原因。

茕茕孑立

青灯伴孤影，独自守衷肠。
秋虫唧唧鸣，声声叹悲凉。
人间知冷暖，西天多苍黄。
坐地巡天游，寂寥见青霜。

【提示】

茕茕：孤独忧伤的样子；孑：孤单。意思是一个人孤零零地活着。语出《文选·李密〈陈情表〉》：“茕茕孑立，形影相吊。”

秋满霜天

一览秋色霜满天，远山青紫罩云烟。
悲鸿飞在天际处，草木尽染色斑斓。
孤鹜起飞呱呱叫，三五之夜月正圆。
秋水清湛多残荷，蛙影穿梭备冬眠。

【提示】

指秋风劲吹枫叶红，秋色满天，空气清爽，登高望远心情宽畅。更有“万类霜天竞自由”的名句。

“二秋”一首

*秋毫无犯军纪严，三大纪律应牢记。
继承传统好作风，世世代代以相继。
*秋毫之末动物毛，形状尖端极微细。
事物虽小多细心，做无纰漏而成序。

【提示】

“秋毫无犯”形容军队纪律严明，不拿百姓一针一线；“秋毫之末”秋天动物脱毛后生出的新毛尖端极其微细。比喻十分微小的东西或细微的地方。

秋水伊人

望穿秋水盼伊人，久坐不还望眼穿。
分离挚手相泪眼，无语凝噎如眼前。
几载春秋无音讯，满腹惆怅对谁言？
日渐容颜多憔悴，身不担衣苦度年。

【提示】

秋水：原指眼睛，引申为盼望；伊人：心中的那个人。多指分别日久的夫妻或恋人。

“二求”一首

* 求全责备要求严，事事皆要如心愿。
严格要求并非错，因势利导再求全。
* 求人不如求自己，求神许愿不灵验。
凡事皆应动脑筋，亲手为事合自然。

【提示】

“求全责备”对人对事要求完美无缺。“求人不如求己”求别人再好也不如亲自动手去做，这样既少麻烦别人，自己也可获得能力和经验。从而体现出自我价值。

秋高气爽

秋来满园铺金黄，闲来踏叶气清爽。
几度夕秋霜露重，物竞天择和其光。
天高云淡南飞雁，远山渺渺雾茫茫。
大地退绿呈金黄，放眼一片好秋场。

【提示】

形容秋天晴空万里，天气凉爽。秋天空气清爽宜人，脚踏黄叶，信步走来，顿然神清气爽。登高望远，满目金黄，煞是惬意。秋天是个收获的好时节。大自然如此，人亦如此。

秋月春风

独自登台观秋色，秋阳热烈暖如火。
几度夕秋人未老，秋月春风犹坎坷。
生儿育女劳心系，社会职责无蹉跎。
少小离乡闯天涯，老大著书立心说。

【提示】

指美好的时光。秋来独自登上高台望秋，眼前的秋色令人流连忘返，使人浮想联翩。遂想起好诗佳句曰：“一年一度秋风过，不是春光，胜似春光，寥廓江天万里霜。”

“四求”一首

* 求仁得仁合心愿，再砥再砺成圆满。
* 求田问舍眼光短，心无大志难求远。
* 求同存异和为贵，共同发展得其天。
* 求之不得偶成事，遂心所愿多喜欢。

【提示】

“求仁得仁”求仁德便得到仁德。表示正好如愿以偿；“求田问舍”形容只顾谋置家产，胸无大志；“求同存异”找到共同点，保留不同意见；“求之不得”形容正中下怀。

“二曲”一首

* 曲尽其妙妙，声音正好好。
旋律亦和和，曲调合其效。
* 曲意逢迎人，丑态并不妙。
行而如其狗，言而不在调。

【提示】

“曲尽其妙”委婉细致地把音的妙处都表达出来。形容演艺的技巧很高；“曲意逢迎”改变自己的意愿去屈从别人。形容对别人迎合献媚的丑态。

“二屈”一首

* 屈打成招即逼供，严刑之下违心招。
世间冤案多因此，承受诬陷无处告。
* 屈指可数扳手指，掐指一算便知晓。
寥寥无几以心计，计算机前凑热闹。

【提示】

“屈打成招”指用严刑拷打，迫使无辜的人承受被诬陷的罪名；“屈指可数”扳一扳手指头就能算清，形容寥寥无几。

“二趋”一首

* 趋炎附势小人为，低三下四瞧人脸。
奉承依附权势人，狗仗人势竖眉眼。
* 趋之若鹜以起哄，如同倾巢之蜂焉。
争先恐后互拥挤，丢掉鞋子几筐篮。

【提示】

“趋炎附势”比喻奉承依附有权有势的人。“趋之若鹜”指像鸭子成群地争先恐后地跑去，形容成群的人争着去。含贬义，用时要多加斟酌。

“四取”一首

＊取长补短互协助，以求双方皆受益。

＊取而代之换其事，以甲代乙将位移。

＊取精用宏求据典，以便充实得其已。

＊取之不尽用不竭，以示资源丰富矣。

【提示】

“取长补短”吸取别人的长处，弥补自己的短处。“取而代之”指夺取别人的地位而由自己代替。现在指以某一事物代替另一事物。“取精用宏”指从丰富的资料中吸取精华。“取之不尽，用之不竭”用不完，形容非常丰富。

“二去”一首

* 去粗取精以筛选，如同筛子滤其成。
凡事皆应加以挑，比较之中见其宗。
* 去伪存真辨真假，以防滥竽坏事情。
辨其真伪需眼明，更需头脑多清醒。

【提示】

“去粗取精”去掉粗糙部分，留取其精华；“去伪存真”除掉虚假的，留下真实的。

权宜之计

言力不能获其制，且事安抚为权宜。
情况多变难跟踪，暂且应付乃上计。
事物繁杂难于理，理清方可趋于及。
悖理难以得其势，权宜之计乃合系。

【提示】

权：姑且，暂且；宜：适宜；计：办法。指为了应付某种情况而暂时采取的办法。

“四全”一首

* 全军覆没惨，一蹶而不振。
* 全力以赴做，以适担重任。
* 全神贯注为，精神贯于心。
* 全心全意德，此乃心之豁。

【提示】

“全军覆没”整个军队被消灭，也比喻事情彻底失败；“全力以赴”把全部的力量都用上去；“全神贯注”全部精力集中在一点，形容注意力高度集中；“全心全意”一心一意，不夹杂别的想法。

拳拳服膺

诚恳以待人，深切以理解。
心胸多宽广，守德重其节。
对人皆有礼，处世无微邪。
博得好名声，拳拳服膺协。

【提示】

拳拳：牢牢抓住的样子，引申为诚恳、深切；膺：胸；服膺：谨记在心。即牢牢地谨记在心里。

“三犬”一首

* 犬马之劳以相助，甘心情愿以服务。
* 犬牙交错多复杂，双方实力不悬殊。
* 犬牙相制地域连，相互牵制而不出。
等待时机做准备，以便决战定赢输。

【提示】

“犬马之劳”表示心甘情愿地替主子奔走。“犬牙交错”形容双方地域交界线多曲折，像狗牙那样参差不齐。也比喻情况复杂，双方有多种因素参差交错。“犬牙相制”交战双方以地形相互牵制。

却之不恭

拒绝邀请拒收礼，人情世故欠适当。
却之却之为不恭，拒之拒之礼不张。
待人接物应守礼，有来无往情将伤。
人群之中虽复杂，却之不恭脸无光。

【提示】

却：推辞，拒绝。拒绝盛情邀请或拒受礼物就显得不恭敬。语本《孟子·万章下》：“却之却之为不恭。”

“二鹊”一首

*鹊巢鸠占被侵犯，只顾哭泣不反占。
原本自家之房舍，不想却受其强悍。
*鹊笑鸠舞喝喜酒，热热闹闹至达旦。
误了人家还不算，反而胡闹不想散。

【提示】

“鹊巢鸠占”喜鹊的巢被斑鸠占住，比喻强占他人领地或住宅；“鹊笑鸠舞”喜鹊欢叫，斑鸠飞舞，旧时用作喜庆的祝词。

“二群”一首

*群策群力好，做事不烦恼。
　齐心协力干，不觉做完了。
*群龙无首乱，各自为首脑。
　都是都不是，不是也自高。

【提示】

“群策群力”集中群众的智慧和力量；“群龙无首”比喻没有人领导，事情无法进行。

“四群”一首

* 群魔乱舞之，坏人多猖狂。
* 群起而攻之，众矢之的伤。
* 群轻折轴之，小恶不可张。
* 群威群胆之，勇气必大壮。

【提示】

“群魔乱舞”比喻一些坏人公开地猖狂活动；“群起而攻之”大家一齐对着同一个目标进行指责和攻击；“群轻折轴”比喻坏事虽小，若滋长下去，就会产生严重后果；“群威群胆”群众的威力、群众的勇气大得很。

情见乎辞

情见乎辞情，万物各守弦。
日月合其璧，阴阳互为玄。
因情生悱恻，多情生缠绵。
笃情若专一，终老德乃全。

【提示】

指情感表现在言辞当中。情乃天地人之核心理念，宇宙一切现象皆是情的结果，天地人万物皆因情所生。

人杰地灵

杰出高于一般人，灵慧睿智多精明。
人杰地灵乃双全，人尽其才地尽用。
地域风气酿名士，出类拔萃乃精英。
徐孺下陈蕃之榻，天下名家齐响应。

【提示】

杰：才能超过一般人，杰出；灵：特别好。因为杰出人物的出生地或曾到过，所以那里就成了名胜之地。语出唐·王勃《王子安集·滕王阁序》。

人以群分

人以群分物类聚，好坏人群两分明。
志同道合易为友，反之对面不相逢。
酒逢知己千杯少，话不投机半句多。
人群之中觅知己，大海捞针难获得。

【提示】

人按照其好坏而形成集团，因而可互相区别。指好人常同好人结成朋友，坏人同伙。语出《周易·系辞上》。

忍俊不禁

忍俊乃含笑，不禁难自制。
习惯各不同，哭笑人之性。
好笑并非错，但应分场合。
无故施以笑，误为成讥讽。

【提示】

忍俊：含笑；不禁：不能自制。忍不住要发笑。哭与笑是人类独具的表情，其他动物皆无。哭与笑是心情的表达方式，心情好坏决定着哭或笑。然而虽然是心理作用，但哭笑更有其多种方式和意义。其内涵之丰富可谓多矣。语出唐·赵璘《因话录·卷五·征部》。

日薄西山

临汨罗而自殒兮，恐日薄而西山落。
气奄奄而将毙兮，生命将归而身裸。
宫阙日晷度时兮，世上声声之滴答。
日积月累蹉跎兮，日薄西山而自伤。

【提示】

薄：迫近。太阳迫近西山，即将落下。比喻人或事物接近终了。“但以刘日薄西山，气息奄奄，人命危浅，朝不虑夕。”语出李密《陈情表》。

日月合璧

日月辉映而同升，时逢农历之朔日。
此景昭示世祥和，国泰民安乃盛世。
日月合璧江山恒，紫气东来瑞气生。
天地人和谐其律，阴阳互动相辅成。

【提示】

指日月同升，出现于阴历朔日，在我国很少见。“日月如合璧，五星如连珠。国旗泛地红，五星正合应。”语出《汉书·律历志上》。

如影随形

光照之下形成影，如影随形而同行。
引申则为最亲密，无间犹如影跟踪。
笛箫中空而发声，顽石无孔声不成。
无光照物皆无影，何见如影随其形？

【提示】

像影子一样老是跟着人物的形体。比喻两件事物的关系密切，不能分开。也比喻两个人的关系亲密无间。语出汉·刘向《说苑·君道》。

如鱼得水

天生尤物性不同，习性得以物繁荣。
鱼儿无水不得生，鸡只入水必丧命。
时逢盛世乃大幸，能力大小皆有用。
才学丰富尽其用，如鱼得水任其行。

【提示】

像鱼得到水一样。比喻有所凭借。也比喻得到跟自己最相投合的人或适合的环境。“物有合，势必从，如鱼得水云与龙。”语出《三国志·蜀志·诸葛亮传》。

孺子可教

孺子即为年轻人，是与后生皆同义。
昔有张良避难邳，桥上偶遇翁黄衣。
黄老将鞋抛桥下，命令张良拾鞋屐。
公行良趋再回首，开颜笑说可教育。

【提示】

孺子：儿童，后生。赞扬年轻人有培养前途。昔有张良于下邳避难时，路遇黄石公。公将鞋掉到桥下并命良拾之亦复穿之，良照办。公行一里回望良并对良曰：“孺子可教矣。”三日后公授良兵书，良遂成就大业。语出《史记·留侯世家》。

入境问禁

一方水土一方习，习俗礼节各相异。
礼仪轻重不可失，相互尊重礼为依。
入得异国知其礼，到得他乡知其习。
切莫擅自以为是，入境问禁守规矩。

【提示】

境：疆界；禁：禁止的事情。进入一个别的国家或地方，先要问问那里的规矩和习俗，以免犯禁。语出宋·苏轼《密州谢上表》。

入木三分

入木三分洞察深，智者观察眼犀利。
察视犹入木中处，秋毫尽在眼前及。
羲之书法尤为精，力透纸背妙笔生。
即兴手书兰亭序，一代书圣绝世纪。

【提示】

相传晋·王羲之在木板上写字，工人用刀刻字时，发现字迹透入木板有三分深。后来比喻见解、议论的深刻。语出唐·张怀权《书断·王羲之》。

入主出奴

入者为主出者奴，不入于扬则入墨。
不入于老则入佛，无论入何皆仁德。
入主出奴乃成习，首吃螃蟹以立说。
学术门类亦同合，首创为主再求索。

【提示】

意思是崇信一种说法，必然会排斥另一种说法，以自己所崇信的为主，以所排斥的为奴。语出唐·韩愈《昌黎先生集·原道》。

弱不禁风

弱云狼藉不禁风，秋叶飘零不定踪。
白菡菡香过秋雨，蜻蜓点水弱其中。
弱不禁风身不强，瘦弱难着厚裳重。
行若负重步亦趋，气息不振难于行。

【提示】

弱：软弱，瘦弱；禁：担当，承受。形容人瘦弱得连衣服的重量都承受不起的那种病态。语出《荀子·非相》。

弱肉强食

弱者为肉强者食，天生强弱各其势。
狮虎狼豹皆食肉，牛羊猪驴草杂吃。
兽性构成食物链，环环相扣成循环。
人群表象虽无别，其性强弱意同含。

【提示】

弱：弱者；强：强者。弱者的肉是强者的食物。比喻弱者被强者欺压、吞并。语出唐·韩愈《昌黎先生集·送浮屠文畅师序》。

燃眉之急

火烧眉毛事紧急，刻不容缓燃眉急。
倘若迟迟不行动，将会造成悔不及。
时间紧迫莫迟疑，当机立断做努力。
上下一致动作快，克敌制胜得权宜。

【提示】

形容情况非常紧迫，如同火烧眉毛似的，必须采取必要的有效措施或手段马上解决。特别是在军事行动方面尤为突出。

攘往熙来

熙熙而来兮，人来人往集。
攘攘簇拥兮，众人相互挤。
汗流浃背兮，挥汗如暑期。
热闹非凡兮，嘈杂呼喊急。

【提示】

形容人来人往，非常热闹的景象。人多集聚在一起看热闹，形成熙熙攘攘的热闹场面。

“二惹”一首

*惹火烧身自找苦，平白无故斗猫狗。
狗急撒野张大口，鲜血淋淋以手捂。
*惹是生非招口角，出口不逊各自守。
满嘴脏话难入耳，人格文明全乌有。

【提示】

“惹火烧身”比喻自己招惹灾祸，害了自己；“惹是生非”招惹是非，或引起争端。

"四人"之一

＊人才辈出以相接，大量贤才济于世。
＊人地生疏两不济，慢慢适应为其事。
＊人多势众力量大，克服困难得其实。
＊人多嘴杂各自说，各持己见乱以施。

【提示】

"人才辈出"形容人才不断地大量涌现；"人地生疏"形初来乍到，对环境不熟悉；"人多势众"声势力量大；"人多嘴杂"形容人多意见多而又不统一，含贬义。

“四人”之二

＊人浮于事无可事，闲来各自玩游戏。
＊人欢马叫闹春耕，热火朝天播种地。
＊人给家足好日子，强本节用呈旺气。
＊人间地狱多阴气，封建压迫害人极。

【提示】

“人浮于事”表示人员过多或人多事少；“人欢马叫”人在呼喊，马在嘶鸣，形容一片喧闹声；“人给家足”人人饱暖，家家富裕；“人间地狱”比喻旧社会黑暗痛苦的社会环境。

“四人”之三

＊人尽其才用，万事得盛兴。
＊人困马疲劳，劳累事难成。
＊人老珠黄闹，令人不待敬。
＊人面兽心毒，如同虎狼生。

【提示】

“人尽其才”每个人都能充分发挥他的才能；“人困马乏”人和马都疲惫不堪；“人老珠黄”指旧时代对老年人的轻视；“人面兽心”外貌像人，内心却同野兽一样。形容人的品质、行为极其卑鄙、歹毒。

“四人”之四

*人命危浅寿不长，英年早逝奈何殇。
*人莫予毒全不怕，堂堂正正于职场。
*人弃我取乃商经，经商手段合其相。
*人琴俱亡以悼念，怀念亡者情哀伤。

【提示】

“人命危浅”形容寿命不长，即将死亡；“人莫予毒”没有谁能威胁或危害于我；“人弃我取”原指商人廉价收买滞销物品，待涨价卖出获利，后多用来表示自己兴趣或见解不同于他人；“人琴俱亡”表示看到遗物，悼念死者的悲痛心情。

“四人”之五

＊人情世故人之理，好自为之相与济。

＊人人自危不安全，天将倾兮人何宜。

＊人山人海聚一处，人多事多成拥挤。

＊人声鼎沸声嘈杂，如洞沸声冒热气。

【提示】

“人情世故”指处世为人的普遍道理；“人人自危”每个人都觉得有危险，不安全；“人山人海”形容人聚集得非常多；“人声鼎沸”比喻人声嘈杂。

“四人”之六

＊人手一册各自看，求知若渴忘寝食。
＊人寿年丰好景象，生活美满无缺失。
＊人死留名刻石碑，石碑不及口碑实。
＊人亡物在不奇怪，物是人非平常事。

【提示】

“人手一册”每人手里都拿着一本（书）；“人寿年丰”人长寿，年成也好。形容生活很幸福；“人死留名”指人在生前建立了功绩，可以留名于后世；“人亡物在”人死了，东西还在。

“四人”之七

＊人亡政息事之律，前人之后政即移。
＊人微权轻难取信，即使在理亦难期。
＊人微言轻无人问，话语亦分高与低。
＊人心所向不可挡，顺应潮流方可及。

【提示】

“人亡政息”旧指一个掌握政权的人死了，他的政治措施也跟着停顿下来。孔子曰：“其人存，则其政举。其人亡，则其政息。”“人微权轻”指人的资格浅、声望低，威势和权力不能使人信服。“人微言轻”意与上同。“人心所向”指人民群众所向往的，所拥护的。

“四人”之八

*人心如面各不同，容貌思想呈异端。

*人心惟危不可测，心地险恶揣测难。

*人心向背众意志，拥护反对呈明显。

*人言可畏指流言，蜚语促使人茫然。

【提示】

“人心如面”人的思想情况就像人的容貌，各不相同；“人心惟危”指人的心地险恶，不可揣测；“人心向背”指人民群众的拥护或反对；“人言可畏”指人们的流言蜚语很伤人。

“四人”之九

*人言啧啧议，出自不满意。
*人仰马翻败，各自奔东西。
*人一己百力，方可求得齐。
*人云亦云说，鹦鹉学舌技。

【提示】

“人言啧啧”人们不满意地纷纷议论；“人仰马翻”形容惨败的狼狈相，也比喻乱得不可收拾；“人一己百”即以百倍的努力赶上别人；“人云亦云”形容没有主见或创见，只会随声附和。

“二仁”一首

*仁人志士德高尚，不畏艰险敢担当。
为国为民献终身，名垂千古而流芳。
*仁至义尽相与助，为人作美不声张。
全力以赴尽其力，为他人作嫁衣裳。

【提示】

“仁人志士”指具有高尚道德情操和远大志向的爱国人士；“仁至义尽”指对人的善意帮助做到最大的限度。

“三忍”一首

* 忍气吞声相忍耐，不敢声张自以哀。
* 忍辱负重受屈辱，为国担当不惧哉。
* 忍无可忍耐不住，以理相对说明白。
人之忍耐有其限，无故责备因何来？

【提示】

“忍气吞声”受了冤枉气勉强忍耐，把话压在肚子里，不敢说出来；“忍辱负重”能忍受屈辱，承担重任；“忍无可忍”再也不能忍受下去了。

认贼作父

认贼以作父，奇耻之大辱。
灵魂之丑恶，笔墨亦难书。
投敌叛国罪，世代之不除。
恬不知耻人，枉于人之初。

【提示】

把仇人或敌人当作自己的父亲一样尊敬。一副汉奸卖国贼的丑恶嘴脸呈现在世人面前，其灵魂之丑恶已经达到了极点。

“二任”一首

*任劳任怨不怕苦，一心一意为百姓。
日理万机负重托，痴心不改身廉正。
*任其自流不负责，不加过问自轻松。
听其自由任发展，如此作风奈何成？

【提示】

“任劳任怨”不辞劳苦，不怕埋怨。一心一意做好工作；“任其自流”指对人、对事不加约束、引导，任其自由发展。

“三任”一首

*任人唯亲衰，无能也为官。
*任人唯贤盛，贤才得其献。
*任重道远苦，责任自承担。
无官一身轻，负重多艰难。

【提示】

“任人唯亲”任用人不管德、才如何，只选亲戚或密友为官；“任人唯贤”任用德才兼备的人为官；“任重道远”比喻责任重大，要经历长期奋斗。

“四日”之一

＊日不暇给忙，终日不得闲。

＊日长一线延，冬至回归线。

＊日积月累多，好坏皆多见。

＊日久天长积，岁月悠长远。

【提示】

“日不暇给”形容事情多，时间不够用；“日长一线”指冬至后白昼渐长；“日积月累”一天一月地积累起来；“日久天长”形容时间积累得很长。

“四日”之二

* 日就月将有成就，如此而为必成功。
* 日暮途穷心力尽，近于灭亡将以终。
* 日日夜夜以相继，为获成就不枉生。
* 日上三竿时不早，赖在床上打鼾声。

【提示】

“日就月将”每天都有所成就，每月都有所进步；“日暮途穷”太阳落山了，路也到头了。比喻计穷力尽，接近灭亡；“日日夜夜”每天每夜，形容延续的时间长；“日上三竿”形容时间不早了。

“四日”之三

* 日升月恒正兴旺，如日中天事业兴。

* 日新月异新气象，发展进步事有成。

* 日削月朘渐贫困，难以维持尽力撑。

* 日中为市始交易，互通有无以相应。

【提示】

“日升月恒”比喻正当兴旺时期；“日新月异”形容发展、进步很快；“日削月朘”形容生活越发困难；“日中为市”太阳当头时，市集上开始交易。

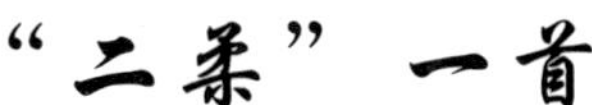

"二柔"一首

* 柔茹刚吐处其世，欺软怕硬妄行事。
见软立即张大嘴，见硬马上作笑迎。
* 柔心弱骨性格好，婉而从物心乃直。
不竞不争守其礼，不骄不忌情善怡。

【提示】

"柔茹刚吐"比喻欺软怕硬；"柔心弱骨"形容性情柔和。人性婉而从物，不竞不争，柔心而弱骨，不骄不忌，性格柔顺让人。

戎马倥偬

军中无小事，上下皆繁忙。
训练多紧张，备战乃应当。
战略与思想，战术与行装。
后勤与装备，一切为胜仗。

【提示】

戎马：军事；倥偬：繁忙。形容军务繁忙。抓紧时间，练出过硬作战本领，以确保国防安全。

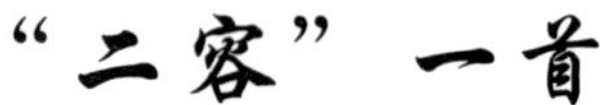

“二容”一首

*容光焕发精神爽，面容红润呈亮光。
老当益壮第一宝，身体健康呈硬朗。
*容头过身事勉强，得过且过无理想。
但计所费不图多，如此而为不咋样。

【提示】

“容光焕发”脸上有光彩。形容人的身体健康，精神健硕。“容头过身”意思是能容下头，就能使身子过去。比喻得过且过，不做努力的生活方式。

融会贯通

制学好理念，融会作贯通。
学知有其序，善于理得精。
分科亦别类，以理贯其中。
贯穿前与后，全面贯通赢。

【提示】

融会：融合各种说法，领会其实质；贯通：贯穿前后，全面地理解。即把各方面的知识或道理融合贯穿起来，从而得到全面透彻的理解。

冗词赘句

文章求其精，精亦理亦通。
两者乃文眼，相互以相承。
冗词赘句多，必伤心初衷。
精练求哲理，即促佳作生。

【提示】

冗、赘：多余的，无用的。即行文多冗繁，多累赘无用的字句。行文拖拉不精，势必影响全文的质量。

“四如”之一

* 如出一口同声说，说法一致众人论。
* 如出一辙言论同，众人其说如同轮。
* 如此而已再无意，只是这样不再申。
* 如堕烟海失方向，烟雾弥漫难脱身。

【提示】

“如出一口”如同从一张嘴里说出来的话。形容众口同声；“如出一辙”比喻言论或行动完全一致；“如此而已”意思是就这样罢了，再没有别的了；“如堕烟海”好像掉在烟雾弥漫的大海里。比喻迷失方向，找不到头绪，抓不住要领。

“四如”之二

＊如法炮制按原样，再行为事一了之。

＊如虎添翼得其力，本领高强难以制。

＊如火如荼气势盛，军容雄壮显威势。

＊如获至宝倍珍惜，如同宝贝怀中置。

【提示】

“如法炮制”比喻照着已有的样子做；“如虎添翼”比喻本领很大的人又增加新的助力，能力更大；“如火如荼”比喻军容或气势旺盛；“如获至宝”好像得到最珍贵的东西。

“四如”之三

＊如饥似渴求，渴望求知心。
＊如箭在弦上，蓄势待发引。
＊如胶似漆贴，情投意合深。
＊如狼牧羊险，酷吏害民身。

【提示】

“如饥似渴”比喻要求迫切，就像渴饿时，急需饮食那样；“如箭在弦”比喻情况危急，一触即发；“如胶似漆”形容极其亲密；“如狼牧羊”比喻旧时酷吏欺压人民。

“四如”之四

* 如狼似虎凶，残忍不留情。
* 如雷贯耳震，名声之大盈。
* 如临大敌势，戒备刀枪明。
* 如梦初醒来，头脑逐渐清。

【提示】

“如狼似虎”像狼虎那样凶残；“如雷贯耳”比喻人的名声很大；“如临大敌”形容戒备森严；“如梦初醒”比喻从糊涂、错误的认识中刚刚醒悟过来。

“四如”之五

＊如鸟兽散大溃逃，败军之阵乱成团。
＊如牛负重以糊口，但求全家得平安。
＊如日方升前途广，抓紧充实待大干。
＊如丧考妣甚悲痛，伤心至极难自端。

【提示】

“如鸟兽散”比喻吃了败仗四处溃逃；“如牛负重”比喻负担特别重；“如日方升”比喻有广阔的发展前途；“如丧考妣”好像死了父母那样伤心悲痛，含贬义。

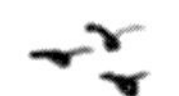

“四如”之六

* 如释重负得轻松，心情舒畅再求兴。

* 如数家珍心有数，事物情况心里清。

* 如汤沃雪立竿影，解决问题无不能。

* 如兄如弟亲无间，手足之情无轻重。

【提示】

“如释重负”如同放下沉重负担那样轻松；“如数家珍”比喻对所讲的事情非常熟悉；“如汤沃雪”比喻事情极易解决；“如兄如弟”比喻彼此密切。

“四如”之七

* 如蚁附膻追名利，趋炎附势求其沾。

* 如意算盘枉打算，不顾实际作冒险。

* 如愿以偿遂所愿，实现心愿两俱担。

* 如坐云雾呈糊涂，不辨事理妄自乱。

【提示】

“如蚁附膻”比喻趋炎附势的人；“如意算盘”比喻随心所欲的设想或计算；“如愿以偿”按照自己的愿望实现了；“如坐云雾”比喻头脑糊涂，不能辨析事理。

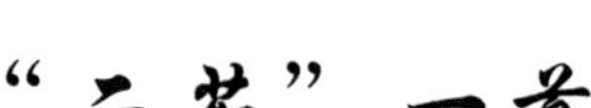

“二茹”一首

*茹苦含辛为儿女，终生劳累为生活。
人生道路多坎坷，安得信心求家和。
*茹毛饮血原始人，生活之中发现火。
熟食远比生食佳，进化使人与兽脱。

【提示】

“茹苦含辛”艰辛劳苦。与“含辛茹苦”意思相同。“茹毛饮血”指连毛带血地生吃禽兽的生活。指处于没开化的状态。言远古时不知熟食。形容不开化，还处于野蛮阶段。现形容事物或人处于野蛮状态。

乳臭未干

乳臭未干讥讽人，轻视年少多无知。
人者必经少年时，妄自轻视不合适。
昔有王勃著其序，一枝独秀压群枝。
亦有聪儿司马光，更有曹冲称象智。

【提示】

讥讽人年幼无知。这是一种不负责任的表现，更显示出自己的无知和傲慢。岂不知史上有很多少年才子。

“三入”一首

* 入幕之宾同幕僚，同在朝上为其官。
* 入情入理入世故，合乎世俗之相关。
* 入室操戈相争论，以牙还牙相以反。
抓住对方之论点，施以驳斥得胜算。

【提示】

“入幕之宾”泛称幕僚为“入幕宾”；“入情入理”形容合乎情况和道理；“入室操戈”意思是进入我的房子里头，拿我的兵器来对我进行攻击，比喻拿着对方的观点来反驳对方。

阮囊羞涩

阮孚兜没钱，脸面多羞涩。
客问其缘由，无处可求舍。
客予钱一贯，阮却不相涉。
阮囊羞涩顾，相游山水合。

【提示】

比喻经济困难。晋代人阮孚，游会稽，囊中钱太少，心里感到羞涩。偶遇好人慷慨相济，却被阮孚婉言谢绝。无意中遇同道知己，甚慰。

锐不可当

正义之师，锐不可当。
势如破竹，所向俱创。
威武之师，气势正旺。
所向披靡，当仁不让。

【提示】

锐：逢利。形容不可阻挡的气势。更有名诗曰：“钟山风雨起苍黄，百万雄师过大江。虎踞龙盘今胜昔，天翻地覆慨而康。”

“四若”一首

* 若即若离不相近，亦不相远持距离。
* 若明若暗即乎闪，认识模糊心无系。
* 若无其事心镇定，从容不迫如做戏。
* 若有所失心不安，精神恍惚难自息。

【提示】

“若即若离”又像接近，又像离开。形容对人保持一定的距离；“若明若暗”比喻对问题或情况认识模糊；“若无其事”形容态度镇定，或不以为然；“若有所失”形容心神不定的样子。

飒爽英姿

飒爽神采俱飞扬，英姿形体威武壮。
意气风发巾帼兵，出类拔萃气昂昂。
飒爽英姿五尺枪，练兵场上杀声响。
摸爬滚打赛男儿，不爱红装爱武装。

【提示】

飒爽：矫健、神采焕发的样子；英姿：英勇威武的样子。形容意气风发、威武豪迈的英武姿态。语出唐·杜甫《丹青引赠曹将军霸》。

塞翁失马

边塞老翁失其马，邻人予以安慰藉。
翁言何遽不为福？果然马还带良骥。
塞翁失马得良骏，实为福祸相依系。
凡事皆循之其理，相互转换待时机。

【提示】

塞：边界上的险要地方，边界的城关；翁：老人。比喻虽然暂时吃了亏，却因此而得到了好处。也指坏事变好事。语出《淮南子·人间训》。

三教九流

儒释道之为三教，九家统称为九流。
江湖之上行当多，宗教学派各自留。
三教九流汉旧事，犹如目前而自由。
天文地理无不通，贬义意为反其求。

【提示】

三教：指儒教、道教、佛教；九流：指儒家、道家、阴阳家、法家、名家、墨家、纵横家、杂家、农家之流。后泛指宗教、学术中的各种流派。也泛称江湖上各种行业的人。往往含有贬义。语出宋·赵彦卫《云麓漫钞》六。

三人成虎

流言蜚语妄自传，以讹传讹玄乎玄。
三人市上互为语，无事生非不安闲。
市上无虎传有虎，扰乱众人心慌乱。
关门闭户不敢出，闹剧来自荒唐言。

【提示】

“夫市之无虎明矣，然而三人言而成虎。”意思是说，有三个人谎报市上有虎，听者就会信以为真。比喻谣言或讹传一再反复，就有使人信以为真的可能。语出《战国策·魏策二》。

成语诗歌全集

CHENGYUSHIGEQUANJI

（下）

李子丹◎著

黑龙江人民出版社

三位一体

基督教父耶和华，耶稣自称为圣子。
父子共具神圣灵，三者合称一体之。
三位一体乃圣袭，一统成为宗教及。
欧洲中世纪当初，政教合一神权制。

【提示】

基督教称耶和华为圣父，耶稣为圣子，圣灵是上帝与人的中介，启迪人的智慧和信仰，使人弃恶从善。据说虽然父子有别，而其神的性质融合为一，所以把圣父、圣子、圣灵称为三位一体。现在泛指几个人、几种势力或几件事密切结合成为一个整体。

三足鼎立

鼎者古代一烹具，质为青铜体大器。
其形有圆亦有方，三足制衡齐给力。
三国三雄魏蜀吴，各据一方成鼎立。
其中曹魏势强劲，赤壁一战力匀敌。

【提示】

鼎：古代烹煮的炊器，多用青铜制造，圆形，一般有三条腿。像鼎的三条腿那样站着。比喻三方面分立的局势。

扫除天下

自古天下多纷争，一曲奏罢重新起。
改朝换代改其姓，只是换汤药不易。
封建势力三座山，扫除残余当为急。
辛亥枪声震天宇，中华从此换天地。

【提示】

肃清邪恶，平治国家。“大丈夫处事，当扫除天下，安事一室乎?”有志者放眼世界，立志要做出一番大事业，岂可安于家中不为事乎。语出《后汉书·陈蕃传》。

扫眉才子

封建礼教祸于女，妄称无才便是德。
然则女子亦有才，才貌双全史上多。
昔有绝世三美娥，更有木兰女巾帼。
诗文高手李清照，更多才女难全说。

【提示】

扫眉：泛称才女。旧时指有文才的女子。“扫眉才子知多少，管领春风总不如。”语出唐·胡曾《赠薛涛》诗。

杀鸡取蛋

为得蛋而杀其鸡，杀鸡取蛋何其愚。
鼠目寸光图小利，轻重不辨思无序。
杀鸡儆猴却不瞧，我行我素犯纪律。
进而再换宰牛刀，寒光煞得命归西。

【提示】

比喻贪图眼前的微小好处而损害长久的利益。语出《伊索寓言》，极其恰当地描画出为求得一时的小利，而损害了长期的利益。寓意深刻，发人深省。

杀身成仁

仁者儒家之核心，仁义礼智信为真。
为仁而死为磊落，取义则为忠恕甚。
仁者爱山因山稳，智者爱水喻清身。
五音合而谐律生，为人之道乃相因。

【提示】

仁：儒家道德的最高准则。意思是为了成全或成就仁德，可以不顾自己的生命。“有杀身以成仁”，亦素有“不成功便成仁。”之说。语出《论语·卫灵公》。

山高水长

重峦叠嶂江河弯，云雾缭绕地连天。
山高水长路漫漫，人生归宿多维艰。
不渡黄河不知险，水急浪大多险滩。
不经风雨志不坚，雨后阳光更灿烂。

【提示】

像山一样高耸，像水一样长流。原来比喻人的崇高品质。现在有时比喻恩德、情谊的深厚。“云山苍苍，江水泱泱。先生之风，山高水长。”语出宋·范仲淹《范文正公集·严先祠堂纪》。

山珍海错

深山密林藏珍菇，海中扇贝有珍珠。
松茸燕窝鲨鱼翅，山珍海错食材殊。
一席酒宴值万金，奢华如同帝王箸。
世上富者知多少，难得勤俭僧吃素。

【提示】

山珍：山间出产珍异食物；海错：指各种珍贵的海鲜。“山珍海错弃藩篱，烹犊炮羔如折葵。”语出唐·韦应物《韦刺史诗集·长安道》诗。

善善从长

善者为善事，从长而计议。
称赞不示惊，忍辱负重役。
君子多善和，小人多戚戚。
善即惠子孙，恶将天诛弃。

【提示】

善善：称赞善事；从：遵从。称赞好的事情，遵从别人的长处。“君子之善善也长，恶恶也短；恶恶止其身，善善及子孙。”语出《公孙羊传·昭公二十年》。

赏心乐事

天下乐事何其多，美景伴随丽人行。
良辰吉日会佳人，美酒酣畅月光明。
情深意浓慰寸心，独得一方乃为幸。
情景交融星伴月，花露重重总是情。

【提示】

赏心：心情欢畅。欢畅的心情和高兴的事情。“天下良辰、美景、赏心、乐事，四者难并。”语出南朝·宋·谢灵运《拟魏太子邺中集诗八首序》。

稍纵即逝

纵者放开逝即消，机会可遇不可求。
时过境迁难逢会，老守田园度春秋。
该出手时即出手，免得后悔不自由。
为文灵感同其理，稍纵即逝难其酬。

【提示】

纵：放开；逝：过去，消失。稍微一放松就过去了。形容时间或机会很容易过去。“振笔直遂，以追其所见，如兔起鹘落，少纵即逝矣。”语出宋·苏轼《文与可画筼筜谷偃竹记》。

少壮老大

百川向东入大海，一去不返难回流。
莫道少壮青春驻，少壮老大白了头。
人生拼搏何其贵，求得知识惠于手。
自强不息笃操守，勇闯天下去奋斗。

【提示】

老大：年岁大了；徒：只，白白地。年轻的时候不努力学习或工作，到上了年纪时将一事无成，就只好白白地伤悲，后悔已经来不及了。多用以鼓励年轻人及时努力求上进。语出汉乐府《长歌行》。

舍本逐末

舍乃放弃不追求，舍本逐末悖理由。
树有枝梢亦有根，稍被折断根无忧。
丢掉西瓜拾芝麻，孰轻孰重不分筹。
做事理当分主次，顺理成章得丰收。

【提示】

舍：放弃；逐：追求。放弃主要的、根本的，而去追求次要的、枝节的。比喻丢掉根本，只抓枝节。“舍本逐末，贤者所非。”语出《汉书·食货志下》。

舍近求远

近在咫尺而不用，舍近求远徒费工。
一念之差谬千里，进而失策误终生。
昔有范雎辅于秦，出谋划策为求胜。
总览天下之形势，远交近攻秦得逞。

【提示】

放弃近处的，去找远处的。孙子曰：“易其居，迂其途，使人不得虑。”“舍近求远者，劳而无功；舍远谋近者，逸而有终。”语出《孙子·九地》。

舍生取义

人生于世义为重，舍生取义乃英雄。
赤胆忠心为百姓，生命可贵义相承。
史上精英多有名，为国捐躯心忠诚。
辛亥志士垂千古，舍生取义照汗青。

【提示】

生：生命；义：正义。原意是说，生命是我所要的，正义也是我所要的，二者不能同时得到时，就选择正义而舍弃生命。“生，亦我所欲也；义，亦我所欲也。二者不可得兼，舍生而取义者也。”后泛指为了维护国家和民众的利益而甘愿牺牲自己的生命。语出《孟子·告子上》。

设身处地

做人难于自思量，多为自身而着想。
自以为是求其利，不思他人瓦上霜。
遇事如若想周到，设身处地最适当。
此事好说难于做，全凭修养成其双。

【提示】

设：设想，设想自己处于别人的地位或环境中。指替别人着想。“体谓设以身，处其地而察以心也。”“言者心之声也，欲代此一人立言，先宜代此一人立心。若非梦往神游，何谓设身处地。”语出《礼纪·中庸》。

身外之物

拔毫已付管城子，烂首曾封关内侯。
死后不知身外物，也随樽酒伴风流。
生时身价逾百倍，死后只值一匣酬。
两手空空攥浊气，落得黄土一堆愁。

【提示】

身体以外的东西。多指财物。有些人（应该是所有的）人认为自己死后，钱财等物对他就不起作用了，因此将钱财等称为“身外之物”。其实何止财物，连身家性命皆化为乌有了，还何谈钱财乎？语出元·蒋子正《山房随笔》。

深居简出

夫兽深居而简出，惧物为之己害也。
猛兽藏于深山处，隐蔽密林而求歇。
自摈弃而再刻励，深居简出家和谐。
不与世人多来往，安怡自在自称爷。

【提示】

简：简省。原指野兽藏在深山隐蔽的地方，很少外出。后用以指人家居不常出门。古有“秀才不出门，便知天下事”的谚语。如今普通人待在家里，只需一台电视机和一部电脑，不但可知天下事，即便需要什么通过网购便会送到家来。真可谓是今非昔比也。语出宋·秦观《谢王学士书》。

舐犊情深

夜半灯火暖，华发素手寒。
挑灯针游走，线码密密连。
天明儿将行，赶在鸡鸣前。
温暖游子身，慈母泪始干。
天下为人母，舐犊情深间。

【提示】

一首古诗《游子吟》，道尽慈母对子女的一往情深和“可怜天下父母心”的情深意切。

深厉浅揭

厉者谓涉水过河，揭者谓提衣防湿。
深则厉而浅则揭，此乃涉河之动式。
行动因时而利导，地利因时而置之。
凡事皆应思客观，如此方可得安适。

【提示】

厉：涉水；揭：提起衣裳。意思是涉浅水时可以撩起衣服过去，涉深水时撩起衣服也无用，只能连衣下水。比喻行动要因时、因地而异。即“深则厉，浅则揭。”因势利导，以求顺利。语出《诗经·邶风》。

深思熟虑

深思熟虑再权衡，莽撞行事如走险，
心无成竹即行动，十有八九无胜算。
深思之后再熟虑，胜负之道思为先。
深思熟虑若周到，必将获胜大可观。

【提示】

深：周详；熟：细致审慎。反复地深入细致地考虑。凡为事者皆应深思熟虑后而行，这样可以避免因事先欠考虑，而导致不必要的麻烦甚至失败。语出宋·苏轼《策划第九》。

生灵涂炭

生灵泛指于生命，涂炭泥沼与烧焦。
世态不宁烽火起，干戈之下日难熬。
封建苛政猛如虎，黎民百姓苦号啕。
田园荒芜不得收，生灵涂炭人枯槁。

【提示】

生灵：指百姓；涂炭：泥沼和炭火。比喻困苦。形容百姓在封建统治下处于灾难困苦的境地。“先帝晏驾贼庭，京师鞠为戎穴，神州萧条，生灵涂炭。”语出《晋书·苻丕载记》。

声东击西

出奇制胜兵法兮，不拘一格待时机。
虚实并举难分辨，声东击西乱其意。
用兵之道多变术，不可教条拘于泥。
为之歙而应以张，兵不厌诈合其理。

【提示】

声：声张，宣布出来。军事上常用的一种战术。即表面上或口头上嚷着攻打这边，实际上却攻打那边，促使敌人摸不清用意而产生错觉。语出《淮南子·兵略训》。

盛名难副

名声常与实不副，沽名钓誉妄自负。
极力鼓噪求出名，原本无术硬充著。
缺乏修养不自明，阳春白雪枉贪图。
盛气凌人行于市，盛名难副乱其主。

【提示】

盛：盛大；副：符合，相称。声名极大的人，他的实际很难与他的名声相符合。现在经常用来提醒人们要有自知之明，经常想到自己的弱点、缺点、错误和不足之处。语出《后汉书·黄琼传》。

十步芳草

十步之泽有芳草，十室之邑有俊枭。
香草忠士实难得，人才济济得成效。
师教自励神领会，天道酬勤得惠报。
胸怀大志为家国，德才兼备标准高。

【提示】

比喻人才济济。各行各业都有出类拔萃的人才。“十步之泽，必有芳草；十室之邑，必有忠士。”世间从不厌人才，人才济济合其力，一颗赤心为国民。但到实现中国梦，共庆祖国再昌盛！

十载寒窗

耐得十载寒窗苦，获得知识苦于读。
十年寒窗无人问，一旦成就名不俗。
学海无涯苦作舟，风雨之中奋力渡。
待到彼岸景致新，一展才能报春树。

【提示】

载：年；寒窗：指在寒冷的窗下读书。形容读书人长期苦读的生活。指求知者的艰辛，无论夏暑寒冬、衣食清淡都会苦读于窗前与灯下，若想获得知识必须下苦功，方可求得真才实学。语出金·刘祁《归潜志》。

食玉炊桂

楚国之食贵似玉，柴薪价高如其桂。
王者难得见玉帝，谒者难见神与鬼。
贫者难以得饮食，富者却可任其为。
食玉炊桂贵如玉，烧柴灶中显富贵。

【提示】

比喻物价昂贵。玉乃贵重之物，其价值不菲。玉者价值连城，为珍宝。桂树乃珍贵之材，难得于手。楚国人穷，生活困苦难以活命。其物价却如玉、桂之值，焉能不悲苦乎？语出《战国策·楚策三》。

视丹如绿

心里忧愁双目昏，妄将红色视为绿。
意乱导致眼昏花，错将花鹿看成驴。
目乃心窗合为用，心烦窗污失其律。
视丹如绿非正常，唯靠杜康解其虑。

【提示】

丹：红。把红的看成绿的。意思是由于过分忧愁，因而导致视觉模糊。后来形容忧愁太甚。情大必伤身，上交火盛及目者其目必不明，缭乱中多视物不清，视色而盲矣。语出三国·魏·嵇康《嵇中散集·郭遐叔〈赠嵇叔夜〉》。

是古非今

古今各有其特征，是非应以和为宜。
尚古自有尚古义，今古合者而相袭。
事物发展趋于美，前者之鉴后者依。
古来之事褒与贬，时代不同亦可立。

【提示】

是：认为对；非：认为错。认为古代的对，今天的不对。现指对古代事物采取全盘肯定的态度，对现在的事物采取全盘否定的态度。“俗儒不达时宜，好是古非今，使人眩于名实，不知所守，何足委任！”语出《汉书·元帝纪》。

手舞足蹈

兴高采烈情亢奋，手舞足蹈伴节律。
轻歌曼舞兴致高，鼓乐齐鸣红应绿。
一曲奏罢亮歌喉，莺歌燕舞合其序。
先为霓裳后六幺，红男绿女相以趋。

【提示】

蹈：脚踏地。形容高兴到极点时的样子。“咏歌之不足，不知手之舞之，足之蹈也。”语出《诗经大序》。

首尾呼应

孙子兵法书九地，善用兵者如率然。
率然乃为常山蛇，击首尾身皆护焉。
诗文结构须严谨，如蛇首尾相互兼。
无间断之龃龉处，一气呵成得周全。

【提示】

头与尾互相接应。原指作战时互相接应，后也形容诗文的结构严谨。无论为文为武，都要遵守的规矩，文者讲究文章要首尾照应；武者要熟知兵法中强调的用兵之道，必须严守首尾相应的戒律。语出《孙子·九地》。

殊途同归

天下之事人为重，人生旅途各不同。
所谓不同在其事，相同不过皆生命。
寿比南山枉称颂，寿终正寝乃为宗。
生为家国心至诚，殊途同归无轻重。

【提示】

殊：不同；归：归宿，结局。从不同的道路走到同一个目的地。比喻采取不同的方法可以得到相同的结果。人们常常用此语比喻凡人者，无论从事何种事业，终将同归于生命的终极。这是一句非常符合自然规律的论断。语出《周易·系辞下》。

数典忘史

晋国大夫名籍谈，出使周朝不进贡。
景王问谈何其故，无以周济故不恭。
周王言于唐叔起，惠而助之不断供。
尔为司典之后代，数典忘史不知重。

【提示】

典：典籍，指古代的礼制、历史。司典：官名。掌管典籍的官员。比喻忘本。现在也用来比喻对于本国历史的无知。语出《左传·昭公十五年》。

水滴石穿

泰山之溜可穿石，单极之绠可断干。
水柔石坚两极端，水滴石穿在不断。
绳锯木断在于勤，水滴日久顽石穿。
有志者而勤为先，日积月累乃成川。

【提示】

水不断地滴下来，可将石头滴穿。比喻只要坚持不懈，力量虽小也能做出看来很难办到的事情。屋檐流下的水滴，日久天长会将下面的石头穿透。语出《汉书·枚乘传》。

水落石出

野卉舒发散幽香，佳木独秀因向阳。
风霜虽寒却不染，山间水落挂悬昂。
山高月小秋风凉，秋叶翻飞过大江。
天高云淡南飞雁，水落石出丽秋装。

【提示】

原来为写自然景色，后转用以比喻事情的真相完全暴露。“野芳而发幽香，佳木秀而繁阴，风霜高洁，水落而石出者，山间之四时也。”语出宋·欧阳修《欧阳文中集·醉翁亭记》。

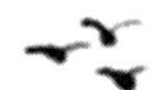

水木清华

树木繁茂花草盛，绿野青青郁葱葱。
园林池沼景致新，小桥流水分外清。
清幽美丽禽鸟集，莺歌蝶舞好风景。
水木清华多幽静，于无声处闻鸟鸣。

【提示】

木：树木；清华：清幽美丽。形容园林池沼花木十分清幽美丽。“景晨鸣禽集，水木湛清华。”中国的名牌大学之一“清华大学”的校名。语出晋·谢混《游西池》。

水中捞月

水中月影镜拈花，似有却无枉自暇。
不求实际难以及，妄想飘忽伤自家。
劝君莫为虚缈事，事到头来必自狎。
猴子捞月一场空，人若捞月谓之傻。

【提示】

比喻白费力气，永远不能实现的事情。此语为常用成语，其言简而意赅，深刻而通俗，寓意幽深。另有家喻户晓“猴子捞月”的故事。语出宋·黄庭坚《山谷集·沁园春》词。

司空见惯

司空古代一官名，李绅曾任其职吏。
杭州归来刘禹锡，绅请禹锡共与席。
禹锡酒酣吟七绝，耳熟能飨不为奇。
司空见惯无所谓，好诗难逢一知己。

【提示】

司空：古代官名。形容经常看到或听到不足为奇的事物。曾经做过司空的李绅请刚刚从和州回家的刘禹锡喝酒，刘在席上作了一首七绝，其中有一句是“司空见惯浑闲事”。语出唐·孟启《本事诗·情感》。

丝丝入扣

织布经纬纱交织，穿梭往来即成之。
依靠钢扣力推作，有条不紊序有致。
为文作画应和韵，环环相扣气贯势。
一气呵成再调整，丝丝入扣不呆滞。

【提示】

扣：即“筘”，织布机上的主要机件之一，织布时纬纱穿入经纱层后，依靠钢筘的推压使经纬交织成织物。比喻做得十分细致，完全合拍（多指文章或艺术表演）。

四大皆空

释教主张尘世空，四大地水与火风。
坚湿暖动四性能，亦指人身于其中。
人生于世俱肉身，精神无形亦无踪。
两者缺一不成全，身神统一乃生命。

【提示】

四大：古代印度认为地、水、火、风是构成一切物质的元素，称“四大”，佛教实际是指坚、湿、暖、动四种性能，有时又指人身。这是佛教的说法，指世界上一切都是空的。

四郊多垒

四郊即为城四面，多垒喻谓敌之众。
敌军近迫势危急，谋臣良将皆尽忠。
同仇敌忾合众志，各自为政守其城。
同舟共济人心齐，国难当头显威风。

【提示】

垒：军队的营垒。四郊都有很多营垒。形容敌军四面进迫，形势危急。“四郊多垒，此卿大夫之辱也。”“今四郊多垒，宜人人自效。”语出《礼记·曲礼上》。

似是而非

是也不是是而非，对也不对对亦错。
模棱两可心不定，误人误己而蹉跎。
论之阴阳则伤化，论之人事则成拙。
似是而非多迷惑，迷惑不解无奈何。

【提示】

似乎是对的，其实是错的。庄子曰：“周将处夫材与不材之间，似之而非也。”。《后汉书》称：“夫俗史矫饰处貌，似是而非，揆之人事则悦耳，论之阴阳则伤化。”语出《庄子·山木》。

肃然起敬

李贽初潭集释教，远公虽老论不辍。
弟子倘有懒惰者，公将和言纠其错。
桑榆之光无远照，但愿夕阳辅其佐。
执经登坐皆起身，肃然起敬敬师德。

【提示】

肃然：恭敬的样子；起敬：产生敬佩的心情。形容看到、听到或想到某一动人的事迹后现出的恭敬、钦佩的态度和心情。“远公虽老，讲论不辍。”执经登坐，讽诵朗畅，辞色甚苦。高足之徒皆肃然增敬之。语出明·李贽《初潭集·卷十一·师友一·释教》。

随乡入俗

身处异地尊其俗，不可造次酿谬误。
他乡风俗各不同，随乡入俗遵制度。
天涯朋友若毗邻，相互往来多接触。
互尊互敬施友谊，天长地久永相处。

【提示】

原指到什么地方就遵从那个地方的风俗习惯，也比喻随遇而安。语出明·汤显祖《邯郸记》第十三出："则怕珍馐不齐，老皇帝也只得随乡入俗了。"

岁寒三友

松不畏严寒，青竹气节高。
梅开漫天雪，三友同发烧。
岁寒三友性，互而合成俏。
俏也不争春，只为互谐调。

【提示】

松、竹经冬而不雕，梅花耐寒而开花，故有三友之称。物以性相类而合，人以好恶而相聚。旧时文人常以此三种植物的特质喻之人品的高洁。引申为好友之间因人品高尚而相聚。

“四三”之一

＊三班六房旧衙役，封建小官职位卑。

＊三长两短喻灾祸，灾祸死亡甚可悲。

＊三朝元老资格老，言之左右众官随。

＊三番五次妄自说，令人生繁难推脱。

【提示】

“三班六房”都是旧时衙门里的差役；“三长两短”指意外灾祸或事故；“三朝元老”是指受三世皇帝重用的臣子；“三番五次”形容不止一次地反反复复。

“四三”之二

＊三坟五典亘古书，其名犹存不见真。
＊三复斯言细琢磨，反复体会用其心。
＊三姑六婆走串户，以求钱财不守信。
＊三顾茅庐示心诚，感谢孔明扶汉恩。

【提示】

“三坟五典”传说中国最古的书籍；“三复斯言”反反复复地体会这句话；“三姑六婆”泛指走家串户一类的妇女；“三顾茅庐”指刘备三请孔明出世的故事。

“四三”之三

＊三令五申以告诫，再三命令无作用。
＊三年之艾作准备，以应不时之利用。
＊三三两两数不多，寥若晨星易数清。
＊三生有幸极难得，三世积德方可成。

【提示】

“三令五申”再三地命令告诫；“三年之艾”比喻凡事应预先做好准备；“三三两两”形容为数不多；“三生有幸”形容极难得的机遇。

“四三”之四

＊三十六行之行业，行行皆可出状元。
＊三豕涉河喻传写，多呈谬误不圆满。
＊三思而行再动作，确保事情之完善。
＊三头六臂本领大，上可浑天下地轩。

【提示】

“三十六行”各种行业的总称；“三豕涉河”比喻文字传写或刊印的讹误；“三思而行”反复考虑，然后再去做；“三头六臂”比喻本领特别大。

“四三”之五

＊三推六问之预审，弄清案情以量刑。
＊三瓦两舍娱乐场，红男绿女相拥行。
＊三心二意志不坚，心思不定难守衷。
＊三衅三浴香涂身，以示尊敬礼相迎。

【提示】

“三推六问”指多次审讯；“三瓦两舍”指宋元时大城市里妓院及各种娱乐场集中的地方；“三心二意”形容主张不一致或意志不坚定；“三衅三浴”表示尊敬。

“四三”之六

* 三旬九食家贫困，得食艰难日子苦。
* 三言两语话简单，语少意重以相助。
* 三占从二乃算卦，多数为先拔头注。
* 三贞九烈如枷锁，坑害妇女妄以处。

【提示】

“三旬九食”形容家境贫困，得食艰难；“三言两语”形容语言简短；“三占从二”比喻听从多数人的意见；“三贞九烈”封建社会用来赞誉妇女的贞烈。

散兵游勇

散兵游勇多，无人来掌舵。
聚伙亦成帮，任意获其得。
扰民行抢掠，鸡狗不放过。
独自占山头，呼号以称国。

【提示】

勇：清代临时招募的兵卒。指没有统领的逃散士兵，后来也指没有组织到集体队伍里而独自行动的人。

“四丧”一首

* 丧家之犬失依靠，无人供养成流浪。
* 丧尽天良心歹毒，无恶不作发病狂。
* 丧权辱国大汉奸，卖国求荣丧天良。
* 丧心病狂如发疯，言行荒谬理智丧。

【提示】

“丧家之犬”无家可归的狗，比喻失去靠山，无处投奔，到处乱窜的人；“丧尽天良”形容心肠歹毒到了极点；“丧权辱国”丧失主权，使国家蒙受耻辱；“丧心病狂”丧失理智，言行荒谬，好像发了疯一样。

搔首弄姿

搔首弄姿多造作，粉饰面颊珠其嘴。
扭捏作态学林黛，丑态百出装妩媚。
人前人后皆出面，如同白日见鬼魅。
缘何自伤其自尊，精神病院一蛾眉。

【提示】

《后汉书·李固传》：“固独胡粉饰貌，搔头弄姿。”形容女性打扮妖艳，故意卖弄姿态，含贬义。

扫地以尽

扫地以尽遭破坏，夷为平地行“三光”。
烧杀抢掠恶多端，鸡犬不留极嚣张。
作孽丧尽人天良，天降报应法理枪。
正义法庭严宣判，处以绞刑臭昭彰。

【提示】

比喻破坏无余。也比喻面子、威风丢失干净。

色厉内荏

色厉而内荏，乱真者为也。
文表而呆里，乱实者心也。
外在之强硬，内心多虚也。
为事之乱系，处世之盲也。

【提示】

色：脸上的神色；荏：软弱。形容外表强硬，内心怯懦。汉·桓宽《盐铁论·利议》："大夫曰：色厉而内荏，乱真者也。"

“二森”一首

*森罗万象多，各种现象呈。
混杂置一处，实难就其应。
*森严壁垒固，防御若金城。
易守亦易攻，进退握手中。

【提示】

“森罗万象”指包括各种现象；“森严壁垒”：森严：严整不可侵犯。壁垒：古代军营的围墙。意思是加固防御工事，严阵以待。

“四杀”一首

* 杀鸡吓猴惊，鸡死猴不听。

* 杀妻心狠毒，追名逐利重。

* 杀气腾腾势，欲获得其赢。

* 杀人如麻惨，全无人之性。

【提示】

“杀鸡吓猴”比喻杀一儆百；“杀妻求将”比喻为追求名利而不惜采取凶狠残忍的手段；“杀气腾腾”充满了要杀人的凶狠气势；“杀人如麻”杀死的人多得像乱麻，形容杀的人多得数不清。

“二杀”一首

* 杀人越货乃盗匪，打家劫舍害人命。
行而不端心狠毒，杀人偿命必遭惩。
* 杀敌致果人坚毅，言能果敢以除凶。
致此果敢勇杀敌，所向披靡乃英雄。

【提示】

“杀人越货”指杀害人命、抢劫货物的盗匪行为；“杀敌致果”意思是勇敢杀敌以立战功。

沙里淘金

沙里淘金苦，罗沙千万斤。
得金其微微，劳累伤骨筋。
为得求生存，耗尽其弱身。
终生为其事，最终伤于心。

【提示】

比喻从大量的材料中选择精华，也比喻耗费大量的力气而收效甚微。淘金是个繁重的体力活，出力大而收获小，其苦尤甚也。

“二煞”一首

*煞费苦心劳其心，提耳叮嘱以求听。
万般无奈而放弃，歪打正着反自明。
*煞有介事做表演，装腔作势瞒真情。
以此行为而欺骗，蒙混过关求其成。

【提示】

“煞费苦心”形容费尽了心思；“煞有介事”形容装腔作势，像真有那么回事似的。以此瞒人耳目，蒙混过关。

“四山”之一

* 山高水低不幸事，三长两短亦愁肠。
* 山鸡舞镜自娱乐，顾影自怜何以赏。
* 山盟海誓喻永恒，天长地久相与双。
* 山南海北两地远，各居一方心忧伤。

【提示】

“山高水低”出自《易经》，比喻不幸的事情，多指人的死亡；“山鸡舞镜”比喻顾影自怜，自我欣赏，自我怜悯；“山盟海誓”指着山和海起誓，多指爱情忠贞不渝；“山南海北”形容路途遥远。

"四山"之二

* 山穷水尽无路行，陷入绝境如何应？
* 山肴野蔌杂相陈，把酒欢宴难以终。
* 山摇地动声势大，不期而至地震声。
* 山雨欲来风满楼，变化即将要发生。

【提示】

"山穷水尽"比喻无路可走，陷入绝境；"山肴野蔌"指野味和蔬菜；"山摇地动"山和地都在动摇。形容声势浩大；"山雨欲来风满楼"比喻重大事件即将发生的气氛和迹象。

山清水秀

青山苍翠飘山歌，绿水悠悠歌儿多。
青山绿水和声唱，唱得朝霞红似火。
彩霞绚丽曲动听，一抹朝阳亦动情。
光芒四射雾气紫，天外飞出七彩虹。

【提示】

形容风景美丽。青山绿水，风景秀丽，游人闲适漫步山水之间，呼吸新鲜空气，顿觉神清气爽，流连忘返矣。

删繁就简

删繁就简三春树，确保硕果累累枝。
事物隔行不隔理，以理相持皆可支。
文章不厌之屡改，精益求精成习事。
字斟句酌与人析，语不惊人不著之。

【提示】

删：除去；就：从，趋向。即删除繁杂的、无关的部分，使之趋于简明、精练。为文如此，任何事物皆具其理耳。

姗姗来迟

立而以相望，盼得眼欲穿。
丽人慢趋步，摇摆见身段。
姗姗慢悠悠，裙带飘忽端。
款步至眼前，欲言又止乎。

【提示】

姗姗：行走缓慢的样子。形容慢腾腾地来晚了。语出《汉书·外戚传》："立而望之，偏何姗姗其来迟。"

煽风点火

煽风助火焰，火势愈见旺。
风助火势盛，其风喻人状。
唆使他人做，自己在一旁。
一旦东窗发，假托不知详。

【提示】

比喻唆使煽动别人干坏事。这是教唆犯的行为，应受到相关法律的制裁。尤其是对少年进行教唆，驱使其干违法的事情，更要受到相应的严厉处罚。

说话多绕弯，避重就轻说。
胡诌八扯语，吞吐不合辙。
为求脱其责，不顾事如何。
闪烁其词作，欲盖弥彰出。

【提示】

闪烁：光不定的样子。形容说话遮遮掩掩、吞吞吐吐、语无伦次。这是人在心怀鬼胎时的一种特殊的表现，其目的是妄想逃避责任。如此态度也正好显示出其内心的不安。

“四善”一首

*善罢甘休心情愿，决心放弃不再做。
*善贾而沽囤居奇，待到价高再运作。
*善气迎人多和蔼，平易近人乐呵呵。
*善善恶恶两分明，贤贱不肖难相合。

【提示】

“善罢甘休”引申为轻易地、心甘情愿地罢休；“善贾而沽”原意为囤积居奇，引申为怀才待时以出世；“善气迎人”形容和善可亲的样子；“善善恶恶”称赞善事，憎恶坏事，形容人能区别善恶，爱憎分明。

“三善”一首

＊善始善终善到老，有始有终为完好。
＊善颂善祷美轮奂，赞美亦可隐寓蒿。
＊善自为谋为自己，不偏不倚居中桥。
言之多求其平衡，亦歌亦颂两头笑。

【提示】

“善始善终”从开头到结尾都很好；“善颂善祷”用来赞美能在颂扬之中规劝的意思；“善自为谋”善于为自己打算。

“二伤”一首

* 伤风败俗坏风气，大乱之道其为首。
行为不正伤风化，人伦之道何可谬！
* 伤天害理惨人寰，天理不容缉凶手。
为得钱财杀无辜，凶狠残忍如禽兽。

【提示】

“伤风败俗”原指败坏风俗。后常用于谴责行为不正当；“伤天害理”形容手段凶狠残忍，灭绝人性的行为。

“二赏”一首

* 赏罚分明正，治之方可兴。
惩治与奖励，是非两分清。
* 赏心悦目事，情随事迁明。
但愿人长久，终老合天承。

【提示】

“赏罚分明”该赏的必赏，该罚的亦罚；“赏心悦目”指看到美好的景色而心情愉快。

“四上”一首

＊上蹿下跳以煽动，唯恐不乱放厥词。
＊上树拔梯不仁义，诱人上钩后离辞。
＊上下其手合同伙，串通作弊以求值。
＊上行下效以其教，言传身教走得直。

【提示】

“上蹿下跳”四处奔走，多方串联。形容上上下下到处煽动，干坏事；“上树拔梯”比喻诱人上前而断其后路；“上下其手”比喻暗中勾结，串通作弊；“上行下效”在上者怎样做，在下者就跟着学。

稍胜一筹

二者相比较，基本差不多。
需要细分辨，差别在何所。
稍胜一筹小，略差不显著。
凡事在比较，分辨拒理说。

【提示】

筹：也称算筹，是古代一种计算工具。意思是比较起来，略微不同一点儿。一切事物皆俱其理，同类相较之中可辨别其好坏、优劣及真伪。比较，是事物存在不可或缺的理性基础。

少安毋躁

少安为其事，不可心急躁。
凡事须冷静，以求得以操。
遇事心不乱，顺风转舵棹。
少安毋躁施，权全于心韬。

【提示】

少：稍微，暂时；安：徐缓，不急；毋：不要；躁：急躁。意思是暂缓一会儿，不要急躁。遇事不急不躁，体现着人的性格和修养程度。

“四少”一首

* 少见多怪见识寡，平常之事多见怪。
* 少头无尾不成全，无始无终两不在。
* 少不更事阅历浅，青嫩常常言不乖。
* 少年老成少朝气，为事老成亦若呆。

【提示】

“少见多怪”见识少的人，遇事便以为奇怪；“少头无尾”指首尾不全；“少不更事”年纪轻，经历的事不多；“少年老成”人虽然很年轻，却很老练。有时表示年轻人缺乏朝气。

“三舌”一首

*舌敝唇焦因话多，该不该说亦哆嗦。
*舌敝耳聋多繁杂，说者口燥声破车。
*舌剑唇枪针锋对，言辞激烈口喷沫。
辱如枪而言如弹，舌如剑而语如掣。

【提示】

“舌敝唇焦”形容费尽了唇舌；“舌敝耳聋”指议论多而繁杂，讲的人舌头破了，听的人耳朵聋了；“舌剑唇枪”形容双方辩论激烈。

“四舍”一首

*舍己从人稽于众，以顾大局之稳定。
*舍己为人德高尚，是为集体作牺牲。
*舍生忘死不顾命，誓为家国捐其生。
*舍我其谁唯自我，狂妄至极何英雄？

【提示】

“舍己从人”放弃个人的意见，服从众人的公论；“舍己为人”为了别人、为了集体而放弃个人的利益；“舍生忘死”不把个人生死放在心上；“舍我其谁”形容骄傲自大，态度狂妄。

涉笔成趣

画艺多精湛，涉笔即成画。
笔墨承其法，涉笔成趣佳。
方寸见精神，篆刻亦芳华。
区区一方印，意犹天地辖。

【提示】

涉笔：动笔或着笔；趣：风致，意味。形容画家随意稍一动笔，就可画出很有韵味的画作。

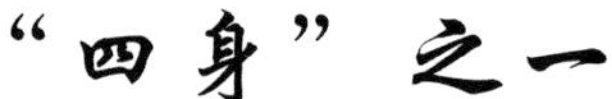

“四身”之一

* 身败名裂因缺德，威风扫地如破车。
* 身不由己不自主，神魂颠倒行无辙。
* 身价百倍上青云，名声大噪出屏者。
* 身临其境就其地，了如指掌心透彻。

【提示】

“身败名裂”形容干了坏事而遭到彻底失败；“身不由己”身体不由自主；“身价百倍”指名誉地位一下子大提高；“身临其境”身体不在那个地方，却仿佛亲自到了那个地方。

“四身”之二

* 身体力行亲体验，努力实行心有谱。
* 身无长物两手空，一贫如洗无心骨。
* 身先士卒率冲锋，一鼓作气势气足。
* 身心交病两头难，命悬一线如残烛。

【提示】

“身体力行”指亲身体验，努力实行；“身无长物”指除自身外再没有多余的东西，形容贫穷，现常用来形容没有特长；“身先士卒”将领带头冲锋，冲在前面；“身心交病”身体与精神都很困乏。

“二深”一首

*深不可测之地陷，如同深达地狱中。
多次探险无结果，鬼斧神工而弄成。
*深藏若虚怀其才，怀才不露待世应。
才学精深人谦和，栋梁之材终得用。

【提示】

“深不可测”深得难以测量。形容极深；“深藏若虚”深深地隐藏着，看起来好像什么也没有。比喻有真才实学的人从不在人前显露。

“四深”之一

＊深仇大恨记在心，不报此仇枉为人！
＊深沟高垒筑工事，御敌千里之外引。
＊深谋远虑计划周，以图事业得振奋。
＊深情厚谊感情好，相互交往安于心。

【提示】

“深仇大恨”极深极大的仇恨；“深沟高垒”深挖壕沟，高筑壁垒，指修筑坚固的防御工事；“深谋远虑”计划周到，考虑得很深远；“深情厚谊”深厚的感情与友谊。

“四深”之二

＊深入浅出讲，道理通俗说。

＊深入人心处，群众相应和。

＊深文周纳酷，强罪于人做。

＊深恶痛绝骂，厌恶痛恨多。

【提示】

“深入浅出”道理表述得很深刻，使用的语言通俗浅显；“深入人心”形容思想、理论、路线、方针等为大家所深刻理解并拥护；“深文周纳”原来形容酷吏苛刻地援用法律条文，陷人于罪。后泛用以形容给人强加罪名；“深恶痛绝”形容对人对事极为厌恶、痛恨。

“四神”之一

*神采奕奕精神旺，容光焕发身健壮。
*神出鬼没无常态，难以预测亦难防。
*神工鬼釜艺精湛，天衣无缝合其裳。
*神乎其神到极点，超过人者之想象。

【提示】

“神采奕奕”形容精神旺盛，容光焕发；“神出鬼没”指行动出没无常、变化莫测、不可捉摸；“神工鬼釜”形容工艺、文艺创作、建筑等技艺精巧；“神乎其神”形容神秘奇妙到了极致。

“四神”之二

＊神魂颠倒被事迷，心神不定失常态。
＊神机妙算计谋高，料事如神无障碍。
＊神色不惊心镇定，遇事冷静情不呆。
＊神通广大有本领，悟空多变澄尘埃。

【提示】

“神魂颠倒”形容心神不定，失去常态；“神机妙算”形容计谋高明；“神色不惊”在紧张危急时刻，神色不变，极为镇静；“神通广大”形容本领极大。

审时度势

全面以观察，深入做研究。
正确做判断，再据理以求。
心中千军马，身外其成就。
审时度势盈，严密无纰漏。

【提示】

审：详查，细究；度：揣度，估计。全面地观察、研究现状，正确地估计形势。

甚嚣尘上

人声鼎沸尘土扬，战前准备军中忙。
擦枪磨刀各自做，军灶烟火烧正旺。
准备就绪静待命，一声号令即开仗。
引申意为人喧嚷，甚嚣尘上成嚣张。

【提示】

嚣：喧闹声；尘上：地上尘土飞扬。形容人声喧嚷，尘土飞起。原来形容军中忙于准备作战的情形，后引申为形容消息普遍传开，众口喧嚷。多用于贬义。

升堂入室

登上大堂难，进入后室难。
两难合一难，难上再加难。
缘何如此难？事情非一般。
才学需渊博，登堂入室难。

【提示】

升：登上；堂：古代宫室的前屋；室：古代宫室的后屋。登上厅堂，进入内室。原来比喻造诣高深的程度。入室比喻最高境界，升堂仅次于入室。后泛用以赞扬人在学问或技能方面有高深的造诣。

“四生”之一

* 生搬硬套做，照猫画虎作。
* 生不逢辰时，机遇并不多。
* 生离死别恨，苍天无言说。
* 生龙活虎健，生气呈勃勃。

【提示】

“生搬硬套”指不顾实际情况，机械地搬用别人的经验；“生不逢辰”生下来就没遇到过好时候，旧指命运不好；“生离死别”难以再见或永久离别；“生龙活虎”比喻活泼矫健，生气勃勃。

“四生”之二

* 生气勃勃有朝气，精力旺盛有活力。

* 生荣死哀受尊敬，留得美名后奠祭。

* 生杀予夺仗势凶，横行霸道肆无忌。

* 生死存亡局势紧，当机立断莫迟疑。

【提示】

“生气勃勃”形容富有朝气，充满活力；“生荣死哀”活着受人崇敬，死了令人哀痛；“生杀予夺”形容依仗权势，横行霸道，为所欲为；“生死存亡”比喻局势危急，已到生死关头。

“四生”之三

* 生死骨肉恩惠深，再生父母尽孝心。
* 生死攸关至重要，何去何从以投身。
* 生吞活剥照本抄，不求理解何可深？
* 生于忧患死安乐，享乐怠情勤奋珍。

【提示】

“生死骨肉”形容恩惠极大；“生死攸关”指生死存亡的关键时刻；“生吞活剥”比喻生硬地接受或机械地搬用经验、理论等；“生于忧患，死于安乐”忧患使人生存发展，安逸享乐使人萎靡死亡。

“四声”之一

* 声价十倍登舞台，荧屏得奖而成名。
* 声泪俱下相以说，悲恸至极不欲生。
* 声名狼藉不可收，臭名昭著坏透顶。
* 声情并茂以做戏，唱念做打似有功。

【提示】

“声价十倍”声望和社会地位增加了十倍；“声泪俱下”边诉说，边哭泣。形容极其悲恸；“声名狼藉”形容名誉坏到极点；“声情并茂”指草木丰盛的样子，后引申为美好，指演唱的音色、唱腔和表达的感情都很动人。

“四声”之二

* 声色俱厉表情重，话语脸色皆严厉。
* 声色犬马行放荡，骄奢淫逸常为戏。
* 声势浩大有气势，推朽拉腐显正气。
* 声嘶力竭拼命喊，呼天叫地不可及。

【提示】

“声色俱厉”形容说话的声音和脸色都很严厉；“声色犬马”形容荒淫无耻的放荡生活；“声势浩大”声威和气势非常壮大；“声嘶力竭”形容拼命地叫喊。

“四声”之三

* 声威大震以惊人，威望压众独其身。

* 声应气求以相应，气味相投合其心。

* 声誉鹊起一夜间，荧屏出彩成名人。

* 声罪致讨以攻击，宣布罪行施以审。

【提示】

“声威大震”声势和威望急速增长，使人大为震惊；“声应气求”即“同声相应，同气相求”，同类的事物互相感应，比喻志趣相投的人自然地结合在一起；“声誉鹊起”比喻名声迅速提升；“声罪致讨”宣布对方的罪行，并加以讨伐。

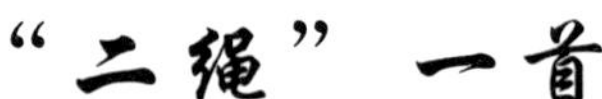

*绳趋尺步规，行止守其法。
行则有其度，言则忌喧哗。
*绳锯木断持，滴水穿石化。
力量看似小，以小能克大。

【提示】

“绳趋尺步”旧指规行矩步，举动有法度；“绳锯木断”比喻力量虽小，只要坚持不懈，就能做出看似很难办到的事情。

“三胜”一首

* 胜败乃兵家常事，不以胜败论英雄。
* 胜不骄而败不馁，是为人者之豪情。
* 胜任愉快以担当，恪尽职守且轻松。
担得重任严以待，令人满意因廉清。

【提示】

“胜败乃兵家常事”胜与败都是兵家常遇到的；“胜不骄，败不馁”胜了不骄傲，败了不灰心，这是修养深沉的表现；“胜任愉快”既能担当得起重任，又能令人满意。

“四盛”一首

* 盛极一时短，如同烟消散。
* 盛气凌人作，迟早会完蛋。
* 盛食厉兵备，以图得胜算。
* 盛筵难再得，时过境迁完。

【提示】

“盛极一时”形容一时兴盛或流行；“盛气凌人”以骄横之气欺压人；“盛食厉兵”做好战斗准备；“盛筵难再”指盛大的宴会不可能再有了。

剩水残山

剩水残山惨淡间，白鸥无事小舟闲。
往日繁华已逝去，犹见冷落无炊烟。
国破山河遭践踏，十里荒村破瓦残。
流离失所无奈何，求生难于上苍天。

【提示】

残破的山河。比喻亡国或经过动乱后的土地、景物以及家园的破败状况。这也是国破家亡悲惨景象的写照。

“二尸”一首

*尸居余气身将亡，形神已离尚有气。
人生自古谁无死，老之将至亦难离。
*尸位素餐吃闲饭，据守职位不出力。
亦有自作谦虚辞，伪称自己不咋的。

【提示】

“尸居余气”：余气：残余的一点气息。形容人即将死亡时的状态；“尸位素餐”原来形容官吏占着职位却不做事情。后来有时用于虚头巴脑的自我谦虚之辞令。

“四失”一首

* 失道寡助合其理，得道多助合其情。
* 失魂落魄不知措，心神不安难守静。
* 失之交臂擦肩过，无缘相逢两部经。
* 失之东隅收桑榆，此不得而彼却赢。

【提示】

“失道寡助”指不尚仁德，必遭人弃；“失魂落魄”形容心神不宁的样子；“失之交臂”擦肩而过，形容当面错过；“失之东隅，收之桑榆”比喻这边失败了，那边却取得胜利。

“四师”一首

* 师出有名义，意为合乎理。
* 师老兵疲累，懈怠难以集。
* 师心自用之，固执成顽疾。
* 师直为壮言，士气旺盛之。

【提示】

“师出有名”出兵有正当的理由。比喻行事合情合理；“师老兵疲”用兵的时间太长，士兵都劳累不堪了；“师心自用”原指心领神会，也形容固执己见，自以为是；“师直为壮”意思是出兵有正当的理由，士气就旺盛。

“四十”之一

* 十恶不赦滔天罪，罪大恶极必遭毙。
* 十风五雨好年景，丰收在望心欢喜。
* 十行俱下读书快，思维敏捷不费力。
* 十拿九稳有把握，做事准确亦麻利。

【提示】

“十恶不赦”形容罪大恶极，不可饶恕；“十风五雨”形容风调雨顺；“十行俱下”形容读书快；“十拿九稳”形容办事准确或有把握。

“四十”之二

*十年读书寒窗苦，为求功名劳身骨。
*十全十美无瑕疵，纯洁无瑕越千古。
*十室九空外逃荒，十里八村无人户。
*十万火急不容缓，当机立断命令出。

【提示】

“十年读书”指长期用心苦读；“十全十美”形容完美无缺；“十室九空”形容因灾祸使百姓逃离家园；“十万火急”形容非常紧急，刻不容缓。

什袭而藏

珍物好收藏，什袭而藏之。
分别以包装，以免互影响。
所谓珍物者，不过亦平常。
一颗夜明珠，饥荒不顶粮。

【提示】

宋国有个愚人，偶得一块燕石，视其为宝，即用“华匮十重，缇巾十袭”将石包藏起来。后来就用“什袭而藏”形容把珍贵物品收藏起来。

“二石”一首

* 石沉大海无踪影，有去无回不可追。
事物因头而有尾，有始有终才完美。
* 石破天惊逗秋雨，女娲补天头一回。
意外事件而震惊，悟空三打白骨精。

【提示】

“石沉大海”比喻不见踪影或得不到一点消息；“石破天惊”原来指箜篌的声音高亢激昂，出人意料，造成一种难以形容的奇境，后来比喻文章议论新奇、惊人。

“二时”一首

* 时不可失失不来，抓住机遇靠智慧。
错过机会枉自悔，只因头脑欠发挥。
* 时不我待不等人，时刻注意找机会。
一旦机会抓到手，立即行动奋起追。

【提示】

“时不可失”紧紧抓住时机，不可轻易放过。这是做事情成功的关键；“时不我待”即“时不待我”。意思是时间不等人，要抓紧时间。

“四时”一首

＊时不我与悔不及，时过境迁不可追。

＊时不再来偶一次，行动迟疑难追回。

＊时乖命蹇运气差，时不顺而事不恢。

＊时移俗易随时进，时代不同风俗随。

【提示】

“时不我与”再没有时间给我了；“时不再来”时机错过就不会再来；“时乖命蹇”指时运不佳；“时移俗易”时代变了，社会风气也随之改变了。

“四实”一首

＊实繁有徒多贬义，谓之不少这种人。

＊实用值价比较高，发明创造再求新。

＊实逼处此不得以，形势所迫违其心。

＊实事求是遵客观，尊重事实求其真。

【提示】

“实繁有徒”意思是实在有不少这样的人。多用于贬义；“实用值价”有其可利用的实际作用；“实逼处此”表示因为情势所迫，不得不如此；“实事求是”按照客观事物的发展规律和实际情况办事。

“四食”一首

*食不甘味心不静，夜不安眠卧不平。
*食不厌精求其细，看似讲究反不通。
*食而不化不认真，所学知识多浮空。
*食古不化缺变通，与时俱进方可行。

【提示】

“食不甘味”形容心中有事，吃东西不知其滋味。“食不厌精，脍不厌细”意思是米要舂得很精，鱼肉切得很细。形容对饮食极其讲究。“食而不化”比喻对于所学的知识理解得不深不透。“食古不化”读书、作画一味学习古人，拘泥陈法，不善于灵活运用。指对所学的古代知识理解得不深不透，不善于按现在的情况来运用。

“三食”之一

*食前方丈全摆满，酒菜丰富不一般。
*食日万钱一桌席，穷人一年苦负担。
*食言而肥为谋利，出尔反尔为捞钱。
如此做人忒无聊，将钱供在祖宗前。

【提示】

“食前方丈”一丈见方的餐桌上摆满了美味佳肴。形容奢侈豪华的生活；“食日万钱”形容饮食极其奢侈；“食言而肥”形容为了自己占便宜而说话不算数。

“三食”之二

* 食肉寝皮恨，其仇似海冤。
* 食租衣税钱，反称父母官。
* 食不果腹苦，忍饥挨饿惨。
不求鱼与肉，只求一碗饭。

【提示】

“食肉寝皮”表示极端的仇恨；“食租衣税”依靠百姓缴纳的租税生活；“食不果腹”穷困潦倒，缺少粮食，度日艰难，经常挨饿。

“三拾”一首

＊拾金不昧好风尚，传统道德应弘扬。
＊拾人涕唾弄抄袭，如此作风缺修养。
＊拾人牙慧如鹦鹉，只会学说无衷肠。
袭取重复别人话，改头换面充文章。

【提示】

“拾金不昧”拾到东西，还给失主；“拾人涕唾”比喻抄袭、重复别人的言论；“拾人牙慧”比喻拾取别人的一言半语当作自己的话，也比喻窃取别人的语言和文字。

“二史”一首

*史不绝书事常有，时过境迁仍发生。
从古至今以相继，不足为奇乃常情。
*史无前例事无有，可谓首创得以兴。
敢于挑战乃勇敢，首吃螃蟹冒险赢。

【提示】

“史不绝书”形容过去经常发生的事情，史书上多有记载；“史无前例”意思是历史上从来没有过的事情。

“二失”一首

* 矢口否认下决心，誓不认罪不承认。
天网录像为凭证，事实面前乱了阵。
* 矢口狡赖以抵抗，枉图耍赖瞒其因。
顽固不化乱其理，事实清楚证据真。

【提示】

“矢口否认”坚决不承认。“矢口狡赖”以耍滑头和耍赖的方法拒绝承认，以期逃脱法律的制裁。

豖突狼奔

坏人到处闯，任意打砸抢。
如狼似奔跑，如猪乱突撞。
狼奔豖突乱，其势坏正常。
四方齐围剿，确保得安康。

【提示】

豖：猪；突：冲撞。意思是像狼那样奔跑，像猪那样乱闯。比喻坏人到处乱闯，任意进行破坏。

“二始”一首

* 始乱终弃乃缺德，目的达到即踢开。
无情无义似禽兽，披着人皮行作歹。
* 始终不懈意志坚，有始有终不懈怠。
有志者而事必成，终于赢得好运来。

【提示】

“始乱终弃”多指男子对女子先玩弄后遗弃的不道德行为。“始终不懈”从始至终地坚持，毫不懈怠地为既定目标努力奋斗。

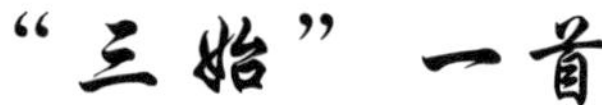

“三始”一首

＊始终不渝不改变，努力奋斗争时间。
＊始终如一不间断，自始至终一心干。
＊始作俑者首创人，制作偶人以供玩。
引申作恶第一人，犯罪首犯罪当先。

【提示】

“始终不渝”从开始直到最后，一直坚持不变；“始终如一”自始至终一个样子，指能坚持，做事从不间断；“始作俑者”比喻第一个做某项坏事的人或恶劣风气的制造者。

使臂使指

指动臂以带，全身皆随脑。
身体得以动，构成互协调。
十指连其心，一发致身貌。
人体多奥妙，使臂使指着。

【提示】

《汉书·贾谊传》：“令海内之势，如身之使臂，臂之使指，莫不制从。”意思是就像身体支配胳膊，胳膊支配手指那样，没有不自如的。比喻指挥得当、自如。

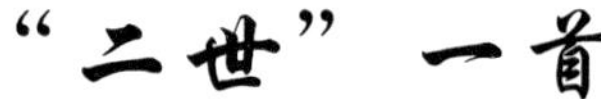

“二世”一首

*世态炎凉人际处，人情世故呈冷暖。
　趋炎附势小人为，亲热冷淡两极端。
*世外桃源乃枉想，只可想象意其间。
　凡人群者必酿烦，无奈逃避枉求闲。

【提示】

“世态炎凉”指社会上人与人之间的冷暖关系。多用以形容人的趋炎附势态度及恶劣的不道德行为。

“三势”之一

* 势不可当猛，来势不可挡。
* 势不两立对，不共戴天伤。
* 势成骑虎难，不可成逆往。
索性就其势，拼命干一场！

【提示】

“势不可当”来势猛烈，不可抵挡；“势不两立”指双方矛盾异常尖锐，不能并存于天下；“势成骑虎”即同“骑虎难下”，比喻事情中途遇到困难，但迫于形势，想停止也停止不了。

“三势”之二

* 势合形离于整体，其形各自而独立。
* 势均力敌逢对手，难以预料高与低。
* 势如破竹气势盛，一往直前不可抵。
节节胜利乘其势，扫除顽敌成事迹。

【提示】

“势合形离”形体各自独立，而结构保持完整；“势均力敌”双方力量相当。“势如破竹”形容作战或工作节节胜利，毫无阻碍，也形容可不阻挡的气势。

“四视”之一

* 视而不见听不闻，如若聋哑及盲人。
* 视如敝屣看不起，轻视嫌弃不相认。
* 视如寇仇两不立，不共戴天仇难忍。
* 视若无睹不关注，与己无牵不挂心。

【提示】

“视而不见”表示不重视或不注意；“视如敝屣”当作破鞋子那样看待。比喻极为轻视；“视如寇仇”看如仇敌一样的憎恨；“视若无睹”虽然看见了，却像没看见似的。形容对事物漠不关心。

“四视”之二

＊视死如归为正义，为国捐躯男子汉。
＊视同儿戏少严肃，做事随便盲目干。
＊视同路人显陌生，其实相熟不入眼。
＊视为畏途心犯难，心惊胆战腿发软。

【提示】

“视死如归”形容为了正义事业，不怕牺牲；“视同儿戏”比喻做事不严肃、不认真，如同儿童在游戏；“视同路人”故意把亲人或熟人看作陌生人；“视为畏途”看成可怕的、危险的道路，也比喻看成困难的、可怕的事情。

“二事”一首

*事半功倍做事聪，开动脑筋窍门通。
出力小而收效大，善用智慧做事情。
*事倍功半正相反，只靠力气求其赢。
出力大而收效小，不善动脑奈何成？

【提示】

“事半功倍”形容费力小而收效大；“事倍功半”形容费力大而收效小。

“四事”之一

＊事必躬亲自己做，不怕劳累收获多。
＊事不宜迟不宜拖，以免误时难以做。
＊事出有因必道理，究根问底再斟酌。
＊事不关己高挂起，不管不顾不相说。

【提示】

“事必躬亲”什么事情都一定亲自去做；“事不宜迟”指事情要抓紧时间做，不宜拖延；“事出有因”事情的发生，一定有其原因；“事不关己，高高挂起”认为事情与自己无关，就放在一边不管。

“四事”之二

＊事过境迁情况变，时不再来何以观？
＊事与愿违两不担，如何是好心畏难。
＊事在人为在努力，成就愿望靠巧干。
＊事实胜于之雄辩，真实情况岂可翻。

【提示】

“事过境迁”事情过去了，情况也改变了；“事与愿违”事实与愿望相违背；“事在人为”事情全在于人去做；“事实胜于雄辩”事情的真实情况比雄辩更有说服力。

“二室”一首

＊室如悬磬家贫穷，家徒四壁无一物。
如此穷困为何因？好逸恶劳一赌徒。
＊室迩人远以悼念，阴阳两隔有却无。
远方人儿久无信，心中思念何其苦。

【提示】

“室如悬磬”形容穷得一无所有；“室迩人远”表示对远方亲人的思念，或对死者的悼念。

拭目以待

发射消息即传开，殷切希望以等待。
航天事业长足进，太空飞船相继载。
巨型火箭腾空起，载人航天又期待。
飞天屡屡传捷报，英雄载誉再归来。

【提示】

拭目：擦眼睛。形容期望十分殷切或确信某件事情将会出现，企盼着消息传来。

恃才傲物

恃才傲物自得意，傲气凌人称第一。
不知天高与地厚，目空一切自神气。
恃以小才而气盛，傲慢无礼枉做戏。
即便有才却无德，不如无才自敛矣。

【提示】

恃：依靠，凭借。意思是有那么点才学自己就觉得了不起了。自恃才高，傲气凌人。如此行为，正说明乃是一个愚蠢透顶的废材。

“三适”一首

*适得其反与愿违，求之不得反受累。
*适逢其会正相遇，不期而至得其惠。
*适可而止遵规律，以求事佳合其位。
凡事皆要守于度，不亏不盈达平垂。

【提示】

“适得其反”形容结果与愿望正相反；“适逢其会”正好碰上了那个机会或时机；“适可而止”意思是到了适当程度就停止下来。

舐糠及米

舐其糠后而侵米，先占地方后夺权。
旧时所谓民造反，揭竿而起相呼喊。
首先以近而集众，站稳再行夺地盘。
自古至今皆如此，改朝换代相继传。

【提示】

舐：舔；及：达到。意思是舔完了谷粒外面的糠皮，就会得到米身。引申为先占地方，然后夺取政权。

“二嗜”一首

*嗜痂之癖怪爱好，偏颇多怪成陋瘾。
不良习惯渐养成，彻底根除下决心。
*嗜杀成性极残忍，杀人成瘾不是人。
心狠手辣行同兽，有过无不及之残。

【提示】

“嗜痂之癖”习惯性的坏毛病。“嗜杀成性”爱好杀人成为习性。形容极端凶残。有这种所谓的爱好，已经不能算是人了，甚至比野兽更为兽性、残忍。

誓死不二

坚定无二心，死亦守其信。
立下军令状，誓死不二真。
心中之志愿，为国之精神。
无论生与死，永葆靓青春。

【提示】

誓死：立下至死不变的志愿，就是面对死亡的威胁也不生二心。表示坚定不移和一心一意为国尽忠的决心。

噬脐莫及

悔之已晚矣，如同自噬脐。
尽管再努力，亦是不可及。
世上千般情，后悔最难齐。
事过境即迁，噬脐莫及戏。

【提示】

噬脐：用嘴咬自己的肚脐，显然够不着。形容后悔时就像用嘴去咬自己的肚脐一样无法达到，即后悔已经晚了。

事物多变术，决定亦不注。
此时不彼时，时时有变故。
发出政令后，情况又差出。
收回成命令，以求事不著。

【提示】

收回已经发布的命令、指示或决定。客观事物多变且复杂，此时的决定不一定合乎彼时的情况，这就需要按事物的发展情况及时地矫正。

“三手”一首

* 手不释卷而勤学，致学精神在求深。
* 手不停挥爬格子，文思泉涌手不伸。
* 手到病除医术高，技艺精湛贯于心。
妙手回春好医道，医德高尚得精神。

【提示】

“手不释卷”形容勤奋好学或看书着迷；“手不停挥”形容一个劲儿地写，不停地写作。这种状态往往出现在灵感亢奋的时候；“手到病除”形容医术高明，也比喻工作做得好，解决问题迅速。

“四手”之一

* 手到擒来不费力，顺手牵羊即可及。

* 手挥目送任挥洒，技艺娴熟亦心细。

* 手疾眼快动作灵，头脑聪颖有才气。

* 手忙脚乱无条理，缘自心乱难静怡。

【提示】

“手到擒来”比喻做事情毫不费力气就成功了；“手挥目送”手眼并用，怎么想就怎么做，也比喻语言文字的意义双关，意在言外；“手疾眼快”形容做事机警、敏捷；“手忙脚乱”形容做事慌张、忙乱，没有条理。

"四手"之二

＊手无寸铁两手空，如何抵挡尔进攻？
＊手眼通天弄手腕，善于钻营为成功。
＊手足无措心慌乱，头脑空白不得应。
＊手无缚鸡之力气，文弱书生难武动。

【提示】

"手无寸铁"形容手里一点武器都没有；"手眼通天"比喻善于钻营，手腕不寻常；"手足无措"形容慌张得不知如何是好；"手无缚鸡之力"形容文弱书生没有力气。

“二守”一首

* 守经达权持正道，灵活应付居正教。
灵活运用不固执，坚持原则不动摇。
* 守口如瓶守秘密，言之谨慎不浮躁。
如此性格受信任，委以重任事可靠。

【提示】

“守经达权”坚持正道，灵活应付。形容人能坚持原则却不固执；“守口如瓶”形容说话谨慎或严守秘密。

“三守”一首

*守望相助于其间，以防灾患之侵犯。
*守正不挠不偏私，坚守正道以规范。
*守株待兔碰侥幸，不劳而获吃白饭。
狭隘经验不可信，妄想岂能成飞天？

【提示】

“守望相助”指邻近各村落之间守护、瞭望，互相帮助，以对付来犯的敌人或其他灾患；“守正不挠”坚守正道，不偏斜，形容无所偏私；“守株待兔”比喻死守狭隘经验或妄想不劳而获的侥幸心理。

“三首”一首

*首当其冲而遭遇，奋起抵抗不余力。
*首屈一指居第一，可谓无双与其比。
*首鼠两端心不安，举棋不定难决计。
迟疑不决无轻重，心失平衡神思移。

【提示】

“首当其冲”比喻最先受到冲击、压力、攻击，或首先遭受灾患；“首屈一指”表示居第一位；“首鼠两端”形容迟疑不决或动摇不定。

“二寿”一首

* 寿比南山不老松，福如东海长流水。
以此恭祝人长寿，但愿世上多顺遂。
* 寿终正寝顺自然，此乃人生之善归。
不求好生求好死，一语道破人生味。

【提示】

“寿比南山”寿命像终南山那样长久。祝人长寿的祝词；“寿终正寝”指年迈人在家里安然辞世，也比喻事物的自然消亡。

受宠若惊

受宠若惊而意外，惊奇不安亦喜哉。
世人受宠难自持，若惊若喜反发呆。
宠辱不惊好修养，宠辱面前亦自在。
此种心理非一般，只限少数之贤才。

【提示】

宠：宠爱。因为得到宠爱或赏识而又高兴，又不安。这是一般人的行为表现。如果能做到面对宠辱而不惊喜或惧怕，此乃修养至深的人格体现。

书生气十足

政治见糊涂，思想多单纯。
幼稚不成熟，为事多难存。
出口多典故，行走见斯文。
满腹尽学问，为事不应心。

【提示】

比喻政治上糊涂，看问题单纯、幼稚。这是一副书呆子的形象写照。学以致用，是为学的目的。学而不用或无用，其学何以哉?

“二熟”一首

* 熟能生巧得，花费工夫少。
若想如此做，全靠其头脑。
* 熟视无睹惯，如同没见着。
眼睛看得多，反成后脑勺。

【提示】

“熟能生巧”熟练了就能找到窍门；“熟视无睹”形容对眼前的事漫不经心，看惯了，如同没看见一样。

“三鼠”一首

*鼠目寸光窄，眼光多狭隘。
*鼠窃狗盗行，小偷小盗哉。
*鼠牙雀角争，争讼相互碍。
此语由何来？《诗经》有记载。

【提示】

“鼠目寸光”形容目光短浅，只能看到近处、小处；“鼠窃狗盗”指小偷小摸、鸡鸣狗盗之行为；“鼠牙雀角”原意是因为强暴者的欺凌而引起争讼，后比喻打官司的事。

蜀犬吠日

蜀南雨多日少见，偶见日出狗即吠。
少见必然心多怪，多见方可事不废。
见多必然知识广，遇事可以随应会。
真才实学靠勤奋，日常积累犹可贵。

【提示】

蜀：四川；吠：狗叫。讥讽人少见多怪。唐·柳宗元：“仆往闻庸、蜀之南，恒雨少日，日出则犬吠。”

“三数”一首

*数九寒天气温低，漫天遍野覆积雪。
*数米而炊以计较，多劳少功何苦来。
*数往知来以推测，预知未来不求谒。
古书经典知识多，饱读诗书心智开。

【提示】

“数九寒天”我国民间习俗。从冬至算起每九天为一个单位，共九个九，计八十一天，为一年当中最寒冷的时期；“数米而炊”比喻过分计较琐碎的事情，多劳而少功；“数往知来”知道了过去，就可以推测未来。

“四束”一首

* 束手就擒做俘虏，放下武器示投降。
* 束手无策没办法，听天由命求安详。
* 束手待毙几等死，死里逃生逢天堂。
* 束之高阁不相用，似有似无何可藏？

【提示】

“束手就擒”形容无力反抗或脱身；“束手无策”形容遇到问题没有解决的办法；“束手待毙”比喻遇到困难不积极想办法解决，坐等失败；“束之高阁”比喻扔在一边，不去用它或管它。

述而不作

述而靠史说，不做新创作。
人云则亦云，引用语太多。
拾人之牙慧，落入窠臼拙。
述而不创造，如何立其说？

【提示】

述：陈述；作：创作。泛用以表示只是阐述前人的理论、学说，并没有自己的创见。这是一种学而不用的作风，应该将学得的知识用在自己的创作中去。

“四树”一首

＊树碑立传自抬高，刻碑留名亦枉然。
＊树倒猢狲尽其散，空留枝干迎风颤。
＊树欲静而风不止，不遂心愿奈何端？
＊树之风声施教化，以求传统得接班。

【提示】

“树碑立传”比喻树立个人威信，抬高个人声望；“树倒猢狲散”比喻首犯倒了，跟随其后的走狗也立即溃散；“树欲静而风不止”指树要静止，风却不停息地刮得它摇动，比喻事物的客观存在和发展不以人的意志为转移；“树之风声”建立良好的教化，宣扬好的风气。

“三率”一首

*率尔操觚随所欲，随意着笔难自许。
*率兽食人害于人，酷吏凶狠犯条律。
*率由旧章老一套，照搬过来从其续。
墨守成规不思改，多行老路走规矩。

【提示】

“率尔操觚”形容写作态度不严肃，随意着笔；“率兽食人”形容虐害百姓；“率由旧章”完全按照旧规矩、老办法办事。

“二双”一首

*双管齐下为，同时相以做。
勉于紧迫感，效率提高多。
*双瞳剪水清，双目见清澈。
一双好眼目，如同秋水波。

【提示】

“双管齐下”比喻两件事情同时进行；“双瞳剪水”形容眼睛清明、亮丽。如同秋水清波，清澈明亮。

爽然若失

爽然若失无主意，失去依靠无可倚。
心中失落不知否，如何对待心没底。
坐立不安心不定，精神恍惚无可寄。
心胸狭窄难成事，如此神态不为奇。

【提示】

爽然：拿不定主意的样子；失：失去依靠、依据。形容没有主见，拿不定主意的精神状态和神情。

“四水”之一

* 水到渠成具条件，马到成功事完善。
* 水火不容而相克，相互对立分冷暖。
* 水晶灯笼看事清，临事明锐敢承担。
* 水乳交融多融洽，关系密切以相安。

【提示】

“水到渠成”比喻条件成熟，事情就会顺利完成；“水火不相容”比喻事情根本对立；“水晶灯笼”比喻对事物了解得非常清楚；“水乳交融”比喻关系极其融洽或结合得十分紧密。

“四水”之二

* 水深火热苦，求生多艰难。

* 水泄不通堵，人群拥挤乱。

* 水涨船高随，亦涨亦高间。

* 水清无鱼影，聪者难求伴。

【提示】

“水深火热”比喻百姓生活极端痛苦；“水泄不通”形容十分拥挤或包围很严密；“水涨船高”比喻事物随着它所凭借的基础的提高而增长提高；“水至清则无鱼”比喻人太聪明了就没有伙伴了。

“二顺”一首

*顺理成章事之理，理顺方可成文章。
做事亦求理顺通，如此为事乃可彰。
*顺手牵羊因方便，偷者方便失者伤。
为事如若图不轨，顺势而就贪其尝。

【提示】

“顺理成章”写文章或做事，顺其条理就能做好；“顺手牵羊”比喻乘方便偷东西或顺其势以图其事。

“三顺”一首

* 顺水推舟乘方便，顺势总比逆事强。
* 顺藤摸瓜究根底，调查研究施有方。
* 顺者昌而逆者亡，顺与逆间见生殇。
大道无边乃天理，兴道逆道由天放。

【提示】

“顺水推舟”比喻顺势或乘便而行事；“顺藤摸瓜”比喻沿着线索进一步调查研究，追究根底；“顺之者昌，逆之者亡”意思是顺从就能存在，违背就要灭亡。

瞬息万变

时间短而变化快，眨眼瞬间事即变。
瞬息万变不停歇，时代脉搏不间断。
变中求进以发展，思想意识合客观。
事物变化遵其理，按理行事在实践。

【提示】

瞬：眨眼；息：呼吸；瞬息：一眨眼一呼吸之间，比喻时间短促。形容变化快、变化多。

“二说”一首

*说长道短别人事，舌长短嘴好议论。
家长俚短无正经，闲来无事好搬弄。
*说一不二话算数，不改许诺守其伦。
为人处世守信用，说到做到遵诚信。

【提示】

“说长道短”比喻评论别人的好坏是非。语出汉·崔瑗《座右铭》：“无道人之短，无说己之长。”“说一不二”形容说话算数，说到做到。

"三硕"一首

*硕大无朋无以比，天地之间亦难容。
*硕果累累见丰收，一番功夫一时荣。
*硕果仅存经考验，去伪存真为世用。
稀少可贵之人才，沙里淘金难相逢。

【提示】

"硕大无朋"大得无与伦比；"硕果累累"形容历尽辛苦而得到丰硕的成果；"硕果仅存"比喻经过时间的淘汰，留存下来的稀少可贵的人或物。

数见不鲜

熟友来访多，礼数渐平托。
不杀禽畜待，只有清茶酌。
礼多人不怪，适于陌生客。
老友相见时，促膝说心窝。

【提示】

数：屡次；鲜：新宰杀的鸟兽肉。意思是对于经常来的客人就不宰杀禽畜加以招待。原意是无事常到人家去就会惹人厌烦。后来用以形容对于经常见到的事情，就不觉得新奇了。

丝恩发怨

丝恩发怨不足提，亦要终生以相记。
滴水之恩报涌泉，此乃君子之心意。
发怨虽小不可忘，心中不平难安宜。
有朝一日得清算，了却终生之心疾。

【提示】

像细丝那样的恩情，像头发那样的仇怨。形容极小的恩惠或极小的怨恨。语出《资治通鉴·唐记·文宗太和九年》："是时李训、郑注连逐三相，威震天下，于是丝恩发怨，无不报者。"

“二私”一首

* 私相授受得，不敢见人者。
相互以勾结，授受两及得。
* 私心杂念生，为事必失德。
无视其法纪，私心触原则。

【提示】

“私相授受”私下里一个给予，一个收下，指不合法的互相授受；“私心杂念”指专为个人或小集团打算的各种想法。

斯文扫地

文人不得志，自甘以堕落。
怨天亦尤人，愤懑不成乐。
若何而此做，心思难守佐。
斯文扫地作，以求自显赫。

【提示】

斯文：指文化或文人。泛指文化或文人不受尊重，也指文人不求上进，自甘堕落。学以致用，学知识为家国所用，是求学的目的，不可将学识据为己有而成为满足个人愿望的筹码。

“四死”之一

*死不瞑目心不甘，生前冤恨记心间。
*死得其所有价值，为家为国为民怨。
*死灰复燃重复起，卷土重来再作乱。
*死里逃生得幸免，不幸之中得生还。

【提示】

“死不瞑目”指人将死的时候心里还有放不下的事情；“死得其所”形容死得有价值；“死灰复燃”比喻失势者再得势；“死里逃生”形容历尽危险而幸免于难。

“四死”之二

＊死皮赖脸即无赖，胡搅蛮缠以丢脸。

＊死去活来以折腾，昏绝苏醒多惊险。

＊死心塌地为其事，打定主意不思迁。

＊死有余辜罪恶深，处以极刑亦不偏。

【提示】

“死皮赖脸”形容颠倒是非、胡搅蛮缠、死不要脸的无赖形象；“死去活来”昏厥过去又苏醒过来；“死心塌地”原来形容心里踏实。现在形容主意已定，决不改变。多含贬义；“死有余辜”形容罪大恶极，死不足惜。

“四四”之一

＊四分五裂多分散，不可集中各为战。
＊四海为家四处走，落脚之地便是站。
＊四面八方同时响，除夕之夜响不断。
＊四面楚歌成孤立，大势将去难回天。

【提示】

“四分五裂”形容分散，极不统一；“四海为家”原意是占有四海、统治全国，后来泛用以表示到处都可以当作自己的家；“四面八方”指各个方面或各个地方；“四面楚歌”比喻孤立无援、四面受敌的处境。

“四四”之二

* 四平八稳以做事，不急不躁相与说。
* 四亭八当准备好，一切就绪安排妥。
* 四通八达多便利，高铁动车及全国。
* 四战之地战略处，兵家争夺之要所。

【提示】

“四平八稳”形容说话、做事稳当；“四亭八当”形容一切都安排妥当；“四通八达”形容交通极其便利；“四战之地”四方战争必争之地。

似曾相识

无可奈何花落去，似曾相识燕归来。
小园香径独徘徊，春来春去自命哉。
似曾相见亦不见，梦中之人多幽怀。
但愿今宵再相会，苦诉衷肠泪眼眯。

【提示】

好似曾经认识。形容见过的事物又重新出现。语出宋·晏殊《玉诛词·浣溪沙》。

“二驷”一首

* 驷不及舌鉴，说话应斟酌。
语出要慎重，不可随意说。
* 驷马难追及，一言定其铎。
不移不反悔，行事合其佐。

【提示】

“驷不及舌”指说话应当慎重。“驷马难追”即“一言既出，驷马难追。”指说话算数，决不反悔。

肆无忌惮

任意妄其为，无法全不记。
胡言乱语说，违法无顾忌。
自称为老大，聚众而斗气。
触犯其法律，缉拿以正纪。

【提示】

肆：放纵，任意；忌惮：顾忌和畏惧。意思是任意妄为，毫无顾忌和畏惧。多形容横行霸道、蛮不讲理、聚众闹事的痞子。

耸人听闻

故弄玄虚话，闻者皆惊愕。
无中生有事，自编网上做。
搅乱众视听，以求名显赫。
官方辟谣言，终将被逮着。

【提示】

耸：惊动。指夸大或捏造事实，使人听了感到震惊。

颂古非今

厚古薄今作，颂扬古人多。
古今一脉承，奈何非今说。
历来之传统，当今之收获。
二者皆文化，不可妄分割。

【提示】

颂扬古代，非难或否定当代。这是荒谬之说，不可以武断古今的文化。对于古代遗产要本着去其糟粕取其精华地继承和发扬，更要与当今的发展相得益彰地加以运用。这样才能体现文化一脉相承，不可分离的完整关系。

搜索枯肠

三碗搜枯肠，唯有文千卷。
苦思难其解，冥想搜意倦。
闭门以造车，多有不合圈。
融入于客观，主观得畅圆。

【提示】

比喻拼命苦思冥想。为诗文者，必以生活为师，佳文丽句并非苦想而可得。诗文灵感随客观而生发，并非能“作”出来，而是情感达到沸点时一挥而就的流露。

俗不可耐

俗并无其错，只怕作庸俗。
风俗即生活，有何之不足？
凡事应斟酌，不可一头出。
怕只怕与庸，庸俗不易处。

【提示】

耐：忍耐。庸俗得叫人忍受不了。俗有“风俗”“民俗”之称，是世代生活习惯的经验积累。各地的风俗习惯各异。但又有“低俗”的言行令人厌恶，称其谓“俗不可耐”。

夙兴夜寐

夙兴夜寐靡有朝，勤奋不懈以苦读。
日积月累得学识，是为人生第一步。
才学用作敲门砖，敲开仕途青云出。
为官清廉努力做，一番苦心得昭著。

【提示】

夙：早；兴：起来；寐：睡。起早睡晚。形容勤奋不懈。语出《诗经·卫风·氓》。

素昧平生

鸥鸟忘机翻浃洽，交亲得路昧平生。
素昧平生不相识，事至关头以相应。
仁者与人多显赫，遇事不顾生熟情。
全力以赴而相助，全心全意促事成。

【提示】

素：向来，往常；昧：不了解；平生：平素，往常。意思是一向不了解。表示素来不相识的陌生人。

速战速决

速战以求胜，速决以较量。
形势不等人，必须于马上。
快速以发动，全面开战场。
一场生死战，决胜见豪放。

【提示】

快速地发动进攻，快速地解决战斗，以迅雷不及掩耳之势，即时地发起全面的进攻，以求得最后的胜利。

“四随”之一

*随波逐流无主见，跟在后面做随行。
*随风转舵以应变，主意随其形势应。
*随机应变做调整，改变初衷思想灵。
*随声附和乱哼哼，心无主意难守衷。

【提示】

“随波逐流”比喻自己没有坚定的立场和主见，只是盲目地跟着别人走；“随风转舵”比喻根据情况的变化改变自己的主意；“随机应变”随着情况的变化，灵活机动地应付；“随声附和”比喻只会跟着别人说。

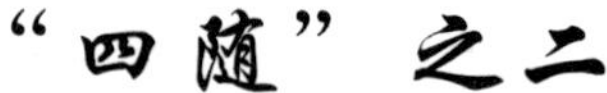

“四随”之二

* 随时制宜以调整，灵活适宜而行动。
* 随心所欲自由行，不受拘束自己弄。
* 随遇而安不挑剔，任何条件皆适应。
* 随珠弹雀穷奢侈，得不偿失不实用。

【提示】

“随时制宜”根据当时的条件或需要，灵活地采取适宜的措施；“随心所欲”心里想怎么做就怎么做；“随遇而安”不管遇到什么环境，都能安然处之；“随珠弹雀”指用夜明珠去弹鸟雀，泛指做事不知道衡量轻重，因而得到的补偿不了失去的。

岁寒知松柏

寒冬松柏青，迎风傲雪冰。
此乃常青驻，其性见真情。
岁寒知松柏，艰苦见品性。
耐得考验后，当春乃发生。

【提示】

比喻只有经过艰苦的考验才能看出一个人的品质如何。语出《论语·子罕》。

“四损”一首

＊损兵折将败，无力再重战。
＊损人不利己，为何弄心算。
＊损人利己坏，品德多不端。
＊损公肥私贪，迟早受法办。

【提示】

“损兵折将”形容作战遭受惨败；“损人不利己”损害了别人，对自己也没有好处；“损人利己”损害别人，自己得利；“损公肥私”损害公家的利益而使私人得到好处。

缩手缩脚

唯唯诺诺胆量小，顾前顾后多踟蹰。
前怕狼又后怕虎，顾虑重重洞口鼠。
缩手缩脚难放开，不敢放手受拘束。
如此做事奈何成，只能坐等守空屋。

【提示】

形容做事胆小，顾虑多，不敢放手。这种做事情的态度着实令人不解。幸好是个别现象，不然其危害必深矣。

"三所"一首

*所向披靡力量大，所向之处不可挡。
*所向无敌无对手，打遍天下理应当。
*所向无前军威盛，火箭军威海陆空。
震守国防似金汤，震慑力量攻兼防。

【提示】

"所向披靡"比喻力量所到之处，什么也阻挡不了；"所向无敌"形容一往无前，谁也阻挡不住；"所向无前"形容军威壮盛，锐不可当。

索然寡味

文字显枯燥，文章意不昭。
行文不流畅，全篇呈乏味。
引用多繁杂，生拼勉成章。
索然寡味意，故此乃不彰。

【提示】

索然：枯燥无味。形容文章的内容空洞，文字枯燥，读起来感到乏味。

他山攻错

一物降一物，相辅亦相错。
他山之顽石，克玉琢雕刻。
为人事其事，难免有出辙。
自律再自强，不倚亦不折。

【提示】

他山：别的山；攻错：琢磨。借助别的山上的石头来打磨玉器。比喻借助外力来改正自己的缺点、错误。“他山之石，可以攻玉。”语出《诗经·小雅·鹤鸣》。

谈何容易

杅舆瘦驷不御辔，君子服之谈何易。
说者容易做者难，知难而为犹可喜。
事半功倍因合理，理通事顺方可及。
谈何容易心执着，终得功夫而成器。

【提示】

表示事情做起来并不像嘴上说的那么简单。“杇舆瘦驷，不任御辔，君子服之，谈何容易?”语出汉·焦延寿《易林》。

谈虎变色

真知来自临其境，夫被虎伤更知厉。
有人曰虎夫色变，心神不宁体无力。
一朝蛇咬怕井绳，一脚踏空心骤悸。
凡事经验犹可鉴，小心谨慎在磨砺。

【提示】

色：脸色。原来是说，曾被虎伤过的人才知道虎的厉害。后来比喻一提到可怕的事情，精神就紧张起来。“真知与常知异。尝见一田夫曾被虎伤，有人说虎伤人，众莫不惊，独田夫色动异于众。”语出明·归有光《论三区赋役水利书》。

谈笑风生

故友相见不拘礼，言谈举止多随意。
诉说往事兴致高，谈笑风生话投机。
情绪欢娱多风趣，说来道去心无忌。
举杯齐眉共祝愿，地久天长后会期。

【提示】

风生：形容谈话时兴致很高，气氛活跃。谈话时有说有笑，兴致勃勃而又风趣。“遐想后日蛾眉，两山横黛，谈笑风生颊。”语出宋·辛弃疾《稼轩长短句·念奴娇·赠夏成玉》。

谈笑自若

遇事心意不可乱，乱者语出不由衷。
谈笑自若心自通，八面来风予以应。
三国吴志甘宁传，此人向来智聪颖。
城危众士皆恐惧，唯宁自若心安宁。

【提示】

自若：跟平常一样。指在不平常的情况下，有说有笑，同平时一样。事急而心神自若，安定不乱，乃大丈夫气质也。语出《三国志·吴志·甘宁传》。

叹为观止

季札与鲁观其乐，观止韶箾舞乐后。
心潮澎湃难自持，言道不敢另请篌。
事之完美意境深，形意相应情丰厚。
叹为观止赞其律，浑圆一体无褶皱。

【提示】

叹：赞赏；观止：看到了止境，看到了尽头。赞叹所见的事物好到了极点。吴季札在鲁国观赏音乐、舞蹈时，看到韶箾舞时，说："观止矣，若有他乐，吾不敢请已。"语出《左传·襄公二十九年》。

倘来之物

轩冕傥来之一物，意外获取有同无。
庄子缮性物之寄，不预忽来而知足。
况荣宠贵恃凌人，倚仗他人自为主。
栖于枝上求其驻，倘来之物何可图。

【提示】

傥来：亦作“倘来”，偶然、意外得来的。偶然地或意外地得到的东西。庄子曰：“物之傥来，寄者也。”成玄英曰：“傥者，意外忽来者耳。”语出《新唐书·纪王慎传》。

滔滔不绝

九龄善谈论，与客议论经。
语出如悬河，下阪溜丸影。
言多而不竭，接连而不停。
流利而不滞，滔滔不绝声。

【提示】

滔滔：连续不断的样子。形容话多，连续不断地说个不停。“张九龄善谈论，每与宾客议论经旨，滔滔不竭，如下阪走丸也。”语出后唐·王仁裕《开元天宝遗事》。

啼笑皆非

似哭亦似笑，啼笑皆非形。
哭而又笑致，是为何表情？
处境置尴尬，啼笑弄不清。
不知如何弄，五官欠端正。

【提示】

啼：哭；皆非：都不是。哭也不是，笑也不是。形容处境尴尬。形容人处于窘境时一种脸上的表情。语出唐·孟棨《本事诗》。

倜傥不羁

倜傥特异又洒脱，豪爽放浪性不羁。
少年才貌俱双全，风流英俊着时装。
古来才子多风尚，不拘世俗走他乡。
多有姻缘成闺事，画坛伯虎点秋香。

【提示】

倜傥：特异，豪爽，洒脱；不羁：不受约束。性情豪爽洒脱，不受拘束。“少有才气，倜傥不羁。”语出《晋书·袁耽传》。

天宝当年

大唐盛世号天宝，玄宗勤政事恭亲。
赢得繁荣入史册，遂成后世慰藉心。
寥落行宫花寂红，白头宫女唱诗吟。
青春一去不复返，老泪纵横湿衣巾。

【提示】

天宝：唐玄宗年号。比喻当年的盛事。意思是说白头宫女闲坐追思天宝年间的盛况，不觉感慨万千，老泪盈眶。语出唐·元稹《元氏长庆集·行宫》。

天保九如

天保九如祝寿称，如山如阜如冈陵。
如川方至莫不长，如日之升月之恒。
如山之寿不骞崩，如松柏之而长青。
长生不老敬天地，惠及子孙瑞气升。

【提示】

此语完全是为祝颂而出，意思是祝贺福寿延绵不绝。语出《诗经·小雅·天宝》。

天长地久

天地恢宏长且久，不可自生与他生。
求其天地从人愿，惠我儿郎智慧盛。
天地人者同和谐，万物葱茏江海清。
但愿天长与地久，人和谐律家国兴。

【提示】

同天地一样长久。天长地久，天地所以长且久，以其不自生，故能长生。即“天长地久岁不留。”语出汉·张衡《张河间集·思玄》。

天高地厚

天高九重谓九天，地盖深厚谓地藏。
海枯石烂人不及，转瞬即逝乃将亡。
人生旅途多风险，歧路坎坷步履忙。
不畏艰辛自操守，天高地厚不荒凉。

【提示】

原比喻专制压迫下的生活困苦，后来比喻恩情深厚。现在多用以比喻不知事情的艰巨、严重。谓天盖高，不敢不局；谓地盖厚，不敢不脊。语出元·王实甫《西厢记》。

天马行空

汉代西域出良马，日行千里使于驾。
骏骥腾跃飞长空，天马行空乃神化。
才思敏捷情奔放，任意驰骋笔生花。
超凡脱俗意境新，天下英才皆受夸。

【提示】

天马：汉代西域大宛产的好马。天马在空中飞驰。比喻才思奔放，任意驰骋，后来也比喻浮躁不踏实。所谓天马即背生翅膀可以腾空飞驰的神马，此说只是神话传说耳。语出元·刘廷振《萨天锡诗集序》。

天下为公

大道之行权予民，宝座之位应传贤。
愚聪不分为传家，难免昏君掌政权。
中山先生释民权，一律平等德为先。
德才兼备为人贤，不论出身可为官。

【提示】

原意是不把君位当作一家的私有物。孙中山先生借用为对“民权主义”的解释，意思是政权为一般平民所公有。语出《礼记·礼运》。

天香国色

牡丹誉之富贵花，色香出众称奇葩。
春来花繁叶绿新，其貌雍容独一家。
天香夜染罗裙衣，国色朝酣酒不暇。
玄宗爱妾杨贵妃，姿容香色迷圣驾。

【提示】

本来是唐代诗人赞美牡丹的话，指其色香非一般花卉可比。后常用以称赞美女。中国人常以花卉赞扬女子姿容美貌，而牡丹花因其雍容华贵的特征，借以比喻才貌双全，姿容端庄而丽质的美人。语出宋·计有功《唐诗纪事》。

天真烂漫

高马小儿图诗曰，天真烂漫好容仪。
心地单纯无虚伪，楚楚衣裳无不宜。
意画墨兰启于物，寥寥几笔形神齐。
画兰竹即喻人品，梅兰竹菊品相袭。

【提示】

天真：指人心地单纯，没有虚伪做作；烂漫：坦率自然的样子。形容纯真自然，不夹杂虚伪造作。“天真烂漫，超出物表。”现在也形容青少年、儿童心地单纯善良。语出元·吴师道《吴礼部诗话》。

蜩螗沸羹

蜩螗名之谓其蝉，羹乃五味调浓汤。
蜩螗沸羹不绝耳，犹如蝉噪沸羹响。
饮酒呼号推杯盏，行令吆喝扰思想。
笑语沓沓如汤沸，醉眼蒙眬步踉跄。

【提示】

蜩螗：蝉；羹：浓汤。好像蝉噪、水开、羹熟一样。形容极其嘈杂。“如蜩如螗，如沸如羹。”“饮酒呼号之声，如蜩螗之鸣。”语出《诗经·大雅·荡》。

铁画银钩

书法刚健而遒媚，龙飞凤舞随心挥。
看似无法实遵法，炉火纯青而自为。
徘徊俯仰容风流，刚则铁画银钩垂。
行笔节奏如舞剑，刚柔缓急各及位。

【提示】

画：笔画；钩：勾勒。形容书法刚健而遒媚。这也是书法的法则。凡学习书法的人都以此法为教习的准则。中国书法是一门独到的艺术表现形式，在历经几千年的发展演变中，形成了独特的东方美学艺术。语出唐·欧阳修《用笔论》。

通功易事

分工合作事乃成，各取所需互提供。
各业互通齐尽力，市场繁荣促成功。
人为我之我为人，相辅相成心协同。
农有余粟易家电，工易粮油两相承。

【提示】

分工合作。指各从一业，以其所有易其无。我们提倡“人人为我，我为人人”的处世方法。社会上各行各业的从业人员，都是本着这一原则才能实现相互支持而得以生存。这也是当今社会重要的人与人之间的合作关系。语出《孟子·滕文公下》。

同恶相求

同恶相求如市贾，同好相留互为助。
同情相成互为亲，同欲相趋行于步。
马超成宜恶相济，关羽忠义心诚笃。
孔明用计气周瑜，曹操中计杀无辜。

【提示】

求：求助。形容坏人互相勾结。俗话说“人以群分，物以类聚。”意思是说好人相聚做好事，坏人相戏作恶多。所谓的好人或坏人亦是相对而言。世上不存在绝对的“好”与“坏”，这要具体来对待。语出《左传·昭公十三年》。

铜壶滴漏

铜壶漏断梦初觉，宝马尘高人未知。
鸡鸣埭歌温庭筠，白雪遗音好梦至。
古来无钟亦无表，日月星辰行其制。
以壶漏沙用计时，遂不堪准亦概值。

【提示】

一种古代计时的仪器。古时的人靠日影或北斗星计时日。后来则用沙漏计时，虽然不准确，但也可知其大概的时间。语出唐·温庭筠《鸡鸣埭歌》。

图穷匕见

古时燕国太子丹，少与秦王同人质。
相处赵国素有交，后归故国为王职。
丹欲近秦讨其好，秦王不敬燕王止。
宿欲谋杀召荆轲，图中藏匕向其掷。

【提示】

图：地图；穷：尽；匕：匕首，短剑；见：露出来。比喻事情发展到了最后阶段，真相或本意完全显露出来。燕国太子丹想刺杀秦王，秘密派刺客荆轲去行刺，将匕首藏在地图中，当展开地图时匕首露出后荆轲用匕首连刺不中，秦王侥幸无恙。语出《战国策·燕策三》。

徒乱人意

始受命闻一女卒，再受命闻一男生。
皆不顾忘而行走，家书不发焚无声。
徒然扰乱人之心，不晓南北日东升。
谬曰徒乱他人意，徒乱人意乱其行。

【提示】

徒：徒然；意：心情。徒然扰乱人的心情。语出宋·苏轼《富郑公神道碑》。

土壤细流

世间大小多积累，积少成多皆可甚。
泰山不让成其大，河海不择就其深。
人间诸事如细流，全凭点滴集成真。
千里之遥始足下，不畏艰辛振精神。

【提示】

比喻事物虽然很细微，但不断积累，就能发挥巨大的作用。“泰山不让土壤，故能成其大；江海不择细流，故能成其深。”语出《史记·李斯列传》。

退避三舍

晋国重耳出逃亡，避难楚国待时出。
楚王问伐将如何，我退三舍之后处。
重耳回晋继国君，楚国伐晋战城濮。
耳践其言退三舍，以此回报楚之辅。

【提示】

舍：古时行军三十里为一舍。晋公子重耳逃亡到楚国，楚王问重耳："你若回国为君将如何报答我？"重耳回答："你若伐晋，我将避你三舍。"后来重耳践言。比喻对人让步或回避。语出《左传·僖公二十三年》。

太仓稊米

太仓储备粮，可谓之大仓。
粮谷多而精，供应时日长。
其中一粒粟，较之仓中粮。
微不足道乎，渺小不足讲。

【提示】

太仓：古时京师储备谷物的大仓；稊米：小米。太仓里的一粒小米，比喻非常渺小。

“二泰”一首

太阿倒持受其害，权柄交予他人握。
＊泰然处之心不慌，神情自若于帷幄。
＊泰然自若不惊慌，紧急关头不惊愕。
心中自有好主意，妙计即行不谔谔。

【提示】

“泰然处之”形容遇事镇静，不慌乱；“泰然自若”毫不在意地像平常一样。形容在紧急情况下态度镇静，毫不慌张。

“四泰”一首

*泰山北斗星，获得人敬仰。

*泰山鸿毛事，轻重两分扬。

*泰山压顶势，压力难想象。

*泰山压卵上，其力何相抗！

【提示】

“泰山北斗”泰山和北斗星。比喻道德高、名望重或有卓越成就，被人尊重或景仰的人和在某一领域的地位或影响的权威；“泰山鸿毛”重于泰山，轻如鸿毛；“泰山压顶”比喻压力极大；“泰山压卵”比喻力量悬殊，强大者必然摧毁弱小者。

“四贪”之一

*贪得无厌无底洞，坠入洞中陷泥潭。
*贪多务得多求予，欲壑难填不失闲。
*贪贿无艺没限度，得陇望蜀心之贪。
*贪生怕死胆小鬼，胆小惜命心胆战。

【提示】

“贪得无厌”贪心没有满足的时候；“贪多务得”务求所得到的越多越好。“贪贿无艺”指贪污受贿无度。“贪生怕死”贪恋生存，惧怕死亡。

“四贪”之二

＊贪天之功据己有，妄将功劳集自身。
＊贪污腐化乃堕落，生活糜烂陷得深。
＊贪小失大悔不及，严防诈骗多留神。
＊贪赃枉法违法纪，身败名裂难做人。

【提示】

“贪天之功”比喻把别人的功劳据为己有；“贪污腐化”利用职权，取得非法财物，生活糜烂；“贪小失大”因贪图小利而造成重大损失；“贪赃枉法”贪财受贿，违法乱纪。

昙花一现

昙花一现不持久，惹得清风怨自来。
花开花落只一现，生命短促匆匆衰。
百花争艳自相开，唯见昙花短命哉。
博得伤情泪湿襟，一抹斜阳乱于怀。

【提示】

原来比喻事物难得出现，后来比喻事物一出现很快便消失。

“二谈”一首

＊谈笑封侯爵，博得功名快。
说笑一挥间，爵位即赐来。
＊谈言微中语，隐约微妙哉。
恰切中事理，委婉以道开。

【提示】

“谈笑封侯”说说笑笑之间就封了侯爵。形容博取功名很容易；“谈言微中”形容说话委婉微妙，但却切中事理。

弹冠相庆

两人抱负俱相同，情趣爱好亦相应。
其中一位升为官，推荐提携共同升。
弹冠相庆以等待，准备停当待出迎。
另有喻之坏人出，蠢蠢欲动在其中。

【提示】

弹冠：掸去帽子上的尘土；庆：贺喜。原来是说，两个人的爱好、抱负相同。其中的一个当了官，必然要引荐另一个去做官。比喻做好做官的准备。另有坏人准备上台的意思。

忐忑不安

心里有乱事，坐立亦不安。
食之不甘味，寝之不能眠。
忐忑不安闲，忐忑何以担？
无奈走出门，正着掉瓦片。

【提示】

忐忑：心神不定。形容心神很不安的样子。

“三探”一首

＊探骊得珠龙下巴，价值连城之宝物。
＊探囊取物掏口袋，喻之容易不失误。
＊探赜索隐求其理，深入探索隐秘处。
钩深致远以求索，获得奥秘作书注。

【提示】

“探骊得珠”比喻写文章抓住了题中要害；“探囊取物”比喻事情很容易办成；“探赜索隐”指探索深奥的道理或搜索隐秘的事迹。

“二唐”一首

*唐突西施美与丑，相形之下更突出。
美丑因为作比较，怨了西施成唐突。
*唐哉皇哉气魄宏，规模空前名声足。
气势盛大多宏伟，空前绝后之建筑。

【提示】

“唐突西施”比喻为了突出丑的，因而贬低了美的；“唐哉皇哉”形容规模宏伟，气势盛大。

“二堂”一首

*堂堂正正多光明，事事皆能遵德行。
待人接物遵于礼，正人君子好作风。
*堂堂之阵军容整，豪情满怀示英雄。
练兵场上见威容，阅兵式上显威风。

【提示】

“堂堂正正”原来形容强大整齐的样子。后指光明正大；“堂堂之阵”军容壮大的阵势。

螳臂当车

螳臂微弱欲当车，不自量力妄自作。
必丧其身碾成泥，螳臂当车其如何？
强弱各自以掂量，以卵击石何其拙。
不顾实际妄自为，不知深浅就下河。

【提示】

螳臂：螳螂的前腿。意思是螳螂举起前臂以挡车轮子，比喻不自量力。

逃之夭夭

逃乃桃谐音，夭夭意叶茂。
此语《诗经》来，后转桃为逃。
如此之一转，大相径庭了。
意为快逃跑，逃之夭夭消。

【提示】

夭夭：枝叶茂盛的样子。《诗侄·周南·桃夭》："桃之夭夭。"形容桃树枝叶茂盛。后人用谐音的方式将"桃"改成"逃"，意为逃跑。

桃李满天下

桃李满天下，师生情谊深。
终身为教育，赢得满园春。
任劳亦任怨，执教忘其身。
喜看百花红，欣慰老园丁。

【提示】

桃李：比喻培植的优秀人才。形容身为教者的人，终生为教育事业呕心沥血，兢兢业业。为人师表，堂堂正正。花费心血培育人才，受人尊重的教师，最大的心愿莫过于“桃李满天下”。

陶犬瓦鸡

陶犬无守夜之警，瓦鸡无司晨之气。
物不值其之功效，人不具仁德之意。
凡徒有其表之面，而不能尽其所技。
陶犬瓦鸡小玩意，只供小儿做游戏。

【提示】

陶土做的狗，泥土塑的鸡。比喻无用之物。说是无用，实为有用。因为工艺品可以当作摆设或玩具，岂不为用哉？

讨价还价

讨价再还价，买卖之规则。
商者叫其价，购者还以作。
和风细雨说，争执笑面说。
相互以妥协，成交乐呵呵。

【提示】

讨：索取。商业常用语，是沿用的不成文的买卖规则。比喻谈判过程中或做事之前讲条件。

特立独行

胸中有其志，行为显高洁。
不羁世俗绊，自行走其界。
独立以思考，独行于事解。
特立独行者，自有其收获。

【提示】

特：独具；立：立身。形容品行端正、志向高远、慧眼识珠、行为独立、不随波逐流、自有见解的人。

腾蛟起凤

才华出众兮，必有所用之。
人品高洁兮，必受尊敬之。
思想超前兮，智慧呈睿之。
腾蛟起凤兮，善于决断之。

【提示】

腾：跃起。比喻才华出众，就像蛟龙腾跃、凤凰起飞那样。这只是一种比喻，因为从未有人见过龙与凤，何谈其跃与飞哉？

提纲挈领

提纲挈领为其事，事半功倍效率高。
纲者乃是渔网绳，领者乃是衣领梢。
提起纲绳网顺起，抓住衣领费力少。
事物之理亦相同，提纲挈领得其效。

【提示】

纲：渔网的主绳索；挈：提，举；领：衣服领子。拉起纲绳，拎起衣领。比喻抓住要领做事情，可收到事半功倍的好效果。

啼饥号寒

汝乃可怜寒号鸟，好逸恶劳不筑窠。
只顾眼前阳光暖，饱食终日伸懒腰。
好景不长秋冬至，寒风吹来落叶飘。
啼饥号寒哀声叹，打着寒战身发烧。

【提示】

啼：哭泣；号：号叫。哭诉肚子饥饿，叫喊身上寒冷。引申为饥寒交迫的苦难生活。

醍醐灌顶

酥油浇头得智慧，受以启发悟凡身。
油脂抹头发必沾，沾着智慧得求深。
清凉舒适亦不担，心诚则灵乃意中。
求仙拜佛遂心愿，醍醐灌顶正凡心。

【提示】

醍醐：酥酪上凝聚的油。用纯酥油浇到头顶上，使人得到启发，以求得智慧。比喻听了高明的意见使人受到很大启发，也形容清凉舒适。

“三体”一首

*体大思清大部头，思想精密哲理深。
*体贴入微以照顾，细心多为助他人。
*体无完肤被伤害，无缘无故伤至甚。
只因阴差而阳错，误为仇人被冤恨。

【提示】

“体大思清”指规模宏大、思想深刻的大部头著作；“体贴入微”形容照顾得十分仔细周到；“体无完肤”形容遍体鳞伤或物体被破坏得很厉害。

“四天”之一

*天崩地裂声势凶，天塌地陷奈何生？
*天长日久多辛苦，为求生活自担承。
*天从人愿恰所望，无意之中与道行。
*天夺之魄犯穷凶，该当之罪必遭惩。

【提示】

“天崩地裂”比喻发生了重大事变。“天长日久”比喻时间长，日子久；“天从人愿”形容事情恰如人之期望；“天夺之魄”比喻将死。

“四天”之二

* 天各一方两地分，老友重逢喜于心。
* 天花乱坠善说道，不切实际何可信？
* 天荒地老无人识，岁月无情终老身。
* 天昏地暗风沙起，遮天蔽日视不真。

【提示】

“天各一方”形容分别之后，相距遥远；“天花乱坠”形容说话极其动听，但不切实际；“天荒地老”比喻时间很长久；“天昏地暗”形容风沙大时飞沙满天的景象。

“四天”之三

* 天经地义理当然，毋庸置疑大道理。
* 天罗地网疏不漏，插翅难逃遭通缉。
* 天南地北相去远，飞来飞去只朝夕。
* 天怒人怨众人愤，惹起众怒揭竿起。

【提示】

“天经地义”比喻正确的不可更改的道理；“天罗地网”比喻包围严密，无一疏漏；“天南地北”形容相去很远；“天怒人怨”形容危害严重，惹起普遍地愤怒。

“四天”之四

* 天壤之别差别大，相距甚远天与地。

* 天上石麟以夸奖，称赞其子之伶俐。

* 天下第一称老子，道德真经传世袭。

* 天下太平世道盛，丰衣足食人人喜。

【提示】

“天壤之别”比喻相差很大。“天上石麟”称誉别人的孩子；“天下第一”形容无人可比；“天下太平”世道昌盛，社会和谐，百姓安居乐业。

“四天”之五

* 天下无敌手，战无不胜利。
* 天下无双独，唯有其第一。
* 天悬地隔远，相差不可比。
* 天涯海角偏，遥远难以及。

【提示】

“天下无敌”形容战无不胜；“天下无双”形容出类拔萃；“天悬地隔”比喻两者相差极远；“天涯海角”形容非常遥远的地方。

“四天”之六

* 天衣无缝极完美，事物尽用人尽才。

* 天灾人祸双重难，雪上加霜奈何哉！

* 天造地设自然成，完美无缺自然来。

* 天之骄子受其宠，呵护倍至成天籁。

【提示】

“天衣无缝”比喻事物完美自然；“天灾人祸”自然灾害和人为的祸患；“天造地设”形容自然形成，无须人工修饰的事物；“天之骄子”老天爷的宠儿，现指条件极其优越、特别幸运的人，也指非常勇敢或有特殊贡献的人。

“四天”之七

* 天诛地灭该当罪，罪大恶极施正法。

* 天作之合好婚配，夫妻合美而结发。

* 天字一号最为大，天地玄黄第一家。

* 天下乌鸦一般黑，伤天害理必遭杀。

【提示】

“天诛地灭”为天地所不容，必遭毁灭；“天作之合”泛用以祝颂婚姻美满；“天字第一号”表示最大、最强的；“天下乌鸦一般黑”形容做事凶恶残忍，丧尽天良。

“二添”一首

＊添枝加叶说，夸大事实话。
做醋而不酸，做谎却大化。
＊添砖加瓦帮，尽其力参加。
虽说无大用，却为诚意发。

【提示】

“添枝加叶”比喻夸大事实或在原有事实的基础上夸大其词；“添砖加瓦”原指建房时不断地添砖块加瓦片。后比喻做一些工作，尽一点力量。

“二恬”一首

＊恬不为怪因常见，熟视无睹而不怪。
不分青红与皂白，以为当然之存在。
＊恬不知耻不顾脸，行为龌龊不齿哉。
人若不知耻如何，枉于人者多罪责。

【提示】

“恬不为怪”形容对不良或坏现象熟视无睹，认为理所当然；“恬不知耻”做了坏事还满不在乎，不以为耻。

甜言蜜语

甜言蜜语说，以言做掩护。
醉翁不在酒，话里别有数。
施以小伎俩，目的骗财物。
嘴上似蜜甜，心中却是毒。

【提示】

说的话非常亲切动听，如同蜜糖似的。比喻为了讨人喜欢或哄骗人而说好听的话。

觍颜人世

丧失气节枉苟活，人前人后皆丢脸。
活在世上看白眼，死后阴间魂不安。
生为人者应规矩，一朝出轨难安然。
无论贫富与贵贱，恪守气节乃为先。

【提示】

觍颜：脸上表现惭愧。形容丧失气节的人厚着脸皮活在世上。

“二挑”一首

*挑肥拣瘦避其重，反复挑拣为就轻。
如此态度须端正，否则终将害人生。
*挑雪填井枉费力，劳而无功一场空。
但凡行事先动脑，理清道理再付行。

【提示】

“挑肥拣瘦”比喻从个人利益出发，对工作或某件事物进行反复挑选，以达到避重就轻的目的；“挑雪填井”比喻白费力气，劳而无功。

条分缕析

有条不紊分门类，一条一丝皆有序。
剖析深入而认真，事理清晰而合绪。
有条有理有规矩，如此作风得赞许。
凡事不可以马虎，条分缕析好风气。

【提示】

缕：线。一条一条地、一丝一丝地分析。形容剖析得深入细致，有条有理。

调嘴学舌

调嘴学舌如鹦鹉，搬弄是非如雏狃。
学其饶舌嘴不端，胡说八道多别扭。
添油加醋故弄乱，从中沾得一小口。
世间人群有规矩，一不小心即出丑。

【提示】

调嘴：耍嘴皮子；学舌：把别人说的话再重复一遍。形容搬弄是非，唯恐不乱的始作俑者。

挑拨离间

无故起风波，造成事混乱。
争吵不间断，团结被涣散。
有人故作梗，煽动出妄言。
乱中求其利，行为乃不端。

【提示】

挑拨：挑动；离间：拆散，隔开。挑起是非争端，使人际关系混乱，破坏团结，从中渔利的不良行为。

跳梁小丑

小小恶人妄作践，上蹿下跳以捣乱。
造谣生事不适闲，乱蹦乱跳挑事端。
唯恐天下之不乱，煽风点火再行骗。
跳梁小丑耍伎俩，防微杜渐严防范。

【提示】

跳梁：乱蹦乱跳；小丑：小小的恶人。形容上蹿下跳地捣乱而没有大能耐的坏家伙。这种小人行为虽然构不成大害，却有使团队涣散的坏作用。

“四铁”之一

*铁案如山定，罪行皆确凿。
*铁杵成针磨，坚持而执着。
*铁面无私官，黑脸之老包。
*铁石心肠硬，人情不着调。

【提示】

“铁案如山”罪行确凿无误，定案准确，不可改变；“铁杵成针”形容坚持不懈的努力，就会成功；“铁面无私”形容公正严明，不畏权势，大公无私；“铁石心肠”心肠硬得像铁和石头一样，形容心肠很硬，不被感情所左右。

“四铁”之二

*铁树开花难得见，愿望遥远难实现。
*铁网珊瑚搜珍奇，爱好收藏人多见。
*铁证如山证据足，人证物证皆齐全。
*铁中铮铮佼佼者，出色人物不平凡。

【提示】

“铁树开花”比喻极难实现的事情；“铁网珊瑚”比喻搜罗珍奇；“铁证如山”形容证据确凿；“铁中铮铮”比喻出色的人物。

“四听”一首

＊听其自然不过问，任其所为不干涉。
＊听人穿鼻无主张，任人摆布浑噩噩。
＊听天由命坐等待，如何全凭天自作。
＊听之任之不以问，任凭发展不劝说。

【提示】

“听其自然”表示不干涉，不过问；“听人穿鼻”比喻毫无主张，任人摆布；“听天由命”比喻任凭事态自然发展变化，不做主观努力；“听之任之”凭其发展，不加过问。

亭亭玉立

亭亭玉立身，窈窕淑女真。
行之款步悠，立之挺腰身。
身材长秀美，举止悠闲钦。
谁家好女子，出水芙蓉新。

【提示】

亭亭：耸起的样子；玉立：比喻身长而秀丽。形容女子身材修长秀美或花木形体挺拔。

“三停”一首

*停辛伫苦留待君，栀子交加香蓼繁。
*停云落月寄思念，书信往来慰心间。
*停滞不前坐待事，错过时机为求闲。
时光一去不复返，如此呆坐何可担？

【提示】

“停辛伫苦”辛苦缠身，长期不去。形容倍受辛苦；“停云落月”表示对亲友的思念之情；“停滞不前”停下来，坐着等待，不继续前进。

挺身而出

挺起腰身出，不畏其艰苦。
敢于承担当，努力成事足。
视苦以为乐，为人多芳露。
似如苦丁香，气为他人树。

【提示】

挺直身体站起来。形容面对艰难或危险的事情，勇敢地站出来。

铤而走险

缘自无其处，冒险寻其路。
铤而急不择，荒而无心主。
面临困难多，如何求相助。
不得而为之，铤而走险处。

【提示】

铤：快跑的样子；走险：奔赴险处。形容无路可走而采取冒险行动。语出《左传·文公十七年》：“铤而走险，急何能择？”

“二通”一首

* 通都大邑城，车水马龙拥。
　店铺相邻次，酒旗飘忽应。
* 通风报信说，里外两相承。
　吃里爬外做，两头皆奉迎。

【提示】

“通都大邑”指大城市，大都市。“天下所谓通都大邑，十里之城，万户之郭。”“通风报信”把对立双方中一方的机密暗中告知另一方。

“四通”一首

*通力合作共同做，以求事半功倍得。
*通情达理好说话，合情合理互协作。
*通权达变多灵活，打破惯例为求合。
*通宵达旦夜不眠，不顾他人意如何。

【提示】

“通力合作”不分彼此，一齐出力；“通情达理”形容很懂道理，说话、做事合情合理；“通权达变”为了适应客观情况的需要，打破惯例，灵活办事；“通宵达旦”指整整一夜，从天黑到天亮。

“二同”一首

* 同病相怜心相系，共同遭遇互同情。

生活磨难心痛苦，相互诉说稍安宁。

* 同仇敌忾千夫指，愤怒之情于心中。

一致对其恨不消，共同声讨其罪行。

【提示】

“同病相怜”比喻有共同的遭遇或痛苦而互相同情；“同仇敌忾”全体一致痛恨敌人。

"四同"之一

* 同床异梦各用心，形合貌离各东西。

* 同甘共苦以相随，患难夫妻不分离。

* 同工异曲虽有别，各自巧妙亦可喜。

* 同归殊途乃自然，所行路异终一兮。

【提示】

"同床异梦"比喻表面和睦而内心却不一致；"同甘共苦"比喻快乐或苦难共同分担；"同工异曲"比喻话的说法不一而用意相同，或一件事情的做法不同而都巧妙地达到目的；"同归殊途"虽然路不同但最终目的却相同。

“四同”之二

* 同归于尽死，一起毁灭终。

* 同流合污贪，相互惠其中。

* 同声相应和，同气以相应。

* 同室操戈战，内乱多纷争。

【提示】

“同归于尽”一起毁灭；“同流合污”伙同在一起干坏事；“同声相应，同气相求”比喻志趣相同的人自然合得来；“同室操戈”比喻兄弟之间的纷争。

“四同”之三

* 同条共贯事理通，理顺为事自然成。

* 同心同德一条心，共同努力做事情。

* 同心协力一起干，众志成城事可兴。

* 同舟共济心相连，齐心合力以抗争。

【提示】

“同条共贯”比喻事理相通；“同心同德”为同一目的而努力；“同心协力”思想一致，共同努力；“同舟共济”比喻在困难时，同心协力，战胜困难。

“四铜”一首

*铜筋铁骨壮，身体呈健康。
*铜琶铁板诗，文辞多豪放。
*铜墙铁壁坚，固守若金汤。
*铜头铁额汉，威猛彪悍强。

【提示】

“铜筋铁骨”形容身体健壮；“铜琶铁板”形容豪放激越的文辞；“铜墙铁壁”比喻十分坚固，不可摧毁；“铜头铁额”形容人勇猛强悍。

“三童”一首

*童牛角马失真相，不可相信枉自狂。
*童山濯濯光秃秃，山石嶙峋裸土黄。
*童颜鹤发当益壮，返老还童之模样。
精神矍铄牙齿白，身体健壮面红光。

【提示】

“童牛角马”马长角，比喻事物失去了真相；“童山濯濯”光秃秃的一座山；“童颜鹤发”形容老当益壮。

统筹兼顾

统一之规划，通盘做考虑。
照顾各方面，全面得其律。
具体做部署，再行归于屡。
统筹兼顾为，事业合大局。

【提示】

统筹：通盘筹划；顾：照顾，顾全。意思是做事情，要有全局观念。不但要将具体事情做好，而且要考虑大局势的需要。

“四痛”一首

* 痛定思痛以教训，警惕未来再覆辙。

* 痛改前非下决心，立下誓言求准则。

* 痛心疾首以相恨，誓与斯人相以搏。

* 痛快淋漓心轻松，吞吐顺畅乐呵呵。

【提示】

“痛定思痛”经过痛苦以后，再吸取教训，警惕未来；“痛改前非”彻底改正以前的过错；“痛心疾首”形容痛恨到极点；“痛快淋漓”形容尽情尽意，非常畅快。

“四偷”一首

* 偷工减料为捞钱，丧失人格作贪心。
* 偷合苟容行走狗，苟且迎合求容身。
* 偷梁换柱耍手腕，以假替真旧充新。
* 偷天换日以蒙混，以假乱真害他人。

【提示】

“偷工减料”为谋利，暗地减少工时和材料的不道德行为；“偷合苟容”苟且迎合别人，以求容身；“偷梁换柱”比喻暗中玩弄手法，以假充真；“偷天换日”比喻暗中改变重大事物的真相，以达到蒙混欺骗的目的。

“四头”之一

* 头角峥嵘小荷角，少年英才可调教。
* 头会箕赋苛税重，百姓疾苦怨载道。
* 头破血流狼狈相，斗殴惨败抱头逃。
* 头上按头乃多余，画蛇添足被耻笑。

【提示】

“头角峥嵘”形容青少年才能突出；“头会箕赋”指赋税苛刻繁重；“头破血流”形容受到严重伤害或遭到惨败的狼狈相；“头上按头”比喻重复或多此一举。

“四头”之二

* 头童齿豁脑顶秃，豁牙缺齿老脸皱。
* 头头是道有条理，头脑灵活做事周。
* 头重脚轻站不稳，非老即病缺营养。
* 头痛医头不医脚，脚痛医脚不医头。

【提示】

“头童齿豁”比喻人秃顶、缺牙。形容人衰老的容貌；“头头是道”形容说话或做事有条有理；“头重脚轻”上面重，下面轻。比喻基础不稳固；“头痛医头，脚痛医脚”比喻做事不从根本上解决或缺乏通盘计划，只是就事论事，忙于应付。

“二投”一首

*投笔从戎去参军，弃文就武以杀敌。
国难当头理应当，匹夫有责尽其力。
*投畀豺虎惩坏人，群情激奋呼声急。
罪大恶极惹民愤，严惩不贷正法纪。

【提示】

“投笔从戎”扔下笔去参加军队。比喻弃文就武；“投畀豺虎”表示群众对罪大恶极的坏人愤恨之深切。

“四投”之一

* 投鞭断流兵众多，声势浩大旌旗扬。
* 投机倒把犯法纪，囤积居奇乱市场。
* 投机取巧耍聪明，妄图私利终不偿。
* 投袂而起忽站立，以示决心要自强。

【提示】

“投鞭断流”形容兵士众多，兵力强大；“投机倒把”指利用不正当手段扰乱市场，谋取利益；“投机取巧”妄想凭着小聪明取得利益；“投袂而起”形容精神振作，立即行动起来的神态。

“四投”之二

* 投其所好相迎合，只为利益随其身。

* 投鼠忌器多顾忌，左右为难无主意。

* 投桃报李以回赠，彼此往来情意深。

* 投闲置散辞官去，回到老家为养心。

【提示】

“投其所好”指迎合人家的爱好；“投鼠忌器”比喻做事不敢放手，有所顾忌；“投桃报李”比喻友好往来或互相赠送东西；“投闲置散”指担任不重要的工作或不担任工作。

“三突”一首

* 突飞猛进快速度，成就斐然得赞祝。

* 突然袭击行动快，突发进攻势破竹。

* 突如其来出意料，突然发生难自主，
定下心来再思量，理清事理以解除。

【提示】

“突飞猛进”形容事业、学问、技能等进步、发展得很快；“突然袭击”形容出其不意地进行攻击；“突如其来”出人意料地突然到来。

徒劳无功

徒劳无功事，赔本亦费力。
为事不求理，任凭妄志气。
事倍功不得，半途而放弃。
白白做折腾，何谈成就兮？

【提示】

徒：徒然，白白地。意思是做事情，不知其理，不得其法，白白地浪费力气而不见成绩。是谓事倍功不得矣。

荼毒生灵

茶毒生灵罪滔天，伤天害理惨人寰。
为非作歹如禽兽，狼心狗肺人世间。
黎民百姓受灾难，封建黑暗手遮天。
义愤填膺揭竿起，捣毁腐朽暂且安。

【提示】

荼毒：毒害，残害；生灵：指百姓。指封建势力残酷压榨下的黎民百姓深受其害的悲惨命运。

涂脂抹粉

涂脂抹粉巧装扮，出头露面于人前。
言谈话语多随便，落落大方款步闲。
谁家女子多靓丽？如此美貌亦见贤。
其实只为以遮掩，外貌美而内心奸。

【提示】

脂：胭脂。原指妇女打扮。现在多用以比喻对丑恶的东西加以掩饰来进行欺骗的行为。

“二屠”一首

*屠龙之技虽高超，无用武处枉自操。
造诣高超不实用，如同自己做摔跤。
*屠门大嚼求不着，只好设想以得到。
空想自慰以满足，自欺欺人忒可笑！

【提示】

“屠龙之技”比喻虽有较高造诣但却用不上的技术；“屠门大嚼”比喻欣赏羡慕而得不到时，暂且凭想象以求得安慰。

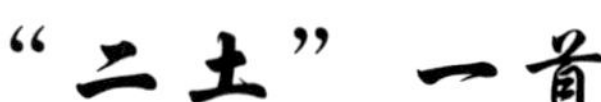

“二土”一首

* 土崩瓦解已崩溃，不可收拾之残局。
为事不合天之意，必遭惩治被人弃。
* 土豪劣绅恶势力，独霸一方而自居。
旧势力之恶支柱，腐朽势力之坏蛆。

【提示】

“土崩瓦解”比喻彻底崩溃。如同土的崩塌，瓦的粉碎，一发不可收拾；“土豪劣绅”指旧时代独霸一方的恶势力，是旧政权的支柱之一。

“四土”一首

＊土龙刍狗不实际，名实不副枉费工。
＊土牛木马无价值，徒有虚名不能用。
＊土生土长本地人，祖辈相继作农耕。
＊土洋结合而适用，事半功倍得其成。

【提示】

“土龙刍狗”比喻名不副实；“土牛木马”比喻无用的东西；“土生土长”本地生、本地长或本国生、本国长的人或物；“土洋结合”土法与洋法有机地结合。

吐故纳新

吐其陈旧以换新，确保事物葆青春。
变中求变居于理，以求发展而重新。
流水不腐因动变，户枢不蠹其动因。
事无大小皆其理，吐故纳新合其真。

【提示】

《庄子·刻意》：“吹呴呼吸，吐故纳新。”比喻扬弃旧的，吸收新的。这是事物的发展规律。以新代旧，是事物进步的变化过程，只有不断变化方可求得发展。

“二兔”一首

*兔起凫举行动快，抓紧时间不可怠。
时机如同急闪电，稍纵即逝难对待。
*兔起鹘落以作画，胸有成竹技艺赅。
气韵贯通神落笔，一气呵成乃匠才。

【提示】

“兔起凫举”意思是像兔子奔跑，像野鸭起飞一样，行动迅速；“兔起鹘落”兔子刚跳起来，鹰就猛扑上去。比喻动作敏捷。

“四兔”一首

* 兔丝燕麦不实际，只有其名无其用。
* 兔死狗烹同遭难，拉磨杀驴一成统。
* 兔死狐悲因同类，彼亡此哀事相通。
* 兔走乌飞光阴转，时光流逝而无情。

【提示】

“兔丝燕麦”比喻有名无实；“兔死狗烹”比喻卸磨杀驴；“兔死狐悲”比喻因同类的死亡或失败而感到悲伤；“兔走乌飞”比喻时光的迅速流逝。

“四推”之一

* 推本溯源究根本，水落石出真相白。

* 推波助澜助纣虐，大肆鼓噪最终败。

* 推己及人乃“恕道”，将心比心以自在。

* 推襟送抱诚相见，君子之风德厚载。

【提示】

“推本溯源”究其根本，追溯来源；“推波助澜”比喻从旁鼓动，推动事物（多指坏事）发展或助长声势；“推己及人”用自己的心思推想别人的心意，即体谅人；“推襟送抱”向对方表示殷勤的心意。

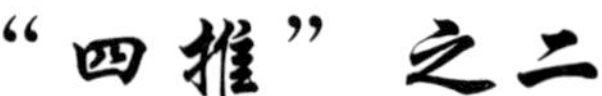

“四推”之二

*推三阻四以推托，万不得已不诉说。

*推涛作浪造事端，煽风点火以自作。

*推心置腹诚相说，诚心诚意而自佐。

*推燥居湿慈母心，养儿育女艰辛多。

【提示】

“推三阻四”形容以各种借口推托；“推涛作浪”比喻助长坏人坏事，制造事端；“推心置腹”比喻诚心诚意待人；“推燥居湿”形容养育儿女的辛勤劳苦。

蜕化变质

蜕化如昆虫，变质如腐鼠。
思想不思正，邪气即生出。
心理被侵蚀，行为必离谱。
肆无忌惮作，最终必遭戳。

【提示】

蜕化：指昆虫脱皮。比喻变质。形容人的思想、立场被坏的思想意识侵蚀后，发生根本的改变。

吞云吐雾

吞云吐雾吸鸦片，自找苦头难自悔。
吸食毒品即上瘾，害己害人乱社会。
另有其义说道士，修炼养气之作为。
五谷不进只饮水，妄想成仙升天飞。

【提示】

原来形容道士修炼养气，不吃五谷。后形容人吸烟。语出《梁书·沈约传·郊居赋》。

囤积居奇

囤积居奇乃奸商，破坏市场之秩序。
为求暴利而囤积，哄抬物价乱其绪。
不法商人多诡计，操纵市场无惮忌。
投机倒把违法纪，必遭追查严法纪。

【提示】

囤：积存；居：囤；奇：稀缺的东西。指大量购存商品，待后再以高价出售，从中获取暴利的投机行为。

拖泥带水

拖泥带水不利索，未曾说话先“这个”。
哼哈嗯啊带咳嗽，无用之词仍“这个”。
文章开门不见山，写到最后还“这个”。
这个来而这个去，何时才能不“这个”？

【提示】

比喻做事不干脆不利索，或说话、写文章不简洁、不明确、不知所云。宋·严羽《沧浪诗话·诗法》：“语贵洒脱，不可拖泥带水。”

天地人和

物竞天择系，天地人合熙。
浑然成一体，大德无痕迹。
天地人三杰，相互成维系。
和谐以共存，道法自然义。

【提示】

天、地、人合成三杰。天为乾而地为坤，人处于天地之间。三者浑然一体，遂构成自然之本体，三者和谐共存即是道法自然之说。老子最大的哲学贡献莫过于他发现并创立了“道”的哲学理论学说，从而形成中国独到的哲学理念。一部五千言的《道德经》，极其简明深刻地阐释了“天人合一”的哲学体系，进而成为全人类的哲学大思想。

“二脱”之一

*脱缰之马无拘束，任意驰骋多自由。

野马无缰成群队，驯马却要靠好手。

*脱口而出未思考，语出方知误出口。

人之话语乃心声，不用心思即胡诌。

【提示】

“脱缰之马”脱掉缰绳的马。比喻不受拘束的人或事物；“脱口而出”形容未经思考就说了出来。

“二脱”之二

*脱胎换骨变神胎，此乃道家之论哉。
借喻思想作改造，重新做人如得道。
*脱颖而出囊中锥，出头露面亦周到。
才能出众如锥尖，不费力气便成昭。

【提示】

“脱胎换骨”道教徒认为人在苦修得道之后，就能脱下胎，换上骨。现常用来比喻痛改前非，重新做人。“脱颖而出”：颖：尖儿。锥子尖透过布囊显露出来。比喻人的才能全部显露出来。语出《史记·平原君虞卿列传》：“使遂早得处囊中，乃颖脱而出。”

“二唾”一首

*唾面自干不擦脸，可谓忍耐至极深。
当面唾之待自干，如此为人耐寻味。
*唾手可得很容易，易如反掌不用伸。
看似容易做则难，不俱功夫难求真。

【提示】

“唾面自干”比喻受到了侮辱，极度忍耐，绝不反抗。如此做人着实耐人寻味！“唾手可得”比喻非常容易得到。

玩物丧志

玩人丧其德，玩物丧其志。
有志事竟成，失志将不治。
进取苦于钻，苦尽甘将至。
玩物丧志哉，妄为必呆滞。

【提示】

玩：欣赏；丧：失去；志：指进取的志向。醉心于玩赏某些事物或迷恋于一些无利有害的事情，就会丧失进取的志气。此说为过去之言，如今，由于科技的飞速发展，有很多的技术都融合在游戏之中，从而受益多于负面影响。这也证明语言亦需要具有与时俱进的同步发展。语出《尚书·旅獒》。

万古不变

万古长存永不变，万古千秋越千年。
万古流芳美其名，万古不变谬自然。
盘古开天乃神话，天地之始变多端。
妄想不变求永恒，所谓万古实枉言。

【提示】

万古：形容经历的时间极长，永远不变。此语谓之夸张，世上事物尽在变化之中，绝无不变之理。无论时间长短，变化是绝对的而不变则是相对的。

万马齐喑

万马奔腾气势凶，犹如溃堤洪潮涌。
良骥振鬣长嘶鸣，万马齐喑皆无声。
九州生气恃风雷，便有白骨成鬼影。
众马失声犹可省，于无声处听雷鸣。

【提示】

暗：哑。“振鬣长鸣，万马皆喑。”意思是说，好马振动长颈毛一声长嘶，其他的马都沉寂无声。依靠像暴风骤雨那样的巨大变革，恢复生气。现在有时用以比喻沉默不语。语出宋·苏轼《三马图赞》。

万紫千红

人海沉浮思轻重，万水千山总是情。
芸芸众生如花草，春秋过后即严冬。
春树花开阳气升，百卉竞现承繁荣。
花红柳绿惠大地，万紫千红花满城。

【提示】

“等闲识得东风面，万紫千红总是春。”原来形容春色艳丽。现在也比喻事物丰富多彩或景象繁荣兴旺。语出宋·朱熹《春日》诗。

望穿秋水

秋水喻之双眼睛，望穿秋水盼伊人。
殷切期待心如焚，似如双目穿透水。
盈盈秋水可洞穿，蹙损淡淡于眉追。
人生自古惜离别，盼得天老地成灰。

【提示】

秋水：指眼睛。形容对远方亲友的殷切盼望。望穿秋水不见伊人归来。对亲人的思念之情达到难以自禁的地步了。语出元·王实甫《西厢记》。

望梅止渴

曹军行征无水饮，士卒渴得双唇干。
曹操急中而生智，枉说前面有梅鲜。
士卒听之口生津，各个若鹜趋向前。
果然此招有奇效，望梅止渴始相传。

【提示】

比喻愿望无法实现，用空想来安慰自己。三国时期的曹操帅兵出征，途中无水，士兵各个求水而不得。曹操遂生一计，假说前面有酸梅可食，士兵们听后，嘴生津液稍有解渴矣。语出南朝·宋·刘义庆《世说新语·假谲》。

望洋兴叹

河伯据水可谓多，以为该当己势盛。
待到海边方兴叹，始旋其面而不胜。
对比方可显多少，相对而言知其称。
自觉良好妄自大，自以为是必遭惩。

【提示】

望洋：抬起头来看的样子。原指看到人家的伟大，才感到自己的渺小。对比之下方可显现出高低，也就是说没有平原则显不出高山的巍峨。后来比喻做事力量不够或缺乏条件而感到无可奈何。语出《庄子·秋水》。

为虎作伥

伥鬼引虎食其人，专祟他人为虎食。
凡死虎口绝命者，转为伥鬼寻替尸。
世间小人唯其利，倚仗他人壮其势。
兴风作浪恶多端，犹如伥鬼害人死。

【提示】

伥：古时传说被老虎吃掉的人，死后变成伥鬼，专门引诱别人来给虎吃。这是一种子虚乌有、胡编乱造骗人的谎话。只是用以比喻给坏人做帮凶。语出宋·孙光宪《北梦琐言逸文》。

为人作嫁

为人作嫁苦于忙，朝暮做工难承当。
穷苦缺食亦无衣，只为他人做嫁妆。
贫富二女同出嫁，京剧一折锁麟囊。
遇雨亭歇贫女泣，感动富女赠锦香。

【提示】

嫁妆：指女子出嫁时所携带的衣服、被褥、陪送品之类的东西。贫寒人家的女子为了生活，常常为别人做嫁妆，以此挣钱糊口，自己却得不到嫁妆。比喻徒然为别人忙碌或在别人手下混生活。语出唐·秦韬玉《秦韬玉诗集·贫女》。

味如鸡肋

味道尚可无多肉，弃之可惜食则非。
模棱两可如何为，难煞食客不知谁。
曹操用兵攻汉中，久攻不得言鸡肋。
杨修闻言即收兵，意会曹操之心扉。

【提示】

鸡肋：鸡的肋骨。比喻没有多少肉，但弃之又可惜，啃之又无肉。比喻对事情的淡薄或所得的实惠很少。语出《三国志·魏志·武帝纪》。

文如其人

文章即为心之声，优劣尽显于文中。
人品态度与文风，出自心声笔相应。
子由之文实胜仆，世俗不知不受重。
实则修深不自宣，文如其人而相从。

【提示】

指文章所表达的思想或所表现的风格就像作者的政治态度、人格或风格一样。语出宋·苏轼《答张文潜书》。

问道于盲

问路逢之于盲人，无疑不可将所得。
问乐求之于聋者，无疑不可得其所。
足下求速化之术，不于其人以访说。
是以借听盲与聋，求道求乐何其拙。

【提示】

问路之事虽小亦有道理，若不看对象而问之，多者不可获其结果。求学问也如同问路，须要找到合适的人为师，方可得到真正的知识。语出唐·韩愈《昌黎先生集·答陈生书》。

卧薪尝胆

春秋吴越互为敌，吴强越弱终被灭。
越王勾践乃志士，卧薪尝胆自励也。
忍辱负重为雪耻，心怀大志暂求歇。
厉兵秣马图自强，终将吴灭成大业。

【提示】

薪：柴草。比喻刻苦自励，发奋图强。春秋时期的吴国和越国为争强曾多次相互攻战，越不敌吴而被灭，越王勾践被俘为奴。但勾践被放后卧薪尝胆立志图强，终将吴灭。语出宋·苏轼《拟孙权答曹操书》。

无边风月

清风明月景致新，秋风吹来桂花香。
中秋月朗挂中天，合家团圆共欣赏。
无边风月见天地，秋风送爽和其装。
秋阳晒红高粱脸，五谷丰登富农庄。

【提示】

风月：清风明月，指美好的景色。形容风景极其美好。美好的夜晚、和煦的风、明亮的圆月加之中秋的人圆，可谓是十分惬意的时候。语出元·白珽《湛渊集·西湖赋》。

无可奈何花落去

无可奈何花落去，似曾相识燕归来。
小园香径独徘徊，难逢佳人空于怀。
事即如此无以对，劳燕分飞两不猜。
落花流水始无奈，打起精神再等待。

【提示】

花落去：指大好春光即将消逝而感到无可奈何。想挽留也留不住。花开花落乃应天时的自然现象，不可随意而谬之。所谓落红无情并非花情乃是人情而借花寄之。语出宋·晏殊《珠玉词·浣溪沙》。

吴地处于国之南，夏日炎炎热非常。
昼长夜短睡不足，人困马乏牛难当。
吴地水牛最怕热，暑气袭来牛将伤。
吴牛望月误以日，见月喘息而自呛。

【提示】

吴牛：江淮一带的水牛。吴地炎热的时间较长；水牛怕热，见到月亮误为太阳，不由得喘起气来。比喻因疑心而害怕。疑心，虽然是人之常情，但并不是个好事情，无端起疑心会造成很多负面的结果。世间许多事情由此而铸成错误。所以，疑心也是人性中的一个弱点。语出南朝·宋·刘义庆《世说新语·言语》。

五风十雨

人合衣裳马合套，天地和谐新气象。
风调雨顺好年景，田野丰茂寄希望。
五风十雨乃天顺，水草丰美牛羊壮。
风不鸣条雨淅沥，草场一派好风光。

【提示】

五天刮一次风，十天下一场雨。形容风调雨顺。这是农耕时期人们的普遍愿望，至今，仍被视为天时吉祥的征兆。春种秋收依靠天时的顺畅，以确保能有个风调雨顺的好年景。语出汉·王充《论衡·五谷不分》。

物换星移

闲云潭影日悠悠，物换星移几度秋。
物是人非空自叹，借酒浇愁乃更愁。
斗转星移银河转，时序变化看星斗。
凡事皆有其规律，不可妄自而谬求。

【提示】

物换：景物改变；星移：星辰的位置移动。形容时序变迁。由唐初文坛四家之一的王勃所作，历来倍受推崇，其中很多脍炙人口的名句被后人广为传颂。其中之一便是：“潦水尽而寒潭清，烟光疑而暮山紫”和“落霞与孤鹜齐飞，秋水共长天一色”等丽句。语出唐·王勃《王子安集·滕王阁序》。

物竞天择

梅

天泽品质耐霜娇，白雪衬蕾分外娆。
自古多少痴情人，诗文赞咏颂雅调。

兰

君子高雅和其韵，小人粗俗难近前。
天然物性合人性，历来高雅拒愚顽。

竹

天生丽质枝叶俏，一身青靓绿到梢。
中空无物心悠远，坚韧挺拔节节高。

菊

秋满霜天黄花茂，色泽清丽香悠然。
风清月朗中秋夜，花影婆娑弄清寒。

【提示】

梅、兰、竹、菊被誉为“四君子”，以物性喻人品，历来被文人所崇尚，体现出天人合一的寓意。

雾鬓风鬟

鬓者谓之耳前发，鬟者妇女环发髻。
花边雾鬓风鬟满，酒畔云衣香扇及。
又喻妇女发蓬乱，一语可着双重意。
风鬟雾鬓人憔悴，怕见人而夜趋急。

【提示】

鬓：双鬓；鬟：环形发髻。形容妇女头发好看，也用以形容妇女头发散乱蓬松。此语一语双意，亦好亦坏，用时要审慎，以勉误用成拙。语出宋·李清照《永遇乐》词。

挖空心思

挖空心思想，费尽心机做。
贪得无厌心，私欲难填壑。
想方设法取，绞尽脑汁夺。
铤而走其险，栽进看守所。

【提示】

比喻想尽一切办法。

为国捐躯

稗麦浊酒粗瓷杯，欲饮忽闻鼓角催。
血卧沙场犹如醉，忠魂始得安乃归。
自古征魂知多少？月下幽幽白骨堆。
天下男儿当自强，为国捐躯心不灰。

【提示】

指为国家牺牲生命。为国尽忠，为民而死，历来是中华美德之一。

“二瓦”一首

*瓦釜雷鸣黄钟毁，庸人居位惹是非。
手拿鸡毛当令箭，鸡毛蒜皮榨油肥。
*瓦解冰消已不存，完全崩溃因妄为。
不按客观行其事，事不成则与愿违。

【提示】

“瓦釜雷鸣”旧时比喻庸人居于高位，威风一时。“瓦解冰消”就像冰雪融化、瓦粉碎一样不可收拾。比喻完全消失或崩溃掉。

“二外”一首

*外强中干纸老虎，徒有外表作恐吓。
张牙舞爪做姿态，一根火柴即烧着。
*外圆内方古铜币，价值在于史学说。
为人处世如古钱，外表圆和内心拙。

【提示】

“外强中干”形容外表强壮，内里空虚；“外圆内方”比喻人外表随和，内心严正。

剜肉补疮

剜其肉来补其疮，结果身上再添疮。
如此行为何其拙，自讨苦吃再遭创。
只顾眼前妄自为，顾此失彼两俱伤。
做事应当仔细想，剜肉补疮乱思量。

【提示】

比喻只顾眼前救急，不顾日后的困苦。如此行为必将导致更加不利的后果。

纨绔子弟

纨绔子弟劣，吃喝玩乐邪。
依富尽挥霍，花天酒地坏。
四体多不勤，伸脚待穿鞋。
绫罗绢丝服，闲来斗鸟雀。

【提示】

指那些只顾享受，什么事都不做，游手好闲的富家子弟。

“二完”一首

* 完璧归赵蔺相如，秦王面前无惧色。
讨回美玉和氏璧，升就宰相让廉颇。
* 完美无缺违客观，人无完人事得所。
倘若完美则不着，弄巧成拙反成拙。

【提示】

“完璧归赵”比喻将物品完整地归还；“完美无缺”意思是十分完整、美好，没有任何缺点。这是一种违背客观规律的追求。常言道：“没有最好，只有更好。”这就道出了事物的本质。追求完美的本身就意味着不完美。

“二玩”一首

*玩火自焚伤及身，为坏事者必祸身。
为得其乐妄自作，身败名裂奈何生。
*玩世不恭做游戏，消极处世心不平。
缘何如此而愤世？原自私心不得逞。

【提示】

“玩火自焚”比喻做坏事的人自食恶果；“玩世不恭”用消极、游戏的态度对待生活。这是一种不健康的人生态度。

“二顽”一首

*顽廉懦立施其作，改变其性以教化。
贪者悔改弱者振，感化作用可谓大。
*顽石点头因理清，有理走遍至天涯。
以理服人得人心，得人心者得天下。

【提示】

“顽廉懦立”使贪得无厌的人能够廉洁，使懦弱的人能够振作起来。形容感化力量之大；“顽石点头”形容道理讲得透彻，使人心服。

“二万”一首

*万变不离其宗兮，形式应宗其相应。
木有根而水有源，根源乃为事之宗。
*万事俱备欠东风，事已齐备不得行。
机会不到难行动，以待时机促成功。

【提示】

“万变不离其宗”尽管形式上变化多端，但其本质或目的却始终不变；“万事俱备，只欠东风”比喻样样都准备好了，就差最后一个重要条件。

“四万”之一

* 万夫莫当勇，所向无不筹。
* 万古长存在，英雄美名留。
* 万古长青松，精神不失求。
* 万古流芳名，永将如春柳。

【提示】

“万夫莫当”形容人非常勇敢，没人可抵挡；“万古长存”指某种可贵精神或品德将永远存在；“万古长青”比喻高尚情操将永不衰落；“万古流芳”比喻好名声永远传流。

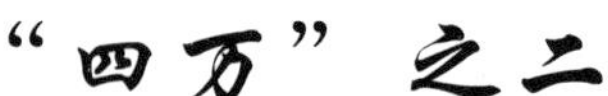

“四万”之二

*万古千秋时空久，出土宝剑仍寒光。
*万家灯火夜阑静，明月照池遂成双。
*万劫不复岁月长，切莫等闲无向往。
*万籁俱寂夜幽深，星光灿灿天河亮。

【提示】

“万古千秋”形容经历的时间极久。“万家灯火”指天黑上灯的时候，也形容城市夜晚的景象。“万劫不复”指国家破坏不堪或个人堕落太甚而难于恢复。比喻浩劫极重，受影响极大。“万籁俱寂”形容周围环境非常安静。

“四万”之三

＊万流景仰令天下，尊敬仰慕世流芳。

＊万缕千丝无头绪，心烦意乱释无方。

＊万马奔腾其势大，如同潮水涌高涨。

＊万目睽睽众目前，审判台上露真相。

【提示】

“万流景仰”令天下人都尊敬、仰慕；“万缕千丝”形容事物纷乱，难以捋顺；“万马奔腾”形容声势浩大；“万目睽睽”众人都在注视着。

“四万”之四

＊万念俱灰心失衡，精神崩溃难求生。
＊万人空巷人皆出，以观江潮浪升腾。
＊万事大吉皆顺利，事与愿合情旺盛。
＊万事亨通呈吉祥，但愿好事相继成。

【提示】

“万念俱灰”形容失意后极端灰心；“万人空巷”成千上万的人涌向某处，使里巷空阔冷落，多用来形容庆祝、欢迎的盛况或新奇事物轰动居民的情景；“万事大吉”一切都很顺利；“万事亨通”形容事情吉祥顺合。

“四万”之五

＊万寿无疆祝寿语，但愿人寿得安康。
＊万水千山路遥远，红军不怕远征难。
＊万死不辞下决心，忠贞不贰以成贤。
＊万岁千秋祝贺词，愿其寿命得安然。

【提示】

“万寿无疆”永远不死；“万水千山”形容路途遥远；“万死不辞”表示愿意效劳的决心；“万岁千秋”形容岁月长久。

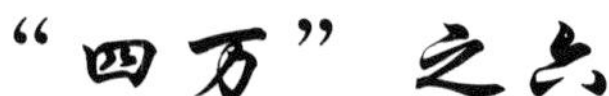

“四万”之六

*万死一生幸于免，苍天护佑保平安。

*万无一失有把握，无论如何以承担。

*万象更新好景色，勃勃生机而焕然。

*万象森罗俱齐全，市井热闹之非凡。

【提示】

“万死一生”死的可能极大，活的希望极小，比喻冒生命危险；“万无一失”形容绝对不会出差错；“万象更新”形容一切事物或景象都变得焕然一新；“万象森罗”形容各类事物一应俱全。

“四万”之七

＊万里长城之国防，固若金汤之城墙。
＊万里长征两万五，留得精神为图强。
＊万应灵丹不存在，只为调侃而张扬。
＊万众一心团结紧，移山填海平深洋。

【提示】

“万里长城”中国古代绵延万里的军事工程。被誉为人类文明的八大奇迹之一。“万里长征”形容非常远的征程。后用以比喻从事的长期的、艰巨的事业。“万应灵丹”比喻一种能解决各种疑难问题的方法。多用于讽刺或诙谐的调侃之辞。“万众一心”形容团结一致。

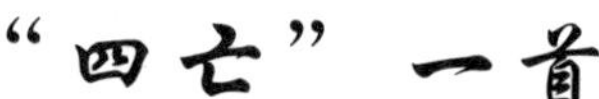

“四亡”一首

* 亡国之音多淫靡，哼哼叽叽音哀之。

* 亡羊补牢不算晚，以防后患再次施。

* 亡羊得牛乃幸事，阴差阳错获其实。

* 亡命之徒多作恶，必以严惩正法纪。

【提示】

“亡国之音”多指淫靡的音乐；“亡羊补牢”比喻发生错误后及时改正，可以防止继续受损失；“亡羊得牛”比喻损失小，收获大；“亡命之徒”指流氓、盗贼等不顾性命、犯法作恶的歹人。

“二网”一首

*网开三面以从宽，决心悔改得赦免。
法惩教化双管下，实事求是看表现。
*网漏吞舟恶人逃，逍遥法外无忌惮。
天网恢恢不等闲，缉拿归案再审判。

【提示】

“网开三面”比喻从宽处罚罪犯；“网漏吞舟”比喻法令太宽，致使坏人漏网。漏网者，理应受到教训，改过自新。不然，最终必将受到法律的严惩。

“三枉”一首

* 枉尺直寻获利大，让之少却获之多。
* 枉费心机以盘算，耗费心思却不得。
* 枉己正人何道理，欲正他人先正己。
己正方可矫其作，己邪妄自必弄拙。

【提示】

“枉尺直寻”比喻让步不大，获利可观；“枉费心机”白白地耗费心思；“枉己正人”自我身子不正，却去矫正别人。

“二忘”一首

* 忘恩负义人，胸中无人心。
背弃良知信，不报别人恩。
* 忘乎所以骄，得意忘天高。
不知算老几，横行亦霸道。

【提示】

“忘恩负义”忘记别人对自己的恩德，背弃了情义，做出对不起别人的事情；“忘乎所以”形容因骄傲自满而得意忘形。

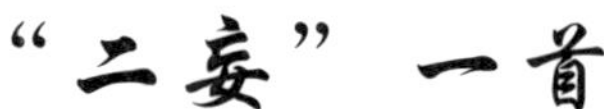

“二妄”一首

*妄自菲薄无根据，自轻自贱其为何？
人有小误或不足，只要清醒即为乐。
*妄自尊大正相反，思想不清妄自作。
自封老大话生硬，目中无人必遭磋。

【提示】

“妄自菲薄”毫无根据地看轻自己，指自轻自贱；“妄自尊大”狂妄地自高自大，轻视别人。

“三望”一首

*望尘莫及落于后，眼望前面尘飞扬。
*望而却步成怯懦，遇难即回无胆量。
*望而生畏显威武，彪悍威猛不平常。
当阳桥头一声喊，吓退曹军桥断梁。

【提示】

“望尘莫及”比喻远远落后；“望而却步”形容遇到强敌或困难就退缩；“望而生畏”形容看到了就害怕。

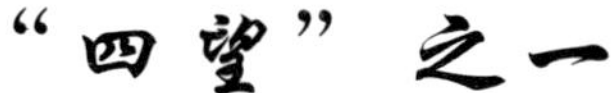

“四望”之一

＊望风而逃胆小鬼，不战而败成逃兵。
＊望风披靡与上同，溃不成军怕被攻。
＊望衡对宇相对望，近在咫尺待其行。
＊望门投止求存身，暂且藏身以保命。

【提示】

“望风而逃”远远看见对方的气势很盛，就吓得逃跑了，没有勇气面对强悍的敌人；“望风披靡”比喻军队毫无斗志，老远看见对方的气势很盛，没有交锋就溃散了；“望衡对宇”形容住处很接近，可以相互望见；“望门投止”求得暂时的存身之处。

“四望”之二

* 望秋先零身体弱，眼望秋深心飘零。
* 望文生义不认真，牵强附会难求正。
* 望眼欲穿心急切，盼望伊人早相逢。
* 望子成龙心切切，拔苗助长乱其行。

【提示】

“望秋先零”望见秋色，心便凋零；“望文生义”只按字面去牵强附会，不推求确切的含义；“望眼欲穿”意思指眼睛都要望穿了，形容盼望心切；“望子成龙”希望子女能出人头地。

“二危”一首

* 危机四伏隐藏深，不经意间遭险情。
小心翼翼做搜索，细心察看相及应。
* 危如累卵极危险，转瞬之间定输赢。
静静等待时机到，出手果断如旋风。

【提示】

“危机四伏”处处隐藏着危险的祸根；“危如累卵”比喻形势非常危险，像垒起来的蛋一样，随时有倒塌的可能。

“四危”一首

* 危如朝露险，发生即消逝。
* 危言耸听话，惶惶难终日。
* 危言危行正，言行皆合适。
* 危在旦夕险，瞬即被吞噬。

【提示】

“危如朝露”比喻危险临近；“危言耸听”使人吃惊、害怕的谣言；“危言危行”讲正直的话，做正直的事；“危在旦夕”危险就在早晚之间发生。

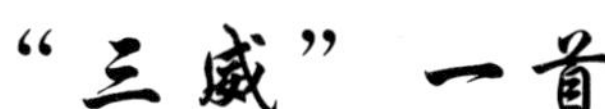

“三威”一首

*威胁利诱施软硬，胁迫他人以服从。
*威武不屈乃硬汉，誓不屈服精神耸。
*威信扫地失其势，一败涂地无人用。
威望信誉一扫光，昔日身份变仆佣。

【提示】

“威胁利诱”用暴力胁迫，用利益引诱；“威武不屈”面对强暴，坚强不屈的崇高人格；“威信扫地”形容威信全部丧失。

“三微”一首

*微不足道不值得，如此判断不合理。
事物大小论本质，核变虽小力无比。
*微乎其微再说少，少多仍然看利弊。
*微言大义多深刻，言语不多却中的。

【提示】

“微不足道”微小得不值一提；“微乎其微”形容非常小或非常少；“微言大义”指精微的语言中包含深刻的道理。

巍然屹立

高高耸立之山峰，连绵不断之山脉。
巍然直立而稳重，历尽沧桑显气派。
顶天立地不动摇，任凭摧残不言败。
巍巍其势连成片，魏然屹立用存在。

【提示】

巍然：高高的；屹立：山势直立而高耸的样子。形容像高山一样不可动摇。

“四为”之一

* 为德不卒半途废，为事有始却无终。

* 为法自弊自立规，反遭其害不由衷。

* 为非作歹丧天良，依法惩处不留情。

* 为鬼为蜮暗伤人，含沙射影害人命。

【提示】

“为德不卒”指不把好事做到底；“为法自弊”比喻自作自受；“为非作歹”做各种坏事，甚至犯罪；“为鬼为蜮”比喻阴险狠毒，暗地害人。

“四为”之二

* 为富不仁求其富，不择手段作敛财。
* 为期不远期限近，心神无主如何哉？
* 为善最乐出真心，不求喝彩求免灾。
* 为所欲为干坏事，目无法纪必遭裁。

【提示】

“为富不仁”形容为了自己发财致富而不择手段；“为期不远”指期限已经很近了；“为善最乐”做好事最快乐；“为所欲为”想做什么就做什么。

韦编三绝

韦指熟牛皮，编简之用绳。
三绝乃概数，泛指反复省。
孔丘好《周易》，反复和其声。
勤奋以攻读，著成《易传》通。

【提示】

用熟牛皮做成细绳，把写成的竹简编联起来，谓之“三编”。三：只是一个概数，指多次。孔丘晚年很爱读《周易》，翻来覆去地读，竟使编联《周易》的皮绳断了好几次。后泛用以形容勤奋读书。

＊围城打援乃兵法，围其部分引敌援。
埋伏主力以等待，一举全歼得完胜。
＊围魏救赵乃典故，亦是兵法之手段。
全力支援操后路，迫使解围得其安。

【提示】

“围城打援”包围守敌，引诱敌援兵出动，设下埋伏，以达全歼的目的。兵法谓之“围点打援”。“围魏救赵”亦为兵法之手段。原指战国时齐军用围攻魏国的方法，迫使魏国撤回攻赵部队，而使赵国得救。现借指用包抄敌人的后方来迫使他撤兵的战术。

“三唯”一首

*唯利是图为利益，不顾一切只求利。
*唯命是从听其用，如同手中之用器。
*唯我独尊自尊贵，妄自高贵示傲气。
实则不失一草芥，风吹即倒难爬起。

【提示】

“唯利是图”一心只图利，别的什么都不顾忌；“唯命是从”让做什么就做什么，听使唤；“唯我独尊”形容自高自大，认为自己最了不起。

惟妙惟肖

刻画细存描绘真，绘画造诣功夫深。
描摹事物刻化人，确切逼真具精神。
技艺精湛立意深，作品生动有创新。
惟妙惟肖感动人，独到见解独匠心。

【提示】

惟：语气助词；妙：手艺巧妙；肖：相似，逼真。形容艺术作品刻画或描摹得非常生动、逼真和传神。

尾大不掉

尾大难摆动，势大难调动。
部下势力大，不堪随所用。
机构成繁多，负担必过重。
从简求其精，免得其臃肿。

【提示】

尾巴太大就不好摆动。比喻部下势力强大，不听从调动指挥。现在也比喻机构庞大，指挥不灵。

“二委”一首

*委曲求全以迁就，听之任之为事情。
但愿忍耐得事成，了却心愿合于衷。
*委肉虎蹊丢虎处，引狼入室患乃生。
危险处境妄自作，自食其果当自省。

【提示】

“委曲求全”使自己受委屈。勉强迁就，求得事情的完成；“委肉虎蹊”把肉丢在老虎出没的路上。比喻处境危险，灾祸必将来临。

“二唯”一首

*唯唯否否以顺从，人云亦云以相应。
阿谀顺从以规矩，胆小怕事以求生。
*唯唯诺诺随应答，连声是是如相声。
随声附和不怠慢，但求无过不求升。

【提示】

“唯唯否否”人家说否，他也说否。形容胆小怕事，阿谀顺从；“唯唯诺诺”谦卑应答。形容只是顺从附和，不敢表示不同意见的样子。

“三为”一首

* 为虎添翼助其势，帮助恶人行不义。
* 为民请命假借意，蒙骗百姓为做戏。
* 为渊驱鱼以推托，促使人才成外籍。
关门主义弊病多，开放乃为妙之计。

【提示】

“为虎添翼”比喻充当恶人的帮凶或助长恶人的声势；“为民请命”泛指有相当地位的人代表百姓向当权者陈述困难，提出要求；“为渊驱鱼，为丛驱雀”比喻实行关门主义，造成人才外流。

“三未”一首

* 未卜先知有预见，是为心中多盘算。
* 未定之天事未成，尚无着落待后鉴。
* 未可厚非看成绩，不可过于做自谴。
该肯定则予肯定，评论着眼于全盘。

【提示】

“未卜先知”用以比喻有预见性；“未定之天”指事物还没有肯定下来；“未可厚非”指说话、做事还有一定的道理，不能全盘否定。

“四未”一首

* 未老先衰身体弱，缺乏营养少锻炼。

* 未能免俗难摆掉，习惯习俗成自然。

* 未雨绸缪做准备，以免事发手脚乱。

* 未尝不可先试试，发现问题得经验。

【提示】

“未老先衰”年纪不大，就衰老了；“未能免俗”没能摆脱一般人的旧习俗；“未雨绸缪”比喻事前做好准备工作；“未尝不可”比喻不妨先做做看看再说。

味如嚼蜡

味如嚼蜡难以吃，不是变质却似泥。
写作说活忒絮叨，磕磕绊绊无新意。
基础不深任其作，非驴非马无从寄。
静下心来认真学，日久天长必成绩。

【提示】

味道像嚼蜡一样。形容文章或说话枯燥无味。凡做学问者，首先要夯实基础，有了巩固的知识基础再加上深厚的阅历和睿智，方可获得一定的成就。

“二畏”一首

* 畏首畏尾多疑惑，瞻前顾后多顾虑。
　前怕狼亦后怕虎，居于中间难守律。
* 畏缩不前不敢走，如履薄冰心畏惧。
　畏始畏终何其因？缘自心中乱规矩。

【提示】

“畏首畏尾”形容瞻前顾后、顾虑重重的疑惧状态；“畏缩不前”畏惧退缩，不敢前进。

“二蔚”一首

*蔚然成风好风气，提高素质成大集。
精神面貌大改观，全民风尚之大计。
*蔚为大观得发展，盛大壮丽无可比。
突飞猛进快速度，规划蓝图创世纪。

【提示】

“蔚然成风”形容一件事情逐渐发展盛行，形成一种良好的风尚；“蔚为大观”形容事物美好而繁多，给人一种盛大的印象。

“四温”一首

＊温故而知新，重温旧知识。

＊温良恭俭让，文雅而知事。

＊温情脉脉诉，感情满怀施。

＊温文尔雅礼，待人心忠实。

【提示】

“温故而知新”温习已学过的知识，又有新的收获；“温良恭俭”形容温和、文雅；“温情脉脉”形容对事物怀有温和的感情，很想表露出来的样子；“温文尔雅”形容人的态度温和，举止文雅。

“三文”之一

* 文不对题各东西，答非所问闹滑稽，
* 文不加点一气成，文思敏捷成诗集。
* 文从字顺合规律，用词造句皆和律。
胸有成竹再落笔，行文顺畅亦流利。

【提示】

“文不对题”文章语意与题目不相关。也形容答非所问；“文不加点”形容文思敏捷，写作技巧纯熟；“文从字顺”形容文章的用词、造句服从内容且通顺妥帖。

“三文”之二

* 文房四宝文人用，纸墨笔砚一应全。
纹丝不动耐撼动，坚实稳重似磨盘。
* 文过饰非做掩护，妄想蒙混以过关。
* 文人相轻不服气，劣性难改相继传。

【提示】

“文房四宝”指书房中的纸、墨、笔、砚四件文人用品；“文过饰非”用假话掩饰自己的过错；“文人相轻”指旧时士大夫阶层中文人之间相互不服气的劣性。

“四文”一首

* 文恬武嬉作荒淫，不务政事行败坏。
* 文武之道张与弛，一张一弛得心怀。
* 文以载道记其理，哲理深刻益人兮。
* 文质彬彬好仪容，言谈举止合礼仪。

【提示】

“文恬武嬉”形容文武官僚荒淫腐化，不为政事；“文武之道，一张一弛”形容文与武都要做到张弛有度；“文以载道”即文章是用来记载道理的；“文质彬彬”形容人的举止文雅，态度从容。

“四闻”之一

＊闻风而起以响应，一起行动求真理。

＊闻风丧胆极害怕，群众呼声如霹雳。

＊闻风远扬即逃跑，听到风声便逃离。

＊闻过则喜能虚心，忠言逆耳却实际。

【提示】

“闻风而起”一听到消息，就立刻起来响应；“闻风丧胆”形容极其害怕；“闻风远扬”听到风声，立即逃得远远的；“闻过则喜”听到别人批评自己的缺点或错误，表示欢迎和高兴。指能虚心听取别人的意见。

“四闻”之二

*闻名不如见其面，见面不如成其友。
*闻鸡起舞自砥砺，练就本领而自修。
*闻所未闻新奇事，从未曾有乃胡诌。
*闻一知十善类推，聪明过人孺子求。

【提示】

“闻名不如见面”只听到名声，不如见上一面；“闻鸡起舞”原意为听到鸡啼就起来舞剑，后来比喻有志为国效力的人奋起行动；“闻所未闻”从未听到过的事情；“闻一知十”形容非常聪明，善于类推。

刎颈之交

同生死亦同患难，刎颈之交深似海。
不求同生可同死，生死之交情笃哉。
人群众众相与聚，芸芸众生多往来。
情投意合人几何？屈指可数寥寥哉。

【提示】

刎：割喉；刎：脖子；交：友谊。指同生死共患难的知心朋友。语出《史记·廉颇蔺相如列传》：“卒相与欢，为刎颈之交。”

“四稳”一首

*稳操胜券有把握，据理力争事必胜。
*稳如泰山不动摇，任凭变化岿不动。
*稳扎稳打步为营，军心平稳士气盛。
*稳坐钓鱼台守候，不畏风浪自安乘。

【提示】

“稳操胜券”比喻有充分的证据；“稳如泰山”像泰山那样安稳；“稳扎稳打”步步为营，采取稳妥的战法打击敌人；“稳坐钓鱼台”比喻置身事外，不加过问。

问罪之师

未曾交战加谴责，以示出兵之理由。
欲为事者出借口，表示自方为正授。
出师有名助气盛，正义在身以力求。
问罪之师施威胁，以戳锐气乱敌首。

【提示】

问罪：指交战前，宣布对方的罪状，作为出兵的理由，俗称“骂阵”。也比喻前来提出严厉责问的人。

“二鳖”一首

*瓮中之鳖待，无可逃生呆。

纵然怨恨多，至此亦无奈。

*瓮中捉鳖准，手到即擒来。

虽可唾手得，须防被伤害。

【提示】

“瓮中之鳖”大坛子里的甲鱼。比喻已在掌握之中，逃不掉了；“瓮中捉鳖”比喻要抓捕的对象已在掌握之中，形容很有把握。

蜗行牛步

蜗行牛步慢，行动忒迟缓。
一日走一尺，旦夕如同站。
老牛行走时，悠悠而自闲。
行之虽稳健，却无紧迫感。

【提示】

蜗牛爬行，老牛慢走。比喻行动迟缓，进展极慢。天生尤物，各俱特点，快与慢都显示出物竞天择的本性。

我行我素

我自有一套，与人皆不同。
无论如何做，出自我心中。
任凭风浪起，岿然处于衷。
我行我素哉，有始亦有终。

【提示】

行：做；素：平常。意思是不管别人如何，还是按照自己平素的想法去做。表示自己有自己的做事原则和方法。

握手言欢

矛盾之后再和好，握手言欢多快乐。
与人相处遇障碍，及时调解求顺和。
冤家宜解不宜结，笑比哭好笑快活。
开怀大笑心痛快，秋风老友心融合。

【提示】

意思是握手谈笑。形容亲热、友好。现多用于形容不和以后又和好的亲和态度。语出《后汉书·李通传》：“及相见，共语移日，握手极欢。”

“四鸟”一首

＊乌飞兔走时光快，一忽而过不等闲。
＊乌合之众临时聚，缺少训练难统管。
＊乌烟瘴气秩序乱，环境嘈杂亦昏暗。
＊乌焉成马传抄误，字迹近似相互乱。

【提示】

“乌飞兔走”形容时光很快；“乌合之众”比喻临时杂凑起来，无组织纪律的一群人；“乌烟瘴气”比喻环境嘈杂、秩序混乱的状态；“乌焉成马”比喻传抄字误。

污泥浊水

污泥浊水脏，陈腐如泥汤。
臭气成四散，污染贻害伤。
残余旧势力，行风亦作浪。
必严以围剿，确保民安康。

【提示】

浊：混乱，浑浊。比喻残余势力及其遗留下来的各种落后、腐朽、反动的东西。

呜呼哀哉

呜呼哀哉以感叹，情感悲哀亦呼哉。
悼念死者之用词，形容悲伤痛于怀。
另有戏言之幽默，表示亡者死应该。
事情完结心痛快，大气长出促喜哉。

【提示】

鸣呼：文言叹词；哉：文言感叹语气词。表示自己情绪激动（多表示愤怒或悲痛到极点），祭文中常用的感叹词。现常借指死了或完蛋了。引申为可叹啊。

“四无”之一

* 无病呻吟假做戏，扰乱别人不得安。
* 无肠公子乃蟹子，蟹之别名作调侃。
* 无耻之尤最无耻，不知天下有耻哉！
* 无出其右最强者，无人可比多自在。

【提示】

“无病呻吟”比喻没有真情实感而装腔作势地叹息；“无肠公子”蟹子的诨号别名；“无耻之尤”无耻到极点；“无出其右”右为上。意为没有能胜过的人。

“四无”之二

* 无敌于天下，力量最强大。
* 无地自容羞，愧不容身遐。
* 无的放矢箭，盲目以乱辖。
* 无冬无夏做，辛苦却不发。

【提示】

“无敌于天下”形容力量强大无比；“无地自容”形容羞愧到了极点；“无的放矢”比喻盲目行事或说话；“无冬无夏”形容一年四季，从不间断。

“四无”之三

* 无动于衷对事情，置之不理不动心。

* 无独有偶而成双，如此少见亦难信。

* 无恶不作坏透顶，多行不义必遭审。

* 无法无天无忌惮，违法犯纪逃无门。

【提示】

“无动于衷”指对应该关心的事情却置之不理；“无独有偶”虽然罕见，却成对儿；“无恶不作”干尽了坏事；“无法无天”指毫无顾忌地干坏事。

“四无”之四

* 无风起浪平地起，无缘无故弄是非。

* 无根无蒂无牵绊，无依无靠无可随。

* 无功受禄不应得，建功之后再身遂。

* 无关大局没关系，但应谨慎以作为。

【提示】

“无风起浪”比喻平白无故地生出是非来；“无根无蒂”比喻没有依靠或没有牵绊；“无功受禄”指没有功劳而享受待遇；“无关大局”比喻对整个局势不重要或没关系。

“四无”之五

* 无关宏旨少涉及，意义微乎之其微。
* 无关痛痒于自身，无其利害之行为。
* 无稽之谈以编造，胡言乱语切莫随。
* 无计可施头脑呆，退避三舍入帐帷。

【提示】

“无关宏旨”指意义不大或关系不大；“无关痛痒”指与本身利害无关；“无稽之谈”没有根据的话；“无计可施”毫无办法。

“四无”之六

* 无济于事枉于做，事到头来无奈何。
* 无价之宝珍稀物，钻石翡翠美玉镯。
* 无坚不摧力量大，所向披靡随意做。
* 无精打采情绪低，心烦意乱神落魄。

【提示】

“无济于事”指解决不了问题；“无价之宝”指极其稀有的珍贵物品；“无坚不摧”形容力量非常强大，没有什么坚固的东西不能摧毁；“无精打采”形容失魂落魄的样子。

“四无”之七

* 无咎无誉呈平常，无好无坏居中央。
* 无拘无束由自主，自由自在心悠畅。
* 无可比拟只一人，冠军头衔名人堂。
* 无可非议之完美，所作所为世无双。

【提示】

“无咎无誉”形容不好不坏，平平常常；“无拘无束”自由自在，没有约束；“无可比拟”没有可以相比的；“无可非议”没有可以指责、挑剔的地方。

“四无”之八

＊无可讳言无话讲，有所顾忌不便说。
＊无可救药坏透顶，听之任之必遭戳。
＊无可奈何不得已，顺其自然遂其做。
＊无可争辩之事实，道理清楚明摆着。

【提示】

“无可讳言”没有什可以说的；“无可救药”病已重到无法用药医治的程度，比喻已到了无法挽救的地步；“无可奈何”不得已，没办法可施；“无可争辩”事实已经非常明显，道理也非常清楚，表示确实无疑。

“四无”之九

* 无孔不入以钻营，善于应时抓时机。
* 无理取闹故捣乱，无事生非多诡计。
* 无米之炊难成饭，缺少条件如何及？
* 无名小卒身平凡，无关紧要亦无奇。

【提示】

“无孔不入”比喻善于钻空子或抓时机；“无理取闹”指故意捣乱；“无米之炊”缺少必要的条件，做不成事情；“无名小卒”比喻既无名气，又不重要的人员。

“四无”之十

＊无能为力难运作，如同瘦驴拉大磨。
＊无能为役力不及，如何承担负重荷。
＊无偏无党无袒护，公正办事求其所。
＊无奇不有怪现象，见怪不怪无奈何。

【提示】

“无能为力”表示不能施展力量，指使不上劲或没有能力去做好某件事情、解决某个问题；“无能为役”常指战争中不能担当重任；“无偏无党”正直无偏；“无奇不有”什么怪事都有。

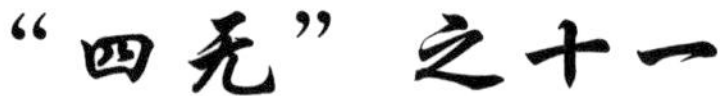

＊无穷无尽数量多，难以计量求实数。

＊无拳无勇两不全，如何担当为职树。

＊无人问津如空庙，香火已尽流尘俗。

＊无伤大体没妨碍，稍微调整仍可图。

【提示】

“无穷无尽”形容数量多；“无拳无勇”即没有力量又没有勇气；“无人问津”没有人再来尝试或过问；“无伤大体”对于事情的主要方面没有什么妨害。

“四无”之十二

* 无伤大雅优越性，无关正经之本质。
* 无声无臭无作用，默默无闻而不值。
* 无事生非故弄拙，扰乱视听必管制。
* 无所不为干坏事，行为诡谲遭惩治。

【提示】

“无伤大雅”指虽有影响但对主要方面没有妨碍；“无声无臭”比喻默默无闻的小人物；“无事生非”指故意搬弄是非的行为；“无所不为”什么坏事都干或者干尽了坏事。

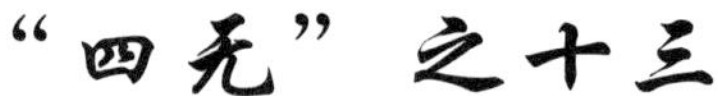

“四无”之十三

* 无所不至到处是，干尽坏事乱其制。

* 无所适从难决断，如何是好难以知。

* 无所事事闲游荡，游手好闲不为事。

* 无所畏惧胆子大，夜走险路不怕死。

【提示】

“无所不至”形容没有达不到的地方；“无所适从”比喻不知怎么办才好；“无所事事”闲着不做任何事；“无所畏惧”什么都不怕。

“四无”之十四

* 无所用心不动脑，好吃懒做大草包。

* 无所作为只一般，成绩平平不太糟。

* 无往不利无阻碍，一路顺风得其昭。

* 无往不胜行得通，所做事情皆成好。

【提示】

“无所用心”不动脑筋，什么事情都不关心；“无所作为”安于现状，缺乏创造性；“无往不利”所到之处没有不顺利的；“无往不胜”无论到哪儿都胜利，指在各处都能行得通，办得好。

“四无”之十五

＊无妄之灾难料想，意外灾祸殃及身。
＊无微不至以照顾，关怀备至暖人心。
＊无隙可乘防守严，无一之处可以伸。
＊无懈可击无破绽，严密紧凑见精神。

【提示】

“无妄之灾”形容意外的灾祸；“无微不至”形容关怀、照顾得极为周到；“无隙可乘”没有空子可钻；“无懈可击”形容找不到一点儿破绽。

“二无”一首

* 无以复加达顶点，已到极限不可加。
不翼而飞不胫走，迅速传开达各家。
* 无影无踪全不见，不知去向如盲瞎。
毋庸讳言照直说，脚正不怕鞋底斜。

【提示】

“无以复加”形容已达到极点；“无影无踪”形容消失得干干净净，不知去向。

“三无”一首

* 无与伦比乃之最，无可比拟乃天合。
* 无中生有以捏造，凭空想象何其多。
* 无足轻重不紧要，不值一提枉自作。
毋庸赘述不啰嗦，开门见山照直说。

【提示】

“无与伦比”没有能比得上的；“无中生有”形容凭空捏造；“无足轻重”无关紧要，不值得重视。

“二吴”一首

*吴头楚尾两交界，楚北吴南而为邻。
春来春去南北差，吴北春与楚后因。
*吴下阿蒙出三国，吕蒙后学饱经深。
子敬与之相辩论，败北佩服躬其身。

【提示】

“吴头楚尾”春秋时吴、楚两国交界处，有“春回楚尾吴头”诗句；“吴下阿蒙”比喻人的学识尚浅。

梧鼠技穷

螣蛇无足而能飞，梧鼠技穷而不能。
技能虽多而不精，用时亦同笨狗熊。
技艺在精不在多，亦多亦精当然赢。
练就一手拿手戏，走遍四海皆能行。

【提示】

梧鼠：传说梧鼠有飞、攀、游、穴、走五种技能，但都不能利用。比喻技能不精，虽多无益。

“四五”之一

* 五彩缤纷礼花放，夜空绚烂色彩艳。
* 五方杂处相与居，口音杂陈各方言。
* 五谷不分知识浅，四体不勤难分辨。
* 五光十色颜色鲜，纷繁多样眼缭乱。

【提示】

“五彩缤纷”形容色彩鲜艳繁多；“五方杂处”指各地方的人杂居一处，形容居民很复杂，来自四面八方；“五谷不分”形容知识浅，少勤劳，无实践经验；“五光十色”形容色彩鲜艳、纷繁或式样多。

“四五”之二

* 五行八作应齐全，各种行业于市间。

* 五湖四海皆朋友，以礼相待互问安。

* 五花八门指两阵，变化莫测难求端。

* 五日京兆任期短，打道回乡耕其田。

【提示】

“五行八作”各种行业；“五湖四海”指全国各地或世界各地；“五花八门”指古代兵法中的五行阵和八门阵，现比喻变化多端或花样繁多；“五日京兆”比喻任职时间短或即将去职。

“四五”之三

* 五色无主脸色变，神色不安因恐惧。

* 五世其昌祝贺词，恭祝新婚之新居。

* 五体投地最敬礼，敬佩至极礼全具。

* 五十步笑百步兵，皆为逃兵乱阵局。

【提示】

“五色无主”因为恐惧而神色不定；“五世其昌”意思是祝贺新婚，但愿后代昌盛；“五体投地”原为古代印度最恭敬的一种致敬仪式，后比喻心悦诚服或敬佩到了极点；“五十步笑百步”逃兵逃五十步者笑话百步者。

“二舞”一首

*舞文弄法以造假，利用法条行作弊。
借以法律钻空隙，手段恶劣犯法纪。
*舞文弄墨耍技艺，胡涂乱抹自得意。
态度轻率弄技巧，高下其心不可寄。

【提示】

“舞文弄法”任意利用法律条文来达到作弊的目的；“舞文弄墨”形容玩弄文字技巧。“明习法令，而舞弄文墨，高下其心。”

“二物”一首

* 物腐虫生之内因，先呈腐败后蛆生。
洁身自好防微侵，身清浊离名绯声。
* 物极必反哲理深，阴阳转换相互应。
中国哲学之核心，言简意赅乃天承。

【提示】

“物腐虫生”比喻内部有弱点而后为外来所侵害；“物极必反”事物发展至极点时，必定向相反方向转化。这是中国哲学最为精妙、最为经典的核心理念。短短四个字，即将主、客观事物的哲理，阐释得既精准又深刻。

“三物”一首

* 物尽其用得发挥，各尽所用助事惠。
* 物伤其类而生悲，兔死狐悲因同类。
* 物以类聚人群分，志趣相投易相配。
芸芸众生如潮水，弄潮人者防陷危。

【提示】

“物尽其用”使各种东西都能充分发挥作用；“物伤其类”比喻因同类的死亡而悲痛不已；“物以类聚”指性质接近的事物，往往集聚一处。

恶湿居下

恶湿者却近水居，恶干者却近沙丘。
事与愿违无奈何，只可忍受不可求。
有道人往高处走，高处亦不胜寒流。
恶湿居下无奈何，事与愿违如何筹？

【提示】

恶：憎恶，讨厌；下：低洼处。意思是厌恶潮湿却自处于低洼近水的地方。比喻行动与愿望相背离。

雾里看花

雾里看花似朦胧，老眼昏花视不清。
难以看清事真相，心中糊涂神难请。
工部曾作一诗篇，喻之视力难求应。
春水船如天上坐，老年花似雾中生。

【提示】

原来形容老眼昏花。现在比喻对事物看不真切。

惜墨如金

借墨如金乃画论，意谓用笔极简练。
绘画高手艺精深，意境深邃不雍繁。
作画如同理事清，胸有成竹一挥间。
惜墨如金岂因贵，意在用墨不可乱。

【提示】

墨：写字用墨。原指作画时用墨先淡后浓，后指凡搞创作都不轻易下笔，力求简练。无论作诗、为文、书写、作画等艺术创作最忌讳拖泥带水、繁杂无序。因而有“惜墨如金”的论法。语出明·陶宗仪《辍耕录》。

嬉笑怒骂

文才精深意犹嘉，笔墨挥洒自成家。
出口成章如嬉戏，奋笔挥毫文章佳。
东坡之酒不醉人，赤壁之笛更潇洒。
嬉笑怒骂皆成文，不拘一格任挥发。

【提示】

嬉：游戏。指由各种感情产生的不同活动。后来形容不拘守规矩，任意发挥皆成妙文。作者因其文才出众、阅历丰富，思维敏捷，所以在做文章或赋诗时张嘴即成，犹如嬉戏般的自由。语出宋·黄庭坚《东彼先生真赞》。

先忧后乐

先忧事者而后乐，先傲事者而后忧。
劳心苦思事竟成，事成安乐喜悠悠。
后天下乐而后乐，先天下忧而自求。
做人心术求端正，先忧后乐笃操守。

【提示】

形容对百姓疾苦的关心，也指事先能劳心苦思，则事后可得到安乐。宋代范仲淹曾说：“先天下之忧而忧，后天下之乐而乐”的名言，被后人广为用之。语出宋·范仲淹《岳阳楼记》。

弦外之音

话里间介言外意，语出绕弯不直说。
如同虚响弦外音，听功不及乱心舍。
弦之不定乐不畅，调不规整何可作。
弦外之音犹刺耳，言之不明半句多。

【提示】

弦：弦乐器上发音的线。比喻言外之意，即在话里间接透露，而不是明说出来的意思。此语也称之谓旁敲侧击，与“直言不讳”词意则完全相反。语出南朝·宋·范晔《狱中与诸甥侄书》。

衔华佩实

衔者包含华同花，佩者佩带而垂挂。
草木开花后结实，硕果累累坠枝丫。
昔时昔日沐春风，衔华佩实姿容雅。
然则圣文之妙丽，固衔华而佩实霞。

【提示】

衔：包含；华：同“花”；佩：佩带，垂挂；实：果实。形容草木开花结果。也比喻文章的内容和形式都很美。语出南朝·梁·刘勰《文心雕笼·征圣》。

相煎太急

史载曹氏兄弟间，为争皇位结仇怨。
兄出难题胁其弟，七步成诗否则斩。
弟之才学值八斗，出口成章自若然。
诗之含义深而尖，感动众臣皆变颜。

【提示】

形容兄弟或内部之间的残杀或迫害。由于世人对曹植的同情，继而附会出七步为诗的故事。根据郭沫若和鲁迅先生所作的《反七步诗》来看，所谓的曹丕逼曹植的故事，可能是附会之说。语出南朝·刘义庆《世说新语·文学》。

向壁虚构

世人大共非訾耳，以为好奇诡更文。
向壁虚构不知书，变乱常行以耀人。
相传鲁王得孔经，任为好奇改其问。
凭空捏造不可信，向壁虚构喻不真。

【提示】

比喻凭空捏造，不足信。生活中诸事皆具其宗，凡事尽有其理，切不可因私利而口出滥语，扰乱视听，更不可借空穴来风大行沽名钓誉之事。语出汉·许慎《说文解字序》。

信口雌黄

信口雌黄胡乱说，巧嘴谬言何其多。
不问事实妄自议，是非不辨求解脱。
雌黄即为鸡冠石，可做颜料涂改错。
信者谓之听凭意，出言谬之不合辙。

【提示】

信：听凭，随意；雌黄：即鸡冠石，黄赤色，可作颜料。古时写字用黄纸，写错了就用雌黄涂抹后再写。比喻不问事实，随口乱说。如同山间竹笋，嘴尖腹空。大话、废话、谎话连篇，不负责任地乱说一气。语出晋·马小盔《晋阳秋》。

信手拈来

信手拈来不费力，缘自心中藏秘密。
才学殷实辞藻多，作诗行文似随意。
诗如禅家信手来，头头是道直书系。
平易之中出奇胜，他人艰难不可及。

【提示】

信手：随手；拈：用指头捏取东西。形容写文章时词汇或材料丰富，不用思考。为文者首要是思想敏锐，又要具有深厚的文化修养和丰富的生活阅历及生活实践经验，再加之敏感的洞察事物的能力，如此方可达到一定的高度。语出宋·胡仔《苕溪渔隐丛话》。

行云流水

行云流水不受拘，天马行空飞逝急。
风驰电掣势厉动，和风细雨犹可及。
书信诗赋与杂文，心有灵犀自生矣。
笔墨纵横扫天下，出奇制胜创奇迹。

【提示】

比喻文章的布局和发展都很自然，就像流动的云和流动着的水一样，不受拘束。文章好坏在其理，顺理方可成文章。因此，有顺理成章之说。语出宋·苏轼《与谢民师推官书》。

雪泥鸿爪

雁踏雪地留爪印，往事如烟飘无音。
人生到处知何似，鸿雁踏雪迹不新。
雪泥爪迹时多久，事过境迁无所依。
雪泥鸿爪不可追，地久天长乃可寄。

【提示】

鸿雁在雪地上踏过留下了脚印。比喻往事遗留的痕迹。往事如云烟，白发心未甘，只要一息尚存，就要继续奋斗。即使没有成就，心里也会踏实。语出宋·苏轼《和子由渑池怀旧》。

雪虐风饕

风雪交加寒风劲，草木凋零严冬近。
天寒地冻朔风吹，滴水成冰积雪深。
寒冬之中松柏青，不畏严寒挺拔身。
雪虐风饕自从容，承霜傲雪见孤奋。

【提示】

虐：暴虐；饕：贪财，贪食。风雪交加。形容严寒。冬季天寒地冻，风雪肆虐，难以熬过。只有勇于拼搏，努力驱除严寒，方可迎来温暖的春天。语出宋·陆游《梅花》诗。

吸风饮露

吸风充其食，以露做饮水。
路途多坎坷，劳身力不恢。
历尽千般苦，归心似箭飞。
受尽万般罪，终将得心遂。

【提示】

吸：吸进。意思是不吃饭，只用风充饥，无水只能喝露水。形容路途遥远，旅途艰难的状况。

“二息”一首

*息事宁人品行端，诚心诚意助人贤。
善于调解化矛盾，促使平息以相安。
*息息相关紧相连，关系密切亦和善。
相互鼓励求进步，顺境逆境互承担。

【提示】

“息事宁人”原意是不制造事端。后转指调解纠纷，促使团结；“息息相关”息息：指呼吸。形容关系极为密切。

惜指失掌

惜指失掌没来由，因小失大心不筹。
面对事物应思量，孰轻孰重分两头。
头脑清醒善掂量，判断准确无纰漏。
无论大事和小事，善于思考方自由。

【提示】

惜：吝惜，舍不得；掌：手，手掌。意思是因为不肯失掉一个手指而把一只手失掉了。比喻因小失大。

“二熙”一首

* 熙来攘往好热闹，人来人往人之多。
摩肩擦臂以相拥，喊前呼后各自说。
* 熙熙攘攘市人多，买卖兴隆靠吆喝。
此起彼伏相应和，讨价还价求自得。

【提示】

“熙来攘往”形容人来人往、非常热闹；“熙熙攘攘”形容人来人往，非常热闹拥挤。

膝痒搔背

议论无所依，膝痒却搔背。
处事不得当，秃头拔发吹。
无济于其事，隔靴搔痒非。
头痛却医脚，随意乱其为。

【提示】

膝盖发痒，却去挠脊背。比喻处事不得当，找不到事物的关键，抓不住问题的核心，施以手段却不得要领，结果事与愿违，徒劳无功。

“二习”一首

*习惯成自然，少成乃天性。
习气分好坏，扬利拒坏行。
*习非成是误，混淆无以从。
错将非成是，皆因习惯成。

【提示】

“习惯成自然”习惯了以后就变成很自然的事情了。“习非成是”习惯于某种错误的做法或说法，因而把它误认为是正确的。譬如“太阳从东方升起，从西方落下。”其实是处在地球某个位置上的人，由于地球自转见到太阳相对运动，并非是太阳的升与落。

“三习”一首

*习焉不察因习惯，不觉事物是与非。
*习以为常因习惯，不觉猴子瘦与肥。
*习与性成即成性，性格形成难改悔。
人之初而性本善，教化不到难以追。

【提示】

“习焉不察”即习惯于某些事物，就觉察不出其中的问题；“习以为常”养成习惯的事情，就会当作平常的事了；“习与性成”长期习惯于怎样的生活环境，就逐渐养成相应的习性。

“二席”一首

* 席不暇暖无以坐，忙于奔走于串联。
东家出来西家进，一天到晚不着闲。
* 席珍待聘以待用，怀才等待好运怜。
有朝一日得重用，施展才能成人贤。

【提示】

“席不暇暖”形容忙着奔走，没有安稳的时候；“席珍待聘”意思是铺陈珍品，待人选用，旧指有才能的人等待受聘用。

袭人故智

袭人故智之计策，可想而知其结果。
如法炮制陈策略，如同儿戏乱自作。
照猫画虎反类犬，照瓢画葫而成拙。
学来之曲自翻唱，袭人唱腔难合辙。

【提示】

袭：因袭，套用；智：计策。套用别人使用过的旧计策，再用于别人，岂有不败之理。

“二洗”一首

*洗耳恭听乃礼貌，以示尊重之礼遇。
恭敬聆听别人讲，以待对方说无余。
*洗垢求瘢故挑剔，想方设法弄玄虚。
自编自演故做戏，心怀叵测为求许。

【提示】

“洗耳恭听”形容恭敬地听别人说话；“洗垢求瘢”比喻故意挑剔别人的缺点或不足。

徙宅忘妻

搬家忘妻忒荒唐，夫妻双双缺伶俐。
人作物忘故做戏，要么精神失常理。
生活诸事多繁杂，无可预料难为力。
荒谬言行难以信，徙宅忘妻乃怪疑。

【提示】

徙：迁移。搬家时忘记带妻子。比喻办事荒唐。之所以发生这种怪事，不外乎两种原因：一是双方头脑过于愚笨；二是精神不正常。

“四喜”之一

＊喜出望外出意料，不期而遇笑开怀。
＊喜从天降之乐事，意想不到突然来。
＊喜怒无常多变化，阴晴不定为何哉？
＊喜闻乐见皆喜爱，耳闻目睹皆欢快。

【提示】

“喜出望外”出乎意料的高兴；“喜从天降”形容意想不到的喜事突然出现；“喜怒无常”一会儿高兴，一会儿生气，变化不定；“喜闻乐见”喜欢听又乐意看，形容很受欢迎。

“四喜”之二

＊喜笑颜开心高兴，开怀大笑多痛快。

＊喜新厌旧不专一，如此做人实悲哀。

＊喜形于色在脸上，喜悦之情难自在。

＊喜跃抃舞现疯狂，鼓乐齐鸣极乐哉。

【提示】

“喜笑颜开”形容心里高兴满面笑容的样子；“喜新厌旧”喜欢新的，厌弃旧的，多指在爱情上不专一；“喜形于色”内心的喜悦已经控制不住而表现在脸上；“喜跃抃舞”高兴得跳跃、鼓掌、欢呼、起舞，形容欢乐至极。

“四细”一首

*细大不捐心贪婪，贪多务得无大小。
*细水长流从长计，计划周到心知晓。
*细枝末节事虽小，亦要认真求其好。
*细针密缕多仔细，细心为事多周到。

【提示】

“细大不捐”无论大小都不舍弃；“细水长流”比喻节约使用财物，使经常不缺，也比喻一点一滴不间断地做某件事，精细安排，长远打算；“细枝末节”极小的、无关紧要的事情或问题；“细针密缕”比喻对工作和问题处理得仔细周到。

虾兵蟹将

虾米为其兵，螃蟹为其将。
龙王来统帅，一齐战猴王。
悟空闹龙宫，为求手中枪。
龙王遭惨败，终得金箍棒。

【提示】

神话传说中龙王手下的兵将。比喻敌人的爪牙及不中用的头目和喽啰。

狭路相逢

狭路相逢处，道隘不容车。
无地可施让，只能向回撤。
车多道显窄，高峰时段多。
相互作谦让，彼此多合作。

【提示】

原指在很窄的道路上相遇，无地可让。后来比喻仇人相遇，彼此都不肯轻易放过对方。

遐迩闻名

名声多响亮，远近皆知道。
遐迩闻名人，必有之心妙。
感动之中国，每年见其昭。
事迹虽不同，感人却同昭。

【提示】

遐：远；迩：近。远近都听到名声，形容名声很大。“感动中国”中各位英模的名字，传遍海内外，令人永远铭记。

“二瑕”一首

*瑕不掩瑜优点多，微有瑕疵不算拙。
人无完人事有错，优点远比缺欠多。
*瑕瑜互见两极端，优点缺点各有说。
优点胜于其缺点，即可肯定人之德。

【提示】

“瑕不掩瑜”比喻缺点掩盖不了优点，优点多于缺点；“瑕瑜互见”比喻有缺点也有优点。

"二下"一首

* 下笔成章胸成竹，文思敏捷思路清。
提笔成文多淋漓，一气呵成气贯通。
* 下不为例只一次，通融唯一再不应。
以此为界即结束，不再反复到此终。

【提示】

"下笔成章"一挥动笔就写成文章。形容文思敏捷，写作很快；"下不为例"意思是下次不可以再这样做，表示只通融这么一次。

“三下”一首

*下车泣罪示关怀，路遇罪人相哭泣。
*下车伊始新上任，此地生疏不知忌。
*下里巴人即通俗，虽然肤浅却易习。
阳春白雪和盖寡，俗则易懂容易记。

【提示】

“下车泣罪”旧时对罪人表示关怀；“下车伊始”旧时新官上任后的文告开头语，意为刚刚上任。后来多比喻刚到一个陌生的地方；“下里巴人”比喻通俗普及的文学艺术。

夏炉冬扇

夏炉逢天暑，冬扇逢天寒。
相互以对换，二者皆可担。
如此之所处，季节而相反。
事物应随时，适得尽成全。

【提示】

夏天的火炉，冬天的扇子。比喻不符合当时需要的事物。“做无益之能，纳不补之说，以夏近炉，以冬奏扇，为所不益得之事”。

仙山琼阁

忽闻海上有仙山，仙山琼阁缥缈间。
琼楼缥缈云天外，玉阁坐落白云端。
仙人隐约暮云紫，八仙游过蓬莱湾。
俯瞰人间多灿烂，远胜天上众神仙。

【提示】

仙山：神仙居住的山；琼阁：美玉建造的楼阁。指现实生活中并不存在的事物。只是神话传说中人们心里一种美好的愿望。

“三先”一首

* 先睹为快心盼望，第一时间见其光。
* 先发制人急抢跑，以求压制于对方。
* 先见之明有预见，善于推测以料想。
俗称能掐又会算，实乃聪明高智商。

【提示】

“先睹为快”形容盼望殷切；“先发制人”即先下手争取主动；“先见之明”有预见事物发展的眼力，形容有预见性。

“四先”之一

* 先礼后兵双出手，理滞再施战之兵。

* 先难后获乃仁者，劳动所获得其充。

* 先入为主出为奴，先后次序排列行。

* 先入之见乃成见，未经调查自形成。

【提示】

“先礼后兵”先讲理不成，再出兵战之；“先难后获”先劳苦而后得到收获；“先入为主”指先听进去的话或先获得的印象往往在头脑中占有主导地位，以后在遇到不同的意见时，就不容易接受了；“先入之见”指成见，用作贬义。

“四先”之二

* 先声夺人力争抢，制造声势伤士气。
* 先声后实兵法理，不战屈兵最得力。
* 先天不足根基差，后天滋补尚可及。
* 先意承旨事先想，施以忠告救其急。

【提示】

“先声夺人”先张扬自己的声势以压倒对方，也比喻做事抢先一步；“先声后实”兵法讲“不战而屈人之兵，乃为上策”，比喻先用声势挫折敌方士气，然后交战；“先天不足”原指人或动物生下来体质就不好，后比喻事物根基不好；“先意承旨”指别人还没想到时，自己就想好了。

“四先”之三

* 先下手为强，后下手遭戳。
* 先务之急需，前后依次做。
* 先斩后奏拙，已成事实说。
* 先知先觉聪，智慧高冠弱。

【提示】

“先下手为”在对方尚未站稳时，立即发起进攻。即先发制人；“先务之急”应该做最急待做的事情；“先斩后奏”原指臣子先把人处决了，然后再报告帝王，现比喻先把事情处理了，再行汇报；“先知先觉”指能预料事物发展的后果。

“二纤”一首

*纤尘不染以自清，不顾世俗自为更。
心中自得其乐趣，无论春夏与秋冬。
*纤悉无遗无微漏，事事俱细用心从。
劳其筋骨饱其腹，酿其酒而饮助兴。

【提示】

“纤尘不染”指一点微小的灰尘都不沾染。原指佛教徒修行时，排除物欲，保持心地洁净。现泛指丝毫不受坏习惯、坏风气的影响。也用来形容非常整洁、干净。“纤悉无遗”一点都没有遗漏。

闲情逸致

心情悠闲无烦恼，情趣随心以自操。
其中乐趣无人晓，乐此不疲我自骄。
琴棋书画皆爱好，不求名利求自超。
挥笔弄墨枉终身，闲情逸致乃天骄。

【提示】

逸：安闲；致：情趣。指悠闲的心情和安逸的兴致。悠闲的心情和闲适的情趣，遂促成闲适安逸的生活。粗茶淡饭遂养成简朴的习惯。适当的劳作，微薄的收入，遂构成知足、健康的人生理念。远离喧嚣，独来独往，何其惬意哉！

衔尾相随

衔即马爵喻之前，尾即马尾喻之后。
衔尾乃谓前后跟，单行前进尾及头。
行军逶迤以相连，以防聚堆遭袭偷。
兵法规矩必遵守，衔尾相随乃兵韬。

【提示】

衔：马嚼子；尾：马尾巴。形容行军部队前行时，前后排成单行前进。

显而易见

显而易见很直白，事情道理皆明显。
无须深究便可知，无须调查即周全。
抓住事物之根由，顺藤摸瓜得其缘。
顺理成章加判断，孰是孰非目了然。

【提示】

形容事情、道理显明，极容易看清楚。意思是无须调查研究，便可看清事物的道理和本质。

现身说法

现身说法以身说，此乃佛经之段落。
随其生命以说法，种种身形皆可做。
引申谓之亲体验，亲身经历以相说。
劝导人们多为善，超度众生过难河。

【提示】

原是佛教的说法，后来比喻用亲身经历作为例证来说明道理或劝导别人。

献可替否

献上可行策，废止旧法章。
是为做变法，以求新令彰。
陈旧少生气，新法如弩张。
吐故以纳新，事物得其壮。

【提示】

献：进；替：废；否：不可。意思是赞成好的，废止坏的。指臣对君劝善规过、建议兴革，实行新政令以确保事业获得新兴。

“四相”之一

* 相安无事和平处，互不干涉不侵犯。
* 相得益彰互配合，取长补短更周全。
* 相反相成互促进，统一性质而相安。
* 相辅相成两受益，相互成全求规范。

【提示】

“相安无事”彼此之间没有什么矛盾或争执，和平相处；“相得益彰”两者相互配合协助，双方的优点和长处就能显露出来；“相反相成”指两个对立的事物既相互排斥又相互促成；“相辅相成”指两件事物相互辅助，相互促成。

“四相”之二

* 相惊伯有自相扰，无事生非妄自传。
* 相敬如宾好夫妻，彼此尊重相以安。
* 相去无几差别小，大同小异基本全。
* 相忍为国识大局，为家为国自承担。

【提示】

“相惊伯有”比喻无故自相惊扰；“相敬如宾”比喻夫妻互相尊敬；“相去无几”形容差别不大；“相忍为国”为了国家利益而让步。

“四相”之三

* 相提并论不同类，具有差别相并论。

* 相形见绌做比较，结果明显少差痕。

* 相依为命以度日，互相依靠度光阴。

* 相映成趣互对照，映衬之下更出新。

【提示】

“相提并论”不同的人或事物混在一起谈论；“相形见绌”互相比较之下，就显现出一方不足之处；“相依为命”互相依靠着过日子；“相映成趣”互相对照、映衬着就会显得更加有趣味。

降龙伏虎

降龙伏虎佛教说，念其秘咒咒龙虎。
咒语迫使龙坠地，尚可咒得虎俘虏。
世间有虎却无龙，空无之兽何以俘？
喻之力量大无比，战胜困难作鼓舞。

【提示】

原是佛教故事，指用法力制服龙虎。形容力量强大，能够战胜一切困难。

“二响”一首

＊响彻云霄大声音，穿透云层至太空。
如此响声自何处？火箭呼啸而升腾。
＊响遏行云歌声起，遏云透雾四方应。
一曲《爱我中华》唱，九州同响一声音。

【提示】

“响彻云霄”形容声音响亮，能够穿透云层；“响遏行云”指声音高亢，把流动的云都给止住了。形容歌声嘹亮。

想入非非

躺在床上望房檐，两眼发直枉想发。
眼前如同过电影，满眼尽是好想法。
一幕中彩成富豪，转眼又现宝到家。
翻来覆去皆是钱，想入非非发烧啦。

【提示】

非非：佛教的说法，指一般人认识所达不到的境界。现比喻脱离实际，幻想不能实现的事情。

“三向”一首

*向火乞儿以趋炎，奔走权门以附势。
*向平之愿子女婚，子娶女嫁心无事。
*向隅而泣对墙哭，身遭冷落难自持。
无人理睬而悲哀，茕茕之状奈何之。

【提示】

“向火乞儿”比喻趋炎附势、奔走权门的人；“向平之愿”指子女的婚事都已办完，一身轻松；“向隅而泣”形容因无人理睬而绝望悲哀。

“二相”一首

*相知恨晚新朋友，情趣相投志相合。
相见恨晚多遗憾，志同道合相互得。
*相机行事待观察，根据情况施灵活。
抓住时机即出手，手到擒来成收获。

【提示】

“相知恨晚”形容新结交的朋友十分投合；“相机行事”观察情况的发展变化，灵活地处理事情或善于抓住机会而行动。

“三象”一首

＊象齿焚身成灾难，其牙珍贵遭杀身。
无有买卖无杀戮，良知发现无杀手。
＊象牙之塔凭主观，脱离现实而失真。
＊象箸玉杯多奢侈，享乐欲望渐加深。

【提示】

“象齿焚身”比喻人因多财而得祸；“象牙之塔”为艺术而艺术，脱离现实的艺术创作思想，也比喻存在于理想的空间；“象箸玉杯”比喻生活奢侈。

枵腹从公

枵腹从公理万机，不顾个人以为公。
劳其身而饿其腹，旨为百姓守夜更。
事必躬亲相与析，求得良策重农耕。
为成小康做贡献，风雨同舟求共赢。

【提示】

枵：空虚。形容饿着肚子办理公务。

“二逍”一首

*逍遥法外不受刑，触犯法律却不裁。
身份特殊妄自为，依仗权势得自在。
*逍遥自在无拘束，自由自在无聊赖。
游手好闲四处走，无事生非滋事哉。

【提示】

“逍遥法外”指犯法的人没有受到法律的制裁；“逍遥自在”形容无拘无束，自由自在。

萧规曹随

汉初萧何制策令，形成政策付履行。
曹参接任丞相职，照搬无误施行政。
按部就班以操作，墨守成规为事情。
遵照前人为其事，萧规曹随难呈兴。

【提示】

西汉初年，丞相萧何规划、制定了一些政策法令，曹参继丞相职后，全部按照萧何那一套办事。比喻按照前人的成规办事。

销声匿迹

销声匿迹隐其形，隐藏秘处而施计。
不识庐山真面目，只因其在暗地里。
为何不露其面貌？无非不可见人际。
若何如此之行为，亦是畏罪怕露迹。

【提示】

不出声，不露面。形容隐藏起来或不敢公开露面。

“二小”一首

*小家碧玉平民女，不敢攀贵以身许。
门当户对成风气，封建婚姻少延续。
*小惩大诫示警惕，小受责罚以规矩。
小不惩之酿大祸，事到头来悔不及。

【提示】

“小家碧玉”指小户人家的女儿；“小惩大诫”受到小的责罚，因而更加警诫自己，不做坏事。

“四小”之一

* 小鸟依人好可爱，娇小聪明伊人来。
* 小巧玲珑精而美，把玩欣赏乐开怀。
* 小试锋芒以显示，锐气尚未全放开。
* 小手小脚无胆量，缩手缩脚不自在。

【提示】

“小鸟依人”比喻少女娇小可爱的样子；“小巧玲珑”形容器物的形体小而精巧；“小试锋芒”比喻人的锐气、本领稍微显示一下；“小手小脚”形容做事没有胆量和魄力。

“四小”之二

* 小题大做故弄玄，以造其势为事全。
* 小心谨慎不松懈，确保处事不遭嫌。
* 小心翼翼以恭敬，不敢疏忽趋人前。
* 小巫见大巫皆巫，能力虽差皆为钱。

【提示】

“小题大做”比喻不恰当地把小事当作大事来处理，有故意夸张的意思；“小心谨慎”形容说话、做事非常慎重，不敢松懈；“小心翼翼”形容举动十分谨慎，一点也不敢疏忽；“小巫见大巫”比喻能力相差很大，不能相比。

孝子贤孙

孝子乃孝儿，贤孙乃德孙。
此语并无疵，意正无邪因。
谬将改其意，反而成不真。
用于贬义处，毁其面貌哉。

【提示】

指孝顺父母的儿子和有德行的孙子。现多被用于形容承袭反动主张的坏人，岂不冤哉！

“三笑”一首

* 笑里藏刀心阴险，表面和善内心恶。
* 笑容可掬如春风，和颜悦色乐呵呵。
* 笑逐颜开喜眉梢，好事连连接踵多。
心想事成心痛快，但愿天长日久和。

【提示】

“笑里藏刀”比喻表面和善而内心阴险狠毒；“笑容可掬”形容满脸堆笑的样子；“笑逐颜开”形容笑容满面，非常高兴。

邪门歪道

邪门歪道佛教语，泛指邪说与行为。
引申意为妖鬼怪，以此恐吓混是非。
亦有多指不正经，歪门邪道鬼祟祟。
妄说祸福实骗财，惹得痴人难寝睡。

【提示】

本佛教名词，指妨害所谓正道的邪说和行为。后来引申指妖魔鬼怪，现多指不正当的门路或不正经的事情。

“二胁”一首

*胁肩谄笑现丑态，耸肩媚笑巴结人。
一副小人之嘴脸，谄媚逢迎现劣行。
*胁肩累足之情态，心中畏惧不由衷。
双脚齐并不敢动，忐忑不安之表情。

【提示】

“胁肩谄笑”形容逢迎巴结人的丑态；“胁肩累足”形容由于畏惧，呈现出的情态。

谢天谢地

天佑成其事，心中生感激。
谢天谢地矣，事顺得安逸。
虽然为迷信，亦可舒心意。
以其作感动，即为心可寄。

【提示】

迷信的说法，认为万事成与否皆是天地神灵之作用。现用来表示目的达到或困难解除后满意轻松的心情。

“四心”之一

*心安理得很坦然，自觉良好平事端。
*心不在焉精神散，听而不闻视不见。
*心潮澎湃逐浪高，激动心情难于安。
*心驰神往向其急，一心向往不等闲。

【提示】

“心安理得”自己认为所做的事情是正确的，心里很坦然；“心不在焉”形容思想不集中；“心潮澎湃”形容心情十分激动；“心驰神往”整个心思都奔向那里，形容一心向往。

“四心”之二

＊心胆俱裂受打击，深受恐吓致身亡。
＊心烦技痒欲表现，显示技艺欲称王。
＊心烦意乱不知所，坐立不安身心忙。
＊心腹之患受威胁，不除必将成锋芒。

【提示】

“心胆俱裂”形容在强大的打击下受到极大的恐吓；“心烦技痒”指擅长某种技艺的人急于表现的情态；“心烦意乱”心情烦躁，思绪杂乱；“心腹之患”比喻隐藏在内部的隐患。

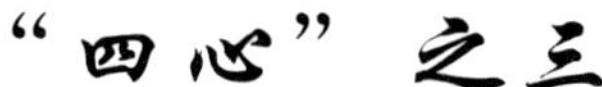

“四心”之三

＊心甘情愿无勉强，自觉自愿挑重担。
＊心宽体胖无牵挂，内心安逸貌舒展。
＊心狠手辣多不义，作恶多端罪行满。
＊心花怒放极高兴，欢天喜地锣鼓喧。

【提示】

“心甘情愿”自愿而无勉强；“心宽体胖”表示人因为心里安逸、无所牵挂而身体肥胖；“心狠手辣”指心肠凶狠，手段毒辣；“心花怒放”形容高兴到极点。

“四心”之四

＊心怀叵测难预料，诡计多端藏不露。
＊心灰意冷成丧气，意志消沉不自主。
＊心急如焚似火燎，兔走乌飞亦不足。
＊心坚石穿下决心，为达目的誓以图。

【提示】

“心怀叵测”心里藏着难以猜测的阴谋诡计；“心灰意冷”灰心丧气，意志消沉；“心急如焚”心里急得像火烧似的；“心坚石穿”比喻下了决心，什么困难都能克服。

“四心”之五

＊心惊胆战极害怕，惊慌失措乱心间。
＊心惊肉跳极恐惧，预感大祸将出现。
＊心口如一无伪装，诚实直爽为人贤。
＊心旷神怡忘宠辱，心情开朗神清湛。

【提示】

“心惊胆战”形容惊慌害怕到极点；“心惊肉跳”形容十分恐惧不安；“心口如一”心里想的和嘴上说的一个样，形容为人诚实、直爽；“心旷神怡”心情开朗，精神愉快。

“四心”之六

＊心劳日拙德与伪，好事心安坏事拙。

＊心力交瘁皆疲劳，累身累心费力多。

＊心领神会不言语，心照不宣无须说。

＊心乱如麻无主见，如何是好浑噩噩。

【提示】

“心劳日拙”指费尽心机，但是却越来越笨拙；“心力交瘁”精神和体力都极其疲劳；“心领神会”不用对方明说，心里已经明白了；“心乱如麻”形容心情十分烦乱，没有头绪，没有主见。

“四心”之七

＊心满意足称心意，心想事成多欢喜。
＊心明眼亮不迷惑，看事清楚做分析。
＊心慕手追以仿效，以假乱真在做戏。
＊心平气和心态好，虽老精神亦健烁。

【提示】

“心满意足”形容称心如意；“心明眼亮”看问题很清楚，不受迷惑；“心慕手追”形容对技艺的竭力效仿；“心平气和”心里平静，态度温和。

“四心”之八

* 心去难留如断弦，不可重接再复原。

* 心如刀割之痛苦，难分难解之恩怨。

* 心神不定难自守，坐亦不是立不安。

* 心手相应技精湛，得心应手事成全。

【提示】

“心去难留”心已不在这里，很难强留；“心如刀割”内心痛苦得像刀割一样，形容非常痛苦；“心神不定”心里不平静，神志不安宁；“心手相应”心好像猴子在跳、马在奔跑一样的控制不住。形容技术熟练。

“四心”之九

＊心无二用为其事，专心致志以求深。
＊心向往之以仰慕，一心向往得精神。
＊心心念念朝至夕，一心一意相求申。
＊心心相印乃知心，相濡以沫至终身。

【提示】

“心无二用”形容专心致志地做一件事情；“心向往之”形容对某人或某事物心里很仰慕；“心心念念”形容一心一意地想做某件事情或得到某样东西；“心心相印”形容彼此的思想和感情完全一致。

“四心”之十

＊心血来潮突发想，猛然欲做若心狂。
＊心有余悸存往事，虽已过去心受伤。
＊心余力绌成枉想，心有余而力不偿。
＊心猿意马多烦乱，何去何从难自量。

【提示】

“心血来潮”比喻心里突然产生一种想法；“心有余悸”事情虽然过去，但心里还感到恐惧；“心余力绌”心有余而力不足；“心猿意马”形容心思不定。

“四心”之十一

*心悦诚服受感动，死心塌地以归附。

*心知其意学求深，主旨技艺无辜负。

*心直口快射粮军，性情直爽乃人福。

*心中有数知底细，了如指掌以应付。

【提示】

“心悦诚服”真心实意地服从或佩服；“心知其意”形容领会了文章的主旨或掌握了技艺的要领；“心直口快”形容性情直爽，有话就说；“心中有数”比喻心里知道情况和底细。

“二欣”一首

* 欣喜若狂情奔放，难以自制高声嚷。
手舞足蹈呈疯狂，乱蹦乱跳心欢畅。
* 欣欣向荣呈蓬勃，事业发展多兴旺。
规划蓝图合实际，齐心协力干一场。

【提示】

“欣喜若狂”形容高兴到了极点；“欣欣向荣”原来指草木生长茂盛，现在比喻事业蓬勃发展、繁荣兴旺。

“二新”一首

*新陈代谢以继续，以新替旧得心愿。
循环代谢促新生，吐故纳新乃天缘。
*新亭对泣相与诉，有识之士悲偏安。
思念故国之情怀，触景生情对泪弹。

【提示】

“新陈代谢”指生物体不断用新物质代替旧物质的过程。也指新事物不断发展，代替旧的事物。“新亭对泣”表示思念故国的情怀。

薪尽火传

教者传授学者继，代代相传以承袭。
知识随时得更新，承前继后得新意。
岁月积淀成累积，前因后果自承袭。
薪尽火传不断流，遂成知山待登及。

【提示】

薪：柴火。柴烧完了，火种却流传下来。比喻通过老师和学生之间的教和学，使学问一代一代地往下传。庄子曰：“指穷于为薪，火传也，不知其尽也。”

馨香祷祝

馨香以祝愿，祈祷求神灵。
但愿风雨顺，丰收好年景。
真诚以希望，心想而事成。
祝愿祖国好，馨香祷祝盛。

【提示】

馨香：烧香的香气；祷祝：祷告祝愿。本指迷信的人虔诚地向神祈祷祝愿，后引申为真诚地期望。

“三信”一首

*信笔涂鸦无规矩，不合法度任其为。
*信而有征事确凿，稽撰其说亦所谓。
*信及豚鱼讲诚信，微不足道亦不灰。
豚鱼微贱亦守信，信用卓著乃人慧。

【提示】

“信笔涂鸦”形容书法拙劣或胡乱写作，也常用作自谦之词；“信而有征”确凿而且有证据；“信及豚鱼”形容信用卓著。

“四信”一首

*信口开河胡乱说，信口雌黄更为拙。
*信马由缰无目的，闲来无事而自作。
*信赏必罚两分明，赏罚严明成其佐。
*信誓旦旦不思反，严守诺言为事做。

【提示】

“信口开河”毫无根据，随便胡说八道；“信马由缰”比喻随便溜达；“信赏必罚”形容赏罚严明；“信誓旦旦”形容誓言说得极其诚挚。

衅起萧墙

祸患生于内，衅起萧墙防。
家事闹分离，国事闹呈强。
家国事在里，其害却成伤。
唯有得统一，方可和其光。

【提示】

衅：缝隙，引申为事端、祸端；萧墙：古代宫室内作为屏障的矮墙。事端或祸端发生在照墙的里面，比喻祸患产生于内部。

“二兴”一首

*兴风作浪造事端，无事生非以捣乱。
故弄玄虚误其言，搅水摸鱼求利沾。
*兴利除弊两手抓，双管齐下为事全。
利事发扬以光大，弊端尽除得以安。

【提示】

“兴风作浪”比喻故意制造事端，无事生非；“兴利除弊”兴办有利的事情或事业，剔除有害的事情。

“三兴”一首

* 兴灭继绝重新起，兴灭国之继绝世。
* 兴师动众以发动，人多势众可成事。
* 兴妖作怪弄鬼神，扰乱人心坏制式。
装神弄鬼蒙蔽人，图财害命以作势。

【提示】

“兴灭继绝”使灭亡的重新兴起来；“兴师动众”旧指大规模出兵，现多形容发动很多人参与；“兴妖作怪”装神弄鬼欺骗人。

“四星”一首

＊星火燎原成其势，推朽拉腐一扫光。

＊星罗棋布到处是，数量多且范围广。

＊星前月下夜良宵，月下老人成其双。

＊星移斗转即改变，时代变迁不可挡。

【提示】

“星火燎原”比喻新生事物最初虽小，但生命力却极强；“星罗棋布”形容数量多、散布广；“星前月下”指月夜良宵；“星移斗转”形容季节或时代的改变。

“二惺”一首

*惺惺惜惺惺，人才惜人才。
同类相以聚，异类相拒哉。
*惺惺作态故，装模作样哉。
弄巧常成拙，自作自招害。

【提示】

“惺惺惜惺惺”惺惺：指聪明人。形容性格或才能相近的人互相爱惜；“惺惺作态”形容装模作样，故作姿态。

“四行”一首

* 行成于思毁于随，善思考者事可遂。
* 行将就木近死亡，了却尘世身即灰。
* 行若无事不在乎，听之任之随意对。
* 行尸走肉碌无为，如同走肉聚成堆。

【提示】

“行成于思”做事成功在于思考；“行将就木”将要死亡；“行若无事”听之任之，满不在乎；“行尸走肉”比喻庸碌无能，无所作为，糊里糊涂过日子的人。

“三行”一首

*行同狗彘人无耻，如同猪狗身不值。
*行远自迩于足下，凡事开头难驱使。
*行之有效好方法，精心策划靠知识。
适时变通遵其理，理直事顺因应时。

【提示】

“行同狗彘”比喻无耻的人行为如同猪狗一样；“行远自迩”比喻做事情要由浅入深，扎实前进；“行之有效”指实行很有效果的方法、措施。

“四形”之一

＊形单影只茕孑立，只身孤单度春秋。
＊形格势禁不得已，批亢捣虚施以揪。
＊形迹可疑不正常，行为诡秘四处瞅。
＊形势逼人须跟上，更加努力方可求。

【提示】

“形单影只”形容孤独，没有伴侣；“形格势禁”形容形势所迫而无法进行；“形迹可疑”行为和神情令人怀疑；“形势逼人”指形势发展很快，使人不得不更加努力。

“四形”之二

* 形形色色花样多，应接不暇种类全。
* 形影不离以相处，亲密无间无间拳。
* 形影相吊而自怜，无亲无友忒孤单。
* 形影相随而不离，情同手足心相连。

【提示】

“形形色色”形容种类繁多，各式各样，一应俱全；“形影不离”形容彼此关系亲密无间；“形影相吊”形容即没有同伴也没有亲人，很孤单；“形影相随”形容彼此关系亲密，经常在一起。

“三兴”一首

＊兴高采烈气氛浓，欢乐场面如沸腾。
＊兴味索然忒乏味，兴趣全无没心情。
＊兴致勃勃兴头高，载歌载舞以相拥。
歌声响亮和其律，一路高歌一路行。

【提示】

“兴高采烈”形容兴致高，情绪饱满；“兴味索然”毫无兴趣可言；“兴致勃勃”形容兴头高涨。

幸灾乐祸

心术不正好乐祸，见灾见祸皆乐哉。
如此性情极奇缺，天上难找地难栽。
别人欢笑他悲哀，别人倒霉他乐怀。
幸灾乐祸自遭灾，别人同情他见怪。

【提示】

看见别人遭受灾难反而高兴。这种反常现象的确存在，其原因有二：一是脑袋出了问题；二是忌妒心超强的行为表现。

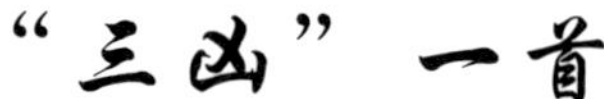

“三凶”一首

＊凶多吉少以估计，预先防范可躲避。
＊凶相毕露现尾巴，狗急跳墙欲逃避。
＊凶终隙末情变质，好友成仇各东西。
为何如此之变化，缘自各自守私利。

【提示】

“凶多吉少”指估计事态的发展可能害大于利；“凶相毕露”凶恶的嘴脸完全暴露出来；“凶终隙末”形容好友变成仇人。

汹涌澎湃

声势浩大如海啸，汹涌澎湃不可挡。
沸乎暴怒从天降，摧腐拉朽一扫光。
人民力量大无比，一旦觉醒必气壮。
改朝换代之动力，历史前进之锋芒。

【提示】

汹涌：水奔腾向上的样子；澎湃：波浪相互撞击的声音。形容声势浩大，不可阻挡。

"四胸"之一

*胸无城府无隐藏，襟怀坦白性直爽。
*胸无点墨无学识，知识浅薄少智商。
*胸无宿物人坦率，言行坦荡常遭伤。
*胸有成竹心不慌，出手成巧得欣赏。

【提示】

"胸无城府"比喻襟怀坦白，没有什么隐藏；"胸无点墨"形容没有学问；"胸无宿物"比喻为人坦率，没有成见；"胸有成竹"形容心中有数。

“四胸”之二

*胸中甲兵有谋略，统览大局亦轻松。

*胸中鳞甲自存心，为人险恶欲行凶。

*胸中无数可与否，束手无策如何迎。

*胸中有数已成竹，应对不乱而求赢。

【提示】

“胸中甲兵”比喻人有谋略；“胸中鳞甲”比喻心怀叵测，心存险恶；“胸中无数”对情况没有底；“胸中有数”对情况有大致的了解和解决的办法。

“二雄”一首

*雄才大略人出众，千军万马居心城。
料事如神智谋深，千古一人乃孔明。
*雄心壮志心深远，胸怀坦荡豪迈情。
心中理想成大器，为国为民献终生。

【提示】

“雄才大略”非常的才能和谋略，超群的智慧，正直的为人；“雄心壮志”伟大的胸怀，豪迈的激情，高远的人生理想。

“三休”一首

*休戚相关互关联，利害福祸共承担。
*休戚与共同甘苦，紧密相连不可断。
*休养生息之政策，恢复创伤利生产。
动乱之后求发展，安定秩序再重建。

【提示】

“休戚相关”形容彼此的利害一致；“休戚与共”形容彼此同甘共苦；“休养生息”指经过动乱之后，再行发展建设。

“二羞”一首

* 羞人答答之样子，自己感到难为情。
红着脸儿强装笑，以手掩面怕露容。
* 羞与为伍不以顾，难于相处怕丢人。
如斯来往多觉耻，所性分手各自行。

【提示】

“羞人答答”形容自己感觉难为情，不好意思；“羞与为伍”比喻把跟某人相处认为是可耻的事情，因此而分手。

朽木粪土

朽木不可雕，粪土不可圬。
不堪以造就，无用之废渣。
如此以激励，触及启神达。
以其作激将，终成大才家。

【提示】

比喻不堪造就的人或无用的东西。教育多以正面为主，但不妨偶尔采用激将的手段，一旦对方的慧根被击中，即可迸发出强大的智慧火花，使愚钝变成睿智。

“四秀”一首

* 秀出班行才突出，高于同辈之才能。
* 秀而不实花不果，只学皮毛不可用。
* 秀色可餐喻美貌，姿容俊俏如花容。
* 秀外慧中两俱全，美貌智慧双居形。

【提示】

“秀出班行”形容才智优异，超过同辈人；“秀而不实”比喻只学到一点皮毛，实际上并没有成就；“秀色可餐”形容秀美异常；“秀外慧中”形容女人外貌秀美，内心聪明。

“四虚”之一

＊虚怀若谷善容纳，性格谦虚亦谨慎。

＊虚己以听别人讲，善于采纳好精神。

＊虚无缥缈有似无，飘忽不定难见身。

＊虚席以待就座位，立即开讲话犹真。

【提示】

“虚怀若谷”胸怀像山谷一样能大量容纳。形容非常谦虚；“虚己以听”形容接受意见的态度诚恳；“虚无缥缈”形容空虚渺茫；“虚席以待”空着位置等待。

“四虚”之二

＊虚应故事行惯例，敷衍了事走过场。
＊虚有其表无其实，徒有外貌无专长。
＊虚与委蛇作应付，假意殷勤事平常。
＊虚张声势实内空，枉装强大以逞强。

【提示】

“虚应故事”照例应付，敷衍了事；“虚有其表”空有好看的外表，形容外表与实质不统一；“虚与委蛇”假意殷勤，敷衍应付；“虚张声势”形容假装出强大的声势。

嘘寒问暖

老慈少孝之美德，中华文化之传统。
嘘寒问暖以关心，恪守孝敬继传承。
相互关爱多亲密，家庭和睦万事兴。
代代相传成连续，千秋万代不离宗。

【提示】

嘘寒：用呵出的热气使寒冷的人感到温暖；问暖：指问冷问热以示关怀。形容互相关心，互相爱护。

栩栩如生

艺术作品所描绘，栩栩如生感动人。
形象具体亦生动，情节真实不笼统。
精细刻画呼欲出，性格突出成典型。
源于生活之创作，有血有肉活生生。

【提示】

栩栩：活泼生动的样子。形容文学、艺术作品将所创作和描绘的对象、事物表现得非常生动、逼真，活灵活现地出现在观者的眼前。

旭日东升

朝霞红满天，旭日东方升。

紫气呈祥瑞，海天相辉映。

一轮红日出，大地暖融融。

大海托鎏金，辉煌上升腾。

【提示】

旭日：早晨的太阳。早晨的太阳刚刚从东方升起。形容充满青春活力、生气勃勃的景象。

轩然大波

轩然大波起，宇宙隘而妨。
波涛高汹涌，其势更为强。
风起云相拥，乱云呈高扬。
人事之沧桑，何时不自殇？

【提示】

轩然：波涛高高涌起的样子。比喻大的纠纷或乱子，指不好的影响。人世间你争我夺的事端一再重演，何时方休？

喧宾夺主

客变主人主变客，次要反而成主要。
衬托之叶掩其花，云遮月光影即消。
反客为主不多见，喧宾夺主却有梢。
事物变幻难琢磨，难以分辨拙与巧。

【提示】

喧：大声吵嚷。客人的声音比主人的声音还要大。比喻客人取代了主人的地位，或外来的、次要的事物取代了原有的、主要的地位。

玄之又玄

玄之又玄众妙门，老子出言即意玄。
玄乃黑色之颜色，何以玄之再其玄？
玄为妙门妙亦何？妙不可言即为玄。
玄来玄去不知玄，究竟何为玄之玄？

【提示】

形容非常玄妙，难以理解。语出老子《道德经》第一章：“玄之又玄，众妙之门。”

旋乾转坤

旋乾转坤，关机阖开。
雷厉风行，日月清照。
天地倒转，日月不辉。
人世颠倒，物是人非。

【提示】

旋：转动；乾指天，坤指地。转换天地的位置，比喻从根本上改变局面。语出唐·韩愈《昌黎先生集》。

“二悬”一首

*悬河泻水注不竭，如同瀑布水下泻。
言词铿锵而有力，才气奔放而不歇。
*悬梁刺股以自砥，自强自立苦求学。
耐得十年寒窗下，一朝得中成状元。

【提示】

“悬河泻水”比喻说话、做文章才气奔放；“悬梁刺股”这是个典故，说苏秦刻苦读书的故事。形容勤学苦读。

“三悬”一首

*悬驼就石乃愚人，轻重倒置违常理。
*悬崖勒马得清醒，危险时刻即回离。
*悬崖峭壁山势险，栈道悬在半空里。
人道蜀道路难行，如同悬天不着地。

【提示】

“悬驼就石”比喻做事不合常理，轻重颠倒；“悬崖勒马”比喻面临危险的边缘及时醒悟回头；“悬崖峭壁”形容山势险峻。

煊赫一时

名声虽大却不长，煊赫一时即无声。
出名多靠自吹嘘，花钱买名自作聪。
削尖脑袋找缝钻，决不放过自出名。
可怜自作枉于戏，徒有其名不着实。

【提示】

形容名声或气势很盛，却不持久。含贬义。原因很简单，无才无造诣，只靠钻营而一时出了点名，因而不会长久。

炫玉贾石

言行不一乃小人，炫玉贾石乃奸商。
偷梁换柱假充真，卖弄手段以求偿。
喋喋不休妄自说，天花乱坠不断嚷。
挂着羊头卖狗肉，昧着良心将客伤。

【提示】

炫：夸耀，显示；贾：卖。给人看的是玉，而卖给人家的却是石头。指欺骗人。

削木为吏

削木为吏暴，画地为其牢。
横征亦暴敛，横行亦霸道。
认钱不认人，认货不认教。
即使见供品，随手进腰包。

【提示】

汉·司马迁《报任少卿书》：“故士有画地为牢，势不可入；削木为吏，议不可对。”形容狱吏的苛暴可畏。

削足适履

削其足而适其履，如此行为实甚愚。
勉强迁就悖原则，是非不辨如蠢驴。
事无大小皆常理，反常之为何以律？
削足适履不可惜，自作自受无其余。

【提示】

适：适应；履：鞋。意思是为了适应小鞋，宁可将脚削去一块。比喻无原则地迁就或勉强凑合。

穴居野处

穴居野处远古人，茹毛饮血原始人。
时光荏苒渐文明，火之应用促进程。
逐渐进展知耕织，结绳以求记事哉。
神农遍尝百草味，伏羲受意成《周易》。

【提示】

形容人类未有房屋前的生活状态。《周易·系辞下》：“上古穴居而野处。”

“四学”一首

＊学步邯郸拙，妄于求其作。
＊学而不厌倦，专心致志得。
＊学富五车书，惠施读书多。
＊学以致用处，实践验学说。

【提示】

“学步邯郸”形容盲目地跟人学；“学而不厌”专心学习不知疲倦。形容好学；“学富五车”形容读书多，学问深；“学以致用”学了就可以用。

“三雪”一首

*雪窖冰天寒，泪洒冰上沾。
*雪上加霜苦，越渴越加盐。
*雪中送炭暖，求急以御寒。
炭火暖其身，热心更心安。

【提示】

“雪窖冰天”指严寒地区；“雪上加霜”比喻连续遭受灾难或苦上加苦；“雪中送炭”比喻救急于人。

“三血”一首

*血海深仇成心病，不报此仇难消恨。
*血口喷人话恶毒，无故陷害于好人。
*血流成河之惨状，战场凄惨而揪心。
一场厮杀如屠场，人间地狱刀血刃。

【提示】

“血海深仇”形容深仇大恨；“血口喷人”比喻用恶毒的话诬蔑、陷害人；“血流成河”形容被杀的人极多。

“四血”一首

* 血流漂杵杀戮甚，尸堆如山血成河。

* 血流如注刀结果，屠宰老牛血成泊。

* 血气方刚精力足，年轻气盛雄姿著。

* 血肉相连之密切，亲密无间以相合。

【提示】

“血流漂杵”形容杀人极多；“血流如注”形容血流得多而急；“血气方刚”形容年轻人精力旺盛；“血肉相连”比喻关系非常密切。

薰莸异器

薰莸不同器，因为性相异。
其味以相悖，相互不可与。
好坏两极端，彼此无关系。
相互不通气，薰莸异器比。

【提示】

薰：香草；莸：臭草；异：不同。香草和臭草不能放在同一个容器里，比喻好人不能与坏人共事。

“四寻”一首

* 寻根究底以求因，寻找事发之源头。
* 寻行数墨只顾写，不顾文章之统筹。
* 寻事生非造事端，无事生非行斗殴。
* 寻章摘句少创造，人云亦云多摘求。

【提示】

“寻根究底”找出事情发生的根源；“寻行数墨”形容读书只拘泥于字句，不顾通篇大义；“寻事生非”形容有意制造事端；“寻章摘句”指套用前人章法、词语，没有创造性。

“四循”一首

* 循规蹈矩承规矩，凡事皆应守矩系。
* 循名责实名与实，名副其实遵理兮。
* 循序渐进有秩序，有始有终有条理。
* 循循善诱施教育，启发诱导相与析。

【提示】

“循规蹈矩”指遵守规矩；“循名责实”指按照名称来考察实际内容，要求名副其实；“循序渐进”依照次序逐步向前；“循循善诱”表示善于有步骤地加以引导、教育。

徇私舞弊

徇私舞弊犯法纪，欺骗蒙混为私利。
不计后果以妄为，胡作非为悖法理。
法网恢恢多严密，以身试法必遭疾。
欺诈犹如自作茧，自食其果焉足惜。

【提示】

徇私：因私人关系而做不合法的事情。用弄虚作假、欺骗蒙混的手段，获取私利的行为。

逊志时敏

谦虚好学习，自知以策励。
勤于求知识，处处做努力。
心中有壮志，求学若渴急。
逊志时敏人，报国见志气。

【提示】

指谦虚好学，时自策励。学习目标明确，动力就会十足。为人好学而谦虚，必将成为有用之才。

渔舟唱晚

落日余晖彩云飞，远山渺渺长河微。
新月弯弯寥星辰，大地苍茫夜幕垂。
炊烟袅袅渔火红，依稀传来村犬吠。
夜色朦胧潮汐涨，弄潮风吹渔船归。

【提示】

是一首著名的北派筝曲，现形容夕阳映照万顷碧波，渔民归来悠然自得的样子。

鸦雀无声

乌鸦麻雀皆不叫，寂静无声如清瀛。
公问禅师闻则否，师曰闻之似有声。
雅雀飞去再问之，言道仍是似有鸣。
天风吹雨入阑干，乌鹊无声乃夜风。

【提示】

连乌鸦和麻雀的声音也没有。形容非常寂静。语出宋·释道原《景德传灯录·卷四》。

掩耳盗铃

有人欲盗一口钟，钟体太大而又重。
斯人用锤欲砸碎，钟响掩耳怕人听。
盗者掩住自己耳，以为他人亦无声。
愚人作为实可笑，掩耳自欺何能逞。

【提示】

掩：捂；盗：偷。盗钟的人想把钟砸碎拿走，怕别人听见，便把自己的耳朵捂起来。比喻蠢人自己欺骗自己。语出《吕氏春秋·自知》。

姚黄魏紫

姚黄魏紫名牡丹，品种优异姚魏家。
天生丽质喻富贵，雍容华贵满天下。
大周女皇武则天，腊月欲赏牡丹花。
天时应运合其意，寒冬牡丹竞芳华。

【提示】

宋代洛阳两种名贵的牡丹花品种，泛指牡丹花的优良品种。姚家的黄色牡丹花和魏家紫色的牡丹花，都是通过精心培育后所获得的优良牡丹花品种，是居于上乘品位的珍贵牡丹花。语出宋·欧阳修《洛阳牡丹纪·花释名》。

一寸丹心

白发千茎双鬓雪，丹心化作一寸灰。
一片赤诚始于民，安得报效心无悔。
向来百炼今绕指，一寸丹心向日晖。
人生易老天难老，老之将至岂可回！

【提示】

丹心：赤心。一片赤诚的心。以赤诚的忠心为国家和人民服务，将会赢得百姓的爱戴和拥护。语出宋·杨万里《诚斋集·新除广东常平之节感恩书怀》。

一发千钧

一缕之任系千钧，上悬无极下测渊。
虽甚愚知哀将绝，实乃危急奈何间。
韩愈昌黎先生集，与孟尚书文中言。
群儒区区而修补，乱失其危如系弦。

【提示】

钧：古代重量单位，合三十斤。用一根头发悬挂千钧重的东西。比喻极其危险。不思其理而用事，往往无端地造成危险和危害。语出《汉书·枚乘传》。

一叶知秋

一年四季物随应，春华秋实乃自成。
秋至草木始方谢，一片秋叶报时情。
以小明大察其理，落叶而知夏将终。
山僧不解数甲子，一叶落知秋风清。

【提示】

从一片树叶的凋落，知道秋天将要来临。比喻由细微的迹象看出形势的变化，由现象或部分推知本质或全体。这是理智并科学的做法。语出《淮南子·说山》。

一叶障目

事物虽小亦认真，免被细小所蒙混。
顾此失彼乱手脚，不见全貌而自昏。
耳之主听目主明，一叶蔽目不见甚。
两耳塞豆不闻雷，两手叉腰难接神。

【提示】

障：遮。比喻被眼下细小的事情所蒙蔽，因而看不到事物的全貌、主流与本质。大千世界，物繁杂陈，无论事物大小都要观其全貌后再为之，不可因眼前的繁杂而失全貌，遂促成错误。

一张一弛

张弛有度视于物，遵循事理设其度。
张而不弛文武失，弛而不张文武误。
生活事物如拉弓，松紧适度心所属。
节奏合律必轻松，一张一弛相互助。

【提示】

张：拉开弓弦；弛：放松弓弦。比喻工作的松紧和生活的劳逸要适当调节，有节奏地进行。凡事都要张弛适度，方可达到事半功倍的效果。语出《礼记·杂记》。

意在笔先

胸有成竹方着笔，构思精到贯于意。
一气呵成不犹豫，草书之妙在于气。
草书之法意在先，笔绝意在乃佳矣。
作诗著文同其理，意在笔先佳作即。

【提示】

指写字、作画前，先构思，然后再下笔。如此创作往往可以收到较为理想的结果。亦引申为做事前，要做好周到考虑后再行事。语出宋·徐度《却扫篇》。

吟风弄月

风花雪月知多少，吟风弄月多无聊。
闲情逸趣弄风月，几度夕阳红未了。
吟诗弄曲坐幕天，不顾时光枉消耗。
但待明日复明日，弹指一挥人即老。

【提示】

吟：吟咏，作诗；弄：玩弄，玩赏，一段乐曲也叫一弄。以风花雪月的题材作诗为文，多有闲适无聊所为，并没有什么积极的意义。语出《文苑英华·范传正〈李翰林白墓志铭〉》。

一字之师

诗词最讲字句真，字句甄别犹严谨。
差之毫厘意谬远，牵动一发误全身。
天下文章不厌改，倾听他人如回音。
诗作经人改一字，激活诗意独出新。

【提示】

改正一个字的老师。好诗文有的是经旁人改正一个字因而更加完美，原作者便称其为“一字之师”。语出宋·陶岳《五代史补》。

压倒元白

汝士即席赋首诗，元稹居易皆赞叹。
酒后回府醉狂言，大呼才气高过天。
偶得佳作并非难，难在好诗多自然。
压倒元白何其难，妄自出语多醉言。

【提示】

比喻作品胜过同时代著名诗人的作品。唐代元稹、白居易都是著名的诗人。杨汝士偶得好诗并受到名家好评当然可喜可贺，但终究难成大器耳。

睚眦必报

一饭之德必偿，睚眦之怨必报。
救急之食虽劣，却以救急获饱。
韩信受之浣婆，日后得以偿效。
睚眦必报纠缠，未免心胸狭小。

【提示】

指瞪瞪眼睛那样的小怨小忿都一定要报复。可见为人心胸狭隘，为人者“滴水之恩当涌泉相报”，小怨小怒，不可纠缠不放。

“二哑”一首

＊哑口无言因理屈，词穷口拙心慌乱。
理直方可促气壮，无理取闹语不端。
＊哑然失笑不自禁，发笑难忍惹麻烦。
情绪需要分场合，不可造次妄随便。

【提示】

“哑口无言”形容理屈词穷的样子；“哑然失笑”忍不住笑出声来。

"二雅"一首

* 雅人深致有修养，言谈举止遵礼数。
见解深刻有主张，即时宣告以为树。
* 雅俗共赏之作品，高尚亦雅亦通俗。
艺术若要求高度，两者兼顾而突出。

【提示】

"雅人深致"原指《大雅》的作者，后转指高雅的人。形容人的言谈举止不庸俗；"雅俗共赏"意思是不论文化高低，都能够欣赏。

揠苗助长

不顾客观之规律，不论事物之常理。
为求效益心生急，为所欲为谬实际。
揠苗助长求其速，事与愿违无成绩。
教子需要慢慢来，强求为事反不及。

【提示】

比喻不管事物的发展规律，强求速成，反而把事情弄糟。此成语出自一则寓言故事。

奄奄一息

奄奄一息命不长，气息短促身发凉。
只剩微弱一口气，随时随地于身亡。
最后关头不相忘，事业如何于衷肠。
留下希望待后人，承前继后再发光。

【提示】

形容呼吸微弱，生命垂危。此诗是为纪念老一辈科学家的丰功伟业而作，以此感谢和怀念那些为祖国做出巨大贡献的卓越的科技工作者们。

“四烟”一首

* 烟视媚行多腼腆，表情害羞慢行走。
* 烟霞痼疾爱山水，不可改变之心由。
* 烟消云散皆消沉，无影无踪再难求。
* 烟云过眼一瞬间，凡尘诸事无其咎。

【提示】

“烟视媚行”形容腼腆害羞的样子；“烟霞痼疾”爱好山水景物成为不可改变的癖好；“烟消云散”比喻事情消失得干干净净；“烟云过眼”形容尘世间的事物如同烟云似的一忽而过。

湮没无闻

名声即消失，无人再提起。
如同一丝风，转瞬无踪迹。
尘世多烟雾，湮没无闻兮。
若留美名在，实乃难以寄。

【提示】

湮没：埋没；无闻：无人知道或不再记起。形容名声被时间所埋没。留下名声当然值得祝贺，留下好名声更是做人的成功。

嫣然一笑

嫣然一笑可倾诚，嫣然再笑可倾国。
笑之若何之给力？缘自昏君之罪过。
荒淫无度乱其政，崇尚美妃寻其乐。
不顾黎民百姓苦，如此天下又奈何？

【提示】

嫣然：笑得很美的样子。形容女子笑得很美。昏庸的封建帝王，由于荒淫好色，常常将逗爱妃一笑当作极大乐趣，甚至会不惜亡国之危险，以博得妃子的一笑。

"三言"一首

＊言必信而信必果，此乃儒家之道理。
＊言必有中达目的，有的放矢话中的。
＊言不及义胡乱说，顺口即出不达义。
言不由衷胡调侃，胡说八道妄心意。

【提示】

"言必信，信必果"说出来的话一定要算数，行动起来一定要坚决；"言必有中"不说则已，一说即中；"言不及义"形容说话内容无聊或说不到问题的关键所在，废话连篇。

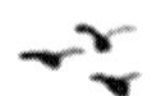

“四言”之一

* 言不尽意没说清，尚有余话待后谈。
* 言不由衷作敷衍，言语不真呈空泛。
* 言出法随成法令，一经公布成规范。
* 言传身教做示范，以身作则言行端。

【提示】

“言不尽意”所说的话不能表达全部的思想内容；“言不由衷”形容虚伪敷衍，没有真话；“言出法随”法令一经公布，就要严格执行，如有违法就依法处理；“言传身教”既用言语来教导，又用行动来示范，指言行起榜样作用。

“四言”之二

*言而无信耍无赖，出言不逊更糟糕。

*言而有信讲信誉，如此做人风格高。

*言归于好重新处，相互原谅再重交。

*言归正传说正书，顺其故事语滔滔。

【提示】

“言而无信”说话不算数，自食其言；“言而有信”说话算数，讲信用；“言归于好”彼此重新和好；“言归正传”把话头再回到正题上来，接着说。

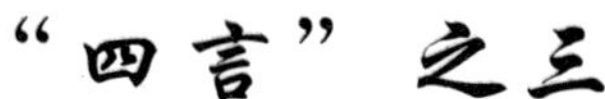

“四言”之三

＊言过其实说大话，实际能力并不大。

＊言简意赅寓意深，简单明了亦练达。

＊言近旨远含义多，浅显易懂相对答。

＊言人人殊各不同，言不统一各说法。

【提示】

“言过其实”指话说得过分，超过了实际情况；“言简意赅”言语简练，意思完备而深刻。形容说话、写文章简明扼要；“言近旨远”话说得浅显，含义却很深远；“言人人殊”各人的说法都不一样。

“四言”之四

* 言听计从多信任，意见主张多采用。
* 言外之意任其猜，话不明说只好蒙。
* 言为心声之反映，口是心非另有情。
* 言行不一两不衷，行动话语各自行。

【提示】

“言听计从”说的话和出的主意都采纳照办，形容十分信任；“言外之意”不明说心意；“言为心声”言语是表示心意的工具；“言行不一”言语与行动不一致。

“四言”之五

*言行一致为其事，讲究信誉得信任。
*言犹在耳记得清，努力进取行其仁。
*言之成理合乎礼，持之以恒为其人。
*言之无物话空洞，文章不顺理不般。

【提示】

“言行一致”说的和做的完全一样；“言犹在耳”指说的话还在耳边响，谓记忆犹新或说过不久；“言之成理”讲得合乎道理；“言之无物”指写文章或讲话空洞，没有实际内容。

“四严”一首

*严惩不贷不宽恕，依法行事当以惩。

*严刑峻法合法理，法律面前皆平等。

*严于律己高标准，严格约束自调整。

*严阵以待做准备，等待时机以出征。

【提示】

“严惩不贷”严厉惩办，不加宽容；“严刑峻法”严厉的刑法；“严于律己”对自己的约束很严格；“严阵以待”充分做好战斗准备，等待出击。

“二延”一首

*延年益寿千万岁，祝贺寿诞天地久。
如今幸福好生活，老人长寿九十九。
*延颈企踵急等待，盼望团聚得心筹。
隔海相望并不远，区区之途难以就。

【提示】

“延年益寿”延长寿命，增加岁数；“延颈企踵”伸长脖子，抬起脚跟。形容急切盼望的心情。

“二沿”一首

＊沿波讨源求其根，寻找事物之源头。
走防调查收证据，确保案件明亦透。
＊沿门托钵以乞食，僧侣求食以远游。
挨门串户结善缘，讨得斋饭得其筹。

【提示】

“沿波讨源”根据线索探讨事情的根源；“沿门托钵”原指僧徒化缘，现比喻挨家乞讨。

研桑心计

商贾善计算，精明亦仔细。
思想多灵活，手段多出奇。
善于做推销，生财讲和气。
研桑心计算，致富守规矩。

【提示】

指善于理财。“研桑心计于无垠。”形容商人善于算计，发财有道，经商致富。

“三掩”一首

*掩鼻而过多厌恶，行为肮脏被弃落。
*掩目捕雀无稽谈，明目难为盲奈何？
*掩人耳目以遮掩，混淆是非弄其拙。
暂时蒙蔽难长久，水落石出自遭祸。

【提示】

“掩鼻而过”形容对肮脏事物或为人所不齿行为的厌恶态度；“掩目捕雀”比喻自己欺骗自己；“掩人耳目”比喻用假象欺骗人。

“二眼”一首

＊眼高手低实无能，矮人观场不够高。
身无本领心却想，心身不合如何操？
＊眼高于顶多锐利，识力强而手艺妙。
另有比喻妄自大，骄傲自满故弄巧。

【提示】

“眼高手低”眼界很高，实际水平却很低；“眼高于顶”比喻眼光锐利，识别能力非常高，也比喻骄傲自大，目中无人。

“三眼”一首

*眼花缭乱色彩繁，事物繁杂呈缭乱。
*眼明手快心思巧，手脚麻利多干练。
*眼明心亮看事清，不受迷惑不感染。
心中有数眼光明，观察锐利所以然。

【提示】

“眼花缭乱”眼睛看复杂的现象或色彩而感到迷乱不清，比喻事物复杂，无法辨清；“眼明手快”眼光锐利，动作敏捷；“眼明心亮”形容看问题清楚，不受迷惑。

“二偃”一首

*偃旗息鼓无动静，军中肃静急行动。
无声无息以靠近，突发攻击得完胜。
*偃武修文做改变，脱下戎装就文生。
亦文亦武好人才，文武双全而出名。

【提示】

“偃旗息鼓”形容军中肃静无声，毫无动静，现多指停止战斗，也比喻停止批评和攻击；“偃武修文”脱下军装，改行从文。

宴安鸩毒

懒惰如毒药，享乐如毒酒。
常此而以往，必受其毒忧。
害人于不觉，发作即难救。
宴安鸩毒害，以防成其咎。

【提示】

宴安：闲散懒惰，贪图享受；鸩毒：毒药，毒酒。安闲、享受就像毒药一样害人。

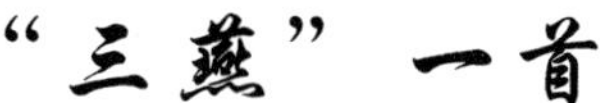

“三燕”一首

*燕巢幕上处境险，祸伏难逃之恶果。
*燕颔虎颈相威武，飞可食肉一扫过。
*燕雀处堂于险地，焉知居所将酿祸。
身在险处亦不觉，不顾安危擅自作。

【提示】

“燕巢幕上”比喻处境非常危险；“燕颔虎颈”形容相貌威武；“燕雀处堂”比喻处境危险而不知。

“三羊”一首

* 羊肠鸟道路狭窄，山路崎岖难行走。
* 羊狠狼贪不甚准，羊狠之说未免诌。
* 羊质虎皮吓唬人，外表威严内不周。
怯弱本性不可变，徒有外貌如何筹？

【提示】

“羊肠鸟道”形容山路狭窄曲折而险峻；“羊狠狼贪”比喻贪官污吏鱼肉百姓；“羊质虎皮”比喻外强内弱，虚有其表。

“四扬”一首

* 扬长而去以不顾，自由行动而自得。
* 扬眉吐气好痛快，心中怨气全发作。
* 扬汤止沸只求梢，根本不在事末梢。
* 扬扬得意心欢悦，得意扬扬话亦多。

【提示】

“扬长而去”丢下别人，大模大样地离去；“扬眉吐气”形容摆脱长期受压抑的困苦，心中高兴的神态；“扬汤止沸”比喻方法不彻底，没能从根本上解决问题；“扬扬得意”十分得意的样子。

“三阳”一首

＊阳春白雪雅艺术，难度高而观者少。
＊阳奉阴违两面脸，外表和气心藏刀。
＊阳关大道乃关名，地处敦煌西南角。
引申意谓路宽敞，自由行走之通道。

【提示】

“阳春白雪”古代楚国的一种艺术性较高难度较大的歌曲，现比喻高深的、不通俗的文学艺术；“阳奉阴违”表面遵从，暗地违背；“阳关大道”泛指宽阔的大路。

“三洋”一首

*洋为中用以吸收，选择先进为我用。
*洋洋大观种类多，丰富多彩成相拥。
*洋洋洒洒之文章，篇幅大而内容宏。
先后次序条理清，冗长不腻呈新容。

【提示】

“洋为中用”有选择地吸收外国文化中先进的东西，充实自己；“洋洋大观”形容数量和种类很多；“洋洋洒洒”形容文章的篇幅很长或谈话连绵不断，也形容才思充沛，写起来很畅快。

“四仰”一首

＊仰不愧天以自省，心中坦然对苍天。
＊仰人鼻息苟且生，自秽依人以偷安。
＊仰事俯畜求生活，养家糊口无其闲。
＊仰屋著书多勤苦，废寝忘食著名篇。

【提示】

“仰不愧天”指自省没有做过坏事；“仰人鼻息”依赖别人求生活；“仰事俯畜”上要侍奉父母，下要养活妻儿，指维持一家人的生活；“仰屋著书”形容一心放在著作上。

"二养"一首

*养虎遗患多危险，留下后患难承担。
做事理当有预见，以免危及成大患。
*养精蓄锐自磨砺，等待时机以发难。
时机一到即出手，以求完胜得皇天。

【提示】

"养虎遗患"比喻纵容敌人，留下后患；"养精蓄锐"养足精神，积蓄力量，以图大业。

“三养”一首

＊养生送死儿女事，养老送终人大伦。
＊养痈遗患不医治，待到将终无可论。
＊养尊处优好轻闲，衣食无忧不报恩。
身家显赫富流油，醉生梦死枉为人。

【提示】

“养生送死”即养老送终；“养痈遗患”比喻姑息养奸，自遭其害；“养尊处优”指处于尊贵地位，过着优裕生活。

“二妖”一首

* 妖魔鬼怪不存在，胡编乱造为骗钱。
装神弄鬼于暗处，坑蒙拐骗啥都干。
* 妖言惑众散谣言，蒙蔽群众行不端。
待到依法被拘留，不攻自破现丑脸。

【提示】

“妖魔鬼怪”妖怪和魔鬼，比喻各种危害人民利益的邪恶势力；“妖言惑众”用荒诞的鬼话欺骗、迷惑群众。

腰缠万贯

腰缠万贯钱，骑鹤下扬州。
一路向下看，花红映绿树。
小舟行流水，小桥跨两岸。
驱鹤着陆处，桃花吹上头。

【提示】

形容人极富有。有钱游走四方不愁，无钱只能喝粥。旅游虽说好，劳累亦难休。扬州古来好去处，风景最佳二十四桥为著名。古人驾鹤不可信，今人却可乘飞机四处游。

“三摇”一首

*摇唇鼓舌以相说，游说煽动惹其祸。
*摇鹅毛扇出谋划，孔明行止其动作。
*摇旗呐喊以助威，助讨为虐相呼喝。
簸土扬尘为掩护，甘心情愿坐破车。

【提示】

“摇唇鼓舌”形容利用口才进行煽动；“摇鹅毛扇”比喻出谋划策；“摇旗呐喊”原指古代作战时摇着旗子，大声喊杀助威，现比喻给别人助长声势，多含贬义。

“四摇”一首

*摇身一变正相反，一切言行皆改变。
*摇头摆尾耍龙灯，喜庆丰收乐其间。
*摇尾乞怜行走狗，卑躬屈膝主子前。
*摇摇欲坠将倒塌，大势已去不复返。

【提示】

“摇身一变”形容人不讲道义原则，一下子发生了大改变；“摇头摆尾”形容得意轻狂的样子；“摇尾乞怜”形容谄媚讨好于别人；“摇摇欲坠”快要倒塌的样子。

“二遥”一首

＊遥相呼应相配合，身处山谷听回声。
对面之山成反射，喊声反射如呼应。
＊遥遥无期甚相远，不知何时得相逢。
日月穿梭催人老，待到白发失作用。

【提示】

“遥相呼应”远远地相互联系，互相配合；“遥遥无期”形容所希望的事情尚很遥远。

“二杳”一首

* 杳如黄鹤不复返，白云千载空悠悠。
　一去数载无音信，落得悲情泪涟涟。
* 杳无音信无踪迹，轻抛素袜行参参。
　分别之后多思念，形影憔悴孤单单。

【提示】

“杳如黄鹤”比喻一去不见踪影；“杳无音信”形容一直得不到对方的信息。

咬文嚼字

死抠字句不领会，过分斟酌反不着。
阅读不求文章理，只限表面自评说。
诸事必遵其适度，过分盈亏亦不得。
咬文嚼字并非错，文理相当方凭作。

【提示】

形容过分地斟酌字句。现在多用于讽刺死抠字句而不领会文章精神实质的人。

要言不烦

言简意赅好文章，要言不烦无啰唆。
学问各有其长短，言语各自在其和。
善为文者必善作，善为言者必求说。
贤者精通则不谈，劣者不懂则话多。

【提示】

要：切中。形容说话或写文章简单扼要，不琐碎，不啰唆。语言的表达能力来自于思想清晰，凡是说话简练、重点突出、切中要害的人都是思维敏捷的。所以有“言之心声”之说。

“三药”一首

＊药店飞龙即药材，身体消瘦谓龙骨。
＊药笼中物存药物，喻之人才储待出。
＊药石之言以对症，规劝需要用珍珠。
以其对象施方法，以期改正纠错误。

【提示】

“药店飞龙”：飞龙：中药龙骨。比喻人消瘦得像露出了骨头。“药笼中物”比喻储备的人才。“药石之言”指批评和规劝人改正错误或缺点的话。

耀武扬威

无德无才亦无能，三无产品假冒充。
自以为是枉自称，天下第一冒其名。
妄自充当交师爷，耀武扬威多横行。
为非作歹犯法纪，终进监牢待判刑。

【提示】

炫耀武力，显示威风。多用于聚众滋事、扰乱社会秩序的街头无赖之徒。

野心勃勃

心怀不轨枉自为，伺机抓权得地位。
攫取名利下狠手，一朝得势即扬威。
野心勃勃多贪婪，以权谋私乱行为。
激起民愤齐声讨，法律森严终被追。

【提示】

野心：指攫取名利、地位等的非分欲望；勃勃：旺盛的样子。形容野心极大，图谋不轨。

业精于勤

欲想学业好，必要守其勤。
欲想求于精，必要守其心。
两者皆做到，亦要有自信。
如此而为事，业精于勤真。

【提示】

学业方面的精深造诣是由于勤奋加坚持得来的。“业精于勤，荒于嬉；行成于思，毁于随。”

“三叶”一首

＊叶公好龙乃寓言，引申意为图表面。
＊叶落归根不忘本，漂泊之后得团圆。
＊叶落知秋以观季，微小之处见其源。
变化虽小可察觉，抓其规律预期先。

【提示】

“叶公好龙”比喻表面上爱好某种事物，但并非真正爱好它；“叶落归根”比喻事物总有一定的归宿，多指作客他乡的人最终回到故乡；“叶落知秋”比喻从某种微小的变化而预感到事物的发展。

“四夜”一首

* 夜长梦多不宜拖，当机行事防不测。

* 夜郎自大缺知识，妄自尊大枉自得。

* 夜以继日为其事，争取时间收获多。

* 夜雨对床倾心谈，雨声伴着衷情说。

【提示】

“夜长梦多”比喻时间一拖延，事情可能发生不利的变化；“夜郎自大”比喻妄自尊大；“夜以继日”白天紧接着黑天，形容勤奋工作或学习；“夜雨对床”指兄弟或亲友久别重逢，倾心交谈。

“四一”之一

＊一败如水不可收，遭受惨败四处逃。

＊一败涂地被全歼，不可收拾难自消。

＊一板三眼即节拍，有条不紊和其效。

＊一本万利可谓多，本小利大而成套。

【提示】

“一败如水”形容军队打了败仗，像水泼到地上那样不可收拾；“一败涂地”形容彻底失败，无法收拾的局面；“一板三眼”板、眼是戏曲音乐的节拍，形容有条不紊；“一本万利”形容本钱小，利润大。

“四一”之二

* 一本正经现严肃，举止庄重于人前。

* 一鼻出气同呼吸，观点主张皆合圆。

* 一笔勾销事完结，全部抹去再无嫌。

* 一笔抹杀全勾销，成绩优点全不算。

【提示】

“一本正经”用以形容态度庄重严肃、郑重其事，有时也带讽刺意味；“一鼻孔出气”比喻立场、观点和主张完全相同；“一笔勾销”比喻一下子全部抹去；“一笔抹杀”比喻轻率地把成绩优点全部否定。

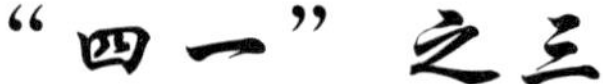
“四一”之三

*一臂之力帮小忙，虽小毕竟是真心。
*一波三折多阻碍，好事多谋靠自信。
*一步登天上青云，提升不忘谢皇恩。
*一步一鬼多心疑，疑神疑鬼疑自身。

【提示】

“一臂之力”表示从旁帮点小忙；“一波三折”一是形容书法的笔势，二是指文章结构的起伏曲折变化，三是比喻事情遭受阻碍；“一步登天”比喻青云直上的快速提升；“一步一鬼”意思是走一步路就好像碰到一个鬼，形容遇事多疑。

"四一"之四

＊一差二错皆可能，事物变化亦多种。
＊一场春梦逝华年，风情种种恰如梦。
＊一唱百和即相应，附和之声乌蒙蒙。
＊一唱三叹好诗篇，吟咏如置美酒中。

【提示】

"一差二错"可能发生的差错或失误；"一场春梦"比喻事物转眼成空；"一唱百和"形容附和的人很多；"一唱三叹"形容诗文婉转而寓意深刻。

“四一”之五

*一唱一和作呼应，同节同律同心声。
*一尘不染很纯净，心地善良一身清。
*一成不变守其律，固定不变守其宗。
*一成一旅地狭窄，势力薄弱难支撑。

【提示】

“一唱一和”比喻互相配合，互相呼应；“一尘不染”形容清洁、干净；“一成不变”形容固定不变；“一成一旅”比喻地狭兵少，势力微弱。

“四一”之六

＊一筹莫展无计策，只好等待遇时机。
＊一触即发太紧张，箭在弦上势危急。
＊一触即溃如朽木，不用力气便成泥。
＊一串骊珠歌婉转，清丽动听悦心意。

【提示】

“一筹莫展”比喻一点办法也没有；“一触即发”形容事态十分紧张；“一触即溃”形容很容易被打倒；“一串骊珠”比喻歌声婉转动所。

“四一”之七

* 一辞莫赞文章佳，闭口无言无以谈。
* 一蹴而就即成功，轻而易举即做完。
* 一刀两断以绝交，各行其道作扬镳。
* 一得之功成绩小，花费力气却不全。

【提示】

“一辞莫赞”形容文章写得好，无可挑剔；“一蹴而就”形容轻而易举；“一刀两断”比喻坚决地断绝关系；“一得之功”一点微小的成绩。

“四一”之八

＊一定不易即不变，事理正确不改动。
＊一帆风顺无阻碍，行事吉利多顺通。
＊一反常态而悖行，背离常态而不同。
＊一饭千金待后报，酬以千金报恩情。

【提示】

“一定不易”形容事理正确不可改动；“一帆风顺”非常顺利；“一反常态”形容态度与平常截然相反；“一饭千金”因曾受恩而厚报。

“四一”之九

*一佛出世难得事，稀世难逢之大吉。
*一傅众咻无济事，环境影响则大矣。
*一改故辙走新路，以求开创之先河。
*一概而论太笼统，不分皂白与青红。

【提示】

“一佛出世”比喻非常难得的事情；“一傅众咻”表示环境对人的影响很大；“一改故辙”指毅然开创新路；“一概而论”指笼统地看成一个样子，不加区别地用一个标准看待。

“四一”之十

*一干二净全无有，点滴不剩全拿走。
*一鼓作气向前闯，一举成功无后忧。
*一国三公无适从，夹在中间两不周。
*一寒如此极穷困，终日忧愁不得休。

【提示】

“一干二净”形容一点儿也不剩；“一鼓作气”形容做事不间断，一举成功；“一国三公”比喻事权不统一，令人无可适从；“一寒如此”形容穷困潦倒到了极点。

“四一”之十一

＊一哄而散各东西，各自散去无呼应。
＊一呼百诺权势重，侍从众多待其用。
＊一呼百应众人随，众人齐心以行动。
＊一狐之腋珍贵物，千羊不抵其贵重。

【提示】

“一哄而散”形容聚在一起的人一下子吵吵嚷嚷地走散了；“一呼百诺”形容权势大，侍从多；“一呼百应”一个人提倡，很多人响应；“一狐之腋”形容珍贵的物品。

“四一”之十二

＊一挥而就不费力，缘自造诣之高深。

＊一技之长拿手戏，轻车熟路不费神。

＊一家眷属同流派，汉碑皆具风神身。

＊一见如故恨见晚，初见如同老友逢。

【提示】

“一挥而就”形容写字、画画、作文既快又好；“一技之长”指某种特长；“一家眷属”比喻出于同一流派；“一见如故”初次见面就如同老友。

“四一”之十三

＊一家之言之道理，自有根据合其理。
＊一见钟情男女间，初次见面生好感。
＊一箭双雕两成全，一件事情得两端。
＊一举成名天下知，一夜之间便传遍。

【提示】

“一家之言”指有独特见解，自成体系的学术论著；“一见钟情”指男女之间，初次见面就产生了感情；“一箭双雕”即一举两得；“一举成名”指一下子就出了名。

“四一”之十四

＊一决雌雄以决战，定出胜败不戴天。

＊一蹶不振足不行，裹足不前实为难。

＊一刻千金说光阴，失不再来无从添。

＊一孔之见多狭隘，主观见解难其端。

【提示】

“一决雌雄”决一胜负，比个高低；“一蹶不振”比喻受到挫折就再也振作不起来；“一刻千金”比喻光阴的宝贵；“一孔之见”比喻片面的见解。

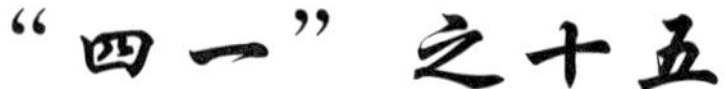

“四一”之十五

＊一夔已足真人才，难求胜过天上来。

＊一馈十起事繁忙，吃饭亦要十起哉。

＊一览无遗全知晓，一看即清知于怀。

＊一劳永逸实难得，所谓永逸不存在。

【提示】

“一夔已足”意思是说只要是真人才，有一个也就满足了；“一馈十起”吃一顿饭要起来十次，形容事务繁忙；“一览无遗”形容视野广阔，没有阻碍，一下子就能看得清楚；“一劳永逸”费一次劳力而得到永久的安逸。

“四一”之十六

*一了百了全没了，了了之歌红楼造。

*一鳞半甲之不全，考古发现再探讨。

*一龙一蛇多变化，此乃道家之论调。

*一龙一猪很明显，贤与愚者相对照。

【提示】

“一了百了”比喻一事完，则全事皆完结；“一鳞半甲”比喻事物的零星片断；“一龙一蛇”比喻随时变化；“一龙一猪”比喻贤者与不肖之人的对比。

"四一"之十七

* 一路平安相祝福，但愿路上多平安。
* 一落千丈直下降，地位下滑必有染。
* 一马当先起带头，披荆斩棘勇承担。
* 一马平川无障碍，地势平坦无可掩。

【提示】

"一路平安"对出门人的祝福语；"一落千丈"形容地位急剧下降；"一马当先"走在前面，起带头作用；"一马平川"形容地势平坦。

“四一”之十八

*一脉相承以相袭，承前启后以成系。

*一毛不拔极吝啬，犹如无毛铁公鸡。

*一面如旧初相识，如同老友同呼吸。

*一面之词单方话，只供参考不可寄。

【提示】

“一脉相承”比喻某种思想、行为或学说之间有传承关系；“一毛不拔”形容极其吝啬、自私；“一面如旧”比喻一见面就像老朋友一样；“一面之词”单方面的话。

“四一”之十九

＊一面之交印象浅，仅仅认识无深交。
＊一鸣惊人出意外，使人震惊齐呼号。
＊一瞑不视全了了，撒手人寰不知晓。
＊一命呜呼命归天，了却人生之烦恼。

【提示】

“一面之交”形容仅仅认识，没有深交；“一鸣惊人”比喻突然做出惊人的事情来；“一瞑不视”指人死去；“一命呜呼”旧时常用于祭文，后来借指死亡。

“四一”之二十

＊一模一样全相同，孪生两人难分清。
＊一木难支成孤单，力不从心如何应。
＊一目了然全明白，心知肚明之事情。
＊一目十行阅读快，记忆超强因聪明。

【提示】

“一模一样”形容完全相同；“一木难支”形容力量单薄；“一目了然”一看就完全明白；“一目十行”形容阅读快。

“四一”之二十一

*一念之差酿后果，悔之不及无奈何。
*一诺千金讲诚信，许之必践以承诺。
*一拍即合易一致，不用切磋即相合。
*一盘散沙成涣散，力量分散难聚多。

【提示】

“一念之差”一个念头的差错造成了严重的后果；“一诺千金”比喻说话算数，讲信用；“一拍即合”比喻很容易一致；“一盘散沙”比喻力量分散，没有组织或组织不起来。

“四一”之二十二

*一片冰心在玉壶，性情淡泊拒功名。
*一贫如洗穷至极，家徒四壁忒贫穷。
*一抔黄土极微贱，渺小没落亦反动。
*一曝十寒无恒心，半途而废不成形。

【提示】

“一片冰心”形容性情淡泊，不热衷功名；“一贫如洗”穷困至极；“一抔黄土”借指坟墓，现比喻极其微贱、渺小、没落的反动势力；“一曝十寒”比喻做事无恒心。

“四一”之二十三

*一气呵成气流畅，结构紧凑速度快。

*一钱不值无价值，如同破碎砖瓦块。

*一窍不通啥不懂，常常大惊亦小怪。

*一琴一鹤行简单，清身廉洁以为官。

【提示】

“一气呵成”比喻文艺作品的结构紧凑，气势流畅，首尾连贯；“一钱不值”形容毫无价值；“一窍不通”比喻什么都不懂；“一琴一鹤”形容行李少，也指官吏廉洁。

“四一”之二十四

* 一穷二白无所有，白手起家何其难。

* 一丘之貉性相同，狼狈为伍而成奸。

* 一仍旧贯为其事，常逾老路不绕弯。

* 一日千里速度快，突飞猛进直向前。

【提示】

“一穷二白”形容一无所有；“一丘之貉”比喻都是一样的坏人；“一仍旧贯”表示完全按旧法办事；“一日千里”形容发展的速度很快。

“四一”之二十五

＊一日三秋思念苦，殷切想念衣带宽。
＊一日之长相对长，稍强于人即苟安。
＊一日之雅见面少，只见其面交往短。
＊一如既往一个样，事过境迁人未变。

【提示】

“一日三秋”表示想念得很殷切；“一日之长”比别人稍强些；“一日之雅”指短暂的交往；“一如既往”完全跟过去一样。

“四一”之二十六

*一扫而空致全部，一点不留扫干净。
*一身是胆无畏惧，三国名将赵子龙。
*一世之雄曹孟德，文韬武略乃世雄。
*一事无成枉自叹，缘自平时不用功。

【提示】

“一扫而空”比喻彻底清除；“一身是胆”形容极其勇敢，无所畏惧；“一世之雄”一代最杰出的人物；“一事无成”形容什么事情都没有做成。

“四一”之二十七

*一视同仁相对待，不论厚薄与近远。

*一手包办独自揽，不容插手自操办。

*一手一足一个人，自做自售自己干。

*一手遮天倚权势，横行霸道自为天。

【提示】

“一视同仁”表示对人不分厚薄同样看待；“一手包办”自己独揽，不容别人插手；“一手一足”指一个人的力量；“一手遮天”形容倚仗权势，玩弄手段，蒙蔽群众。

“四一”之二十八

＊一树百获育人才，长期受益得收获。

＊一丝不苟极认真，精益求精做工作。

＊一丝不挂全身裸，光杆司令不惹祸。

＊一塌糊涂忒糟糕，不可收拾无奈何。

【提示】

“一树百获”比喻培养人才可以长期收益；“一丝不苟”形容工作认真；“一丝不挂”本佛教徒比喻没有一丝牵挂。后来形容人赤身裸体；“一塌糊涂”形容糟糕到极点。

＊一丝一毫事物小，体积虽小威力大。
＊一塌刮子即总共，集合起来以作答。
＊一潭死水无生气，沉闷局面难表达。
＊一团和气无原则，但求和气无其他。

【提示】

“一丝一毫”形容极小。“一塌刮子”集合起来，全部；“一潭死水”比喻停滞不前的沉闷局面；“一团和气”不分是非的无原则的和气。

“四一”之三十

*一团漆黑无以视，天黑地黑一团黑。

*一网打尽无遗漏，世道清明法恢恢。

*一往情深忒向往，难以自持欲速回。

*一往无前不怕难，百般挫折心不灰。

【提示】

“一团漆黑”即黑得不见五指；“一网打尽”比喻全部逮住，无遗漏；“一往情深”向往得不能克制；“一往无前”毫无畏惧地一直向前。

“四一”之三十一

＊一望无际大草原，牛羊成群牧草鲜。
＊一无长物全没有，家中没有过夜餐。
＊一无可取用之处，如同废物弃一边。
＊一无是处全不对，差错百出造事端。

【提示】

“一望无际”形容非常辽阔；“一无长物”形容除一身之外，一点多余的东西也没有；“一无可取”没有一点可取的地方；“一无是处”一点对的地方也没有。

“四一”之三十二

*一无所长没本领，既无专长又好闲。
*一无所能皆不会，空有双手如不全。
*一无所有无一物，空空如也水缸干。
*一无所知皆不懂，如同鸭子歪望天。

【提示】

“一无所长”一点专长也没有；“一无所能”一点本领也没有；“一无所有”什么都没有；“一无所知”什么都不懂，什么也不知道。

“四一”之三十三

*一五一十头至尾，原原本本以相说。
*一误再误误加误，屡屡犯错无奈何。
*一息尚存尚有气，不改初衷得其所。
*一厢情愿难成事，双方协作才可得。

【提示】

“一五一十”比喻从头至尾，原原本本；“一误再误”形容屡犯错误；“一息尚存”指生命最后时刻；“一厢情愿”指单方面的愿望或不考虑客观实际情况的主观意愿。

“四一”之三十四

＊一笑置之即放下，不加理会放一边。
＊一泻千里气势大，长江黄河大景观。
＊一心一意情深切，但愿月姥做媒牵。
＊一心一德一条心，众志成城高齐天。

【提示】

“一笑置之”形容不值得理会；“一泻千里”比喻水势汹涌。引申为文章气势畅达、奔放；“一心一意”形容没有其他念头；“一心一德”形容大家一个信念、一条心。

“四一”之三十五

＊一行作吏无自在，身不由己听人由。

＊一薰一莸两不合，善与恶者两不周。

＊一言九鼎作用大，如同九鼎之器首。

＊一言难尽不好说，内情复杂自承受。

【提示】

“一行作吏”一经做了官；“一薰一莸”比喻善恶不同类，善常被恶所掩盖；“一言九鼎”形容说的话的分量很大，起决定作用；“一言难尽”形容事情曲折复杂，一句话不能将事情说清楚。

“四一”之三十六

＊一言为定不更改，遵照承诺成其事。
＊一衣带水好邻帮，相互尊重而求实。
＊一意孤行多妄为，自以为是如顽石。
＊一饮一啄顺天意，逍遥自在闲作诗。

【提示】

“一言为定”一句话说定了，不再更改；“一衣带水”引申为近邻；“一意孤行”形容不理别人的意见，自作主张；“一饮一啄”指生活顺从自然，逍遥自在。

“四一”之三十七

＊一应俱全啥都有，一切具备皆完善。
＊一语道破事端倪，水落石出寻其源。
＊一语破的中要害，理直气壮居高端。
＊一朝一夕相积累，终于行动得其然。

【提示】

“一应俱全”形容一切都具备，应有尽有；“一语道破”一句话就被说破了；“一语破的”一句话就说中要害；“一朝一夕”形容短时间内。

“四一”之三十八

＊一针见血中要害，简明扼要无多言。

＊一枕黄粱之美梦，醒来心里不以然。

＊一之谓甚勿再犯，改正错误可从宽。

＊一知半解半瓶醋，知识少而谬其烦。

【提示】

“一针见血”比喻论断简明扼要，切中要害；“一枕黄粱”一场美梦；“一之谓甚”一次已经是过分了；“一知半解”形容知道的少且不深不透。

“四一”之三十九

* 一纸空文无其用，如同废纸之一张。

* 一掷千金任挥霍，因其富有而张狂。

* 一柱擎天以担当，泰山压顶亦不慌。

* 一字褒贬有分寸，措辞严谨亦适当。

【提示】

“一纸空文”一张无用的空头文书；“一掷千金”形容挥霍无度；“一柱擎天”比喻能担当大事；“一字褒贬”形容记事、论人措辞严格而有分寸。

“四一”之四十

＊一字千金好诗文，文辞优美意境深。
＊一字一珠歌声美，圆转自如抖精神。
＊一年之计在于春，一日之计在于晨。
＊一失足成千古恨，一时不慎害终身。

【提示】

“一字千金”形容诗文价值极高，也指书法作品珍贵；“一字一珠”比喻歌声婉转圆润；“一年之计在于春”形容大好时光；“一失足成千古恨”一旦犯下严重错误或堕落，即成为终生的恨事。

衣钵相传

衣者佛僧之袈裟，钵者僧伲盛饭器。
禅宗师徒行仪式，确定佛门之徒弟。
说法论道以传授，世代相袭相传继。
技术学问与法理，衣钵相传而承袭。

【提示】

本佛教用语。中国禅宗师父将道法传授给徒弟常常举行授予衣钵的仪式。现比喻技术、学术的师徒相传。

“四衣”一首

* 衣冠楚楚在人前，心怀叵测于心间。
* 衣冠禽兽之畜生，道德败坏行不端。
* 衣冠枭獍忘恩义，心狠手辣施手段。
* 衣架饭囊无用人，造粪机器无心肝。

【提示】

“衣冠楚楚”形容穿戴整齐漂亮；“衣冠禽兽”比喻道德败坏、行为如同畜生的人；“衣冠枭獍”比喻忘恩负义、品德极坏的人；“衣架饭囊”比喻无用的人。

伊于胡底

心中无可依，不知其底细。
伊于胡底事，难料何处去。
好言以相劝，仍不见消息。
弄到何地步，方可得收兮？

【提示】

意思是不知道要弄到什么地步才能止住。语出《诗经·小雅·小旻》："我视谋犹，伊于胡底？"

“三依”一首

*依草附木不自主，傍人门户求生活。
*依流平进以行走，循序渐进守其则。
*依然故我无变化，老样不改仍是我。
旧日相处多笑事，彼此嬉闹乐呵呵。

【提示】

“依草附木”比喻依附别人，不能自主；“依流平进”旧时指官员按照资历循序渐进；“依然故我”形容自己情况跟以前一样，没有变得更好。

“四依”一首

＊依然如故如从前，性格未改仍乐观。
＊依人作嫁求生活，只为他人做衣冠。
＊依违两可是与否，不偏不倚居中间。
＊依依不舍感情笃，难舍难离难安然。

【提示】

“依然如故”仍旧像从前一样；“依人作嫁”只为他人作嫁衣；“依违两可”对事情的态度模棱两可；“依依不舍”形容有了感情，不忍离别。

仪态万方

素女为我师，仪态万方装。
纤纤做细步，精妙世无双。
行止多文雅，出语多文尚。
貌美现窈窕，难得好姑娘。

【提示】

仪态：容貌，姿态；万方：多种样式。形容容貌姿态样样都美。

“二怡”一首

*怡情悦性好心情，悠闲自得心舒畅。
舞文弄墨以消遣，粗茶淡饭仍觉香。
*怡然自得心安适，性情开朗无心伤。
闲来市上做行走，老友相见眉飞扬。

【提示】

“怡情悦性”形容心情舒畅愉快；“怡然自得”形容安适、愉快而心满意足的样子。

“二贻”一首

*贻人口实被逮住，言语不慎成话柄。
　不打自招无奈何，求其饶恕笑脸迎。
*贻笑大方见识广，内行笑话外行人。
　庄子曾作秋水说，河伯感慨以相迎。

【提示】

“贻人口实”被人抓住了话柄；“贻笑大方”大方：即大方之家，见识广博的人，后泛指有专长的人。表示被内行人所笑话。

“二移”一首

*移风易俗重礼乐，圣人之乐万民乐。
以善民心无生邪，行为规范自相约。
*移宫换羽两曲调，不断转换互圆缺。
知音耳聪多思量，调式变更曲愉悦。

【提示】

“移风易俗”转移风气，改变习惯，去掉粗俗，提倡礼乐；“移宫换羽”宫、羽：中国音律之两种不同的调式。原指乐曲换调，引申为事情的内容有所改变。

“四移”一首

＊移花接木妄自作，改变手段再行骗。
＊移山倒海气势凶，力量无比直冲天。
＊移天易日做手脚，欺上压下以弄权。
＊移樽就教以请教，即得教益亦礼贤。

【提示】

“移花接木”原指嫁接花木。也比喻暗用手段，换个方式欺骗人；“移山倒海”形容力量大得很；“移天易日”比喻野心家篡夺政权；“移樽就教”形容虚心请教。

“四遗”一首

＊遗臭万年受唾骂，为非作歹遗臭名。

＊遗大投艰受重任，临危受命以担承。

＊遗老遗少多顽固，不求新而恋旧命。

＊遗簪坠履不忘故，故旧之交难忘情。

【提示】

“遗臭万年”形容臭名一直流传，永远被后人唾骂；“遗大投艰”赋予重大、艰难的任务；“遗老遗少”指前朝的旧臣或顽固守旧的人；“遗簪坠履”形容不忘故旧。

颐指气使

行为多傲慢，趾气多高扬。
呼三不出语，叫四以眼望。
神情支使人，指挥不开腔。
颐指气使为，自傲必成伤。

【提示】

颐：腮帮子；颐指：用嘴部或眼部的表情示意；气使：用神情支使人。形容傲慢地指使别人。

“二疑”一首

＊疑神疑鬼自相扰，无事生非故弄玄。
装神弄鬼胡乱说，扰乱视听不得安。
＊疑心生暗鬼之谈，无非以此来行骗。
搬弄鬼神充大仙，图财害命为骗钱。

【提示】

“疑神疑鬼”形容疑心特别重；“疑心生暗鬼”形容无中生有地乱猜疑。

“四以”之一

* 以暴易暴兮，不知其非矣。

* 以冰致蝇兮，不可得事矣。

* 以德报怨兮，实乃贤者矣。

* 以毒攻毒兮，毒消体安矣。

【提示】

“以暴易暴”用残暴代替残暴，指统治者换了，暴虐的统治没有改变；“以冰致蝇”比喻不能实现的事；“以德报怨”拿恩惠报答仇恨；“以毒攻毒”本指用含有毒性的药物治疗毒疮等疾病，现比喻用对方使用的手段制服对方。

“四以”之二

＊以碫投卵强对弱，此乃用兵之战法。

＊以讹传讹错中错，妄传谣言作散发。

＊以耳代目只重听，不做调查乱谋划。

＊以攻为守施战术，先发制人即拿下。

【提示】

“以碫投卵”比喻以强攻弱，一定会击败对方；“以讹传讹”把本来就错误的话再妄传开去；“以耳代目”形容不亲自调查研究，专门听信别人的话；“以攻为守”用进攻的方式来防守，即主动出击。

“四以”之三

* 以观后效对犯人，看其是否有悔改。

* 以规为瑱不以听，不加重视反为怪。

* 以火救火性太愚，反帮倒忙灾更灾。

* 以己度人之衡量，设身处地将何哉？

【提示】

“以观后效”指被宽恕后，再看其表现如何；“以规为瑱”比喻不听劝告，不加重视，随便行事；“以火救火”比喻帮倒忙，促使事情更加糟糕；“以己度人”用自己的心思来衡量或揣度别人。

“四以”之四

＊以儆效尤于警示，杀一儆百之震慑。
＊以蠡测海实不成，如此行为被咋舌。
＊以理服人讲道理，理直气壮使其折。
＊以力服人用强制，使其屈服称喏喏。

【提示】

“以儆效尤”即杀一而儆百；“以蠡测海”用瓢来量海。形容做法错误，不可能有结果；“以理服人”用道理来说服人；“以力服人”用强制手段制服人。

“四以”之五

＊以邻为壑受其害，转嫁他人成祸害。
＊以卵投石不量力，不明事理必遭灾。
＊以貌取人凭印象，不重实际相对待。
＊以沫相濡以相助，力量虽小可贵哉。

【提示】

“以邻为壑”比喻把困难或灾祸转嫁给别人；“以卵投石”比喻不自量力，自取毁灭；“以貌取人”指只凭借外貌来衡量人；“以沫相濡”比喻人在困难时能以微薄之力相助。

“四以”之六

* 以强凌弱逞霸道，欺弱怕强尚自得。

* 以求一逞窥方向，妄图作恶即被捉。

* 以屈求伸乃策略，暂缓危机再动作。

* 以身试法触刑律，依法惩办无以说。

【提示】

“以强凌弱”凭借强势欺凌弱小；“以求一逞”妄图犯罪；“以屈求伸”以退为进的策略；“以身试法”试着亲身去做触犯刑法的事，指明知故犯。

“四以”之七

*以身殉职乃英雄，为了国家献生命。
*以身作则为榜样，带动群众齐相应。
*以升量石知识浅，理解不深难以通。
*以石投水心投合，互相理解意由衷。

【提示】

“以身殉职”为忠于本职工作而奉献出生命；“以身作则”用自身的好思想、好行为做榜样；“以升量石”比喻凭肤浅的理解来揣度深远的道理；“以石投水”比喻互相投合。

“四以”之八

*以手加额表心怀，以示庆幸或敬意。
*以售其奸推奸计，图谋不轨犯法纪。
*以水救水何其愚，反受其害不可及。
*以汤沃雪轻而易，立竿见影不费力。

【提示】

“以手加额”表示庆幸或敬意的姿态；“以售其奸”用来推行奸计；“以水救水”比喻帮倒忙；“以汤沃雪”比喻轻而易举，势在必成。

“四以”之九

* 以汤止沸之方法，无济于事反成拙。

* 以退为进之战术，示以退却为全得。

* 以文会友寻同道，君子相交气相和。

* 以虚带实讲理论，理通必然心相合。

【提示】

“以汤止沸”比喻舍本逐末，无济于事；“以退为进”指以退却为假象再加以进攻的战术；“以文会友”通过文字结交朋友；“以虚带实”用理论为指导来带动具体工作。

“四以”之十

* 以一持万抓关键，提纲挈领得成全。
* 以一奉百难维持，孰能供之白吃饭。
* 以一儆百以警示，杀鸡吓猴忌骚乱。
* 以夷伐夷不禁护，以敌制敌两头端。

【提示】

“以一持万”形容提纲挈领，抓住关键；“以一奉百”形容干活的人少，吃闲饭的人多，难以供奉；“以一儆百”指惩罚一人来警戒众人；“以夷伐夷”比喻以敌制敌的战略战术。

“四以”之十一

＊以逸待劳乃战法，待敌疲劳施大作。
＊以蚓投鱼获大利，投入少而获得多。
＊以怨报德少人味，狼子心肠奈何说。
＊以直报怨求公正，以正矫曲禀公德。

【提示】

“以逸待劳”养精蓄锐，等待敌人疲劳，再施以打击；“以蚓投鱼”比喻花费少而获利多；“以怨报德”恩将仇报；“以直报怨”用公平正直来对待怨恨。

“四倚”一首

＊倚官仗势欺压人，为非作歹称霸道。
＊倚老卖老摆资格，不顾晚节行胡闹。
＊倚马可待行书文，文思敏捷韬略高。
＊倚门倚闾以相望，等待子女早来到。

【提示】

“倚官仗势”凭借着官位或势力为非作歹；“倚老卖老”倚仗年岁大，卖弄老资格；“倚马可待”比喻文思敏捷；“倚门倚闾”形容父母盼望子女归来的殷切心情。

亿万斯年

亿万数之多，斯年谓一岁。
祝寿之无疆，意味寿之最。
儿孙居满堂，依次以相随。
叩拜老寿星，亿万斯年遂。

【提示】

亿：指万万；斯：文言助词，无实际意义。形容时间长久。《诗经·大雅·下武》：“于万斯年。”

“二义”一首

*义不容辞遵其理，心甘情愿以担当。
行事皆应为仁义，敢于承担气昂扬。
*义愤填膺满胸膛，正义化为大力量。
上下同心齐努力，一扫敌冦势不挡。

【提示】

“义不容辞”从道理上讲不允许推辞，指理应接受；“义愤填膺”正义的愤怒充满胸中，形容满腔愤怒。

“三义”一首

＊义无反顾直向前，合理之事行必果。

＊义形于色持正义，一丝不苟唯事作。

＊义正词严讲道理，以理服人以劝说。

严词拒之不过分，清浊分明无差错。

【提示】

“义无反顾”指做正当的事情，只有向前，绝不回头；“义形于色”主持正义的心情都表现在脸上；“义正词严”道理正确，语言严肃。

亦步亦趋

跟在人后慢行走，亦步亦趋紧相随。
别人快而随其快，别人退而随其退。
如同影子以相伴，如同一人四条腿。
处处模仿行其做，追随他人枉自追。

【提示】

跟在别人后面走。人家快走即快走，人家慢行即慢行。形容处处模仿，追随他人。

"三衣"一首

* 衣锦还乡以夸耀，显示富贵不平凡。
* 衣锦夜行不夸耀，不将富贵于人前。
* 衣绣昼行做其官，大讲排场上衙班。
鸣锣开道随从多，坐在轿中好悠闲。

【提示】

"衣锦还乡"指富贵以后回到家乡，向别人夸耀；"衣锦夜行"比喻人没有显示富贵的愿望；"衣绣昼行"比喻在本乡做官，夸耀于乡里。

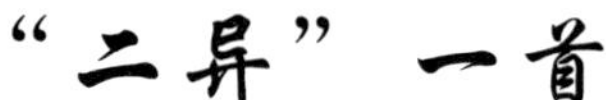

“二异”一首

＊异端邪说谬其理，妄自立说乱其真。
有害之论常误导，难辨是非贻害深。
＊异乎寻常非常见，不同寻常独匠心。
透过现象看本质，形式独特内容新。

【提示】

“异端邪说”指和正统思想不同的有害的学说；“异乎寻常”不同于平常的事物。

“四异”一首

* 异军突起新力量，生命力大而超强。

* 异口同声即彰著，众口一词不可防。

* 异曲同工双美妙，事物不同却和商。

* 异想天开多离奇，只能想象无可彰。

【提示】

“异军突起”比喻一种新的力量突然出现；“异口同声”形容所有的人的说法完全一致；“异曲同工”比喻虽然事物不同却都很美好；“异想天开”比喻想法离奇，难以实现。

易如反掌

为事很容易，不费其精力。
张手即可得，挥手即可离。
变者所欲为，通达知其理。
以理为其事，易如反掌兮。

【提示】

容易得就像翻转手掌一样。“必若所欲为，危于累卵，难于上天；为所欲为，易如反掌，安于泰山。”

抑扬顿挫

曲调和谐有高低，节奏铿锵有轻重。
抑扬顿挫多流畅，优美动听与心逢。
一曲终了情未尽，再起仍旧悦耳听。
兴起难以自相持，索性起舞以尽兴。

【提示】

抑扬：降低和升高；顿挫：停顿和转折。形容音乐或语调高低曲折，和谐优美。

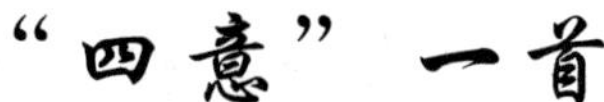

“四意”一首

*意马心猿不由己，心思不定难守衷。

*意气风发气轩昂，雄姿勃发似英雄。

*意气用事多任性，凭惜感情为事情。

*意在言外即诗意，虽未点明寓文中。

【提示】

“意马心猿”心中很乱没有主意，不知如何是好；“意气风发”形容精神振奋，气宇轩昂；“意气用事”缺乏理智，只凭一时的想法和情绪办事；“意在言外”意思在诗文之外。

毅然决然

意志坚强不怕难，性格豁达亦果断。
知识丰富有才气，对人直爽为人贤。
敢于担当承其事，以理行事能承担。
无论千难与万险，毅然决然冲在前。

【提示】

毅然：顽强地；决然：坚决地。形容意志坚强，做事果断，不畏困难并有吃苦耐劳的精神。

“四因”之一

* 因材施教好，量体以制作。

* 因地制宜为，适合利可得。

* 因祸得其福，喜悦难诉说。

* 因利乘便作，妄图得更多。

【提示】

“因材施教”依照具体条件，施行不同的教育方法；“因地制宜”按照不同的情况采取相应的措施；“因祸得福”形容转祸为福；“因利乘便”凭借形势的便利。

"四因"之二

* 因陋就简行其事，既节约而又奏效。

* 因难见巧难度大，手巧方可做得到。

* 因人成事求于人，感激之情心昭昭。

* 因人制宜做安排，各得其所效率高。

【提示】

"因陋就简"利用现有的简陋条件办事；"因难见巧"由于难度大而显示出技艺巧妙；"因人成事"依靠别人把事情办好；"因人制宜"按照具体人的情况，安排适当的工作。

“四因”之三

* 因势利导行其事，顺势加以成后发。
* 因小失大乃失策，丢下瓜而拾芝麻。
* 因循守旧多保守，老守田园不放下。
* 因噎废食作放弃，一次跌倒久害怕。

【提示】

“因势利导”顺着事物发展的趋向加以引导；“因小失大”为了小利，损失巨大；“因循守旧”死守老一套，不求革新；“因噎废食”比喻偶然受到挫折，就索性不干了。

“三阴”一首

* 阴差阳错即偶然，凑巧碰上得成全。

* 阴魂不散成影响，事过境迁仍不散。

* 阴谋诡计要手腕，暗地策划造事端。

造谣生事施手段，阴险狡诈难逃监。

【提示】

“阴差阳错”比喻由于偶然因素而造了成全或差错；“阴魂不散”比喻坏人、坏事虽已清除，但恶劣影响还存在；“阴谋诡计”指暗地里策划干坏事的主意。

寅吃卯粮

入不敷支出，捉襟见肘难。
借东以补西，寅吃卯粮饭。
如此多苦难，叹息问苍天。
老天不作答，两眼泪涟涟。

【提示】

意思是寅年吃了卯年的粮食。比喻入不敷出，生活困苦，难以求得生存。

“二引”一首

＊引而不发做准备，等待时机再行动。
胸中自有其谋略，一朝出动必成功。
＊引吭高歌放声唱，歌声飞扬豪气生。
歌唱祖国歌唱党，歌唱国旗迎朝阳。

【提示】

“引而不发”比喻做好准备，待机行事；“引吭高歌”拉开嗓子，大声歌唱。

“四引”之一

＊引经据典为根据，阐释道理更给力。
＊引狼入室成其害，自找贻害救不及。
＊引人入胜好风景，山清水秀难舍离。
＊引人注目多怪异，行为反常腰缠衣。

【提示】

“引经据典”引用经典著作作为论证的依据；“引狼入室”比喻引进坏人；“引人入胜”指风景或文艺作品非常吸引人；“引人注目”引起人们的注意。

“四引”之二

* 引商刻羽讲声律，造诣高深技艺纯。

* 引绳排根加排斥，拉帮结伙打击人。

* 引为鉴戒作教训，以免重犯误其身。

* 引足救险正相反，欲弄巧而反拙深。

【提示】

“引商刻羽”指讲究声律，造诣很深，演奏技艺很高；“引绳排根”比喻勾结起来排斥别人；“引为鉴戒”引以为教训，以免重犯错误；“引足救险”形容帮倒忙。

“三饮”一首

*饮冰茹檗生活苦，缺衣少食难度日。
*饮醇自醉宽待人，受人敬服之好人。
*饮水思源不忘本，此乃人者之德钦。
为人首当重仁德，德行乃为人之本。

【提示】

“饮冰茹檗”形容生活极为清苦；“饮醇自醉”以宽厚待人，受人敬佩；“饮水思源”比喻不忘本。

“四隐”一首

＊隐恶扬善对待人，只讲好处无不足。
＊隐晦曲折不清楚，拐弯抹角含糊糊。
＊隐姓埋名必有因，以防不测被暴露。
＊隐约其词话不清，有意躲避装糊涂。

【提示】

“隐恶扬善”不谈别人的坏处而只宣扬好处；“隐晦曲折”含糊不清，拐弯抹角；“隐姓埋名”隐瞒真实姓名；“隐约其词”形容说话躲躲闪闪。

“二英”一首

*英姿焕发得精神，意气风发手中枪。
练就一身真本领，为国为民争荣光。
*英姿飒爽五尺枪，练兵场上逞高强。
摸爬滚打全能手，巾帼英雄保国防。

【提示】

“英姿焕发”英勇威武，精神抖擞的样子；“英姿飒爽”英俊而豪迈的姿态。

莺歌燕舞

春光无限好，万物皆萌然。
新绿染柳梢，桃花水潺潺。
天青白云间，鸿雁飞长天。
备耕忙于做，莺歌燕舞间。

【提示】

黄鹂歌唱，燕子飞舞。形容大好春光。“烟红露绿晓春香，燕舞莺啼春日长。”

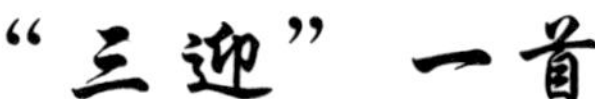

“三迎”一首

*迎刃而解做事快，解决问题抓要害。
*迎头赶上奋起追，超过前者后上来。
*迎头痛击当头棒，大喝一声揍无赖。
市井之上多危害，不加教训何须哉！

【提示】

“迎刃而解”比喻问题容易解决；“迎头赶上”努力跟上并超过前面的；“迎头痛击”当头给以沉重打击。

营私舞弊

非法谋其利，不顾触法端。
以权行方便，营私舞弊滥。
欲壑之难填，不择其手段。
东窗事即发，终于被收监。

【提示】

营：谋求；舞：玩弄；弊：指坏事。为谋求私利，玩弄手段做犯法的事。

“二蝇”一首

*蝇粪点玉遭其害，可叹好人被玷污。
一不小心即遭难，多亏法律壮筋骨。
*蝇头小利不足道，何必劳神于其处。
海阔天高志向远，任其驰骋可突出。

【提示】

“蝇粪点玉”比喻细小的过错也能使好人被玷污；“蝇头小利”比喻很微薄的利润。

郢书燕说

郢地有其人，夜晚修相书。
光线多昏暗，示侍高举烛。
不意写进书，相解为贤足。
郢书燕说诧，耐人寻味处。

【提示】

《韩非子·外储说左上》里说，郢地有个人给燕国相写信，灯不太亮，对侍者说“举烛”，不经意将“举烛”二字写进信里。燕相看信后大悦说：“举烛者，尚明也，尚明者，举贤而任之。”比喻穿凿附会，曲解原意。

“四应”一首

* 应对如流话流利，言简意赅据其理。

* 应付裕如而充裕，从容应付不费力。

* 应付自如有办法，从容不迫以应急。

* 应接不暇事物多，忙于应付不得息。

【提示】

“应对如流”形容答话敏捷流利；“应付裕如”从容应付，不费力气；“应付自如”处理事物从容不迫，很有办法；“应接不暇”形容事情很多，来不及应对。

硬语盘空

硬语盘空文，妥帖力排奡。
语言多遒劲，盘旋久不消。
好文丽华章，气势以滔滔。
矫健显威力，雄浑中见巧。

【提示】

硬语：遒劲有力的语言；盘：盘旋。遒劲有力的语言盘旋在天空中。形容文章的气势雄浑，矫健有力。

“二庸”一首

*庸人自扰妄自乱，无事生非自相扰。
所谓庸人并非庸，只是处事好蹊跷。
*庸中佼佼之比较，相比之中略微高。
并非高出之多少，如同树梢相依超。

【提示】

“庸人自扰”天下本无事，庸人自扰之，指本来没事，自己找麻烦；“庸中佼佼”平常人中比较突出的。

雍容大雅

温和亦大方，姿态呈雍容。
从容亦不迫，行止皆光荣。
言语和其行，举作多娇雍。
威仪显尊贵，贤能才出众。

【提示】

雍容：温和大方，从容不迫的样子；大雅：威仪的样子。形容人的姿态大方、尊贵。

“二勇”一首

*勇冠三军功昭著，勇力超群居首位。
沙场之上显威风，健功立业自以为。
*勇往直前不可挡，横扫千军震天威。
一代英豪垂千古，常山子龙立丰碑。

【提示】

“勇冠三军”指勇敢或勇猛是全军第一；“勇往直前”一直向前挺进，势不可挡。

优孟衣冠

优孟春秋名艺人，常以谈笑劝楚王。
楚相傲死子甚穷，优孟着傲衣见君。
王见孟相如叔傲，以为孙叔傲复生。
优孟借机说王听，终将傲子以厚封。

【提示】

这是《史记·滑稽列传》中所记载的一个故事。比喻假装古人或模仿他人的行为。

“二优”一首

*优柔寡断疑不决，心无主见酿其烦。
缓心无成多纷乱，无所定立两不端。
*优哉游哉而自得，游山玩水心安闲。
从容不迫款步走，走到尽头不见还。

【提示】

“优柔寡断”形容做事犹豫不决，不果断；“优哉游哉”形容从容不迫，悠闲自得的样子。

“三忧”一首

＊忧患余生多侥幸，劫难余生得性命。
＊忧心忡忡多不安，不置可否心不明。
＊忧心如焚如火烧，焦躁不安难于宁。
心急难耐不自制，盼得天明若无情。

【提示】

“忧患余生”饱经艰难困苦之后保全下来的生命；“忧心忡忡”忧愁得心情不能平静；“忧心如焚”形容非常焦急。

“三游”一首

*游山玩水观风景，陶冶情操得安闲。
*游手好闲好安逸，吃喝玩乐一应全。
*游戏人间之态度，玩世不恭于世间。
袒胸露肚过闹市，不管不顾讨人嫌。

【提示】

“游山玩水”指游览、观赏山水风景；“游手好闲”形容懒散，好逸恶劳；“游戏人间”指把人生当游戏的生活态度。

“四有”之一

＊有案可稽事确凿，依法行事凭证据。

＊有备无患以接短，无忧无虑闲适居。

＊有机可乘找缝隙，有空可钻获私需。

＊有的放矢以针对，抓住机会乘其虚。

【提示】

“有案可稽”指有证据可查；“有备无患”事先有准备可以避免灾祸；“有机可乘”有机会可以利用，有空子可钻；“有的放矢”比喻言论、行动有目的或有针对性。

“四有”之二

＊有加无已而继续，发展成疾难于为。
＊有教无类圣人言，普遍受教不分谁。
＊有口皆碑齐赞扬，群众之口胜石碑。
＊有口难言不敢说，唯恐得罪自伤悲。

【提示】

“有加无已”形容越发展越厉害；“有教无类”不论对哪一类的人都要给予教育；“有口皆碑”比喻群众同声赞扬；“有口难言”有话不便说或不敢说。

“四有”之三

* 有口无心直心眼，有话即说不隐瞒。
* 有名无实不实际，徒有其名难承担。
* 有目共睹之事情，原因明显很简单。
* 有目共赏齐称赞，大家同声以赞叹。

【提示】

“有口无心”嘴上说得厉害，心里却没那样想；“有名无实”徒有虚名，并无实际；“有目共睹”谁都看得清楚；“有目共赏”所有看见的人都称赞。

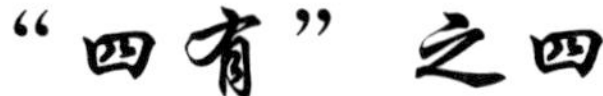

“四有”之四

＊有气无力没精神，身有疾患难支撑。
＊有求必应好说话，只要请求必答应。
＊有声有色技艺高，唱念做打皆生动。
＊有始无终不彻底，半途而废不由衷。

【提示】

“有气无力”形容身体不适，精神不佳；“有求必应”只要有请求，就一定答应；“有声有色”形容表演精彩、生动；“有始无终”指做事不能坚持，半途而废。

“四有”之五

*有始有终能坚持，下定决心以求赢。
*有恃无恐依权势，胡作非为以充硬。
*有天没日话放肆，毫无顾忌坏事情。
*有条不紊条理清，稳稳当当心相应。

【提示】

“有始有终”指做事认真，能坚持到底；“有恃无恐”倚仗权势，横行霸道；“有天没日”比喻说话放肆，毫无顾忌；“有条不紊”有条有理，一点儿不乱。

“四有”之六

* 有闻必录以备查，备作资料以佐证。
* 有血有肉文生动，生活气息尤其浓。
* 有言在先已约定，不可随意改初衷。
* 有眼无珠不视物，无能识别事之宗。

【提示】

“有闻必录”有听到的，一定记下来；“有血有肉”形容文章或文艺作品的形象生动，内容充实；“有言在先”指事先打过招呼；“有眼无珠”比喻没有识别事物的能力。

“四有”之七

* 有勇无谋乃匹夫，单靠勇气以称蛮。
* 有朝一日待将来，等到机会再实现。
* 有志竟成作坚持，不达目的不算完。
* 有则改之无则勉，虚心听取众意见。

【提示】

“有勇无谋”只有胆量，缺少智谋；“有朝一日”指将来有一天；“有志竟成”有志气的人最后一定会成功；“有则改之，无则加勉”虚心听取别人的意见，对别人给自己指出的缺点错误，有就改正，没有就用来提醒自己不犯同样的错误。

诱敌深入

诱敌深入乃战术，引诱敌人进埋伏。
以少兵力出迎战，佯作战败寻回路。
以假乱真诱敌追，带进埋伏突然出。
四面夹击齐动手，包围猛攻致绝路。

【提示】

这是兵法中的一种常用战术。以假装战败回逃诱使敌军追杀，待被引进埋伏圈后再突然发起全面的攻击，以达到聚歼的目的。

纡尊降贵

地位分高低，品德分贵贱。
君子与小人，贤愚两重天。
修养致深者，行为多自谦。
纡尊降贵者，不失为人先。

【提示】

指地位高的人自动自觉地降低自己的身份，与人打成一片。

于今为烈

古已有之今为烈，传统风气代代传。
从古至今好习俗，文化传统五千年。
时代发展有根据，中华文化相继延。
树木有根水有源，于今为烈开新篇。

【提示】

烈：猛烈。意思是，这种事虽已过去了，不过现在更加得到重视和发展，其势头更为猛烈。

“二余”一首

*余音绕梁多回味，美曲如同在耳边。
音乐欣赏动心扉，妙曲绕梁不消散。
*余勇可贾仍可用，稍事休息欲成全。
积蓄力量为其作，继而再发以争先。

【提示】

“余音绕梁”遗留下来的乐声好像围绕着屋梁打转转。形容歌声、乐曲声优美，使人回味；“余勇可贾”指还有未完全用尽的勇力仍然可以继续使出来。

“四鱼”一首

＊鱼龙混杂在一起，难以分辨真与伪。
＊鱼目混珠以乱真，以假充真乱是非。
＊鱼游釜中临绝境，命在旦夕将遭毁。
＊鱼鱼雅雅显威仪，整肃有序现恢恢。

【提示】

“鱼龙混杂”比喻好坏混杂在一起；“鱼目混珠”比喻以假乱真；“鱼游釜中”比喻身临绝境，生命危在旦夕；“鱼鱼雅雅”形容威仪整肃。

“四与”之一

＊与鬼作邻多危险，预示生命即将息。
＊与虎谋皮不对路，反受其害祸将袭。
＊与人为善好心肠，发扬光大无限极。
＊与日俱增天天长，速度快而跟不及。

【提示】

“与鬼与邻”形容离死不远了；“与虎谋皮”比喻跟所谋求的对象有利害冲突，决不能成功；“与人为善”泛指善意帮助人；“与日俱增”形容不断地增长。

“四与”之二

＊与世长辞即逝世，婉言告知其消息。
＊与世无争有褒贬，褒乃不争贬消极。
＊与世偃仰无主见，人云亦云没主意。
＊与众不同即特殊，不同寻常而多奇。

【提示】

“与世长辞”婉指死亡；“与世无争”与世人没有争端。“与世偃仰”形容随波逐流，没有主见；“与众不同”跟大家不一样。

“二羽”一首

＊羽毛丰满力量足，展翅高飞抑不住。
一跃冲天见世面，大展宏图奔前途。
＊羽毛未丰力不足，欲想放飞而不图。
年少尚待得充实，阅历不深努力补。

【提示】

“羽毛丰满”比喻力量已经积蓄充足；“羽毛未丰”比喻势力还不够大。也比喻年纪轻，阅历浅。

“二雨”一首

＊雨后春笋现蓬勃，姿态旺盛呈活泼。
诸事呈现新气象，成效巨大多收获。
＊雨过天晴日灿灿，普照大地暖和和。
蓝天白云青幽幽，放眼一片好山河。

【提示】

“雨后春笋”比喻新事物蓬勃涌现；“雨过天晴”形容阵雨过后，天又晴朗起来，也比喻政治上由黑暗到光明。

“三语”一首

*语焉不详择不精，话不详细奈何听。
*语重心长相与劝，痴情未改作衷情。
*语无伦次不知否，前后颠倒不由衷。
难于表达思想乱，言谈话语谬心声。

【提示】

“语焉不详”说得不详细；“语重心长”语言恳切而有分量，情意深长；“语无伦次”讲得很乱，没有头绪。

玉石俱焚

火炎昆冈处，石玉同遭侵。
优劣而不分，一概而不论。
双双遇劫难，玉石俱焚尽。
烈火无选择，人者当何心？

【提示】

玉和石头一同被烧毁。比喻好的坏的同归于尽。

“二郁”一首

*郁郁葱葱草木盛，苍翠繁茂绿茸茸。
世态清明呈繁荣，国泰民安万事兴。
*郁郁寡欢心不宁，欲言又止必藏情。
四郎探母一出戏，惹得戏迷泪盈盈。

【提示】

“郁郁葱葱”草木苍翠茂盛的样子，形容气象万千；“郁郁寡欢”心里有事，发愁不乐的样子。

“二欲”一首

*欲罢不能止，迫于客观情。

难于自做主，不得已而应。

*欲盖弥彰作，反而暴露行。

为人图不轨，终将伤其命。

【提示】

“欲罢不能”想停止却又收不住；“欲盖弥彰”想掩盖事情的真相，却适得其反。

“四欲”一首

＊欲壑难填深，贪心无止境。
＊欲擒故纵做，故意放其行。
＊欲取姑予给，此乃反相应。
＊欲速则不达，心急坏事情。

【提示】

“欲壑难填”形容贪心太重，不可满足；“欲擒故纵”想要拿下却故意先放松一下；“欲取姑予”想得到大的必先给予小的；“欲速则不达”不顾实际情况，盲目加快速度，结果反而达不到目的。

“二遇”一首

*遇人不淑祸，贻害将终身。
女子若嫁夫，必须看清人。
*遇事生风做，果断靠精神。
为心不正者，兴风作浪深。

【提示】

“遇人不淑”指女子嫁人遇到不善良的人。“遇事生风”原意为处事果断迅速，后比喻借事端兴风作浪。

原原本本

探究事物之原因，追究事物之根源。
摸清事物之底细，弄清缘由之全面。
全程跟踪之调查，对症下药之手段。
原原本本之状态，以求事物之了断。

【提示】

原原：探索原始；本本：寻求根本。原意是把事物的根由底细摸得清清楚楚，现在指事物的全过程或全部情况。

“三原”一首

＊原封不动未修改，保持原来之形态。
＊原始要终以探求，探索发现作记载。
＊原形毕露丑嘴脸，欲盖弥彰露出来。
伪装外表被剥掉，暴露无遗心思歪。

【提示】

“原封不动”照原样未变；“原始要终”探求事物发展的起源与结果；“原形毕露”形容伪装被彻底剥掉。

圆凿方枘

圆凿方枘不相合，双方谬之不相投。
方榫何以进圆眼，龃龉难入两不周。
事理不通如方圆，谬之必将败其修。
凡事皆应合其理，如此方可得应求。

【提示】

凿：榫眼；枘：榫头。方榫头插不进圆榫眼。比喻事物不相投合，难于做成。

缘木求鱼

爬到树上去找鱼，趴在地上欲触天。
为救吊者拉其脚，为解干渴喝水盐。
事与愿违正相反，事到头来两不端。
凡事首先要动脑，思清方可称心愿。

【提示】

缘：攀缘。爬到树上去找鱼。比喻方向、方法错误，不可能达到目的。之所以发生这种违背常理的事情，都是因为施者缺乏智慧的愚蠢表现。

“四源”一首

＊源头活水清，生活气息浓。

＊源源不绝断，相继而发生。

＊源源而来之，继续不已终。

＊源远流长久，历史积淀成。

【提示】

“源头活水”指事物发展的源泉和动力；“源源不绝”形容连续不断；“源源而来”继续不断地到来；“源远流长”比喻历史悠久。

“四远”一首

*远见卓识智慧深，料事如神如诸葛。
*远交近攻之谋略，秦统天下之大策。
*远走高飞寻新路，东山再起再图作。
*远水近火不适用，缓不济急又奈何？

【提示】

“远见卓识”不平凡的见识；“远交近攻”结交远的国家，攻击近的国家；“远走高飞”摆脱困难处境，寻找新路径；“远水不救近火”比喻缓不济急。

“二约”一首

*约定俗成即公认，行为习惯成自然。
历经岁月之经验，确定行为之规范。
*约法三章有条律，犯法犯纪以为鉴。
相约成法作规定，成为律条以守限。

【提示】

“约定俗成”指某种名称为社会上所承认，因而固定下来，一直沿用；“约法三章”泛指订立简单的条款，以资遵守。

“二跃”一首

*跃然纸上技艺妙，描写刻画皆生动。
为文书画造诣高，雅俗共赏艺术性。
*跃跃欲试以显示，急切表现己才能。
不畏强手之云集，出手不凡赞叹声。

【提示】

“跃然纸上”形容描写刻画得非常逼真、生动；“跃跃欲试”心情急迫地想要试一试。

"四云"一首

* 云谲波诡多变化，变幻莫测难以断。
* 云起龙骧豪杰起，乘时而进自为端。
* 云蒸霞蔚事兴旺，绚烂缛丽呈其间。
* 云行雨施天下平，风调雨顺好景观。

【提示】

"云谲波诡"形容事态变化莫测；"云起龙骧"比喻英雄豪杰乘时而起；"云蒸霞蔚"形容绚烂绮丽；"云行雨施"比喻广泛施布恩泽。

芸芸众生

天下之生灵，各有其矩系。
人者乃天承，禀承天之意。
飞禽与走兽，各自尊天袭。
芸芸众生集，人间之大戏。

【提示】

芸芸：众多的样子；众生：泛指人类和一切动物。佛家语，指一切生灵。后多指世上大群无知无识的人。一般也用来指众多的生命。

杂乱无章

事物繁杂无头绪，顾此失彼没次序。
杂乱无章悖其理，提纲挈领以相徐。
眉毛胡须一把抓，难解难分无头绪。
轻重缓急各有道，事半功倍靠规矩。

【提示】

即混乱又无条理。语出唐·韩愈《昌黎先生集·送孟东野序》：“其为言也，杂乱而无章。”

灾梨祸枣

梨木枣木细而硬，雕刻印版最相应。
木质极佳却昂贵，一套书版细而精。
上品佳作雕版书，物有所用不枉生。
如若滥刻劣之作，灾梨祸枣成拙经。

【提示】

梨树木和枣树木，都是上好的雕版材料，但价格昂贵。若用以滥刻无用之书，实在可惜了材料。

“四在”一首

* 在劫难逃不可免，天灾人祸遭劫难。

* 在所不辞愿接受，表示决心作承担。

* 在所不惜无顾虑，不惜一切促成全。

* 在所难免成现实，事已至此难以挽。

【提示】

“在劫难逃”原指命中注定要遭受灾难；现指不可抗拒的灾害；“在所不辞”表示决不推辞；“在所不惜”表示决不吝惜；“在所难免”表示难以避免。

“三再”一首

＊再接再厉而继续，最终求得其胜利。
＊再衰三竭力将尽，无可作气因竭力。
＊再作冯妇操旧行，合同众人齐向袭。
冯妇带领众乡里，直到将虎命归西。

【提示】

“再接再厉”比喻继续努力，再加一把劲；“再衰三竭”形容军队逐渐丧失了开始时的锐气，战斗力越来越弱；“再作冯妇”表示重新干起旧行业来。

“四造”一首

*造化小儿乃戏称，代之妄称为命运。
*造谣惑众妄传闻，混淆视听胡乱云。
*造谣生事乱编造，处心积虑坏民心。
*造谣中伤陷害人，从中渔利惠自身。

【提示】

“造化小儿”旧指造物主。戏称命运；“造谣惑众”制造谣言，迷惑群众；“造谣生事”编造谣言，挑起事端；“造谣中伤”制造谣言，陷害别人。

择善而从

学习于他人，跟随求知识。
无论何其者，优点为其事。
学识靠积累，择善而从之。
日积与月累，逐渐得充实。

【提示】

意思是发现别人的优点，就要跟随学习这些优点。语出《论语·述而》：“三人行，必有我师焉，择其善者而从之。”

啧有烦言

争论烦言多，各自有其说。
相争言语激，抱怨责备多。
气愤面耳赤，出口如悬河。
争执纷纷闹，啧有烦言拙。

【提示】

意思是只为一点猫狗小事，相互气愤不满，争吵不休。

“二贼”一首

*贼去关门无以补，事出之后才防范。
如此之为虽不及，亦是还知前车鉴。
*贼喊捉贼反口咬，混乱之中求空钻。
为非作歹坏是非，以此妄为造事端。

【提示】

“贼去关门”比喻出了事故后才知道防范；“贼喊捉贼”比喻坏人为了自己逃脱，转移目标，反指别人是坏人。

债台高筑

古代战国时，周赧王欠债。
数目非常大，无法还其贷。
债主紧追讨，周王躲高台。
后将欠债多，债台高筑哉。

【提示】

意思是因欠债多，难以偿还，即用“债台高筑”这个典故以代之。

沾沾自喜

自得小成绩，心喜如若狂。
行为现轻浮，语言多不当。
沾沾而自喜，得意而洋洋。
缘何如此形？缘自欠修养。

【提示】

意思是自己得到一点成绩，便表现出得意、轻浮的样子。

瞻前顾后

前后左右多顾盼，心神不定难以安。
原意本当求谨慎，考虑周到得周全。
无端转向顾虑多，瞻前顾后难向前。
辞藻亦可求发展，语意随同岁月变。

【提示】

看看前面，又回头看看后面。原来形容做事谨慎，考虑周到。后来形容顾虑过多，犹豫不决。

“二斩”一首

* 斩草除根防祸端，以免后患酿成灾。
见恶如同除野草，连根拔除消祸害。
* 斩钉截铁不犹豫，说话干脆无拖带。
处理事务快亦稳，坚决果断爽快哉。

【提示】

“斩草除根”比喻除去祸根，以免后患；“斩钉截铁”比喻处理事情或说话果断坚决，毫不犹豫、拖沓。

崭露头角

才能多突出，本领多超众。
是为难得者，可促事业成。
小荷尖尖角，崭露头角丰。
以期得春光，未来相倚承。

【提示】

崭：突出的样子。比喻突出地显示出才能和本领。

辗转反侧

优哉游哉者，辗转反侧多。
心思多繁重，睡眠必成拙。
翻来再覆去，如同处热锅。
雄鸡报晓时，两眼仍难合。

【提示】

辗转：翻来覆去；反侧：反复。形容心里有所思念，翻来覆去地不能入睡。

战战兢兢

小心谨慎心忐忑，行止如同履薄冰。
极端害怕腿不灵，战战兢兢步不应。
缘何如此之状貌？只缘皇权压头顶。
伴君犹如伴老虎，与虎共枕何心情？

【提示】

兢兢：小心谨慎的样子。形容极端害怕而小心谨慎的样子。语出《诗经·小雅·小旻》："战战兢兢，如履薄冰。"

“四张”一首

*张冠李戴弄错位，是非颠倒比将错。

*张皇失措不知所，慌乱之中手失措。

*张口结舌话阻塞，理屈词穷无可说。

*张牙舞爪露凶相，无济于事反被捉。

【提示】

“张冠李戴”比输弄错了对象或事实；“张皇失措”形容慌慌张张，不知道该怎么办；“张口结舌”形容由于理屈或紧张、害怕，说不出话来；“张牙舞爪”原来形容野兽的凶相。现在多用以比喻坏人的凶恶样子。

“二彰”一首

*彰明较著即明显，真相大白于眼前。
事实清楚无遗漏，措施得当防未然。
*彰善瘅恶皆分明，抑恶扬善无遮掩。
邪不压正乃事实，正本清源善当先。

【提示】

“彰明较著”：彰、明、较、著：都是明显的意思。形容极其明显；“彰善瘅恶”意思是表扬善的，指斥恶的。

獐头鼠目

獐头鼠目寒酸相，相貌猥琐心不正。
偷鸡摸狗平常事，坑蒙拐骗多行凶。
扰乱社会之安宁，严惩不贷以回应。
齐心协力施围剿，天网恢恢法无情。

【提示】

旧时形容人贫贱穷酸的样子。后来多用以形容相貌丑恶猥琐、心术不正的人。语出《旧唐书·李揆传》。

长年三老

长年三老古船工，别名艄公使船人。
称呼亦随时空变，当今意为船长任。
杜甫曾有诗《拨闷》，陆游亦有《入蜀记》。
“长年三老遥怜汝，捩舵开头捷有神”。

【提示】

古时指船工，也称艄公。即使用船的人。唐·杜甫曾作《拨闷》诗、宋·陆游曾作《入蜀记》中都谈及过。

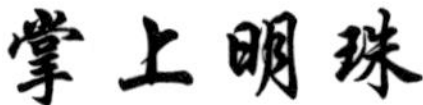

掌上明珠

可怜天下父母心，疼爱子女无伦比。
无伦子女而如何，皆被视为之明珠。
明珠乃为最珍贵，乃为稀有之物器。
掌上明珠喻儿女，犹见父母之心诚。

【提示】

比喻珍贵。原指极钟爱的人。后转指受父母疼爱的儿女。语出晋·傅玄《鹑觚集·短歌行》。

“四仗”一首

*仗马寒蝉哑无声，喻之皇权之威严。
*仗势欺人而非为，依靠主子逞凶蛮。
*仗义疏财不吝啬，出手大方为慈善。
*仗义执言不拐弯，主持公道抒己见。

【提示】

“仗马寒蝉”比喻一句话也不敢说；“仗势欺人”倚仗某种势力欺压群众；“仗义疏财”指为了正义，拿出自己的钱帮助别人；“仗义执言”为了维护正义说公道话。

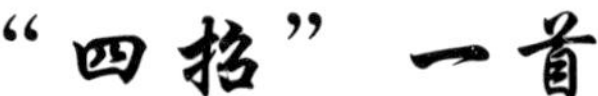

＊招架不住敌不过，力不从心难抵挡。

＊招权纳贿窃职权，贪赃枉法必遭创。

＊招摇过市以显示，虚张声势枉风光。

＊招摇撞骗借名义，欺诈蒙骗为利偿。

【提示】

"招架不住"指抵挡不住；"招权纳贿"指窃取职权，接受贿赂；"招摇过市"形容故意在众人面前虚张声势，夸耀自己；"招摇撞骗"即借用名义，到处炫耀，进行诈骗。

昭然若揭

昭然若揭即显现，真相毕露无保留。
昭昭乎若揭日月，斗转星移岁月流。
吟诗息众说纷繁，杜公切深厚旨由。
仰光焰之高万丈，情真意切难以酬。

【提示】

形容真相毕露，所有一切都已显现出来。语出《庄子·达生》。

“四朝”之一

* 朝不保夕无可算，形势变化无始端。

* 朝发夕至旅途顺，方便快捷如飞天。

* 朝齑暮盐多清苦，饮食菲薄因困难。

* 朝令夕改无定数，无所适从难以安。

【提示】

“朝不保夕”形容形势危急，说不定什么时候就会发生变化；“朝发夕至”形容旅程迅速或交通便利；“朝齑暮盐”形容饮食简单，生活贫困；“朝令夕改”形容政令时常更改，使人无所适从。

“四朝”之二

* 朝气蓬勃新气象，充满活力大发扬。

* 朝乾夕惕持谨慎，时时小心莫逞强。

* 朝秦暮楚不定性，主意多变为无恙。

* 朝三暮四反复变，无可奈何居中央。

【提示】

“朝气蓬勃”形容生机勃勃，充满活力；“朝乾夕惕”形容从早到晚振作精神不敢懈怠；“朝秦暮楚”比喻反复无常。也形容漂泊不定；“朝三暮四”原来比喻用诈术欺骗人。后来用以比喻反复无常。

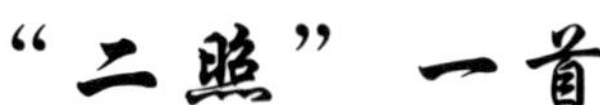

“二照”一首

*照本宣科无发挥，不顾实际照本读。
如同道士背诵经，一字不差连篇注。
*照猫画虎于形式，只是模仿成其图。
画虎不成反类犬，稀里糊涂以满足。

【提示】

“照本宣科”形容只是死板地照本子念，不能结合实际，灵活发挥；“照猫画虎”即照着猫画虎。比喻只是从形式上模仿，实际并不理解。

“二折”一首

*折冲樽俎御其敌，引申之意作外交。
国与国间若有隙，行使谈判相计较。
*折戟沉沙成惨败，戟折枪断弃于郊。
阵前溃败不成军，各自顾命四散逃。

【提示】

“折冲樽俎”原指会盟席上制胜对方。后泛指外交谈判；“折戟沉沙”形容惨重失败。

辙乱旗靡

辙乱旗靡不成军，溃败之军一窝蜂。
丢盔卸甲向后逃，各自逃命乱哄哄。
狼狈逃窜形势惨，自相践踏互推拥。
火烧战船连成片，一败涂地奔华容。

【提示】

辙：车印迹。靡：倒下。形容军队溃败时的惨状。

针锋相对

针对麦芒各不让，争辩激烈各自强。
唇枪舌剑互攻击，你来我往攻与防。
纤毫参差皆无有，滴水不漏互为伤。
一场舌战打下来，针锋相对再较量。

【提示】

针锋：针尖儿。比喻在争辩或斗争中，针对对方的论点或行动进行攻击。

“四真”一首

＊真才实学非小可，智慧超群见识广。
＊真凭实据有根由，人证物证有备忘。
＊真心实意无虚伪，情真意切心善良。
＊真知灼见哲理清，认识深刻成文章。

【提示】

“真凭实据”意思是确凿的凭据；“真心实意”真实诚恳的心意，表示没有丝毫的虚伪；“真知灼见”正确而又深刻的认识和见解。

枕戈待旦

枕戈待旦心急切，报国之心尤为深。
全副武装不松懈，时刻准备集于心。
男儿为国尽其力，战场杀敌立威信。
家国情怀多持重，抵御外强不惜身。

【提示】

戈：古代的一种兵器；旦：天亮。即枕着兵器躺着等待天亮。比喻报国杀敌的心情急切，一刻也不松懈。

“三振”一首

＊振臂一呼发号令，战鼓雷鸣发冲锋。
＊振聋发聩硬道理，唤醒民众势狂风。
＊振振有词底气足，理直气壮说不停。
另有讽刺乃贬义，用以形容谬说情。

【提示】

“振臂一呼”挥动手臂，一声号召；“振聋发聩”比喻用语言文字唤醒糊涂麻木的人，使他们清醒过来；“振振有词”理直气壮的样子。有时也用于讽刺。

“四震”一首

*震耳欲聋声音大，如同响雷在耳边。
*震古烁今功绝著，越古惠今恩如山。
*震撼人心大事件，免除农税喜心间。
*震天动地声势大，气概雄伟大会战。

【提示】

“震耳欲聋”形容声音非常大，把耳朵都要震聋了；“震古烁今”形容事业或功绩的伟大，远远超过古代，照耀当代；“震撼人心”指某件事对人们震动很大；“震天动地”震动了天地。形容声势浩大或气概雄伟。

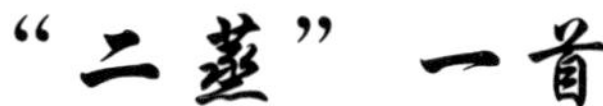

＊蒸沙做饭无稽谈，比喻事情不着边。
　沙子若可成其饭，乃是天下大奇观。
＊蒸蒸日上快速升，天天向上齐争先。
　兴盛发展速度快，一日超越一整年。

【提示】

“蒸沙做饭”比喻事情不可能成功，如同用沙子做饭一样；“蒸蒸日上”即上升和兴盛的样子。形容一天天地向上发展，速度很快。

“四争”一首

* 争长论短辨是非，争论不休谁胜谁?
* 争分夺秒时间紧，分秒必争以相对。
* 争先恐后齐努力，不甘落后努力追。
* 争权夺利各不让，你争我夺无作为。

【提示】

“争长论短”争论谁是谁非；“争分夺秒”形容对时间抓得很紧，不放过分秒；“争先恐后”争着向前，唯恐落后；“争权夺利”争夺权力和利益。

峥嵘岁月

岁月不平凡，峥嵘岁月现。
叱咤风云行，智谋可齐天。
一代豪杰出，埋葬旧封建。
朝阳跃出海，曙光耀眼前。

【提示】

峥嵘：高峻的样子，引申为突出、不平凡的意思。形容不平凡的年月。

“四正”一首

＊正大光明乃胸襟，公正无私心坦白。
＊正本清源求根本，彻底解决不乱怀。
＊正襟危坐仪端庄，严肃认真笃情哉。
＊正中下怀称心意，心满意足好痛快！

【提示】

“正大光明”形容襟怀坦白，公正无私；“正本清源”表示从根本上彻底解决问题；“正襟危坐”形容恭敬、严肃的样子；“正中下怀”正合自己的心意。

郑重其事

郑重其事相对待，严肃认真行其事。
一丝不苟得完美，不辞劳苦为求实。
为事皆要用其心，三心二意难成制。
按部就班合其律，事半功倍获所值。

【提示】

郑重：严肃认真。即严肃认真地相对待。

"二之"一首

＊之乎者也讥笑人，咬文嚼字成滑稽。
古文今用应适当，以免老朽不实际。
＊之死靡它女立誓，贞洁不改再嫁人。
另意爱好多专一，至死不改好志趣。

【提示】

"之乎者也"都是文言中的虚词。多用以讥笑别人咬文嚼字；"之死靡它"原指妇女立誓不改嫁。后来也泛指志趣专一，至死不变。

“二支”一首

* 支离破碎不完整，多有不全成分裂。
出土文物陶瓷器，历尽沧桑而残缺。
* 支吾其词为搪塞，避其实质而乱谒。
欲盖弥彰事成反，事实面前分正邪。

【提示】

“支离破碎”形容四分五裂，不完整；“支吾其词”用不相干的话来搪塞应付，以避免接触真实情况。

“二芝”一首

*芝焚蕙叹伤其类，比物伤情人之心。
芝蕙皆为香草物，芝被焚之同伤身。
*芝兰玉树好后生，出类拔萃乃精神。
博学多才礼适当，后生可畏亦可敬。

【提示】

“芝焚蕙叹”比喻物伤其类，情伤于人。“芝兰玉树”比喻好的子弟，令人喜欢和赞扬。

“四知”之一

* 知白守黑老子语，处世态度多消极。
* 知彼知己心有数，情况如何心明晰。
* 知法犯法乃故意，明知故犯违法纪。
* 知错必改下决心，痛改前非重做起。

【提示】

“知白守黑”这是古代道家的一种消极处世态度，即对是非黑白，虽然明白，还当保持暗昧，如无所见；“知彼知己”对自己和敌人的情况都很了解；“知法犯法”了解法律却故意违犯法律；“知错必改”知道自己的过错就一定要改正。

“四知”之二

* 知难而退缺决心，遇到困难便回头。
* 知人论世鉴古人，议论世事莫胡诌。
* 知人善任以推荐，不为私心获以酬。
* 知雄守雌安于柔，不与人争求自由。

【提示】

“知难而退”指见困难就退缩不前；“知人论世”原指论述古人。后来泛指鉴别人的好坏，议论处世的得失；“知人善任”指公心推荐贤才；“知雄守雌”知其雄强雌弱，却故意守其柔弱。

执迷不悟

执迷不悟庸，心窍难开通。
眼花缭乱翳，事理思不清。
是非多混淆，如此似有病。
心身不自主，神情不由衷。

【提示】

执：固执；迷：迷惑，分辨不清。形容坚持错误而不觉悟。

“四直”一首

* 直截了当抒己见，说话做事不绕弯。

* 直情径行凭自己，坚持目标直向前。

* 直抒己见心里话，坦率直言无负担。

* 直言不讳照直说，心中无虑不失眠。

【提示】

“直截了当”形容做事、说话不绕弯子；“直情径行”任凭自己的意思做下去；“直抒己见”坦率地发表自己的意见；“直言不讳”有话直说，毫不隐讳。

植党营私

结党以营私，植党营私团。
图谋于不轨，预谋其政权。
阴谋即败露，如鼠逃命窜。
天罗地网张，尽剿遭审判。

【提示】

植：培植。树立派别，谋取私利。

止戈为武

止戈为武真武功，和平乃是武之终。
戈与止字合成武，意为止战成和平。
只谈风月保安全，莫谈国事防毛病。
风花雪月不涉世，妄谈风雅避祸凶。

【提示】

“止戈为武”止与戈合成武字。意为只有止戈和平，才是武的最终目的。

“二咫”一首

*咫尺天涯图八寸，意为相距无其远。
天涯海角路遥远，千山万水难回转。
*咫尺万里成意境，此乃绘画而论言。
尺幅绢上作山水，意犹千山万水间。

【提示】

“咫尺天涯”比喻虽然相距很近，却难相见，像是远在天边；“咫尺万里”评论绘画之说，虽然画幅不大却有广阔深邃的意境。

“四指”之一

*指不胜屈数量多，扳着指头难计清。
*指挥若定稳操胜，信心百倍破敌兵。
*指鹿为马事颠倒，是非混淆另有情。
*指日可待即可成，不日便可回朝营。

【提示】

“指不胜屈”形容数量很多；“指挥若定”形容作战时指挥有把握，稳操胜算；“指鹿为马”比喻颠倒黑白，混淆是非；“指日可待”形容不要多久就可以实现。

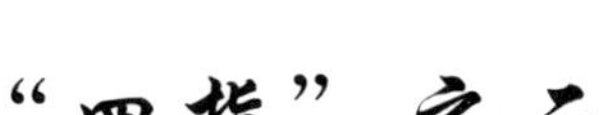

＊指桑骂槐不直来，指甲骂乙借题哉。

＊指手画脚乱指点，得意忘形作自在。

＊指天画地无顾忌，目中无人少襟怀。

＊指天誓日作发誓，以示忠心报未来。

【提示】

“指桑骂槐”比喻明指甲而暗骂乙的行为；“指手画脚”形容高高在上，胡乱发号施令；“指天画地”形容说话没有顾忌，目中无人；“指天誓日”旧时表示意志坚决或对人表示忠诚。

趾高气扬

道者至高处，至深无下住。
远者无以终，近者入其殊。
其大而无外，其小无内出。
哲理通浩渺，趾高气扬足。

【提示】

至：最，极。意为再没有比它更高的了。

“四至”一首

＊至当不易极恰当，不多不少乃正好。
＊至理名言道理清，言论精辟语微妙。
＊至死不变始无终，一成不变乃老道。
＊至死不悟枉自活，稀里糊涂待天召。

【提示】

“至当不易”形容极其恰当；“至理名言”最正确的道理，最精辟的言论；“至死不变”到死也不改变；“至死不悟”糊涂一生。

“三志”一首

* 志大才疏多空想，有志无才何以做？
* 志士仁人德高尚，赤胆忠心为祖国。
* 志同道合相一致，理想志趣同一佐。
共谋事业齐心干，携手并肩共合作。

【提示】

“志大才疏”志向很大而能力薄弱；“志士仁人”原指有高尚志向和道德的人。现泛指爱国者；“志同道合”形容彼此理想、志趣相一致的人。

“三治”一首

＊治病救人相爱护，真心诚意以帮助。
＊治国安民为百姓，体恤民生日子富。
＊治丝益棼越发乱，理丝应从开头梳。
解决问题亦同理，抓住关键带所属。

【提示】

“治病救人”原指治好病，把人挽救过来，也比喻真心诚意地帮助别人改正错误；“治国安民”治理国家，安定百姓；“治丝益棼”比喻解决问题应抓住要害进行处理。

炙手可热

气焰旺盛大，自封全天下。
无人敢着边，灼伤很可怕。
如同烤山芋，炙热手难下。
豆腐掉进灰，难吹亦难打。

【提示】

炙：烤，烧。手一接触就感觉到热得烫人。比喻气焰盛、权势大。

质疑问难

质疑问难反复论，弄清道理为目的。
分析辩论互切磋，据典讨论相与析。
问题不清再探讨，水落石出见真谛。
道理越辩越清楚，相互提高合心意。

【提示】

质：询问；问难：对搞不清的问题进行反复讨论、分析或辩论。提出疑难问题，请人解答或相互讨论。

栉风沐雨

风梳头发乱，雨沐头发沾。
路程多遥远，风吹雨打艰。
道路忐坎坷，栉风沐雨难。
归乡心切切，不顾两腿酸。

【提示】

栉：梳发；沐：洗。风梳发，雨洗头。形容旅途奔波的辛苦劳累。

“四智”一首

* 智尽能索无奈何，办法能力皆没辙。

* 智勇双全乃人杰，出类拔萃贤才者。

* 智圆行方不苟且，行为方正脑灵活。

* 智者千虑必一失，人非神仙何其过？

【提示】

“智尽能索”办法和能力都已用完了；“智勇双全”又有智谋，又勇敢；“智圆行方”考虑问题要圆通灵活，行为要方正；“智者千虑”聪明人也会有失策的时候。

“四置”一首

* 置若罔闻无动衷，听见如同双耳聋。
* 置身事外不问津，袖手旁观若无情。
* 置之不顾亦不管，不闻不问任其行。
* 置之死地而后生，死里逃生心更明。

【提示】

“置若罔闻”形容听见了不加理睬；“置身事外”形容对事情不闻不问，漠不关心；“置之不顾”放在那不管；“置之死地而后生”比喻事先断绝退路，就能下决心，取得成功。

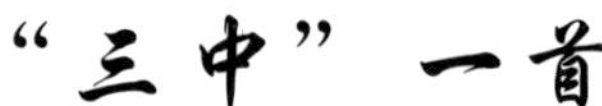

“三中”一首

* 中流砥柱乃中坚，支撑大局保平安。
* 中庸之道儒家经，不偏不倚居中间。
* 中原逐鹿群雄起，争霸天下战中原。
谁胜谁负难预料，鹿死谁手难判断。

【提示】

“中流砥柱”比喻动荡年代，能起支柱作用的力量；“中庸之道”指不偏不倚，折中调和的处事态度；“中原逐鹿”旧时比喻群雄并起，在中原争夺天下。

“三忠”一首

*忠心耿耿无二心，一心一意为人民。
*忠言逆耳不中听，良药苦口多灵敏。
*忠贞不渝赤诚心，坚定不移操守贞。
一颗红心为百姓，永不改变主义真。

【提示】

“忠心耿耿”形容非常忠诚；“忠言逆耳”忠实的劝告虽然不好听，却有用；“忠贞不渝”忠诚坚定，永不改变。

“三终”一首

*终南捷径以求官，达到目的求路短。
*终身大事乃嫁娶，是为一生之关键。
*终天之恨宿怨情，直到将死亦不完。
如此怨恨何苦来，遗恨亦当随时迁。

【提示】

“终南捷径”比喻谋官求利的捷径；“终身大事”关系到一辈子的大事；“终天之恨”心中的怨恨至死不消。

“三钟”一首

*钟鸣鼎食多奢侈，富贵人家见豪华。
*钟灵毓秀出人才，人杰地灵呈繁花。
*钟鸣漏尽寿将尽，晨钟暮鼓滴漏遐。
老气横秋少话力，岁至暮年多邋遢。

【提示】

“钟鸣鼎食”形容富贵人家奢侈、豪华的生活；“钟灵毓秀”指美好的自然环境产生优秀的人物；“钟鸣漏尽”比喻人已到了老年，寿命不长。

踵决肘见

提鞋露脚跟，踵决肘见脚。
泥沙聚足面，污秽不堪消。
衣裳露胳肘，捉襟裂肩梢。
穷困实不堪，无奈行其讨。

【提示】

踵：脚后跟，引申为鞋后跟。决：裂开。见：露出来。形容衣履破烂，穷困不堪。

踵事增华

因袭前人之成就，再求发展以增加。
承前启后再创新，继承传统取精华。
古来之事多光彩，根深蒂固得其佳。
继往开来求发展，踵事增华出新芽。

【提示】

踵：因袭；华：光彩。在前人创造的基础上再增加光彩。指继承和发展。

“四众”之一

* 众寡悬殊差别大，双方力量相差多。
* 众口难调不一致，难以统一各自说。
* 众口铄金谣言起，混淆是非不知所。
* 众目睽睽察秋毫，为非作歹皆被捉。

【提示】

“众寡悬殊”双方人力多少相差很大；“众口难调”比喻很难将众人的意见协调一致；“众口铄金”比喻谣言多，可以混淆是非，指舆论影响的强大；“众目睽睽”指在众人注视下，坏人坏事无法隐藏。

“四众”之二

＊众目昭彰看得清，众目睽睽无遗漏。
＊众怒难犯不可挡，群众呼声为自由。
＊众叛亲离陷孤立，不得人心乃衿咎。
＊众擎易举同协力，齐心努力得成就。

【提示】

“众目昭彰”群众眼睛看得很清楚；“众怒难犯”指群众的愤怒不可触犯；“众叛亲离”形容不得人心，陷于完全孤立；“众擎易举”比喻大家齐心协力，事情就容易办成。

“四众”之三

* 众矢之的成目标，行为不端遭众反。
* 众星捧月相簇拥，受人尊崇慰心间。
* 众望所归威望高，群众拥护好模范。
* 众志成城一条心，团结一致齐向前。

【提示】

“众矢之的”原指众箭所射的靶子，比喻大家攻击的目标；“众星捧月”比喻很多人或东西围绕一个中心；“众望所归”形容在群众中威望高，受到敬仰；“众志成城”比喻团结一致，力量强大。

周而复始

周而复始转，环成一个圈。
无始亦无终，构成以循环。
继往开来进，变化守其玄。
天地与万物，即处此理间。

【提示】

周：环绕一圈；复始：重新开始。形容一圈又一圈地不断循环。

粥少僧多

粥少和尚多，化斋不够喝。
无奈多掺水，虽稀粥却多。
水多米稀少，与之无奈何。
勉强得水饱，得过即且过。

【提示】

准备的粥少，化斋的和尚多。比喻东西不够分配或供不应求。

"三诛"一首

＊诛锄异己下狠手，清除对立方心安。
＊诛求无已行敲诈，欺骗勒索没个完。
＊诛心之论枉赵盾，乃以弑君罪祸天。
妄将史实随意断，如此为学多可叹！

【提示】

"诛锄异己"指消灭和清除异己；"诛求无已"形容勒索、敲诈，没完没了；"诛心之论"表示不问事实而蓄意论断。

“四珠”一首

* 珠联璧合美之集，人才幸事适其当。
* 珠围翠绕侍群随，贵妇出行好风光。
* 珠玉在侧贤者助，出谋划策同商量。
* 珠圆玉润歌声美，文采飞扬词流畅。

【提示】

“珠联璧合”比喻人才或美事凑集在一起；“珠围翠绕”旧时形容贵妇的妆饰华丽，随侍很多；“珠玉在侧”比喻容貌、德才都超过自己的人在身边；“珠圆玉润”形容歌声或文字既委婉又流畅。

铢积寸累

勤俭治家好风尚，传统习俗记心上。
江河滔滔纳溪流，大海浩瀚容河江。
积少成多日积累，天长日久垒城墙。
铢积寸累有其经，念好念坏在智商。

【提示】

铢：古代计量单位。形容事物完成得不容易，靠点滴积累而成。

“二蛛”一首

＊蛛丝马迹以搜寻，细微之处找踪迹。
察言观色问得多，以求从中得其隙。
＊蛛网尘埃见陈腐，无用之物肮脏地。
扫却腐朽保环境，思想意识应积极。

【提示】

“蛛丝马迹”比喻隐约可寻的线索和迹象；“蛛网尘埃”比喻陈旧、腐朽、肮脏的东西。

“二煮”一首

* 煮豆燃萁残手足，欲杀亦要作难题。
同胞手足无以论，权欲乃为人求极。
* 煮鹤焚琴多鲁莽，愚蠢庸俗始未及。
为所欲为妄行事，谬将美物当垃圾。

【提示】

“煮豆燃萁”比喻骨肉相残。出自曹植的《七步诗》；“煮鹤焚琴”比喻鲁莽庸俗的人糟蹋美好的事物。

“三助”一首

*助纣为虐帮虎食，为虎作伥害人死。
*助人为乐做善事，善男信女多布施。
*助我张目得赞助，促使气势更壮实。
主张行动得认可，事不宜迟在及时。

【提示】

“助纣为虐”比喻帮助别人干坏事；“助人为乐”把帮助别人作为快乐；“助我张目”别人赞成自己的主张或行动，使自己的气势更壮。

铸成大错

一时不慎酿成错，悔之晚矣不可涉。
木已成舟米成饭，再欲改之反更拙。
一旦失手错乃生，事与愿违何求索。
凡事处处细思量，铸成大错覆车辙。

【提示】

铸：铸造。借指造成重大错误。

“二筑”一首

*筑室道谋问路人，人多口杂各自说。
莫衷一是难确定，误人误事枉蹉跎。
*筑室反耕屯兵计，以便长久于辅佐。
兵士屯田两事成，亦兵亦农求双得。

【提示】

“筑室道谋”比喻人多嘴杂，意见纷纷，莫衷一是；“筑室反耕”表示作长久屯兵之计。

"三专"一首

*专横跋扈不讲理，任意妄为乱法纪。
*专心一志做学问，一心一意求道理。
*专心致志为其事，初得收获再努力。
苦干实干加巧干，事半功倍出成绩。

【提示】

"专横跋扈"独断独行，蛮不讲理；"专心一志"形容非常用心；"专心致志"一心一意，聚精会神。

“三转”一首

＊转祸为福心欢喜，兴高采烈相祝贺。
＊转弯抹角路不直，说话吞吐如咬舌。
＊转危为安实为幸，化祸为福因善舍。
人生于世多行善，阴嗣子孙求安和。

【提示】

“转祸为福”把灾祸转变成好事；“转弯抹角”形容说事不直讲，多绕弯儿；“转危为安”把危险转化为平安。

“四装”一首

* 装疯卖傻故做作，瞒天过海以逃脱。

* 装潢门面给人看，岂知后面多不妥。

* 装模作样欲弄巧，反而暴露心不和。

* 装腔作势故卖弄，不可告人之坏货。

【提示】

“装疯卖傻”假装疯癫和傻气的样子；“装潢门面”比喻把外表装饰得漂亮，做给别人看；“装模作样”故意做样子给人看；“装腔作势”形容故意做作。

“三壮”一首

*壮士断腕不迟疑，当机立断不姑息。
*壮志凌云志宏大，直冲云霄乃志气。
*壮志未酬留遗憾，穷其终生未成兮。
宏伟志愿后来人，继往开来向承继。

【提示】

“壮士断腕”比喻做事要当机立断，不要迟疑、姑息；“壮志凌云”形容志向宏大，高入云霄；“壮志未酬”伟大的志愿没有实现。

“三追”一首

* 追本穷源找原因，追究事情之根源。
* 追根究底问缘由，查清缘故以为鉴。
* 追亡逐北追穷寇，一鼓作气扫敌顽。
大获全胜载誉归，庆功会上多自谦。

【提示】

“追本穷源”比喻追究事情发生的根源；“追根究底”指追问事情的缘由；“追亡逐北”追击逃跑的敌人，形容作战胜利。

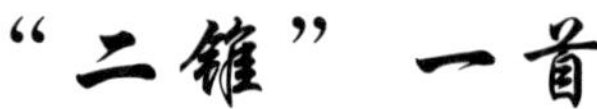

“二锥”一首

*锥处囊中尖突出，怀才之人必出世。
天生之才必有用，生而逢时为大事。
*锥刀之末利微小，却要相争各其势。
二虎相争必自伤，二犬相争为狗食。

【提示】

“锥处囊中”比喻有才智的人终能显露头角；“锥刀之末”比喻微小的利益。

坠茵落溷

坠茵落溷各不同，居于高处眼界宽。
低者上仰求其位，高者俯视乃大款。
人者虽然皆为事，亦分大小居其间。
水者就低不思高，人之心思正相反。

【提示】

茵：古代车上的垫子；溷：粪坑。比喻地位高低不同。

惴惴不安

民之居茅屋，难抵风吹打。
寒风多肆虐，每每心欲夸。
惴惴不安心，担心亦害怕。
盼得天气好，以求平安家。

【提示】

惴惴：恐惧、担忧的样子。形容因为担心、害怕而不安定的样子。

谆谆告诫

教子如育苗，必须守矩系。
言传身教好，最为合子习。
为人之父母，教育乃根基。
教诲以不倦，谆谆告诫兮。

【提示】

谆谆：耐心教诲的样子。诫：劝告。形容不厌其烦地劝告、教诲。

夫为大雅卓不群，道德学问成就真。
超乎寻常而出众，卓尔不群有创新。
如此人才实难得，出类拔萃心诚信。
时逢盛世得施展，突出贡献慰其心。

【提示】

卓尔：高高直立的样子。形容道德、学问的成就超乎寻常，与众不同。

捉襟见肘

衣衫褴褛难遮体，捉襟见肘无可居。
生活贫困少衣食，茅屋风吹亦漏雨。
顾此失彼难为事，无法应对心无序。
事情烦琐多杂乱，无可奈何随他去！

【提示】

原来是说衣服破烂，生活穷困。后来比喻顾此失彼，无法应付。

斫轮老手

斫轮老手人聪明，经验丰富手艺高。
技艺精湛活计好，心灵手巧多新招。
桓公堂上自读书，轮扁问之请相告。
公曰圣人之言论，扁驳其言乃相昭。

【提示】

斫轮：斫木制造车轮。比喻经验丰富、技艺精湛的人。此成语出自车匠轮扁与齐桓公的一段对话。语出《庄子·天道》。

着手成春

妙手回春医术高，诊断准确用其药。
治愈顽症经验多，对症下药见奇效。
俯拾即是不取邻，俱道适往着手笑。
如逢花开瞻岁新，人品医德两周到。

【提示】

着手：动手接触。原来是说诗歌要自然清新，后来用以称赞医生的医术高明。

擢发难数

罪大恶极难倾诉，为非作歹妄自图。
臭名昭著坏风尚，目空一切似蠢猪。
犯罪行为极凶狠，罪行屈指难以数。
擢发难数罪恶大，执法如山必遭诛。

【提示】

擢：拔。即拔下头发来数都数不清。形容罪行太多，无法计算。

孜孜不倦

努力而不懈，孜孜不倦求。
凡事此精神，结果必自由。
为学在于勤，知识积细流。
天长至日久，必将成其秀。

【提示】

孜孜：努力不懈的样子。形容勤奋得不知疲倦。

趑趄不前

迟迟疑疑不向前，欲走不前两为难。
想走又是不敢走，缘何如此之小胆？
脚穿新鞋遇泥泞，只怕污了绣花鞋。
小心翼翼踏石走，脚下一滑鞋无颜。

【提示】

趑趄：迟疑，不敢前行的样子。形容想走又不敢走，犹豫不前。

子虚乌有

司马相如《子虚赋》，子虚乌有亡是公。
三人互相以对答，子虚言之无以称。
乌有先生言假设，子虚乌有即形成。
事情本来不存在，凭空谬将说成形。

【提示】

汉代司马相如作《子虚赋》，虚构成故事，因此而得此成语。意为假设的、不存在的事情。

“二字”一首

＊字里行间出其意，透出思想于其间。
凡是文章有主题，透露笔者之主见。
＊字斟句酌细推敲，写作说话居始端。
做事亦要有始终，如同为文求精湛。

【提示】

“字里行间”指文章的字句中间所表达、流露出来的思想感情；“字斟句酌”对每一字、每一句都仔细地斟酌、推敲。

“四自”之一

＊自暴自弃甘堕落，不求上进枉人生。
＊自不量力不知否，自觉良好求高升。
＊自惭形秽而惭愧，缺乏自信难以应。
＊自成一家创体系，独到见解求事兴。

【提示】

“自暴自弃”泛指自甘堕落，不求上进；“自不量力”形容对自己估计太高；“自惭形秽”为自己不如别人而感到惭愧；“自成一家”形容在某种学问或技术上有独创的见解和风格，能自成体系。

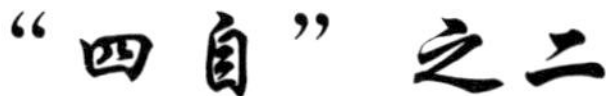

“四自”之二

* 自出机杼在创新，为文写作巧构思。
* 自出心裁创新意，自以创造合其时。
* 自吹自擂说大话，妄自胡侃悖真实。
* 自得其乐好自在，无忧无虑处于世。

【提示】

“自出机杼”比喻写作时对全文的新颖构思；“自出心裁”出于自己心意的创造和截断；“自吹自擂”比喻自我吹嘘；“自得其乐”自己体会到其中的乐趣。

“四自”之三

*自高自大了不起，自觉高大反低微。
*自告奋勇以担当，主动情愿求以为。
*自顾不暇无头绪，难以顾及是与非。
*自给自足丰衣食，不向他人求肥水。

【提示】

“自高自大”自以为了不起；“自告奋勇”形容自己主动要求担当某项任务；“自顾不暇”连自己都顾不过来；“自给自足”依靠自己生产而生活。

“四自”之四

* 自觉自愿悟得通，情其所愿自己做。
* 自掘坟墓寻死路，罪有应得妄自作。
* 自郐以下评论乐，直至郐国而不说。
* 自愧不如其他人，自悟可敬亦可贺。

【提示】

“自觉自愿”自己觉悟而情愿去做；“自掘坟墓”比喻自寻死路；“自郐以下”表示从什么以下就不值得一谈了；“自愧不如”惭愧自己不如别人。

“四自”之五

* 自力更生靠自己，兴建事业求自强。
* 自鸣得意枉快乐，拿着鸡毛作嚣张。
* 自命不凡了不起，实际无能妄张狂。
* 自欺欺人妄做戏，骗人骗己被自伤。

【提示】

“自力更生”形容靠自己的力量兴建事业；“自鸣得意”自示很得意；“自命不凡”自己以为不平凡；“自欺欺人”明明知道真相，却欺骗自己与他人，一般指不肯面对事实。

“四自”之六

＊自强不息天行健，努力向上靠自己。
＊自取灭亡而找死，沉水入火自受之。
＊自生自灭任其然，不以干涉生灭兮。
＊自食其果自作受，无可奈何认天理。

【提示】

“自强不息”指自觉地努力向上；“自取灭亡”自己找死；“自生自灭”形容不加过问，任其自然；“自食其果”自作自受。

“四自”之七

＊自食其力丰衣食，依靠自我求生计。
＊自食其言无诚信，出尔反尔难寻迹。
＊自始至终有始末，做事一贯守规矩。
＊自私自利小算盘，斤斤计较少大气。

【提示】

“自食其力”依靠自己的劳动生活；“自食其言”不守信用，说话不算数；“自始至终”表示一贯到底的意思；“自私自利”只为个人利益打算。

“四自”之八

* 自投罗网而找死，自取灭亡以承担。

* 自我解嘲强辩解，以撑面子少丢脸。

* 自我陶醉似若盲，无视客观盲目干。

* 自我做故无准绳，不守因袭自作茧。

【提示】

“自投罗网”比喻自己走上死路；“自我解嘲”用言语或行动不失幽默地为自己掩盖或辩解被人嘲笑的事；“自我陶醉”形容盲目地自我欣赏；“自我做故”由我创始，不沿袭老办法。

“四自”之九

* 自相残杀起内斗，自行消耗两不收。

* 自相惊扰妄自乱，互相惊动作自受。

* 自相矛盾互抵触，莫衷一是谁为首？

* 自相鱼肉司马氏，天厌晋德难自纠。

【提示】

“自相残杀”自己人相互伤害、杀戮；“自相惊扰”自己人相互惊扰，引起不安；“自相矛盾”比喻语言、行动前后自相抵触；“自相鱼肉”比喻内部自相残杀。

“四自”之十

＊自信不疑无疑虑，自我相信不可移。
＊自行其是独自作，不管三七二十一。
＊自言自语枉自说，说者听者皆自己。
＊自贴伊戚自作茧，自找麻烦招灾袭。

【提示】

“自信不疑”自己相信自己，毫不怀疑；“自行其是”独断专行，不考虑别人的意见；“自言自语”自己跟自己说话；“自贴伊戚”比喻自找苦吃。

“四自”之十一

* 自以为得以谋算，岂知正中敌圈套。

* 自以为非算清醒，觉悟错误得心昭。

* 自以为是目无人，主观臆断最糟糕。

* 自由泛滥任发展，一旦作祟即发烧。

【提示】

“自以为得计”自以为计谋得逞了，含贬义；“自以为非”认识到自己的错误；“自以为是”形容主观，不虚心，总以为自己是对的；“自由泛滥”比喻某种错误思想或言行自由发展。

“四自”之十二

* 自由放任不拘束，顺其自然而不管。

* 自由自在无约束，舒服安逸事无关。

* 自圆其说无漏洞，以便掩盖其谎言。

* 自怨自艾自悔恨，悔之晚矣难使然。

【提示】

“自由放任”形容不受拘束地听其自然发展；“自由自在”形容不受拘束，很安闲舒适；“自圆其说”形容自我说出理由或掩饰谎言；“自怨自艾”本义是悔恨自己的错误，自己改正，现仅指悔恨。

“四自”之十三

＊自知之明自我清，知人知己乃聪明。
＊自作聪明而逞能，无疑跌跤自受刑。
＊自作解人明事理，言语风趣受欢迎。
＊自作自受咎由取，祸由自己怨天命。

【提示】

“自知之明”能够正确地认识自己；“自作聪明”自以为聪明而逞能；“自作解人”理解事理或语言旨趣的人；“自作自受”自己做下的事，自己受累。形容祸由自取。

“二恣”一首

* 恣行无忌犯法纪，胡作非为肆横行。
蛮横无理心不明，目不识丁一棵葱。
* 恣意妄为乱其性，目无法理妄自命。
花天酒地醉金迷，触犯法律终遭惩。

【提示】

“恣行无忌”形容任意作恶，毫无顾忌；“恣意妄为”任意地胡作非为。

“二总”一首

*总而言之概括说，集其意而合其想。
归其类而成其系，挈其领而使其张。
*总角之交两发小，彼此年龄分幼长。
童年相好成友谊，老大仍然多相望。

【提示】

“总而言之”总括起来说；“总角之交”指童年时期要好的朋友。

“四纵”一首

＊纵横捭阖连纵横，实乃外交之手段。
＊纵横驰骋势无敌，英勇所向不可拦。
＊纵横交错多复杂，交织一起聚成团。
＊纵虎归山酿后患，留下祸根找麻烦。

【提示】

“纵横捭阖”即“合纵连横”的政治外交手段；“纵横驰骋”形容往来奔驰，没有阻挡；“纵横交错”形容事物或情况很复杂，交叉点很多；“纵虎归山”比喻把敌人放回窝巢，留下祸根。

“二走”一首

*走马观花难细赏，一扫而过难嗅香。
得意之时心愉悦，乘马踏青无匆忙。
*走投无路陷困境，一头雾水奈何想？
身陷泥沼苦挣扎，终得脱身奔回乡。

【提示】

“走马观花”比喻大略地观察一下；“走投无路”形容无路可走，陷入困境。

足智多谋

足智多谋善思考，料事谋划善动脑。
与人相处无邪念，正直谦让对人好。
如此为人受尊敬，处世态度乃为昭。
如若人人皆其心，世上处处有公道。

【提示】

智谋很多，善于料事和谋划。如果用在正地方，便可成为正人君子，受到敬重。

钻冰求酥

钻冰求酥不可得，犹如望月欲攀登。
为事皆应思其理，妄想只可更懵懂。
客观主观作合及，妄自主意成被动。
实事求是乃真理，钻冰求酥事不通。

【提示】

钻冰以求得牛羊奶制成的食品，显然不可能得到。语出《本缘经》：“譬如钻冰求酥，理实难得。”

钻火得冰

冰火不相容，火何得其冰？
枉于求其者，理悖愿不成。
钻火得冰谬，遵理方可能。
妄自作主张，必将失其兴。

【提示】

比喻不可能实现的事情。冰即水之固，水火相克，不可能合于一处。谬将妄为之，一定是不能出现的事情。

“三罪”一首

* 罪不容诛死无辜，恶冠满盈必遭处。
* 罪大恶极十不赦，刑入于死理当诛。
* 罪恶昭着众人怒，法理森严当以除。
莫将臭鱼坏鲜汤，必将罪犯以法屠。

【提示】

“罪不容诛”罪恶极大，杀了也抵不了所犯的罪恶；“罪大恶极”形容人的罪恶很大；“罪恶昭着”罪恶明显。

“四罪”一首

* 罪该万死理当然，触犯法理无遗漏。
* 罪魁祸首乃首恶，严惩不贷无可救。
* 罪孽深重下地狱，酷刑相加难辞咎。
* 罪有应得获其罪，罚当其罪合理由。

【提示】

“罪该万死”形容罪恶极大，处死一万次都不足以平民愤；“罪魁祸首”作恶犯罪的首恶分子；“罪孽深重”罪恶太大、太深重；“罪有应得”受到应有的惩罚。

“三醉”一首

＊醉生梦死多糊涂，虽生犹死似骷髅。
＊醉酒饱德谢款待，以示谢意月东楼。
＊醉翁之意不在酒，在于自然山水露。
事之不便照直说，隐喻之处见真路。

【提示】

“醉生梦死”形容昏昏沉沉，糊涂地活着；“醉酒饱德”感谢主人宴请的客气话；“醉翁之意不在酒”比喻本意不在此，而在另外的方面。

“三左”一首

* 左道旁门不正经，邪门歪道多坏招。
* 左辅右弼相以助，辅助他人自惠昭。
* 左顾右盼四下看，得意扬扬有倚靠。
无事街市常行走，寻花问柳思出壳。

【提示】

“左道旁门”歪门邪道不正经；“左辅右弼”引申为左右辅助的意思；“左顾右盼”形容洋洋自得或犹豫的神情。

“四左”之一

* 左提右挈互扶持，以就大业天下安。
* 左图右史书籍多，各类图书应俱全。
* 左宜右有心灵巧，多才多艺以全权。
* 左右采获资料全，熟知其故引证典。

【提示】

“左提右挈”形容互相扶持；“左图右史”形容室内图书很多，指嗜书好学；“左宜右有”形容多才多艺，什么都能做；“左右采获”比喻研究问题时材料熟悉，引证得当。

“四左”之二

＊左右逢源功夫深，得心应手无障碍。

＊左右开弓双手箭，武功精湛有能耐。

＊左右为难心无主，无论如何多无奈。

＊左支右绌力不及，穷于应付仍不待。

【提示】

“左右逢源”比喻做事得心应手，顺利无碍；“左右开弓”比喻双手都能操作或几方面同时进行；“左右为难”形容不管怎样都有难处；“左支右绌”应付了左面，右面又不够了。表示财力或能力不足，疲于应付。

“四坐”之一

* 坐不垂堂屋檐下，以防瓦坠伤及身。

* 坐吃山空尽消耗，立吃地陷咽喉深。

* 坐地分赃不出力，网罗他人偷盗金。

* 坐而论道即空谈，不尚空谈尽其神。

【提示】

“坐不垂堂”指不敢坐在屋檐下面，以防瓦落伤身；“坐吃山空”比喻光是消费而不从事生产，即使财产如山早晚也会吃光；“坐地分赃”唆使别人偷窃，坐等分赃。也指盗贼就地瓜分赃款、赃物；“坐而论道”原指坐着议论政事，后泛指坐着空谈大道理。

“四坐”之二

＊坐观成败不关心，袖手旁观无动衷。

＊坐井观天眼界窄，井底之蛙少天空。

＊坐立不安心烦躁，不知如何心思重。

＊坐山观虎斗以看，举棋不定待相从。

【提示】

“坐观成败”对别人的事情持袖手旁观的态度；“坐井观天”比喻眼界狭小，所见有限；“坐立不安”形容心情不安或烦躁的样子；“坐山观虎斗”比喻观看别人互斗，等到两败俱伤的时候，再从中取利。

“四坐”之三

＊坐视不救无心肝，眼见遇难自泰然。
＊坐收渔利鹬蚌争，从中获利得心欢。
＊坐享其成而获取，享受他人之酒饭。
＊坐言起行应一致，言行合律遵其践。

【提示】

“坐视不救”看见别人受难不相救，袖手旁观；“坐收渔利”比喻利用别人之间的矛盾而获得利益；“坐享其成”坐着不动，享受别人的劳动成果；“坐言起行”引申为言行必须一致。

“三坐”一首

* 坐以待毙即等死，不如逃逸再重干。
* 坐以待旦盼天亮，迎娶新娘于天明。
* 坐拥百城书万卷，汗牛充栋无空间。
书中自有黄金屋，知识来自好书鉴。

【提示】

“坐以待毙”坐着等死；“坐以待旦”坐着等待天亮；“坐拥百城”比喻书籍很多，藏书丰富。

“四作”之一

* 作壁上观以观阵，观看厮杀守中立。
* 作法自毙害自己，束缚手脚难脱离。
* 作茧自缚欲获利，结果反而成受气。
* 作如是观如梦幻，对事对物皆无稽。

【提示】

“作壁上观”比喻坐观成败，不动手帮助任何一方；“作法自毙”比喻自作自受；“作茧自缚”比喻做了某件事，结果使自己受困；“作如是观”表示对某一事物所持或应持的看法。

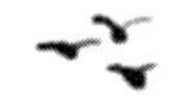

“二作”一首

*作舍道边众纷纭，莫衷一是两为难。
*作威作福妄尊大，横行霸道乱用权。
做贼心虚内打鼓，咚咚锵锵心不安。
风吹草动声虽小，如同警车鸣不完。

【提示】

“作舍道边”比喻众说纷纭，莫衷一是；“作威作福”形容妄自尊大，滥用权势，横行霸道。

座无虚席

婚庆办得很热闹，座无虚席齐呼号。
同声祝贺百年好，礼花怒放彩带飘。
众口一词同相贺，婚姻美满步步高。
祝愿白头同偕老，家庭和睦乐陶陶。

【提示】

形容客人很多，座位全部坐满了宾客。即“座无虚席，门不待宾。”

凿壁偷光

家贫无灯油，凿壁偷光亮。
借光以苦读，耐得寂寒窗。
日夜勤发奋，才学渐高涨。
一路应于试，终得题金榜。

【提示】

凿开墙壁，借邻家的灯光读书。形容勤学苦读，发奋图强的上进精神。

醉翁之意不在酒

老者数瓢饮，沉醉乃醉翁。
醉而不由己，市上睡不醒。
雷霆万钧声，恍如听蚊蝇。
月上柳梢头，酣梦至天明。

醉意不在酒，意在美梦萦。
常在睡梦里，犹处后世中。
人世多烦恼，后世亦不清。
如若居其间，无酒不成梦。

【提示】

宋·欧阳修《醉翁亭记》：“醉翁之意不在酒，在乎山水之间也。”后用来表示本意不在这里，而在其他方面。

庄周试妻

庄周丧妻室，鼓盆以作乐。
仪态多从容，引吭而高歌。
行为似癫狂，匪夷所思作。
歌之送贤妻，升天即近佛。

俗视若反常，实乃大贤者。
理性面生死，物本还原说。
倘若究其根，同人不同哲。
凡人与贤人，心境隔天河。

【提示】

原来，庄子“鼓盆而歌”是“行为艺术”，他在淡化甚至消解生死之间的界线，将生死视为春夏秋冬式的季节循环，让人能坦然面对生老病死与恐惧，视死如归，回家休息。庄子这种自然的生死观，是大智慧，匪夷所思，于是被后代通俗小说家演绎为很恶俗的故事。

庄周梦蝶

庄周梦蝶飞，乾坤任其为。
忽东又忽西，上下俯仰随。
恣意作徘徊，飘忽不可追。
心意多逍遥，哲意多深邃。

老庄之道玄，大道无言恢。
梦蝶圆真梦，哲理明是非。
若解其中意，玄妙在其微。
无为则大为，道家之精髓。

【提示】

庄周在梦中变为蝴蝶。后比喻人生虚幻无常。

醉酒饱德

醒在梦中游，眠在游梦中。
梦乃因情起，无梦心乃清。
日月天行健，混沌七窍生。
爱憎若失度，物极必反动。
清浊处中正，生死两头空。
分辨何由衷，谁人作分明？

【提示】

指得到酒食款待的恩惠。后表示宾客对主人热情款待的感谢。

花好月圆

太阳岛上望月升，萧萧林莽起岚烟。
皓月东升连波起，花露重重江水寒。
月笼芳菲沐青色，一轮冰盘天上悬。
平沙落雁江洲处，孤鹜起飞月光阑。
江波涌动水澹澹，春潮拍岸无适闲。
往事云烟历历目，松花江上曲恸天。

夜月合熙无忧伤，人者因情酿思念。
他乡离人共望月，但见无语空泛泛。
月照楼栏引乡愁，凭栏望月不思眠。
万籁俱寂风和煦，花影摇曳促思牵。
海峡鼓浪分两岸，何日始得成圆满。
花好月圆人长久，华夏儿女共婵娟。

月近西山夜阑珊，江天如洗清风远。
自古月夜知多少？何人屈指能算完？
松江年年景色新，人脉岁岁如扣环。
天地悠悠无穷尽，人寰楚楚乃自然。
古来咫尺天涯长，今来天涯咫尺短。
两岸同宗一条根，血脉相连合月圆。

【提示】

比喻美好生活，有时用于祝贺新婚美好。“花好月圆”将这个成语其意大而化之，寄希望祖国统一，实现伟大的中华复兴梦。

后　记

诗歌是抽象的语言艺术。成语大多来自于经典著作，是浓缩的语言艺术。二者的特点促成相互结合的条件。《成语诗歌全集》的问世，即在这个契合点上得以交融。成语是固定的而诗歌是自由的，通过诗歌形式将成语进一步深化和拓展，使其成为全新的表现形式。使读者在学习成语的同时受到准诗歌艺术形式的感染，从而增加学习的兴趣。

在创作过程中笔者曾遇到许多障碍。首先，诗歌必须紧紧围绕成语的含义而加以拓展，其中诗歌的诸多要求以及成语的语意等特征，不但制约着诗歌创作的宽泛性，而且两者必须兼顾使其合为一体，因而造成创作的局限性。

在创作过程中，力图符合律诗的要求，尽量遵照古体诗的准则成诗。其中的韵律是最突出的难点之一，因此，花费较多的工夫，然而，仍存在不同程度的缺憾。这些所谓的诗，只是通过诗歌的形式，以便理解、记忆和运用好成语。

诗文最重要的特征当为达意，以意为中心加之其他因素，以求得构思自然、寓意贴切、语句通俗、韵律和谐等要求，使其达到相得益彰的有机结合。

但是，一旦达意与韵律相抵触而难以得到更有效的统一时，不得已而采取舍韵求意的方法加以处之。王力先生认为：“今天我们如果也写律诗，就不必拘泥古人的诗韵。不但首句用邻韵，就是其他韵脚用邻韵，只要朗诵起来谐和，都是可以的。”。

唐诗宋词的严格性使其在形成“阳春白雪”的同时，亦逐渐脱离了大众。从而使得律诗逐渐走向了“和者盖寡”的窘地。成语诗歌为了适应当今人们的阅读习惯而采用“古体白话”诗的形式以达到重点突出成语的目的，并本着力图简明、通俗的原则，尽量避免出现艰涩难懂的字句或典故，同时提供运用成语的例句以供参考。

《成语诗歌全集》本着古为今用的创作理念，以弘扬中华传统文化为己任创作而成。由于多种原因，难免出现一些不合规则，甚至谬误之处，恭请读者海涵！

作者

丁酉年春 于哈尔滨